文学后台

朱竞　著

作家出版社

目录

序

跋

印　象

对　话

书　缘

往　事

评　说

文学后台有新景

谢冕

她把当今丰富多彩的文学活动看成了一座舞台。前台是文学家们向着公众和媒体的公开演出、作品的展示和批评，获奖或不获奖，研讨或被研讨，演出的是一幕又一幕作家、批评家和读者无比生动的社会人生的活剧。她原本就是这个文学的前台的人：写一手漂亮的散文和随笔，还写文学批论，又长期担任文学杂志的编辑，主持过有广泛影响的大型文艺理论的刊物。一位长期活跃文坛的作家和编辑，此刻却出人意想地选择相对僻静的文学现场的另一端：文学后台。后台是同样一派瑰丽的风景，它从一侧面可以窥见文学产生孕育的原点，作家批评家们的日常言谈举止、衣着、习性、嗜好等细节的林林总总，从而生动地展现当今文坛的真实。这对文学的“前台”是必不可少的补充。

生性活泼的她，从来不拒绝热闹的她，而且一直在文学和艺术的前沿旋舞的她，她的这番动作多少有点引人遐想。想当初，她长裙迎风，风情万种，曾经吸引了人们几多艳羡的目光！然而此刻，她决意退离那令人目眩的一切，如舞罢卸妆的演员，褪去脂粉和环佩，孑然在欢腾的背面——静思。人们只熟悉那个活跃于文学现场的朱竞，人们还不熟悉此刻在后台托腮凝思的朱竞。原先，人们是被她的快乐、奔放、睿智、美丽迷惑了，人们很难想象此刻的她，一个自觉和繁华保持距离，选择一个合适的角度，在一旁静观默察、理性沉思的她。

这本叫做《文学后台》的书，是朱竞的新著。

朱竞出过一些书，而这是最引人关注的一本。她写当今活跃在文坛的人物，而且是依靠她和这些人物直接接触得到的第一印象书写的。这是人物特写，也是印象记，是散文，也是评论，这是她利用这几年在编辑工作的余暇，一篇一篇写作，积攒下来编辑成书的。这些文字生动地凝聚了她的文学生涯的经验，融汇着长期人际交往的心得，这是她以活泼生动的文学形式，对她的书写对象加以冷静、缜密的审视观察的产物，其中有冷静的体察和辨析，也不乏她惯有的轻松和谐趣，她能够以近距离的观察和体验捕捉访问对象的特点，通过细节的描写，传达她的第一感受。

在这一点上，朱竞的身份与其说是一位编辑，更像是一位善于描写人物特性的作家；与其说是一位客观采访的记者，更像是一位可亲可敬的善解人意的朋友。这些文字有力地证明了朱竞的才华：说明她可以是文学前台吸引众人眼光的舞者，也可以是静默默地在后台冷静观察和沉思的批评家。过去人们只知道热情接待过各种作者、伏案辛勤处理稿件的她，人们不知道除了编辑和记者工作，除了文学和评论写作，她还有这一招出奇制胜的本领。显然，在她的这些著作面前，那些声称对她的才能有了解的人，有了他们的疏忽。朱竞的才华是全面的，不仅在她的文学活动上，也在她的创作和研究上。她有惊人的能量和精力，人们戏谑说，只有她想不到的，没有她做不到的。当然，这是有点夸张的“戏说”，不必当真的。

现在让我们还是回到此刻谈论的《文学后台》上。这本书写了许多人，其中有叱咤文坛的风云人物，也有默默耕作的辛勤学者，他们在朱竞的笔下纷纷显露出了原形，可爱之处，可敬之处，也包括可笑之处。她的文笔，亲切、生动、不造作，活泼又不乏理趣。大处严肃，小处轻松，文思绵密，挥洒自如，开合有度。行文不求全面，也难得全面，仅就一点而言，真实生动便已足够。当然，也不可能完美，文间时见疏漏之处，行文亦见匆促之处，但以“日理万机”的她，有这般勤奋用心，有这般日积月累，便已感人，已是难能可贵了。

她是成熟了，人生的、艺术的成熟，可能还有文字的成熟，我是为她欣喜的。犹记当年，净月潭边初遇，一撑花伞，一袭长裙，袅袅婷婷。询问相见者谁？答曰：“朱竞。”我问：“莫非就是访问过一百位人文学者的朱竞？”答：“就是。”我说：“好啊朱竞，你访问了那么多人，独独把我落下了！”她慢吞吞地回答说，“给你发函了，你不搭理我。”我也笑了：“你不早告诉我，你是这般的一个女子！”于是相视一笑。我们就这样相识了，这就叫不打不成相识。这座春天常驻的城市，便是我和朱竞相识的城市。临别，她送我一帧他和程文超合影的照片。这可能也是程文超最后的照片，我很感动。自此，我们“冰释”了“前嫌”。

朱竞新书要出版了，要我写几个字。以上写的，就是我对她的祝贺。

2014年5月25日于昌平北七家村

我的朋友朱竞

高秀芹

以前我零零星星写了有关我的朋友朱竞的文字，这对于像朱竞这样迷人的丰富的人来说，是远远不够的，现在我要静下心来好好写写朱竞，我眼中的朱竞。在这个世界上，我也许是最了解朱竞的人，因为在最近几年里，我们很多时间都在一起吃喝玩乐，除了没有做更多的坏事，可谓好事做尽了。当然，也许我最终被朱竞蒙蔽了，每个跟朱竞做朋友的人都觉得最了解朱竞，也许，我描述的朱竞只是她丰富性格的一个侧面而已，都是瞎子摸象，从哪里开始我的摸象呢？

说吧，记忆，朱竞的粉丝这次要大开眼界了。

先说美女朱竞。

看，那个叫朱竞的女人来了：大红的裙子配着翠绿色的夹袄，一双红色的靴子晃着人的眼，两个红色的大耳环在她的风姿绰约中摆动，这些色彩，这些样子，穿在她身上却是招摇的，贴切的，唯美的，迷人的。真正的大美女呀，一副天生的衣服架子，衣服搭在她身上，怎么搭怎么好看。她又自幼学习美术，对色彩、搭配都可以说是专业的，在人群中放眼望去，那个木秀于林脱颖而出的人肯定是美女朱竞。她不去从事服装设计或者别的跟服饰有关的职业，而跟我们这些没有美感的人混迹于文坛，真是屈了大才。

2005年夏天，比较文学年会在深圳召开。我是在首都机场跟朱竞一见如故的，还没有到深圳，我就想跟她一起“睡”了，本来有一个小美女已经给我订了房间，要在会议之外的所有时间跟我厮混的，我一看见美女朱竞，就有点得陇望蜀了，言不及义地跟小美女说要移情别恋了，小美女横眉冷对，恨不得当场把我吃了。我一看阵势不对，赶紧说，晚上还是跟你睡，白天我去大美女那儿。小美女冷笑说：好处全让你一个人占了呀。到深圳已经半夜，我赶紧洗洗睡觉，半夜里我听到小美女磨牙的声音，心里直出冷汗。

我拉拉杂杂地把当初的复杂背景交待出来，只是要表达我因为美女所遭受的打击。第二天早餐时，我就跟朱竞混在一起了。朱竞一出现，所有的眼光都刷刷地过来了，什么叫美女，看朱竞就是了。我们刚取了东西，看到温儒敏老师远远地在一个桌子上吃饭，我赶紧过去请安问候，极尽孝顺之能事。朱竞也跟着我过来请安，我们就端着盘子坐在温老师旁边，过了一会儿，过来两位青年才俊，一见朱竞就喊美女，朱竞稍微谦虚了一下："老美女。"其中一个青年才俊果然亲切地叫"老美女，老美女"，就这样边吃饭边跟老美女说话。温老师已经快吃完了，实在看不下眼去了，就正色道："老美女多难听呀，是资深美女。"于是，当场朱竞就从老美女升级为资深美女，她对温老师感激涕零，就像一个副教授一下子破格提升为教授了。

再说女人朱竞。

作为美女的朱竞跟作为女人的朱竞比不知要逊色多少。美女有的是，满大街整整容，化化妆，割割眼皮，一大堆美女，何况自从提升为资深美女后，就像被打入冷宫了，那样的美毕竟带上了不可挽回的岁月的痕迹，再美的美人怎么能抵抗得了时间呢？让资深美女和老美女都从朱竞身上脱落吧，回到本源，最有魅力的还是女人朱竞。

让我怎么叙述这个女人呢？这个历经风霜却依然爱着笑着宽容着欣赏着的女人，大气磅礴，透彻自信，招蜂引蝶，活力四射。文坛上很多人都知道朱竞的前世，我更看重的是朱竞的今生。这就是女人朱竞的魄力，大刀阔斧地革命掉不堪回首的婚姻，就像自己割断一根病入膏肓的盲肠，然后擦干血泪，带着刚刚两岁的儿子上路了。二十多年来，她要养儿子，要自己修炼，要办好刊物，要学习新知识，她就这么没有抱怨地跟生活较起劲来。

我看到的是朱竞的今生。20年后在生活的涅槃中飞翔的凤凰，儿子蒂尼在阳光下像一棵白杨树挺拔健壮，幽默懂事，体贴好学。朱竞还在成长着，越来越美，越来越理解人，越来越有魅力。我经常想朱竞是怎么度过这20多年的，她心情不好时怎么办，没有钱时怎么办，下水道堵了怎么办，孩子病了怎么办。可是，朱竞从来不说生活的困苦，她要展示的是她的美好，她的爱，她的迷人，她的波澜壮阔。我见过一些单身女人，孤僻，乖戾，苍老，封闭，多疑，爱在他们那里已经像冬天的干果一样被冰封了。她们评价起人和事来，决绝、不宽容，甚至很尖刻，在朱竞身上却看不到一点点这些狭隘的东西，她敞开、透明、宽容、善良，关键是她还爱着这个世界和生活在这个世界上的人。

我认识朱竞时，她其实已经44岁了，我惊诧于她的带着风霜的成熟的美，那是一个成熟女人才有的魅力。可是，在成熟的后边，我更惊诧于她无限的活力和能量，在眼睛上闪着光，在皮肤上打着滚，在嘴角边荡漾着，在裙角上婆娑着，在鞋跟上敲打着。她就着这样动着，爱着，劳作着，一个女人有这么强健的生命力，是上天的恩赐。

这个女人成精了。

再说说女朋友朱竞。

当然，我看女人朱竞更多地是女人看女人，女人欣赏女人，还是很客观的；女朋友朱竞不是客观的了，是我纯粹主观的喜好，我要很坦荡地说：我喜欢有我的朋友朱竞，有这个朋友，值！

作为朋友的朱竞是侠义的，友好的，温存的，善意的，她是我在任何时候出现任何问题的依赖。朱竞帮过多少人，估计连她自己也不知道了，只要她能够，她一定会帮忙，只要别人有求于她，她一定会慷慨相助。东北人的豪气和山东人的侠义在她身上水乳交融，我这个自认为很侠义的山东人，一见到朱竞只好大声叫朱老大了。

女朋友朱竞远远比这要好用得多，简直是放之四海而皆准的真理，我每次遇到不愉快的事情，经朱竞一说，立刻就起死复生了。她在一篇文章里说我是股票大盘，很不稳定，其实，她有点夸大其词了，我是一个很透明的人，喜欢的就是喜欢，不喜欢就是不喜欢，情绪比一般人要稳定的多，搞得我有口难辩。好在朱竞说我什么，都不是出于本意，我也就谅解她了，至于名誉损失也就一笔勾销了。

几年前，我正犹豫要不要申报职称，我把方方面面的情况跟朱竞说了，她立刻就鼓励我，只要符合资格就不要放弃，并拿她自己做例子，我还在犹豫，她说过两天到北京好好开导我，遇到这样的事情，她从来比我还要着急。她很快就从遥远的长春过来了，比我从北大到她在北京的家还快，我被她推着向前走，从申报个人陈述，到现场的服装，到语调，她都给与指导。没有想到我竟然全票通过，这是出版社多年没有的事情，我知道朱竞心里比我还高兴。

朱竞长我几岁，对世道人心的看法远远高于我，她又是自己一路滚爬打磨过来的，所以，对许多问题的看法都很地道。我有了这么个生活的大姐，少走了许多弯路，多看了许多风景。我经常哀叹：假如我没有朱竞，我的生活会怎样？女人在这个世界上，一定要有贴己贴心的女朋友，否则生活太悲惨了。

最后说说女编辑/女作家朱竞。

朱竞是编辑界的著名人物，我们开玩笑说她已经把中国文学的全部大师一网打尽了。看看她办的刊物，那些声名远扬的学者一个个排在上面，这个刊物不是办在北京，也不是办在上海，而是山海关外的长春呀。如果不是朱竞的影响力和魄力，怎么能有这么多的好稿子呢？

其他同类刊物的编辑估计已经恨之入骨，一个个咬牙切齿，怎么便宜全让这个资深美女占去了？气也没有办法，谁让她是朱竞呢。如果我是新闻出版署的官员，我就下发一纸文书，让朱竞把全国文学刊物统统编发拉倒，要不她那些劲也要用到人身上。

朱竞出了不少书，我看到的有两本，或者说我们认识后，她送了我两本，以前的就像过去的情人一样已经不堪回首，过去就过去了。这两本书名头都不小，一本是《汉语的危机》，一本是《世纪印象》。《汉语的危机》是朱竞编著，体现了作为知识分子的朱竞对汉语的思考、忧虑和批判；《世纪印象》是在世纪的转折点上，朱竞对百名文化名人的采访和记录，体现了一代知识分子的性格、问题和忧思。最有意思的是当我把朱竞介绍给导师谢冕先生时，他竟然问朱竞："听说你采访了100名著名学者，怎么没有我呀？"朱竞说："谢老师，我也给您发问卷了，但是，你没有理我呀。"谢老师忽然想起来了："是有这么一件事情，朱竞这两个字，看不出是一女的，更看不出是一美女呀。"我说谢老师您后悔了吧。谢老师夸张地点了点头，我冲着朱竞说，没有谢老师，你那本书等于没有出，赶紧修订吧，把谢老师加进去。

我和导师都等着朱竞来采访那个关于"世纪"的话题。

从2005年夏天到现在，我和朱竞认识已经十年了。我们从"一见钟情"到"两情相悦"，从一见如故到相知相守，这几年里她和我的生活都发生了很大的变化，我们也出现过争执，但是，我们从深挚的感情上理解对方，在真善美中，朱竞首先是善，然后是美，最后是真，她的真永远被美和善遮蔽着，所以，真是最难的。

以上文字送给朱竞的《文学后台》。还有一小文《陪朱竞倒时差》是几年前写的，也送朱竞，爱要不要，不要就扔垃圾箱吧。

陪朱竞倒时差

江湖上都知道我的朋友朱竞，就像“我的朋友胡适之”一样大名鼎鼎，我也就认了。虽然我一贯是个喜欢热闹的人，但是，碰到我的朋友朱竞，带给我的热闹还是超越了我能承受的程度。还好，她这次路过北京，只是她去德国的中转站，走之前我们信誓旦旦地鼓励她：去把德国纳粹一网打尽。

我的平静生活开始没有几天，我就想念我的朋友朱竞，事实证明，我已经离不开她带来的热闹，就像有些人离不开鸦片，我是一个多么缺乏控制力的人呀。要是搁在往常，我会给她发短信、打电话，使出各种伎俩骚扰她，可是，她现在远在产生过法西斯的德国。这个土鳖，走之前竟然不知道移动要开通才能通，还以为全球通真的就全球通了，她移动到哪里都能移动，她的力量到德国竟然不动了。

按照能量守恒定律，她那些积蓄下来的能量回来就是一个小小原子弹，非把我们搞垮不可。她在德国的能量，我没有通过全球通洞悉，是后来通过她发过来的照片和讲述知道的，她在德国又把那个所谓的柏林文学节搞得不能自持，看着她发来的那些花花绿绿的照片，我就知道她出使德国的使命已经完成。

2009年3月16日，我正在家里没有头绪地看一本英文书，忽然接到朱竞的短信：“现在上海，等8点半的飞机回北京。”我知道我的热闹生活又要开始了，我一边合上书，一边想象着从洗礼过德国回来的朱竞是个什么样子。

我等待着她的飞机，就像等待着遥远归来的情人。我知道，从那一刻开始，我的生活就开始进入另一个节奏，只是没有想到这一次的热闹是从倒时差开始的。关于这一点，朱竞在她的博客上已经彻底交代，她喜欢在博客上写那些狗屁的生活琐事，我被她一再暴露。很多人找我的博客，我反感那些鸡拉下猫尿下的臭事，自己的那点小事展示出来，没多大意思，所以，至今我还没有决定开博客。昨天我实在有点无所事事，就像她的崇拜者一样追踪朱竞的博客，看到她写的倒时差，妈了个脚的！她又把我搞进去了，我这两天陪她倒时差，已经生不如死，我给她打电话，痛斥她，她嬉皮笑脸地说，你也写个倒时差吧，贴在我博客上。我又怒冲冲骂了声，妈了个脚的！写就写，贴就贴，谁怕谁。

这个世界有三陪、四陪，陪吃，陪喝，还有陪××，我就不知道了，我这两天是陪着朱竞倒时差。我不敢说自己是个游历丰富的人，但是，美洲、欧洲、非洲的国家也去了一些，美利坚、法兰西、德意志、意大利、荷兰、捷克斯洛伐克、埃及等等，几年下来世界上有趣的地方竟然去了不少，我就不信有时差这回事。我对那些意志薄弱的同志们再三教导说：忘掉时差，天黑就睡，天亮起床。可是，没有人听我的教导。我只好身体力行，以自己的行动告诉他们跟着太阳起，跟着月亮睡。所以，我到了任何一个地方，都比在家里睡得好，睡得香，睡得足，睡得甜，用朱竞的话说就是“就你那没心没肺的，死猪似的”。

我这一招真的行，忘掉时间，把自己的生物钟调到当地时间，只想着本地时间，我每试必爽。朱竞此次去德国前，我苦口婆心地教导了她半天，随时调整到当地时间。可是，她回到北京时间后，还时刻想着德国时间。一会儿看看她新买的德国手表说：“现在是柏林时间，下午4点。”其实我们已经陪她到深夜一点多了，我们一边喝着茶，一边嗑着瓜子，听她说德国的见闻。德国文学论坛主席怎么着迷于她，我说你怎么知道的，她说：“他不停地给我说话，说的什么我一句也听不懂，我让翻译给翻译，翻译笑着摇头。”我没好气地说：“他在用法西斯语言骂你呢。”我们可以想象，美丽绝伦的朱竞怎么迷惑住这个欧洲老头的，她那些花枝招展的衣服怎样无声地诉说着中国女人的风情，德国男人能懂吗？一个是对牛弹琴，一个是对朱扬红布，朱不语，牛不斗，真的有意思。

我们陪着著名的朱竞倒德国时差，一陪就是到了北京时间3点多，朱竞的眼睛越来越亮，放射出迷人的光芒，我们被她搞得东倒西歪，仓皇逃走，赶紧回家睡觉。第二天早晨6点半当闹钟鸣叫的时候，我迷迷糊糊地不知道自己身在何时何地，想了一大会儿，才从床上跳下来，赶紧做早餐，女儿要上学，我要上班，今天是2009年3月18日，星期三，北京时间早晨6点半。

周二一天我都在迷茫和半迷糊状态下度过的，这都是我的朋友朱竞的德国时间害的，我像行尸走肉一样过了生不如死的一天，味觉触觉视觉听觉都迟钝而无味。上午10点我实在悲愤难忍，就气急败坏就打电话给朱竞，响了好大一会儿，她才接我的电话，还打着哈欠，有气无力地说：“现在是德国时间半夜3点，不要打扰我，我还要睡一会儿。”

天哪，什么时候朱竞能忘掉德国时间，调整到北京时间呢？

这就是我的朋友朱竞。

印象

“艾青，你在哪里”

斗转星移十四年/艾青，你在哪里/苦苦思念，无处寻觅/只能自己问自己/白天，我坐着你的沙发/夜里，我睡在你的床上/处处没有你/又处处都有你/要是你还活着/那该多好……

这首诗的题目叫《给我一个梦吧》，这是著名已故诗人艾青的妻子高瑛大姐在“艾青诞辰百年纪念”时，写给丈夫艾青的一首诗。

我问起过高瑛大姐，您写这首诗的时候，是不是非常想念艾青？高瑛说：“其实这首诗也许不是诗，只是我个人的感情流露。这是在2010年3月‘艾青诞辰百年纪念’活动的时候，有人提出来，问我是不是也表达一下对故去丈夫的感想？当时我想，我不应该再写诗了，蚕丝都吐完了，只剩下假体。可是那天我躺在床上就想，我和艾青夫妻一场四十多年，确实有很多留恋和思念，也有很多忘记不了的故事。”我看着高瑛大姐那深情的眼神，看得出她对艾青的爱。

我与高瑛大姐第一次相遇，是2010年初冬，在北新桥一个卖棉布的商店里。我看到一位非常优雅而有气质女士，突然觉得在哪里见过她？而就在一瞬间我想起来：“您是艾青的夫人、高瑛老师？我读过您写的《我和艾青的故事》，从书上看到您的照片。”高瑛谦虚地说：“叫我高瑛大姐吧。”

而就在2011年中国的情人节七夕那一天，我再一次与高瑛大姐相遇。这是散文家韩小蕙为翻译家叶廷芳获得“歌德学会优秀会员奖”从德国载誉归来的庆贺宴会上。叶廷芳先生亲自去接高瑛大姐。那天的宴会虽是以翻译家叶廷芳获奖为名，但说着说着，话题就会转到了艾青上。韩小蕙见此灵机一动，提议请高瑛大姐讲讲艾青吧。

于是，高瑛大姐讲起一些往事，她说：我快80岁了。看到你们这些年轻的人，都这么有成就，真高兴。而我什么成绩都没有，刚才韩小蕙介绍我时，说是艾青的夫人，我为什么总是戴着这个光环？其实我也是诗人。

大家听高瑛这样说，都鼓起掌来。

是的，高瑛大姐是一位很优秀的诗人，她是曾受艾青夸奖的女诗人。

高瑛接着又说：有一点我要说明一下，我不认识艾青之前，我就发表了很多诗，不是完全认识艾青以后才写诗的。今天，是七夕节，是中国的情人节，本来我不应该读这首诗，但一想到爱情，不管是年轻的、年老的，公开的爱、隐蔽的爱，大家都可以谈爱情啊。我这也是一种感情，对丈夫故去后的思念。”

高瑛开始读朗，声音很轻、很柔。大家也静静地，甚至听不到呼吸的声音。

“斗转星移十四年/艾青，你在哪里……”

高瑛深情的朗读，打动了在场所有人的心，特别是她那一声呼喊“艾青，你在哪里”？大家都被感动得流下了眼泪。

那天的聚会中，有与艾青共事过的同事，还有艾青的忘年交作家徐刚、编辑家萧立军。其中作家徐刚，是艾青最要好的忘年交朋友。徐刚曾写了一部《艾青传》广为流传。艾青说这是第一部为活着的人写“传”的书。这一天，作家徐刚也在场，他笑着听着高瑛讲着过去的事。

高瑛讲起了作家徐刚每到她家里就与艾青一起偷着抽烟的故事。“有一次，艾青与徐刚聊天到很晚，把家里所有的烟都抽完了。到了夜里时，艾青睡不着，就起来了，翻箱倒柜到处找东西。我就知道他在找烟，找不到。我就看着艾青转来转去，后来在那个烟缸里捡起一支抽完的烟屁股又点着，接着抽。从那之后，我再看到大街上有人捡烟头，特别理解那些人是犯烟瘾了。我对艾青抽烟很反感，但是我不反对，那是人家的自由和权利啊，我凭什么反对呢。”

高瑛指着作家徐刚说：“如果徐刚不抽烟，他能写出《伐木者醒来》那样的好作品吗？徐刚的作品都是非常健康的，他是中国最早写环保作品的作家，徐刚的作品是积极向上的，对社会都是有益的。”

大家又一次为高瑛鼓掌。

今年夏天，我又去了高瑛大姐的家里看望她。那是一个幽静的京城小院，一进院子，闻到满院的玉兰花香味，再走进客厅，首先看到的是艾青的铜像、艾青的照片、艾青的书画、艾青的书籍……这就是艾青的家。在这里，到处都能感受到艾青的存在。

艾青是说不完的。艾青是人民的诗人，是时代的歌手，他是一位土地诗人，是土地之子，他的崇高品格广为传颂，他最著名的诗《大堰河——我的保姆》，至今被诗歌研究者们视为经典之作。

“艾青，我要告诉你/院中的玉兰又在开花/这是你最喜欢的花/因你，我更加爱护她/我无法留住你/却守住了玉兰花……（高瑛《思念》）

哈萨克族的骏马：艾克拜尔·米吉提

“用最优美的中文，写最美好的中国人形象，为全世界热爱中文的读者服务。”这是艾克拜尔·米吉提向全世界的宣言。

艾克拜尔·米吉提有很多职务，他经常会在这一串的职务中转换着角色。

作为十一届和十二届两届政协委员的艾克拜尔·米吉提，他在几年当中提出了五十多项提案，涉及经济、文化、教育、社会、农业、牧业、环保、民族、宗教、民生等诸多方面，写了一批相关文章，参加了一系列的调研视察活动。作为一名政协委员在履职尽责中，他有了一些感悟，那就是：为百姓说话，说了，不白说。

而作为作家和翻译家的艾克拜尔·米吉提，成绩更加显赫。三十多年前发表的处女作《努尔曼老汉和猎狗巴力斯》，1978年获得了全国优秀短篇小说奖。从20世纪70年代开始，他从来没有停止过文学写作，陆续发表小说《权衡》《哈力的故事》《雄心勃勃》《发现》《我的两个学生》《哈司令、阿尔申别克和他母亲》《第二十九任队长》《履历表上的某一栏》等一系列具有地域特色的中短篇小说。这些小说大多以时代的情境作为描写背景，风趣而又机智的语言，把少数民族在种种生活环境中的表现描写得细腻别致，从中可看出时代发展的社会心理历程的轨迹，以及这种轨迹上所留下的难以言语的辛酸与苦涩。

艾克拜尔·米吉提兴趣广泛，性格豪放，知识面广。他的创作涉及文体形式很多，小说、散文、诗歌、传记、评论、翻译等文体都掌握得很好，他身上具有人类文化学者的气质。他的《在草原的濛濛雨夜里》《天鹅》《静谧的小院》《木筏》《瘸腿野马》《迁墓人》《角度——目标》《披着羚羊皮的人》《潜流》《红牛犊》等都是被读者及评论界普遍认为真正称得上“短篇精品”的小说。在这些相当有限的叙述语言之间，蕴藏着丰富的思情容量与精神求索的扩张力量——那种独到的生活表现视角，那种舒缓而凝重的艺术结构，那种寓意的艺术性，那种抒写情调及充满韵律色彩的弥漫，特别是从作品的描写整体中升腾起来的思想内涵，使我们看到了为文学而生的艾克拜尔·米吉提，他是一个富有强烈的时代意识的小说作家。

在中国新时期文学三十年中，不能不提艾克拜尔·米吉提的短篇小说《努尔曼老汉和猎狗巴力斯》，这篇小说在当代文学史上是占据重要位置的经典之作。《努尔曼老汉和猎狗巴力斯》获1979年全国优秀短篇小说奖、第一届全国少数民族文学创作荣誉奖。这篇小说着重描写了努尔曼与猎狗巴力斯有关的三件事：换狗、掠狗、索狗。通过猎狗的故事，展开了复杂的思想斗争和富有民族特色的生活画卷。

回想1978年，他从新疆来北京奖时的情景，就像莫言今天获得诺贝尔文学奖一样，轰轰烈烈地响彻全中国，甚至超过诺贝尔文学奖被重视的程度。当艾克拜尔·米吉提要来北京领奖时，进京的路费却成了问题，是他的妈妈帮助筹借才进京。当时还有戏剧性的一幕，如今作为笑谈常在文学圈内谈起：当时去接站的是《人民文学》的编辑王青风，他打着“艾克拜尔·米吉提”的牌子，想着从新疆来的艾克拜尔·米吉提一定是长着胡子的大高个，他的眼睛一直朝高处看着。直到艾克拜尔·米吉站到他跟前，说“我就艾克拜尔·米吉提”，王青风才把眼睛从高处收了回来。

获奖之后的艾克拜尔·米吉提很快就被调到北京，到了中国作家协会工作，这一干就是几十年。他在中国作家协会担当过很多角色，但他最钟爱是的写作和编辑事业。

艾克拜尔·米吉提是性情中人。他对人热情、真诚，他喜欢明朗地大笑，他以透明的态度与朋友交往。近年来由于他的领导职务，大量的工作占用了他的写作时间，但他还是会抽时间写作。最近由人民文学出版社出版的《艾克拜尔·米吉提短篇小说精选》收录的都是最新的小说。有趣的是，这部作品出版后，在北京王府井书店最畅销的书榜中，把《艾克拜尔 · 米吉提短篇小说精选》摆放在了“最畅销外国小说”一架上。

回想20世纪70年代，中国文学还处于荒芜的时代。那时候艾克拜尔·米吉提在遥远的新疆伊犁，默默地在文学的道路上探索着。他非常幸运地遇到并认识了当时在新疆伊犁生活的作家王蒙先生，聆听过王蒙谈文学，之后王蒙对他在文学创作给予了极大的肯定和鼓励。也许这是艾克拜尔·米吉提坚持走文学创作这条路到如今的动因。

艾克拜尔·米吉提是哈萨克族的骄傲，他像骏马一样驰骋在祖国的大地上。他曾说过这样的话：“歌声和骏马是哈萨克人的两只翅膀。马对于哈萨克人，既是浪漫的象征，又是生活的依托。”艾克拜尔·米吉提从伊犁走向全国，在中国当代文学创作中有着重大建树和贡献。

记得2012年9月，在新疆伊宁机场，那是我亲历的一幕感人场景，至今还在我的眼前常常出现。那一天，我们从北京坐飞机到了乌鲁木齐，再转去伊宁，从伊宁机场再坐汽车到霍城县。到了伊宁机场，只见一位戴眼镜的哈萨克族老妈妈，个子很高，穿着一件米白色带小绿花的长裙，外套一件白色的外衣，头上包着的头巾与裙子是同样的花布。她优雅的气质，看不出已近八十的年龄。远远地她看着儿子从机场的出口出来，走上前去拥抱了儿子，并亲吻着儿子的额头。她拉着儿子的手，不愿松开。这是她与儿子又一次地告别。她不知道下次再见到儿子是什么时候。

这就是著名作家、翻译家艾克拜尔·米吉提在伊宁机场与老母亲见面、再分离的场面。我看不清老妈妈的眼睛，她一定是含着泪水与儿子见面。她与儿子短暂地相拥，挥手告别。艾克拜尔·米吉提这次是带着中国作家代表团赴新疆伊犁市霍城县采风，他到了家门口，却不能回家看老母亲，他的老母亲只好赶到机场与儿子见上一面。

艾克拜尔·米吉提是新疆伊犁霍城县人，哈萨克族。他不但讲哈萨克族语，还会讲维吾尔族语，在8岁之前他不会讲汉语，是他的父亲带着他来到汉族学校报名，从此他开始学习汉语，并一生用汉语写作出了很多优秀的小说、散文、随笔。在艾克拜尔·米吉提的文化教育历程中，他既受到哺育他的新疆哈萨克文化的根深蒂固的塑造，又获得了相当广泛的汉族文化与其他民族文化的熏陶与影响。以至于在后来，他把大量的哈萨克族、维吾尔族的民歌、民间文学翻译成汉语，成多民族文化交融的使者。

田野白桦静悄悄

白桦，原名陈佑华。1930年出生于河南信阳市，属于生于忧患的一代。因战乱屡屡辍学。抗战胜利后在信阳师范艺术科就读。因参加豫南地区的学生运动，被国民党特务追捕，遂于1947年退学参军。曾在中国人民解放军中原野战军、二野、昆明军区、西南军区、总政治部、武汉军区从事宣传、文化、教育和文学创作工作。解放战争中，随军经历了中原、华东、华南及西南地区的大部分战役。1958年被划为“右派”，搁笔多年。1964年重新入伍，在武汉军区任创作员。“文革”后，中断多年的创作活动得以继续。但作品多有争议，以1981年全国性批评电影剧本《苦恋》为最。1985年转业到上海。1988年参加美国爱荷华国际写作计划，并在美国哈佛、哥伦比亚、明尼苏达、加利福尼亚等20余所大学做巡回演讲。诗歌、小说、电影、戏剧、散文、演讲等均曾多次结集出版，另有《白桦文集》（四卷）面世。有些作品曾以英、法、德、日等文字在国外发表和出版。现在上海从事专业著述。

我没见过白桦先生，对他的印象全凭读他的文字，更多的是想象。

与白桦先生有联系，要感谢学者朱健国先生。

2001年的8月份我在深圳，给朱健国打电话时他正与白桦先生在一起吃饭，同时约我过去见个面认识一下白桦先生。与不熟悉的人一起吃饭我还有些不自然，特别是像白桦先生这样的名人，于是我就谢绝了朱健国的好意。第二天，我去了朱健国的家里，他向我谈起了白桦先生及他的人生经历。他说：“你应该采访一下白桦先生。”于是我们就谈起了白桦先生及他的一些经历。

其实早在20世纪80年代初的时候，我就读过白桦先生的小说和剧本，觉得他是一位对待文学创作非常严肃而认真的作家。印象很深的是在20世纪80年代初时读他的电影剧本《苦恋》，这是写一代知识分子的命运及与女儿之间的矛盾冲突，从中可以看出他对知识分子有相当深刻的理解，体现着白桦先生对祖国的热爱之情。正如他文章中所说：“国家，多灾多难的故国，为此我100次可以离她而去，而我遍体鳞伤之后更加没有离去。”后来，这部作品拍成了电影，但是他自己却没看过这部电影最后是什么样子。

当我发E-mail向白桦先生约写《世纪印象》的稿件时，他说：“关于知识分子问题，我是感兴趣的，这恐怕又要触及我的心灵之痛，我会认真考虑回答你的问题。”

2009年12月，白桦先生开了博客，他开篇写道：我迟迟都没有自己的博客，原因是我怕没有足够的精力、时间和读者交谈。而且作为一个年迈的人，习惯了静静地用自己的作品和读者相对，交流和反馈都比较缓慢。另外，我非常喜欢一句俄国歌曲唱的那种氛围——“田野白桦静悄悄”。在雾霭中，白桦树闪着银色的微光，让人们确信它还站在那里，就足够了。但是朋友们的要求一直都不是这样，他们还希望听到我的声音，是的，我也知道，声音很重要。但“田野白桦静悄悄”，更多的是倾听，除非是在风雪中，人们才能听见它发出的呻吟与歌唱。当然，有了博客以后，我和朋友们更近些，能更清楚地听到你们的声音，于是，我就开博了。忐忑不安地在新的一年缓缓打开了心扉，我相信扑面而来的一定是春风、友谊、信任和喜悦。

2013年11月28日，我在新闻中看到，83岁的老诗人白桦在上海图书馆向中国文华名人手稿馆捐赠小说《哀莫大于心未死》手稿，白桦在捐赠仪式上说：“这是我唯一幸存的手稿。”线装本《白桦诗选》也在捐赠仪式上首发。

下边的文字，是白桦先生通过E-mail接受我的采访：

朱竞：20世纪已经过去了，您的人生经历了大半个世纪，那么您对中国20世纪的印象是怎样的？

白桦：我的大部分时间几乎都是在20世纪生活过来的。少年时代投身于激情时代以理想为目的的集体，并为之而勇敢斗争。甚至经历过本世纪兵员最集中、伤亡最惨重的战役之一——淮海战役。在20世纪终结的时候，捧着全球激情时代的果实，既空虚而又困惑。今天，再看到某些伊斯兰原教旨主义者们的恐怖行为，更加不寒而栗。作为一个文学工作者，尤其悲哀的是：中国有一句古话“邦家不幸诗家幸”。本来可以在文学领域里留下一些很深刻痕迹，也随着意识形态的异化而流产了。20世纪留下来的问题，还有待于回答。而且这些答案对于今天很迫切，对于未来至关重要。

朱竞：您认为知识分子精神存在吗？中国知识分子所承担的最大责任是什么？

白桦：知识分子精神当然存在。知识分子精神颓靡的民族一定是一个浅薄的民族。我们民族在悠久历史中遗留的精神遗产比物质财富宝贵亿万倍，却无人继承。很多时髦的中国知识分子或醉心于闪闪发光的金箔、银箔，或屈从于压力。今天，精神上的放弃是很容易的，没有主观的愧疚，也没有客观的顾忌。他们甚至显得轻松愉快，洋洋得意。

20世纪中国知识分子应当承担的最大责任是没能充分运用思想的权利，而懒惰地把这个权利交给了别人。给历史留下了精神的空白。

朱竞：您最心仪哪一种类型的知识分子？您认为中国20世纪最优秀的知识分子是哪些人？

白桦：我所心仪的是那些因清醒并洞察世事而痛苦的知识分子。我仍然认为第一位还是鲁迅先生，他不屈从而且竭尽全力高声呐喊。秋瑾，她临终的那声叹息是20世纪最美、最动听、最深刻的诗句——“秋风秋雨愁煞人”。这就是陈寅恪，在最严峻的时期，他是唯一一个是就是是、非就是非的学者。在刀刃下也不指鹿为马。

朱竞：在您的人生经历中，一定有过各种各样的经历，那么，您最痛苦和耻辱的体验是什么？能讲一件苦恼的事吗？

白桦：在我的故乡谁都知道，西门外和北京的菜市口一样，是官府行刑的屠场。日军占领以后，也不例外。一个深秋的傍晚，一小队日本宪兵打着“宣抚班”的小旗，牵着一个浑身血污的青年，经过我们家门口，向西门外走去。那青年穿着撕碎变黑了的白衬衣，青色的西装裤只剩了一条裤腿。因为脚镣已经磨破了他的脚髁，所以每走一步，他的嘴都要咧一下。

蓦然，一个孩子，从自己的门前拖着破鞋“哒哒哒哒……”追向行刑的队伍。立刻，一群无知的顽童跟着那个“带头羊”，呼啸着奔过去，尾随在刽子手们的背后看热闹。我被这股愚昧、无聊和癫狂的冲动所吸引，背后像是有一股狂风推着似的，我卷入孩子们盲动的行列。当我刚刚奔到西邻豆腐坊王大娘家的门前，忽然觉得，我的左胳膊被一只非常强有力的手牢牢抓住，一把就将我从那群孩子中间拉了出来，差一点摔倒在臭水沟里。我抬头一看，是王大娘。她怒不可遏地问我：“你去哪儿？……你起什么哄？你爹被他们活埋才几天？……你！你咋能这样……”她的话如同当顶霹雳，使我在一阵战栗之后失去了知觉。在王大娘的一推、一拉之后的很长一段时间，我都不敢在街坊邻居们的面前抬头。人，知炎凉、知利害，易知耻，却难；知耻而后洁身至死，更难。从那时起，我知耻了，一下就成长了许多。每当我在多重命运的途中走近污秽泥潭的时候，王大娘那双星光一般的眼睛就出现在我的面前，并且伸出她有力的手把我牢牢地抓住。

朱竞：您最挚爱的对象是什么？国家、事业、朋友、孩子、爱人、大自然、文艺、科学还是别的什么？

白桦：国家，多灾多难的故国，为此我100次可以离她而去，而我遍体鳞伤之后更加没有离去。这爱，也包括对事业、朋友、孩子、爱人、大自然、文艺、科学和在一个冬日的战场上、在我冻僵的手里塞了一个热馒头的大嫂。

朱竞：您对两性感情领域的自由和责任是怎样理解的？

白桦：爱情中的自由与责任，这是人类历史中诸多难题之一。我在长篇小说《远方有个女儿国》里，用现实生活论证过这个问题。这部小说有很多版本，在美国有一个英文译本，影响较大。当然，无论何时，两情相悦都是男女感情的准则。在母系时代，以女性为轴心。在男性时代，以男性为轴心。母系时代，情感的悲剧很少，爱是最自由的，爱的结束就是男人女人关系的结束。他们、她们和他们的子女，在观念上压根儿就没有谁依赖谁的问题，甚至血缘关系都可以忽略，没有谁为谁负责的问题。男性时代，依赖性很强，责任很重，悲剧性也就很强。我们无法回到过去，也很难预测将来。

朱竞：对您影响最大的书有哪些？对您影响最大的人有哪些？能说说您和它（他或她）的故事吗？

白桦：对我影响最大的是《史记》，我是在油灯下读完它的，那时我只有11岁。其实，那是一本百科全书。它奠定了我的人生态度和对于我们的生存环境与人际关系的认识。

朱竞：您是否有成功感和成就感？

白桦：没有，一点都没有。我的对立面认为我很强大，完完全全是个误会。我太善良，也可以说是太懦弱，因为懦弱而自卑。叹息也有回声，我只是有时会止不住要发出一声叹息，而且是轻轻的一声叹息，却往往会引起风暴般的回声。为此，我羡慕那些看起来懦弱，实际上却是非常强大的人，像肖邦和他的音乐——《花丛中的礼炮》一样。

白烨：在“钢丝”上行走

文学评论家白烨，陕西人。气质儒雅，文气十足。

白烨先生可以说是亲历了中国新时期文学30年发展的整个过程。回想自己走过的路，白烨说他是一直在“钢丝”上行走着，但从来没有掉下来过。大家在听过笑过后，纷纷开始数落白烨，说他太过于自信也过于得意。于是，大家掐着手指，挑几件让白烨摔得比较重的事件说起。

上世纪70年代末至80年代初，白烨就开始了他走“钢丝”的表演。在1981年大批白桦的《苦恋》时，白烨写出了《对于文艺批评中某些现象的看法》，文章发表在《文艺报》上，驳斥了那些“对作品和作者采取一棍子打死的态度”，主张“不要急于为人师或者当法官”，并表明了自己的态度。有位领导看错了名字，以为白桦又为自己的作品辩护，于是在会上严厉地说：“不要再发表白桦为自己辩护的文章了！”当即有人说：“报上发表文章的人是白烨，不是白桦。”那领导接着气愤地说：“白烨，也不行！”还严厉地批评白烨的思想。当时，这位只有二十几岁的热血青年就这样从“钢丝”上掉了下来。从此时起，白烨也开始多少明白了一点：文学的饭碗不是那么好端的。

白烨是不甘寂寞的人，他培养了很多文学新人，有人说他是“文学的保姆”，民间也有说他为“文学的教主”，其实这些命名都不错。如果多一些像白烨这样对文学热心的教主，说不定那些走在文学十字路口的年轻人们，就会在文学这条路上做出成绩来。

白烨说，每每有一些年轻人向他请教、指导时，就会立即想到自己年轻的时候，那种渴望前辈指点和肯定的心情，前辈们那些支持的话语，都会支撑一个有才气的年轻人继续地走下去。说这话时，评论家雷达先生也在场。白烨冲着雷达说：“当时我是多么希望雷达大师能肯定我！”雷达当然很得意地笑。

到了上世纪90年代，白烨学“圆滑”了，不再像毛头小伙子那样横冲直撞地走

“钢丝”，而是放慢了脚步掌握了基本的平衡的技术，在“钢丝”上慢慢地行走，有风吹来时，他只是晃动几下，从此似乎没有重摔在地，他在“钢丝”上仍然摇晃着继续前行。

然而，到了新世纪，因为加入了新的元素，文学之风没有顾及地从四方吹来。由白烨命名的“80后”一词盛行后，他“惹是生非”的事又多了起来。白烨的《“80后”现状与未来》一文发出后，惹怒韩寒，韩寒则以一篇《文坛是个屁》的文章点燃了这场争战的第一把火。在此文中，韩寒除了批评白烨“行文啰嗦，观点重复，很没有灵气和文采”“显露出险隘的圈子意识”外，还对“文坛”进行了调侃：“别凑一起搞些什么东西假装什么坛什么圈的，什么坛到最后也都是祭坛，什么圈到最后也都是花圈。”于是引来了至今未停的“韩白之争”。而白烨因为无法面对网络对自己的“恶语”攻击，关闭了他在新浪网上的博客，竟然成为新浪第一个关闭博客的名人。

白烨就是这样多次从“钢丝”上掉下却不喊痛的人。但他一直坚守在文学批评的战线上。有人问白烨，文学界为什么会出现圈子化的现象？白烨这样回答：圈子化的原因，一方面是整体从事文学评论的人比较少，多是“50后”、“60后”的批评家，大家互相也都熟悉，至少互相知道。另外一个更重要的原因是，平台本身的圈子化，因为大众媒体在文学领域的后退，现在书评比较多的媒体，很多是专业的行业媒体，而这些专业的媒体，大多也喜欢找圈子内的批评家。实际上大众媒体对于评论的刊载量更大，也更容易培养起新生代的批评家。

如今白烨已过了耳顺之年，但他还担任中国当代文学会会长职务，他比以前在职更加忙碌，他仍不顾“钢丝”的震荡和摇晃，又开始为爱好文学的“90后”“00后”们寻找更宽的出路。

我们每每聚会分别时，白烨总会说：“为了文学，我们保重身体！”

阿来的草本情怀

喜欢“拈花惹草”的阿来，最近出版了散文集《草木的理想国》。书中记录成都的繁盛花事。其间，既有花草的形状、神态和色彩，还有阿来对人生的感悟、生活随想，在此展现了阿来渊博的植物学知识。这些年来，阿来一边“拈花惹草”地记录花草树木与城市的历史文化变化，一边研读有关历史的书籍，为下一部大作储备精粮。

很多读者朋友及文学界的一些人都认为，作家阿来是因为《尘埃落定》《空山》和《格萨尔王》而成为著名作家的。其实在此之前，阿来已写出了很多优秀作品，只因这几部作品的响动声太大，让更多人所重视。

《尘埃落定》获得了第五届茅盾文学奖，当时评委会给出的评价是，“小说视角独特，有丰厚的藏族文化意蕴。轻淡的一层魔幻色彩增强了艺术表现开合的力度”，语言“轻巧而富有魅力”、“充满灵动的诗意”，“显示了作者出色的艺术才华”。

阿来的文学成就有目共睹。除了文学创作外，他希望自己找一个风景优美的地方，看到一棵漂亮的树，一朵美丽的花，久久地凝视它。他会被那样自在和安静的景色感染，自己那些烦恼迅速抛开。所以他选择与花草树木对话。有人说他这样会耽误写作，他却认为“并不是每一分钟都要围绕着自己的专业去看书，我也想看看和自己专业无关的书。走到任何地方，完成工作之后，我往往选择去当地植物园看看植物，或者随处游走、观察植物”。

我有幸与阿来多次在一些会议上相遇，也曾多次一起游览过美丽的名胜，无论到哪个地方，阿来都会独自走向别处，他会将镜头聚焦在不起眼的花朵和草木上。当一行人热热闹闹地在风景名胜前留影时，阿来却把关注点放在了花草上。他说他认识几千种植物，他对每一种植物都有生动描述，而且头头是道。他像植物学家一样，看到一些花草，会说出这个可以吃、那个可以入药及哪种木材可以派上什么用，他都很清楚。阿来养成了关注身边一草一木的习惯。于是，在轻盈随性中，他与象征生命活力的草木结下了深深的情缘。

我曾问过阿来，为什么这么喜欢“拈花惹草”？他说从小在高原生活，青藏高原南麓、四川盆地西北的马尔康县是他的家乡。那里草木品类多样，当地百姓的生活与草木休戚相关。在日常生活中，那里的老百姓就与草木打交道。阿来曾说：“中国人大都关注人、人与人以及阶层之间的关系，我们的文学对自然与人的关系关注却不多。一说青藏高原，不能老是说寺院、喇嘛，青藏高原很丰富，还需要讲一些别的东西。”

记得两年前去新疆参加“生态文学研讨会”时，会议组织考察北疆的喀纳斯湖，阿来照常背着他那套笨重而先进的“武器”，每天一大早，他一个人步行几公里先上山上走一趟，一是散步，二是观察草木。待大家集合行动时，他已完成了一天的锻炼和拍照。

阿来是我们队伍中带着“武器”最先进的人，他一路上不停地调换着几个长短不一的相机镜头。有一次我们在远处喊阿来：“用你那长镜头，给我们拍个照片吧！”每遇这时，他也不做声，只见他举起相机，对准我们搔首弄姿的样子，比画着他的相机，仿佛真的在为我们拍照。于是我们越发的摆出各种姿势，换上鲜艳的衣服，等我们跑来看阿来的相机时，却一张也没有拍我们。这时他会说：“花草树木，总是比人更好看。”我们拿阿来实在没有办法。

阿来一旦离开了花草，他就没有兴致。那次在新疆，我们到了福海县，坐着游船畅游福海时，再看阿来，他把帽子反戴着，帽檐朝后，倚在窗边睡着了，鼾声时起时落很不均匀地响着，我当即把他那睡姿拍下来。后来，我把照片发给阿来时，他竟然说我照相技术太差，拍虚了。

阿来说：“我拍的照片已建立电子档案，把它保存下来，这是很有意思的事。看一朵花，首先看它是一个那么美的对象，它的美是有颜色、有结构、有气味的，然后看得多了，脑子里就会形成一个谱系，比如每种植物之间有什么区别。”阿来还告诉我，对待那些有生命的花草树木，就像对待一个朋友一样，可以跟它们说话，可以对它们倾诉自己的烦躁和苦闷。

阿来就是喜欢这样特立独行。他经常穿着那件黄黑相间速干的登山服，穿着那双旅游鞋游走于大自然中。有朋友说“阿来是一条精壮的汉子”，听上去这词语有些不搭调。阿来个子不高，黑黑的脸上很少有表情，喜怒从不表现在脸上。只有他那副金丝边的眼镜，使他略显文气。阿来自己曾骄傲地说他是“一个用汉语写作的藏族作家”。

柏林遇上毕飞宇

根据毕飞宇的茅盾文学奖同名小说改编的电视剧《推拿》正在央视一套热播，作家毕飞宇因此也成了热门话题人物，可是他说，电视剧开播后要采访他的人很多，他不愿意接受任何媒体的采访。他没有看央视播出的电视剧，是刻意采取一种“回避”的态度。但他对大力宣传《推拿》却很开心，他说：“宣传这个戏我当然很开心，但是在作品的影视改编权转让出后，这个剧就跟我没有关系了。导演、编剧、演员等为这个剧付出了艰辛的劳动，这又不是我的工作，我觉得我没必要指手画脚。”

已记不清是哪一年在哪一地方与毕飞宇相识。与毕飞宇的交往，算起来也有十几年的友情。

毕飞宇是一位非常聪明机智幽默的人。他叙述故事的能力非常强。我们常说，一个听过一百遍的笑话，毕飞宇再讲一遍，依旧能让人捧腹大笑。毕飞宇就是这样的人。

记得十几年前，我去南京大学开会，闲时来到《钟山》杂志社，正好遇到毕飞宇和《钟山》主编贾梦玮在神侃，他们两人都是光头，一副匪徒或恐怖分子的样子。贾梦玮除光头外，还留有茂密的胡须。那时正好是美国“9·11”事件那一年。毕飞宇讲起他与贾梦玮一同要去欧洲，结果在过关时，因为相貌问题，被当地海关审问了好久。

毕飞宇性格直率说话也很直。记得有一次在上海大学参加蔡翔教授主持学术研讨会上，早餐时，毕飞宇看到一位当红的女作家，他开口就说：“你的气色这么不好啊，是身体不好吗?”那女作家很“脆弱”，她在意了毕飞宇这句话，难过了一阵子。就在说完女作家“气色不好”的同时，又转向另一位女编辑说：“你的手怎么这么大，像个男人的手。”大家差点笑喷，这位女编辑倒很“坚强”，直接反驳毕飞宇：“你能否给女人留点面子?!”大家又是一阵大笑。毕飞宇自我解嘲说：“我很注意女人的手，因为我的小说中，对手的描写很多。”

在国内经常能见到毕飞宇。但是在德国柏林遇上毕飞宇，却让我感到无比亲切。那次是去柏林参加图书博览会。我是随着编辑团去的，他是随着作家团去的。我们在会场相遇，当时还有诗人舒婷、西川、高洪波，我们在异国他乡围在一起吃着盒饭、聊天，别提多高兴。

接下来，作家朗读时段中，毕飞宇朗读了他的《推拿》片断，相信那一次他的朗读，在场的外国人没有多少人能听懂，但是他浑厚的声音和他生动的神情，伴着同声翻译，让全场的听众都感动。

许多人已经赞叹过毕飞宇的小说《推拿》，他仔细地揣摩盲人的生活形态，写得那么透彻，那么真实。我倒觉得也可以反过来说，或者再进一步地说，《推拿》的好处就是敢于把盲人的世界写得那么不像盲人，那么的健全。

毕飞宇则认为《推拿》来自于生活，他说：“我太熟悉盲人了，以至于我忘记了盲人与常人的异，我是‘求同存异’的。当你坐在家里把自己想象成盲人的时候，你自然觉得盲人和我们不同，可是，你如果有一大堆的盲人朋友，你自然而然地会发现，盲人和健全人的区别真的没有那么大，几乎就没有区别。当然，‘异’是有的，也是我必须把握的。”

《推拿》之所以被各种艺术形式所接受，原因还是作品的文本能让受众接受。毕飞宇的《推拿》功课做得很好，他说不是刻意的，是在不知不觉当中把这个功课做完了，这是很理想的一个状态。毕飞宇说：有些时候，你还真的要感谢命运对你的特别款待，我有如此好的机会和那么多盲人做朋友，完全是生活对我的额外馈赠。20多年前，我有过南京特殊教育师范学校的教师经历，某种程度上说，《推拿》是必然的，它的源头在20年前，它是我命中的注定。

我觉得《推拿》在描写盲人世界上有一种突破。盲人在文学或艺术的再现里早已有一些成规或定型，例如通俗剧或闹剧中的模仿嘲笑，或是比较罗曼蒂克的同情，如盲女情深之类的桥段，再不然就是海伦·凯勒式的励志。《推拿》未必给我们一个“真正的盲人是怎样”的答案，恰恰相反，它给我第一个印象倒是看不到盲人，却看到“人”。

《推拿》是“以人为本”的有温度的作品。

像毕淑敏这样生活

随着时光快速的流逝，我身边的姐妹们，对生活不再关注浮华，不再虚无，而是想切实地享受美好的生活。这让我想起作家毕淑敏选择生活的态度。

我认识作家毕淑敏和迟子建，同是1988年的秋天在鲁迅文学院。我曾多次去鲁迅文学院为刊物组稿，结识了一大批优秀的作家。那一期鲁迅文学院研究生班的学员，现在可都是文学界大牛人：莫言、刘震云、余华、迟子建、王刚、严歌苓、毕淑敏、王宏甲、简宁、贺平、海南……我曾为他们组织过作品评论，发表在我办的刊物上，后来与这些作家们有了交情，也就成为了很好的朋友。

我对毕淑敏的印象很深。那时的毕淑敏还在北京一家工厂小诊所当医生，当时她已经写出名篇处女作《昆仑殇》，影响非常大，著名作家王蒙把她誉为“文学界的白衣天使”。后来写出了长篇小说《红处方》、《血玲珑》、《拯救乳房》、《毕淑敏文集》十卷、随笔《心灵密码》、散文集《百合密码》，《百家讲坛》的文字稿《毕淑敏破译幸福密码》等大量的作品。数十部作品获小说月报百花奖、昆仑文学奖、青年文学奖、当代文学奖、解放军文艺奖、北京文学奖、北京市文艺奖、庄重文学奖、中国女性文学奖、台湾第十七届联合报文学奖等奖项。她与儿子共同出版《毕淑敏母子航海环球旅行记》很受读者关注。

我叫毕淑敏为大姐。我认识她时她已36岁，却显得很老。毕淑敏实在太朴素，素面朝天，从来不修饰自己。我常常觉得，那些装束上很前卫、言谈举止很新潮的女性，其骨子往往却是计较、琐碎、世俗的；而装束庄重、言语谦和的知识女性，其灵魂深处才真正拥有对世俗生活的批判力量，对艺术探索的执著和标新立异。

正如迟子建所描述：“毕淑敏齐耳短发，白皙红润的脸色，善意的双眸，黑色圆口拉带布鞋，白底带着蚕丝一样细的黑纹棉布夹克，这就是毕淑敏就读鲁迅文学院时留给我的印象。她在装束上那么普通，走在大街上，你确实很难想象她就是以《昆仑殇》享誉文坛的作家毕淑敏。她钻入菜摊儿，站在公共汽车站牌下，跻身于商场等等，确实与别的妇女相差无二。这也就是毕淑敏的平常，同时也是不平常之处。”

作家毕淑敏的小说，大多都与医学有关系，这是因为她是职业医师。她在50岁的时候与几个同学大胆地开起了心理诊所。当我问她感慨最多是什么时，她说：“曾有一对要离婚的夫妻，打电话给我说，‘毕淑敏的号排到了吗？我们马上就要离婚了，能不能快点？’其实有些家庭只是他们不会沟通，无法打开心结，便把到我的诊所进行心理咨询当成挽救婚姻的稻草。很多人的心理问题就是个情绪问题，也可以说是一念之差。往往就那么几分钟甚至几秒钟，导致自杀、杀人、分道扬镳等不可挽回的灾难和损失。所以，人的内心应不断调整疏导，防微杜渐。”面对那么多求助者，毕淑敏心怀歉意。而她一天接待七八个人已经是极限了。为此，毕淑敏意识到再当心理咨询师她会崩溃，还是写书吧。于是写出《女心理师》，发行五十多万册。

人的生活态度，决定着幸福指数。毕淑敏是永不安分的女人，她总会在平常的日子中折腾出一些浪花，写完 《女心理师》，她决定与儿子同游世界。她说：“环游世界是我从小的一个理想，那时候我以为这是一个妄想。2008年5月13日至2008年9月4日，我和儿子卢淼，乘坐日本‘和平号’游轮，从日本横滨出发，去完成绕地球一周的航行，整个旅程原计划103天，耗资四十多万元。”

像毕淑敏这样的女人，抛开她的作家身份，只从女人的角度来看说，她是非常有自主性的女人。我曾跟她聊起过生活，特别是她与儿子环球游，这是需要勇气的，家里的先生是否同意？她这样说：“无论何时何地，假如我的追求得不到理解，也不会影响我已确定的目标。通常我不会大声抗争，只是默默地去做或轻声慢语地劝导：如果你们爱护我，就全力支持好了，省得彼此不愉快。这么多年了，先生和孩子都知道，我去意已定的事，就是十头牛也拉不回来。于是，在我们家，没有阻拦，只有心平气和地成全。”

毕淑敏按照自己的意愿做了她想做的事，与儿子卢淼一起写出了《毕淑敏母子航海环球旅行记》。只到今天，毕淑敏想起当时先生没少说的风凉话：在海上要漂荡三个多月，你年龄不小了能吃得消吗？花那么多钱给自己买个黑奴般的待遇，你觉得有意思吗？我和儿子旅行回来，先生也曾调侃：一圈下来，那么一大摞钱没了。若不去环球游，这些钱会变成一辆相当不错的轿车，还会是一处住宅的首付。我哈哈一笑。

毕淑敏用自己辛勤劳动挣来的稿费去享受旅游的快乐，每分钱都花得干净坦然。身为作家的她用这些钱去看世界，着实让人敬佩。

毕淑敏作为作家、心理医师，她对中国当下养老的问题也十分关心。毕淑敏以前听一位医疗专家说过，如果你得的病十万、二十万元钱还医不好病，那么继续花更多的钱，也是没用，不过是稍微延长一点生存时间，生活质量也很糟糕。于是她决定不必为老年留下太多的医疗保障，患了重病治不了，就安然离世。至于孩子，供他上大学又读完研究生，扪心自问，为父母的责任业已完成，今后的道路靠他自己走，父母留给他的除了精神和品德的传承，不应再含有金钱。

我又想起迟子建说的话：我曾暗自勾勒过毕淑敏的晚年形象，一个慈祥的胖老太太坐在环绕着花草的庭院里，她是坐在藤椅里的，眯缝着眼，在享受滋润的太阳。她膝下儿孙满堂。毕淑敏是个有福之人，因而会有这么理想的晚年。不是什么人都可以让我们能联想到晚年的，而你一望毕淑敏，便知这个来自雪域高原的人会有一个洗尽铅华、归于平淡的美好晚年。

毕淑敏对人生有着自己的认定：金钱、权力、美色，甚至不能企及的高位，都不能解决精神问题。唯有美好的追求、对生命的企及，才能让自己最大限度地丰富多彩。带给别人快乐，自己才会更快乐。

女人，应像毕淑敏这样生活。

蒙古族作家巴根

蒙古族作家哈斯巴根，是一位现役军人。他穿着军装的时候，威武庄严，除了头发少了一些外，还能看得出当年的雄悍。但大多的时候，他喜欢穿改良后的唐装便衣，这身打扮，正透出他文质彬彬儒雅的气质。

我与作家哈斯巴根相识，是在酒局上。多少年过去，日子久了酒喝多了，对哈斯巴根也就熟悉起来，从此就叫他巴哥。因为很多人，一叫他哈斯巴根时，就会想起“哈根达斯”，他自己也曾解嘲地说，有一次一位服务员真的叫他：“哈根达斯”首长来了。

现在回想，也记不起是哪一年哪一次的酒局上认识了巴哥，但是那一次他给我留下了很深的印象。一位长着鹰勾一样鼻子的男人，他细细的一双眼睛像刀片一样锋利。他听别人讲话时，喜欢把手放在耳朵的旁边，我猜想他这样能做是想拢住声音，听得仔细一些。但是在一般情况下，酒局没有进入到高潮的时候，他不太讲话，只是微笑着，谦虚地点头。他头发略少，额头偏大，颧骨略高，一副非常典型的蒙古族男人的形象。这就是中国武警部队创作室的蒙古族作家哈斯巴根。

哈斯巴根的著作都用“巴根”这个名字。巴根1984年开始文学创作，他热衷于蒙古族题材的描写，从《成吉思汗大传》再到《忽必烈大汗》，都是在宏大的历史背景下来描写蒙古历史的。他写了很多文学作品，还写了很多电视和电影文学剧本。著有长篇小说《部长家族》，长篇历史小说《僧格林沁主》《成吉思汗大传》《忽心烈大汗》等有影响的作品。他曾担任《中国武警》杂志副总编辑、编审，武警总部文学创作室副主任，大校警衔。《僧格林沁亲王》曾获年全军文艺奖，《成吉思汗大传》获年武警文艺奖。

巴根是一位勤奋而高产的作家。2013年由作家出版社出版的50万字长篇历史小说《忽必烈大汗》，我有幸担当了责任编辑和总策划。《忽必烈大汗》被堪称是一部厚重深邃之作，其叙述的跳跃与精练，对话的简约与隽永，反映出巴根写作的底蕴和力量，可给人以阅读的真正快乐。透过作品所舒卷的百年风云，我们目睹的是历史曾经上演的一幕幕铁血与柔情交并的大戏，可以了解到蒙古汗位曾进行怎样的更替与继承，了解到蒙古族先人独特的历史文化心理，了解到一个民族由草原萌生而渗透在血液中的尚武精神与征服冲动，深切地觉察到巴根对蒙古族先辈所具有的无与伦比的自豪与崇敬。

长篇历史小说《忽必烈大汗》，已由巴根改编成了50集电视连续剧，电视剧的名字叫《建元风云》，已在全国电视台热播。巴根很会写戏，他善于白描，写人物、心理、人物关系、景物，包括宫廷内部的斗争，通过语言和动作一下子就写出来了，这是巴根的功底。

然而，在信息时代的今天，作家巴根却落伍了，他不会用电脑打字，他的写作都是用传统的方式在稿子上手写，然后再请人打字，因此也练就了一手好字。要说他不会用电脑写作也就罢了，他到现在都没有手机，别人找他时只能打他家里电话，他若不在家，那谁也找不到他。可他若想找别人时，随口就能说出一长串的电话号码，他竟然能记住几百人的电话号码，也算奇人！

作为军人的巴根，执行军令，刻不容缓，他随时会接到命令，下到基层去执行任务。这时会显现出军人的风范。而作为作家的巴根，他是性情的。他喜欢喝酒，常常宴请朋友们，因此结交了很多朋友。每每酒过三巡时，巴根就会给朋友们表演自己民族的传统节目，他会把装满酒的酒杯放在头顶上，然后翩翩起舞，唱着蒙古族长调，跳起蒙古族的舞蹈，虽然他的舞姿不优美，他唱歌的五音也不全，却因为他唱的是蒙语，谁也听不懂，大家只好为他鼓掌，直到他头顶的酒杯掉下，再罚酒一杯，引得大家哄堂大笑。巴根酒喝多时，也忘事。有一次他定下的饭局，大家都到了，只有请客的他没有到场，他竟然忘记了。待下次大家聚会时质问他，他笑脸赔罪，当即会举起一大茶杯的酒，一饮而尽。大家在声讨中，还是喜欢这位有着宽广胸怀的蒙古族的作家朋友。

几十年来，巴根的文学创作一步一个台阶地稳步前行。他认为蒙古族文学创作最本质的特征是对英雄主义崇拜。同时蒙族文学还表现在追求赞扬人性美、人和自然的和谐统一方面，蒙古族文学还有一个鲜明特征是对朴实、率真、人性、爱情的讴歌。

陈忠实：人生如蒸馍

《白鹿原》火了之后，我就认识了陈忠实，一晃时间过去二十多年了。朋友们私下里都管陈忠实叫“老陈”，当年《白鹿原》出版时，他只五十岁出头，2012年7月31日，是老陈七十岁的生日，谨以此文献给老陈：生日快乐！

可以说，陈忠实是中国当代作家中“火”的时间较长的人。

在二十年前他曾经发誓要写一部垫棺作枕的作品，《白鹿原》让他实现了愿望。眼下《白鹿原》又拍成了电影、话剧、电视剧、秦腔等，老陈也因此成为媒体的“红人”，各种采访应接不暇。对此，老陈一直认为自己是个外行，就是给编剧、导演讲讲创作体会，帮助他们更深入地理解人物、事件。《白鹿原》自出版后就一直没消停过，老陈也因此一直被各界“折腾”。他希望这部小说在各自的艺术领域里都表现出色。

我记忆最深的是2002年7月31日那天，是老陈六十岁生日，我专程飞到西安，为老陈花甲祝寿。记得那一天来了各界人士，老陈也显得非常精神。当他走进会场时，不知是谁突然上前去给他戴上一个用鲜花扎成的五彩大花环，一时间掌声响起。陈忠实首先讲述自己如何走上文学创作这条路，说到最后，他很伤感也很现实地说：“……直到我走进朋友们为我营造的这个隆重而又温馨的场合，我依然不能切实理解六十这个年龄的特殊含义，然而六十岁毕竟是人生的一个重要的年龄区段。按照我们传统文化和传统习俗的意思，是耳顺，是悟道、是忆旧事的年龄。这也许是前人归纳的生命本身的规律特征，我不可能违抗生命规律。但我现在最明确的一点是，力戒这些传统和习俗中可能导致平庸乃至消极的东西。我比任何年龄区段上更加强烈更加清醒的意识是，对新的知识的追问，对正在发生着的生活运动的关注。这既是作为一个作家的生命意义所在，也是我这个具体作家最容易触发心灵中的那根敏感神经颤动的地方。我唯一恳求上帝的是，给我一个清醒的大脑。”

谈到对人生的感悟，陈忠实用最简单直观的语言说道：“人生如蒸馍：馍蒸到一半，最害怕啥？最害怕揭锅盖。因为锅盖一揭，气就放了，馍就生了。”

这期间我们还多次见过面。最有趣的是2008年夏天的时候，陕西的好朋友打来电话说：“陈忠实当上了陕西段的奥运火炬手了！”我的反应是：老陈平时走路都是慢慢的，手里还总要拿支雪茄烟，他竟然能手持火炬在成千上万人的欢呼声中，在无数个摄像机的拍摄中，在数不清的镁光灯闪烁中跑下来200米吗？陕西的朋友听我这么说老陈，大笑不止。

这时我意识到，我的猜测是错误的！作为陈忠实的朋友，我绝对不应该在这么庄严的事情上怀疑老陈的意志和信心。于是，我马上到网上看新闻。陈忠实说：“这200米，我想要自由自在地跑，用我的人生经历为奥运添上精彩的一笔。”我非常理解陈忠实这朴素话语的意义。这与他当年的小说《白鹿原》出版时的心情一样：复杂、自信、激动、感慨；以及多年来自己内心世界与现实空间的抗衡和对峙、自己在文学创作中高峰和低谷期的痛苦、思想的波动等，一时间会同时涌现。

在中国，陈忠实作为文学符号的存在大家已不陌生。相信大家都能数得出他很多的作品。其实，除了文学创作之外，老陈是非常性情的人。

几年前，我去西安参加一位作家的作品研讨会后，在西安音乐学院的食堂里吃完饭，在场的几位陕西学者情不自禁地唱起了陕北民歌，唱着唱着觉得不过瘾，就到了一个歌厅去唱歌了，大家说叫老陈一起来玩，这时已是半夜12点多钟，没想到老陈还真的来了。老陈唱歌跑调很严重，跳舞更是踩不到点上。大家都和他开玩笑，老陈也笑。他那像木雕一样的脸，笑起来竟然像绽放的花。他从上衣兜里拿出那巴山牌雪茄烟，用手轻轻地捏了几下，再用牙齿轻轻地咬下多余的烟丝，然后点上，只吸了五六口，就灭掉火，说：“呃不会唱歌，可呃心里都会唱。呃也不会跳舞，踩你脚了。”陈忠实不太会说客套，他说话几乎不用形容词；偶尔一两句玩笑话，会逗乐在场所有人，别人拿他开玩笑时，他那张沟壑纵横的脸上，会现出憨厚的一笑。

有一次在北京遇到陈忠实，他请我们几位朋友吃饭，想了好半天，还是决定到秦唐府去吃。秦唐府在人民文学出版社附近，到了那里我才知道，这是纯正的陕西风味的小饭店，但是人很多，噪声极大，相互间说话几乎是在喊着说。那饭店里的桌子和凳子都非常矮小，坐在那里如同蹲在地上一样。感觉来这里吃饭的人都是陕西人，他们也都说着陕西话。陈忠实到了这里，如同到了自己的家里一样熟悉，不用菜谱就开始点菜。一大碗面，加上一碟小菜，吃得他汗水直流，看上去就像陕西的农民一样蹲在路边，手捧一个大碗幸福地吃着。很难想象，这位就是名震海内外的大作家陈忠实。

老陈穿衣戴帽实在不讲究，每当有人问起他那个像出土文物似的破包时，他都会津津乐道地讲出一大堆这包为何十几年不离身的好处。可是他抽烟却十分讲究，他只抽雪茄烟，而且是特制的方形的盒子。我发现，在他的烟盒的开口处，总是记着一些电话号码或是零星话语，他说："随手记上，回家再整理，这是我的笔记本。"

北国圣雪迟子建

女作家迟子建，是许多趣味倾向不同的读者和批评家都能接受的作家，她也是获奖最多的作家，她几乎获得了中国内地所有的重要奖项，而“鲁迅文学奖”更是被她多次得到。她的《额尔古纳河右岸》获第七届茅盾文学奖。

1986年的时候，正是我狂热地爱着文学、被文学所迷惑的时代。也就是那个时候，我读到发表在《人民文学》上的《北极村的童话》，从此开始喜欢上了迟子建的作品，她曾写出这样的文字：“假如没有真纯，就没有童年。假如没有童年，就不会有成熟丰满的今天……”1989年我在纯学术理论刊物《文艺争鸣》当编辑，我去鲁迅文学院组稿时，认识了迟子建、莫言、余华、刘震云等作家。迟子建喜欢穿裙子，喜欢用围巾来调节色彩。她长长直直的头发披在肩上，加上北方女孩子高挑的个子，很是引人注意。

说起迟子建的创作生涯，屈指算来，已有三十年。她可称是“年轻的老作家”。她年少成名，笔耕不辍，著述颇丰，不仅小说创作方面成就突出，而且散文写作也自成一家。从80年代《北极村童话》到《额尔古纳河右岸》，这中间包含了许多可以讨论的话题。也许是当年的“童话”风格过于鲜明，多少年来学者们在论述迟子建的创作时，思路与评价还定格在“北极村”时期。评论家李建军曾在文章中这样说：“迟子建是一个靠着自己的作品‘赋价值’作家，而不是依赖于‘奖’手段‘他赋价值’的作家。迟子建的写作风格，也常常被误解。有的人就觉得她的写作有着这样的局限：抒情方式太过浪漫，叙事的‘童话色彩’太过浓重，这使得她的作品缺乏力量和深度。事实上，问题并不这样简单。”我认为，迟子建的确是一位自觉地追求诗意性的作家，但是，她的浪漫而诗意的抒情里，有着严峻的社会内容和丰富的美学意味。迟子建的文字总是带着诗性和强烈的个人气息，形成了一种优雅的文学话语。

记得2008年的冬天，我与北京大学的几位学者去黑龙江大学讲学。一天晚上，组织者在哈尔滨中央大街一家很纯正的俄罗斯餐厅宴请，我给迟子建打了电话，问她是否方便来一起坐坐。她爽快地答应了，并说："我们好久没见面了。"

这家俄罗斯餐厅里一条长长的餐桌上，摆放整齐的餐具，十分精致。座位是面对面两排对座，主客双方分开，看上去有点像海峡两岸关系协会在商谈。当我和北大的几位朋友来时，迟子建已经在等我了。

这期间我们有好多年没见过面。当我们相见的那一刻，我还是有些心酸，迟子建似乎也有与我有同样的感觉。因为这些年，我们的生活都发生过一些变化。我们相互说着这些年各自的一些事，还说起我们共同熟悉的朋友们的事。我问她生活得好吗？她说她的生活是命中注定有这样的结果。她说："如果我也有一个儿子该多好。DN已长成一个高高大大的男人样了吧？"我告诉她DN喜欢她的小说，还常常想念迟子建阿姨。

就在那天俄罗斯餐厅分手后，迟子建给我发来一条很长的短信："见到你非常高兴。孩子那么优秀，是你的骄傲……"回来后，又翻看我的老照片，那是1989年5月在北京八里庄南里鲁迅文学院，当年迟子建正在那里读书。有两张照片是迟子建与DN小朋友在玩耍，她笑得那么童真。照片上的DN坐在她的书桌上，肆无忌惮地在她的稿纸上乱写乱画着。

有一次诗人舒婷跟我说起迟子建时，笑得我肚子疼。舒婷说："有一次笔会上，我与迟子建曾经'同居'了几天，但几天下来，我也不知道她长得是什么样。我每天和诗人们在一起，回到宾馆的房间时都比较晚，迟子建却早已睡下，只看见她侧着身一头长发放在枕头边。早上我又起得晚，她又早早地出去了。"

了解迟子建的人都知道，幸福与痛苦始终同时伴随着她。她的丈夫因车祸离她而去，对一个女人来说，没有比这更痛苦的事情了。但是，时常总会有一些人问及她的生活、爱情、幸福及痛苦的问题，她却从来不回避。我看到过迟子建曾这样回答一位记者，很让我感动："我是在健康的家庭环境长大的，从小感受到的是家庭的温暖。虽然我的婚姻来得晚，结束得又早，但留在记忆中的，是可以永久回味的爱与美。这对我来说，是心中一团永远也不会熄灭的火，依然会在我孤独无助的时候温暖我。其实每个家庭都不会是满目的灿烂，也不会是彻头彻尾的昏暗，婚姻如同一盆花，是需要主人精心侍弄和呵护的。婚姻的本质是世俗的，热爱世俗生活的人，容易获得满足，婚姻可能相对就稳定一些。而我热爱世俗生活。"迟子建说，每年她爱人的祭日时，她都会独自地静静地待在屋里，默默地想他。就在《额尔古纳河右岸》获得茅盾文学奖时，她说了这样的话："……我要感激一个远去的人——我的爱人，感激他离世后在我的梦境中仍然送来亲切的嘱托，使我获得别样的温暖。”

很多年了，我一直喜欢迟子建，喜欢她如水一样的透明，喜欢她如“北极村童话”般的真实。她的小说平实但很有节奏感，她的文字节制而干净。她关心的是底层平民的生活琐事，她讲的故事仿佛就发生在你的身边。北大教授谢冕在迟子建的小说《世界上所有的夜晚》的授奖词中说到：“向后退，退到最底层的人群中去，退向背负悲剧的边缘者；向内转，转向人物最忧伤最脆弱的内心，甚至命运的背后。然后从那儿出发倾诉并控诉，这大概是迟子建近年来写作的一种新的精神高度。”

范曾：心有大爱，方为大师

画家范曾，永远是一位有争议的人物，社会各界的人对范曾的评价是褒贬不一。有人称他“国画大师”、“国学大师”；也有人说他不懂国学，在绘画上重复自己，没有创新。我认为这些评价，对范曾来说，都是再正常不过的。范曾非常豁达，几十年来对外界的各种评论，他都不太在意，他常说“一切要靠作品说话”。

与范曾接触时，感到他有一种强大的气场，磁场般吸引着在场的人注意他的言行举止。他常穿着中国传统的服装，布衣布鞋，坐姿端正，说话时手势有些夸张，粗黑的眉毛显得眼神更加有力。他大笑时不加掩饰，自然流露他的思想和观点。他思维敏捷，语速较快。

记得那一次在北京大学与范曾先生雅聚时，他说出这样一句话，让我记忆深刻：“很多人认为我是个画家，但我画画的时间大概是我读书时间的十分之一。”范曾说他每天早晨5点钟起来开始读书，主要是读文史哲、中外典籍类的书籍，像康德的《纯粹理性批判》等，读过多遍还是在读。其他还包括当代的一些著作、一些刊物他都在浏览。他每天吃完早饭后，最多画一个小时的画，然后要么是论道，要么是写作，要么与人对诗，还常常作诗。

常有人称他为中国当代的“大师”，他自己却不这样认为。范曾说：“现在有一种说法，中国要呼唤大师。但大师不是呼唤出来的，除了环境氛围，他还有自然的生长机理。就艺术而言，功力固然重要，但不是第一位的，要努力找到自己，却并不是每个人都能找到自己。”范曾还深情回忆了自己的老师李苦禅先生：“李苦禅先生画画慢，傅抱石先生画画快，但快和慢，都不影响他们成为大师，唯一的评判标准就是作品的好坏。”他认为大师还要有大爱，李苦禅先生出身寒微，但当他的穷弟子从山东来北京投奔他时，他把自己画画挣来的20元钱，拿出一半给了这位老乡弟子。

当下艺术品收藏的风气盛行，范曾的作品在民间已炒到了天价。只要提到画家范曾，大家就会谈论他的画值多少钱，却鲜有人谈论他的善行。2008年汶川地震时，他捐出了1000万元，之后的几次灾难时，他都捐了钱。作为画家，范曾大隐于世，却心挂世人。千金散尽，独享平淡生活；收放之间，尽显大家风范。范曾先生作为文化人群体的代表，和企业家们一同行善，更能显出中国精神来，这在中国知识阶层中有着标杆的意义。

描绘万物的风华婉转与人的运动姿态，千年以来一直是艺术家朝斯夕斯梦寐以求的梦想，也是艺术家各逞其能、追逐是是非非的名利场。然而，画家范曾近年来却又常以“国学大师”的身份出现在各媒介。他对中国传统文化艺术有独到的见解和研究，范曾认为绘画与国学是一体的。他在《左眼出而乾坤定》一文中如是描述当时的创作激情：“在一丈六的大幅画面上画腾跃风动的骏骑和骑士、飞快奔走的猎犬、振翅待起的雄鹰和一只被射中的雁，是十分复杂而难于统一于一种动势和目标的构图……如此参差错落的人物山川结构的鸿篇巨制，会从忽必烈的一只左眼开始，这是我画所有大构图的必然过程，所谓‘左眼出而乾坤定’。然而此画更难的是在于瞬间的把握，镝鸣雁落，忽必烈发箭的手势尚未收回，而空中飞雁已中箭。这其中除去作画时的激情而外，必有精熟无碍的技巧为后盾，而心志的绝对集中、目测的不失毫厘，苟非作手，岂可梦见。我为此颇感自豪亦聊足自慰。”（范曾：《画外话》）

2010年12月，北京大学成立中国画法研究院，著名书画家范曾担任首任院长。时隔近百年，北京大学重振中国画法研究院，此举既是“返本”也是“开新”，既是“传承”也是“创造”，不仅要培养中国画法的理论与实践高端人才，更要从哲学高度恢复传统文化在中国的地位。范曾说：北京大学是有“珍贵记忆”的大学，他断定未来的中国画是“历史的、文化的、哲学的”，中国绘画走向世界的过程中最缺的是高水平的文化推动平台。

冯骥才：心中有敬畏，才能有良知

1米92的大个子男人冯骥才，在越来越多的角色中转换：作家、画家、收藏家、社会活动家等，无论哪一个角色，他都是出色的。而最让人敬佩的是近十几年来，靠着冯骥才执著地呼吁和奔走，人们开始意识到了古老文化的价值。冯骥才说，文化界要做的，就是去唤醒大众去认识文化的价值；但这是一项浩大的文化工程，不是单靠某些知识分子就能完成的，而是要全民动员，特别要让人们懂得文化的重要性，并能逐渐成为人们的一种共识。

冯骥才与这个时代同步前行。

想起与几个朋友从北京开车去天津大学看望冯骥才的情景，一直很感动。事先与冯骥才约好的是下午三点去他那里聊天，等我们到了他那里时，他正与一位国外的朋友聊着。于是，他让工作人把我们带到二楼的一个展厅参观。

一上二楼就看到，有一堆干麦子草在展厅门前作为装饰放在这里，仿佛一下把我们带到了田野，来到了民间。他的展厅有400平米或者更大一些，天棚透过的自然光线，把整个展厅照得明亮无比。冯骥才的工作室，就像一个国家级的博物馆，每一件文物都非常珍贵。

展厅的周围挂满了冯骥才的画，有一些画我早已熟悉，而且也编发过。《树后边是太阳》这幅画在1991年时，冯骥才让作家赵玫转我的画册中就有这幅画。冯骥才告诉我，《树后边是太阳》是他非常珍爱的一幅画作。他解释这幅画和含义：在这幅画中远远的是一片丛林，它们扎根大地，在雪地中挺立，雪地映照出的树影，阳光投向了人间投向了大地。我愿意把这些图景看作是作家及他的挚爱的文学与现实的某种关系，作家要有人间情怀，作家的创作只有深植现实的厚土中，才有穿过严冬无限生长的可能。

在展厅的中央，有一排展示台，展台是用玻璃罩住的，里边装满冯骥才的小说、散文及理论书籍的各种翻译版本。而看到这些文学作品时，我还是都会想到“文学的冯骥才”。从20世纪90年代以来，开始冯骥才在城市保护和民间文化抢救中风尘仆仆地穿梭着，关于当代民间文化保护问题，他的苦口婆心的种种声音，似乎已经掩盖了他的作家的身份，虽然《神鞭》《三寸金莲》《一百个人的十年》等作品不断重印，仍为众多读者所喜爱，但人们的印象中他似乎早已远离当今文学现场。

我再次见到冯骥才时，还是让我有些惊叹！可能是因为他的气场太大，感觉他的个子太高了！于是我竟然说出声来：大个的男人——冯骥才。

冯骥才说话的语速非常快。当我问他关于他热衷的“非遗”问题时，他取出刚刚出版的有关贵州民间文化的一本画册让我们看。他说：“这些民间艺术，如不及时抢救，马上就会有遗失和灭绝的可能。这是我们的一个文化悲剧。”再看我们的城市，几百年、上千年形成的千姿万态的具有个性的城市，都变成了千城一面。

冯骥才在80年代中期时就开始对民间文化的关注了。他的大部分时间是在田野里跑。跑的原因，一是他要了解真正的田野文化究竟是一种什么现状。

他的一篇小说《感谢生活》就对民间文化进行了倾情关注，当然那时中国当代文学的“寻根”热潮不无关系，不过，在这条路上大概很少有哪位作家像他那样走得那么执著，走得那么远，走得那么兴致勃勃。这些年，冯骥才跑遍了祖国各地，到农村去寻访民间艺人，见到剪纸的艺人时，他突然发现了中国文化的另一半；他原本以为汉唐艺术的雄强气势早已不存，没有想到它在民间，从远古的壁画、石窑、青铜器、画像、石俑……直到今天民间的年画、泥玩具、剪纸、蜡染、陶瓷，这股民族的势不可当的艺术元气，依然流贯在我们辽阔广大的民间。他曾说过：我们的高等艺术学院为什么不搬到民间来呢？我看着这普普通通的村婆，心里火辣辣地想，我们的艺术在民间！艺术激活了大冯骥才沉寂的生命！

冯骥才有很多怪想法，他觉得时间总是不够用。人家让他到北京去当官，而且是部级的官，他不当，他说还有好多民间的文化和艺术等着他去抢救，不然，我们中华民族的古老艺术，以后就得到外国去找了！

他送我们出来的时候，指着大楼的墙壁说，这里所有的一切都他亲自设计的。

我问他每年还写小说吗？他说：每年写一两篇过过瘾。

当我问及他著名的小说《高女人和矮丈夫》《抬头老婆低头汉》的构思及前前后后的故事时，他讲了很多有趣的故事。同时，他对中国当下的文学也有些不满意的地方。

我认为冯骥才今天所做的“非遗”工作是文学的延续，他仍然是以作家的眼光、作家的语言和激情参与当代的文化活动，思考与中国文化的有关问题，充分展示了作家参与社会的另外一种方式。

正如他经常讲的那句话：心中有敬畏，才能有良知。

丢失了公木的手稿

一直在想着1988年4月的一件事——我丢失了公木先生的手稿。那是我来《文艺争鸣》当编辑两年后的事。那时我二十七岁。

记得当时那期刊物准备发表老作家、诗人公木（张松如）先生的一篇纪念“延安讲话”的文章。主编杨荫隆老师把公木先生手写的近两万字的长文交给我，让我编辑并设计版式。上个世纪80年代时，还没有电脑排版，都是用铅字排版印刷，就连版式设计也是用印刷好的小格子的版式纸来算字数，而且一定要准确无误。因为印刷厂的工人要按照这个版式纸来挑拣铅字，然后再按照我设计的版式来排成铅版。

接着说公木的手稿事。

当时的主编杨荫隆老师交给我公木的手稿后，一再嘱咐，这篇文章是这期的重头稿子，版式要设计大方一些，题目用大字号，正文段落要清晰。我小心翼翼地接过主编交代的稿件，我看到这是公木先生自己专用的稿纸，八开纸大，上边印着500字的绿格子，右边处留白很大，是改稿眉批用的。杨主编这么器重，我也感觉到这文章的重要性，心里一阵高兴，想着主编把这么大名家的稿子交给我来编辑，那种虚荣感和成就感同时涌上心来。我必须得好好认真对待公木这篇文章。于是我用牛皮纸的信封装好，下班时就把稿子放在包里准备拿回家来，晚上开夜车把它编辑完设计好。

那时，我每天骑自行车上下班。我的自行车前边有一个小铁筐，每次我都是把包放在车筐里。那一天在下班的路上，路过卖菜的自由市场，我下了车停下来用一只手扶着自行车，另一只手去挑选点青菜。也就是在一瞬间，我的包突然被一个小伙子强行抢跑。我来不及喊，更知道追不回来，只看着那个人骑上他的自行车飞一般逃走了。

包里有我所有的东西。钱、钥匙、稿子……

我的腿软了，没有一点力气去踩蹬自行车的踏板。

已记不得是怎么回到家，才发现没有开家门的钥匙。

想到还有两岁大的儿子还在幼儿园里等我去接他。我看了一下表，这时已过了接孩子的时间。

包被偷，我身上一分钱也没有。但不管怎样，必须得去接儿子啊。到了幼儿园，我与幼儿园的阿姨讲明了刚才发生的情况，阿姨主动借了点钱给我，我非常感动。我给儿子买了点吃的东西，心里安慰了许多。看着儿子有东西吃，他就不闹了，我才开始想办法开门。

当时，基本上家里都没有电话，街上也没有出租车，办事都是骑自行车。在我住的这楼内，我是最先安装防盗门的。这时才想：如果不是防盗门还有可能找工具撬开，可是这防盗门就没办法撬了。于是我想到在妹妹家还放着一套钥匙，但妹妹家住在郊区实在太远了，骑自行车大概要一个小时。眼下也只有这个办法！于是我把儿子用宽布带绑在自行车后座的小车座里，顶着风骑车近一个小时才到妹妹家，这时儿子已在我自行车的后面歪歪扭扭地睡着了。我把儿子放到妹妹家里，转头就又骑车去主编杨老师家。

进了杨主编的家门，我没开言，却泪先流。

杨主编吓坏了，问我出什么事了？

我说："我把公木的手稿给丢了！"

杨老师立即着急起来，张口就说："你怎么能这样粗心！这可怎么办？"他在屋子里面来回地走着，我却一直在哭，说不出话来。过了一会儿，杨主编安慰我说："别哭了，明天早晨，咱们俩一起去公木先生的家里，看看他有没有底稿。"

虽然主编这样说，但他心里真是没底。因为当时写文章都是手写稿，很少有复印稿。

从杨主编家里出来，我忐忑不安，下午那点虚荣心和自豪感早已抛到九霄云外。我骑着自行车直接去妹妹家接儿子，儿子已睡了。那天，我就住在妹妹家里。

第二天早上，我和杨主编来到了公木先生的家里。七十多岁的公木先生很热情地接待我们。接着，杨主编向公木先生说明情况，我怯怯走到公木先生的面前，向他致歉。

面对一头白发的公木先生，我话还未出口，不自觉地又哭了起来。

公木先生看着我哭，却哈哈地笑出了声："哭什么？这小姑娘，真有意思。别急，那篇稿子在给你们编辑部之前，我让我的学生抄写了一份寄给了天津百花文艺出版社，这是我那套文集的序言。别急，我马上打电话，让他们马上寄回来。待你们用完，我再寄给他们。”

这时，公木老师的爱人也从另一个房间走出来，看着我哭泣的样子，也拍着我的肩，笑着说：“没关系！别说还能找回来一份，就是找不回来，也不能让你受这样的委曲啊！好姑娘，别哭了。”

公木先生又对我的主编杨老师说：“老杨，不许你批评小朱这位小编辑啊，如果你批评她，我就批评你。”杨主编也笑了。

这件事对我的教训很大，从那以后，我在编辑工作中非常注意，同时非常严格地要求自己。从那时起，我就感觉到，越是有名气的大学者，他们却越是平和、宽容和理解别人。

公木先生1998年去世。我去参加了他的追悼会，我看着公木的简介，心生敬意。

公木先生1910年农历五月十五日出生。1928年后，进北平大学第一师范学院学习时便参加了共产主义青年团，办刊物、搞暴动，又加入左联，曾两次被国民党反动政府逮捕入狱。公木是我国著名的诗人、学者和教育家。他在《公木诗选》后记中自述：“吾十有五而志于诗。”他以清新、质朴的格调热情歌颂农民的觉醒、广大群众获得解放的兴奋和对美好未来的憧憬之情。不仅如此，他还在培养一代新人的路途上呕心沥血，当今一代新诗人邵燕祥、张志民、流沙河、未央、雁翼等都尊敬地称公木为老师。应该说公木为年轻人留下了很多很多。诗人公木的成功词作《中国人民解放军军歌》更是不可不提的，这首“向前、向前、向前，我们的队伍向太阳，脚踏着祖国的大地背负着民族的希望，我们是一支不可战胜的力量……”经作曲家郑律成谱曲便犹如插上了翅膀，当年，它带着高昂、激越的旋律自由地翱翔在根据地，萦绕在清凉的上空……

我的老主编杨荫隆先生也于2004年去世。他病重期间，我和我的同事守候在他身边多日。杨主编是我从事编辑职业的领路人，我从他那里学会了很多职业编辑应该做到的事。

一晃，这件事已过去了整整26年。

想想年轻时的自尊心的和虚荣心如此之强，容不得自己做错事，更不愿让别人不高兴。随着年龄的增长，岁月的流逝，生活的磨难，自尊心的和虚荣心渐渐地消失。

非常怀念80年代的文学氛围。

非常敬重老一代学人那种谦逊的治学态度。

当过右派的郭铁成

2007年2月12日，星期一。

星期一是我的上班日。这个星期一，也是春节前最后一个上班日了。

来到编辑部，打开电脑，收发一些来稿来信。沏好茶，坐下来，想在春节前给一些朋友打问候的电话。拿起电话，第一想到的是郭铁成，他是《文艺争鸣》第二任主编，也是我的同事、朋友、兄长。

大多在星期一这个时间，我就会想起郭铁成。因为星期一这个上班日就是1995年的时候郭铁成主编定下的。那时候，要求每周一编辑部的全体人员都要到齐，其他的时间可以在家里办公。这个不成文的规定到今天一直延续着。

郭铁成主编在2003年退休并迁居到苏州生活后，联系就少了很多。这期间，偶尔有电话或者通信联系。时常，他也回到长春，也来编辑部坐坐。但这时的"坐坐"完全是以客人的身份坐坐。算来有几个月的时间没有与郭铁成联系了。

在郭铁成当主编的时候，几乎是每个星期一都会有朋友来这里聊天、喝酒、品茶，《文艺争鸣》杂志社不足三十平方米的办公室，成了远近闻名的文化沙龙。郭铁成很善于讲故事，一些往事，从他嘴里讲出来，就像放电影一样鲜活；郭铁成也愿意与人争论，他常以亲历者的身份和口气说："那时候，你们还小呢！"他常常会把从"五四"开始到当下的文学现象串联起来讲，如同他亲历过一样。退休后，他写了很多的文章，当然这些文章大多都是给自己看的，发表很难。他的锐气十足，2006年看到陶东风的一篇文章《文学的祛魅》（《文艺争鸣》2006年第1期），认为有些观点不对，当即反驳写下了近两万字的长文《有关80年代文学评价及其它》（《文艺争鸣》2006年第3期），这一争论受到很多人的关注。

今天在电话中郭铁成说："这半年身体一直不好，在医院打了一个多月吊针。医生诊断为'脑腔堵塞'，每天早上头晕很严重，血压也高，视力也在下降，粉尘过敏导致鼻炎，不停地打喷嚏，全身没有好地方了。"他一口气说了这些话，然后哈哈大笑了一阵。

听着他的一番话和他的笑声，我的心里非常难受。

郭铁成一生坎坷，却始终保持着自己的尊严，本来想退休后把自己的经历和感受写出来，书的题目他都起好了，叫《炼狱与沉思》，写他当“政治犯”时的一些事，我曾陆续地读过一些章节，有些细节残酷到了极点，可至今也没能出版。

我与郭铁成在《文艺争鸣》杂志社共事八年，这其间，我了解了他的很多往事，但是谈起我对他的印象，却又很模糊。要写他的故事，按理说应该是有很多的话要说，可一动笔，却真的不知写什么。我不想写他坎坷的人生经历，因为实在不想让他难以平静的心再度掀起波澜。

初识郭铁成的人，一下子就会被他诙谐风趣的谈吐和爽朗的笑声所感染和感动，使你本来有些紧张的心情马上会放松下来。他个子不高，腰板却永远挺得很直，一头银发使得铁成兄沧桑的人生变得极为富有，一副浅茶色的眼镜使他看上去又多了一些深沉。他喜欢铁灰色调的衣服，他对西服、衬衫、领带从来都是一丝不苟，全是灰色调。不知是有意还巧合，他能从灰色调中寻找出十几个色阶，他的衣服虽然价钱不是很贵，看上去却非常讲究。灰色非常合适他，也许，命运的有意安排，他的人生就是在灰色调中度过的。

1979年之前的十三年中，郭铁成一直在监狱、农场、农村、林区。1966年他被定为“政治犯”而下放劳动“改造”，在那段非人的日子，经常是被提审、交代罪行，各村轮流游行批斗、侮辱、谩骂，拳打脚踢已不在话下。能在外面进行体力劳动他已经感到很幸福了。郭铁成还曾被拉上了法场，和其他的犯人一样等待死亡枪声的到来。然而，就在枪响的那一瞬，他又被拉回了监舍。我曾问郭铁成：“当时害怕吗?”他说：“不害怕。当一个人不属于你自己的时候，你就只把他看成一块肉，一块任人宰割的肉。”我说：“您是有思想有灵魂的人，而不是一块肉。”他说：“那时你的思想，已被管制起来了。”那种精神上的折磨要比肉体上折磨痛苦得多，如果没有一定的骨气和勇气，是活不下来的。而他却坚强地活过来了。我们可以想一下，在那种思想被管制和缺失灵魂的年代里处处是荒唐的景象。

这些年中，我和我的同事几乎像听故事一样，陆陆续续听郭铁成讲了很多他在“改造”时的“故事”，每次听他那段耻辱的历史时，我都难过、痛心，有时流泪。历史就是这样不断地跟人们开着玩笑。在大家的眼中，郭铁成是豁达而乐观的。然而，在他幽默的笑声中，却蕴含着对历史对社会极大的嘲讽。

郭铁成永远是宁折不弯的人，他正直、善良，眼睛里揉不进沙子，他骨子里那种清高和傲慢时时显现出来，听说就是在监狱被提审时，他也决不畏缩。有一次管教提审他时，他却在写着“犯”字的上衣口袋里拿出一块洗得干干净净、叠得整整齐齐的白手帕，擦了一下鼻子。于是，这又成了蔑视共产党的罪状。就是现在，他的口袋里也常常装着洗得干干净净、叠得整整齐齐的白手帕，时常拿出擦一下。我们经常开玩笑地说：你又蔑视谁呀！

这些年，郭铁成写了近千万字的文章，他不急于拿出来发表，近40万字的自传《炼狱与沉思》及关于知识分子精神的文章，都安静地待在电脑里，等待着春风的吹拂和阳光的照射。

等待阳光的日子也是幸福的。

本想用轻松调侃的语言来描述他坎坷的人生和遭遇，让他和所有同他有一样经历的人读起来能轻松些，可是，我做不到。因为历史是沉重的，生命中不能承受之轻，同样也不能承受之重。

在与郭铁成共事的这些年中，我学到了很多很多，我要感谢铁成兄的也是很多很多。

从做编辑到做人做事，都给了我很多的帮助。

郭铁成退休后，我曾两次去苏州看他。他一如继往地哈哈大笑，看不出他任何的磨难。

高洪波，孩子们的“大高老师”

记得那一天，我穿着盛装早早出门。当我来到现代文学馆时，看到文学界的朋友来了有二三百人，真可谓是大腕云集，高朋满座。当我拉开门柄上精刻着用文学大师巴金手模制成手印的门把手时，看到里边布置得喜庆热烈，“高洪波文学创作40年”大红横幅映入我的眼帘。再细看墙壁四周，挂满了高洪波出版的著作介绍。高洪波从事文学创作40年，收获颇丰，出版著作二十多部，出版《高洪波文集》八卷，充分展示了他的创作实绩，可说是枝繁叶茂，繁花似锦。再会场的四周，有他不同时代的照片，特别是摆在最前边的一张骑在马上的高洪波，英武、帅气。

会议由北大教授、作家曹文轩主持。曹文轩改变了以往一脸学术的样子，他风趣幽默的主持介绍，让我看到了高洪波这位“多面手”更生动的一面。

在此，文学界的朋友回忆起与高洪波几十年交往的历程中，都分别给高洪波名字的前面，加上了各种符号：文人、诗人、儿童文学作家、散文家、评论家、文学活动家、政治家、玩家……

而铁凝评价高洪波时说：“在我眼中，他是一位热情爽朗儒雅温和的老大哥。他既是优秀的文学组织工作者，又是当代文坛成就突出、影响广泛的著名作家。高洪波用他的童心、诗心和爱心为孩子们编织着一个绚烂璀璨、生机盎然的艺术世界。他尊重儿童天性，提倡儿童文学是快乐的文学，语言或幽默，或诗意，充满童真和童趣。”

那一天，让我最感动的是“大高老师”这样的称呼。

为什么叫他“大高老师”？在中国，他的小读者粉丝非常多，因为他是被选入小学语文教材最多的作家之一。他的儿童文学作品曾荣获第一届、第三届全国优秀儿童文学奖，第七届“五个一工程奖”，国家图书奖，及冰心、陈伯吹、庄重文文学奖等多项大奖。

我听到一位小学老师这样说：孩子们非常喜欢读高洪波老师的诗歌和儿童文学作品，发现这位作家老师的水平真的很高，他又姓高，于是就成了孩子们心目中独一无二的“大高老师”。我想对这样的称呼，高洪波本人也会喜欢。

评论家雷达是高洪波多年的同事加朋友，每遇雷达，他必谈高洪波。他们一起谈文学，一起打乒乓球、下象棋、游泳、玩古董……雷达说：“许多熟视无睹的事像和细节，别人从未想到写文章，高洪波却偏能化为文章，拓出一片新的风景。衣食住行自不必说，就是一块砖头、一方石砚、一枚印章、一只牛头、一只猫、一棵树，吃了一回藏药，听了一回老歌，见到一个老熟人，全能勾起他浮想联翩，写成意趣横生的文字。”

但是，大家说得最多的高洪波骨子里还是个彻底的文人。我记得评论家王干发表过议论：文人其实是一种本色，文人装不出来。骗子里面装领导的很多，装大款的很多，装老大的也有，而装文人的却很少。为什么？文人不好装，做一个文人看起来不难，但装起来很难。文人的气质，文人的用词，文人的交际，都是自然而然的。文人装起来不容易，但文人褪起来很快。

朋友们都说，几十年来高洪波没有变。他身为高职，却依然保持着为孩子们写作的童心，把心灵贴近纯洁的儿童。有人说他没当大领导时，还时常讲政治，而后来，他越来越像文人，越来越有人文关怀，这也许与他的经历有关。他当过兵，当过记者、编辑，又做过多年文学组织工作，他希望自己的作品能愉悦孩子们的性灵，能启迪他们热爱大自然、小动物的爱心，能让他们幽默些、机智些、有情趣而不古板，能让他们生活得自由些、快乐些。

高洪波书房的名字叫“避斋”，这是汪增祺送给他的。他非常钦佩汪曾祺，他是由衷的，是文人的惺惺相惜。

我与高洪波老师相识多年，记不清多少次一起参加会议和朋友的聚会。他非常随和，没有架子，按当下的审美标准，是典型的“高富帅”（高大、富态、帅气）。他非常热情，谁也数不清他帮助了多少人。每遇突出的文学新人新作，他总是满心喜悦，大力推荐。很多朋友都知道这样一段佳话，在20世纪70年代末期，诗人舒婷尚未成名，当时高洪波拿着舒婷诗作的油印本去给很多人看，希望大家给予肯定。现在说来，舒婷的出道和今天的走红，着实与高洪波有关。

高洪波的爱人叫朱丹江，是一位出色的医生，谁家里的老人孩子生病，高洪波就着急地带去看病，周围的朋友接受高洪波和朱丹江帮助的人数不清。高洪波心中有大爱，他用智慧把快乐传递给所有朋友和孩子们。

我想把鼻子/安在花苞中。/闻着鲜花的气味，享受这美好的时光。/闻啊，闻——/香味把我带入了甜美的梦乡……

穿旗袍的高秀芹博士

波浪长发高秀芹

人与人的交往有多种形式，人与人成为朋友那是缘分。

我和高秀芹成为朋友是属于哪一种呢?

喜欢高秀芹，是在2005年8月在北京首都机场。那是我们一同要去深圳大学开比较文学年会。说实话，在此前，也在多种场合遇见过高秀芹，对她并没有什么感觉，相信她对我也是同样的。所以，我们没有来往，甚至每次见面都要再介绍自己。相识，需要缘分。

想来，我和高秀芹的缘分是在首都机场的一瞬间。那一天，我和首都师范大学比较文学系的的杨乃乔教授在机场相遇，我们正在聊天，杨教授指着前方说，高秀芹也来了。我抬头看去，眼前一亮，眼前的高秀芹变化如此之大，让我不能相信这是以前见过的高秀芹。她上身穿了一件橘红色的上衣，下着白色的长裙。棕色的长发烫成了大波浪，肤色很白，牙齿整齐，笑着、飘着就过来了。

眼前的高秀芹与我前几次见到她完全不是一样了。她告诉我她当了妈妈，有了可爱的女儿。正应了我常说的那句话：当了妈妈的女人，才是最美丽的。我在她身上，看到了无尽的爱。

在那一瞬间，我喜欢上她，“一见钟情”了。也就是那一天，高秀芹“移情”了。她告诉我，在来开会之前，就与首都师大的美女教授尹文涓相约，到了深圳大学，她俩住一个房间，可是见到我之后，她就告诉尹文涓，要与朱竞同住。小巧精美的尹文涓，这时却显出了她的霸气，坚决不同意秀芹“移情别恋”。那一次，我们在深圳大家开会，还有戴锦华教授，我们玩得很开心。

接触中了解到，高秀芹是非常有才情的女博士。她外表显得很大气，山东女孩子那种大大咧咧，但细品之后，觉得她的内心却非常细腻。只几天的亲密相处，让我感觉她身上有很多别的女孩子不具备的优点。

我接触的女博士很多，感觉女博士大多都有些怪癖。女博士们由于学识、学历都很高，她们对环境、事业、家庭、爱人的要求也很苛刻。而理想与现实总是有着很大的距离。她们追求的是精神的浪漫，一种柏拉图似的生活。但往往是：事与愿违，以悲剧结束。

高级知识分子中的女性，大多都很有才干，智商极高，办事能力也强。她们会对周围的男士不屑一顾。我想，女权主义的产生并不是偶然的，这是社会发展、进步的象征。高层知识界的女人们渴望接触更出色的男人，与他们交往，与他们合作，与他们组成美好的家庭。但现实生活中阴盛阳衰的现象又十分突出。男人似乎更加脆弱，精神上更容易崩溃，敏感的情绪导致男人们不能更好地适应生存的境遇。他们更不能面对自己的老婆“高高在上”的样子，脸面上也过不去。高层知识界的男人和女人需要妥协地过日子，那么，谁向谁妥协呢？这又是一场没有硝烟的战争。

残酷的竞争，导致女博士们的心比天高，命比纸薄，特别是在爱情方面。她们一直在追问：幸福是什么？我寻找的是什么样的生活？她们的一生，都在寻找中度过。

接着说高秀芹。

高秀芹是一个极其热情而纯真的女人。她总会呈现别人的长处，她也会肯定别人的优点。特别是女人之间，能做到这一点，不容易。女人是爱嫉妒的，高秀芹却不这样。这些年来，我体会更深的是，要做到心态平衡，超然度日，只有自己调节好心理状态，才能真正做到对任何人和事不嫉妒。我理解高秀芹的心态。还有，就是自信。

重情重意高秀芹

与高秀芹的交往，不知不觉中又过去了一年。

在这一年中，与高秀芹通了多少电话见过多少面，已经记不清了，以至于如果没有她的信息，我会感到缺少点什么。高秀芹这个人，实在是太生动了！在她的身上有无数的优点和缺点。她聪明过人，反应极快，注重大是大非，从不拘小节，在她手下工作的编辑们都感到快乐而幸福。像高秀芹这样的典型人物，在任何小说、影视作品中，目前没有看到。于是，我下决心写一百个《高秀芹印象记》，努力把这位北京大学的高才生、谢冕教授的博士、北大培文总裁有才干而有创新意识的一面刻画得准确而有魅力。

但是，这一篇印象记，在我下笔的时候，却让我更多地想到了2006年4月发生的一件事。回想那几天黑色记忆，我感到浑身都在颤抖，如果没有高秀芹的安慰和帮助，我真不知道会是怎么样。记得那一天，我给秀芹写了一封信：

秀：

上午我去公安局了。

近些天，发生了一些事，我挺不住要崩溃了。

2006年4月3日下午两点多钟的时候，我接到了儿子学校打来的电话。当时正是高考前的报考和体检的日子，我以为是报考的事学校找我。可是我到学校时，简直不敢相信眼前的事实：四五位身着警察服装的人，歪歪斜斜地躺坐在年级主任办公室的沙发上，年级主任简单地向我说明了情况。我儿子在4月2日课间休息时，参与同学间的打闹，结果把一个同学的脸打坏了。被打的同学家长当即报告了派出所。孩子们都说在混乱中，也不知道是谁出手打的。结果把五个孩子都带到了派出所。因为我儿子长得高大，被打的同学认定是他先动手，他也没有为自己做任何的辩解。于是被派出所的警察单独审问几个小时，并让他供出其他同学，否则要刑事拘留15天。我儿子是“宁死不招”。直到晚上九点钟他们才放孩子回来。这时间我一直在派出所的门外想办法求人说情，更担心孩子在被审期间挨打，那种心情无法形容……

我以为，同学间打架，教育一下也是应该的。没想到，那位家长是得理不饶人，非要处理孩子，无论怎么说就是要拘留孩子。孩子也就连续十几天在派出所与学校之间往来。而这时距高考还有一个多月的时间……

今天是2006年的4月17日，我的天空总算是有了一点亮色。半个月里，我找到很多朋友帮忙，总算暂时地把这事压下来了，让孩子安心复习准备高考。但我还得继续劝说那个同学的妈妈别打扰我的孩子。

秀，这些天，我才真正感受到，一个女人带孩子过日子真是难。但是我把所有的一切还是承受了下来。面对孩子我不但没有怪他，反而我还表扬了他，我说：“男孩子打仗不算什么，哪个男孩子小时候不打仗！你不供出同学还能这么仗义，你是真男人！妈妈敬佩你！但是，虽然不是你先动手的，你参与其中也是不对的。再说你现在打架不是时候啊！你面临高考，没有时间和精力来应对这些事。你要答应妈妈：这件事已过去了，你一定不要因为这事影响到情绪和心态，剩下的事由妈妈来处理！”我儿子很感动，并忏悔自己的行为，他不停地点头。

儿子回到自己的房间后，给我发一了条短信：“老妈，对不起！错就错在你儿子太仗义，老妈你别上火，起码你儿子比别人多了经验，以后绝对不能了！”这一条短信，现在还在我的手机中。

秀，这半个月来，我每天睡不好觉，心脏也不好，但我在孩子面前表现得非常轻松。我知道孩子在高考前也学不进去了，我俩就一起看大片，然后大笑。其实我转过身去时已泪流不止。这事我谁都没说，不想让朋友们知道。男孩子打架虽然不算什么丑事，但是在我身上就会生出很多的是非。事情到现在差不多见亮了，我的心情也好多了。

秀，我在想，工作中再难再不顺心，夫妻间再打再吵，都不会有撕心裂肺的感觉，就是怕孩子出事。可是通过这几天发生的一些事，让我更清楚地看到了人性之恶，一切都是钱权的交易！我很佩服我的理智、冷静和处事的节奏感。当我最闹心的时候，我竟然能坐下来编稿件看文章，有几次你打来电话我都想向你倾诉，可是我怕我大哭；再想，对你说了也没有用，只有让你为我担心。反正事情总会有解决的办法，车到山前必有路。

那些天，我的孩子出门时我都让他多穿一件衣服，我怕派出所随时去拘留他，那里会很冷。每天上下午的课间我都给儿子发一个短信问他一切都好吗？我让他每天放学打车回家，有时前后就差几分钟，我的心就会跳到嗓子眼。这些年，孩子陪我一路走过来，我们俩像朋友一样。他总是宽慰我，他倒像个大男人，我倒像个小女人一样。可是他毕竟还是孩子啊……

秀，你可能体会不到我说的这一切。因为你有爱……我羡慕你，更祝福你。你要好好珍惜家、珍惜你的爱。

我一口气和你说了这么多，也释放了我这半个月的郁闷。

我们说好，要做事的。我会静下来的，我会好好地想一些事，我们要做事。

你多保重。谢谢你一直关心着我。

信发走了。然后我就觉得这封信不该发给秀芹，只要我写出来，心里已经释放了。

很快，秀芹回了信：

姐：

中午收到你的短信时我在和一个朋友吃饭，吃完饭后我和她聊了一会儿，感觉好像有什么事，回到办公室后，我赶紧打开邮箱，看你的信件，第一句话："上午我去公安局了。"我的心立刻提了起来。

姐，你这一段时间竟然遭遇到这样的事情，你为什么不跟我说呢？你一个人撑着，一个人忍着，你有多大的力量呀，谁给予了你这样大的力量来独自承担这一切呢？你是一个多么令人敬佩的女人呀。我们几乎每天都通话，我是多么的粗心呀，我竟然没有觉察到任何的蛛丝马迹，或者说，你把自己那么好的潜藏起来，你一点也没有流露出任何的惶恐与不安，你就这样在北方的春寒料峭中去一一摆平这么多的麻烦。就是因为你是一个母亲，一个用自己灵魂和身躯撑起门面的母亲，儿子因为有你，他的人生就会呈现出特别的意义，他是一个仗义执言讲情义的孩子，一个真正的男人。你应该为有这样的孩子而骄傲！

这些日子你其实在担惊受怕和积极处理中度过的，你要争取最好的结果，为儿子。但是，这个世界又是那么错综复杂，那么的不可预测，这真是飞来的横祸。告诉孩子，男孩子打架不算什么事。但是，人为的因素却使事件变得不可控制，一切都是为了儿子。你坚强，你博大，你谦卑，你忍辱负重，只要儿子不受影响，只要儿子一切都好，只要儿子顺利进入高考，只要儿子快乐，只要儿子不害怕，只要儿子……

姐，你太累了，你为什么不告诉我呢？真正的朋友就是要在危难时刻上去的那个人，我可能帮助不了具体的问题，起码会和你一切分担感情上的忧虑，你就一个人背着，一个人扛着，我心疼你呀，姐，我为你流泪呀。

而且，我还为很多的琐事"骚扰"你，一会儿这样，一会儿那样，我的那些鸡毛蒜皮的小事都一股脑向你那里倾泄，你也毫不犹豫地接着，你就这样呈现自己最美的东西，呈现自己最坚韧的东西，把人生的苦难化作生命的底蕴，你就这样笑着，工作着，劳累着。姐，你怎么可以这样呀，你难道就没有半点的软弱吗？你难道不需要人为你分担吗？作为你的朋友，我真的为自己愧疚，你给予我的那么多，我为你做了什么呢？我马上寄钱给你。

姐，你一定要挺住，要把身体养好，你不能垮下，孩子需要你，我也需要你。我们还要一起好好做事。

秀

2006-4-17　14:21分

回秀芹信：

秀：

我拖到现在才看你的信。我知道你会写什么，不愿意轻易地打开，于是我留在夜深人静时来读。读着，读着，伴着你的声音和我的泪水，我无法控制自己情感。你一声声地叫着“姐”，就如同我家里的小妹妹一样让我温暖而感动。

这些年我一个人过日子，撑事已习惯了，无论发生多大的事，我都想着我一个人能办好，一年一年地就这样过来了。其实，在我们的周围，不顺心不如意的事很多，若不说出来，大家看上去都很好。包括千百万个家庭里的夫妇，看上去都很幸福。其实不然！

我身上存在着很虚伪的一面。我不想让别人看到我的委屈，不想让别人看到我弱小的一面，所以我撑着。静下来的时候，我真的觉得非常累。但我喜欢体会这生命的过程。

有时也常想，去好好地爱一个人。想到喜欢和爱一个人，我就会想到那个幸福的过程，想到要和哪个人过日子，就会想到那么美好的过程即将被破坏掉，于是就没有了勇气。想到一旦成为“日子”，也就变成了“油盐酱醋”，过程也就不再美丽。所以我害怕“日子”。

因为还有儿子在身边，过程还在继续。我真的害怕儿子有一点闪失。十几年来，我不错眼珠地看着他。还好，儿子身心健康、阳光帅气。

这件事过去后，我的心情会变得坦然了许多。这又是一种经历。

你不要给我寄钱。现在还不需要。真的。那样我会有负担的。你让我轻松地与你相处吧。

秀，你我之间已经到了一个很深层面上的理解。这非常难得而重要。对于这个物欲时代的人来说，能够体会到真诚，是多么的不容易呀。

二十几年来我很少相信人，无论是男人还是女人，我都心存戒意，因为我受过的伤害太深了。自从我们交往以后，我感觉到了你身上那份真诚，那份热情、宽容、无私却是当下久违了的。我们都是女人，有虚弱的一面，更有好强的一面，但真实和真诚是我们共同寻找的。

这一年来我们几乎每天都在交流，我从你那里学到了很多，你博爱却取其精华，你站在中国学术界的最高点上，俯视学者教授们的各种形象，美的丑的善的恶的，你却能辨别得一清二楚。

你最让我敬重的是：善良的本性，愿意帮助别人，更愿意原谅别人的过错。

有你这样的朋友，我很骄傲。

谢谢秀，姐是真心的。想念你。

2006—4—17 22:47分

信发出后，我的心情立刻好了起来。我发现诉说是人的本能欲望。可是，我却把这种本能的欲望控制到最低点。因为我很虚伪，不相信人，也不想让人了解我。但是与秀芹交往之后，改变了我很多。性格也发生了很大的变化。想了很多的事，不能入睡。我看到儿子房间的灯还亮着，他还在学习，做卷子。这时已经十二点多钟了。

秀又回了信：

姐：

到办公室后打开电脑看到你的信，同时还有邓正来教授的一封信，我扫了一眼他的信，知道他在南大的“兴师动众”的演讲画面，也就过去了。

我还是要先看你的信，我想看你的思想，听你的倾诉，这是我们另一种方式的“深刻”交流。

作为女人，你比我们这些书斋里的女人要真实得多，比那些矫揉造作的小女人要博大得多，比那些受过苦难而极端生活的女人要宽容得多，你一直在踏踏实实地爱着这个世界，你心中的激情从来没有减少过，你的美是经过风霜大气磅礴的美，你的美是无限丰富深刻迷人的美，我在你身上看到一个女人令人尊敬的一面。

而且，你又把这些挚情与力量转化成做事的方式，你就这样努力着，做事情，成了你热爱世界的内在联系。你没有在自恋感伤中消磨自己，你清醒地记着女人的使命，你要以自己的方式来获取男人世界的认同，你不肯甘拜下风，你要表达，你要思想，你要自立，你看着世间卑琐的灵魂与身体，你高高在上。你比他们要高得多，你一直在踏实地走着，一直在成长着，他们却在原地看着你的背影越来越远。

谁又能真正体味到你内心的艰辛呢？你不想让任何人看到你的软弱，看到你内心的苦楚，你藏起自己的伤痕，又以极美的形象呈现自己，你已经做得够多了，做得够好了，你有时该放松一些，你是一个人，一个女人，你不要把苦难一个人背着。作为好朋友，我的阅历与你比还差很多，但是，我对你的亲近与体贴是很多的，我在很多正式非正式场合都在赞美你，你让我看到女人中的“另类”，我想以自己的方式与你交往。正如邵燕君所说：“这个时代的男人没有意思，他们不爱女人，也不爱男人。这个时代的女人既爱男人，也爱女人。女人爱女人，是基于一种共同的趣味，一种共同的经历，一种患难与共，一种艰难共享。”你以后有什么事情，一定要让大家一起来想办法。我是一个真切的人，我们俩能成为好朋友就是对方的镜子，我在你身上看到了自己，我尊重你的自强自立，也是尊重我自己。每一个人都以自己的方式和这个世界发生关联，我们总能从对方的眼镜里看到自己的影子，我们能从一个宽容的男人身上看到他所爱的女人的从容，我们能从一个狭隘的女人身上看到和她一起男人的卑琐，我们之间能呈现生命中美好和大气的一面是因为我们都在追求生命中博大平和的境界。现在我还想跟你说，认识你真好，我们是一辈子的朋友，是可以信赖的朋友。

你会好起来的，生命中的困难你一个个克服，生命的过程会越来越美好。

想念你，惦念你。

秀

2006—4—18　09:35分

其实，去年的那一段时间，我与高秀芹通了很多信，我们谈了很多，出版、文学、理论、教育、孩子、男人、女人等等。回头再读这些信时，觉得非常有意思，也很宝贵。

那一段时间，我还感谢我的儿子，他控制住了自己的情绪并排除了一切外来的干扰，以饱满的热情参加了高考，取得了非常好的成绩被重点高校录取。几年过后的今天，当我开玩笑地问儿子那年的这件事时，儿子却自嘲地说："以后，我要告诉我的儿子，你爹我曾是个英雄啊！"

今天的文字，是有些伤感，但我要说：谢谢秀芹！

在以后的故事中，高秀芹的快乐一面我会更多地呈现，也许会与那位幽默大师憨豆先生的故事一样或引人发笑或让人泪流不止……她是非常有意思的女人，我会慢慢地讲。

我要回家了。外面又是一片漆黑。

那一天我不得已上路/为不安分的心/为自尊的生存/……为自我的证明/路上的辛酸已融进我的眼睛/心灵的困境已化作我的坚定/在路上/用我心灵的呼声/在路上……/只为伴着我的人/在路上/是我生命的远行？/在路上/只为温暖我的人/温暖我的人/……在路上/用我心灵的呼声/在路上/只为伴着我的人/在路上/是我生命的远行/在路上/只为温暖我的人/温暖我的人

一路上，我唱着刘欢这首《在路上》的歌。

穿旗袍的高秀芹

我曾说过，要写一百篇高秀芹印象记。

算一下，按我现在的写作速度一年写一篇的话，我要写到140多岁。这样想来，我必须好好保重，对自己再好一点，不然，写高秀芹印象记的计划就完不成了。

之所以写得慢，是因为高秀芹好玩的事和无聊的事都太多，我总是不知道写她的哪一件为好。与她在一起时，她大声说话放声大笑的样子，就像自家妹一样可爱；看她工作的样子，有时她又沉静得像一个知识渊博高深莫测的大学者，讲起中外的大理论来一套一套的，让人跟不上她的思维；有时她也像一个十几岁的孩子，围着北大未名湖一跑就是十来圈，任汗水随意地流；有时她又像一个大领导，对人那种公事公办的语气让人实在听着好笑。

要写这篇印象记的冲动，是由她发来的一条短信引发的。

晚十点多时她发来短信。

高："在干什么？"

朱："在编辑部刚回来，躺在沙发上看韩剧。"

高："好好看！我烦。生活本身就是烦。有意思的事太少。烦得我找来旧小说看，昨晚上到今天看完了《呼啸的山庄》。二十多年前看过，再读还是很投入，这就是经典的魅力！但，看完了又开始烦。"

朱："烦恼都是自找的！我看韩剧只当休息，可以不思考甚至不用知道剧叫什么名字、什么内容，只感觉眼前晃动着的影像养眼。好小说可以重读多遍，经典的艺术是永远不败、世代相传的。而烦恼也是永远的。谁让我们都是凡人！"

高秀芹没有再理我。

我知道她瞧不起我的这种说教。她那脾气，就跟那股市大盘一样，若高兴了就一片红，但眨眼间就会变得深绿。对这样的股市，股民已习惯了或者说已麻木了。对秀芹的脾气，我和金燕早已习惯了，没人和她一般见识。不知道这会儿她又为了什么而烦？

世人都要知道我有俩闺蜜，高秀芹和金燕，我们三个女人，江湖人称"唐三彩"。只要我一到北京，这三个女人常在一起鬼混（逛商店、喝咖啡、谈天说地，还会评论一些男人种种）。当然，我们也一起做了很多有益于社会和有益于人民的好事。以身材的肥瘦来分：高秀芹（初唐）金燕（盛唐）朱竞（晚唐）。三个女人共同的特点就：工作狂人！

接着说高秀芹。这两年来，秀芹的变化之大，可以用百分之二百五的增长点来计算。她小小年纪，竟然早早就评上了编审（相当于教授，可以有带博士研究生的资格，也相当于八级木匠）。这年头，若听说谁评上编审或者教授博导或者八级木匠，根本不算新奇的事儿，可是在北京大学那地方，确实让很多人眼热。（孔庆东、韩毓海等也没评上多久吧？）

以前，我写高秀芹时很少写她的工作和学习，写的都是她当女人方面的事。可是，现在不得不写，她那工作狂热的劲头竟然超过了我。她一年出版多少书，连她自己也没算过。这还了得！若和她比，就算我整年的不睡觉也就出12期刊物，况且是赔钱的刊物，多印刷一本就多赔一本的钱。而秀芹却不一样，她带领她的编辑们，一年完成5000多万的码洋，占全出版社的一定比例。我对数字没有概念，我不会算码洋的虚和利益的实，一听这5000万的数字，就把我吓晕了。（我参加工作三十多年了，还没干过挣钱的买卖，每月都是国家给我发工资，为了让我的内心无愧，我只有疯狂地工作，好好地做人。）

高秀芹讲义气是出了名的，她答应的事，一定要做，有时自己掏钱也要做。她的粗中有细也是出了名的（她的性格很像她的导师谢冕教授，就连她的大笑也和谢冕一样清澈）。她宁肯自己少休息，也要把周围的各种事处理好。她对作者们都非常尊敬，每到节日或者哪位学者的生日，她都会去探望。2008年春节，她搞了一个非常隆重的在京作者团拜会，我正好也在北京，有幸参加，看到那气派的场面，让我难忘。她竟然邀请到了在京各行业的著名学者300多人。想想，有她这么好的人缘，谁都愿意把最好的书稿交给她来出版，估计她今年会为出版社挣到更多的钱。但是，她也是铁面无私的，不能出版的书稿，再好的朋友关系，她也不宽容。

这两年秀芹最大的变化是，夏天的时候，每天可以换一件不重样的旗袍来上班。真是绝了！她的个头和身材，就像是给旗袍生的一样完美。我们在她面前自感羞愧不如啊。她的理论是："中国的女人就是要穿旗袍！"前天在天津参加全国书展，她告诉我："上午穿黑色的长裙，没有人注意她，到了下午，换了旗袍，就不一样了！"

如果有高秀芹在场，相信所有的人都会感到快乐。尽管偶尔她的脾气像股票大盘一样是深绿色，但大家就是愿意接受，赔了也高兴！

洪子诚：书生人情纸一张

在中国的大学校园内，读过当代文学作品或者研究中国当代文学的人，大多都知道洪子诚教授的名字。在我周围，很多人就是因为读了洪子诚的《问题与方法：中国当代文学史研究讲稿》《中国当代文学史》《作家姿态与自我意识》《1956：百花时代》等书后，毅然决然地报考了中国当代文学的硕士、博士研究生，然后走上了从事当代文学研究、教师、编辑等职业道路的。

洪子诚教授为学界贡献了一部被广泛选用为教材的、权威的《中国当代文学史》，他全面地展开了极为重要的系统研究：当代文学的性质和地位、作家的立场和处境、问题和方法、特别是在普遍认为“没有艺术”的领域，深入地探讨了艺术的顽强存在和潜隐规律。

2010年1月19日北大博雅会议中心，那个感人的场面让我久久不能忘却：78岁的谢冕教授为71岁的洪子诚教授献上了一束鲜花。当时谢冕教授说了这样的话：“书生人情纸一张。我不过是送一束鲜花而已！这一束鲜花表达的是我对洪子诚半个多世纪学术劳绩的敬重和感谢。”这是在《洪子诚学术作品集》发布会上发生的一幕。

洪子诚称自己为“30后”。“30后”的学者中，杰出的知名学者有很多。但洪子诚教授很独特，他在浮躁中安静地读书、教书，在经历了各种运动后，他依然选择安静。与洪子诚教授接触多了，会感受到他安静中的幽默。他的幽默是冷的，是灰的，要慢慢体会才觉得更有味道。洪子诚是退休后才大红起来的，也就是在《中国当代文学史》出版后洪子诚的名字才广为人知。

我认识洪子诚教授是在20世纪80年代末期，他非常低调，甚至在众人前显得有些羞涩。洪老师每次参加学术会议，都要认真地准备发言稿，不然他就不参加。作为知名的北大教授，洪老师的认真很让我感动，他给编辑部投稿，总要几次修改，发现有错字，他也要写信告之。于是，我经常委托洪老师帮我组稿，洪老师会不厌其烦地打电话写邮件给作者们，然后再把一组文章编辑好，并且把每个人的联系方式很详细地写在后边。有时还会附言：“若版面有限需删节时，尽量删我的文字。”

有意思的是，洪子诚与谢冕、孙绍振、孙玉石等几位教授在一起时，他们相互调侃、相互揭老底、相互嘲讽能让人笑破肚皮。他们是大学同学，在一起的时间有半个世纪之久。他们见面，都还会像小孩子一样相互开玩笑。在这几位老教授当中，洪子诚教授在吃饭和穿衣服方面是最讲究的。他的衣服大多是那种看上去朴素内敛、麻质地的，他讲究舒适大方又有品位。同时，洪老师也是最讲求浪漫的，我常说他“小资情节”严重。洪老师喜欢旅游，爱好摄影，每次从国外回来，都会向我们晒他的摄影照片，我们也经常不客气地嘲讽他的摄影水平。

洪子诚教授是有性情的学者，他的学术文章大多都带有个人阅读的经验和情感在其中。在《问题与方法》中还保留了不少他在课堂上对个人生活小事、爱好、性情的表白，例如说自己怕见名人、印过两次名片却发不出去、遇到非常困惑苦恼的事“先吃饭睡觉再说”等有趣的文字。

在学术界的背后有人说：“一流学者搞古代文学研究，二流学者搞现当代文学研究，三流学者搞比较文学研究，四流学者搞港台文学研究，五流学者搞中国当代文学研究。”相信这是学者们的相互调侃。但也明显地看出研究中国当代文学的压力，因为作品的整体水平不高，使研究者无从深入。面对当代文学批评界普遍责难的当代文学创作，洪子诚教授提出“研究者首先应该做的工作也许是反省自己的认识能力”。在他的著作和言行中，我们都可以看到一种严于自省的品质。当代文学是一门很容易陷入浮躁的学科，洪子诚几十年如一日地保持一种沉静的心态来从事这项工作，没有超常的定力是做不到的。

洪子诚教授经常虚心地向他的学生们学习。前一阵我与洪子诚教授等一起去深圳的飞机上，我亲眼看到洪子诚在阅读他的学生戴锦华教授的书，而且非常认真地在字里行间画上道道，还在旁边做了很多批注。我拿过洪老师的书看了看，他读得太认真了，被他画过的地方，的确十分精彩。于是我说，以后我只读洪老师画道道的文字！随后他写出“我的阅读史”之《在不确定中寻找位置的戴锦华》，他开头写道：“第一次读戴锦华的文章，应该是在1979或1980年。那时候，她还在北大中文系78级……但没有见过她的面……我是个不大合格的教师（属于上完课就走人的那种），对她也就没有丝毫印象。待到能把‘名’和‘实’联结起来，已经是十三四年之后了，惊讶于她有这么高，如此的口若悬河，天上地下无所不知，而且香烟一支接着一支……”

相信像洪子诚教授这样的文学史谁都爱读。洪子诚的著作，是让我们解闷的。一个人能把学术性的书写到让人解闷的程度，大概也算是一番难得的境界了。

何西来：拒绝对历史的遗忘

何西来，1938年3月生于陕西临潼秦皇陵东上何村，1958年毕业于西北大学中文系，留校任教一年。1963年毕业于中国人民大学文艺理论研究班，同年调入中国科学院文学研究所。曾任中国社会科学院文学研究所副所长，《文学评论》主编，研究生院文学系主任。现为研究员，学术委员。主要著作有：《新时期文学思潮论》《探寻者的心踪》《文艺大趋势》《文学的理性和良知》《横坑思缕》《文格与人格——艺术风格论》《文外文》（与女儿丛小荷合著）等。

何西来的原名叫何文轩。他是典型的关中大汉，声若洪钟，语惊四座。他的出生地，离秦始皇兵马俑出土处只有几步路。

我见到何西来先生是在2002年的春天，他作为“第七届文艺争鸣奖”的评委，应邀来长春为获奖作者颁奖。三月的长春，乍暖还寒，何先生穿着一件黑色的长风衣，戴着一顶黑色的礼帽，远远看去，有如武侠小说中的人物一样威风凛凛。还记得当时我打电话邀请何先生来长春时，他答应后说：“我马上去订飞机票。”我说：“真对不起，我们只能让您坐火车。”何先生二话没说马上订了火车票。这虽然是小事，却让我感动。大家都知道，现在请人家作评委除了高额的评委费之外，往来一般是飞机。因为编辑部的经济窘迫，对一点点说不出口的评审费和火车票问题，何先生非常理解，他看重的是评奖的公正。他曾在一篇关于评奖的文章中这样写道：“奖项之设，原为繁荣社会主义文艺创作，对于那些创造了好作品，为精神文明建设作出贡献与成绩的作家、学者给予物质的和荣誉的奖励，给予表彰，本也无可厚非。……这里有一个前提，必须评出的是真正的优秀之作。这里的关键，在于评奖的公正。”

了解何西来的人都说他有“侠义”精神，对一些不公正的事情，他总要说上几句。他说这几十年来，经历了很多事，是从绞肉机里绞出来的，他很珍惜今天的生活。前些时候，何先生在青岛打来电话，问及稿子之事，然后说他要在那里讲学一个月，所以特地从西安把80多岁的老母亲接来，让她看看真正的大海。那些日子老人家非常高兴，不光是为了看到大海，更多的是能与儿子待在一起而高兴。

近五六年来，与何西本先生相见的机会多了起来，经常能在一些作家作品研讨会上见面。他依然是以公正的面孔来评说文学作品，他依然康慨激昂地大声讲话，他依然是寻样地热爱着美好的生活。

下边的文字，是前几年何西来先生接受我的采访的部分内容：

朱竞：何先生，您曾用了万余字的篇幅谈了对中国20世纪的印象，谈了对知识分子精神等问题的理解，并以亲身体验谈了自己的感受。一些熟悉您的人都说您是条硬汉，在很多时候都能坚持正义，为此您也付出了相当的代价。能讲讲您最痛苦和耻辱的体验是什么？讲一件苦恼的事。

何西来：我平生最恨的是对朋友和亲人的背叛，最不能容忍的恶德是忘恩负义。我不是一个坚强的人，常显性格深处的怯懦，特别是在年轻的时候，由于这怯懦和与之相关的个人安危的考虑，而伤害过我的老师。一次是在我读书的大学；一次是在我工作的研究所。前一次是在1958年“拔白旗”的时候，我的古典文学老师傅庚生又一次成了靶子，被作为只专不红的“白旗”来拔。傅先生是国内著名的杜诗研究专家，他在新中国成立前出版的《中国文学批评通论》和《文学欣赏举隅》在学术界颇有影响，新中国成立后还出版了杜诗研究的专著《杜甫诗论》。因为他在学术界影响大，地位高，又是从旧社会过来的知识分子，所以，自1952年思想改造运动以来，每次运动他都会首当其冲。运动一过，要落实政策了，他也总会因为“认识好”、“态度好”而首先被考虑，他从来都没有想过与共产党对抗。然而，下次运动一来，他还是在劫难逃。1958年批判他的时候，我因为在头一年反“右派”斗争中有温情主义，主要是批判外国文学老师刘思虹先生时看他不像敌人，恨不起来，差一点丢了党籍，所以这一回言辞格外激烈。我是傅先生了解较深而且比较欣赏的学生，那时是口试，考试时他总是给我最高的分。因此，我的激烈，肯定对他的伤害要远比别人深。尽管如此，他还是对我采取了理解和谅解的态度，没有忌恨我，依然对我抱有殷切的期望，批评我“英气有余，而沉郁不足”的毛病，认为我会比他强。以后，随着年岁的增长和人生阅历的积累，我愈加感到后悔和内疚，我曾多次在文章中讲到这件事，但我仍然无法原谅自己。

后一次是在“文革”中，是对何其芳老师的批判。“文革”开始时，我对我所在的学部（按，即中国科学院哲学社会科学部）和文学所造反派的行动很反感，不赞成他们动不动就揪这个斗那个。对于他们揪斗何其芳也持保留态度。为了不使何其芳和唐弢两位老师的藏书受损失，我们还以红卫兵的名义到他们家的所有书柜上贴了封条，以防街道上的人和学生红卫兵去烧书破坏。后来造反派夺权，掌权，我也就成了“保皇派”，成了“反动保守组织的坏头头”，被隔离，被批斗。在斗争我的批斗会上，他们把包括何其芳在内的全部“黑帮”拉来陪斗，他们写我的大字报贴满了整个文学所所在的6号楼，其中一张大字报的题目就叫《请看何家王朝都是些什么货色》，说我“包庇黑帮”，招降纳叛，我被他们单独关起来隔离审查了半年多，整得差一点自杀了。不久王、关、戚垮台，学部和文学所造反派也因为紧跟这些人而垮台了，我们又翻了身，在文学所掌了一段权。那时候在搞所谓“斗、批、改”，斗黑帮，批反革命修正，主义路线，改到毛主席的革命路线上来。在一次批判何其芳的会上，我准备了一个长篇发言，讲了整整一个上午。那是一篇典型的“无限上纲”的发言。怕被对立一派揪辫子，怕被人，说成假批判，真包庇，我有意用了许多尖锐、激烈的言词，发言时嬉笑怒骂，极尽讽刺挖苦之能事。何其芳老师是我的恩师。做研究生时，他是我们的班主任，亲手开书单，亲自授课，毕业时也是根据他和唐弢老师的意思，把我调到文学研究所的。我们班二十多个人，调到研究所的就我和已经故世的王春元两个人。我用这种不尊重他的人格的办法批判他，肯定会让他非常难过。然而，他也没有忌恨我，像我的大学老师傅庚生先生一样，非常宽厚地谅解了我。他的待人宽厚，笃诚，在我们研究所，一向是口碑甚佳的。后来，他的去世还和使用我、保护我有直接关系。在1977年的那次对于我的错误的整肃和批判中，他又一次作了陪绑。他不赞成整我，为我辩护，因此也遭到批判。那时，经过“文革”十年的折腾，他的身体已经非常差了，再也经不起这样的折腾了。他很气愤，终于郁积成疾，得了癌症，从吐血到住院手术，到去世，也就半个多月！

无论是对于傅庚生老师的批判，还是对于何其芳老师的批判，我都可以找出许多客观的原因替自己辩解。如形势所迫、不得不尔之类。然而我有私心，我首先考虑的不是对他们的伤害，不是他们的承受能力，而是我个人的政治安危、政治前途等等。他们都是有恩于我的，特别是何其芳老师，有深恩于我，我找不到原谅自己的任何像样的理由。每每想到九泉之下的他们，我都感到痛苦、愧疚和羞耻得无地自容。

朱竞：在不知不觉中做了一些让人愧疚和痛苦的事，这不是个人的错，而是那个时代造成的。能谈谈最挚爱的对象是什么？

何西来：我是一个普通人，三界五行一肉身，有着人的七情六欲。我热爱生活，热爱大自然，热爱一切美好的东西。

我是一个人道主义者，在我的心目中，人是大写着的，人应该摆在最高的和第一的位置。我愿意借用孔子在两千多年以前的“仁者爱人”的话来表述我的理想。我最挚爱的是人。我是一个负责任的知识分子，不与玩世不恭者、儿戏人生者为伍，恨背叛、恨二三其德、恨翻云覆雨。我爱我的父母、师长、家庭、妻子、孩子、亲戚、朋友、学生，爱勤奋的人、有才能的人、有大德的人，爱所有对我不怀恶意，曾经或可能帮助我的人。也爱那些无助的好人。我相信“滴水之恩当涌泉相报”的古训。

我是一个民族主义者，但不是沙文主义者。我热爱我的国家，热爱我们这个包含了56个组成要素（民族）的大中华民族。我所说的国家，不是指国家机器，因为按照马克思主义的学说，那是有朝一日要像纺车和青铜器一样被摆在历史博物馆里去的，是必然要消亡的；我所挚爱的国家，是指这960万平方公里的土地，和世世代代在这块土地上繁衍生息的人民。我是一个文学工作者，我当然应该挚爱文学，也旁及其他门类的艺术，如戏剧、绘画、书法、音乐、舞蹈等。

朱竞：*有人说您是唯美主义者，一切美的东西都是您称赞的对象。您对两性领域的自由和责任是怎样理解的？*

何西来：男女两性之间的关系，是人类社会最基本、最重要、最原始的关系。爱情，应该是自由的；只有自由的爱情，才是美好的，有价值的，但这种自由不是随意的，不负责任的。

人们说，爱情总是自私的，在爱情上人总是首先从个人考虑的，恩格斯在《家庭、私有制和国家的起源》里也采纳了这种看法，他对未来共产主义社会婚姻、家庭的稳定性的分析，男人情感易变性的分析，就是从这一点出发的。但是，我仍认为，既然是爱，就必须也从你爱的对象考虑，为了对象，你得有点牺牲精神。否则，就决不是真正的爱。

朱竞：*听说在您很小的时候就开始读书，唐诗、宋词及古典文学作品您读了很多，对您影响最大的书和人是什么？*

何西来：我是一个多元论者，是从机械的一元论走向多元论的。读书不主一家，做人不取一类、一端，因此，给了我影响的书和人也就很多。说好听一点，叫博采众长，如蜜蜂之采百花而后成蜜。说难听一点，就是不能专攻，不善于挖深井，头脑驳杂而不纯一，做不到道家的所谓抱朴守一。

一定要说影响最大的人和书，我想有三个人，三部书，一是诗人杜甫和仇兆鳌的《杜少陵集详注》；一是鲁迅和《鲁迅全集》；一是毛泽东和《毛泽东选集》。

我的学术生涯的起点是从1958年研究杜诗开始的。那不完全是我的选择。那年我刚满20岁，年方弱冠。我所在的大学让我提前一年毕业，到下一年级做助教，任务是和学生一起组织杜诗研究小组，一是批判我的老师傅庚生先生在杜诗研究中的“资产阶级唯心”，二是写出一部以马克思主义为指导的无产阶级自己的杜诗研究来。我名为批判，实际上全部阅读了傅先生的著作，并在他的学术观点的影响下，认真仔细地精读了《杜少陵集详注》，研究了当时我们学校图书馆能够找到的有关杜诗的全部论著和资料。在此之前，我特别喜欢和崇拜李白，特意把他的“天生我才必有用”抄在我习作本子的扉页，以激励自己的自信心，连我现在何西来的名字，也是从李白的诗中截下的。但是真正对我做人、做文影响大的还是杜甫。杜甫伦理精神和美学观念的某些重要方面在我的心灵的深处打上的印记可以说是终身的。我的积极人世的人生理念，我的关心国运民瘼的情结，我评文论艺的注重道德人格，甚至我所鼓吹的人道主义精神以及我个人的平民知识分子的情怀，都能够程度不同地看出杜甫的影响来。我觉得这些影响对于我，对于一个中国知识分子来说，是弥足珍贵的。在这一点上，孳应当感谢我的老师傅庚生先生，是他用他的苦难，把杜甫这样一位伟大的诗人，引入了我的人生视野和学术视野。

第二位对我影响最大的人和书是鲁迅和《鲁迅全集》。鲁迅给我的影响首先是他的人格，他的作品因为表现了他坚韧强毅的伟岸人格而不朽，这是他留给20世纪，留给国人的最可宝贵的精神财富。我不是一个性格强悍的人，常显软弱，为文做人碰到麻烦的时候，常以他的精神和人格勉励自己。

第三位对我影响最大的是毛泽东和他的《毛泽东选集》。这一点我本不想写。但是我应该诚实，应该说真话。1971年“9·13事件”以前，毛泽东在我心目中具有至高无上的地位，他的每一句话、每一条指示我都是作为真理来学习和接受的。他的选集是我此生通读最多的一部书，我的思维方式、方法，无不受到他的深刻而久远的影响，与此相应，我的语言方式、行文方式也都留下了他的影响印记。“9·13”以后，特别是“四五”运动以后，我才渐渐地与国人一道，一步步认识到他晚年的一些错误。他无论如何是20世纪中国历史的一个巨大存在，他的功绩是巨大的，失误也是巨大的，他是给20世纪那段以他的名字命名的时代打上了个人性格印记的历史人物，在如我这样的知识分子的心灵中，无论现在和将来怎样评价，都会留下他的影响和烙印。

朱竞：您是否有成功感和成就感？

何西来：没有。某些时候，特别是面对仇者的恶意否定或打垮人格式的围击时，我会以杜甫“尔曹身与名俱灭，不废江河万古流”的话来自励，以鲁迅“敢于抽刃的强者”和“怒向刀丛觅小诗”的精神来自壮，好像只有这样才能使自己在精神上变得强大，以抗拒邪恶的袭来。否则我就会顶不住，就会低下头颅或屈膝示弱，就不敢对他们睥睨视之。然而，在更多的时候，我还是有点自知之明的，而对古往今来，中国外国的那么多学术大师、巨人、高山，自己的几篇文章，几本书算得了什么呢？曹雪芹写了传世巨著《红楼梦》，尚且在这部书的开头说自己是“碌碌半生，一技无成”，何西来有何资格老三、老四地觉得自己“有成功感”和成就感，从而炫耀于人呢？

我相信庄子说的“吾生也有涯，知也无涯”的话，我要永远保持一种“从零开始”的精神。

朱竞：您最推重的当代文学作品有哪几部？

何西来：巴金的《随想录》，邵燕祥的《邵燕祥文抄》，王蒙的《杂色》，陈忠实的《白鹿原》，老舍的《茶馆》，锦云的《狗儿爷涅槃》，刘宾雁的《人妖之间》，杨绛的《干校六记》。

朱竞：歌德说过，对于文艺创作来讲，人格就意味着一切，还说，没有伟大的心灵，就不会有正确的思想。您同意这样的说法吗？中国当代文学缺乏刚健的、有力的、大气的作品，这是否可以从作家的人格和心灵找到原因？您认为，对于一个作家和批评家来讲，最重要的素质是什么？

何西来：我认为，作家和批评家最主要的素养有这样几条：一、先天的才赋，才气，资分，二、后天的学养，历练、积累；三、胆识，包括人格修养和道德修养。就总的方面而言，这三点是缺一不可的。当然，作家与批评家在素质及其培养上还有一些不同，比如作家更注重于形象思维能力和直觉能力的培养，更注重情感和细节的捕捉与积累，而批评家除了欣赏能力的培养外，理性的穿透力和理论地把握对象的能力，概括和抽象的能力更为重要些，另外，还要善于积累思想。

郝敬堂：为爱正名

“不该枉谈人生，因为不具备资格，六十载人生路，没有太多的坎坷，也谈不上生活的磨难，生活趋于平淡的我常在‘知足’与‘知不足’的矛盾中徘徊。寻寻觅觅，彷彷徨徨，刻意寻求属于自己的生活坐标，又常常不能自已地改变着生活方向。虽无宏图大志，又不甘于现状，本不相信神话，又常常萌生出诸多不切实际的幻想。思想的腾飞与肉体的下坠，构成了生命特有的张力，驱我在进发的路上艰难地向上。理想一个个生成，又一个个破灭，失望嗟叹连着嗟叹失望。我曾一千次地自问：希望，路在何方？”这段话是郝敬堂的自题小像中的一段。

郝敬堂是位军人作家，他总是在“待命”的状态中，随时准备接受任务。而每一次的任务他都知道，又将是一次“命题”作文。这样的写作，常给郝敬堂提出难题，如何超越自己以往的框架。他力图在普通人物的故事中寻找大爱和人性的闪光点，他要在作品中给人物以生命和灵性的写照。

郝敬堂写出很多报告文学作品，他关注社会各阶层不同的生存状态。他写军队、写城市、写乡村……他用报告文学的写作方式专注于那些包含了人性光辉的生命，这些生命让我们的心灵为之震撼。

郝敬堂写过很多普通的“英雄”人物，如在《小岗之子》中塑造的是一位小岗村普通的共产党员沈浩的形象。中宣部新闻局领导阅读郝敬堂的《小岗之子》后给予高度的评价：“《小岗之子》读来荡气回肠又令人潸然泪下，生动刻画了一位基层共产党员敬民如父、爱民如子的形象。这位崇高伟岸和质感强烈血肉丰满的形象闪烁着党性的光辉和人性的光芒。作品厚实深沉，也说明作家住宿农家，克服天寒地冻、生活不便等困难，融入小岗，深入沈浩内心得来的如此滚烫之作。”

在《大巴山的女儿》中郝敬堂塑造了感动整个大巴山以至整个中国的王瑛的形象。王瑛用浓烈的红色作了自己人生的铺垫。她的生命虽然在2008年11月27日便戛然而止，然而这47年的生命历程，她却走得格外的沉重而欢愉。王瑛在工作中一次次地出现在人民最需要的时候，她柔肩担道义，用自己的行为真正实现了作为一名共产党员的职责和追求。

郝敬堂的《好大一个家》这篇报告文学，让我读着流泪。他准确、深刻地指向了当下时代主题——民族大团结的问题。《好大一个家》写的是在遥远而神秘的新疆青河有一个家庭：祖孙三代，6个民族，183口人。从1963年收养吐尔达洪3兄弟到金雪莲出嫁，历经整整32年。如此庞大的家族堪称“中国之最”，如此和睦的家庭世上稀有。而这样一个独特的家，是由维吾尔族老人阿比包和妻子阿尼帕·阿里马洪共同用爱心搭建的。那么多挣扎在贫困、孤独、困窘中的孩子，因为这两位老人，重新燃起了生命的火焰。阿尼帕夫妇含辛茹苦将这些不同民族的孩子抚养成人，无论经历了怎样的风雨变幻，他们始终没有动摇过，也没有放弃过。在他们眼里，这个家庭没有民族，没有亲疏，不论亲生的还是收养的，都视为己出，都一样对待。

郝敬堂常常陷入他的采访记忆之中，当他回忆采访阿帕尼妈妈的情景时，他说：“还需要用什么样的言语来描述呢？阿帕尼妈妈的爱是那样绵延不绝，她把那么多绝望用自己的心一一收拢，然后锻造成希望。虽然她只是中国大地上一位普普通通的母亲，然而，她却用爱心创造了让我们震撼的奇迹，甚至把这样无私的爱全部传递给了她的孩子们。爱，是她生命的信仰；爱，让她苦难的生命高贵而璀璨！大善有大爱，大德有大美，阿尼帕妈妈的爱心，像一支火炬，在天地间燃烧，在血脉中传承，那是人世间最美的风景。”一个因为爱而融洽团结得好大一个家！

郝敬堂常说：“人活着要生动、感性，要做不怕死的、追赶时髦的人。”

我与郝敬堂相识有三五年的时间，他除了有写作任务去外地采访外，常愿意与朋友们一起凑个热闹。他从小当兵，现在还在服役，已是大校军衔。虽然世面见过不少，各种名人及大领导也采访很多，但还他是一副土气的样子。他长着一张憨厚的好人缘样子的脸，脱去军装后，就像一个在田地间干活的农民的样子。他常以军人的风格请大家吃饭：大碗喝酒、大块吃肉，实在不讲究。他偶尔来我们办公室与二三好友关起门来偷偷打扑克牌。他的技术水平非常低，而且非常愿意早早亮牌，从此大家跟他叫“好爱亮”。他说就是图个高兴劲儿。

如今，郝敬堂也已过了耳顺之年，但是他却这样认为：“虽然不再年轻，老夫常发少年狂。虽然身无双翼，常想在空中翱翔。虽然才疏学浅，也有非分的妄想。”他信奉那句古训：人贵有自知之明。有求而不奢求，重义而不忘法，善饮而不贪杯，豪气而不霸气，此乃人生之大要也。他依然用大爱去关注社会。

康洪雷：保持单纯才有奇迹

凭着《激情燃烧的岁月》《青衣》《士兵突击》《我的团长我的团》等这些电视剧作品在观众心中的好口碑，导演康洪雷火了。最近因为电视剧《推拿》，康洪雷又火了。

康洪雷在艺术追求上是一个特别能折腾、特别有想法的男人。迄今为止，他导演的电视剧都很成功，这一点对一个年轻导演来说非常重要。有了这几部成功的作品，他可以把戏的场面越做越大，甚至现在他想拍什么戏，都有人主动来投资，这就是一个良性循环。

记得两年前的一次朋友聚会，在场的朋友大多都是有蒙古族情结的人。因为康洪雷在内蒙古长大，老婆又是蒙古族人，所以他对蒙古族文化有着很深的感情。那时，康洪雷正在筹备拍摄根据毕飞宇同名小说改编的电视连续剧《推拿》，交谈中，我们讨论了小说《推拿》很久，身为导演的他，对文学能有如此高的理解让我佩服。

其实，认识康洪雷之前，我已读过作家张西写过的一本书《奇迹：康洪雷和〈士兵突击〉》，这本书以纪实、采访、对话的形式，记录了康洪雷这几年的艺术历程。这本书的着眼点非常独特，作者采访了很多学者、作家、导演、编剧和演员等，从不同的角度来让大家了解导演康洪雷。

作家张西在采访白岩松时，白岩松这样评价康洪雷：我没见过康洪雷，却常听周围的内蒙人讲起他。那次，我在飞机上看到《三联生活周刊》对康洪雷的访谈，看到一半时我已热泪盈眶，我只能合上，到现在后半本也没看，因为我没法在飞机上让自己眼泪稀里哗啦。文中有三处打动我，一是说他只要有时间就回内蒙，就跟哥们儿喝酒。也不会谈什么大的话题，就是让哥们儿知道他没变。我也是内蒙人，跟康洪雷一样，每次回去，永远陪着哥们儿喝，走的时候，哥们儿都说我没变。二是说他每次到北京来就开始工作，把北京当作了战场。最重要的一处，说他以前当助理导演时，每个早晨在推门走出去之前，都要咬半天牙，自己对自己说，康洪雷你高兴是一天，不高兴也是一天，干吗不高兴？看到这儿我就把书合上了。

康洪雷喜欢作家毕飞宇的小说，毕飞宇的《青衣》和《推拿》都被他改编成了电视连续剧。而毕飞宇评价康洪雷时说：康洪雷是一个比较低调的人，对作家和编剧都很尊敬。康洪雷在沈阳拍《青衣》时，我曾经去探过一次班，这使我有机会看到了身在片场的康洪雷导演。一次在拍醉酒的那场戏时，我就躲在一个角落里，叼了一根烟看康洪雷拍戏。我发现康洪雷在现场的驾驭能力真是了不得，我从许多好的导演身上发现了一个特别好的东西，那就是娓娓道来。不管戏进入一个什么样的僵局，不管场地上是怎样的，他们都不着急，康洪雷也是这样。我喜欢娓娓道来的风格，那是一种控制力。

作家刘震云这样说康洪雷：康导长相一般，但做出来的事，不一般。人多的场合，他不是特别爱说话，都是别人在说，他就是笑。可是，当他身份转成一个导演时，他会突然显出他的独特。生活中的康洪雷和作为导演的康洪雷，是两个人。把生活和做事区别成两件事，这是个非常聪明的做法，也是个非常舒服的做法。

康洪雷的妻子弓小宁却说：我不觉得康洪雷长得丑，就觉得他一直很努力。是金子，总会发光的。

然而当有人说到“康洪雷是艺术家”这个话题时，他却说：我不是艺术家，我觉得自己就是一个艺术工作者。因为我在艺校时，老师说过，你们是未来的艺术家，中国的话剧事业靠你们来承担。那时很浅薄，觉得我们就是艺术家。现在想想真是很可笑。后来我发现，艺术家是人民给你的称号，它不是职称，不是职业，你是不是艺术家，不是你说了算，是由社会、由人民告诉你。那么我能做好一个兢兢业业的艺术工作者，能做一个自律的从业人员就已经是最好的。

康洪雷常说：做事不能心机太重，唯有单纯是制胜的法宝，保持单纯才有创造奇迹的可能。

翻译家柳鸣九

从莫言获得诺贝尔文学奖，看得出翻译工作的重要性。如果没有非常优秀的翻译家把作家作品翻译成外文，就会影响到作品在国外的传播力和影响力，所以翻译工作是非常重要的。

许多世界名著被中国的翻译家翻译成汉语，中国的读者享受到经典的魅力同时，也会从心底感谢这些中国的翻译家，是他们把世界经典带到了中国。

中国著名翻译家柳鸣九先生就是一位值得人们敬重的翻译家。他翻译的《莫泊桑短篇小说》《局外人》《雨果文学论文选》等优秀作品一直受到广大读者的好评。柳鸣九的外国文学研究著作《法国文学史》《走进雨果》《自然主义文学大师左拉》《超越荒诞》《从选择到反抗》《法兰西风月谈》《山上山下》等可作为研读的经典。

翻译家柳鸣九，1934年生，湖南长沙人，北京大学西语系毕业。他被法国巴黎大学正式选定为博士论文专题对象，并获中国社会科学院最高学术称号"终身荣誉学部委员"。他一生研究和翻译法国文学和拉美文学。他通过实际接触雨果、左拉、莫泊桑、司汤达、大仲马、小仲马等法国乃至世界各国的名家良作，进行学术研究。经过数十年的辛劳耕作，柳鸣九先生成绩卓然，他执教培养过的学生晚辈们现都已成了学术界不同凡响的名士才杰，而柳鸣九先生的头发全都熬成了霜白。

记得2008年的初冬，北京的天气还不算冷。当我来到华威北里的一家小饭店时，著名翻译大师柳鸣九、著名评论家何西来已早早来到这里，他们喝着茶在等我。

那是我第一次见到柳鸣九。这之前，是何西来把柳鸣九的《"翰林院"内外》《这株大树有浓荫》书稿推荐给我，我从中选取了几部分在《文艺争鸣》发表后，在学术界引起很大的反响。柳鸣九先生曾几次邀我，表示感谢。这期间我们一直是用邮件和电话往来。

我见到柳鸣九时，感到非常吃惊，他比照片上看着要苍老很多。他个子不高，头发全白，看上去人也没有精神。等我坐下来时，何西来先生告诉，柳鸣九的儿子柳涤非刚刚在美国去世。柳鸣九因为没有办下来签证，不能去美国为儿子最后送行，他非常难过。他的儿子16岁即离开家人去美国求学，后在大洋彼岸工作、结婚、生女，正值风华正茂之际，却英年早逝……老年丧子，白发人送黑发人，是任何人都承受不起的打击。

柳鸣九先生回忆起儿子最后一次打来电话的情景，说平日里话语不多的儿子，那天在电话中竟深情地叫了他一声“爸”。随后没过一两个星期，就接到儿子去世的噩耗，“每当想起这件事，我心里都感到一揪”。

我尽量想把话题引开，不想让柳鸣九先生再次沉浸在思念儿子的悲痛中。我主张要一瓶绍兴黄酒，两位先生同意了。柳鸣九先生说他从来没喝过酒，何西来先生也很少喝酒。酒烧热后，我们慢慢地喝着聊着，柳鸣九讲起了《“翰林院”内外》中的许多人和事。他在这部书中以学者的身份写了很多大师们卓尔不凡的风范，体现名士风流的精彩瞬间，字里行间洋溢着浩然之气。人们有时将中国社科院比喻为“翰林院”，柳鸣九分别记叙了自己从年轻学子到学界领军人物的几十年风雨岁月中，在“翰林院”内外与李健吾、朱光潜、钱锺书、杨绛、冯至、卞之琳、郭麟阁、吴达元、徐继增以及马寅初、梁宗岱、何其芳、陈占元、闻家驷、吕同六等人交往过程中的所见所闻、所思所感。这些人中既有柳鸣九的师辈，也有他的同辈，他们都是中国著名的文化学者，有的甚至是学贯中西的大师级人物。柳鸣九先生将几十年的观察和感悟所得发而为文，文笔洒脱、生动，悠然地再现了名士风流的一个个精彩瞬间。

那天柳鸣九说这是他第一次喝酒。两三杯喝过后，他的脸慢慢地红起来，情绪也好了许多，他还带来书送给我。当时我说，以后我们经常聚会，常喝点小酒，随便聊天。柳鸣九与何西来都很高兴地说：一言为定！可是，几年又过去了，我们三人再也没机会一起坐下来聊天，更没有喝酒。

后来我看到了柳鸣九先生写的《父亲、儿子、孙女》这本书，他把近年来自己所写关于亲人的文字汇集起来。他说：“这些文字，写于不同的时期，是我个人不同的生活际遇的产物，都出于人人皆有之的亲情，与其说是作为文章写出来的，不如说是作为感念而不能自已地抒发出来，及至成集为一书，则可说是自己对人生的一份交代，对家庭的一种心意……”

刘文西：我的作品中国人天天都在看

对著名画家刘文西，也许很多人听到这个名字都很陌生。刘文西常开玩笑说：“我的画13亿中国人看得最多、用得最多。”

刘文西指的这幅画，就是如今市面上广泛流通的第五套人民币中，从1元到100元纸币正面的毛主席肖像画。那是1997年，中国人民银行正在设计第五套人民币，当时刘文西正身为第八届全国人大代表在北京开会，中国银行的工作人员找到他，请他为人民币画毛主席建国初期时的肖像。早在1957年，24岁的刘文西就以其毕业创作的《毛主席和牧羊人》发表于《人民日报》，在全国引起轰动。在他以后几十年大量的人物肖像画创作中，以毛主席的事迹为题材的作品占有十分重要的位置，已经出版的就有50多幅。至今在他家中存放的两三万张速写中，就有数百幅毛主席在延安时各种形象的素描底稿。当时刘文西将自己关在画室十几天，潜心创作，依据解放初期毛主席在一次政协会议上的照片，最后完成了这项特殊任务。

2010年4月初，我来到西安，这一次是我专程去拜访刘文西。

那天我在鲜花店买了一束百合花，乘电梯到了20层。在刘文西家的门前按门铃，很久，门开了。来开门的是一位客人。我看到屋内已有四五个人在与刘文西聊天，他们手中各拿着一些根雕作品的图片在看。看到我抱着花进来，刘文西招呼我先坐下，然后他继续与那几个人聊。

刘文西坐在床边的椅子上，四周堆放了很多书刊、信件、报纸，看上去有些乱。他戴着一顶深蓝色的帽子，穿着一身灰蓝色的中山装。据说，这种装束是刘文西最常穿的标志性服装。他个子不高，说话的声音也不大。过了一会儿，刘文西跟那几位客人说：“就到这儿吧。”于是那几位客人纷纷与刘文西合影，然后告辞。

我在屋里环视了一下，看到桌子上放了一小碗大米粥、一小碟红方和一点咸菜。我问：“刘老师，您还没吃早饭吗？”刘文西从床边的椅子走到桌子前，说：“从早上开始，就有人来，有电话来，一直没吃上早饭。”我说：“您的早饭就这么简单吗?”他说：“一直是这样，吃饭不要复杂。”我说：“我没什么事，就是来看看您。我陪着您坐在这里，您慢慢吃饭吧。”他说：“这样最好。”他很快就吃完了那一小碗粥。

这么一位中外著名的大画家，日子和生活过得却十分简单和平常。

刘文西说话时不带表情，看不出是高兴还是不高兴。他一边吃饭，一边听我介绍。我告诉刘文西，我办的刊物每期介绍一位艺术家，想给他做一期介绍。他翻看着刊物，很谦虚地说：“每天来找我，要做宣传的报刊很多，我没有时间接待，也不愿意太多地宣传。”相信他这样说是真实的。刘文西问我刊物的要求有哪些，要准备哪些资料，我在一张纸上写下要求和我的电话。

我是在20世纪70年代中期知道刘文西的名字和作品的。记得我那时候刚刚开始学画画。在我爸爸的藏书中，有很多画册，其中就有李可染、徐悲鸿、关山月、刘文西等人的画册。那些画册，不像现在的画册装订、设计那样豪华精美，只是像彩色的本子一样装订在一起，封面用的是厚一点的粗纹纸，里边的画页也是那种很朴素的图画纸，画面的颜色虽然不是十分饱和，但看上去却很舒服。在我家里存着的那本刘文西的画册，是一个24开方型本，是70年代出版，记不得是哪家出版社。在我十几岁学画的时候，还临摹了刘文西的画。

而我对刘文西的印象记忆，是从他画中的人物开始，他画面上人物的头上总是戴着白毛巾、脸上的纹理也像沟壑一样，也就是从刘文西的画我才知道陕北人原来长的是这个样子。刘文西画农民形象时多用焦墨、干皴法画脸部的皱纹，再染以淡墨来表现结构，最后赋彩润色之，色墨结合恰到好处。画年轻的姑娘形象则重染色，能够用不露笔痕的饱色表现面部皮肤的新鲜圆润。

那天我和朋友在一家叫“荞麦园”的饭店吃饭。一进屋，我看到这里有刘文西的很多画作在此陈列，朋友告诉我，饭店的老板曾是刘文西当年到陕北写生时，在毛泽东东渡黄河的村庄画过的一个小姑娘。这家“荞麦园”饭店在西安经营的是地道的陕北饭菜，这里离刘文西住处近，刘先生也就时常来这里吃陕北饭菜。

我回到北京的第二天，刘文西直接打了我的手机电话，说材料已准备好了，已寄出。当我拿到刘文西的亲笔改过的资料和图片，再看到他在上面用红笔细致地标出了说明文字时，非常感动。像这样一位著名的大画家，却自己来处理这些细小的事。

“我叫刘震云”

25年前的1987年，我在北京八里庄南里的鲁迅文学院认识了刘震云。当年他在《农民日报》副刊当编辑。记得那一年的秋天，我去鲁迅文学院组稿。那一届鲁迅文学院的研究生班云集了各路大腕，当我来到4层的一个房门前，轻轻打开门时，从屋子里冲出浓烟一团，烟雾缭绕中，我看见有六七个人或站或坐，其中有作家余华、莫言、洪峰、刘震云、迟子建、徐星等。这是刘震云的房间，因为他的家就在鲁迅文学院的附近，因此他走读，不常住这里。所以，他的房间也就成了大家聚会聊天的场所。

那么多双眼睛看着我怯怯地走进门来，我不知道先和谁说话为好。这时刘震云就站在地中间，好像他正在讲述着什么有趣的故事，于是他停下话题，先伸出手来跟我打招呼：我叫刘震云。

当时刘震云已发表了著名的《塔铺》和《新兵连》。他那时很瘦，穿着也很邋遢，一件红色的T恤和一条皱巴巴的布裤子，黑黑的皮肤，生动的表情，说起话来很是幽默，他时常用河南人的口音、方言描述一些情景，常常让大家笑个不停。

刘震云机智幽默的风格，伴随着他小说创作一路走到今天。他是当代作家中与影视联姻最成功的作家之一，他的小说作品很多都被改编成了电影、电视剧。如《手机》《我叫刘跃进》《一地鸡毛》《一九四二》。这期间有评论家说刘震云的小说创作是为了迎合大众传媒，说他“堕落”“市场化”“媚俗”，但这些于刘震云来说也许并不是贬义词，他和王朔一样不避讳谈“君子爱财，取之有道”。刘震云说过：“小说变成电影，并不能说是作家堕落，很现实地讲，一方面增加了物质收入，另一方面也增加了小说的传播量。”刘震云这样说话，是实在的、现实的。因为当下的生活变了，大家更喜欢电影、电视、网络这些传播形式，这些渠道不仅传播快，而且面积广，作家的知名度也提升得快。刘震云是一位走在时代前沿的作家，他的作品既新锐又通俗易懂。

刘震云的小说《我叫刘跃进》改编成的电影，让我看得心酸。电影仍带着刘震云特有的幽默与冷静、宽厚与温情，描写的是生活在底层的一些小人物。由刘跃进这样一个民工“厨子”丢钱包的小人物奇遇，走进当代都市生活，这是一只“羊”闯入“狼”群并战胜“狼”的故事。

刘震云也在电影中客串过角色，他的脸很上镜。在《甲方乙方》里刘震云演过一个失意青年，幻想自己是阿拉伯王子，那是一个特别不着调的角色。当时也是因为好玩，冯小刚告诉他说就坐一块吃顿饭，结果一坐就是七天，刘震云烦了，不想去了。好多人劝啊劝也说不动他，最后葛优出面才让他重新坐回了饭桌上。

刘震云的小说《一句顶一万句》获得2011年第八届茅盾文学奖，这是对他30多年来创作生涯的肯定。而刘震云却把这次获奖看得很平淡。他在国家大剧院隆重的颁奖大会上，一以贯之地用他幽默的语言作为答谢词：“……过去，评奖可能是一个文学事件，现在是一个社会事件，连在河南乡下的我妈都注意到了。在整个评奖过程中，我妈比我紧张，五轮六次投票当我得满票并列第一名的时候，我妈说这个评委会是有水平的。当我滑到第六名的时候，我妈开始怀疑我，说你写的到底怎么样？当最后知道我获奖之后，我妈说评奖就要这样评……”

有记者问刘震云当得知获奖时在干什么，他还是幽默地说：“当时，我正在菜市场买菜，我正琢磨着中午是吃西红柿鸡蛋面，还是吃茄子打卤面。”当他确切得知《一句顶一万句》获奖，并得知奖金50万元时，刘震云立马不再犹豫，当即购买价钱更贵的西红柿。他后来说，那天中午的面条没什么特殊的，“西红柿还是西红柿，鸡蛋还是鸡蛋”。我理解他这句话的意思是：日子还得平常过。

《一句顶一万句》荣获第八届茅盾文学奖之后，刘震云又出版了他自己较为看重的新作《我不是潘金莲》。他说：“这是《一句顶一万句》的姊妹篇，也可叫《一句顶一万句》。”小说主人公是一位女性，她一辈子都在纠正这么一句话“我不是潘金莲”，可却越纠正越糊涂。

刘震云的小说《温故一九四二》被冯小刚导演搬上了银幕，目前正在全国热播。观众的评论褒贬不一。有人说“小说比电影更接近真实”，也有人说“电影用图像的形式更加直观地展现了1942年的历史故事”。评论是自由的，无论褒还是贬，都表现出受众对文艺作品的关心和热爱。这就是艺术带给我们的享受。

刘亮程：希望有一天能够像驴一样地叫

刘亮程是沙湾县人。种过地，当过乡农机管理员。劳动之余写点文字，几乎所有文字都在写自己曾经生活过的一个村子。在这个村子里，房子被风吹旧，太阳将人晒老，所有树木都按自然的意志生叶展枝。

刘亮程就是这样在不慌不忙中努力接近一种自然生存。

我与刘亮程面对面，是在北京时间2008年8月22日上午9点50左右。

我之所以记得这么准确，是因为刘亮程误导了我去会议室的路线。

事情是这样的：

上午开会的地方在新疆师大院内的会议室。从宾馆到会议室要走上几百米的路。校园内的路边有一些小摊位，商贩们做着学生的生意，摆放着一些大学生们常用的一些物品，如手机、电池、图书等。我一边走一边打听着。

这时看到在一个摊位的不远处，站着一位戴墨镜的男人，他手里拿着手机好像正在发短信，我猜他也许是卖手机的主人。我向他问路："请问，会议室在哪里？"他没有说话，只是用手指了一下右侧。我看了一下他指的方向，除了超市的大门，只有一条小而脏的胡同，我顺着胡同走了进去。走到了最里边，也没有会议室。于是我又问一位从食堂走出的人，他告诉我："去会议室，从超市的门进去，在4楼。"

我从小胡同走回来时，又看到那个戴墨镜的人，他一直看着我走错路的过程。他有些幸灾乐祸的样子。我狠狠地看了他一眼。若在内地，我非得与他理论一番，但在新疆，我没敢那样做，听说这里的人特别没理性。但是，当我走到超市门口时，我才觉得这位戴墨镜的人指的路是对的，是我没想到会议室竟然在超市的楼上。

会议开始了。按程序，各位领导先祝词讲话。当介绍到新疆作家协会副主席发言时，那位在小摊前戴墨镜的男人竟然就是著名的散文作家刘亮程。

我在座位上暗笑。我想起曾读过的一段文字："和刘亮程谈文学是可笑的，那些他写的东西与其说是文学，不如说是这个乡下人手里牵着一头牛……”说刘亮程是通驴性的人，还说刘亮程希望有一天，能够像驴一样地叫。我知道他曾写过一篇《通驴性的人》，在这里我不想谈刘亮程的写作。

开幕式结束的时候，刘亮程走过来打招呼。我递了一张名片给他，他说看过我编辑的刊物，他告诉了我他的手机号。

我说：“你看着我走错了路，为什么不叫我回来?”

他说：“那胡同没有别的出口，你走到头会回来的。”

他为他的想法而得意着。我没话可说。想想，还是要惩罚他。

我说：“明天下午，陪我们逛二道桥的大巴扎吧!”

他说：“行!”

没想到，他这么爽快地答应。其实，我们几个女人有些胆怯，不太敢单独去逛那里，刘亮程答应陪我们去逛，我们别提有多高兴。但想到耽误他的时间不说，让男人陪着逛商店，真如要杀他一样难受时，我们也有些过意不去。

大巴扎，是国际知名的民族特色小商品集市，这里的摊主都是维吾尔族人，他们对外地人讲价钱很反感。大巴扎不但商品独特，维吾尔族的女孩子也非常漂亮。外地来新疆的人都要去那里逛逛。去的路上，大家商量着让刘亮程给讲价钱，他胸有成竹地答应着。

我们先到了二道桥市场，这里真的是让我们眼花缭乱。有色彩绚丽的围巾、民族服饰、各种佩饰、精美的工艺品、各种干果，还有巴勒斯坦、土耳其、俄罗斯等国家的小商品，让我们眼前一阵闪亮。

刘亮程说：“你们只管选，然后放在一边，我统一讲价钱。”

我很想买一套维吾尔族女人穿的那种长长的花裙子，试穿了一件，我觉得很不错。刘亮程走过来却说：“这是维吾尔族老女人穿的，你不合适。”我又看一件很活泼、阳光的裙子，他又走过来说：“这是小女孩子穿的。”在刘亮程几次的打击下，我终于没有买成裙子。对刘亮程的那种漫不经心、略带冷幽默的语调，真是让人哭笑不得!

几个女人在一轮轰炸式的选购之后，刘亮程基本是拦腰一刀讲下价来。当时，我们都满意，还不停地夸奖刘亮程的砍价能力。

待转身又来到了大巴扎市场时，我们让刘亮程坐在外边等着，我们自己来问价。哇，我们一问，这里的开价要比在二道桥那里刘亮程拦腰一刀讲下来的价要低很多。

于是，我们总结道：当地的商贩，看出刘亮程的憨厚，使劲地要高价。再说刘亮程也根本不知道市场小商品的价格。难为他了。

购物完毕后，刘亮程找到了新疆纯正的穆斯林拌面馆，请我们吃羊肉手抓饭和拌面。她们都说羊肉非常好吃鲜嫩。因为我不吃羊肉，刘亮程给我特意要了一碗鸡肉拌面，但我吃了几口还觉得是羊肉味道。

刘亮程指着羊肉说：“吃吧！比药好！”

我说：“刘亮程请的这一顿饭，是最难吃了一顿饭。”

她们大笑。

谈话间，我们还是谈到了刘亮程的写作。他目前正在写一部长篇，准备在春节前杀青。

我问他每天写作多长时间时，他说：“事实上我很少看时间，我从来不戴手表。时间对于我，只有上午下午，白天黑夜。这是一种混沌的农民时间，没有被分割成小时分钟。但我仍感到另一种时间的存在……”

我知道刘亮程的《一个的村庄》又重新整理出版了。我让他明天带给我在路上看。

他说：“别带了，太重。寄给你。”

他一直是这样淡淡地、低声地、坚定地讲话，没有商量的余地。记得会议开幕那天上午的发言，只有刘亮程说：“希望大家在新疆期间快乐、安全！”只有他提醒大家注意安全。

与刘亮程分手后的第二天，我们就踏上了前住他在散文中叙述过的村庄，去找寻那些村庄故事。找寻的过程让我很震撼，这片土地，在我的思绪和情感里，曾经是那样的神奇和神秘，以前在书中读到文字和在画册中看到和图片，让我想到是美丽无限。当我身临其境时，却让我不能与眼前的一切相融合。这里看到的是历史和文化的印记，大自然的神奇之功，把一些石头变得千姿百态。

此时，我完全理解了刘亮程对村庄和故乡的爱。

有人问刘亮程：“对故乡，对那个叫黄沙梁的村子，你的感情可以用爱字来形容吗？”

刘亮程说：“不能。爱浅薄了。爱、忧伤、快乐、恨、痛苦、绝望，都有。对故乡这个词，也有另外一种看法，它不仅是一个人的出生地，还是一个人的生存寄托和精神寄托。现在我已经到了乌鲁木齐，有时候想着想着，好像又回到了那里，回到那种生存中，好像是一个人死后又重返世间，看到那些自己想过、抚摸过的事物，那些东西太珍贵了。有时候我都觉得自己用了那么漫长的岁月，去经历的那么一点点东西，怎么忍心写出来，写出一句话都觉得心疼。我有时觉得自己是一个生活在时间之外的人，看着一个村庄、一代人一代人在流逝，我就站在时光之外看着他们。”

今天早上收到刘亮程的短信：“回去了吗？”

我没有回复他。此时，我还沉浸在西城的雅丹地貌、沙漠、戈壁、红柳、胡杨和村庄的故事之中……

就在这部书要印刷的的时候，刘亮程获得了2014第六届鲁迅文学奖散文奖，我发短信为他祝贺。

有内功的作家刘醒龙

有人说刘醒龙安静、内敛、说话轻声细语，也有人说刘醒龙像冯友兰说的那样“坐密室如通衢，驭寸心如六马”，说他是个有内功的人。其实人都是有多面性的。

我与刘醒龙相见是在1995年的一次全国农村题材小说创作研讨会上。当年我非常喜欢刘醒龙的中篇小说《凤凰琴》，也想见写《凤凰琴》的作家刘醒龙，于是我在会上主动找到刘醒龙见面。记得那时刘醒龙的样子很像“农民工”刚进城，个子不高不矮，穿着一件灰绿色夹克衫显得很土气，留着不长不短的头发，眼睛不大不小（但笑起来却是眯眯的），看不出大小年龄（当时看着肯定不是很年轻，不是让女人一见就留印象的那种男人，虽然当时他已是很有成就的作家，也得了很多奖）。从那次见面后，再没有联系，后来就在记忆中忘掉了。再后来，刘醒龙的名气越来越大，写出《威风凛凛》《生命是劳动与仁慈》《痛失》等多部长篇小说，再后来他竟然还当起了《芳草》杂志的主编，而且还喊出“作品要有优雅性，如果作品风格粗鄙，哪怕市场反应再好，我们也不会要”！好大的气势啊。

2008年10月在济南的中国当代文学年会上，我接到《当代文坛》杂志主编罗勇的短信：朱竞，马上来一楼咖啡厅，刘醒龙、红柯、朱小如在等你。当我再次见到刘醒龙时，我们相互竟然认不出来（让我在一瞬间有一丝的忧伤）。这时的刘醒龙不再像“农民工”进城的样子，人显得精神而有生气，稍胖了一些，戴着金丝边的眼镜，头发极短，据称是自己拿剃头工具自己每星期推一次，衬托着脸很圆。说话时略显羞涩，阵阵脸红，倒像是在读的大学生或者研究生的样子（肯定不像博士生）。我当即夸奖他一番，他在谦虚中还是显得很得意。

在济南的会议几天中，刘醒龙、红柯、朱小如我们几个常常坐在咖啡厅聊天，当然会聊到第七届茅盾文学奖的一些话题。刘醒龙的长篇小说《圣天门口》是初选入围作品，而且在众多人眼中，获奖的呼声很高，我也希望《圣天门口》获奖。刘醒龙说创作《圣天门口》总共用了6年时间，其中开了3次头，废弃了17万字，写垮了3台电脑。这部长达三部、洋洋百万字的长篇小说，刘醒龙在写作之初，心里有一种强烈的愿意，那就是为中国的现实主义文学正名，同时也为自己正名。用评委的话说："用他一贯的现实主义目光，审视20世纪前70年的中国大历史，审视小人物的历史命运，写出他心目中的历史真实。这是一位有责任感的作家的志向。"

就在10月25日晚上吃饭的时候，张炯先生宣布他的短信：茅盾文学奖揭晓了。《圣天门口》没有获奖。听着四部获奖作品的名字，大家沉默了一下，突然间有人开始叹息、有人开始批评评委没眼力，有人还透露某作家给评委送字画。更多的人是无奈，总之对中国当代文学的各种奖项失去了应有的文学精神和意义而感叹和绝望。

第二天，我先离会返程。办完了退房手续后，我依然习惯地朝这几天与刘醒龙他们聊天的咖啡厅望去。刘醒龙、红柯、朱小如三个人依然还在那里坐着喝茶、抽烟。我走过去与他们道别，握手那一时刻，我不敢直视他们的眼睛，好像他们没有得奖与我有一定的关系一样，让我感到愧疚。我们没有再提关于茅盾文学奖的事，只是紧紧地握了手。

刘醒龙说："我送你到门口吧！"于是红柯、刘醒龙、朱小如帮我拎着行李，再打上车，招着手，看着我远去……

我心里在说：醒龙，你已经"为中国的现实主义文学正名，也为自己正名"了。

大胡子教授李新宇

今天，在李新宇的博客上读他的《如何反思80年代》，并与之交谈，一下子让我们想起了一些往事。新宇说："朱竞，好久不见，很想念，很怀念我们常常在编辑部与郭老师一起去吃火爆大头菜的日子。"

是啊，一晃，几年的时间又过去。郭老师是2003年初退休的，然后就迁到苏州生活。那以后，新宇就很少来编辑部玩，再后来，他就调到南开大学去工作。

想起李新宇在吉林大学工作时，每周要来编辑部。那时候编辑部就像一个文艺小沙龙，很多朋友喜欢来这里聊天。关于教育，关于分子问题，关于文学史的问题等等。我的《世纪印象——百名学者论中国文化》就是在这样的聊天情况下构思出来的。外地的作者朋友来了，也就在编辑部这个小屋子里，买点酒菜饭一起吃，火爆大头菜、尖椒干豆腐是常点的菜，这是东北菜中既好吃又经济实惠的两道菜。朋友们对吃的好坏不在意，大家喜欢这里的语境，喜欢这里自由。李新宇来之前他总是要打一个电话，他带着很浓重的山东口音说："你们吃饭了吗，我要不要带点酒？"大多的时候，他会带着酒来，有时还带一点小菜。郭老师也习惯了新宇的这种方式，也经常学着新宇的口音一起说："一起喝点酒！"

这样的日子有四年多的时光。

那是1999年秋天的一个上午，编辑部来一位山东大汉，一脸大胡子，穿一身的黑色衣服，两手插在夹克衫的口袋里，他一直没有坐下，就在屋子的地上走来走去，不停地与我们说着话。他说话语速很慢，声音时高时低，普通话中夹杂着山东口音，听上去像是五音不全的人在唱歌。虽然是第一次见面，他却是我们老作者，聊起话题当然也就很熟悉。

这就是李新宇先生。

从那天起，他就成了长春人——他从曲阜师范大学来到了吉林大学文学院。也是从那时起，编辑部成了他常来聊天的地方。我们也就成了很好的朋友。他经常在我们上班的中午来到编辑部，然后一起喝上两杯，海阔天空地聊天。

时间长了，对他也有了一些了解。他的为人处世，历来是“多一事不如少一事”，无论面对什么问题，总是喜欢用“减法”处理。他甚至懒得参加会议，学校的会不用说，就是学术会议，他也不喜欢参加。所以，一般规模比较大的会议见不到他，即使他去了，也常常是躺在房间里不到会场。有人去罗布泊探险，他说：“唉！安安静静在家躺着，多好。”而他自己的座右铭就是：“能坐着就不站着，能躺着就不坐着。”

然而，李新宇又是一个极其讲究的人。他的午觉一般睡到三点多，在这段时间里，他家的电话打不进去。起床之后，便与夫人一本正经地坐下来，透明的玻璃杯里泡一杯上等的龙井，两眼很专注地看着杯子里的茶叶一根一根竖起来，悬浮游荡，这时他的眼中就会放出很亮的光。这杯茶一喝就是一两个小时，静静地品味，很专注地喝。他对茶叶也很挑剔，总是在春天的三月底、四月初买好一年的茶叶，用铁筒装了，透明胶封好，整齐地排放在冰箱里，以备一年之用。遇到编辑部有朋友们寄来的好茶，他就会毫不客气地抢去一些。一般饭店的茶水，他是很少喝的，而且除了啤酒，不喝任何饮料。

李新宇也是个严肃而认真的人。在学术上，他有自己独立的思考和追求。他说，思想的美源于理想完美与现实的残缺给人们带来的心理落差。正因为人们意识到了现实中的种种残缺，才去追求美好的理想。这个追求的过程产生的一切是最美的。我们在一起吃饭、聊天，新宇所谈最多的是知识分子的风雨百年史，他的文学研究也主要围绕着“20世纪中国文学中的知识分子话语”这一主题展开。“穿越遮蔽”、“回到现场”、“恢复记忆”、“走出精神疫区”都是他的常用词。每当谈话深入的时候，他的脸上就会失去笑容，浮上一层深深的忧郁，并且会不自觉地发出叹息。

尼·别尔嘉耶夫说：“身临这个混乱不堪的世界，个体人格的生成不能不痛苦万分。”李新宇表面豁达，从来不流露他的痛苦。但是，作为朋友，我们却能够感觉到他内心的孤独。

我曾问过李新宇：“如果不搞文学研究，你最想做的事是什么？”

他说：“如果离开文学——其实也不必离开文学，我最想做的事，就是买一块土地，建一座像样的房子，房间无需太大，只要来几个朋友能在家里，无需去宾馆；院子也无需太大，只要有一片草坪，一片树林，一潭清水，可以散步，可以游泳，足够了。当然，重要的是与朋友们一起泡上一杯茶，望着蓝天白云，漫无边际地聊天。到时候希望你要经常来啊。”

我说："你也太小资太贵族太乌托邦太空想了！那样的日子谁不想要啊！"

他说："想想也是快乐的吗。不能不想啊！"

这就是李新宇。

2004年，他还是离开了吉林，去了天津。从此编辑部来的人越来越少了。当然，编辑部的轶事还在继续地讲着，李新宇的故事暂且告一段落……

2006年的夏天我曾去天津看过新宇，看到他的大书房，看到了他新出版的书，看到了他儿子读上了研究生，看到了他的太太依然是那么贤良。他的生活又开始了平静。

我问他："还走吗？"

他说："走，去哪儿呢？也许可去的地方很多，但哪条路能带你回到你理想中的家园？"

李迪：别开枪，我是好人！

“……有时候，他们戴着脚镣往我面前一坐，我就先难过起来。很多人其实本质并不坏，因为穷，因为没文化，因为不懂法等种种原因，他们进了看守所这里。我与嫌疑人谈话到了深夜，我一个人缩着脖子再回小屋。我要路过带电网的高墙，居高临下的哨兵会突然拿探照灯照我。因为他们不认识我，我急忙喊：别开枪，我是好人！时间长了，他们也认识了这个常常勾腰走夜路的老头儿。他们还打探照灯，给我照亮前方的路……”

李迪讲这段话时，声情并茂，他几次叹息，又几次落泪。他说：“这两年采访写作看守所的故事，遇到感人的事太多了。”李迪爱动感情，做事细致。他走路勾着腰，步子很小且飞快。过了耳顺之年的李迪，四季都穿大红色的衣服米白色的裤子，戴茶色的眼镜。他喜欢发短信说事儿，他的短信都是长篇。他非常有人气，朋友聚会，都让他来召集，他的独特方式让人没法儿拒绝。

确切地说，我认识作家李迪，完全与看守所有关。

2010年春节刚过。一个飘雪的上午，编辑部来了一位戴着茶色眼镜的“红衣老头”。他嗓门洪亮，人没进来，笑声先报道了。只见他双手抱拳，一副武士的礼数：各位好啊！

只听有人问到：“您从看守所出来了？”

他笑着说：“出来了。过几天还得进去。”

这位就是写《丹东看守所的故事》作家李迪。说起李迪，可谓是大名鼎鼎，上个世纪80年代他的长篇代表作《傍晚敲门的女人》，不知让多少读者有惊心动魄之感。这部小说被称为是“开创了中国推理小说走向世界之先河”的作品。几十年来李迪虽然不断地耕耘，但是叫得响的作品寥寥。作家跟演艺界的明星差不多，演员几天不出场，就会被观众抛弃。作家写不出好作品，也一样不受读者待见。

2012年，李迪又“火”了，火得如他那件大红的外衣。这次是因为群众出版社出版的《丹东看守所的故事》。说源头是2009年底，中国作家协会、公安部监所管理局共同发起名为“中国作家走进公安监管场所”的采风活动，李迪是受邀作家之一。为了完成这次的写作任务，两年内李迪曾经七下丹东看守所，有几次一待好几个月。两年的春节他都是在丹东看守所与这里的管教民警及在押人员一起度过的。他想写一部真实的看守所警察的感人故事。以往，人们对“看守所”很少了解，网上有很多关于监管场所的负面新闻，也有很多误区。李迪经过两年多的采访，了解到丹东看守所的管教民警在面对在押人员时，并没有将他们当成犯人对待，而是首先将他们当成正常的人，他们与在押人员谈心，帮他们实现各自的愿望。

我有幸跟随李迪两次来到丹东看守所，我看到了李迪为写《丹东看守所的故事》体验生活时的实情实景。不来这里，实在不敢想象，我看到李迪采访写作的小屋，是在阴面，没有玻璃，灯光也很暗，室内有一张像小学生上课用的课桌，身后有一张窄窄的单人床，因为没有阳光，屋内有一股难闻的味道。那小屋的窗帘上印着跟关押的嫌疑人穿的囚衣一样的两个字“丹看”。再看李迪住的隔壁，就睡着犯人。

我曾问李迪：你住的这房间没有洗手间？他笑着说：我每天跟留在看守所服刑的这些人共用一个洗脸池和便所，这里只有凉水，冬天洗脸时真是冰凉！我问这里也没有食堂，你怎么吃饭呢？他说一日三餐乐呵呵地混在警察堆里，他们吃什么我吃什么。我问你可以住到条件好一点的地方？他笑着说：看守所远在郊区，山寒水冷粗茶淡饭，大酒店近在城里，冬暖夏凉生猛海鲜。我若早上来晚上走，中午还再回去闷一觉，人家要一天四趟开车接你送你。你以为你是谁？你来干啥的？这都不说，还要让人家坐在那儿傻傻地等你听你问话。你可知人家这些警察已忙得多少天都没回家……

我还有很多问题想问，此时我只能用敬佩的目光看着他。而李迪却轻松地说着他这两年的体验，他说得最多的就是：“没有人一生下来就是坏人”，“我是去索取的，我是去学习的包括向嫌疑人学习，因为他们教我懂得了另类人生”。

李迪每次从看守所体验生活回来，都来编辑部聊聊。他非常爱动感情，讲到面对嫌疑人想孩子想家、想悔过自新时情景，他就先流泪。他每次都会把写好的故事先给我们看：《等你到天亮》《死亡的消息在锤声中传递》《穿蓝马甲的女人》《只为那传说中美丽的草原》《最后一片落叶》《风中的红雨伞》……读这些故事，谁都会被感动。李迪说：“这里一切的一切，让我深感，我所要写的人，不论是警察还是犯人，都是活生生的人。是人，就有人性。”李迪从人性化的独特视角，满怀激情地写出了这一鲜为人知的特殊环境里有血有肉的警察故事，催人泪下，引人思考。这部作品是报告文学贴近现实的重要收获。

特别是《丹东看守所的故事》出版新闻发布会上，看守所的警察们说："李老头，希望你常回家来看看啊。"李迪听到这话又一次哭了。这两年来，这些警察把李迪当成他们的一员，有些在押人员也盼着李老头再听他们述说。于是2012年春节，他第八次来到丹东看守所，与他们一起过年。

前不久，李迪为感谢这两年给过他帮助的朋友，他与群众出版社的李国强老总一起开了答谢会，还为每个人精心地量身订制了一件警察T恤，大家非常感动。

从李迪的身上感受到，一个有良知的作家，他的责任和义务，就是要把真实呈现给读者。

李炳银，这样较劲为哪般？

李炳银常说：要为现实的报告文学创作辩护。

这些年来，我们时常会看见一些对现实报告文学创作的评价是各种各样都有。有些人甚至放出狠话：“报告文学创作现状堪忧！”“报告文学后继乏人！”“报告文学作为一种文体已经死亡！”

听到这些话，李炳银会感到无奈、困惑、愤怒。每次大家讨论关于报告文学的发展趋势及文体流变的时候，李炳银都会以赢房子赢地的架势与其争论，他坚决要保持一个学者评论家对报告文学这一文体的尊严，捍卫报告文学作品来之不易的发展成果。

李炳银，你这样较劲为哪般？

近三十年来，中国的报告文学已“由附庸蔚为大国”，成为中国社会现实生活中的一种突出的文化现象，开始直接和广泛地进入到了中国的社会政治和文化生活中，成为人们时常关注的一种文化现象。由此也出现了一大批好的报告文学作品，像麦天枢的《昨日——中英鸦片战争纪实》、程童一等人的《开埠——中国南京路150年》、张建伟的《大清王朝的最后变革》、卢跃刚的《长江三峡——中国的史诗》、邓贤的《大国之魂》《黄河觞》、赵瑜的《马家军调查》《革命百里洲》《寻找巴金的黛莉》、王树增的《远东朝鲜战争》、胡平的《战争状态》《禅机：1957》、何建明的《根本利益》《落泪是金》、寓真的《聂绀弩刑事档案》等等。

可以说，李炳银对这些报告文学作品了如指掌。他认为：在中国的一次次剧烈的社会动荡和调整之后，很多事情都有了一个新的开始。当作家直接地去面对现实会存在一定风险，而作家又无力排除和承受这样的风险及后果的时候，报告文学创作在经历短暂的停歇之后，开始了一种在现实眼光的关照下，追踪报告的转移。而上述这些作品，都是从不同的题材角度接近社会和读者的优秀作品。这些作品所表现的认真写作态度极其有益世事人心的丰富内容，它们在理性情感地面对历史现实时所表现出的丰富思考和信息，会使读者受益多多。

真正好的报告文学作品，它的思想性尤为珍贵。一部优秀的报告文学作品，如果包含着作家对社会和事件独特的看法、深刻的认识，那就是力量，这种力量远远超过文学性所带来的力度。

李炳银在坚持现实的报告文学创作辩护的同时，并不宽容现实报告文学创作中存在的问题。同时李炳银一直在冷静地思考着当下报告文学作品中，缺乏积极而深刻的社会参与行动，被丑陋的目的和行为利用，而粗糙功利地运行，是导致报告文学创作存在近乎灾难局面的病态所在；规模的日益庞大，亦是造成读者阅读报告文学困难，削弱报告文学社会影响力的一个原因；跳不出事实的限制约束、缺少对事实文学化的把握、在某些矛盾对象面前理性表现乏力等一些问题，并其进行严厉的批判。

我与评论家李炳银有交往，是在上个世纪90年代，那时我在《文艺争鸣》当编辑，曾编发过他几篇关于报告文学的评论文章，对评论家李炳银崇拜已久。

而从2008年5月12日那天开始，我与李炳银交往开始密切。因为那一天的记忆，是永远也忘不掉的。那天上午，在人民大会堂我与李炳银等评论家们，一同参加了作家徐剑的报告文学作品《冰冷血热》的研讨会，会议开得热烈而圆满。会议结束时，作家徐剑说，午餐就简单些，晚上要设大宴，请参会的朋友们。于是大家纷纷说，午餐不吃了，回去休息，等待着晚上的大宴。

就在这一天的2：28分的时候，我在家里感受到了书架的摇动，电脑屏也闪了几下。我以为困意来了，眼睛花了，没当回事儿。几分钟过后，李炳银打电话问候，并说四川那边地震了。傍晚时分，李炳银、赵瑜、胡殷红、刘克兴、尹汉胤、萧立军等十几个人，都来到了作家徐剑定好的餐厅。大家见面后，都显沉闷，上午开研讨会时的热烈情绪没有再延续。面对着电视滚动播放的惨烈场面，大家无心再喝酒吃饭。

李炳银是在座人的大哥，圈内人都叫他炳哥。炳哥不胜酒力，喝酒脸红，人特别实在，在喝酒这事上，他可是从来不和别人较劲。但是这一天，他举着酒杯，含着眼泪说："我们举起杯，为灾区的人们祈祷吧。"那一天，由于大家的心情沉重，有几位都喝多了，是炳哥把大家扶下楼，打上车，看着大家离开。

从这一天起，我也管李炳银叫起了"炳哥"。我们交往多了，越发感到炳哥的真诚和善良。常常是几日不见，竟然想念，这其间有人就会有朋友想些名目聚集一下，常常在路边的小馆子热闹地吃上一顿。一晃，与炳哥亲密交往竟然过去了七八年的时间。

炳哥现在是《中国报告文学》大刊的主编，他依然编辑报告文学作品，对于作品的质量，他比前更加较真。几十年对报告文学写作的理解和经验，他希望作家的精神与思想能得到更有效的发挥，因为创作是对人生经历不断完善和丰富的过程。作家们也会不断地面对新的行业新的题材，希望作家们越写越强大，越写思想越厚重，越写越丰富，对社会认识越深刻。

炳哥是陕西人，他身上有着丰厚的传统文化底蕴，他的书法写得非常好，一看便知是有功底的。现在，炳哥除阅读和写作外，最大的乐趣就是写书法、时常也去卡拉OK高歌一曲。

李建军：文学还能更好些吗？

“李建军是一位锋芒展露、个性鲜明的青年批评家。他既注重文学的传统根基又不排拒创新与发展，既致力于人文精神的探究，又不失艺术的审视与感受。尤其对在公众阅读中得到广泛认同和好评的作品和作家，敢于犯颜直陈，提出自己独立的识见，无论观点有无偏颇，其出发点和基本立场都是学理性的。”这是李建军获得“第三届冯牧文学奖·青年批评家奖”的获奖评语。随着时间的推移，李建军的批评风格被越来越多的读者、作家们所喜欢和接受。

文学因何而伟大？文学还能更好些吗？真正的文学批评应该是什么样的？这是李建军时常谈论的问题。认识李建军的人，都为他对文学的虔诚和热爱而感动。他常常因为一个作家的粗制滥造而跟人争得面红耳赤，常常因为一些评论家不负责任地吹捧一部作品而怒不可遏，而得罪人。他容不得任何人对文学的亵渎。

李建军是一位敢讲真话的文学批评家。他坚持自己的文学信念，写了大量的文学批评文章。他从语法和修辞等具体而微的细部入手，对作品进行细致而准确的实证分析。

大胆的怀疑和理性的批判精神是李建军文学批评的特点。无论哪一家哪一派，也不管其影响有多么巨大，李建军都不盲从，而是站在文学的角度，采取审慎的态度，先对其进行认真梳理，然后指出其价值和问题所在。他说：“在我的理解中，文学是一种让人类意识到爱、高尚、尊严这类东西的圣洁之物。正因为这样，作为文学守护神的文学批评，就应该以纯粹的姿态面对文学。具体地说，就是要站在人道的立场，说真话。”正是有了对文学的真诚，他的批评才显现出内在的活力和力量。

多年的文学阅读的经验积累，使李建军视野极为开阔，他对世界的、中国的文学名家名著非常熟悉，从而形成了他自己独特的文学观和审美观。他对待作品，有着严格的绝不含混的判断尺度。在李建军看来，小说是一种美好的事物，它是生命的必需，是上帝给人类的馈赠。李建军认为当下的文学写作，很多是“消极写作”，作品缺乏现实感、真实性和批判的勇气；缺乏积极的精神建构力量；缺乏美好的道德感和丰富的诗意感；把写作变成消极的习惯，是一种在艺术上粗制滥造的伪写作。

当下，“消极写作”还在进行。它已经成为一种在我们这个时代颇为流行的、具有主宰性的写作模式。因此，我们比任何时候都需要像李建军这样的负责任的文学批评家。

李建军的文学批评越来越赢得读者的肯定和好评。陈忠实在一次答记者问的时候就谈到：“李建军的批评所引发的生动活泼的讨论，让我再一次感到文学活着，文学依然神圣。”

在文学批评家们日渐失去个性的当下，李建军的个性锋芒更是异质性、批判性和对抗性的。他认为真正的文学批评应该永不放弃高贵的尊严。他坚守自己的精神立场，守护自己的文学信念。他进行文学批评的力量和自信，就来自于他的这种难能可贵的执著。

李建军不仅是一位坦率、尖锐的批评家，而且，还是一位对文学认真研究而讲求学理的学者。对于一个批评家来说，仅仅说真话显然是远远不够的。一个合格的批评家应该具备学者的素养。李建军是受过严格的学术训练的，他对小说的研究深入而认真，他的博士论文《小说修辞研究》就是他潜心研究的可喜收获。与许多为研究而研究的学者不同，李建军有着强烈的人文精神，这主要表现在强调世界观的重要性，有着整体感和心灵的光芒，将小说修辞研究与人类的命运紧紧相连等方面。

李建军也是一位因其尖锐而易被误解的批评家。有的人认为李建军的文学批评言辞偏激，态度苛刻。事实上，他是一个忠厚而善良的人。李建军批评起著名作家的作品毫不留情，但对刚刚学习写作的文学青年和艰难探索的年轻作家，他常常给予充分的肯定和鼓励。他常说：“我不知道我的观点是否被更多的人理解和认同。我的尖锐和偏执，也许会让有的作家和读者不快，如果真是这样，请你们原谅和理解。但我必须说出自己真实的感受和思想，因为，只有在真话之中，我们才能找到真理。这就是我不怕冒犯‘著名作家’，不怕遭受误解甚至记恨的原因。”

知我者，谓我心忧。不知我者，谓我何求？

李建军新近出版的《文学因何而伟大》《文学还能更好些吗》，都是从多个角度谈论文学批评的一些理论问题和当代文学批评的现状，并通过细致的文本分析对一些有影响的小说作品进行了质疑性批评，其中的一些文章曾经引起过较为激烈的争论。李建军提出：“在这样一个过度娱乐化的时代，在这样一个极端功利主义的时代，我们的文学还有希望吗？还有可能更好吗？”

李洱的石榴树上结樱桃

根据著名作家李洱长篇小说改编的同名电影《石榴树上结樱桃》已于4月在国内各大院线公映。李洱介绍，电影2008年就已拍摄完成，但经历了长达5年的反复修改和补拍，他说："只要能上映，本身就是一种进步。"电影试图将小说原汁原味地搬到大银幕上，对拍摄者来说，是一个不太容易完成的工作。它拍的是现实，是人性，这是一个如果你看懂了就会叫好的故事。

石榴树上结樱桃？这是不可能的事！但作家李洱硬是把它们结在了一起，而且还结到德国。记得前几年李洱在柏林换乘地铁的时候，顺便拐进了一家书店。书店门口贴了一张宣传单，上面有一幅很大的照片，从面相上看是中国人，很熟悉，也很陌生。李洱好奇地走近一看，原来是自己。这就是《石榴树上结樱桃》在德国的宣传海报。

作者李洱把笔伸向了神秘的乡村权力场，描写了在权力的诱惑面前人们的自尊、良知受到的考验，反映了权力对这片净土的侵蚀，小说刻画的人物似乎离我们很远，似乎又离我们很近。同时李洱用他看似随意、诙谐，实则精细的语言将每一个细节放大，在叙述中凸显出当代乡村居民的真实状态。

《石榴树上结樱桃》是其作品第一次被搬到大银幕上。原著不仅仅受到读者的广泛追捧，也得到德国总理莫克尔的青睐，对该作品赞誉不已。故事情节厚重完整、颠覆而又有序。李洱笔触深刻地描绘了一个在表面平常的争权夺利背后的故事，他抽丝剥笋、不慌不忙、冷静客观，剥离出表象背后在中国农村普遍存在，仍然在左右着农民的大脑评判和抉择方式。

写乡村及权力，大家认为不是李洱的强项，他自己也坦率地说："小时候在农村，我跟农民们的交往不是非常多。但是很多邻居、亲戚会经常来串门，所以我非常了解他们的日常生活和精神状态。我至今仍然和他们保持着交往。"李洱与同为河南作家的刘震云、阎连科、周大新、李佩甫等不同，他们写乡土是往非常沉重的地方走，很痛苦，但李洱认为实际上农民是很乐观的。他说："他们有一个沉重的痛苦的背景，但他们也有喜悦和快乐，能够通过反讽从沉重、痛苦中瞬间解脱出来。他们通过戏谑和自我嘲讽来减轻自己的重负。如果没有这一面，沉重和痛苦会把他们彻底打垮。"

我与李洱是多年的朋友，当我每次面对面与李洱对话时，很难把严肃而深刻的问题与他那诡辩的样子结合起来对待。人们都常说河南人聪明，而李洱这个河南人简直是太聪明了。李洱能说善辩，就连讲段子，他讲得都比别人讲得生动有趣，他的语言表述能力极强。李洱在讲故事方面简直就是个天才，若在旧社会，李洱走街串巷在民间说书，肯定能混上饱饭吃。他还有学说各地方言的本领，学谁像谁。自从李洱出版了长篇小说《花腔》后，朋友们私底下叫他"李花腔"，朋友间在私下常拿作家们的代表作当话题开玩笑，比如跟池莉叫池麦娘（《看麦娘》）、张者叫"张桃李"（《桃李》）等等。

戴着眼镜眯着眼的李洱，他总会先笑着与你打招呼，这让你看不清楚镜片后边那双小眼睛的内容。他的笑中充满着"坏意"，让你不知道他又要讲出什么让人大笑的话来。李洱个子不算高，有些瘦，但声音却浑厚而洪亮。李夫人小周是北大教美声唱法的教授，她的声音真是太美丽。2012年她可是大红大紫了一番，她导演创作的歌剧《大红灯笼》引起社会上热评。就在前不久，李洱又叫我去北大参加小周策划的"中国原创音乐剧本大赛"的颁奖仪式，让我感受到了音乐剧的穿越性。

记得有一次聚会，李洱、阎连科、张方、梁鸿等几位朋友，我们来到北京的一家咖啡馆小坐，大家天南海北地聊天，我注意到李洱不太说话，显得很憔悴，没有了往日见面时的那种幽雅和诙谐。后来他说，母亲生病住院，爱人马上又要临产，他整天往返于医院，心力交瘁，感受到人到中年的种种压力。这种压力更多的是来自内心。我想，李洱的这种压力，是我们每一个人都有的，但又很难消除。

过了一段时间，接到李洱的短信，爱人顺利生产，得了一个大胖小子。40岁得子，是值得庆贺。几年过去，他的独生子也有几岁了，可李洱却常说，当了爹以后，就一定要有爹样儿，不能让儿子瞧不起这个爹，要好好当爹，给儿子做出榜样。听他这话，大家笑得不行。

而如今，李洱的儿子都上了小学！李洱也在现代文学馆工作多年，而且还当了官。我们期待着李洱前程似锦，飞黄腾达。

梁永和：诗意灵性画红楼

诗画相通，诗心、画意相映，这是我对画家梁永和先生画作的第一感觉。

前不久，我来到了画家梁永和的工作室，参观了梁永和先生具有代表性的画作。当站在画家梁永和巨幅的《红楼梦金陵十二钗》《相依》《国色天香》《神童献寿》这些作品前，感受到梁永和先生夸张的笔法、艳丽的色彩、大胆的构图，强烈地冲击着我的视野，为之震撼。特别中《红楼梦》系列人物画作中，那一张张栩栩如生的红楼人物的神态非常生动，细看画作每一个人物，都有丰富的表情，她们仪态端庄、衣饰华贵，但却不失灵动甚至调皮的样子。观梁永和的红楼人物画，给人以愉悦的美感，作品具有很高的美学深度和文化厚度。

从梁先生的创作中可以看出，他是“反传统”的画家，他超越了传统中国画的画法，在他画的人物造型上释放出追求自由、和谐的景象。

细细品读梁先生这些红楼人物，绚丽形象的背后，蕴藏着丰厚的文化气息，显示出梁永和先生中国古典文学的功底深厚，如果不是专门研究过《红楼梦》中人物的性格，是绝对画不出十二钗一颦一笑、喜怒哀乐、含蓄中带有奔放的鲜活气象。更体现了画家对古典文学名著的深刻理解与会意。

从众多画作意境上看，梁先生也是性情中人。他在中国画大小写意相结合的基础上，有所创新探索和发展，他在笔墨色彩和构图方面都有自己独到的艺术风格。

梁先生不仅在画《红楼梦》人物中走出一条自己的独特道路，他画的山水画、花鸟画也有宏阔的气魄。从中看出画家梁永和在中国画法的研究中，是全面的，而不是孤立的。他的巨幅山水画《江山多娇》，有气吞山河之势，远山近水自然天成，给人以身临其境之感，充分表现出大自然“天人合一”的情怀。

当我走进梁永和的工作室时，首先闻到鲜花幽香的气味，工作室整个过道及室内，摆满数种名贵的植物和花草，鲜花盛开，绿悠悠的叶子在阳光的映照下，更显生机盎然。

这就不难理解梁永和先生的花鸟画作品，画得如此有灵性，因为他创造了美的环境，才有意境。王国维曾说："意"是灵魂，"境界"乃格调，"有境界自成高格"。像梁先生这样热爱生活、热爱自然的大家，他的内心一定是宁静致远的。

我非常喜欢梁永和先生画的花鸟作品《相依》，这幅画的内容是淡雅的紫藤和一对小鸟在对话，它们相互述说着自己的故事。看这幅画，让我想起李白诗句《紫藤树》中有"紫藤挂云木"、"密叶隐歌鸟"。写的是紫藤凌云高挂，繁茂的花叶把歌唱的小鸟都隐藏起来了。因此，只能闻其声，不能见其形。而其诗意恰恰发生在"闻其声不见其形"的意象中。梁永和先生画作《相依》的意境中表现出两只小鸟间相依、小鸟与紫藤树间相依，时间与空间相依，人与自然相依，虚构与现实相依，这其中有着很深的哲学意味，更有"漫天紫雪香"的诗境。于是我在这幅画前拍照留念。

《神童献寿》是一幅非常生动而有趣的画。画面中八个神童中，有的用托盘举着寿桃、有的在旁边嬉笑，还有一个神童穿着开裆裤，蹲在地上向前在用力攀向寿桃……画家把童真、童趣表现得淋漓淋漓尽致。画家的每一幅人物画中，都有很多花草植物做背景衬托，而这些花草本身就是有灵性有生命的。这也是画家梁永和先生对诗意和灵性的追求。

画家梁永和有着诗人的气质，他的艺术灵感来自于对自然生命的洞察，产生于与万物神会时的物我交融。他的人物画富于变化千姿百态；他的山水画作不是去照抄自然，而是去亲近、拥抱、神会自然；他的花鸟画更定诗意，从而激发起创作主体的审美感，寻觅诗意创造的灵感之源，从万花丛中折取最美的一枝，见出大千世界美好。

绘画创作需要灵性，需要人文内涵，需要有"写"有"意"，这才是它的灵魂。画家梁永和先生做到了。观梁永和先生的画作，看似随心，却不随意。画作有意在笔先、意到笔不到的致美意境。也有评论说，画家梁永和先生的画作，千篇一律、千人一面。而梁永和先生说道，他永远不会重复自己，因为真正的艺术不容重复，重复意味着才思的枯竭。

梁永先生自幼习画，擅长工笔和写意人物画，作品多次参加国内外美术展览并获奖。几十年来，在世界多个国家搞过展览，作为弘扬中国传统文化，他做出了表率，他的作品被作为国礼赠送给多个国家元首和政要。

愿梁先生永葆青春和灵性，画出更好的作品。

罗勇醉酒记

文人聚会，饮酒赋诗，有兴有致，而醉酒也并不新鲜。可是罗勇主编在北京城醉酒，一时间可成为文坛佳话，听到这个故事的人都说：这酒，醉得值！

我的讲述完全是道听途说，但确有三四个人给我讲起罗勇醉酒的故事，包括罗勇自己的讲述。综合一下，准确度会有九成以上吧。

罗勇是四川省作家协会《当代文坛》杂志的主编。当时是他当主编不到两年的时间，新官上任，大展宏图，立意大干革命事业。有人说刊物的主编是无冕皇帝，可是眼下办刊当主编不容易啊！名家学者们一年只写出那几篇文章，哪个主编都想发啊。

罗勇主编感觉到了边缘省份刊物被边缘化的现象，要想在短时间内进入一流刊物的行列，只有加大力度，寻找好的稿源，多和优秀的作者们打交道。为了刊物蒸蒸日上，他趁在鲁迅文学院学习期间，准备拉上一些学者朋友们坐在一起聊天并小撮一顿。

罗勇主编虽然年轻气盛，但却不胜酒力。那天召集聚会时我也在北京，罗勇给我打电话说晚上大家聚会一下，他做东。我忘记当时是因为什么事没去参加。等到第二天，有几人给我打电话讲罗勇醉酒的故事。我听后笑得肚子直痛，眼泪直流。

故事是这样的。参加聚会的有北师大王一川、赵勇教授，人民大学的张法教授，《中国社会科学》杂志的王兆胜编审，中国社会科学院的李建军研究员等几位学者。据说没喝多少酒，罗勇就已经醉得不像样子。在他还清醒时就已把钱付了，可是醉酒后还是三番五次地去付钱。大家看他醉了都在陪着他。因为不知道他住在哪里。经过一番询问，罗勇只能说出他住的宾馆名字。

于是，王一川和张法两位打车送罗勇回宾馆。（说明：罗勇与他们是第一次见面，估计醉酒后吐了人家一身，后来见到王一川时，我还问起是否有这事？王一川只是笑，不回答也不否认。）

话说王一川和张法将罗勇送回宾馆后，麻烦就开始了。因为罗勇住的房是一位同来北京办事的朋友为他办理的，在总台找不到罗勇的名字。可是，他无论如何也想不起与他同房那位朋友的名字和电话，正巧他自己的手机又没电。王一川和张法只好把他扶到院内的小花园里坐下，这时的罗勇主编已东倒西歪不顾身份和颜面。王一川和张法翻遍了罗勇的书包和衣兜，没找到一件可证明他住哪个房间的证件。这时已是晚上12点多钟。

无巧不成书。巧的是，正在王一川和张法不知所措时，从大门外走过来一位先生，听见小花园这边有人喊罗勇的名字，就走过来看看，竟然真的是罗勇。这位自称是罗勇的老朋友、河北人民出版社的编辑王云弟先生（事后获悉）和罗勇约好，晚上要到他这里来聊天。没想到，罗勇竟然醉成这个样子！他当即决定，打车把罗勇拉到自己入住的另一家宾馆。

王一川和张法教授被罗勇折腾了大半夜了，也已经累得够呛，看到这位朋友来了，只好移交给他。所有的这一切，罗勇竟全然不知。我听着后怕：王一川和张法教授了解王云弟这个人吗，他凭空说是罗勇的老朋友就让他把人带走了？若是人贩子呢？后来想，就算把罗勇给卖了，也值不上几个钱！哈哈。

再说他房间那位朋友，以为罗勇与北京的朋友喝酒尽兴、夜不归宿也是正常现象，于是他自己美美地大睡了一夜。待罗勇醒酒后，他像听别人的故事一样莫明其妙，他还不住地问，那顿饭到底是谁付的钱？可千万不要让客人付了账云云。大家认为，罗勇醉得很值，能与几位优秀的学者开怀畅饮，还有王一川和张法半夜里陪伴，是件愉快而惬意的事。更重要的是，罗勇用真诚感动了朋友们。

办刊难，当主编更难！

一壶老酒

“喝一壶老酒啊，/让我回回头。/回头啊望见妈妈的泪在流。/一次次我离家走，/妈妈她送我出家门口……/浓郁的香味儿啊咋也就喝不够。/每一次你千叮咛啊，/妈妈你呀拉住儿的手，/每一回你万嘱咐，/儿在心中留。/喝上这壶老酒啊，/让我回回头。/回头啊望见妈妈还在招手。/一年年你都这样过，/一道道皱纹爬上你的头……喝上这壶老酒啊，/让我回回头。/回头啊望见妈妈你还没走……”

你听过《一壶老酒》这首歌吗？这是陆树铭作词作曲并演唱给母亲的歌。

陆树铭是谁？之前我也这么问过。说起在1995年版电视剧《三国演义》中扮演关羽的那位大汉，你可能还有印象，他就是著名演员陆树铭扮演的。

陆树铭人高马大，近1.9米身高，大家都叫他“大陆”。他留一脸络腮胡，让人看不出他的年龄。那一次朋友聚会，我一进屋就看这个人怎么这么熟悉，我问余老师后才得知他是大陆。于是我们就说起了《三国演义》中关羽这个角色塑造的如此成功等，坐在一旁的萧立军主编耳背，没听清余老师说的话，他直接打断我们的聊天，冲着陆树铭说：“演关羽的演员，他叫大陆，那是我多年的朋友，他演技高超，扮演关羽的演员，目前没有超过他的！”这陆树铭说：“萧主编你不认识我了？我就是大陆！”这时萧主编才认出，俩人用力握手并拥抱。大家哄笑。萧主编说：“我认识大陆，是在1995年前后，一晃时间过去快二十年了，大陆发福了，我真是没认出来他。”

陆树铭自打与“关老爷”结缘后，他处处以关羽的“忠义诚信”来约束自己。做人做事都用高标准“关公精神”严格要求自己，两年前他拍摄一部自编、自导、自己主演的反映关羽一生传奇的30集电视连续剧《忠义千秋》。他说，完成这部作品，是自己多年的夙愿。现在老百姓的生活的确富裕多了，但普遍缺乏的是诚信。

希望《忠义千秋》能为改善社会风气起到一些微薄的作用。

陆树铭走上进演艺圈，是被小品演员郭达一眼相中，他是陪关另人去考试，被郭达发现，领他进来面试，一下就被考官录取，从此踏进了艺术的大门。之后，他在电视剧《三国演义》中塑造的关羽形象深入人心。然而，当年在拍摄的过程中，他却吃尽苦头。陆树铭从《三国演义》出演关羽那一天起，他就与这个角色结下了不解之缘。

大家都知道《三国演义》中的关羽具有三个特点：第一，他武艺高强，勇猛善战，被誉为“熊虎之将”；其二，他性格刚毅自矜，以“老大”自居，时有盛气凌人之态，为荆州失守埋下隐患；其三，他义气深重，被誉为天下义士。面对腹背受敌，北伐失败，他退守麦城，最终战死。关羽“忠义仁勇”，其中“义”是关羽身上最感人的人格力量。在现代市场经济环境下，关羽所体现的“信义”，是建设和谐社会不可或缺的人文精神。陆树铭时刻记住关羽在中国老百姓心中的形象是“忠义仁勇”，他以身作则，做了很多善事。

大家每每与陆树铭聊天，部会说起他扮演的关羽怕个人物形象。陆树铭这样说：随着岁月流逝，年龄一天天大了起来，想的事情便与过去不同。过去读书只是读书，现在却与自身联系在一起，过去读到无欲则刚，没有很重的感觉，现在觉得，真的，当你把名利、地位、金钱等都淡化掉，你会发现，人生真的很美好。你对身边的事物的观察视角，与判断眼光，也会因此发生很大的变化。古人说得好：贫贱不能移，富贵不能淫，威武不能屈。都说胸怀，都说与人为善，好像每个人都想做到如此，但不是每个人都能做到。像唱歌，不是唱完歌词就算完成，要感受音乐其中的意义，感受音乐的流动。早年我拍《三国演义》时，北京一位老艺术家曾经说过，艺术如同生活一样，以自然的形式流淌，如小河上漂着一片树叶，随着水流的急流、旋涡，能自然、顺畅、飘逸。随着时光飞逝，一点点地加深了对他这番话的理解。

每一个人都在为了生存而奔波而忙碌，也许这就是生命本身的不易与生活本身的价值。而演员陆树铭，从对生活的观察中，收获到了很多经验。

这位铁血男儿如今也奔六十，他说，人生的岁月是从六十才开始的，这时如果身体好，那会做很多事，因为这是人生经验最丰富的时刻，而且，时间归自己支配了。

性情的陆树铭，也有铁骨柔肠时。前不久我们聚会时，他想念妈妈，又唱起了那首《一壶老酒》，他的泪水禁不住流了下来。

骑自行车的莫言

近些天，莫言获得诺贝尔文学奖已成为了文学界谈论的主要话题。谁都想靠近莫言，谁都想搭莫言的车，有人晒出了与莫言的合影，有人想起了莫言的一些故事，有人猜测莫言的奖金怎么花。好像谁不说上几句莫言的话题，似乎太没文化。

这是好事，证明大家开始关注中国文学。

莫言曾说过这样一句话，我印象很深，他说："要训练一个好的作家，小时候应该把他放到一个没有电的地方。晚上太明亮了，童话就没有了，想象力也就萎缩了。有一年和王安忆一起去瑞典，我就知道了丹麦产生安徒生是和那时代他们特别落后有关系。因为他们靠近北极，有一个漫长的冬天，白天只有三四个小时，晚上一家人围坐火炉，这不产生童话产生什么？如果到了北京上海，灯火通明，每一个角落都照得纤尘毕现，童话就消失了。所以有电灯以后就没有童话了。"

莫言对《国家电网报》"亮创作"栏目很关心，给予夸奖，并赐稿给予支持。2012年7月6日的"亮创作"发表了莫言的《文学与时代》。莫言在这篇文章中曾有这样一段话："……我在2000年写《檀香刑》这部小说的时候，很多人问，为什么写这么一部小说？为什么在当下的时代里，我们的社会这么丰富，有这么多故事素材不写，偏要写一个清朝末年的故事？有这么多民族英雄不去歌颂、不去描写，为什么要去写一个刽子手？我说这是有原因的。"他写《檀香刑》的原因是："我邻居中有一位退休的警察，他曾经在辽宁当过狱警，他退休回来经常说起他认识一位女烈士，他也对我们描述过当年这位女烈士在监狱里的一些情况，他也对女烈士的宁死不屈表示很深的敬意。那么我就想，他明明知道这个人是烈士，为什么他不对自己当年在监狱里当狱警进行反思呢？而且从他的只言片语中，我也隐隐约约感觉到他也参与过虐待和处罚女烈士的活动。我想这样一个人该不该忏悔？"

莫言对文学创作，一直在不断思考和探索。他每写一部作品，都努力地超越自己。读者永远也猜不出莫言的下一部作品会写什么。但莫言的创作并非无迹可寻。

早期的《透明的红萝卜》《枯河》《白狗秋千架》，是非常的清丽而感伤，那是诗和梦的扭结。他的二十多部中篇展现了一个丰富复杂的世界。

慢慢地，莫言的作品“火”了起来，批评家们也开始聚焦关注莫言。这时，表扬和批评的声音同时响起。我在文学理论刊物《文艺争鸣》负责当代文学理论的编辑工作时，发表了很多篇关于莫言作品的评论文章。其中也有几篇批评莫言的文章。文学评论家李建的《是大象，还是甲虫》，就是我编发的，这篇文章批评了莫言作品《檀香刑》。莫言对这些批评他作品的文章，有时也不同意其观点，时常会解释，也曾与评论家当场对峙。但这些都是在文学讨论层面上发生。莫言认为《酒国》是他“迄今为止最完美的长篇，我为它感到骄傲”，很多人也许不一定这么看。

莫言说他二十多年的农村生活，就像电影连环画一样，一部接一部地纷至沓来，都可以写成小说，都可以用语言描述出来。这也就是为什么他的城市题材写得比较少的原因。因为农村题材还没有写完，不断地有东西出现。

莫言还说：“如果我不当兵离开农村，而且也在那个地方走上了文学道路，我写的肯定也是农村生活，但那样情况下写出的农村生活跟现在写的农村生活肯定是不一样的。因为我进入了城市，接受了城市的文明，受到了职业化的文学教育，对我回顾自己的童年、发现自己的童年非常有作用。没有职业化，以前那些东西都不可能成型。用了这种文明催化剂后，它一下子该凝固的凝固了，该变色的变色了，一切都明朗了。也就是说尽管我写的是农村题材，但城市是对我起作用的。没有城市也就没有现在这样的农村题材的小说。当然后来我的一些小说中也不纯然写农村，像《酒国》那个长篇。”

我与莫言的交往，是1988年在鲁迅文学院开始。那时的莫言，因为较瘦，眼睛看上去稍微大一些。每天吃完晚饭后，大家都会在院子打球、散步。而莫言不爱运动，常常找个树阴下坐着。他也不太爱说话。他爱笑，笑起来眼睛只剩一条缝。

莫言常常骑着一辆破旧的自行车穿行于北京城。去年在北师大开一个国际学术研讨会，他依然是骑着自行车，来来往往，自由自在。

莫言常讲起1985年那次，他与《中国作家》的编辑萧立军一起去军艺徐怀中教授家里，就是因为骑自行车，差点被大卡车撞上。从此，他与萧立军有生死之交的感觉。

如今，莫言已成为诺贝尔文学奖的得主，他还会骑着破旧的自行车，自由地往来在城市中吗？

1987年时的马原

2012年的中国文学界，除了莫言获得诺贝尔文学奖让众人称道外，再就是“马原复出”的话题至今未落。20世纪80年代，被戴上“先锋小说家”帽子的马原，以他的《冈底斯的诱惑》《拉萨河的女神》《西海的无帆船》《虚构》《上下都很平坦》等对当时的文学界产生了深远影响。而到了90年代初，马原的创作戛然而止，作为小说家的他远离了公众视野。这一别，就是20年。2012年5月，马原带着他的《牛鬼蛇神》回来了。

我认为马原一刻也没有离开他钟爱的文学。

那么，小说家马原这20年又去干了些什么？他离开激发他创作灵感的西藏，历经十七个月，几近两万公里跋涉，自掏腰包拍了一部纪录片，采访了120位作家，取名《中国作家梦》。他也做过房地产、当过导演，后来又到同济大学当了教授，主讲“阅读大师”的文学课程。马原是位职业小说家，他虽然干过很多职业，但他最在乎的还是写小说。他认为：“这是我最得心应手的事。我不希望就这样把小说扔了，尽管这些年没能写出一部小说，但其实这20年我没有一刻不想回来。但写作是艰难的，有时你会遇到瓶颈、障碍，无法向前迈步，我尝试过许多次都失败了。”马原一直在说，写小说是他安身立命的手艺，他在把这手艺丢失了20年之后，又捡了回来，对马原这样的手艺人来说，恢复手艺就意味着生计重新有了保障，生命也就从此得以延续。虽然马原小说从量上来说在减少，但是他认为，优秀的小说家在创作每一部作品时，都会全力以赴。

是啊，有一段时间没有了马原的音信，还真有点挂念他。而每次见到马原，我都会被带回到1987年的情境。

因为1987年，马原有了儿子马大湾，我有了儿子蒂尼。我们常常因为孩子又多了另外的很多话题，也常常因为孩子，两家常常相聚。那时候从沈阳到长春的路，显得格外的近。

我认识马原是在1986年的冬天。1986年在中国当代史上并不是一个特别富有诗意的年份，然而在我的文学史进程中却是一段诡秘莫测的岁月，就是在这些不起眼的行径过程中，改变了我后来生活的道路。1986年至1988年间，在长春西中华路5号不足50平方米的小屋子里，曾经地记录下了许多文学故事。可以说这个小房子在80年代中后期曾经是一个热闹的文学沙龙。当时，来自天南地北对文学抱有狂热态度者不断地涌向这个沙龙。

住在沈阳的作家马原和作家刁斗，还有住在锦州的作家鲁艺伟，就时常从沈阳坐着火车来长春，他们会在这小房子待上几天。当时我家里有一个折叠的行军床，马原190厘米的个子，躺在上面一下子就会被压垮，尽管这样，那张小床仍然歪歪扭扭地不断有人来住。这个小屋子有时甚至有十几个人都挤在那间14平方米的厅里，坐在地毯上神聊神侃。那些大老爷们的臭脚味道至今让我难忘。

文学在这个小屋子里，显得那么神圣。

记得那时，我做多少饭都不够他们吃，最多的时候是烙上百十来个馅饼，这样饭和菜就都有了，但常常是刚烙出来一锅饼在眨眼工夫就被他们吃光。这样的文学沙龙持续了两年多时间。

就在1989年之后，大家的情绪和心态都有了变化。

我的生活在1989年之后，也发生革命性的变化，爱情和生活都变成了浮云，西中华路5号的文学沙龙也随之解体。神聊神侃文学的时代就此结束。后来的日子里，就失去了关于马原和关于马原更多的话题。但常常惦念着他的儿子马大湾。

20世纪90年代初的时候，我曾约马原为《文艺争鸣》杂志写了一篇《文学百窘》，之后，就有很长时间又没有了联系了。

记不清是哪一天，我听说了马原到同济大学当了教授。当时我就想，马原说话不是很流利甚至有些结结巴巴，他站在讲台上给学生们讲课，讲那些逝去的大师和永远的文学经典时，效果会怎么样？也许大学生们一定会原谅他的“结结巴巴”，学生们更看重他的思想和文学观。马原刚到同济大学当教授不久，就分到了房子。我们通电话时，他说有时间来看看我的书房，一定要带上蒂尼。就在那次通话不久，我就有机会带蒂尼到了上海，是吴俊教授带着我和蒂尼，来到了马原在同济大学的新房子。

一进马原的家，那种木头的原始味道扑鼻而来。马原的房子是那种典型的同济式不规则建筑设计风格。房子里所有的家具都是木头的本色。茶几上方还吊着一个很大的灯罩，一不小心就会碰撞。马原带我看了马大湾的房间，还告诉我刚从老家把儿子接到上海来上学，上海的学生很歧视外地的孩子，管大湾叫“东北佬”。马原对他儿子一直很关心，但作为父亲与儿子的关系有时紧张有时也很无奈。

当时我问马原，来到同济教课，这所理科学校的学生喜欢听文学吗？记得当时马原说：“我以为自己是很有名的作家呢，可是来到同济给学生上课时，学生大多都没听说过这位写小说的马原。更不知道‘我就是那个叫马原的汉人’。”由此马原才开设“阅读大师”这门课，他开始给不爱文学的学生们讲海明威、加缪、哈耶克、克里斯蒂、乔伊斯、普鲁斯特……

从《牛鬼蛇神》开始，马原的写作又进入了一个新回合。这个回合中，读者看到马原的小说一定是包涵着生死命题的，他开始关心生命、人类的弱点，希望把这些弱点写出来，让读者通过读他的小说看到这些弱点，多一点自我反省。

我认为，马原是当代作家中较为优秀的作家之一。他活跃在20世纪80年代，他的小说影响了一大批文学爱好者。虽然90年代初他突然远离文学圈，但是他骨子里却一直在思考着有关文学命运的哲学命题。他拍摄的纪录片《中国作家梦》，足迹遍及中国各大城乡，对包括巴金冰心在内的一百多位作家进行了访谈。那是一项浩大的工程，它的意义不仅仅是积攒史料，它是马原个人及中国文学史的宝贵财富。沉寂了20年后，这部《牛鬼蛇神》又让大家开始重新认识作家马原。他开始从“写小说曾是我安身立命的手艺”转变到探讨哲学中关于人类的三问“我们是谁，从哪里来，到哪里去”的大问题。

有人问马原是属于哪类人，他说自己“大概算是一个布道者”。我理解马原的布道含义，是布文学之道吧。

钱谷融：没人打麻将，只好去下棋

钱谷融，男，1919生人，江苏武进人。1942年毕业于国立中央大学。长期担任华东师范大学中文系教授、博士生导师，文学研究所所长。现已退休。主要社会兼职有：中国作家协会名誉委员，中国文艺理论学会名誉会长，中国现代文学研究会顾问。主要著作有：《论“文学是人学”》、《〈雷雨〉人物谈》、《艺术·人·真诚》等。著作及论文曾多次获奖。1998年获华东师范大学中国语言文学系终身成就奖。

2000年新世纪来临的时候，我编著了一部《世纪印象——百名学者论中国文化》一书。在这部书中，我曾采访过著名的钱谷融教授。记得我当时是用平信从邮局给钱谷融教授寄了一封打印的约稿信，我对钱谷融教授是否能收到信并回答我的问题没有足够的把握，因为当时他已81岁了，我知道他对一些编辑记者的采访很少理会。

就在我发出约稿信半月之后的一天，我就收到了钱谷融教授寄来的手写文章，第一句话就说：“朱竞先生，你的邀稿信写得很诚恳，所提问题也很有意义，我愿意尽我所知，竭我所能为你效劳。”稿纸是八开的，印着绿色的格子，一页500字，他写三页多。这份十分珍贵的手写稿，我至今保留着，钱谷融教授字迹清晰而漂亮，文章中有修改的字样。当下大多数人都用电脑写文章，已经很少能看到手写的稿子了。看到钱谷融这份手写的文字，我感到无比的亲切。常言道：见字如面。这便让我想起了1999年时我与钱谷融教授的相识。那是在南京大学开的一次学术研讨会上，我见到了钱谷融教授。盛夏六月的南京非常炎热，钱先生穿一套银灰色的西装，白衬衫上打着领带，当年他已80岁。钱谷融先生非常平易近人，那一次在南京开会期间，我们参观了水族馆，记得有几位学者要和他合影，他都答应着。虽然天气炎热，他依然穿着西服，站在阳光下与各位合影，站了好长时间，头上的汗水都流了下来，脸上还是露着笑容，没有一点大学者的架子。了解钱先生的人都说，钱先生在公众场合，言行和仪表从来都是跟他做学问一样，一丝不苟，仍然保持着老一代学者的那种绅士风度和大学者气质。

会议期间，我与钱谷融教授聊天，了解到他的一些经历。1937年时，18岁钱谷融因为战火逼近，学校解散，从家乡常州辗转到了武汉，后来又被送到重庆北碚读四川中学师范部，次年又考入中央大学。我问钱谷融教授：从您30年代写的一些散文来看，似乎您在精神上是寂寞和苦闷的，常有漂流之感，思乡之痛？在您的一生中，从学习、工作、生活，到精神、思想上，对您影响最大的人有哪些？

钱谷融教授脱口而出：在我一生中，给我影响最大的要算伍叔傥先生了。

我打断说：我知道，伍叔傥先生是伍子胥的后代，伍先生是浙江瑞安人，您是江苏武进人，从地域上讲，你们在心理上更容易接近吧？

钱谷融教授说：也许是吧。我那时报考的是内迁到重庆的国立中央大学的师范学院国文系，因为读师范不但不要交学费，膳、宿费也全免。师范学院国文系是新创办的，第一年都是公共必修课，不但没有自己的教师，就连系主任也没有。第二年才请来伍叔傥先生当系主任。伍先生是“五四”时期的北京大学毕业生，思想开明。伍叔傥先生并不是一个做学问的人，他一生也没有什么著作，只自费印过一本《暮远楼诗稿》。但他对文学却有真的爱好，而且胸襟开阔，识见宏通，古今中外，不拘一格，多所涉猎。那时候他孤身一人，住在一间单身宿舍里，不愿吃食堂里的包饭，因为那要遵守一定的时间，还要与许多他不一定喜欢的人坐在一起。他一日三餐都是上馆子吃的。他嫌一个人吃饭太无趣，经常带我去一些茶馆、饭馆，他喜欢跟我闲谈，都是即兴式的，而不是拿出一副老师的样子教育我，甚至连他是老师我是学生这样的观念也很淡薄。他也喜欢《世说新语》，喜欢做一个自然的、不做作的人，自在的人，闲适的人，一切都是任情适性而行。我也喜欢随随便便，自由自在。在现实生活里，我最不喜欢的是拘束，最厌恶的是虚伪。名、利我并不是不要，但如果它拘束了我的自由，要我隐藏了一部分真性情，要我花很大力气才能获得，那我就宁可不要。

钱谷融教授喜欢散步，更喜欢看水，我想他是喜欢水的那种纯净和安宁吧。古人说：“仁者乐山，智者乐水”。他是仁者化的智者，智者化的仁者。前些年时，我每年都会收到钱先生寄来的贺年卡，有时还会收到两份。这些年，不敢多去打扰他的生活，只是通话问候。在与钱谷融教授通电话时，总是让我愉快，每一次我都能感受到他的心态如此之好，他说：一生只求，以真诚待人。

如今钱谷融教授已95岁高龄，每天乐观地生活，时常玩玩象棋、桥牌和麻将，他常风趣地说：“桥牌没麻将好玩，我是感情冲动的人，不够冷静。”但是，不管是桥牌还是麻将，都需要四个人，而钱谷融教授家里常常凑不齐这么多的人，没人打麻将，他就只好去下棋。

愿钱谷融教授永葆快乐的心态。

下边的是2001年6月15日我对钱先生的采访：

钱谷融：朱竞先生，你的邀稿信写得很诚恳，所提问题也很有意义，我愿意尽我所知，竭我所能为你效劳。

朱竞：钱先生，您太客气也太谦虚了，谢谢您接受我的采访。大家都知道，在您的人生经历中有过很多值得回忆的事情，那么您对中国20世纪的印象是怎样的？您认为知识分子的精神存在吗？您最心仪的是哪一类型的知识分子？

钱谷融：我可以把你的这些问题归结为关于知识分子问题来做一回答。如果承认有“知识分子”这样一种类型的人存在，那么必有他们所持的精神。我认为知识分子最可贵的，就在于他们代表着人所能代表的良知，中国知识分子所代表的当然是中国人的良知。他们立足于中国的土壤上，首先追求的也是中国人的幸福与进步。凡是以自己的一生不懈贡献于这样追求的人，都是我所敬重的。鲁迅、胡适、陈寅恪，我都敬重。

朱竞：在您的人生历程中，您感到最痛苦和耻辱的体验是什么？能讲一件苦恼的事吗？

钱谷融：这又涉及到人生和个人体验的问题。

我最痛苦和最耻辱的体验，当然是来自“文化大革命”中。那些年来，什么样的愚昧、野蛮和荒谬的事都做得出来。譬如有所谓“早请示、晚汇报”的制度，是每一个（也许只是像我这样的）“罪人”每天都必须做的。把一个人奉若神明，其余的人便自甘于做奴隶，真不知是一种什么心理？堂堂中国，有这样悠久、光辉的文明传统的中国，竟会堕落到这样一种状态，这究竟是怎么发生的，值得每一个人认真思考一下。

朱竞：您在大学那么多年，您认为大学教育的主要弊端是什么？您作为博士生导师，要带好您的学生最关键的问题是什么？

钱谷融：教育问题是人人都关注的问题。教育的目的在于为国家培养各种各样的可用人才。其根本则是鲁迅所说的在于“立”。各行各业，分工不同，要求各异，培养的方法自也不能归于一律。

画家乔十光的大漆园

我要编辑一组“乔十光论”，特邀李砚祖教授撰写“漆绘的人生与艺术——乔十光先生及其作品”的大文章。文章写好后，想请乔十光先生审阅。春节过后，我便与清华大学美术学院教授李砚祖先生等人一起，去看望了画家乔十光先生。

乔十光先生是中国漆画艺术的一面旗帜。1937年出生于河北馆陶县的一个农民家庭。1956年考入中央工艺美术学院装潢系，后被调整到壁画专业，师从张光宇、张仃、祝大年等先生。本科毕业后的1961年即随庞薰琹先生读研究生，从这时候起开始漆画创作与研究，直至2002年退休。退休以后仍作画不止，他几十年如一日地耕耘在漆艺的土地上，至今已经创作出400余幅漆画作品，这些作品不仅记载着他从青年走向老年的全过程，更是他艺术才智和心血的见证。乔十光先生被誉为中国漆画第一人。

由李砚祖老师驾车，前往乔十光先生家。一路向东，往首都机场方向，走了很久，感觉很远。李老师告诉我地名，但我没记住，像是农村，接近郊区。

当我们走近那一片小区时，感觉这里住着的人非同一般。大部分人家是独门独院，细听见从一个院子传出狗的叫声。我看到这个院子有人出来，领着一条藏獒，这是我第一次近距离观看藏獒，那藏獒帅气十足，很有气势。

我们来到了4010号院。李老师说这就是乔十光先生的家。高大的铁门边上，挂着一个铃铛。我摇了几下，声音很小，估计里边的人不会听见。又发现门旁有一个电铃，按了一下。这时听见有人来开门，是一位女士。这位女士也是来看望乔十光先生的。

我们走进院子，看上去像一个农户人家，院子里堆放着一些杂物，有些乱。看到地上铺着一条石板小路，小路两边有枯黄的草。院里有一棵树，还有藤架，想象着若在夏天，这里一定很漂亮。院子的东边有一个厢房，锈了的铁门紧锁着。

再往里走，看到了正门上方有一块木匾，写着“大漆园”，落款是吴冠中。我站在“大漆园”匾下拍了一张照片。

从开着的门，我看到室内一位老人，正坐在红木的沙发椅上。

屋里很暗，没有开灯，时间是下午3点多。

我认出，这位就是乔十光先生。握手时，我感觉他的手抖动得很厉害，腿也在抖动，他说话的声音很低，吐字也不是很清楚。

他指着边上的椅子让我们坐下。他的一位助手给我们倒了茶水。

李砚祖老师与乔十光先生是同事，李老师告诉我们，乔先生得的是“帕金森”。

我们坐下来，与乔先生聊天，给他看我的刊物艺术版。他称赞这刊物很好。李老师也把文章给他看，他看后，还在上边改动了两处。慢慢地说话中，乔先生平稳下来，手和腿不再抖动。

他转过身，从身边的一个圆形铁盒子中取出一把钥匙，让他的助手带我们到厢房，去一看他的画。

我们来到到另一间房子，这就是我前边说到的东厢房。看样子这房子好久没有打开过了，他的助手费了好大的劲才打开房门。

一股凉气冲出来，好冷。打开室内的灯，仍然很暗。

哇！简直不能相信，这里存有这么多原作，这都是我在画册上常看到了名画：《坐着的傣女》《转经》《傣女舂米图》《披发的藏女》《竹楼坐着的傣女》《纺线的傣女》《苏州阊门》《水乡角直》《江南春色》《徽州小巷》《西递祠堂》《西递小巷》《爨底下村》《姑苏山塘》《万县古桥》《江南水乡》《巴黎风景》《圣火》等。此时我只能用“惊心动魄”这个词表达我的心情。我用手摸了一下其中的一幅画作，很激动。

这个藏画室实在太冷，冷得出奇。我不知道藏画是否需要这个温度。

看完画，我们又回到正房。我发现乔先生从原来的椅子上，挪到了门口的木板凳上坐着，他用一个半圆形的架子撑着身体。我和乔先生说，发表“乔十光论”时，要配用一些他的资料和图片，乔先生让我自己去他的电脑里找，想用什么就拿什么。

乔先生说，他2010年的3月17号在中国美术馆举办个人画展，想要200本艺术版的刊物，放在美术馆里。我当即答应他，没有问题。

这时，我看到先生的手和腿又开始抖动，而且很严重。我想，不能再打扰他了，于是大家就告辞离开。

回来的路上，我的心情很难受。

鼓浪屿的岛主——舒婷

诗人舒婷的《致橡树》这样开始："我如果爱你/绝不像攀缘的凌霄花/借你的高枝炫耀自己。"在《神女峰》中她写道："与其在悬崖上展览千年/不如在爱人肩头痛哭一晚。"这些脍炙人口的诗句，不知温暖了多少人。舒婷说这两首诗也恰好可以代表她自己对爱情的两个不同阶段的认知。她认为《致橡树》写得比较理想主义，而《神女峰》则表明态度：爱情不能太理想主义，爱情应该更现实。

在长春、北京、上海、福州、鼓浪屿？还是在德国柏林、莱比锡……我与舒婷的友情，已记不清是从什么时候什么地方开始的。

每每想起舒婷，心中总会泛起丝丝的暖意。舒婷就像邻家的姐姐一样朴素真实。我曾两次去舒婷福建鼓浪屿的家中，舒婷的家，端庄安详地融于花团锦簇的鼓浪屿间。那是一幢沉默的老屋，散发着历经无数春风秋月后的沧桑。舒婷在鼓浪屿长大并一直居住在这里，成为鼓浪屿盛名的"岛主"。

在舒婷家的院子里，有多株百年的古树和果树。家具都是百年以上的红木制品。她的院子和房屋已列为文物，不允许私自改造，因此没有空调。我去时，正是盛夏，荔枝成熟的时候，舒婷摘下几串荔枝，还端来她自己做的精致点心。

作为"岛主"，舒婷写了很多关于鼓浪屿的文章，她笔下那一座座老房子、那些动人的故事……她为读者介绍过生命天使林巧稚、陈寅恪的助手黄萱、民间藏书家曾先生、花腔女高音颜宝玲、一手拿圣经一手拿枪的张圣才、在鼓浪屿结婚的林语堂、汉字拼音鼻祖卢赣章等一批颇具传奇色彩的鼓浪屿乡贤。我几次来到鼓浪屿，亲身感受了舒婷笔下的鼓浪屿风土人情。

有一年，我邀请舒婷到吉林大学文学院演讲，舒婷再三推辞，最后还是来了。她在那次演讲中讲到一些三十多年前与诗歌结缘的往事。

1979年，27岁的龚舒婷是鼓浪屿灯泡厂的锡工，日班夜班轮流交替，在厂里焊灯泡，手上烫了很多泡。那时的舒婷白天工作，晚上写诗。她说1979年6月写了

《祖国啊，我亲爱的祖国》，写完以后就寄给著名诗人蔡其矫，蔡老师帮她把诗寄到广东的《作品》杂志，没想到却遭到退稿。退稿信里编辑说：“这首诗晦涩低沉，不符合一个青年女工的感受。”舒婷那时候年轻气盛，她想自己就是一个青年女工，写出的诗歌怎么就不像一个青年女工的感受呢？于是又把她寄给了《诗刊》，在《诗刊》发表后，著名演员孙道临还在全国第四次文代会上朗诵了这首诗，当时大家还不知道有个诗人叫舒婷。

舒婷在那次演讲中还提到《致橡树》的背景故事：“写完《致橡树》，我认识了一些厦门的诗人，通过他们认识了北京的几位诗人。后来我的《致橡树》等几首诗辗转到了艾青手里。北岛看到我的诗之后给我写了信，附上了他的《一切》《回答》等五首诗。看到北岛的诗，我觉得不再孤单了。再后来就把我的《致橡树》等几首诗也刊登在《今天》杂志。1979年4月《诗刊》把我的这几首诗转载了。”

每谈到当年写诗时的情景，舒婷就会风趣地说：“因为我识字不多，没什么文化，不像有些大作家可以洋洋洒洒地一写就是几百万字。我的诗，用字用词很通俗，小学四年级学生都认识，都可以读懂。”舒婷开着玩笑谦虚地这样说自己，但也不忘严肃地说：“对我来说，诗歌是轻便的小武器，用着顺手，诗歌是我的梦想。就像绘画是光和色彩的艺术，诗歌一定是语言的艺术。”舒婷说她写诗，有一种语言上的“洁癖”，有个朋友告诉舒婷，你这样的语言洁癖，迟早会把自己累死，也会把读者累死。但是这个习惯舒婷一直保持。她说：“我原来的笔记本上，经常会在一首诗中，空着几个字，就是因为找不到我认为恰当的字来填补。找不到好的字，我宁可几年不发表这首诗歌。”

舒婷说：“我们那个时代有独特的背景，放在今天，也许我们也不会出名。”我认为舒婷很坦诚。随着时代的变化，诗歌的观念也发生着巨大的变化。不能说哪个时代的诗人写的就比另一个时代的要好。现在，人人都可以写诗。诗人的起点也更高了。诗歌已成为全民之事，谁想写就能上网写。任何人都可称自己是中国最好的诗人。诗歌已经没有中心，读者也已经不是当年的读者。舒婷认为“诗歌不会消亡，好的诗歌，一定会流传下去”。

在鼓浪屿，如今的舒婷依然过着“岛主”生活。她说：“我喜欢写岛上的动物和植物，写岛上的建筑，写人文、风情。鼓浪屿没有自行车和汽车，只能步行。唯一的一辆自行车是邮局的。可惜的是，现在游人越来越多，岛上的商业气息也越来越浓了。”

我与舒婷的先生陈仲义、她在北大读书的儿子都非常熟悉。每次见到舒婷，她都会从她的大包里掏出礼物给我。她去海南，看到街上卖的带椰树图案的那种沙滩服时，兴奋地打电话给我，说我穿上一定好看，于是当即买下，请著名诗人曲有源捎给我。还有一次，舒婷去广西北海开会，还送我品质非常好的珍珠项链。我去鼓浪屿她家里时，她不但摘荔枝做点心，还特意去街上买来漂亮挎包送给我。她就像姐姐一样，让我感到亲切而温暖。

舒婷的日常生活非常精致，就像她那些诗歌语言一样，干净而温暖。

怀念史铁生，是一种痛

怀念史铁生，是一种痛。

本来我是想，把对史铁生的怀念，永远封存在印记中。可前几日接到朋友的信息，要写一篇“我与史铁生”的文章，其目的是希望能有更多的朋友，把自己阅读史铁生的心得体会，结合自己独特的人生感悟写成文章，贡献给大家。我觉得这是一个好的策划，这也是一次难得的与史铁生对话的机会，更是一次以史铁生为名义与朋友们的相聚机会。

我认识史铁生，是在1986年，在长春。那是在《作家》杂志社召开的一次会议上。

记得那是一个秋天的早晨，我与《作家》杂志社的几位编辑早早来到长春火车站。因为史铁生从北京坐火车来。他坐的火车好像是早上6点多钟到长春站，我和几位朋友去火车站接他，我们去得很早，就在大约他坐的那节车厢处等。火车正点进站了，与史铁一起来的北京作家，我记不起是谁了，只记得我们一起去的一个人跳上火车，把史铁生和他的轮椅推到了车门口，我们几个人在车下边先把铁生接下来，然后再接轮椅。

史铁生可真高大！真健壮啊！这是我当时的第一感觉。

那天，史铁生穿了一件深蓝色带暗红横格子的高领毛衣，外套是米色的夹克衫，一条咖啡色灯芯绒的裤子。他坐在轮椅上跟大家讲话，一点看不出他的腿有毛病。

那一次，史铁生住在长春省委一号宾馆两三天时间。那宾馆的院子里有很多的柏树，我们推着他，在院子里散步、聊天。

也就是那一次，我与史铁生熟悉了。当时我告诉他，我正怀孕三个多月，宝宝将在明年五月份出生。史铁生高兴地说：朱竞，等你生完了孩子，一定来北京，让我看看你的孩子。我们说笑着，就约定了再去看他。

这之后，我与史生有过通信，也经常打电话问候他。

直到1988年的秋天，我的孩子蒂尼长到一岁半时，我真的抱着蒂尼去北京看望史铁生。

当时，史铁生的家还住在北京雍和宫前院一个平房。他家的外边，有一个铁的大门，门上贴着一张用钢笔写的纸条，大概是“××时间是会客时间，其他时间因身体欠佳，不会客”这样的内容。

史铁生家里的所谓大铁门，其实很矮，从上边可以看到屋里窗户。

我想，既然来了，不管他纸条上写的是什么，我要破一下他的规矩。于是我抱着孩子，冲着院子里边大喊。

这时走出来一位老人，是铁生的老父亲。老人让我看门上的纸条，我说我知道来的不是时候。我告诉老人：“我从长春来，我叫朱竞，我抱孩子特意来看史铁生的。”

这时，我听见铁生在屋子里大声说：“让朱竞和孩子进来。”

我抱着孩子进了屋，手里还拎了一些水果。老人家接过水果，就回到外边一个小屋去了。

我环视了一下，史铁生家的屋子非常小，很多书和刊物都零乱地放着。厅里的空间更是小极了，几乎是站没站地儿坐没坐地儿。铁生坐在轮椅上，他笑着说，让蒂尼坐在他的怀里，他看着孩子的眼神，真是高兴。铁生还把孩子举过头顶，孩子也咯咯地笑出了声。

这时铁生的妹妹进屋来，也抱着一个与蒂尼差不多大的一个孩子。铁生跟妹妹说：“我抱着蒂尼，给我们照张相。”他妹妹接过我的相机，给我们照了几张相。

蒂尼竟然记住了这一次与史铁生相遇，在他慢慢长大的日子里，就始终叫史铁生“轮椅叔叔”。蒂尼学会了识字，也喜欢读书，他读完当时史铁生所有的书。记得蒂尼在小学的时候曾写过一篇作作文，后来被选入小生学优秀作文选中，题目《轮椅叔叔，你好》，我摘几句：

> ……小学五年级的时候，妈妈又带我来北京。我要去看轮椅叔叔。妈妈说他身体不好，我们少去打扰他。其时，这时我已读了好几遍《我与地坛》，我读不太懂，我想去问问轮椅叔叔，为什么他喜欢一个人去地坛坐着？为什么喜欢到地坛去读书？而且一坐就十几年。这次来北京，我也想在地坛坐上半天。
>
> 妈妈陪着我，真的在地坛坐了半天。可是，我还是不懂轮椅叔叔为什

么喜欢地坛。我想去找轮椅叔叔问问。在我的请求下，妈妈还是给轮椅叔叔打了电话。

轮椅叔叔说：对不起DN，我没在家，在医院。我看见妈妈流泪了。

我好像明白了一些……

蒂尼上初中后，他更喜欢史铁生的文字。他似乎读懂了史铁生。初三那一年蒂尼又来北京，他要去看轮椅叔叔，他自己去花店买了一瓶绿叶竹子，送给轮椅叔叔。

那天我给史铁生打电话，说蒂尼要去看他，他非常高兴，他说已搬到新房子，详细地告诉家里的地址和坐车路线。

希米老师已在门口等我们，她穿了一件蓝印花布的夹袄，非常有气质。

史铁生的新房子比原来的大很多。他看到蒂尼捧着一瓶绿叶竹子进来，高声说：蒂尼长这么高的个子，还是小时候的模样。希米老师说，铁生已好久没有这么大的声音讲话了，他也常念叨蒂尼。

这一次，蒂尼坐在史铁生的旁边，他们很高兴地聊了半天。史铁生拿出新出版的书送给蒂尼。史铁生每次出书，都会分别送给我和蒂尼。

给我签名的书会这样写：朱竞女史批评　史铁生；

给蒂尼的签名则是这样：蒂尼小友存　铁生。

再后来，我们没有见过史铁生。知道他的身体越来越不好，而且常在医院做透析，我们实在是不忍心再打扰他，也不愿意再看他那病痛的面容。

就在2010年12月31日，史铁生离开了我们。让史铁生安静地去天堂吧。

时间可真快啊，马上就是史铁生去世三周年的日子。我看到很多朋友对史铁生回忆的文章。著名编辑家岳建一曾编辑一部《生命：民间记忆史铁生》，岳建一认为：史铁生去世以后，在社会上反响非常大，对文学界、文化界、知识界影响很深。他逝世的时候有一千多位学者、亲朋从全国各地赶来，几乎全国所有的媒体都对此事进行了报道。大家这样悲痛，不仅仅是因为史铁生拥有高贵的人格、卓越的文学成就，还因为他给广大读者带去了深邃的思想、给整个社会留下了非常深厚的文化的精神资源，这对未来中华民族文化的重建是有深刻的影响和意义的。此外，他还拥有非凡的经历，然而这些经历许多都是不为人知的，因此我们决定出版一本有关史铁生先生的书。

《生命：民间记忆史铁生》有一篇邵燕祥写的文章，其中这样说到：我跟史铁生没有什么个人交往，见过，可能握过一两次手，如此而已。可是，他在我心里占据很大一个位置。我们不属于同一代人，可从他进入文学圈子不久，我就对他感兴趣，譬如读他的《我的遥远的清平湾》。20世纪80年代，的确是一个文学盛宴的年代。各种娱乐、理财题材比较少，大家眼睛都盯着文学，真是一纸风行。一篇好作品出来，《我的遥远的清平湾》，一种扑面而来的清新之感，一股清新的风。它不是写知青的英雄主义那种宏大叙事，甚至有点儿淡淡的忧伤。也许这就是经常受到批评的“小资产阶级情调”。他这不是怀旧，是一种真挚，是对那块土地，对那块土地上的劳动者和他的同伴们的一种感情。还有《午餐半小时》，发表后很快就挨批了。尽管挨批了，我还是喜欢《午餐半小时》，因为它是一种带泪的控诉，不是大喊大叫，甚至有一点儿近于苦笑的幽默。最主要的，写出了我们铁生在街道工厂时，那些一块儿干活儿的大婶、大姐、大嫂当时的生存状态、心理状态，非常感动。后来这篇小说挨批了，一棍子打下来，他不再写这种直接讽刺现实的作品。但是，那时这个《午餐半小时》至少给我留下非常深的印象，说它带着契诃夫的味道，或者莫泊桑的味道都无不可。对史铁生这篇挨过批的少作，究竟该怎么评价，就要请教评论家了。我的老伴儿在中央人民广播电台，1987年她们创办了一个节目叫“午间半小时”，是个杂志型板块，我问，你们是不是从史铁生《午餐半小时》得到了灵感？她没有直接回答。总之，那时候，我们见到史铁生的作品就要读，我这里说的完全是些感性的记忆。

作家苏童说：“在作家圈中，他的形象是非常干净的，甚至是有点圣洁的。别的都留不下来，留下来的只能是作品，比如说他的《我与地坛》《我的遥远的清平湾》这样的小说，我的孩子会读，你们的孩子，甚至你们孩子的孩子也会读，它会成为经典的，这是对铁生最好的纪念。”如果史铁生还活着，他肯定还在写作，还在思考，还在读书。陈希米说：“在家里看书交谈和沉思写作，忘掉外面的纷乱、琐碎，是我们最幸福、最想过的生活……读书和写作，是为了寻找和确认。虽然其实所有的真理都被前人说过了，所有的角度也都被站过了，但每一世，我们每个人来，都必须再从头开始。”

我认为，史铁生不但留下了文字，还留下了人格力量。史铁生教给我们：如何尊严地生、如何尊严地死。

喜欢戴围巾的铁凝

中国作家协会主席铁凝，作家铁凝。我要说的是：女人铁凝。

大多介绍铁凝的文字，都会这样写：铁凝在人格统一的前提下，保持着自己的三重身份角色：政治身份、作家身份、女性身份。在当下的文化背景中，要使这三重身份，特别是前两重身份和谐统一而不发生异化，这是一种很高的人生智慧。这三重身份，也给她提供了三种观察世界的视角。关于铁凝的政治身份和作家身份，文学界已给予很高的评价。但作为女性身份出现的铁凝，无疑是最成功的。

人到中年，事业成功、生活美满、爱情幸福这是每一个女人最完美的追求。铁凝达到了这种完美的境界。她常说："这是生活给我的回报。"

卷曲的短发，花色的围巾，似乎成为女人铁凝的标志。铁凝是美女作家，她端庄美丽，美得得体，美得大方，美得内敛，美得安静。她的那种宽容平和，谦逊而不失坚定，含蓄而有韧性的样子，是需要有一种人生境界才能达到。

铁凝喜欢戴围巾。我观察过她的围巾，在众多的场合中，她的围巾都十分讲究且有品位。她常着暗色的正装，且常用围巾来点缀，有时斜搭在肩，有时露出围巾的一角，仅这一点点装饰，便增添女人的魅力。再细品她的围巾，虽然整体颜色不鲜艳，但是她每一条围巾中都会带有一点点红色元素，她常选择绘有中国民族图案的围巾，在展现女性美的同时，也在展示中国民族悠久的文化。

记得两年前，参加《中国作家》鄂尔多斯纪实文学节的盛典大会，我与铁凝等人同行。那一次铁凝穿着一条浅色的牛仔裤，上衣配着淡蓝色的针织长袖衫，一条浅灰花色的围巾，搭配得非常得体协调。到了晚上正式的宴会开始时，铁凝换上了一套姜黄色的西服套裙，而且很精致地化了淡妆。她的睫毛刷了睫毛膏后，看上去长而浓密，眼睛显得非常有神。之前我曾看到有文章说："有一年，女作家谌容和铁凝去南方领文学奖，同住一室，谌容总是望着铁凝的眼睛，端详了又端详，以为她粘了长长的假睫毛。直到亲眼看到铁凝在盥洗室洗脸并验证一切为真时，不由得连连称奇。"这次我也近距离地观察了铁凝的眼睛，天生的乌亮，长长的睫毛像会说话一样扑闪扑闪的，闪现着智慧，也闪现着她心灵的深邃与美。

在那一天的宴会上，铁凝走到各桌，向每位来参会的作家、学者们敬酒，她几乎能叫上所有人的名字，还主动与大家合影拍照，她笑起来美丽而亲切，面对眼前的美丽女人，已忘记她是中国文学界的最高领导，就像邻居家的姐姐一样亲切。铁凝中年后得到了幸福的爱情，她无比珍视这“等来的爱”。她认为自己回到家里，就是这个家庭的主妇。家庭是需要经营的，好的家庭不会带给事业的疲惫，而是为事业充电，家庭是事业很好的加油站。

记得那次在鄂尔多斯的活动，当地有一风俗：敬酒时，热情的主人用一个银质托盘托着一个酒盅，全场的人都用这一只酒盅喝酒，那满满的一杯酒和热情的祝酒歌，没有人能够拒绝。此时，无论职位高低，都显得无比平等。大家看着铁凝接过酒杯，一饮而尽，赢得了主人的掌声，也赢得了作家们的喝彩声。据说铁凝的歌声和舞蹈也很美，只是无缘欣赏。

铁凝就任中国作家协会主席后，对她的评价和议论来自五湖四海，褒贬不一的声音一直没有停止过。铁凝认为这是社会在进步，大家都来关心文学界，关注作家协会主席的工作，是一件大好事。铁凝在各种场合多次表达自己内心的诉求：“写作是立命之本，当官是我的责任。”她还说，假如只当官，不写作，拿什么和文学对话？又拿什么与我的同行对话？

评论界对铁凝的文学创作也有褒贬，但这完全属于审美阅读和文学研究范畴，读者自有评价。铁凝是个性相当鲜明的女作家，她的个性不是那种锋芒毕露，是包容万象。作为女人的铁凝，我能感受到她内心的平静和大气。特别是铁凝就任中国作家协会主席，成为继文学大师茅盾、巴金之后的中国作协第三任掌门人后，接触过她的人都说，她为作家们想得多，为自己想得少。一些文学评奖，自己的作品都要回避。但是大家期待着她在多重身份中继续寻找创作的高点，写出更多优秀的作品，奉献给这个时代。

批评家贺绍俊出版了《作家铁凝》评传，书中写出了铁凝丰富的人生和精神世界。其实每个作家，尤其是每个女作家都是一本书，都有一个神秘的世界。铁凝的《哦，香雪》《没有纽扣的红衬衫》《玫瑰门》《无雨之城》《大浴女》《笨花》等作品的写作，贺绍俊在叙述中谈道：“都与铁凝的经历联系在一起。”那是她自己内心感受的生活经验提炼出的作品，那不是单纯的为文学而文学的写作，而是与生命的体验感动相融合的文字，是与当代文学经历的历史变化相联系，在这些联系中，铁凝的人生踪迹必定是融入其中的。

希望女人铁凝，永远美丽、幸福和快乐！

谈锡永上师

初识谈上师

我知道谈锡永上师的名字，是在2010年春天。

在一次聊天中，听中国人民大学国学院沈卫荣教授介绍过谈锡永上师。说实话，当时不明白“上师”是什么职称、多大的头衔，只听沈教授说谈锡永上师，他除了藏传佛教方面卓有成就之外，对中国传统文化及绘画都有研究。

于是，我对谈锡永上师开始关心和关注。“上师”是什么意思？我查了资料，想对“上师”有所了解。资料上这样解释：“上师”是指善知识。简单来说，可分为三种：第一种上师，带领我们进入佛门，并在我们修行的过程中，教导我们舍取因果的教授者。第二种是进入密续，传授完整口传，并给予灌顶的上师。第三种是“具恩德根本上师”，除了教导弟子如何从烦恼中解脱之外，还传授直指心性的诀窍，弟子依照这个诀窍实修，到最后可以证悟自己心性的本来面貌。

对于“上师”，我不知道资料上解释的是否准确。我查看了谈锡永的简介：

谈锡永，法号无畏金刚（Dorje Jigdral），以笔名王亭之驰誉于世。广东南海人，1935年生于汉八旗世家，少习琴棋书画、医卜星相诸学。他是著名国学大师，尤其研究佛学成果斐然。近年创办北美汉藏佛学研究会，任汉藏佛学研究丛书学术委员会首席顾问，并兼任中国人民大学国学院客座教授。

对于宗教，我一向怀有敬畏之心。

4月8日这天中午，沈教授说谈锡永上师要来中国人民大学国学院，他要给台湾的林先生颁发聘书并讲座，中午一起吃饭，邀请我也来参加。我从北京的东城赶往西城赴宴，由于路上堵车，晚了半个小时候才到。当时谈上师及弟子、朋友们已在酒店等候。我上前自我介绍后，递上名片并为晚到而致歉。谈上师很热情地握手，他说：没关系，北京堵车，我在多伦多都听说过。大家齐笑。我也放松下来。

谈锡永上师个子不高，有些瘦，银白的头发，戴着眼镜，气色非常好。他穿着一件中式的白麻粗布上衣，我注意到他衣服的扣子，是黄金做的。但很有范儿!

服务生这时站在一旁说：各位请用，菜已上齐。

突然，谈上师叫服务员，说要吃一片牛肉，他用手比画着，要一片薄薄的烤牛肉，并自语道：有好几天没吃肉了，他们也不给我吃肉。

众人们大笑。气氛变得轻松而愉快。

席间，我们聊了一些与文化艺术有关的话题，谈上师语出惊人，高屋建瓴，视野高远，说话声音洪亮，非常的气场，他的话语感染着在场的每一个人。

聊兴正浓时，沈教授说，下午谈上师还要在人民大学国学院给台湾来的林教授发聘书听讲座。午饭就这样结束了。还有一点时间，就邀请谈锡永上师再坐一会儿，在酒店的原地，沏上一壶茶，继续我们的聊天。

谈锡永上师童年随长辈习东密，12岁入道家西派之门，旋即对佛典产生浓厚兴趣。28岁得机缘加入金刚乘学会，随刘锐之上师及其上师敦珠仁波切修习藏传佛教。38岁得阿阇梨位，法名无畏金刚。1986年由香港移居夏威夷，修习大圆满四部加行法。1993年移居加拿大图麟都（Toronto）。期间，他于香港、夏威夷、纽约、图麟都、温哥华五地创立“密乘佛学会”，弘扬宁玛派教法。

早期佛学著述，收录于张曼涛编《现代佛教学术丛刊》；近期著作多发表于《内明》杂志及《慧炬》杂志，并结集为《大中观论集》。通俗佛学著述有《谈佛谈密》《说观世音与大悲咒》《谈西藏密宗占卜》《细说轮回》《谈佛家名相》《谈密宗名相》《谈佛家宗派》《闲话密宗》等，结集为《谈锡永作品集》。

我问了谈锡永上师很多关于艺术的话题，谈上师主张，发扬中华民族的传统文化，保护古迹及村落，要重视国学。提倡我们的后代要继承和发展中国传统的经典文化和艺术。

我还问了谈上师关于事业、家庭、爱情等问题，他毫无顾虑地指点了我们。

由于下午讲座的时间快到了，我们不得不收场。约好晚上继续聊天。

我以为，谈上师这样一天的活动，会很累，不好意思晚上再打扰。没想到，到了晚上八点多钟时，他就让弟子打电话给我，说已在等我们。

当我们来到谈上师住的渔阳饭店时，看到房间里已有好多人，少说有二十几位。据说这些人都是他的弟子，经介绍，四面八方来的人都有，南方的、北方的、香港来的、加拿大来的，多大年龄的都有，男的女的都有，做什么职业的都有。

谈上师让我们几位坐在他的身边。我们要求合影，他也很高兴地配合。

谈上师拿过一本他的画册。我细细地翻阅着，他认为我懂画，懂墨。他说正在为新画册做设计，问我有哪些建议，文件用什么格式等，他当即还给加拿大的一位弟子打了电话，让我与之通话，说了他绘画作品设计的格式和软件问题。屋里没有那么多座位，好多人都站着。

谈上师滔滔不绝地讲着，大家认真地听。

一个下午，加上晚上的一段时间，与谈上师聊天，听他讲话，觉得知识的密度极大，信息量也极大。

但是，谈上师在我的眼中，就是一位非常受尊敬的长辈、学者、艺术家。我希望上师快乐、幸福。

我回长春了。几天后，沈教授传来一些谈上师的绘画作品给我，我先睹为快。当时临近春节，我选发了一幅谈锡永上师的中国画作品《新春好》，发表在了《文艺争鸣》艺术版第二期的封底上。这是一幅盛开的牡丹图，非常喜庆祥和。

没想到，这竟然成为谈锡永上师在中国内地报刊发表的第一幅作品。

谈上师很高兴，告诉沈教授，有机会要再见朱竞。

再见谈上师

整整两年时间过去。再见谈锡永上师时，是在多伦多。

我与秀芹到达多伦多的时间是当地时间的2012年5月5日18点10分。飞机正点到达。

来接我们的小伙子叫李坤，他是香港人，来多伦多有十五年，是谈上师的徒弟。

一路上，李坤给我们介绍了一些多伦多的情况，他普通话讲得很好，他说奶奶是天津人，在香港生活五十多年的奶奶就是不说粤语，他从小在奶奶身边长大，所以国语讲得好。李坤把我们安排在酒店后，就准备去见谈锡永上师。

谈上师家住的离我们的宾馆很近。一会儿工夫，我们来到了一个非常漂亮的大院子，这里有很多非常好看的花草树木，还有亭子和小桥，小桥下有水在流动。

谈上师家里已高朋满座，从全世界来了很多他的弟子，农历四月十七日是谈上师的生日，也就是阳历5月7日，这是谈上师78岁的生日。每年生日时，徒弟们都来为他祝寿。有几位徒弟已坚持了二十多年。一位来自夏威夷的弟子说，父母没办法选择，师傅是我自己选的，所以，我更要孝敬。

谈上师家的房子非常大，是两层的楼房，地下还有一层。我们是晚上九点多钟来到他家，天色稍暗，在进门处看了架子上的紫藤，我想起谈上师喜欢画紫藤，而很很有特色。

我们先来到谈上师的书房，这里也已有二十几人，他们分别从温哥华、夏威夷、香港等地来。

谈上师坐在二楼书房中藤椅上，精神矍铄。这天他穿了件中式盘扣的蓝粗布上衣，头发全白，在灯光下闪着银光，非常有气度。他见到我们来很高兴，依然叫我和秀芹为“美人”。这是两年前在北京时开玩笑时的称呼。

环视书房，四面的墙壁都是通顶的书架，摆放的都是佛教方面的书籍。靠右侧有50平方米大的空间，有一个很大的画案，上面备着笔墨纸砚。我看到画案上有一幅尚未完成的山水画，旁边有一本黄宾虹画册。谈上师擅长画紫藤和山水，自成风格。

谈上师说，目前他正在改变画山水画的风格，要把画面画得复杂一些，大刀阔斧一些。他来到画前，跟我说：“最近画的这些山水画是有变化的，可从笔和墨的用法中看出，我在求变化。”我细看着他的画，确实有很大的变化，画面山石的皴法和用墨更加大胆。

谈上师一直对艺术创作有所追求，写过很多绘画的评论文章。他说要写一本关于“禅意”的画评。在上个世纪七八十年代的时候，他曾写过很多的艺术评论、时政评论，如评《梁楷八高僧图卷》、《西藏唐卡》等评论，分别发表在《明报月刊》、《故宫月刊》等杂志上。谈上师有两个常用的名字，写关于“风水”“易经”等文章时用“王亭之”这个名字（也就是“妄听之”的意思），而写“藏传佛教”“禅宗”“秘史”等书籍和文章时则用“锡永”这个名字。上师的绘画和书法也是非常好的，我则喜欢他的小字，特别是提款讲究，古人非常看重绘画的提款，这能看出一个人的修养的学识。

在谈上师的画案后边有一个红木的柜子，高约1.5米，宽约0.5厘米，分4层隔断，每一层都摆放着不同材质的印章，谈上师有近三百枚印，大多是朋友送的。他拿出了他自己刻的几枚印给我们看，说前几年刻的，近来眼睛不行了，刻得不好了。我细看了几枚，石料上乘，有几块石料价值连城。

在谈上师画案右侧的小柜上，摆放着调好颜色的小碗数十个，各种颜色都是纯天然的。特别那碗石青色，非常纯正的颜色，在市场是很少看到这么纯正的颜色。还有那碗里的朱砂色，看上去有金光闪烁。我怯怯地跟谈上师说了一句：“如果这幅山水画的远山处，用上点石青色，画面中的山，马上会在视线上推得更远。”谈上师当即用笔蘸了点石青色，加了点淡墨，在远山处画了几笔，果然出了效果。

谈上师画完了这幅画，站在远处看了一会儿，然后他在最后提款时，写了上张志伟的名字。张志伟是秀芹特意为谈上师出版画册请来的北京大牌设计师，秀芹说他非常喜欢师傅的画。谈上师是有情意的人，他会以这种方式感谢为他工作的人。

谈上师回到藤椅上坐下，点支烟：我们去吃夜宵。

这时碧山走过来跟谈上师说："夜宵要等到11点时才能去，那时人才少。"

没想到的是，所谓的夜宵却是海鲜火锅。有巨大的龙虾、螃蟹等海鲜，味道鲜美至极。

回到宾馆时，已是6号凌晨1点多钟，因为坐了十几个小时的飞机，加是到谈上师家里聊天，回到宾馆很快入睡，根本没有时差感。

第二天我约了朋友曾晓文，我们去了多伦多大学。

晚上我和秀芹又来到谈上师家。来多伦多见谈上师，主要是为他庆寿的。

谈上师的生日会大约有两百人参加，他们每年的这个时候都会从四面八方来到师傅的身边，为师傅祝生日。谈上师的生日每年要过上三天，第一天为喜寿，第二天为正寿，第三天为添寿。

我们参加正寿，碧山说让我们穿得漂亮一些。这一天我和秀芹都穿上了旗袍。

正寿过后，谈上师说要陪我们一起去尼亚加拉大瀑布。

大瀑布—意大利餐—添寿

2012年5月8日星期二，9点的时候李坤已在大厅等候，他说谈上师在家里等着一起走。

来到谈上师家，看到他在二楼的书房，坐在窗前的一个茶桌前，泡着的一杯上好的铁观音正冒热气。他正看着窗外各种植物，有些花盛开，有些花凋落。

花开，花落。都在自然中。

已是十点多钟，师傅说现在出发去大瀑布。

外面下起了小雨。李坤说半个小时路程就能到尼亚加拉大瀑布。

尼亚加拉大瀑布是我在中学地理课上听说的。尼亚加拉瀑布位于加拿大安大略省和美国纽约州的交界处，是北美东北部尼亚加拉河上的大瀑布，也是美洲大陆最著名的奇景之一。平均流量5,720立方米／秒，与伊瓜苏瀑布、维多利亚瀑布并称为世界三大跨国瀑布。尼亚加拉瀑布一直吸引人们到此度蜜月、走钢索横越瀑布或者坐木桶漂游瀑布。但美丽独特的自然景观渐渐成为尼亚加拉瀑布引人入胜的地方。

今天竟然来到它的面前，像梦境一样，简直不能相信眼前这一奇观景象，太壮观了！看飞流直下的尼亚加拉大瀑布，碧绿的颜色，泛起的浪花，非常漂亮。大瀑布的下边，有小船在漂流，船上的人们都穿上雨衣，尽管这样，也满身是水。

听李坤讲，大瀑布终年水流不断，大瀑布喷出的水珠布满天空，若在阳光下便会形成一道道彩虹。见过大瀑布彩虹的人很久都不会忘记它的魅力，因为在那一刻，人们体味到了壮阔恢宏、瑰丽多姿的生活。可惜的是，今天的天空一直下着雨，没有见到彩虹，只见到团团的雾气。

小雨还在下着，谈上师已在餐厅等候。

这是一家纯正的意大利西餐厅，环境典雅，餐具非常讲究。碧山点了餐，先上来的是份新烤制的面包，夹上奶油非常香。朵儿环视着，好像只有一位男服务员在服务，他带着绅士般的笑容，手上竟然能同时端起无数个盘子。

谈上师、秀芹和我三人都要了咖啡。咖啡来了之后中，我先放了奶后放了糖，谈上师自语道："朱竞你是哈佛的。我是剑桥的。"我没有听懂上师的话，愣在那里看着。上师说："这是曾经的一场咖啡战争，也算是咖啡文化。哈佛学派讲究喝咖啡要先加奶后放糖，而剑桥学派则要先放糖后加奶。因为这，两个学派争议不休。"

我问上师："您认为哪个更好呢?"

上师大笑，说："哈佛是野鸡大学!"

我更是发愣。

上师接着说："人家都在敬佛，他们还'哈'佛。"大家哄笑。

我问上师："我能把这一段写一下来吗?"上师说当然可以。

我说："若有人反驳您呢?"

上师说："我不怕，让他们跟我论学术、比国学，我也敢跟哈佛去拼。让他们来跟我比国学试试。"

喝完咖啡，我从包里拿出了一小袋茶，说这大红袍，请上师品茗。上师看着大红色的包装，开玩笑说，大红袍假的太多，别看它是红色包装，就以为是真的"大红袍"啊。大家又是一阵哄笑。上师的思维机敏、睿智，在他身边，总有快乐。

晚上继续谈上师的生日宴：添寿。添寿时，只招待外地来的弟子们。

谈上师生日宴之后，我们参加了一个"加东三日游"的旅游团。三天后，告别了谈上师告，我们又去了美国的波士顿。

临别时，谈上师说："我80岁时，希望你们再来。"

王成刚老师

2008年2月4日，立春，腊月二十八。

这一天，我带着蒂尼来看望王成刚老师。蒂尼说："已经有几年没来看望王爷爷了，今年去看他好吗？"是啊，有几年没到王成刚老师的家里串门了，但在一些聚会的场合还常能见面。

王成刚老师是《作家》杂志的原主编。我相信，"王成刚"是个能让许多作家、评论家心生温暖的名字。多年以来，王成刚老师对中国文学趋向的前瞻预见、对于富有探索精神的作品的鼓励与包容，以及对青年作家在成长阶段天性般的认同，使许多作家提起他的时候都心存感激。

王成刚是中国文学界非常优秀的老编辑，文学界称他"有眼力，有心胸，小事不在意，大事不糊涂，把《作家》杂志办得有声有色，使之闻名海内外"一点不为过。在上个世纪80年代，王成刚发现和培养了一大批优秀的作者，发表了很多有价值的文学作品。相信大家不会忘记。

而我与王成刚老师的相识是在25年前。

那是在1983年的秋天。

那时我还在吉林省白城市的一所中学教书，住在白城师范学院的学生宿舍里。

在一个秋高气爽下午，有两位省城的编辑来到我的家，一位是《作家》杂志主编王成刚老师，另一位是编辑部主任李荣春老师。

那一年王成刚老师50岁，他戴着眼镜，身高有一米八，挺拔、偏瘦。穿着一件米黄色的长风衣，风度翩翩。他和李荣春老师来我们家，是商量着调我和他去省城工作的事。

记得在我们住的那间学生宿舍里，我亲自做了一顿"家宴"。说是家宴，那饭别提有多难吃。当时我刚结婚，根本不会做饭，那时候又没有到外面去吃饭的习惯，来客人都在家做饭吃。真是让我为难了。成刚老师看出了我不会做饭，于是，就亲自动手拌了一个凉菜。他们吃着我做的饭菜，还努力地表现着很好吃的样子，给我很大的信心。现在想来，真过意不去，没能好好地招待他。

那次在我们的小屋里，他们聊了很多。同时，一幅美好的前景图画也摆在了我们的面前。我们憧憬着美好的未来，想象着到省城的一切。

就在王成刚老师他们走后不久，回到省城就为我们办理好了调动手续。于是，我和他，就一同调到了省城工作。他在《作家》杂志社当编辑，我在教育学院当研究员。

1984年的初春，我们正式来到省城上班了。

也就是从那时候起，我的每一步，都与王成刚老师有着密切的联系。

来到省城后，没有房子，王成刚老师帮助我们在省地质矿产局的招待所里，以公家的名义为我租下了一间房子，一住，就是三年。我的儿子蒂尼，就出生在那个招待所三楼的306房间里。直到1987年作家协会福利分房，王成刚搬到“高知楼”后，把他自己的房子空出来，找到作协党组，分给了我们。到现在我一直住着王成刚老师曾经住的房子。

1987年8月的一天，蒂尼刚过一百天，我第一次抱着儿子去串门，就去了王成刚老师家里。那是一个下午，太阳还没有完全落下，这是蒂尼人生中第一次迈出家门看到外面的世界。在他纯洁的视界中，世界是如此的精彩和美丽！我抱着他，他看到的是蓝蓝的天空、绿树和飞翔的鸟，他感受到的是温暖的风。他笑了，他竟然第一次笑出了声音，他本来就很小的眼睛笑得眯成了一条细细的缝儿。

来到王成刚老师的家里，蒂尼开始手舞足蹈地奔着王爷爷，让他抱。王老师小心地、轻轻地抱着这个刚过百天的孩子，别提多高兴。佟丹阿姨也来抱蒂尼，蒂尼还是不停地笑。如今蒂尼已长成了大小伙子，已经21岁。而这个场面也让王成刚老师和佟丹阿姨记住了21年，他们每年都要讲上几次。

后来，王成刚老师又把我从教育学院调到省文联的《文艺争鸣》杂志社工作。这样，我就和王成刚老师在同一座办公楼里上班，他在十层，我在十二层。那些年里，只要我有什么心烦事，就到王老师的《作家》杂志社去坐一会儿。他从来不问我有什么事，也不给我讲大道理，我只要能听到王老师平和的声音，在那里静静地坐一会儿，就会把一些烦心的事抛掉。

在王老师的身上有一种不可抗拒的精神魅力，他在中国的20世纪里走过了大半个旅程，在中国大的背景下，他也经历了无数灾难，他也曾被戴上了“右派”帽子、“自由化”的帽子，也曾携家带口作为“五七战士”下放到农村改造等。尽管历经种种磨难，可是他追求真理和自由的心情始终没变，在以后当编辑的多年中，他编发的作品可以说明这一点。

在80年代，有多少文学青年曾得到了王成刚老师的鼓励和支持？恐怕没有谁统计过。但相信这些在文学创作上得以成就的人，不会忘记他。

如今，王老师已七十多岁，退休多年，在家里平静地安度晚年。他们夫妇俩像一对孩子一样欢乐，有时间还打打电子游戏。他们的女儿在国外，每天与他们网上视频聊天，他们也去过国外看望女儿。

有一次，我就“重返80年代”的有关话题打电话给王老师，请他谈一下80年代中国文学热潮的情景，他当即谢绝。我也知道，这些年来，他不接受任何采访，他说：“过去的事情，就是历史。而历史自有结果。任何人的叙述都会带有个人的情感在其中，我不想多说过去。”

也许王老师说的是对的。

这一次我带蒂尼去看望王成刚老师，我叫他王叔叔。他刚刚到外面去理了头发，我看到他已有很多白发，人也有些老了，但依然精神矍铄。

当我和蒂尼一进门时，王叔叔用很惊奇目光看着蒂尼，说：“真不敢想啊！蒂尼长得比我还高了。我对蒂尼的记忆永远停在他一百天的那个样子。”然后他拿起早准备好的相机，还没等我们坐下来，就要和蒂尼照张相。看着王叔叔那高兴的样子，我和佟丹阿姨差点流出眼泪。佟丹阿姨说：“你王叔叔越老越喜欢孩子。他很想蒂尼。”

心存感激，让人健康和美丽。日月伴随着我的感恩之心，又过去了五年。又有五年没有见到王成刚老师，也不知道他过得好不好？我越来越胆怯给他打电话，害怕问候听到他的声音……

我每天都在感谢日月星辰带给我的一切。

感谢生命、感谢阳光、感谢四季、感谢亲人、感谢朋友。

王成刚老师是我永远要感激的人。

王元化走了，也带走了一个时代

上个世纪90年代，中国文学、文化、思想界曾流行着“南有王元化，北有李慎之”的说法。他们的思想，影响了中国的学人们。如今，二位都已作古，我们只能说：他们带走了一个时代。而我却有幸与这二位先生有过接触，亲自聆听过二位先生的教诲。这也将成为了我的回忆。

记得2006年的初夏，我应上海文艺出版社之邀，来上海参加尤凤伟新出版的长篇小说《色》的研讨会，当时就住在新华社的招待所，在衡山路上，离王元化先生的住所非常近。于是我打电话给华东师大学的胡晚明教授，说我想去看望一下王元化先生。胡晓明说：“正好谢泳、丁东、赵明节他们都在上海，夏中义、张汝沦也想去，那就一起去吧。”就这样，那天晚上我没有参加上海文艺出版社的宴会，随同胡晓明他们一起来到王元化先生的住处。

我们来到王元化先生住所一楼的一个房间，屋子中间放着一张很大的餐桌，想必一会儿就在这里吃饭吧。王元化先生坐在对着门的沙发上，沙发的两边有几把椅子，大家分别找座位坐下。因为他们几位与王先生都是老熟人，只有我是第一次见到王元化先生。

我见到王先生的那一瞬间，非常惊叹：王元化的这种精神气质，根本不像一位八十多岁的老人。我走到王先生面前自我介绍后，深深地向他鞠躬并问候。于是王元化先生指着他身边的椅子让我坐在他的身边。这时我把我编著的《世纪印象——百名学者论中国文化》一书送给他，因为书里收编了王元化与胡晓明的对话《对时代的焦虑》。他很高兴地翻阅着，并滔滔不绝地讲着与中国文化有关的一些话题，他还谈到前苏联对中国文化、文学的影响等话题。

说实话，当时王元化先生谈论的内容大多是政治、思想、文化方面的话题，而我也大多是听不懂的。只见他炯炯有神的眼睛，听着他非常清晰的表述，我目不转睛地注视着。他穿了一件灰色的衬衫，上边的几个扣子都没有系，手中拿着一条白色的毛巾不停地在擦汗。他说一会儿话，就要擦几下汗。

这时，工作人员准备好了晚餐，大家一起围坐在餐桌前，边吃饭边继续聊着。谢泳和张汝伦二位学者不时地向王先生提出问题，王元化先生随即解答。而只有夏中义教授几乎是一言不发，坐在一旁像个学生一样倾听着。回来的路上我问夏教授为什么一直不说话，他说："我把说话和提问的机会让给你们，我和王先生聊得太多了。"后来，夏中义教授送了我《从王瑶到王元化——新时期学术思想史案》一书，书中他深刻地谈到了王元化的"思想—学术"襟怀及一些相关问题。

后来，我读了王无化先生的《清园近思录》《清园近作集》《九十年代日记》《九十年代反思录》等书，感受他的思想之深刻、襟怀之博大。可以说王先生是当代极少的中西兼修并且能够打通文史哲的学者之一。

2008年的春节，吴洪森给我打来电话，说王先生住院了，他每天都在医院里陪护，在陪护的日子里，吴洪森以录音的形式，与王先生每天聊两个小时左右。我当时和吴洪森说："我目前正在做一个有关重新认识和反思80年代的话题，如果在王先生身体情况允许的条件下，替我问一些有关80年代的话题。等过几天春暖花开了，我再去上海看望他。"洪森兄说王先生会对你这个话题感兴趣，你来看他也会很高兴的。

天暖了。花开了。王元化先生却驾鹤远去了。

2013年8月，我买到了《王元化晚年谈话录》，是吴琦幸撰写的，由上海人民出版社出版。这是是一部反映著名学者、思想家、文艺理论家王元化先生生命最后岁月里思想状况、文化心态以及友朋往来情况的书稿。全书共计八万余字，由作者吴琦幸与王元化先生在2007至2008年的十余次谈话整理编辑而成，内容涉及王元化的家世旧闻、问学经历、革命工作、政治起落、学术研究、著述交游等，对王元化半个多世纪以来的"三次反思"、与胡风事件的牵连，与海内外学术界的思想往还，他对当代中国思想文化、学术风气、思想方法的认知和批评等，都有较为详尽的叙述和总结，并披露了一些鲜为人知的史实材料。同时，也记录了王先生晚年的家庭生活、友朋交往，及其与病魔斗争的身心状况。

编剧王朝柱

编剧王朝柱，身材矮小，貌不惊人。圈里圈外、男男女女、大大小小的人都管他叫“柱子哥”，他却常常自称是“农民王朝柱，傻柱子”。王朝柱眼镜镜片后那双细眯的眼睛，流露出坚毅和力量。

每次与王朝柱相遇时，他都是双手抱拳与大家打招呼，一派江湖大侠的样子。王朝柱不会讲普通话，一口河北沧州吴桥地方口音，他话一出口底气十足，像是从小练过功夫。如今王朝柱已七十四岁，他经常说：“我都七十多的人，还怕什么。更不看别人脸色去做事。”王朝柱敢这样理直气壮地讲话，大多是出于对维护剧本创作的尊严，他不喜欢导演对他的剧本改来改去，因为他的每个细节，都是经过无数史料考证得来。

相信很多人看电视剧时，只会记住演员和导演，大多不会去关心谁是编剧。这也是近年来编剧对影视界的抗议。剧本，是一剧之本。没有好的剧本，绝对不会有好剧。

也许你不知道编剧王朝柱是何方人士，但你也许看过《长征》《解放》《八路军》《延安颂》《第一大总统》《走过雪山草地》《辛亥革命》《寻路》等电影、电视剧，这些优秀的作品，都出自编剧王朝柱之手。其中电影《走过雪山草地》在中美电影节上荣获最佳编剧奖；《辛亥革命》荣获电视金鹰奖，电视连续剧《第一大总统》和《辛亥革命》同时荣获“五个一工程”奖。中央电视台刚刚热播的四十集电视连续剧《寻路》，就是王朝柱在七十三岁这一年创作的。

王朝柱最早是学音乐的。他弃乐从文后，很快在领袖人物史记传记文学中展现了突出的才能。而且是一发不可收，先后创作《龙云与蒋介石》《蒋介石与冯玉祥》《蒋介石与张学良》等，继而笔锋一转，又是《毛泽东与周恩来的长征》等中共领袖系列。每年两部，每部三四十万字，很快就成了史传文学领域的领军人物。

近几年，他专门写红色题材的影视作品。他创作的电视剧《辛亥革命》，导演问他，“作为艺术家，我们能否从美学的角度来斟酌一下怎样为您的剧本确定演员？既然这是一部大的制作，它的主要演员也应该囊括世界范围的明星。比如宋庆龄就可以请韩国的金喜善来出演。”王朝柱听后，做了一个暂停的手势：“这恐怕不妥。我们的国母如果确定由一个韩国的演员出演，中国的广大女性会不答应的。我想假如让我们中国的一个漂亮姑娘去出演你们英国的女王，你们英国人大概也不会同意。你不能理解，这里有民族感情。总之一句话，你能看上我的剧本，专程来到中国谋求合作，我很感谢。不过如果你要执导这部片子，必须要尊重剧本的主旨和精神，因为我写的是中国的第一大总统，而不是你们英国的第一大总统。否则，我宁愿放弃！”王朝柱的霸气又显露出来了。

我与编剧王朝柱相识也有多年了，每次他带给大家的都是乐，除了聊剧本之外，他会像孩子一样显摆他的衣服，虽然他人长得“其貌不扬”，但穿着却非常讲究，是女儿给他买的，都是大名牌。有时他还让我们猜，他说自己也不知道是啥牌子，女儿告诉他挺贵的。

王朝柱小的时候，家境非常苦。两年前，我与王朝柱在广东中山开会，那是他去领电视文学剧本《辛亥革命》“中山杯华人华侨文学奖”，我们在游船上，听他聊起家里的事。他讲到他的母亲去世的时候也没能见到朝思暮想的小儿子，当年王朝柱因为触犯了江青和林彪，正在天津郊区的一所农场劳动改造。作家杜卫东曾撰文写过这一段往事：“王朝柱闻知母亲病危，心急如焚，但劳改农场不准假。几经周折，当柱子哥深一脚、浅一脚连夜赶到自家那座土墙围成的小院，见到挂在门楼上的招魂幡时，真是心如刀绞。他扑身上前，用力敲门，院子里却不见半点动静。柱子哥这才醒悟，哥哥是哑巴，他哪里听得见？于是爬上院旁的一棵槐树，翻身跳进了院子，又卸下正屋的门，见哑巴哥一身孝服正一个人呜咽，满脸凄苦，一腮泪痕。柱子哥这才知道生养了自己的母亲早已去了多日，并已经下葬。兄弟俩抱头痛哭，然后踏着惨淡的月光来到坟前祭奠母亲。”

王朝柱跟我讲这些话的时候，眼角依然闪着泪花，他说：“世上最疼我的那个人去了！”

“无趣”的王必胜

说的是《人民日报》的资深编审，评论家、散文家王必胜。

敢说王必胜是“无趣”的人，我早已做好被冠以“招惹是非”之名的准备。明知王必胜在全国的铁杆粉丝众多，远的不说，就近的如陈建功、高洪波、潘凯雄、贺绍俊、朱晖、李炳银等几位大将，谁给我一棒我都受不了。既然冒犯，就敢做敢当。

王必胜长着一张让人信得过的脸，湖北人却东北相，平日里的他总是那么谦和地笑着，一腔真诚毫无遗漏地写在脸上。用80年代的审美眼光来说，他长得儒雅、帅气、排场。用当下的审美眼光再看王必胜，他就成了“老土”“out”（过时）了，在他身上一点“潮”味儿都找不到。朋友们闲聊时，王必胜略显些“嘴笨”和“木讷”，跟京成名嘴朱晖比，那是天壤之别。如韩少功在给王必胜的一封信中说，“对你木讷之下深藏着的明敏和幽默有深刻的印象”。

可一论文学，他侃侃而谈字斟句酌，大理论一套一套。写评论、散文、随笔更是行家里手，篇篇精彩。他喜欢用短句子，三五字一句，七八行一段，如：“文学者，惶惶然，灿灿然，虽也不乏恨铁之憾。回顾与展望，也让人欣慰。文学之路，风雨兼程三十年，文学园地，莺飞草长，万紫千红。”他文章的语句精致，读着让人舒服。著名作家何建明这样说：“文学评论家王必胜的散文随笔，以特有的机趣和情致，感知大千世界，参悟文学人生。其笔触灵动多姿，理性与性情互见。”

王必胜随和的性格让朋友们有时感到心疼，不管多忙，只要朋友有事他很少拒绝，大事小情他都会抽时间前往。他不胜酒力，却不落下众多酒场。尽管他是“无趣”的人，几十年来朋友们开会、旅游、聚餐、喝酒等事，都会叫上他。每遇在外开会组织文化考察时，看着面前的名山大川如画的风景时，他竟然没感觉也没兴趣，大多时都是头不抬、眼半睁，像是要去抢银行的样子，匆忙向前走，找一空地抽烟去了。再有，遇到朋友讲的好玩笑话时，别人都笑得前仰后合，他却面无表情，无动于衷。他跟朋友打牌，也不像其他人那样瞎吆喝瞎起哄，他会不声不响地一张一张地把牌扔完。朋友都说他是有大智慧、大境界的人，不屑于“一地鸡毛”的小事。

然而，王必胜的“趣”，是在机趣和情致上。他认为无趣的东西，是可以“木讷”对之。但他把过往的人情世故一件件地记在心中。他用“木讷”之下深藏着的真情，默默地爱着朋友们，默默地帮助他们，他以真情换友情，他的为人方式平淡而低调，因此他才结交了这么多天南海北的朋友。王必胜的“无趣”和“木讷”，其中透着太多的情趣和智慧。

最让我感动和心痛的是读王必胜散文《病后日记》，这其中记录了几年前他那场大病的过程，当时文学圈的数十位朋友围在他身边一月之久。王必胜病倒那天，刚好在中国作家协会开会，包括陈建功在内的文坛名家们为一位评论家朋友忙碌的景象，像纪实电影一样写在了《病后日记》中。王必胜用幽默风趣的叙述记下了那段经历，今天读来，既亲切又后怕。正如王必胜说的，“翻看当时的零星日记，往事不堪回首，但又想起那浓浓的友情，那些给我无私的帮助和关爱的朋友们。情动于衷，感成于言。点滴残片，流水账单，难报涌泉之恩”。这篇让人读着流泪的散文发表在《芳草》杂志上，2009年时获得了《芳草》第二届汉语文学女评委大奖，恰好那届我是女评委之一，我有缘为《病后日记》投上一票。

王必胜虽然“无趣”，却是极其有心之人。他作为《人民日报》资深编审，几十年来，他有机会接触国内大师级的泰斗名流及名声显赫的热点人物，当然，他更关注来自于乡土之间的无名之辈。正是在这样一种背景下，他新近出版的《东鳞西爪集》这本书中，记录了他多年来与作家学者交往的有趣故事和书信。《东鳞西爪集》写的是“人情”“文事”“景观”“书品”，流淌于字里行间的，是作家真性情的抒发，是与读者与朋友心对心的交流。他在“人情篇”里有大量文坛往事的生动记述，在《读写他们》一文中记述了他与国内当红的中青年作家及一些老作家的密切通信，如朱苏进、何士光、方方、池莉、周大新、徐怀中、蒋子龙、汪曾祺、叶楠、陈建功、铁凝、梁晓声、刘恒、刘震云等。

王安忆：我们都处在过程中

实际上，我关注作家王安忆是在上个世纪80年代中期开始的。那时每每说起王安忆，前边都会加上一句：王安忆是著名作家茹志娟的女儿。而我们对茹志娟是非常熟悉的，因为我们中学课本中就有茹志娟的作品《百合花》，茹志娟因为写了《百合花》，自己也成了一朵流芳百合，而百合这种名不见经传的草本植物，因为茹志娟而变成千古百合。而王安忆受到文学界的关注，是从小说《雨，沙沙沙》开始。

那是中国50年代出生的女作家们刚刚崭露头角的时候。当时在中国文坛比较活跃的有铁凝、王安忆、方方、池莉、范小青等几位优秀的女作家。这几位女作家们都是在一种幽深的历史或复杂的现实中来叙写人物的生存境况和命运冲突。她们在正面展示历史的宏阔场面上虽不一定很多，但无论是人物的命运际遇，还是作家的审美意图，依然是指向大历史内部的政治、文化、权力和人性的冲突，指向人的社会伦理处境，指向历史本身对个人存在的规约。

而我真正开始阅读王安忆却是从她的《小鲍庄》开始。《小鲍庄》是王安忆的中篇小说，发表在1985年由冯牧主编的《中国作家》第二期上（在这一期刊物上还发表了莫言的成名作《透明的红萝卜》）。学者陈思和说王安忆《小鲍庄》这部作品，标志了王安忆有了扬弃私自的生命经验的能力，从扬弃中将个人的主观感受与客体世界运动的民间模式紧紧结合起来，形成了不依赖于个体经验的独立民间的描摹。《小鲍庄》对于创作旺盛期的王安忆是一个突破。

王安忆在回信给评论家何志云时说："我写《小鲍庄》，似乎是极偶然的一件事，《小鲍庄》最终写成了这样，似乎也是没想到的，而发表之后，面对了这么些赞誉，便有些惶惑起来。静下心回想写作的过程，什么也想不起来了似的，其实当时并没有什么重要的动机和想法，只是写了就写了，平凡得很。所以，我忽然发现，'力作'往往是最'不力'之作。真正费了功夫下了劲的，倒往往与'力作'相去甚远。至少对我是这样。"

后来又了读了王安忆的《长恨歌》，“一曲娓娓道来，弦音顿挫，台上的人伊伊啊啊，热闹非凡；台下的人看的清晰，不过是赶了一回繁华，只是低回慢转都作着告别，曲终人要散，幕台上的冷清无人眷恋，不过是述说着无法挽回的难过”。

待我见到王安忆时，却有些与她的文字不能吻合。她的文字细致绵软，而她却不像上海女人那么精致，皮肤粗而黑，大大的眼睛，个子高高的。她不怎么打扮自己，素面朝天，每次见到她时，都会感受到她天然美丽的一面，基本是棉布或者麻质的衣服。头发总是很自然在绾在后面。她的表情常常显得很冷淡，但她会很专注地听你讲话。

正如上海评论家陈村说：“王安忆她不健谈，但有时一句话就把人打死，比如她说某著名作家的作品语言那叫啥个语言。她平时并不以热爱读书而自得，却去复旦大学开讲一学期的小说叙事。她做事都是有恒心的，下了这心念，就自己挤公共汽车去上课，也不图授课的津贴。王安忆的朋友不太多，她不爱写信打电话。和她通话都戛然而止的，讲的人正在兴头上，她突然就要挂上了。”

就在前不久，我参加了在北师大的一个学术会议，会议由莫言主持。莫言风趣地谈起他认识王安忆时的印象时说：“在刚认识王安忆的时候，对她存有偏见，觉得她是‘上海来的所谓女作家’。而对王安忆改变看法，在于她的食量。我非常惊讶地问：‘你怎么吃这么多?’”大家一片笑声。

我最尊重王安忆的，却不是她的小说创作取得多么大的成绩，得了多少大奖，而是她经常说起的“教育的意义”。她在复旦大学当教授，除了讲文学课，还与学生们谈人生。前不久我曾读过一篇王安忆在复旦大学研究生院毕业典礼上的发言，她讲出了一番令人深思的实在话，不赶潮流，切中肯綮。

她对学生们说：“我建议你们不要尽想着有用，而更多地想些无用的价值。这个世界上有用的事物已经太多了，所有的因果逻辑都是循着用途连接和推动，那些边缘的次要的性质从因果链上碎裂下来，被淘汰出局，生活和人生本来是弥漫的氤氲般的形状，质地也具有弹性，如今越来越被过滤干净，因而变得光滑、坚硬，并且单一。其次，我希望你们不要过于追求效率，效率总是以目的论的，事实上，我们都是处在过程中，这大约可说是生活的本质，只是这过程越来越被划分成细小短促的目的，偷窃了我们对未来的观念。乔布斯确实改变了世界，但是让世界更好了还是更不好，远不到下结论的时候。第三，我劝你们不要急于加入竞争，竞争难免会将你们放置在对比之中，影响自我评定。竞争还会将你们纳入所谓主流价值体系，这也会影响你们的价值观念。而我希望你们有足够的自信与主流体系保持理性的距离，在相对的孤立中完善自己。”

率性的谢冕

净月潭边遇谢冕

与谢冕的“真正”相识，是在净月潭湖水边，听起来有些浪漫吧。

其实我认识谢冕有二十多年了，在这期间我们一起开过无数次的会，但每次谢冕都是坐在台上，我却在下边黑压压一片当中，属于沉默的大多数那一伙里的，谢冕当然不会认识我。

后来谢冕教授跟有些人说：“我认识朱竞，本应该再提前三年。在2000年的时候，朱竞搞那个《世纪印象——百名学者论中国文化》时，她给我寄来问答题，我没答，也没回信，更没理她，因为平时邀稿的人很多，我没时间。关键是那时我不知道朱竞是女编辑啊，她名字像男人。”每每说起这事，谢冕为此而后悔和懊恼了好一阵，这也成了圈内人的笑柄。

2003年的夏天，谢冕、舒婷、邱华栋、韩小蕙、张颐武、何西来等来长春开会，《文艺争鸣》杂志社准备宴请各位大家。这一天，会议组织他们到长春市郊的净月潭森林公园参观，约好了中午时我来净月潭接他们，然后再去酒店吃饭。

长春的净月潭有如台湾的日月潭一样美，这里的森林面积据说是亚洲第一。我早早来到净月潭，只听在远处的密林中，清楚地传了谢冕爽朗的笑声。谢冕的笑可是闻名遐迩。高秀芹在为谢冕《红楼钟声燕园柳》所作的序中写道：“先生爱笑，笑声很通透响亮，一点没有灰尘，是那种穿透力很强的笑，一个很小的玩笑，先生都会爽朗的大笑。在他的周围，我们被感染了，因为这明亮的笑，整个世界亮了起来。”

远远地，我看见谢冕和舒婷一起走过来。我和舒婷是老朋友，于是我们大喊大叫，我们拥抱，笑声在森林中回荡。我们完全把谢冕丢在一边不管，几个女人大笑大喊后，站在一边的谢冕急了，上前来问：“这位是谁啊?”我自我介绍后，谢冕像小男生一样说：“早知道你是漂亮的女编辑，我就回答你的问题了。求你再采访我一次吧!”大家笑得东倒西歪。这就是谢冕教授，谢冕教授就是这样的率性。

谢门弟子差不多都是我朋友，程文超、李书磊、韩毓海、孟繁华、张颐园、季红真、李扬、尹昌龙、沈奇、孙民乐、刘圣宇、高秀芹、张志忠、肖鹰等等……而高秀芹又是我的闺中密友，因此，谢门的聚会我也经常去参加，从此我也就得了谢冕“朱竞是关门后，从窗户跳进来的弟子”的美称。谢老师也常说，他的弟子们都跟朱竞学“坏”了。

谢冕先生也是性情的。他搞诗歌研究几十年，但自己从来不写诗。可是，在“5·12”汶川地震后，他却写了《做梦都想跳芭蕾的李月》这首四十八行的长诗：“十一岁的李月左腿没有了/做梦都想跳芭蕾的李月没有左腿了……”，这首诗在中央电视台《我们》栏目播出后，反响极大。

谢冕更是勇敢的。于是才有了《在新的崛起面前》与《失去平静之后》这样激情的文章。这两篇文章都是上个世纪80年代发表，在当时的学术界产生了极大的影响与思想上的冲击。以至于二十多年过去后，今天，人们仍旧会激情地说起。也就是在那一刻，谢冕教授第一次把公刘也曾注意到的顾城与舒婷、北岛、江河、梁小斌、杨炼作为一个思潮性的现象来论说，并为其作了后来广为流传的命名——新的崛起。新的崛起，在80年代可以称之为爆炸性的命名。谢冕教授的敏锐与勇敢，表现出了他的责任和品质。在今天的大学生们的眼中，可能会理解谢冕教授的敏锐，但他们不会理解为勇敢。这也许就是时代的不同和认识的不同。如今大学生们很难理解当时的文化背景，在长时间的覆盖性的压迫与伤害之后，谢冕教授竟然还会卓尔不群地立举新意。

那一次谢冕离开长春时，我去送他，我把他的学生、英年早日逝的程文超生前最后的照片送给了他。他接过照片，低头不语。很久，很久……

“杂乱无章”的谢冕

“杂乱无章却秩序井然”，用在谢冕的身上是再合适不过了。

谢冕教授冬天时常穿一件很气派的灰色毛呢长大衣，无论多冷他都不戴帽子。平时在北大的校园内总是骑着一辆破旧的自行车，手机用一条长带子挂在脖子上搭在胸前，自行车的前把上经常挂着一个布制的兜子。笔挺的着装与这辆旧车实在不相配。他经常会来中文系取报刊和信件，把那个布兜子每次都装得满满的带回家。很多人都和他说，杂志和报纸看过后就不用再带回去了，他却一定要留着。他说：

“我留的东西太多太久，看着实在是太痛苦。1948年以后的东西我都留着呢！”半个多世纪，谢冕经历无数风雨和磨难，他却保留下了很多珍贵的资料。目前，他正在整理从1948年开始至今发表的文章，而且自己用电脑重新录入。

有一次我去谢冕在北大的家，去看他的书房，走进屋一看，这哪是书房啊，就是一个仓库！整个房间的地上都堆满了书和杂志，只有一条窄窄的过道可以勉强过人，谢冕却说：“这是世界上最杂乱无章和秩序井然的书房”。甚至多年前的旧挂历他还留着。“我去谢冕先生家，很少走进他的书房，有一次，先生要给我看一本书，到书房里取，我跟在先生后面，我小心地倾斜着身子方可通过，稍微不留意，两旁的书就噼噼啪啪落下来。我们经常劝谢先生把用不着的东西处理一些，空间实在太小了，谢先生说，都有用的，我要查一个东西，很方便。原来这些看起来杂乱的东西都以内在的秩序呈现着自己，只要先生要用，都可以很方便地找到他们。”（高秀芹：《红楼钟声燕园柳》序）

谢冕开会时从来不逃会。北京的学者如果是一天的会，大多习惯于开幕式后照完相或者中午吃过饭就离会了。我曾写文章批评过此现象。去年在北京开当代文学的会，那天谢冕由于小孙女过生日不得不提前离会，之后他看到我写的批评文章后，主动道歉并解释原因。我开玩笑说，那也不会原谅您的。谢冕竟然急了，再三解释。

每次外出，谢冕那布兜子里都会杂乱无章地装很多东西，他若找东西，就会全倒来。但每次开会前，他都会一丝不苟写发言稿，讲着讲着，激情四溢，声音越来越大，加上手势，完全忘记了时间。谢冕非常会讲话，他自己说：“我有时也很狡猾的。”

聚会时，我们也常拿谢冕老师开玩笑，因为他有些耳聋，我们小声说他坏话后哈哈大笑，他却不知发生了什么，待我们把详情告诉他后，他就会发出那“通透响亮，一点没有灰尘，是那种穿透力很强的大笑”。谢冕教授就是用这种带有幽默和趣味的教学营造了一片自由、自在、平等的空间，没有等级，没有长幼，与民同乐，一派天然的学术境地。于是才有了他的弟子们在各自的岗位上斐然的成绩。

谢冕教授特别爱干净，他的衬衣都是他用手来洗，不用洗衣机。他在本市开会，也要在他那个杂乱无章的布兜子里放上一件衬衫，他说路上会出汗，到会场前要换上一件干净的，这样对人礼貌。他始终如一地坚持跑步，然后洗冷水浴。就在前不久，他还围绕西湖用上四个多小时跑了整整一圈。他说他还要去爬泰山和黄山……

谢冕称自己是“80后”。

生于1932年的谢冕，2012年刚好80岁，是名副其实的“80后”。谢冕先生自20世纪40年代末开始发表作品，他的文学创作和学术研究到今天已历经六十多年漫长岁月。他是当代文学的见证者和参与者。有着学者、教授、博士生导师、院长、各类奖项评委头衔的谢冕先生，大家都很熟知，已有成百上千或长篇或短文的介绍。那么，摘掉这些光环之后的普通人谢冕，又是什么样?

谢冕爱大笑，他的笑声是出了名的。他的笑声有着非常强大的穿透力和感召力。谢冕先生几十年的教学中，就是用这种带有幽默趣味来营造了一片自由、自在、平等的空间，与他接触时，没有等级，没有长幼，与你同乐，一派天然的学术自由的境地。

谢冕的率性会感染周围的人。与他接触，会感受到他的率真坦白和达观的性情。刚刚出版的十二卷《谢冕编年文集》中，收录了他从1947年到2012年2月间发表的660万字的文章。更惊奇的是，就在那天的会议结束前，谢冕先生做出了一个让所人都感到意外的事。他把会议上送给他的一大束红玫瑰花打开，几乎是小跑着来到台下的人群中，亲手送给了在场的三十几位女性每人一枝红玫瑰。而第一枝红玫瑰送给了他的“爱人+同学”陈老师。一时间，会场的掌声、笑声、喊叫声响起。

谢冕先生的爱美之心，更是名声远扬，他爱所有美的东西，美景、美图、美酒、美食、美女、美文、花鸟鱼虫、山川河流等等。

愿谢冕先生永远率性年轻。期盼再次听到那响亮而透彻的笑声。

遥想谢泳教授当年

就在今天，我接到学者谢泳的一个短信："我在门口等你。"我意识到谢泳一定是发错了短信。我知道他此时正在厦门大学的校园里。于是我回了短信给谢泳："谢泳兄，近来可好？你发错短信的时候，都能想起我。"谢泳果真发错了短信。

谢泳个子很高，肤色较黑，嘴唇略厚，戴眼镜。发型永远不变，是那种既不时髦也不过时的平头。谢泳喜欢穿中式的立领上衣，看上去更显仙风道骨。他说话语速很快，喜欢加手势。在他面前你要集中精力去听，一不留神就会跟不上他的思维。他喜欢在很小的便签纸上写很小的字。

著名学者谢泳，山西榆次人。几十年来，谢泳以知识分子、"五四"以来中国自由主义知识分子研究逐渐闻名。从储安平到《观察》再到西南联大，从谢泳个人到《黄河》杂志再到一所大学，完成了从学术个体户到大学教授的过程。

记得谢泳刚刚要去大学当教授的时候，一位山西的朋友送给谢泳几句话：

一，走路的时候，头抬起来，腰板挺直，别老那么弓着，再这样，年纪大了，就会像厦大校园里立着的鲁迅实高雕像一样的高了。人家那么矮，不光是本事大也是有人捧着，你要那么矮了，本事再大也不行。

二，再买下你只是看看而不愿保存的书，要随手送人的时候，记着山西还有这么个没大出息的老朋友，其人虽贱且辱，向学之心可是老而弥坚啊。我喜欢什么书，你是知道的。邮资嘛，就免了吧，这点小钱，在我是一回事，在你该不算什么。

三，你那个著名的说话手势，就是我在文章里几次说到的那个手势，一定要保留下去且发扬光大。我的远近朋友里，还没有一个人有你这样有特色，见个性，又优雅得体的手势呢。当然，要改进也行，有空儿和妻子女儿在一起切磋切磋，看怎么改进更优雅些。但其基本动作要领不能改，改了就不那么著名了。

一晃的时间，谢泳当教授有五六年时间了。当时被媒体炒热的"没有硕士、博士学历的人，被破格聘为名校教授"的事件，已变旧闻。谢泳也慢慢被媒介遗忘。

一个人被遗忘是多么的容易。何况历史!

谢泳说:“一个人如果在本行业内很突出,又能拿得出著作,即使没有文凭,现在的大学校长也可以聘请其为教授。”

遥想教授当年,差不多是十年前,我与谢泳在上海交大开会,夏中义教授打电话来,请我们去看达利的画展。当年上海的地铁就已很先进,地铁票不是那种薄纸片,而是“卡”,这张卡可是让谢泳出了笑话。在地铁站,我们每人买一张卡,朝地铁的入口处走去。顺着长长的队伍,我与夏教授很快就进去了,当我们回头找谢泳时,看见他还在那里看那张卡,不知道如何才能把卡送进去,送了几次,都被吐了出来。卡送不进去,铁栏杆就不会打开。我在一旁有些兴灾乐祸地笑着看着谢泳那即着急又害怕别人看他的样子。这时服务员上前来指导他才顺利通过。我问他:“是卡的毛病?”他说:“不是卡的毛病,是我笨。”那一路上,我们就拿谢泳的“笨”当了话题。而他总是憨憨地笑。

谢泳是非常善良的人,他为别人的事可以投入全部身心,为人处事更是宽宏大量。山西的朋友说谢泳很可爱,这方面表现在他的大气上。他曾将自己多年搜集到的全套《朝霞》杂志和《朝霞》丛书,捐赠给一家图书馆。我并不为他有这样的举动而惊讶。我知道他为搜集这两套书刊费了多少苦心,旧书市上淘,旧书网上搜购,还有几本是朋友辗转相赠才凑齐,之后,他说捐就捐了。也有人说他“也太大方了吧”?这种事,他做过不知多少次,有的是给了图书馆,更多的是给了用得着的朋友。每每这时谢泳总是不在乎地说:学术乃天下之公器。

前阵我见到谢泳,请他为我刊写篇长文章,他却说:“现在是叹息越来越长,文章却越写越短!”记得1997年的时候,我曾编发过谢泳的《西南联大与汪曾祺、穆旦的文学道路》,当时对他研究的这个选题就十分感兴趣。后来又读过他的很多文章,被他那种对现当代知识分子的关怀所感动。谢泳的文章是平稳舒缓的,但在平稳舒缓的背后却隐藏着深厚的思想功底和个人的风格,自成一派,巨大的感性魅力和理性力量催人深思。他从故纸堆中淘出那么多学人的倜傥丰采和悲惨命运,然后信手写成学术随笔,展现给我们——胡适、冯有兰、张东荪、金岳霖、傅斯年、梁思成、王瑶、舒芜等上百位自由知识分子都被他画成了素描,他们的伟大卑微跃然纸上。谢泳所作的这些是非常有价值,更是让人敬佩的。已出版的著作有《禁锢下的呐喊》《中国现代文学的微观研究》《旧人旧事》《学人今昔》《教授当年》《书生私见》《逝去的年代》《教育在清华》《西南联大与中国现代知识分子》等。再后来有幸把谢泳的《杂书过眼录》收编到了我的“枭鸣”丛书中。

徐中玉：做“改良人生”的人

徐中玉，著名文艺理论家，1915年生于江苏江阴。1934年考入青岛国立山东大学中文系，担任山东大学文学社社长。1938年3月山东大学并入国立中央大学，他任“中大文学会”主席，并经老舍推荐参加“中华全国文艺界抗敌协会”。1939年毕业后到中山大学研究院文科研究所研究古代文论。1941年起任中山大学中文系讲师、副教授。1946年8月任山东大学中文系副教授。1952年起先后任华东师大中文系主任、文学研究所所长，教育部中文学科评议组成员，全国高教自学考试中文专业委员会主任，《文艺理论研究》刊物主编。主要著作：《论苏轼的创作经验》《关于鲁迅的小说杂文及其他》《古代文艺创作诗集》《徐中玉自选文集》《现代意识与文化传统》《激流中的探索》 等作品。

徐中先生已是百岁老人。给我的印象却是那样的慈祥、睿智。与他聊天，就像在家里与亲人唠家常，特别轻松。我与徐中玉有联系是在1991年，当时我是为《文艺争鸣》“世纪印象”专栏组稿，我写信给徐中玉先生邀稿。徐先生很快寄来一篇《只有真实才得永恒》的文章给我。从此我们有了信件和电话的交往。直到1999年夏天，我才与徐中玉先生在南京见面，同时我也见到了钱谷融教授。

见到徐中玉先生时，感觉他比照片上的人要精神许多，也更有学者风度。徐中玉先生个子很高，腰板非常直。我们一起在南京大学的校园内散步，我跟徐中玉先生提起，1991年时曾经邀请他为刊物写的“世纪印象”文章，他说记得。这事虽然过去八九年的时间，徐中玉先生还清楚地记得他所写文章的内容。我们散步聊天的时候，我又向徐中玉先生约稿，写《世纪印象》的稿件，徐先生立即答应我的约稿，还表扬我的创意和想法。

徐中玉先生回到上海后，很快我就收到《我的几句回答》的稿件。

后来的几年中，我不时地问候徐中玉先生，知道他身体很好，一直在主持着《文艺理论研究》 刊物。他的日常生活就是看看书，常常出去开会。

就在2013年11月8日，我看到新闻上报道百岁教授徐中玉向华东师范大学捐出100万元，设立“中玉教育基金”，用于帮助中文系品学兼优的困难学生。

下面的是我与徐中玉先生的对话：

朱竞：徐先生，您认为知识分子精神存在吗？如果答案是肯定的，您怎样理解？

徐中玉：知识分子精神是存在的，过去也有“士大夫”精神。良性发展的是有良知的，“行已有耻”，不屑取悦献媚于人，有正义感，谦虚，甘心过简单生活，好学深思。恶性发展的是在好听的名义下助纣为虐，落井下石，追求个人名利，几乎无恶不作。许多坏点子就是这种有知识的人提供的。因权贵略施小惠，便沾沾自喜。有的大致还正派，但封建思想严重：“以国士待我，而以国士报之”，感恩戴德，三呼万岁。不能说他们没有知识，只是愿卖与帝王家，品格不高。若说有真知识的才算知识分子，则过去数十年，无知的、伪知的太多，真知的极少。

高压之下，无所逃于天地之间，驯服工具充斥，主要是时代悲剧造成的。自然能独立不阿、和而不同、有高尚品格的为好。这样的人太少了。今后但愿能多些。大浪淘沙，才见真金，无须通通提名，像参加炒作。

朱竞：在您的人生经历中，最痛苦和耻辱的体验是什么？您最挚爱的对象是什么？

徐中玉：最大的痛苦和耻辱，是曾不能自由地呼吸，不说些违心的话，就过不了关。这样无形的“关”过去是非常多的，你若完全说，就无所逃之于天地之间，除非你不活了，但活是天赋权力，死有重于泰山，有轻于鸿毛，“气死”才不值得，常有气的许多人活着，历史才继续得以发展，进步才无可阻挡。

我喜爱老老实实、勤勤恳恳、贯彻始终、为社会作些实事好事的人。过中等水平的生活，可以不求人，可以自说自话，不管别人如何议论，尽其在我，就够了。

有君子之交直道而行，无话不谈，动静如意，如有这样的文化环境，差可满意了。

个人太渺小，谁也跳不出“大自然”的手掌心，“人定胜天”，只是人发现了大自然的规律才得以驾驭取胜的。“天人合一”，人在“合”上有所贡献，就不差了。

朱竞：您毕业于哪所大学？哪个专业？您一直在高校工作，在您看来目前的大学教育的主要弊端是什么？当前的文学专业的博士、硕士研究生中存在着哪些问题？

徐中玉：我毕业于原中央大学中文系，中山大学文科研究所。这已是70多年前的事了。

目前，大学教育主要的弊端在课程太多，学生自学时间太少。思想教育似乎可靠勉强灌输，而不必靠改革体制，权势者们以身作则达到目的。自己追求研究生数量太急，师资跟随不上，已到退休年龄硬性一刀切，实际浪费了许多尚可大用的资源，似毫不可惜。研究生毕业质量不平衡，差的太差，进来了都可以毕业。“博士”制度还用“单人”师傅带徒弟式，局限大。“博导”泛滥成灾。学术界腐败同样严重，各种评奖、选题基地……在职读博士，怪象百出。垄断、专制、人情、红包，上面似乎浑然不知，下面四处皆有，实则一查就清楚。几乎没有树立起公认的权威选择。各大学重理轻文。学术研究滞后，思想观念陈旧，太不活跃，没有讨论风气，非常沉闷，不利于创新、开拓。在这种种方面，都要引起重视，舆论的监督也大有必要。

朱竞：能不能举出几位您比较推崇的当代作家和批评家？您认为作为一个作家或批评家，最重要的素质是什么？

徐中玉：当代作家真有成就的有，太少。炒作、自命不凡者为多。这应由时间、自然淘汰之后来看，不要急急来胡乱推出多少“大师”。“大师”是自我努力，靠作品的持久和巨大的影响形成的，靠炒作、奖金、着力捧，是不成的。过去多年捧成了“真大师”的有谁？最重要的素质就是要有高尚的人格，真才实学，有艺术追求，而且坚持不懈。作家不要成为八面玲珑的交际家，批评家不要成了逢人讨好的人物。小有成绩就自命不凡，还附庸起风雅来，开口就各种“主义”，不着边际，自命高深起来，恐已不太有效。现尽多从原一极端走向另一个极端创作，渲染官能欲念，总想抓住“卖点”。强调“自我”至此，在审什么美？我还是主张文学工作者需要做“改良人生”的人，负起应有的责任。

徐剑的剑胆雄心

徐剑是非常有人缘的作家。

我对作家徐剑印象最深的一次，是2008年5月12日在人民大会堂吉林厅举行的徐剑长篇报告文学《冰冷血热》发布会上。会议结束后已到中午，一同参会的赵瑜、李炳银、胡应红、萧立军、何西来等几位老友说一起吃中午饭吧，正商议找饭店时，徐剑走过来说："晚上我要设大宴请各位，六点钟，在宣武门附近那个云南菜馆。"就这样，我们几位中午就不想吃饭了，都等着晚上徐剑的大餐。

就在那天14时28分，汶川发生了大地震……

晚上，徐剑的大宴进行中，大家没有太多祝贺《冰冷血热》发布成功的话语，只是一直看着电视中一幕幕惨烈的画面。这时，徐剑接到了一个电话，只见他一脸严肃，不停地说："是！是！"

放下电话，徐剑说："我接到命令，明天一早，赶往灾区采访！"

此前，徐剑刚刚采访创作完一部抗击冰雪的作品，他当时冲到抗冰雪战斗的第一线，采访到很多真实感人的故事，写出《冰冷血热》这样的纪实性文学作品。

徐剑到了汶川灾区后，给朋友们发来报平安的短信："我很好！到成都下车后就遇5.9级的余震。今天下午去了都江堰，气味熏天，惨不忍睹。在柴坪坝铺水库大堤采访失去父母的汶川中学学生，一千多人啊！听一个高三女孩子代燕妮讲自己已经没有了父母时，我扭头跑开，朝着都江堰方向号啕大哭……"

徐剑16岁时就成为一名导弹筑巢的工兵战士。在那片远离人烟的绿色大莽林里，他与战友们钻山洞、放哑炮、出石碴、战塌方，长年累月与死神搏斗较量。徐剑感受最深的是，随着一座座藏雷纳电的地下长城悄然崛起，他身边患难与共的战友，有的解甲归田，告别了属于军人的辉煌；有的落下残疾，留下难以弥合的伤痛；有的则献出了年轻的生命，永远长眠在导弹阵地旁。这给年轻的徐剑心灵带来了巨大的震撼和永恒的记忆。也正因为如此，才驱使他半夜点灯熬油，将身边发生的惊魂动魄的故事和英烈的名字一件件一个个记了下来，并决心用英雄感天动地的故事编织自己的文学梦想。

作家徐剑的创作激情是非常感染人的。他是一位高产作家，他认为“苍茫之中，仿佛隐没着一座座文学神山”在吸引着他不断地探索前行。徐剑更是得奖专业户，曾获解放军文艺奖、中宣部“五个一工程”奖、鲁迅文学奖等。

徐剑说，他与国家电网结缘已有三四年了，这期间，已经和电网人结下了深厚的情谊，参与了国家电网的很多项目。有人说他已是“电专家”，徐剑却说：“我虽然完成了几个任务，但自己还是没能赋予电什么样的精神，等到再写几部电网的书以后，相信自己一定会为电找到一个特别精准、无可替代的概念作为图腾。”

几年来，作家徐剑走进国家电网后，有三件事对他的触动特别大，一个是“特高压”工程，代表了世界最先进的输电技术和发展方向；另一个是“户户通电”工程，为了山里、海岛上一两户人家用上电，国家电网公司不计成本地投人，给无电群众带去光明和希望；第三就是2008年“抗冰雪”的感人场面，让他难忘。于是他写出了《冰冷血热》。这部作品以灾区军民和国家电网员工抗冰抢险恢复重建历程为主线，再现了电网员工与灾区人民在抗冰抢险中感天动地的英雄事迹。接下来，他又接下两部重大题材的写作任务，一部是《国家负荷——国家电网科技创新实录》，这部作品全面展示国家电网公司的科技创新成果，讲述了从中科院院士到普通电网员工的平凡故事；另一部是《雪域飞虹——青藏联网工程实录》，写了横跨青藏铁路之上的电力天路——±400千伏青藏联网工程。

这之后，很多人认为徐剑是“电专家”了。

徐剑喜欢请朋友们吃饭，他自称是有“身份”的人，不爱去小馆子，每次都讲排场到大饭店。朋友们都喜欢徐剑的“小狡猾”“小聪明”。前几天徐剑请来几个大腕——军旅作家朱向前、新锐评论家李建军、编辑家萧立军、出版家黄宾堂一起雅聚。只见徐剑从书包中拿出他的两部新出的大作《国家负荷》《雪域飞虹》，他冲着萧立军说：“萧哥，《国家负荷》的评论写好了吗?”然后转头面对着朱向前和李建军两位评论家说：“看看《雪域飞虹》，我这可不是鸿门宴啊，请二位大评论家好好批评一下。”明明是“鸿门宴”，徐剑还狡辩。萧立军这样评价：“徐剑是性情中人，他喝酒也算海量，喝上个斤八的没问题。但要把他喝得挂到墙上，得有能力的人来把他的情绪调动起来。比如文联聚会时，只要我们作协系统的几位老妹中有任何一位到场，徐剑就斗志昂扬，他就拿出军人的爽劲儿，不要人夸不要人劝，端着大杯到处邀战，每聚会一次就把自己挂到墙上一次。因此我认为徐剑是个有趣儿的人，个把月不见他，就很想念他。几位老友常会组织一个饭局见上一面。而徐剑只要不出差，就必定来掺和掺和。”

其实，徐剑是有大智慧的人。他对创作重大题材作品是非常有把握的。因为每一次他都会先找到一个特别精准、无可替代的概念作为精神图腾。

萧立军：钢性的存在

要当一流编辑，不当三流作家

现如今，在中国，在职在岗的文学编辑中，连续三十五年没间断地当编辑的人恐怕没几人，萧立军却是其中的一位。他曾参与《文艺研究》和《中国作家》的创刊工作，圈内人称他是中国当代文坛著名的“慧眼”和“刁嘴”。

传说萧立军是契丹人的后代，自称萧太后的子孙。他1.84米的大个子，长着一副马脸，眼睛不大鼻子不小，腰背笔直，肩宽臂长，走起路来腿脚生风，跳墙爬树身手不凡，拈花惹草轻车熟路。文坛江湖上无论年长还是年少，大多都称他萧哥。上个世纪30年代出生的大翻译家叶廷芳、北大教授学者谢冕、作家玛拉沁夫见面都喊他萧哥，“10后”的小姑娘张之汇从认识他那天起，就一直叫他萧哥。

北大教授高秀芹博士曾这样说：萧哥的肩膀很宽壮，腰杆永远笔直，如一棵北方的白杨树，挺拔刚健，看着他那么直直地出现在你的面前，那么朴实的脸，甚至让人有些羞愧，他为什么长那么高，总是那么直，高而且直得让人很惭愧，难道我们做错了什么才弯曲低矮吗？有时替他感觉到累，总是这么高而且直，难道不累吗，不需要弯弯腰歇歇吗？委屈一下自己不行吗？他就这么很耿直地跟现实人生打交道，他是明白的，但是，他宁折不弯，腰杆就是这么直!

萧立军就是这样钢性地存在着。

作为作家的萧立军，写过长篇小说、报告文学、电影电视文学剧本、文学评论等，代表作《无冕皇帝》至今被热议。但是他自己认定再怎么写，也写不过蒋子龙、莫言、赵瑜等一流的作家，顶多能混上个三流，于是他醉心要当一流的编辑。三十多年来他组织策划编发了很多优秀作家的作品，看一下萧立军编发的这一大串名家，够入中国文学史的份儿：茅盾、冯牧、朱光潜、王朝闻、王瑶、陈荒煤、郭汉城、张庚、吴组缃、于是之、夏淳、袁世海、钮彪、钟惦棐、王润滋、沙汀、王蒙、高晓声、梁晓声、刘心武、莫言、周梅森、王安忆、何建明、徐刚、蒋巍、赵瑜、徐剑、卢跃刚、李鸣生、杨黎光、寓真等的作品，都没逃过萧立军的眼睛。近年来编发的《马家军调查》《寻找巴金的黛莉》《聂绀弩刑事档案》《代价》等作品，都引起反响。

圈内人都知道，萧立军是工作狂，把编辑部当家，把刊物当“儿子”。他大部分时间待在他的办公室。他的办公室可评为全国第一脏乱差室，但却极具魅力，无论多大名气的人物，到了他那里，都会特别放松，就像农民在田间地头可以盘腿打坐，可以海阔天空无限地神聊。一会儿工夫，几个烟缸就会满满的，再见他办公室内浓烟弥漫，那个透气的窗纱早已变为实心黑布一块。因此，著名翻译家汤永宽说萧立军的办公室可称得上“室雅何须洁，花香不在多”了。可以想象，有多少好的作品，就是在这样的气氛下神侃出来的。

老萧长着一副马脸，这是他对自己长相的定位。他有一篇散文《小眼睛的莫言和马脸的我》写得着实精彩。其中这样写道：“1985年因为《透明的红萝卜》，我去过两次军艺看莫言，有一次在他那里吃饭，就到食堂吃。那时候大家都没钱，我一个月60元钱，而莫言的津贴费也不多。可即使这样，莫言知道我好酒，还特意给我买了两瓶啤酒，就着白菜炒肉片、芹菜花生米喝了。这莫言老弟真是个重情重义的人。”

读老萧《小眼睛的莫言和马脸的我》这篇文章，感受到他语言的凝练。读后我就好奇，我竟然把老萧和莫言的照片放在一起，莫言小眼，老萧马脸，一对说相声的好组合。

说起莫言1985年在《中国作家》发表的中篇小说《透明的红萝卜》时，萧立军说起一段往事：“我和莫言骑自行车横穿马路时，他被一辆大卡车刮倒了，我当时吓得半死，莫言的脸也白了。过后，莫言说我的脸吓白了。我不知道我这张马脸吓白了是个啥模样儿，但我知道这一定不是虚言。因为当时我俩面对面地在马路边上抽烟，平复心境，我特意观察了莫言的脸，他的脸长着一对小眼睛，把脸突出得很大，把额头也突出得很辽阔。这憨实厚道的脸相，是一颗睿智头颅的门脸儿。他还不到30岁，要出点事故，怎能不让我的脸吓白了？我与莫言，虽然交少言浅，但莫言常常令我心动，这人你仅仅帮过他一点点，他会深深地记住。”

而莫言在《我与〈中国作家〉的交往》一文中这样说：“说起《透明的红萝卜》，不能不说到《中国作家》编辑萧立军先生。他是《透明的红萝卜》的责编，为了组织那次座谈会，我们一起骑车去请徐怀中先生。那时我刚进北京不久，连拨号的电话都不会打，在北京的大街上骑车更是胆战心惊。在横穿西三环时，我险些葬身在一辆黄河大卡车轮下，把在我后边的萧立军吓得要命。我们将车子停在路边，他递给一支烟，说这事就不要跟任何人讲了。他编辑完我的《筑路》之后，十几年了再也没有联系过，但我却常常想起他，有一种生死之交的感觉。”

2012年秋天，萧立军过六十岁生日的时候，给莫言发了一条短信，莫言只回了一个字：去！这就是萧立军与莫言间的交往。虽然十几年没联系，但坚定的友情，不用言表。

莫言来参加萧立军生日会时，除带来的酒外，还当场为萧立军写了一首打油诗：

仿佛旧事在眼前，
倏忽已过三十年。
立军已经六十岁，
永葆青春赖酒烟。

——莫言戏题　2011年10月29日

评论家朱晖说：

萧立军是个有故事的人。这些故事，可以让人在不必太久的时间、不必太多的接触中，辨识了一个很有分量的编辑，很有分量的男人，面对他，你必须拿出真性情，因为他就是这样地面对着你，面对着这个世界与这世界上的每一个人。为此，今天，不同年龄段，不同背景、不同身份的朋友们聚集在这堂皇的大厅里。

我与萧立军又是同行，不如他的资历与业绩，却也算是个编辑。常听说教师这个行当，是所谓“燃烧自己，点亮别人”，但想想看，哪个人的心里会没有永驻的恩师？与之相比，编辑这个行当，却更其惨淡寂寥。我们这些作编辑的，也不乏有或多或少的文字印成过铅字者，即便是我们，又因此记住了哪些同行呢？由此可见，这，与世态炎凉、人心不古等等，一概无涉，乃行当使然罢了！不过，除去目前的网络上的创作性文字，是舍弃了编辑这一道“手”，在更久的时间段与更广大的范围，编辑则是一切公行于世的文字著述的助产士。“文革”时期，当然是如临大敌最为极致的时候，即便那时，也时不时地有所谓反动标语出现。上世纪90年代以降，“守土有责”四字方略，在座的，都熟知得很。其要义，无非是把惩戒所谓有问题出版物的着力点，从写作者那里，腾挪至编辑出版机构与相关人员。援此两例，似可以夸张为一点推论：敢放胆写的，从来不乏，仅凭着匹夫之勇，也便足以撑上个一两回英雄好汉。编辑呢，则不然。敢于发表不合时宜之作的编辑，不多见，不常有。如果从业者不是尽其全力地“促成”，而始终只把“风险评估”放在审度的首位，那么，我们势必无由见证了自“拨乱反正”以来，诸如伤痕文学以降的所谓新时期文学和乃至文化出版的历史实绩。同样，在市场经济越来越甚地左右着越来越多的领域，设若编辑因而全然地弃守了文化的和审美的品味，那么今天国人所见，无非只有地摊上的种种而已。这个注定被成功的写作者和广大的读者所淡忘和漠视行当，显然需要有超越了一己之荣辱进退的精神指归。在历史的一个个段落中，在现实的一个个当口，谁敢说编辑所依傍的，仅仅是匹夫之勇？谁又厘清得了究竟是写家还是编辑，促成了文学的和其他文化领域的历史演进的大势？前年，我有幸拜读了一位资深作家的小说，先是在江南的一份期刊上，而后是北方某出版社的单行本。对照这两个版本，我惊愕地发现了相当多的差异，有史料史鉴方面的，也有语言技艺方面的。我认识一位资深的编辑，她可以从央视“新闻联播”的一则毫不起眼的简讯中，捕捉到了上百万的出版红利。她说某位作家这把年纪还如此虔诚地看待文学，她甘愿充当她长久的责任编辑。她曾经履着这位作家的笔触，去查阅和辨证域外的史实与史鉴。当这位作家此后不久又有意涉足中国近代史领域的题材时，她笑着对我说：明年这个时候，我准是义和团运动的半个专家。这就是我的同行，一如萧立军那样的优秀编辑。我听萧立军说过这样的话：某某作品能经我手发表了，我这几十年的编辑，就算值啦！这样的话，我听他说过几次。在文学圈里，从事编辑者甚众，圈里圈外令人敬重的编辑，少之又少。萧立军则是这极其罕见的一例。当我听说他有意筹办这样一次寿筵时，两句话，我脱口而出：兄弟，你给咱当编辑的作了脸，这是咱当编辑的自信与自恃！

有人说编辑是“无冕皇帝”，手中掌控一部作品的生杀大权。有人说编辑是为他人作嫁衣裳。老萧写过很多作品，长篇小说、报告文学、电影文学剧本、文学评论等，但是他自己认定再怎么写，也写不过莫言等一流的作家，顶多能混上个三流作家，于是他醉心于要当一位一流的编辑。

萧立军一生为文为人都很仗义。他把文学编辑事业视为宗教和信仰，他尊重他的职业。

萧立军的酒事儿

萧立军大半生的情和爱都归为一处，那就是烟和酒是他的“醉爱”。

喝酒要讲场，场子对了，喝着顺溜，醉得舒服。保守地算，老萧喝酒抽烟的历史至少也有40年。前不久，作家熊召政给萧立军算了一笔账，不算不知道，一算吓一跳。熊召政掐着指头说：按一天喝三两酒，一个月喝9斤，一年喝108斤，从20岁开始喝，到现在喝了40年，喝掉4320斤。

我倒认为这个数过于保守，从历史考察看，老萧从30岁后，每天平均至少喝半斤酒。到如今大约喝掉5500斤，约2.7吨酒。可以想象一个酒水游泳池。再说抽烟，平均一天抽三包烟，一个月90包，一年108包，按烟龄抽了40年算，抽了约43200包烟，也就是4320条。我认为熊召政这个数字还是有些保守。

作家卢跃刚到他的办公室聊稿子，老萧顺手启开一瓶啤酒，卢跃刚说不会喝酒。老萧说，爱喝不喝，没有水。卢跃刚为了听取审稿意见，只好喝酒，从此后就上了酒瘾，每每再来，自动就会提几瓶啤酒上来，跟着老萧就着大蒜，吃着卤猪蹄子。

萧立军喝酒也没少出洋相。有一次出差，在上飞机前喝高了酒，上了飞机就大睡，一个小时飞行时间，落地时他还在睡，飞机上所有的人都下完，就是叫不醒他。几位乘务员一起拉他，却拉不动，他嘴里还不停地说“让我再睡会儿”。耽误了好一会儿，几个大小伙子硬是把他抬下来。

老萧前半辈子喝了二三吨酒，若是泡在酒水的游泳池里，也是死过多少回的人了。因此就不难理解他的豁达、仗义、善良、热情的人生观了。他看清了人生和这个世界。

如果是众多人吃饭，老萧常常是话不多，他喜欢听别人多讲。概其因其耳朵的听力不好，听不清就经常打岔儿，有时接话驴唇不对马嘴，引起场子爆笑。老萧的酒风是喝慢酒，频繁举杯，如果每次都是举杯一饮而尽，他也会当场倒下。他的原则是总量控制，绝对不会少于别人。

老萧说，他的酒量是在北大荒当知青时练出来的。在那冰冷的日子里，能喝上一口酒，温暖至极。老萧的耳聋导致听力下降，也是北大荒劳动时开山放炮震坏的。后来，老萧作为工农兵大学生被选送到南开大学上了学，又结识的几位同学酒友。王金峰同学是他的酒友，因为当时没有钱买瓶装酒，他俩就到他哥们儿开的卫生所，要了几个装葡萄糖水的瓶子，打几斤散装酒，放在床下偷着喝。那时他读书很用功，恶补读了很多书，然后喝着酒谈体会。老萧说他能记住的读书内容，都是35岁前读的。

老萧说他55岁前很少检查身体，开始年检是近年来的事。真是奇怪了，老萧对自己的身体健康特别自信，他一切都是与医生对着干的，医生说不要这样不要那样的，偏偏不听，而体检的结果却是一年比一年好。

老萧喝酒，也没少出洋相。一个冬天的晚上，喝完了酒，朋友把他送到家门口，以为没事了，可老萧一转身就在马路边躺下睡着了。围观路过的人很多，有人还要打110，有人要打120，正巧这时他的家人回来，把他叫醒。听起来挺吓人的，冰天雪地，睡着了会冻坏甚至冻死。每每这时，老萧都会大笑，他说："我身体都是酒，就是一团火，死不了。"

听赵瑜讲，有一次他们哥儿几个喝酒，大家高兴，喝着喝着，也不计量了，不知啥时，再看老萧竟然趴在饭桌旁睡着了。大家继续聊，等了好久他也不醒，最后赵瑜想了一招，把他抬走，在附近找了一个小旅店，把老萧身上的钱和物都拿走，只给他留下零用钱，让他睡吧。第二天，老萧醒来不知自己是在哪里，摸着兜里钱包手机都没有了，只有10元钱，他打车回单位，再问赵瑜，才明白是怎么回事。

赵瑜可称得上是最了解老萧的人之一。赵瑜跟老萧的友情是从编辑与作家的关系开始的，就是因《马家军调查》这部稿子让两位相识。关于《马家军调查》的前前后后，还有一些有趣而感人的故事，待另外再叙。

但赵瑜与老萧的关系，却是从作家尊重编辑开始。作家和编辑的关系，不是谁高谁低的问题，作家的名气再大，也有编辑的一份。多少年来，赵瑜一直称老萧为"萧兄"。这一声"兄"，包含着很深的情意。说来也怪，一般人与老萧说话，要达到40分贝他才能听到，而赵瑜却用正常甚至略小的声音与他交谈，他听起来没有任何障碍。老萧与赵瑜可以几天几夜地聊，喝着酒，抽着烟，困了就在老萧的办公室沙发上小憩，饿了就泡碗面。他们策划了很多重大的选题。寓真的《聂绀弩刑事档案》，就是赵瑜推荐给老萧，老萧与作者几经商量才得以发表，才有了后来的影响。

我想，老萧与赵瑜的默契，也许是他俩想问题的方式及思想深度相近，才心灵相通，也是探讨问题、关注现实的立场一致的原因吧。

老萧与赵瑜等人的几次开车出行，都非常愉快。赵瑜是驾驶员，白天不能喝酒，行驶中，老萧坐在赵瑜旁边常常是一手拿着酒瓶，一手拿着咸菜，一边与赵瑜说着天文地理，一边喝着小酒，还不时地哼着跑调的小曲。赵瑜看着老萧，那个馋啊！于是赵瑜手把方向盘即兴作打油诗一首："一台车里两重天，有人悲伤有人欢。要问这是为什么，只因关系不一般。"

萧立军因耳朵听力不好，因此说话嗓门很大。他打电话的声音，整个楼层都能听见。也是因为听力不好，他听不准音乐的旋律。在外开会每遇去喝歌，他都会谦虚地说"唱不好"。虽然他五音不全，声音却宏阔，发出的音一个字都不在调上，但可以一首接一首地唱。《为了谁》《看天下劳苦大众都得解放》《天边》等是他爱唱的。常言道，酒壮夙人胆，老萧的高声大嗓唱起来歌来，能把任何人都带到沟里，让你找不到调。有一次与几位著名歌唱家一起吃饭后去唱歌，硬是让专业歌唱家们找不着调，全都不会唱歌了，真是笑死人，大家赞叹，老萧勇气可嘉！

老萧去过全国的很多酒厂，在喝酒的同时，研究酒文化也是他兴趣所在。说起酒文化，他非常专业，以至于酒厂的专家都敬他几分。

编辑家张守仁称老萧是条汉子。

散文家韩小蕙称老萧为大男人。

我想，是因为老萧的仗义。

老萧不可一日无酒，更不能没有朋友。

温文少语的阎纲，为文则锋芒逼人

“阎纲一介书生，半生顿路，平日待人温文少语，为文则往往锋芒逼人，‘语不惊人死不休’。他以情为文，以气为文，属诗人型的批评家。”这是一位朋友为阎纲书作序中的几句话。

关于阎纲，我是先认识他的文，后认识他的人。但是每每说到阎纲，就好像说到老朋友一样，我曾编发过他的几篇稿子，更多的是读他的文章。读他文章的感觉真是痛快，就像大热天喝上一杯冰茶一样的爽。我周围的朋友们也经常说起。前些年与阎纲先生的联系只是通信和打电话，近年来，我到了北京，在各种会议上，见面的机会就多了起来。阎纲先生具有诗人般的气质，高高的个子，腰挺得很直。近八十岁的人，仍然是傲骨凛然。他非常谦虚热情，我只是给他当过编辑，编发过他的文章，而阎纲先生却念念不忘。

阎纲先生在中国文坛一辈子，经历了太多的文学事件，可算是亲历者。李建军在《从水中吐火到火中生莲》中这样写道：

> 阎纲虽身材高大，如玉树临风，但却和气载柔，英气含刚。其人如此，其文亦然，用“刚健含婀娜，端庄杂流丽”来形容他的性格和文字，是十分妥帖的。他文质彬彬，说话轻声细语，举止镇定从容，仿佛秋天静静流动的深水。但他还有另一面，有不愿安分、随顺的一面，有陕西人生冷硬倔、敢拍桌子掀板凳的脾性。事实上，正是凭着这股“牛犊顶橡树”的犟劲，他写于上世纪80年代的那些高呼大喊的文字，才蓄满了突突上发的勃郁之气和冲决之力。
>
> “水中吐火”是古人形容小说叙事的奇异效果的意象，适合用来评价阎纲的评论文章。纯净而热烈的评论文字，显示着他对中国当代文学事业的挚爱和忠诚，显示着他对排抵极“左”思潮的勇气和决绝。他是对80年

代文学的发展和繁荣作出过重要贡献的批评家。可以毫不夸张地说，没有他的勇敢和无畏，没有他的仗义执言，一些敢于揭示社会矛盾、触及尖锐问题的作家，就有可能被遗忘、被埋没，一些有分量、有价值的作品，就有可能被遮蔽、被忽略。

阎纲把人道主义当做自己的文学纲领，把关心人改善人的生存处境当作文学的任务和使命。他通过捍卫文学的价值和自由，来捍卫人的尊严和权利。总之，如何把人从非人的异化状态里解放出来，如何重新在神与鬼之上确立人的位置，是贯穿在阎纲至今为止的所有批评性文字中的核心问题。坚持不懈地为此而努力，是需要良知和勇气的，是需要一种火一样热烈的硬汉子精神的。

进入90年代，商潮澎湃，文学淡出，作家失态，批评家失语，阎纲先生的心境，也像秋风扫掠过的原野，空旷而寂寞。面对乱象迷眼的文学"现场"，面对"经济转型期"文学评论的尴尬，他内心充满欲说还休、不说也罢的"困惑"和无奈。

可以想象到阎纲先生为什么在80年代的文学批评界的声望是那么高。

文坛友人们谈起80年代文学时，常常绕不过阎纲先生。上个世纪80年代是一个伟大的时代，是一段令人怀念的时代，是一段令人怀念的激情岁月。是的，在那个时代，阎纲先生在我们心中是最具有声望的批评家之一，他不仅参与了新时期文学的呐喊，以过人的胆识和勇武仗义执言，同时，他的批评文体独具一格，他的高亢、热情和诗性，不仅展示了他的价值观和批评的风采，而且也成为那个时代风采的一部分。面对复杂的文坛，阎纲敢于坦言自己诚实的体会，守护着健康文学的成长和发展，在那个时代，勇气有时比眼光还重要。

过去的那段历史，在今天看来已不是什么问题的问题，阎纲先生和他同时代的人，恰恰相反，为此战斗了那么长一段时间，如果说今天的文学已经有了某种程度上的自由的话，除了时代的进步之外，我们当然要感谢阎纲及那一代学人当年的努力和争取。

而如今，阎纲仍然像一位战士一样，为了自由和尊严，为了大家都能说些真话，少说假话而战斗着。

阎纲的最爱是他的女儿，然而，他的女儿阎荷在她38岁的时候，罹患癌症，受尽了病痛的折磨，撒手而去，永远离开了这个爱她的父亲。阎纲先生看着爱女就这样离开了他，白发人送黑发人，自有一种撕心裂肺的痛苦。他用亲情为女儿写下了感人的文字：《我吻女儿的前额》。悼亡之作，古今皆有，然而，阎纲精辟下的这篇文章以其真实而沉重的叙述格外给人以震撼，字字泣血，催人泪下。

几年前，阎纲先生的作品《五十年评坛人渐瘦》，获得了由《芳草》杂志社主办、香港文学杂志社协办的第二届汉语文学“女评委”大奖，我是女评委之一。记得2009年6月6日，我为阎纲的《五十年评坛人渐瘦》写了评语：

> 作品充满历史的真实细节，为人们认识当代文学的发展和演变，提供了大量有价值的信息。对当代文学的发展历程来讲，作者既是见证者，也是参与者；他的笔下有着对历史的反思，也有着充沛的诗意，是一部充满思想内涵的优秀的传记性作品。

2013年5月16日，我收到了阎纲寄来的签名书。当时我回的短信还留着：“今天收到您寄来的三部著作，《文网·世情·人心：阎纲自述》《美丽的夭亡：女儿病中的日日夜夜》《爱到深处是不忍》，兴奋地拆开，却有些恐惧阅读。我知道您在述说什么，我知道您在与自己与亲人对话，我更知道其中的爱恨情缘。我想要避开嘈杂，静静地感受您文字的力量，我会为您这些真情的叙述写点东西。朱竞敬上”。

阎纲先生短信回复我：“朱竞知我，我谢朱兄！阎拜”。

“惹是生非”的阎连科

作家阎连科长着一副很沉重、很焦虑、很忧国忧民的样子。每次与他面对时，你会觉得他很笨，说话密度不是很强，听着让人着急。大家聚会时，阎连科基本是憨笑，大家批评他的小说如何时，阎连科却说：“任何人只要不是对我个人有什么攻击，我都是要尊敬的。一部小说出版后，对我来说最可怕的有两种情况，一种是处处充满着表扬之声，一种是无声无息。对我来说，没有争论才是最失败的。”大多时他不说话，特别是与李洱在一起时，话语霸权基本是李洱掌控着。阎连科经常是在大家还没有吃完喝完就去埋单了。

听我这样的描述，大家会认为阎连科是多完美的人！阎连科河南老家的人，也认为阎连科是天下最有能耐的。包括老家县里的干部，总以为阎连科出去当兵那么多年，现在北京当什么“作家”，能与中央的大领导说上话，什么事情都能办成，于是就来找他，希望能帮他们的孩子到北京读书、工作，甚至连高速公路在老家开个岔口等等这些事也来找阎连科。阎连科当然是办不成的，他常常处处碰壁而归。阎连科说：“我清楚自己是多么无能、无力、无奈!”

阎连科近几年来写出的每一部作品，如从《日光流年》《坚硬如水》开始，到《受活》《为人民服务》《丁庄梦》《风雅颂》，都会招来或大或小的非议，甚至被有关部门禁止出售。有人说阎连科就是爱惹是生非，不好好当作家写小说，干吗总是与河南的农村过意不去！有人曾将阎连科二十多年的写作分成了三个时期：“温情时代的抒写”、“激情时代的抗争”和“平静时代的沉思”。意思是说，阎连科现在进入了一个平静的写作时代。我觉得阎连科的沉思是内心平静时期的沉思。阎连科目前正处于对人性、对人的生存困境思考的内在焦虑、焦灼的状态中。所谓的平静，应该指的是写作表面状态的平静，是做人的平静。而他的焦灼，是就内心而言，是写作对现实和存在的不安和焦虑。

阎连科也承认：“就近年来的写作而言，他的写作是和现实关系发生了明显的变化，主要表现是和现实存在越来越紧张的关系，这种关系在生活中还好，到了写作中就越来越无法平衡，无法安静地存在。现在，还很难说这种紧张的关系是好或不好。这种和现实的紧张关系，除非不写作才会缓解，只要坐在书桌前面，这种和现实的紧张关系马上就会对立起来。”

阎连科也曾“强词夺理”为自己辩解说：马尔克斯最初学写小说时，看的是《变形记》，所以，马尔克斯的成功有着前辈作家卡夫卡的功绩。我最初学写小说时，看的是这些小说，所以，我的失败，前辈作家也不能“不负一点责任”呀。

去年在澳门的书店，我花了73元买了一本香港版的《为人民服务》，我当即打电话给阎连科，他说回来还我1000元。看来对“惹是生非”若换位思考，也不是贬义。只是阎连科还欠我1000元没给。

不久，阎连科又寄来了《风雅颂》。他在扉上写着：“通俗小说，朱竞批评。”看着这样的签名书，我不禁大笑。于是，我在从长春来北京的路上读完《风雅颂》，想着阎连科这回又要惹事了！果然，在网上一查，骂声一片。

北京大学一些学者和学生的批评较激烈，除了文学因素以外，引发批评的一个特别原因是，《风雅颂》明显以北京大学为主要写作背景（不但将主人公任职的大学命名为“清燕大学”，还特意标明“清燕大学坐落在京皇城圆明园南边，院里绿树参天，古楼林立”，并且有一个与北大的未名湖名字相近的无名湖），却对大学文化精神和高校运作机制缺乏基本了解，不但细节破绽百出，主体情节更荒诞不经，加之主人公杨科灵魂卑微、行为龌龊，其精神品格既与大学文化无关，却时时处处以“清燕大学古典文学教授”身份自居，对大学教授群体和大学文化构成侮辱和伤害。

据说《风雅颂》出版之前还费了一些周折。出版商为了市场销得好，竟然在《风雅颂》的封面上印上“中国荒诞现实主义大师”的字样，阎连科一听吓坏了，接连给出版商打了几个电话才删掉的。后来，阎连科去了一趟英国回来时，《风雅颂》已上市，只不过“中国荒诞现实主义大师”从封面改做成腰封。更让他哭笑不得的是，把《诗经》中的诗名作每一节标题，又在下面加上一段话作提示，比如第一节［关雎］，就加了：“遭遇一对狗男女：他趴在我妻子身上，宛若一只晒干的虾米，缩在一条白条鱼的身上。这一黑一白，一肥一瘦，一明一暗，让我当时就想，他们难有性高潮的到来……”这样一来简直成了一本黄色通俗小说。所以，有人把此书拿来签字，我要先把腰封撕去，然后写上“一部黄色小说，一笑了之！”以后如有再版，这些东西统统要删掉。目前正有另一家出版社想要重新出版《风雅颂》，阎连科正闷在屋子里细改被删节的《风雅颂》。

对《风雅颂》的称赞和批评，如果是在文学的层面来说，都属正常的现象。对中国文学及中国教育出现的一些问题，的确是需要批判和反思。我同意阎连科自称的“野生主义”之说：一没有任何条条框框的，二意味着民间性，三与大地有联系。

北大学者邵燕君站在宏观的角度对《风雅颂》及中国文学发出警示的声音，值得敬重。邵燕君认为，在作家不良创作倾向的背后当然还有文学批评的“引导”之功。阎连科等作家这些年来创作的“转型”、“发展”与一些“纯文学”批评家的倡导、鞭策，有着直接关系。文学批评本身就是“纯文学”生产的重要一环，在学院体制日益走强的格局下，“纯文学”作家与“纯文学”批评家的相互依赖关系会越来越紧密。虽然，这样生产出来的“纯文学”只能存在于他们彼此的自说自唱之间，与中国的现实无关，与文学真正的创新发展无关，然而，却与中国的文学生态乃至文明生态深层相关——《风雅颂》一书的讨论意义即在于此。

愿飞舞的粉色蝴蝶，自由地飞翔。

听叶朗讲鲤鱼洲

叶朗教授皮肤红润，夏天常穿黑色的T恤，显得精神十足。磁性的声音非常有感染力，听他讲故事，真是一种享受。

在一次聊天中，他讲到了“文革”期间曾经在鲤鱼洲生活的那段日子的回忆。对此我记忆深刻。

叶朗教授先讲起鲤鱼洲的情景。

他说，“文革”时北京大学的教师，有60%的教职员工赴江西鲤鱼洲“五七干校”劳动。他当然是其中的一分子，在那里生活了一年多时间。

鲤鱼洲原是与世隔绝、荒无人烟的地区，由干校的“五七战士”围湖（鄱阳湖）造田，开垦出几千亩水稻田。北京大学的2000多名教职员工就在那里劳动，进行思想改造。

叶朗教授讲，鲤鱼洲那里的环境，用四个字可概括：冷、潮、热、风。

冷：当时我们在鲤鱼洲住的茅草棚，冬天那种冷啊，无法描述。

潮：春天时，几乎天天都在下雨，没有几天是晴天，被子、衣服基本都是潮湿的，偶尔有阳光的时候，我们马上去晒被子，但那样做根本不管用。而且下雨天我们还要去劳动，只好穿着那个湿衣服，晚上搭在那儿，第二天再穿。衣服脏了湿了我们也不洗，洗了也没用，不会干。这种潮湿的日子会持续几个月。

热：夏天，热时有40多度，没法睡觉，晚上只好把床放到外边，挂上蚊帐，蚊子太多了，蚊帐外边会贴着一层密密麻麻的蚊子，身体靠近蚊帐时，蚊子就会伸头来咬你。蚊帐里有时也会钻进来蚊子，我们又得起来打蚊子，等蚊子打跑后，又是一身大汗。蚊子还好，用手一打它就跑了，最可恨的是牛虻，它是在太阳落下后才出来，一有机会就叮在你肉上不跑，只得用手拍它，我们常常是用大泥手“啪啪”地往脸上拍，常常是把脸拍成大泥花脸的样子。

这些都不算什么，最多的是老鼠。大伙抱怨说有几十万只老鼠在我们的茅草棚处跑来跑去。我们食堂的馒头都是头天蒸好的，吃的时候再热一下。可是一打开锅盖时，边上就有几只老鼠在里边被蒸死了。有一天我早晨起床，一翻身看到我身边有一只老鼠被我压死了，床单上还有淡淡的血。

晚上屋里待不了，墙壁白天被阳光晒得那个热啊，晚上都受不了。又不能点灯，因那些蚊蝇、虫子等都围在灯前，我们就打一盆水，让虫子掉水里。屋里不能点灯，我们只好借外边的路灯看书看报。

风：这风可不是一般的风，都是那种卷风，特别大的风，有时会把我们的茅草棚掀起。

关于鲤鱼洲的故事，我还读过北京大学教授乐黛云的《空前绝后的草棚大学——小记北大鲤鱼洲分校》：

> 1969年春，军委的第一号令下达，北大2000余名教职员工一齐奔赴江西南昌百里开外的鲤鱼洲，走毛主席号召的“五七”道路，建起了北大鲤鱼洲分校。鲤鱼洲是在鄱阳湖畔围湖造田而成的一大片沼泽地。由于钉螺丛生，血吸虫横行，农民早已遗弃了这片土地。我们到达时，只见一片荒凉，先遣部队匆忙搭建的可以容纳二百多人的几座孤零零的大草棚突兀地屹立在荒原中心。为了一日三餐，尽管我们只吃酱油汤加糙米饭，后勤人员还是不得不划着小木船到鄱阳湖彼岸去采购粮食。就在我们到来的前几天，两艘小船遇到风浪，5位员工不幸牺牲。
>
> ……
>
> 我俩带着十岁的儿子，在这个因血吸虫肆虐而被农民遗弃的土地上生活了近三年。我们虽然分住在不同的连队，但两周一次的假期总可以一家人一起沿着湖滨散步，那就是我们最美好的时光。后来，多谢领导照顾，几个连队还联合开辟了一间“家属房”，拉家带口的“五七战士”可以排队轮换，到这间特殊的“家属房”中住一个星期。我们一家三口就曾在这样的“家属房”中住过一个多星期。像是久别重逢，三个人重新团聚在一起，说不出有多么快乐啦！生活就这样过下去，如果没有什么急行军、紧急集合、“深挖细找阶级敌人”之类的干扰，日子过得倒也还平静，比起以往阶级斗争的疾风暴雨，总算松了一口气。既然前途渺茫，连猜测也难，人们倒也不再多想，我又做起归隐田园的好梦，幻想有一间自己的茅

草屋，房前种豆，房后种瓜；前院养鸡，后院养鸭，自得其乐。

……

经常与叶朗教授聊天，每次都会在很轻松的话题下，聊出令人沉思的东西来。

叶朗教授也同意我这说法。他还说，一位朋友就曾经这样说："莫道闲聊是闲聊，闲聊能出新思潮。"

一些新的思潮、思想在很多时候，都是朋友们轻松地闲聊时聊出来的。

我们非常喜欢去叶朗教授的工作室聊天，他那里有好酒、好茶、好咖啡。

有一千副耳环的叶广芩

生于北京，满族，祖姓叶赫那拉。国家一级作家，中国作协全委会委员，陕西省作家协会副主席，西安市文联副主席，陕西省人大代表。主要作品有《采桑子》《青木川》《老县城》《琢玉记》《状元媒》等。

打开电脑，看到两年前鄂尔多斯之行的一些照片。想起这次愉快的旅行，就忍不住想起同行的女作家叶广芩。

喜欢叶广芩很久了。喜欢她的文字、她的穿着打扮、她的千变万化的耳环、她的生活方式。更巧合的是，《状元媒》中描写的很多街道、胡同，正是我现在居住生活的地方。当我走在东四一带，东直门、钱粮胡同、北新桥、雍和宫、安定门等街道和胡同时，都会想起《状元媒》中的人物及一些故事情节。

叶广芩首先是女人，然后才是作家。

如果你稍加留意，观察一下走在大街小巷的女人们，除了花枝招展的服饰、五颜六色的背包、花样翻新的鞋子外，最大的看点就是女人们的耳环！那些戴在不同年龄、不同长相、不同肤色女人们耳朵上的耳环，随着女人们身体的摆动，也随之摇曳生姿，如风铃发出飘逸而流动响亮的声音。就是这耳环，散发出几分不可思议的浓浓女人味。

相信日常生活中的每一个女人都会有几副甚至几十副耳环，我自己也有上百副耳环。而女作家叶广芩，竟然有一千多副耳环！

我注意到叶广芩耳环的不断变化已有很久了。每一次见到叶广芩时都会看到她戴着漂亮的耳环和项链，我在心里不停地赞叹：作为女人的叶广芩，从打扮自己时能对细节如此精心这一点来看，足可以相信她小说创作时对人物刻画细致的真实性。我看到她的耳环从来没有重过样。

叶广芩的耳环大多是圆形的，每一款耳环上的装饰都很别致。作为女人，我曾多次猜想：叶广芩这一千多副耳环的背后，一定有着不同的故事，而每一副耳环的故事又会不尽相同。她的耳环，最早的那副一定有半个世纪之久。从她收藏的耳环中，可以看出这些饰品的工艺变化、文化蕴涵及个人品位，从中也能寻找到一位作家的成长史和她的心路历程。如果把叶广芩这一千副耳环都展示出来，那将是多么的壮观啊！这一千副耳环，一定有自己买的、爱人送的、朋友送的，从偏僻城镇偶然发现的、从大商场高价购的，有国外带回昂贵的世界名品，有地摊淘来的几元饰品，有金的、银的、钻石的、宝石的、木头的、塑料的等。这一千副耳环，她是如何摆放的？需要多大的空间呢？

与叶广芩在内蒙古乌审旗相遇时，我终于忍不住问她到底有多少耳环？她说：一千多副！我很惊讶。她说，她的家人曾为此愤慨而不解。我理解。

我们是随中国作家代表团参加鄂尔多斯艺术节的活动到乌审旗的。乌审旗在内蒙古自治区鄂尔多斯境内。叶广芩被聘为这届艺术节的荣誉牧民。据说荣誉牧民会得到鄂尔多斯市政府奖励的房子一套、牧马一匹。叶广芩听到这个消息后，马上说："这'牧马一匹'我怎么把它运回西安呢？"大家顿时笑得前仰后合。而这"房子一套、牧马一匹"当然也只是民间的说法而已。

作为作家的叶广芩，大家都很熟悉。她的创作从上世纪80年代起步，在90年代取得丰硕收获。她的家族题材小说如《本是同根生》《谁翻乐府凄凉曲》以及长篇小说《采桑子》等似陈年佳酿，散发着岁月哀婉凄凉的芳香情调，又有着丰厚的文化底蕴，形成了自己独特的创作风格。2008年发表在《中国作家》的长篇小说《青木川》，则是她对自己的一次挑战和超越。《青木川》是叶广芩以她的第二故乡陕西农村为背景创作的小说，那淡淡的情调，优雅的文笔，让人回味悠长。这部长篇小说获"首届《中国作家》鄂尔多斯文学大奖"。

读《青木川》后，对叶广芩有了新的认识。我觉得她作为北京下乡知青，1968年到陕西，在那里生活工作了40多年。从统计学意义上她算是陕西作家，但从她创作的作品来看，她实际上是满族作家或者北京作家。这让我重新审视叶广芩，她从文化上已经归于陕西，她把陕西偏远村镇的历史文化通过作品表现出来。她从一个独特的视角来发现、切入，写出这种充满历史智慧的作品。反过来，她被陕西边远山区的人们，从文化和心理上接受。

叶广芩的生活和创作，基本上与共和国的历史同步，因此，社会的发展和历史的变化因素对她创作的影响是极其重要的。叶广芩出身于一个对中国历史产生了巨大影响的家族。她由北京而陕西，由西安而北京，这是叶广芩的两地情，双城记。叶广芩是一位文人情怀很重、历史眼光很强的作家，她的文字充分展示了她的艺术特色。

叶广芩是一个坚定、旷达而乐观的人，兴趣非常广泛。如她所说：如今一身重负、一身名誉全部卸去，将戏曲的铅华洗尽，将面孔还原，两鬓斑白之时，将自己的内心用文字梳理之后，写成了《状元媒》这部长篇小说。

《状元媒》是叶广芩的最新长篇小说，是她家族系列作品最精彩之作。以“我”的视角为轴线，冠以十一部京剧戏名而写成。故事从辛亥革命开始到改革开放的今天，跳跃性地写了中国百年历史，呈现出百年人物众生相及风土人情。全书各章取自传统京剧戏名，“状元媒”为开篇，然后是“大登殿”“逍遥津”“三击掌”“豆汁记”……一直到最后的“凤还巢”，共十一个篇章，记录了作家的家族史和与家族有关人物的命运。京味中显“京魂”。这些京剧戏名对叶广芩所要表现的小说思想内涵，起着点题或烘托的作用。

《状元媒》中描写了博古通今的父亲，善良果敢的母亲，自尊自爱的莫姜，落魄旗人七舅爷……所有的人物都是活灵活现。各篇章的用笔看似散漫随意，实则别具匠心，故事讲得行云流水，人物写得入木三分，从容淡定中蕴含着智慧和深刻，闲散温婉中透着幽默和锋芒。

开篇的“状元媒”讲述了清朝最后一位状元刘春霖做媒，促成了皇室后裔父亲金瑞祓与平民母亲陈美珍的婚姻，由此而引发了金家大宅门里的家庭成员和亲戚朋友的故事。“盗御马”“玉堂春”写的是当年知青生活的所见所闻与所遇，但不是一个地方。写神医是讲故事，其主旨还是展示社会现实和底层人的生活命运，揭示人之病与社会之病。“三岔口”写性格与性情对人的命运的影响，或者说是人的命运同性格和性情的关系。“豆汁记”写一个女仆莫姜的故事，莫姜出身卑微，命运悲苦，但气韵清朗，自尊自爱，能以仁爱待人，遇事颇有主见。“小放牛”写“畸人”或者说是“异人”张文顺，这是一个太监，还有“我”的五姐姐，他们当年都演过京剧《小放牛》，后来生活都发生了巨变，这些现实生活中的平常人，虽为芸芸众生，但他们的内心世界并不贫乏单调，也有五彩缤纷，也掀万丈波澜，天地万物，六合之内，几乎无所不包。“豆汁记”和“小放牛”，写的都是小人物，或是地位低贱的女仆，或是命运悲惨的太监，但他们都有着自己的人格精神和心灵世界，世事多变，命运多舛，但他们坚守其认定的做人原则，至死不渝。叶广芩自己说，“小放牛”说的是一种心灵的放飞，这种放飞尽管艰难，尽管曲折，却是人的本真和本能，是无法遏制的精神追求。

易洪斌：万骏奔腾显精神

在2014年马年来临的那一时刻，大画家易洪斌成了热点人物。全国与“马”有关的活动，都少不了他的出场。因为他是“中国画马协会会长”，当代中国画界画马大家。

易洪斌画马有三十余年，他的作品万骏奔腾显精神，越来越显浩然之气、壮伟之象。

我们看到易洪斌笔下的奔马，已不同于古人和当下的画马名家，他是挥毫急写，姿态飞动，个性突出，下笔之先，早已胸有成“马”。欣赏易洪斌的画，你会感到气魄博大、气势逼人。应物象形已不在话下，笔墨技法也是画家余事，他只管放任自己的一支秃笔，直追胸中之马。

易洪斌的代表画作《雪儿》《诞生》《思入水云乡》《观沧海》《大士》《先民》《嘤其鸣矣》《千里走三骑》《天龙八部》《来疑沧海尽成空》《大漠那边红一角》《雷阵》《仁者》《智者》等都非常有震撼力。

我认识易洪斌很久了，算起来从20世纪80年代中期开始，那时的易洪斌还不是画家，他是著名作家、报人、出版家、评论家。易洪斌，人高马大、心高气傲，虽然出生在湖南长沙，1963年考取北京师范大学历史系，毕业后却分配到了吉林省边远山区汪清林业局当宣传干事。他从小酷爱文学艺术，绘画和写作是他的爱好。他从林业局的业余通讯员做起，一直做到省报总编辑、社长。易洪斌才华横溢，在1968年大学毕业后的二十多年的时间里，一直孜孜于哲学、美学、史学、文艺理论的探索和著述，旁涉文学创作，先后发表了许多有关哲学、美学、文艺理论等方面的著述，还发表了小说、散文、杂文及诗词作品，出版了《美学漫谈》《维纳斯启示录》《两个人的世界》《一分历史十分情》《怪侣奇踪》《凡圣之间》等著作。

易洪斌这位南方书生，却在北方生活了半个世纪。

说起易洪斌画马，在90年代初的时候，画界并不认可。中国当代美术界一向热闹非凡，风潮迭起，诸种理论、画派前呼后拥。好长一段时间，易洪斌的画作，一直被认为是“人文画”，并有文人画家之名的“南有冯骥才，北有易洪斌”之说。

易洪斌坚持自己的绘画风格，画作独树一帜。易洪斌画马，有多种表现风格，这也与他兼作家、新闻工作者、画家于一身而具备的综合素养有关。他画的马，有泼墨重彩，有写线重彩；有水墨泼写，有水墨线写。还有一种色墨并用、泼写结合的画法。我曾有幸多次亲临现场看易洪斌作画，一张画纸，从来不打草稿，他的画意都在腹中。易洪斌经常会看着眼前的画纸几分钟，然后他挥笔疾书，像写书法一样飞舞着画笔，一群奔腾向前的马跃然纸上，看上去有一种天马行空的精神，或者说龙马精神所在，这种阳刚雄豪的大美，令人振奋。他作画的过程已到了审美的至高境界。

易洪斌曾作一首题为《满江红·自题小像·画马感赋》词："飘洒处，风鬃雾鬣。养吾气，一挥百纸，视通思接。不信世间无造父，拚将华年写汗血。却怎堪，驹过也匆匆，头飞雪。慕韩李，神姿绝。师造化，意难泻。纵骏耳如削，瘦骨如铁。漫说北群空八骏，欲挽天河洗尘色。问何时，大象兮无形，耿星月。"从中完全可以看出易洪斌崇尚豪放的艺术修养。

北京大学著名学者谢冕教授评价说："易洪斌善画能文，博思雄辩。一个诗人的气质跃然纸上，使我得知他的马何以能够激情磅礴，具有如此的感染力。"

易洪斌除了画马之外，还画了一些历史题材的作品，《长恨歌》《圣者》《霜锋铮》《此恨绵绵》《大士》《先民》《仁者》等巨幅画作，场面宏大，气势磅礴。我清晰地记得《仁者》这幅作品，我曾亲眼看着易洪斌作画，画作直白地通过一个传说故事，面对跌落在脚前两只嗷嗷待哺的黄口雏鸟，手持利剑的剽悍勇士猝然止步，停止了一场血战。作品真切地跳动着一颗仁者之心，表达了画家的心情。在画作的题记中易洪斌写道：一支年代不详、以杀伐为生的武装队伍，不知从何而来、向何而去，没有谁能止住他们坚毅沉重的步伐，当之者必将遭遇一场血战。但是此刻，一个小小的意外却使这些铁石心肠的战士猝然止步——就在他们的脚前，跌落了两只嗷嗷待哺的黄口雏鸟，两条幼嫩无助的弱小的生命……这幅《仁者》让很多人感动流泪，这是易洪斌爱心昭然若揭。

易洪斌现为中国美术家协会理事，吉林省美术家协会前任主席，北京人民画院名誉院长，神州书画院、中国同泽书画研究院顾问。就在2014年春节期间，我再次见到他时，他又有了一个新的职务——"中国画马协会会长"，我们开玩笑说他是"马会会长"。

易洪斌如今已到了古稀之年，他依然穿着大红的外衣，经常游走在草原、山川的大自然中，体验着大自然的美丽。他仍旧精神饱满地作画、写作。2013年他以"老羿"为笔名，创作了长篇小说《桃园遗事》，发表后引起好评。小说讲述了小Y在岳麓山下的"后山世界"里，度过的美好童真时代，小说中的人物和故事都是亲见亲历，带有浓重的个人色彩。著名评论家、中国当代文学研究会副会长孟繁华说，易洪斌的小说风格承接沈从文、汪曾祺，在现在的文学界并不多见。

尤凤伟：偶尔也想去乡下种地

尤凤伟，男，1944年出生于山东牟平县。现供职于青岛市文联。已发表作品百余万字，其中有短篇小说集《匪闻》等，中篇小说集《原始卷宗》等，长篇小说《中国一九五七》《泥鳅》等。被评论界誉为“思想型作家”。

认识尤凤伟是1999年在锦州召开的第六届全国小说年会上。在临散会的那天中午，我和一位朋友去宾馆拜访尤先生。敲了好一阵子的门，听见房内有人答应，朋友说尤先生在房间里呢。这位个子不是很高的山东人热情地叫我们进来坐，并马上把很乱的床稍稍平整了一下，其实，在此之前我已经读过了尤凤伟的很多作品。读他的作品总是很轻松，他的语言平和而亲切，读他的小说，就像是坐在他的面前，听着他不紧不慢地在给你讲着一个真实故事。有人曾说尤凤伟像个说书人，他有一麻袋一麻袋的故事，慢慢地抖搂出来。

当你面对尤凤伟的时候，他并不多说话，不像是会讲故事的人，似乎更愿意别人讲，偶尔插话也是不紧不慢的。我曾问他为什么要写作，他说写作是一种职业，也是一种光荣，更是一种信仰，他相信写作是一种命运，也是一种苦难。

下边是我对尤凤伟的访谈：

朱竞：歌德说过，对于文艺创作来讲，人格就意味着一切，还说，没有伟大的心灵，就不会有正确的思想。您同意这样的说法吗？中国当代文学缺乏刚健的、有力的、大气的作品，这是否可以从作家的人格和心灵找到原因？您认为，对于一个作家和批评家来讲，最重要的素质是什么？

尤凤伟：歌德这么正确的话没人会不赞同，中国很早就有“文如其人”的说法，道出人品（人格）与文品的关系。你提出这个问题我想你也清楚，这不是一个需要确认的问题。是面对当下文坛，觉得人们把许多根本的东西颠覆了或者说改观了。类似的情况也存在于社会其他方面。社会在不断变化，变化最大的是人心，是人的价值观和道德观，曾被崇尚的东西不再被崇尚，被唾弃的东西又被当成香饽饽，甚至连一般的常理也翻了个个。不是有句很响的话叫“男人不坏女人不爱”吗，乍一听是调侃，事实上不是，而是人们当下生活“坏”的价值所在。现在就总是小人得志坏人吃香嘛，这匪夷所思也是很可怕的。“恶”浪翻滚必然导致社会的妖魔化。话题回到文坛，许多基本的早已约定俗成的“定论”都被怀疑所遗弃了。什么忧患意识呵，使命感、责任感呵，皆嗤之以鼻。写作已不再“承担”公共事物，只是纯个人的事，纯技术操作。有人就坦言自己是个“码字”的嘛，用汉字当“建筑”材料，在白纸上砌“墙”。我同意你对当代这种现状的基本判断。至于作家与批评家的重要素质，恐怕又要回到歌德关于人格与心灵的说法了。

朱竞：近20年来，中国当代相当一部分作家名气很大，但成就其实并不高；从文字的功力和学养方面讲，比不过20世纪20年代到40年代的作家；从生活的熟悉程度和叙述的生动、亲切等方面，比不过20世纪五六十年代的作家。尤其是20世纪90年代以来的小说创作，专注于琐碎的个人体验或玩弄形式、技巧，给人一种缺乏意义感、亲切感的印象。请问您对近十几多年来的文学创作是如何评价的？您认为中国当代文学创作中存在的主要问题是什么？

尤凤伟：我一方面同意您对20世纪90年代小说创作的总体成就不高的评价，又对您拿20世纪90年代作家与从前（20年代到40年代、50年代到60年代）的作家相比而得出来的结论不敢苟同。当代文学创作现状不理想，但似乎不等于今天的不如从前的写作者。不好比，硬要比，我倒觉得，从某种意义上说今天的作家倒是更接近了文学。“十七年文学”那种称不上文学的“文学”且不必说。即使现代文学也频露幼稚，难以让我们心怀崇敬。当然有鲁迅，除此还能找出哪些能堪称“伟大”的作家与作品呢？是有那么多已成定论的“大师”与“经典”，但要放在手里掂一掂，分量却是有限的。与西方同时代文学相比，我们的现代文学是相形见绌的。我想对当下文学的不满，是建立在与以往文学的比较上，而是一种自省自祭，因为应该更好，也能够更好些。由于某些原因的存在，作家的精神内敛了。你说的那种专注于个人体验玩弄形式技巧，缺乏意义感的情况不仅存在，而且比较普遍。这也是当代文学的问题所在。

朱竞：我的一位同事，想给刚刚参加完高考的女儿找一些当代作家的小说作品来读，但找来找去，没有找到几本内容积极、健康适合孩子读的作品。好像是弥尔顿说过这样一句话：健康的文学是滋养公民心灵的营养丰富的乳汁。鲁迅也把文艺比作照亮国民精神前行路途的灯火。现在似乎到了重新强调文学教育功能的时候了。您是如何理解文学与道德、教育之间的关系的？您是否认为当前的文学创作正面临着严重的精神危机和道德困境？

尤凤伟：这是个老问题，也是个新问题，说新是因为大家还一直被缠绕着。当然做出“正确”的回答不难：文学的功能是多方面的，应包括教化方面的功能，人类灵魂的工程师嘛。问题在于人们对于作家这一职业角色的争议已愈来愈大了，从一个极端走向另一个极端。一度把文学的功能无限度夸大（能兴邦定国又能“反党”），一度又将文学的功能完全消解。我个人还是赞同鲁迅的。他的话没有过时，且在今天更有其现实意义。至于能不能说当前文学创作已面临着精神危机与道德困境，我没有把握，不敢妄言。

朱竞：文学与生活的关系，既是一个重要的理论问题，也是一个重要的文学创作实践问题，但似乎也是一个至今也没有解决的问题。许多作家对“深入生活”这样的说法不屑一顾，当代文学作品中主要问题，就是缺乏意义的“生活”内容，空洞而苍白。他们想通过对西方现代文学文本的模仿，或用编造和杜撰来代替深入生活，观察生活，但这似乎是没有用的。概据您的创作经验，“深入生活”这个说法对今天的作家是否依然有效？或者，应该如何更全面地理解这一文学命题？

尤凤伟：文学创作需要有“生活”，作家有没有“生活”，在作品当中一眼便看得出来的。当然，问题并不在这里，在于人们对“深入”方式的歧义，对“生活”指向的歧义。现在已没有多少人认为“下工厂”“下农村”才是作家深入生活的“正宗”方式了。对“生活”的认识已变得宽泛。也不再功利性地去“生活”。拿我来说，有人见我不断写农村题材的小说，又知道我不断到农村去，便想当然地认为我是去深入“生活”。事实不是这么回事，我经常下乡是因为那里有亲戚，需要我去料理一些事情。但也正是这“不刻意”的“深入”使我了解到农村的许多情况，我想这才是正常（正确）的深入生活的方式。当然写作写到某一不熟悉的领域，“功能”性地去那里“深入”一下，也属正常，常常也很奏效的。你说的“有意义”的“生活”内容，我不太明确是指什么，怎样来分辨有“意义”与“无意义”的生活呢？我想如果“生活”可以按“有意义”与“无意义”来区分的话，那么对于文学创作“生活”就无所谓是有意义无意义了。只要作家进行的是“有意义”写作，那么“无意义”的生活也能呈现出意义来（如许多文学作品对“多余的人”形象塑造）。问题是当下许多描写琐碎日常生活的所谓“私人化”作品并没有能使作品呈现出意义来。我想你是因为看了许多无聊作品从而对“空洞”“苍白”的生活产生厌弃，这是作家应特别警醒的地方。

朱竞：人物是小说的核心和灵魂。可以说，一部小说如果没有塑造出活生生的读者心目中的人物，就算不上是一部真正意义上的好小说。您同意这种说法吗？您是如何理解人物在小说中的地位和价值的？

尤凤伟：我是赞同的。但赞同中也想到我们曾进入的那个误区，即塑造"典型人物"的误区。作家使尽浑身解数为典型而典型，到头来却与现实生活里的人相去甚远。虚假、模式化、雷同化，从而影响到作品的真实性与深度。后来，作家不再刻意"典型"，情况反而好起来。人物更有深度了。当然这么说并不是说小说创作可以不重视人物塑造，而是说必须从那种庸俗的创作理念中走出来，进入更宽阔的新天地中。当然，许多事物常常又是以一种现象掩盖另一种现象。现在许多作家不再把功夫下在塑造刻画人物上，从而使人物形象苍白无力，走到了小说创作的另一端。

朱竞：19世纪文学突出的特点，因其尖锐的社会批判性和对弱势群体的人道主义同情，而成为伟大的、受到普遍欢迎的文学。在您看来，19世纪文学的精神是否值得我们学习和继承？我们应该如何建构新的文学精神？未来文学应是怎样的文学？

尤凤伟：确实，提到19世纪文学，我们首先想到的是那些作品中凝聚着饱满的人文精神，这使我们深为感动。我想这是一种可贵的文学传统，其精神之树常绿。不仅不应摒弃，还应发扬光大。你说建构新的文学精神，显然是已经感觉到当今文学精神的缺乏，是这样。可谈到重新建构的问题，我想到前些年文坛那次关于人文精神的讨论。讨论最后不了了之。不管怎么说，提出这个问题就是有益的，对于知识分子，特别是人文知识分子，这是个不可回避、像一块试金石摆在面前的事体。认识是一回事，做又是另一回事。面对强大的外部环境，我们一切好的期待似乎都变成了一厢情愿。当然也可以从"我"做起，那差不多又成了可笑的单枪匹马的唐·吉诃德。可以这么说而已，面对现实让人感到无奈，展望未来又使人感到茫然。

朱竞：的确是这样。在一个拜金主义和享乐主义观念主宰一切的时代，"文学依然神圣"这句话几乎具有宣言的性质。您能否具体地解释一下这句话的内涵？

尤凤伟：这是一个可悲的现实。除了可悲没有别的。

朱竞：您如何评价当前的文艺批评？在您看来，健康、正常的文艺批评应该是怎样的？

尤凤伟：不健康的文艺现状可能会导致不健康的文艺批评，而不健康的文艺批评必定导致文学现状的不健康。其实，如何评价批评家也无须由作家回答，批评家是否具有健康的（还用健康这个字眼）批评精神他们自己最清楚不过。

朱竞：长期以来，人们在文学评价上似乎都有用数量尺度代替质量尺度的倾向。似乎一个作家只要不停地写，不停地出版新作品，就是一个有成就的作家了。许多著名作家也为了迎合出版市场的商业需要，疯狂地粗制滥造，根本没有时间读书、思考、吸纳、沉淀、过滤，结果是，创作的数量虽大，但结果很差。您对这种现象有什么看法和忠告？

尤凤伟：我想一个人的能力（精力）是有限的，即使是天才也不例外。清醒的写作者都知道，即使是很用心地写作，也难保证写出佳作，何况不经意的大写特写呢？我认识一个写作者，在人前常说一句话是：我一天写一万字——不改 （不修改）。自得溢于言表。只可惜他的书出版有困难，否则就会像你说的那样“不停地出版新作品”了。有的作家情况比他要好，有出版社出他的书，一本接一本很快便“著作等身”了。可一部作品的优劣几乎是一眼便看得出来的，以数量充质量只会走到反面。一旦落个“粗制滥造”的名声，那就如生意人失去了信誉，也就难办了。

朱竞：过去，我们要求文学为政治服务，现在，又倾向于把文学与政治分离开来，应该说，这两种做法是有问题的。您对文学与政治的关系是怎样理解的？

尤凤伟：这是一个很“重大”的问题。而“重大”的问题常常又是简单的。现在“政治”这个字眼写作者唯恐避之而不及，原因是以往让我们吃足了苦头的“政治”面孔太狰狞。有些“一朝被蛇咬，十年怕井绳”的意思。其实单纯“政治”一词是很中性的，像水和空气一样人人都离不开。好的政治使人感觉不到它的存在，而不好的“政治”则总是让人如芒在背。这都是再浅显不过的看法了。至于文学与政治的关系我说过这样的话：“好的政治是文学的益师良友，不好的政治是文学的冤家对头”，这也是很感性的说法。

朱竞：您是否有成功感和成就感？您对自己的年龄是否有恐惧感？为什么？

尤凤伟：是否有这两“感”得看有什么样的期望值。到现在我也不清楚自己的文学目标是什么。总起来说我是个胸无大志的人，我这么说你可能觉得矫情。坦白地说，我平时很少想这些。或许在潜意识里有。年龄问题吗，我只知道自己不老，却也不年轻了。一般来说女性对年龄比较敏感，男人多想了便有些不正常，正像那句“将圆木砍成方木，年轮也不会改变的”话。“恐惧感”也是于事无补的。

朱竞：在您的人生经历中和创作经历中，对您影响最大的人和书有哪些？能讲一件您与他们的故事吗？在您风风雨雨的几十年中，一定有很多不同的体验，请问，您最耻辱的体验是什么？讲一件苦恼的事好吗？

尤凤伟：在人生历程里最不能忘怀的当是自己的启蒙人，我的文学启蒙人是我中学语文教师冯锡铭。可以说是他给了我一个文学梦。他给了我信心，也给了我许多具体的帮助和指导。初中毕业由于家庭困难不能考高中，冯老师忠告说仅初中文化当作家是很难的。他亲自登门做我父亲的工作，希望能同意我继续升学。但没有成功，为此他深为遗憾。冯老师自己写一点诗，曾在《烟台日报》上发表过。我没有读过。我离校不久冯老师也因病离开，他得的是精神方面的病，到现在我也不清楚病的原因是什么。他是我常常思念的一个人。对我影响最大的书籍早期是托尔斯泰、海明威的，后来是马尔克斯和米兰·昆德拉的。他们的书好读，我不读艰涩的书，觉得很累，这可能与我的文化程度不高有关。

至于最耻辱的体验，我想了想，很为1977年山东省作协换届时自己的所作所为感到耻辱。鉴于本人在这一事件中的表现，省委决定取消我作协副主席候选人的资格，事实上等于罢免了我的在任副主席职务。如果放在今天，我不会当回事。可那时不行，很在意，当然主要还是想“证明”点什么，便“积极”以非候选人的身份参加了“竞选”，我想当然地认为与会作家以此机会“证明”点什么。结果得到“证明”的只是自己的幼稚与可笑。在事过多年之后，想到这码事便觉得丢脸，痛恨自己的无聊与可耻。

朱竞：您对两性情感领域里的自由和责任如何理解？

尤凤伟：自由和责任是矛盾的统一体。我想许多人都会这么说。构成恋情的两性关系应包括婚内与婚外两种，有的人只占一，有的人全占着。道德评价就不去说了。反正只要男人和女人共存于世，你所说的“两性情感领域”便不会风平浪静。我想无论是什么样的关系，爱是最重要的。爱能将事物赋予一种美感，也是价值的所在。追求自由是人的一种天性，而承担责任是人的一种理性，两者处于天平的两端，能使两者保持平衡，那便是高手了。一旦不平衡便有个取舍问题，当二者必择其一时，选择将是艰难的，也是因人而异的。我个人认为处理此类事情更应理性些。由此可见我是个保守主义者。

朱竞：您有什么业余爱好？如果离开文学创作，您最想做的事情是什么？

尤凤伟：我几乎没有什么业余爱好，偶尔打打扑克而已。有时我想，现在的文学真是不值当搞了。这个领域难让人心存敬意。如果离开，又肯定没有别的事适合自己。偶尔也想，到乡下去弄一块土地经管着，自得其乐？其实也知道只是想想而已。

周其凤：“我不是演员”

周其凤，理学博士，我国著名化学家、教育家。从事高分子合成及液晶高分子领域的研究，中国科学院院士，教授，博士生导师。曾任吉林大学校长、北京大学校长。

周其凤出生在湖南浏阳尚埠村。周父去世得早，母亲费尽心力，将他们兄弟四个拉扯大。

周其凤小时，学费是一大困难，学校老师经常宽容他拖欠学费。有一次实在不好再拖，周其凤拿走家里仅有的一只铜壶去交学费。母亲追出来，周其凤慌忙把铜壶丢进水塘里。后来母亲捞起铜壶，借钱给他补交学费。还有一次，周其凤放学回家，母亲病得很重，弟弟哭着埋怨他，说母亲是为他交学费急病的。周其凤听后边哭边跑出家门，躲进村后山林。母亲请全村人举着火把敲锣打鼓才找到他。

后来，周其凤考上了大学，到美国麻省大学读了博士，从此飞出了穷山窝。因为工作原因，他常多年难得回家一次。而最近几年，因为母亲年岁已高，周其凤每年都回家看望老母亲。母亲过九十大寿时，他跪拜老母亲的感人场面被传到网上后，很多人被感动。

周其凤是大孝子。一次我们一起聚会吃饭时他说：“我难忘的小时候的记忆中，有跟着妈妈到深山野岭捡拾油茶果的故事。当地习俗，山主人采摘后残留在高枝丫上和长在险崖之处主人放弃采摘的茶树上的果子都被称为野茶子，无论何人都可以进山采摘，叫做‘捡茶子’。每年的那个季节，妈妈就会带我进山。我先是在山上玩耍，到了能爬树的年龄也帮妈妈采摘一些。记得有一次，妈妈把我放在山里稍平坦的一处山坳里就去捡野茶子了。妈妈一边捡一边不时地喊着我，怕我走失出事。可渐渐的，妈妈离我越来越远，喊我的声音越来越小，直到完全听不到妈妈招呼我的声音了，我喊妈妈也没有了答应。很小的我一个人在那寂静的深山里，突然感到了恐怖和从未有过的担心和害怕。那时恰好有个砍柴的男子来我身边的水塘磨刀，更是把我吓得大声哭喊，可就是听不到妈妈的回音。山色越来越暗，我的哭喊也变得越来越弱越来越哑，等到妈妈回到我身边的时候，我已经是快要不行了……我的哭喊变成了哽咽，妈妈泪人一般，把我紧紧地搂抱在怀里，哭了很久很久……原来妈妈为了尽量多捡到一些茶子，不知不觉走远了，翻到了山梁的另外一边，根本听不到了我的哭声……”

周其凤在讲述妈妈的故事时几度哽咽，可以看出在竭力控制感情。于是他为母亲写了一首歌《妈妈的油茶果》，歌词是这样的：

在高山深处的悬崖陡坡
长着妈妈的油茶果
油茶果的油汁里
饱含了妈妈的眼泪，妈妈的苦
在山溪旁的油坊里
水车吱扭吱扭地旋转着
妈妈背回的茶果哟
榨出了滴滴香油，留下了饼饼茶枯

洁白的油茶花开了又落
化作妈妈年年的果
油茶果的背篓里
装满着妈妈的希望，妈妈的我
在我远行的日子里
妈妈一天一天地变老着
妈妈捎来的茶油哟
炒香了我的饭团，陶醉了妈的爱抚

啊
在高山深处的悬崖陡坡
长着妈妈的油茶果……

这首歌由宋祖英演唱。

我认识周其凤校长时，他还在吉林大学当校长。我走进他偌大的办公室，见到这位“小个子”校长时，他亲切的笑容一下子让我不再紧张。后来几年中我们更加熟悉，更加感受到这位“小个子”校长无比之大的正能量。

明知刚合并后的吉林大学困难重重，债务巨大，这位“小个子”校长为什么还要来？那是2004年7月，周其凤受教育部之命，出任吉林大学掌门人。他常讲起当时教育部长找他谈话说时所说的：“我不是让你去当官，我是让你去‘堵枪眼’！”回忆起当时的情景，周其凤依然有些激动：“我是湖南浏阳人，那个地方出过谭嗣同，出过胡耀邦，当组织上对你说让你去‘堵枪眼’的时候，作为湖南人，你还能犹豫吗？我没提任何条件，就去了！”

周其凤在长春这一干就是四年。在2008年的时候，他被调回到北京大学当了校长。从此也就成为北大历任校长中最为“惹眼”的校长，因为他赶上一个“新信息时代”。

周其凤担任北大校长这几年，可算是“网络红人”。他的一举一动，都为人所关注：跪拜老母有人骂，管理教育有人骂，大笑大哭有人骂。这一切都只因为他是北大校长。

面对媒体这些评论，周其凤坦然地说：“我有我的性格，不想改，我65岁了，有人想通过一些事来改变我，说实话，不可能。我对母亲，该哭就哭，该笑就笑；我对学生，该哭就哭，该笑就笑。哭和笑不伤害大家，更不会伤害全国人民，你们放心好了。这是我的情感表达，你不喜欢，没办法，我不是演员，你可以不喜欢我，也不需要你喜欢！”

作为北大校长，周其凤对大学文化，尤其是北大文化的内蕴有着深刻的理解，他认为大学文化是区别一所大学与另一所大学的根本标志所在，并将大学文化与育人的关系形象地比作是土壤与植物的关系。在周其凤校长的眼中，作为我国第一所国立综合性大学和新文化运动的发祥地，北大比任何其他大学都要有更加强烈的使命感，始终不渝，坚强奋斗。他将一百多年来经过一代代北大人努力奋斗而形成的北大精神和北大文化总结为志存高远、醇厚绵长、海纳百川和与时俱新这四个特质。

周其凤从未把自己摆在“高高在上”的“官位”上，而是依然踏实治学、平易近人。作为长辈，他始终重视每一名青年学生的关切；作为朋友，他十分关心每一名教职员工的成长。周其凤校长喜欢笑，他豁达、爽朗、自信、坚强，笑容是这些性格特质最浅显和直接的表达，毫无矫揉造作、绝非阿谀谄媚。面对每一名师生，他都报以和煦温暖的微笑；面对北大的每一点进步、师生的每一点成绩，他都会无比开怀。

周其凤校长爱护学生，他和学生一起吃饭、包饺子，到宿舍了解同学们的思想。另一方面，他常常以长者、个人的身份对患病或者困难学生给予特殊的关怀，自掏腰包捐助困难学生。在学生们眼里，他的讲话总是饱含真情，充满力量，他用充满阳光、正义和激情的人格魅力感染着一届又一届学生。

如果说春风化雨的关爱使这位周其凤校长变得可爱、可亲，那么在当前社会风气下积极践行“有教无类”的思想，则使得周其凤校长变得可尊、可敬。

赵瑜的雅趣

说赵瑜，必谈《马家军调查》。

有一次，一个陌生人来到赵瑜的工作室，看到工作室的墙壁上挂着一幅当年的《马家军调查》的宣传招贴画，激动不已的表情，让赵瑜感动。赵瑜以为这老兄是冲着他本人来的，于是他还略显谦虚有些不好意思，可那人一开口就旁若无人地夸奖赵瑜当年如何轰动、如何给国人争气。这时赵瑜断定，他不认识眼前这位赵瑜。当赵瑜告诉他“我就是赵瑜”时，那人断然否定：“别扯了！不可能！”接着那人说：“我见过赵瑜，他是大高个儿，瘦瘦的，像个运动员一样健美。”言外之意，你再看你……

赵瑜眯起眼睛，笑着。这样的事在赵瑜的记忆中不知道有多少次了。

赵瑜青年时代当过专业的自行车运动员和职业的篮球运动员，还拿过像样的名次。那时的赵瑜瘦而高大，英俊帅气，是女孩子们一见就喜欢的那种硬朗的有依靠感的男人类型。然而，随着他陆续出版的《兵败汉城》《第二国策》《内陆九三》《革命百里洲》《牺牲者》《晋人援蜀记》《开眼》《寻找巴金的黛莉》《王家岭的诉说》《火车头震荡》《篮球的秘密》等著作，一路走红，赵瑜的名气越来越大，他的体重也随之大增，由帅哥变成大佛，由高大变得厚实，长相也越显排场，坐在那里有如大肚弥勒。

而不变的是他对文学的敬重、对现实社会问题的思考、追问和批判的精神、始终倡导作家一定要搞田野调查，还有他那一身永远不变的“Jeep”牌子的着装。

赵瑜是极其聪明的人，无论做什么，他都有模有样。除写作外，他爱收藏且自称有专项和系列收藏的目标。他对收藏有一套自己的理论，“识别新旧瓷器，首要一条，且看上头是否闪着浮火贼光，并无须过手。老货摆在那里，丰润幽然，岁月把它身上的浮火磨去，留下了感人的含蓄和古远的色泽。收藏是一项伟大而深奥的工作”。他说的这些大道理我也懂，可赵瑜的收藏到底有什么特点？我在他家中看到室内的墙壁两侧，有两个顶棚高的柜子，柜子的格子间摆着上千只清代的瓷猫枕，它们成阵势地蜿蜒排列，很有气势，它们神态各异地朝着你挤眉弄眼。我发现这些瓷猫的长相没有一只完全相同。赵瑜说都是手工做的，哪会一样。每每听到大家夸奖时，赵瑜都会眯起眼睛说：哎，一些小玩意儿。慢不经意中显出他的得意。

编辑家黄宾堂也谈论过赵瑜的收藏："赵瑜喜爱收藏，但多为杂项，不成系统，随意而淘，自得其乐。""他抱出一个百宝箱，抽出一把西周匕首，上有'乙五王'三字铭文，众人把玩再三。箱内满是古代箭镞，有哨镞、信号镞、毒镞、飞鸣镝，当然更多是冷兵器的功能镞。我想到了雁门关、汉将墓，战马嘶鸣，弯弓射雕。"赵瑜自认为他对收藏有很深的理解。

我能想象出赵瑜在选择藏品宝贝时的样子，他若看上的宝贝，绝对不会喜形于色，他会漫不经心地有一搭没一搭地瞎聊，甚至会贬低这物件。正如他得到巴金与赵黛莉七封信的过程一样。他会忍住好奇心，与古董商聊天、喝茶、下棋，他会在古董商不注意时轻描淡写地说："巴金那信，没什么价值，更不是情书。"终于，古董商"从后隔间取出一册破旧杂志示我。详察信件，我心大惊。言语中强装淡泊"。与古董商几次"较量"后，赵瑜拿到了十分珍贵的1936年巴金先生写给一个文学女青年的七封信，于是就有了《寻找巴金的黛莉》。

赵瑜喜欢开着车行走，他是"用车轮丈量大地"。他的4500越野沙漠王，似乎是他的情人。这台车已跟着他七八年之久，跑了十七八万公里，为赵瑜的写作采访立下了汗马功劳，我曾有幸坐越野沙漠王与几位作家编辑们同行游走太行山。

那一次的出行非常快乐，尽管高速公路拥挤不堪，却没有影响我们的心情。一路侃侃而谈，一路歌声不断。赵瑜车技高超，时而一手握盘，另一手打着节拍高歌一曲；时而讲一段历史或军事史，太行山一带发生的战事他如数家珍；时而再讲讲陈永贵、郭凤莲、申纪兰、李顺达的故事。赵瑜是语言天才，学习各地方言的能力极强，且叙述缜密，幽默风趣，记忆力好得惊人。赵瑜有句名言：说话多用书面语，写作多用民间话。

已近黄昏时抵达大寨。赵瑜带着我们上了虎头山，他告诉我们，大寨人缅怀陈永贵，给他修了三重宽大的台阶，瀑布般垂挂山脚。据说三重台阶各有寓意，第一重台阶数是他的寿命，第二重台阶数是他的党龄，第三重台阶数是他在京工作的年头。我们拾级而下，那难以释怀的岁月凿刻在这里。赵瑜曾数次到此采访，想写一部关于陈永贵的书，名字拟定《农王》，由于种种原因，至今没能成愿。他还想写写人民代表申纪兰。

赵瑜的聪明，有时很让人生气。他打扑克、打麻将几乎不输，想从他手中翻身，估计十有八九没机会。时间长了，朋友们都不敢跟他玩，说“一缺三，都不找赵瑜”。而赵瑜听着朋友们这样说他，还眯着眼笑，心想：我还没时间陪你们玩呢。

前不久，赵瑜只身去了缅甸，去采访在那里挖金子的人。这是一次危险的采访，一个多月时间，他了解到很多鲜为人知的挖金人苦辣酸甜的故事。期待着赵瑜这部惊奇而神秘的大作早日问世。

对话

由传统出版向外扩延拓展

——访作家出版社社长葛笑政

朱竞：葛总您好。很高兴您能接受我的采访。您作为作家出版社社长，近年来，对出版社的改革可以说是大刀阔斧地进行着。请您谈谈如何在出版机制改革、经营管理、拓展出版领域等方面，做了哪些大的改革？

葛笑政：其实我最不敢言的就是改革。作为一个文化企业，我认为首先要有企业发展战略规划，我希望作家出版社能由传统纸质图书出版机构，最终发展成为“大型综合出品机构”，实现路径：要做强原有的主流文学出版，然后要由狭义的文学出版走向广义的文学出版，再由广义的文学出版走向大文化概念的出版。支撑这一理念的核心是全版权运营，即以版权为核心，在做强传统出版的同时，辐射数字出版、影视制作、动漫生产。作家出版社的品牌是业界高度认同的，但还需要在作家出版社这一品牌下，打造系列“子品牌”，尤其是过去曾被非主流化的体裁，以使作家出版社在文学领域更具代表性和影响力。

作家出版社作为中国出版业具有影响力的著名品牌，我们的举措会对行业发展产生积极的影响。依托中国作家协会，使作家出版社有着独特资源优势，光有优势资源还不够，还要有足以实现战略目标的、强有力的执行团队，才有可能整合高端资源，才有可能完成优秀选题的落实。即使持有一个好选题，要实现良好的社会效益和经济效益，仍需要有一整套的操作流程，任何一个环节做不到位都可能影响实际效果。目前，作家出版社出版的图书品种中，几乎涵盖了文学和各种题材和体裁。

朱竞：您的想法和做法可为“宏大叙事”，大手笔。在这个过程中，改革一定是有难度的。请您谈谈图书出版、经营管理中存在有哪些问题。

葛笑政：最大的困难来自人们的旧观念。自九十年代作家出版社就进行了大胆的改革，并在业界产生了巨大的影响，几十年后的今天，或许不会有人想到，制约作家出版社发展的主要障碍仍来自思想解放的程度。除此外，还有以下几点：

现有图书出版模式存在的主要问题：现行图书出版模式在九十年代的改革之初，

充分调动了编辑人员的积极性、创造性，培养了一批全能型、复合型的编辑人才队伍，显示出独特的生机和活力，对推动作家出版社的发展起到了重要的历史作用。

目前作家出版社图书出版仍然采用的是“单兵作战”的模式，即编辑负责从选题策划到组稿，直至图书的宣传、促销等图书出版上市销售的全过程，并对编辑以利润贡献进行考核。在这种模式下要实现重大选题的策划和出版是有困难的，无法形成合力和团队。然而，随着国内出版行业的市场化发展，图书出版已逐渐进入各环节专业化分工协作的整体运行模式，单个编辑所具备的能力已不足以应对日益激烈的市场竞争，“单兵作战”模式日渐显现出一些弊端。

内部问题：选题和营销策划缺乏整体统筹，力量分散，不利于形成鲜明的出版特色和品牌效应；各环节相对分散，缺乏协调机制，资源协调难度大；容易出现内部资源竞争，导致资源浪费；团队整体意识淡化，不利于团队协作，忽视关系到出版社长远利益、品牌形象、具有较大社会效益的项目；对个人基本生活保障度低，导致个人短期利益导向为主，使得个人收益突出者为保障既得利益变保守，个人收益落后者为提高收益变冒进，加大出版社整体运营风险。

外部挑战：国内出版行业的市场化加快，呈现集团化，并通过上市借力资本市场；出版业准入门槛比较低，新生力量对原有格局带来了极大的冲击；大量涌现的民营图书公司依靠敏感的市场触角和灵活的市场运作，抢占了可观的市场份额；随着经济社会的发展，人们生活水平的提高和消费方式的变化，对读者群体的阅读习惯和文化消费倾向带了极大影响，并呈现日益浅显化、功利化、数字化和网络化浪潮对传统出版行业形成了巨大的冲击。

朱竞：面对这些问题，您制定了哪些变革要求和变革途径？

葛笑政：**变革要求**：面对当前的外部发展环境形势，作家出版社原有的体制优势已逐渐消失，现行的图书出版流程、操作模式及其激励机制，已不能很好的适应日趋激烈的市场竞争需求，亟需一场内部管理变革，重新整合企业资源、发挥优势，以焕发新的生机与活力。

变革途径：制定发展战略：抓住企业改制的历史机遇，制定明确的发展战略和规划；组织设计：建立战略导向、适应市场竞争、快速响应的组织架构；流程再造：根据行业价值链，发挥组织整合作用，突出选题策划、市场策划等关键环节，规范各项业务活动；薪酬激励：建立市场导向的具有竞争力的薪酬激励机制，发挥专业化分工、团队合作的效应，形成按贡献分配的科学机制；制度建设：企业经营管理制度化、流程化、规范化、科学化，形成健全的内部管控机制。

朱竞：大量民营出版商在图书市场上的活跃，对像作家出版社这样的名牌出版单位，也是竞争最大的对手。您如何面对商业模式和市场化的问题？

葛笑政：关于现有的商业模式和市场变化的问题，多年来，出版社的数量虽没有什么变化，但由于对出版社的出版范围限制的放宽，各出版社出版的图书品种激增，加之民营出版已从地下走上地面，甚至得到了国家管理部门的认可和扶持，在我国图书市场的容载量并没激增的情况，图书出版的竞争越发激烈，单体出版物发行量的萎缩便成为必然的趋势。为此，作家出版社必须每年都要有业绩突出的好产品带动整体业务，近几年，我们每年都有发行量过几十万册的品种，如2012年的《莫言文集》，2013年的《好妈妈胜过好老师》，2014年的《陆犯焉识》等。还有一些大型项目，如《共和国文库》、《中国原创精品文库》等。此外，我们还与民营出版机构进行合作，化对手为合作伙伴，共同打造一些好的选题。

朱竞：目前在出版业界，无论是纸媒还是数字媒介，对于作家作品的版权保护越来越上升到意识之中，这说明大家有了法律意识。作家出版社在对作家版权保护这方面，走在了前面，从作家作品的出版，到数字阅读，再到改编影视剧的版权业务，一条龙地为作家服务，使作家作品得到了应有知识产权保护，在经济收益上也得到更多的实惠。请您详细谈谈关于作家产权保护及版权问题。

葛笑政：对版权进行管理和运营，是作家出版社战略转型的必由之路。

版权资产是文化企业的核心资产，版权资产运营能力是文化企业的核心竞争力。长期以来，国有文化企业缺乏版权意识、缺乏对版权资产的管理，导致大量版权没有被认定为资产，处于长期闲置和未开发的状态。

战略转型前的作家出版社是一家非常典型的传统出版企业，主营业务主要集中于传统出版，并专注于文学专业领域。它在面临同质化竞争的同时，还要应对世界范围内传统出版的萎缩趋势和更为市场化、更具活力的新媒体冲击。

作家出版社制定的以版权为核心，做强主营传统出版，辐射数字出版、影视制作、动漫生产，是全版权运营的雏形。2012年，作家出版社明确了以“文学版权”为核心的版权运营思路，更加成熟地提出了从传统出版企业向版权运营企业转型的战略方针，在思想上实现了质的飞跃。

2013年，作家出版社在总结转型经验的基础上，积极投入对文学作品版权管理运营综合平台的开发，这一平台的建立与完善可以帮助作家出版社实现对文学作品版权资产的有效管理，满足对文学版权资产多层次开发运营的需求。不仅全面增强了作家出版社的盈利能力，而且通过多层次的版权服务巩固和增强对作家及原创版权资源的吸引力，在未来必将极大强化作家出版社的核心竞争力。

版权资产作为无形资产量化评估的必要探索。在国有文化企业转型和谋求发展的道路上，作家出版社对于无形资产评估的需求和遭遇也具有典型性。目前，由于我国在无形资产评估，尤其是版权资产评估领域还缺乏统一和公认的标准，诸如作家出版社这样以品牌资产和版权资产为主的文化企业在寻求多种途径融资的过程中面临严重的价值低估状况，这对企业发展造成极大的制约和不利影响。以版权资产管理理念重新理清和梳理企业版权现状，并通过对版权资产的合理管理和运营促进版权价值的实现和量化评估，对于作家出版社及同类文化企业意义重大。

朱竞：近几年来，大家常说“移动改变生活，数字阅读取代纸媒阅读”这样的话题。在我们生活的周围，如地铁上、公交车上，公共场所等，移动数字阅读已被广大人群的普遍应用，这必将对纸制图书造成一定程度上的影响。您作为资深出版人，如何看待纸媒出版与数字媒体阅读的关系？移动媒体的文化特征是什么？出版社的角色和定位又是怎么样的？

葛笑政：移动媒体文化的特征，简单说有几个特性：自由性，多元性。在这个当中，我想强调一下，传统媒体最关键的是两个方面，单向传统和移动传统媒体，在这种情况下发生了巨大的变化。再就是渗透性、定制性，这些特性都是我们传统出版业当中没有遇到的。

在移动媒体的产业链重构当中，作家出版社充当的角色是内容提供商。实际上，我们借助了互联网及移动这样的平台，在做着我们过去所做不到传播。

关于移动传媒模式的变革，是显而易见的。作家出版社是为中国作家服务的，其宗旨是服务于中国的文学和中国的作家。

新传媒将带来传播方式的变革，并将影响中国文学的发展。同时，中国移动的决策层意识到，无论何种传媒，最终比拼的是内容，而文学是内容中不可或缺的一部分。作家出版社与数字移动平台的合作，使我们越来越感到新传媒的力量，也开始重新认识我们自己，认识我们这样一个传统的纸制的出版单位自身将如何面对未来的发展。

因此，作家出版社对自己的发展战略规划做了重新的部署，现在作家出版社主要业务板块，一个是传统纸制出版，再一个是数字阅读群的读者发展。

我们这样做的目的主要想传递的布局是，以版权为核心，辐射全产业链的一种构想。大家都知道文学是什么，比如小说、诗歌、散文是文学，歌词是文学，舞台剧的脚本是文学，影视剧本等是文学。因此，我们认定在新传媒蓬勃发展的今天，文学有了重要的作用。文学必须要和新传媒相关联起来，所以作家出版社的未来，一定不再是一个只是出版的单位，我们的奋斗目标是什么？我们将成为大型综合出品机构，这就是我们的目标。

当下作家出版社已经成为数字媒介手机运营的重要提供商，下一步我们将构建内容品牌，我们希望汇聚各种资源，更全面地向中国数字平台各大基地提供优质的内容，我们努力全方位为作家提升作品的宣传力度。

新传媒与传统传媒的有机结合，取长补短，相信将有共同辉煌的未来。

朱竞：作家出版社成立至今已六十一年。六十为甲子，您有幸参与了作家出版社成立六十年的大庆活动，这对一个资深出版人来说，也算是幸事。作家出版社自始至终秉承服务作家、服务文学的优良传统，创立了“当代小说文库”“文学新星丛书”等一系列享誉文坛的文学品牌，成为作家心目中的“家”。您作为社长，如何看待这些荣誉？作家出版社近年来在传统出版拓展到影视制作方面，做出了成绩，正在制定“现代文学名著电影系列”项目，拓宽了受众阅读的视野，使作家的作品从纸质阅读走向影视屏幕，使更多的受众得到文学的滋养。您及您的团队将如何拓展呢？

葛笑政：六十年来，作家出版社取得的成绩，都是前辈留给我们的宝贵财富。

是的，六十年一个甲子，站在这个继往开来的时点上，我们满怀激情又充满着忧患意识。在新媒体的冲击下，作家出版社面临前所未有的挑战和机遇。如何充分利用现有资源，更好地服务于作家，同时加强出版社对作家的吸引力，这是我们一直在思考的问题。以往的文化商品的生产品种较为单一，难以延长文化商品的产业链和价值链，因而对作家的吸引力有限。而一位优秀作家的好作品往往具有很大的市场价值，需要经营者进行立体开发，除出版外还可能涉及影视、动漫、戏剧等不同形态的文化领域，同时还有在新媒体进一步传播并产生效益的可能性。因此文化产业的发展要建立在对传统出版重新认识的基础上，重新规划发展战略、设计产品形态、探索盈利模式。若不解决这些问题，就会制约我们按照经济规律、用市场手段服务于作家、服务于文学的良好初衷。

正是基于这样的认识，作家出版社将以版权为核心的战略规划付诸实施，虽然文学是许多文艺形态的母本，但在文学传播的第一个平台就是出版，由出版物转化为其他不同形态的文化产品时，最容易转化的就是影视生产，且市场需求量大商业模式清晰。因此，我们首先从文学与影视的关联入手，开始了文学作品的版权交易，文学作品的剧本孵化等。在中国电影院线充斥美国大片和商业电影之时，我们于2012年提出了拍摄“文学电影”的主张，力主拍摄根据中国作家创作的文学作品，改编拍摄中国的文学电影，我们身体力行，先后自主拍摄了七部文学电影，并受到了业界良好的评价和肯定。关于“文学电影”的实践不仅增强了我们的信心，也坚定了我们对于道路的选择。因为作家出版社也是中国影视剧成功的受益者，电影《归来》的上映带动我社出版的《陆犯焉识》四十万册的发行量；电视剧《北平无战事》上映短的两个月已带动了同名长篇小说十万册的发行量，这些都证明了文学对影视的强有力的支撑，同时影视的成功又大大地带动了传统出版的发行量，可谓相辅相成。

朱竞：您说得非常好，在您心中，有一份文化的使命感和责任感在延续着。近年来，作家出版社启动海外推广计划，努力让“中国文学走出去”。特别是莫言获得诺贝尔文学奖之后，中国文学聚焦于世界媒体镁光灯下，全世界都在关注中国当代文学的发展，一时间不少业内人士提出热点背后的冷思考：如何借助这次机会真正推动中国文学走出去？是否要认真重视中国文学的译介问题？

葛笑政：这是一个很好的问题。

一直以来，作家出版社开放的视野和创新的精神，让读者们感受到一股向上的力量。

2013年，作家出版社携其“中国文学走出去海外推广计划”隆重亮相第二届中国（北京）国际服务贸易交易会，成为“文化版权贸易板块”的一大亮点。

在这次交易会上，海外推广计划包括一个前所未有的以“众包”翻译为模式的中文作品译介平台和一个系列文学电影计划。我代表作家出版社在启动仪式上表示，今年适逢作家出版社建社六十周年，此次更借助京交会这一国际化平台发布海外推广计划，意义深远。

我认为，中国文学走出去译介平台将借助新兴的社会化协作力量，试图从渠道和数量上突破中文作品面临的翻译困境；而文学电影计划则是在传统出版和数字出版之外，为文学的传播，尤其是对外传播开辟了巨大的空间。

特别是莫言获得诺贝尔文学奖，一下子令中国文学升温，国外版商的需求猛地涌入出来，但当时我们手中仅有翻译的作品太少，丧失了很多向外推介的机会。中国文学走出去译介平台的运行很可能使得上述情况得以改观。努力打造中国文学走出去之态势。“文学电影”同样也要走出去。作家出版社尝试了几年的“文学电影”品牌渐成气候，我们拍摄的文学电影《危城之恋》，在2012年中国电影导演协会表彰大会上入围四项提名，包括年度影片，年度导演，年度编剧，年度女演员，并在2012年参展了第36届加拿大蒙特利尔国际电影节，在加拿大蒙特利尔国际电影节上，《危城之恋》

还入围了“世界电影焦点单元”单元，被观众盛赞为“这是本届电影节上为数不多的中国电影中最好的一部”；2013年参展法国FIPA国际电视节电影展映单元；2014年参展法国巴黎中国电影周，并获得了最佳剧本改编奖、最佳音乐奖、最佳美术奖。

作家出版社下一步将要研发的更多的文学作品，我们对文学电影的海外市场保持乐观的态度。

朱竞：作家出版社近年来特别重视从地域文化的角度组织作家作品系列活动。的确，文学的繁荣和发展源于作家们的创作，文学事业发展的原动力来自于作家。作家出版社推出“文学在中原崛起”系列主题活动，无论是对作家，还是对作者，都是很大的鼓舞。特别是莫言获诺奖后，作家出版社出版了《莫言作品集》，也是对山东乃至中国文学的一个令世界瞩目的亮点，这是不是出版社在20届北京国际图书博览会选择山东的主要原因？您这样的目的是什么？相信作家出版社这些系列活动，不仅会推动文学事业的发展和繁荣，也会推动中国地域和繁荣发展直到推动的作家。

葛笑政：第20届北京图书博览会中国作家馆选择的主宾省为山东省，与莫言获奖并无直接关系。众所周知，我国文学的繁荣并非近几年的事，在许多地区都形成了具有影响力的作家群，其中山东省就是我国的文学重镇之一。去年我们组织了河南省作家群的整体宣传，选择山东省作家群作为今年图博会的宣传重点是去年就已谋划了的。

我国拥有庞大的作家队伍，甚至形成了不同地域特征、不同文化特色的作家群体。文学界所命名的文学陕军、豫军、湘军、鲁军等，就是从地域文化角度出发的命名，不仅在上世纪80年代、90年代有意义，在任何时代都具有重大意义。文学创作摆脱不了地域文化的“束缚”，地域文化对作家的创作具有重要意义。比如立足于关中文化的陈忠实、贾平凹，立足于中原文化的阎连科、李佩甫，立足于齐鲁文化的莫言、张炜等。地域文化让他们的作品有了不能效仿的独特魅力。

要说各省文学的特色，作家群的划分其实并不科学，因为作家的职业属性完全是个体性的创作，因而将某一地域的作家与另一地域的作家作比较也未必科学，何况文学本身就是仁者见仁的。但不同地域的作家有着本地域的气质也是必然的。

中国文化博大精深、源远流长，伴随着中国经济腾飞及和平崛起，中国文学“走出去”是中国文化大发展大繁荣的必然结果，是实现“中国梦”的重要组成部分。事实上，近年来中国作家在海外的影响力日渐提高，一大批优秀的文学作品在全世界得到了广泛传播，受到各国人民的喜爱。这不仅是作家精心创作的结果，也有国家大力扶持、努力推动的原因。推动版权贸易本身就是北京国际图书博览会的重要功能之一。在北京国际图书博览会上设立“中国作家馆”，在国际化平台上展示中国作家形象和中国文学取得的辉煌成就，就是我们推动中国文学“走出去”的重要举措。几年来，我们先后在北京国际图书博览会上，先后重点推介、宣传了河南作家群、山东作家群、河北作家群，充分展示了我国文学创作的成就，以及文学事业在各地的繁荣。我认为，服务于作家就是服务于人民，因为文学出版离不开作家，读者阅读离不开出版社。作家出版社不但是作品的研判者审读者，也是传播者，更是作家与人民之间的桥梁，责任在肩，责任重大。

关于《独立调查启示录》访作家赵瑜

赵瑜的《独立调查启示录》这部厚重的作品集面世后，我对赵瑜进行了一次长时间的访谈，话题围绕作家的经历和作品展开，深入探寻了这位极具个性的纪实文学作家艰辛而又诗意的成长经历、被灿烂光环和黑暗倒影缠绕的传奇人生，永远充满颠覆性和探索性的独立调查写作，以及他对纪实文学创作从未停止过的思考。

从小喜欢写作，当运动员是为了吃饭

朱竞：赵瑜先生您好！首先请您谈谈，您是什么时候开始写作的？您说自己小时候曾和赵树理这样的大作家住在同一个院儿里，还曾受到过著名作家马烽、孙谦先生的指教，是否受到了他们的一些影响？

赵瑜：我从小就喜欢写作，经常写点儿歪诗什么的。我小时候生活在太行山区，在上党地区的中心城市——长治。我父亲在晋东南地委宣传部工作，我们地委大院里住着赵树理，他有时候会去我们家做客。但在我上小学的时候，“文革”就开始了，赵树理被打死了，我父母也被下放改造，没人再琢磨写作这个事儿了，谁还写文章啊？但是我还是特别喜爱这个东西。

记得是在1972、1973年前后，这时我已经十几岁了，有一天，晋东南地委宾馆住进两个干部，一个是名作家马烽先生，另一个是名作家、编剧孙谦先生，孙先生一生写过26个剧目，目前我国可能还没人能超越。他们当时也被下放到了平顺县，那次是临时抽调上来修改一个剧本，名叫《快马加鞭》。我碰巧去那儿找朋友玩，就看见了他们在宾馆小黑板上互相写的留言。朋友怂恿我去向他们请教，还买了包烟让我带上。

那是西楼三层顶头的房间，铺着红地毯，两位先生正当壮年，坐在地毯上下棋。我做了自我介绍，然后向他们请教应该怎么写作。他们两人很惊异地互相看了看，会心地说：“你看看，现在还有人学习写作!”（笑）那个时期，我们那个地方刚刚结束武斗，大批的野战部队刚撤走，谁还搞写作这玩意儿？在“文革”那样的环境下，他们又能说什么呢？孙谦先生说得少，马烽先生就说：“嗨，怎么说呢，你就多写日记吧（笑）。”这是他告诉我的唯一的写作方法。

时隔几十年，到了1988年，我已经调入山西省作家协会，成为了专业作家，和马老、孙老住在一个院子里。某一天我跟马老闲聊天儿，向他提起这件事，他惊讶地说：“那个小孩儿就是你啊！你走之后，我们俩还激动了半天。”（笑）

我差不多从那个时候开始，就一直在写。再一个，我做运动员的时间比较长，练过篮球、自行车等等，运动队要求每个运动员都要做训练日记，有些到现在还保留着。这么多年来，我的感受就是：写作就像一个人开工厂，厂长也是你，员工也是你，一个人弄得挺忙。每项工作都无法重复，谁也教不会，别人根本没法帮助你。

朱竞：*您曾经做了很长时间的运动员，参加过游泳、自行车、篮球等多项体育训练，那是从什么时候开始的？请您讲讲当时的情况。*

赵瑜：我是在“文革”时期，参加了晋东南体委的运动队。晋东南体委是一个组织十分发达的地区级体委，拥有航模、摩托车等其他地区少见的运动项目，好多地委的孩子被优先选入体委运动队，“文革”前夕，我开始在那里学习游泳。

1966年夏，我准备上小学六年级之际，“文革”爆发了。那就是一个乱局。长治地区发生了连绵很久的武斗，那是真正的战争状态。红字号和联字号两派，手里都有大量的枪支弹药，发动了割据、征兵、占领据点等战争行为。当时长治的兵工厂很多，而且都是生产常规武器的，几个大的兵工厂都被卷了进去。普通市民封堵了自家门户，蜂拥外逃，长治这座空城成了真正的战场。直到1968年，大批野战军开赴太行山区，才把武斗镇压下去。

我们就读的友谊小学是晋东南地委子弟学校，苏联人帮着建造的，包括晋东南地委的大楼，也是苏式的，莫斯科结婚蛋糕式的平顶建筑。“文革”爆发后，所有的学生都失学了，我们这些小学的孩子，纯粹成了小游民：当红卫兵的大孩子们不带你玩，想回家吧，也没有家。父母都成了黑帮、走资派，整天挨斗、劳动改造，有的住牛棚，有的住五七干校、住看守所……总之，当时形成了一个非常混乱的社会。

我奶奶早就被赶回了河北老家，弟弟妹妹去了亲戚家，家都散了，我就跟着一伙无家可归的地委子弟开始鬼混，过着一种小型的原始共产主义生活；有时住在小伙伴家，他们全家被赶进自行车棚改造的一排小屋，好歹可以遮风避雨。我们逮着什么吃什么，也小偷小摸，苟延残喘地维持生活。记得有两个小伙伴，直接进了武斗的据点，帮着大师傅做饭，后来人家还给他俩分配任务，让他们挎着篮子，去炸掉对方的据点。我们很是羡慕，揭开篮子盖看，里放着四颗手榴弹，而且都是拉好弦儿的（笑）。武斗结束后，我上了长治一中，但很快，父母又被下放到了乡镇。

这个时期，我就一直在运动队里混，因为这里可以吃饱饭，还有发的运动服可以穿。冬天来了，游泳训练结束了，又不舍得离开，就去找别的项目，所以我在运动队辗转从事了游泳、自行车、篮球等训练。时间最长的是打篮球，从少年队到职工队，再到当教练，我成了一个跟体育分不开的人。直到后来我考入了晋东南师专，才告别了体育。

太行山区的小作家拿出了《强国梦》，一点儿也不奇怪

朱竞：*正如您所说，长期的体育生涯和对体育界的近距离了解，催生了《强国梦》《兵败汉城》《马家军调查》《篮球的秘密》等一系列体育题材作品。那么在长治这样偏远的太行山腹地，您是如何考虑到中国体育的全局和深层问题的？*

赵瑜：因为长期从事体育运动，虽然身处长治这样偏远的山区，我关注中国体育问题却是很自然的事情，一点儿不感到隔膜。我的老朋友、著名作家苏晓康来到长治，曾惊讶地问我：你的《强国梦》就是在这儿写的？我说，这一点儿也不奇怪（笑）。

一个作家的写作是无法离开他生活的土地的，他最好的作品，一定是和这片土地息息相关的。从晋冀鲁豫解放区时代直到“文革”前后，长治的体育运动氛围非常浓厚，组织十分发达。我国的体育体制早期是半军事化的，长治所在的晋东南地区（即晋冀鲁豫解放区的主体）城镇化程度高，小工业比较发达，因而体育的重镇便被放在这里，这种情况一直延续到“文革”前。

“文革”期间，正规的体育部门、体校、运动队都被摧毁了，可是非正规的运动队还有，省市乃至全国的体育赛事反而更多了。人们几乎没有其他娱乐活动，体育比赛成为民间极其重要的文化项目，自行车、游泳、摔跤、田径和几大球类，这些教学成本相对较低的运动项目都得到火热的开展。每天，大小运动场都很热闹，人们没事儿干，都来这儿参加运动，或者凑热闹。全国各地，公有制下的群众性体育运动异常发达，长治尤其如此。

我从小就处在这样一个体育运动的发达地区。而且，国家体委的五七干校就在长治，干部下放全都在这儿，有一个由跳伞训练基地改建的很大的干校农场。像何振梁、李梦华、庄则栋等体育名人，甚至各种体育专家、带头人，一度曾经云集此

地。我的不少队友、朋友后来都在国家、地区级体育部门工作，有的现在还是国家队教练。因此，我的《强国梦》等体育作品，是基于多年来对中国体育的近距离了解、观察和思考。

这些报告文学问世后，许多专家感到不可思议：一个长治的小伙儿，怎么会想到体育的本质、金牌的利弊、体育体制和政策这些鲜为人知的问题？（笑）其实对我来说，体育已经成为自己的一部分，不需要刻意去追索。

朱竞：《马家军调查》是您的体育三部曲中最具影响的一部，写了几十万字，是什么促成您写了这部长篇作品？

赵瑜：在写完《强国梦》和《兵败汉城》之后，我觉得这两部作品比较单薄，故事性和文学性不强，没写出体制和人性中更深刻的东西，只是在理念或视角方面较有突破性，自己总觉得不满意，一直在寻找更合适的体育题材。

1994年深冬，马家军忽然发生了"兵变"。亚洲人在田径项目上取得成绩是很难的，马家军居然取得了那么好的成绩，更加戏剧性的是，这支队伍居然从万众瞩目的高台上瞬间跌落，崩溃了。我感到这里面有很多东西可以挖掘。春节刚过，我就一个人坐火车去了辽宁。经过调查我发现，这么小小的一支省级女子中长跑运动队，竟然这么复杂。

经过50多天的采访，两个多月的写作，《马家军调查》完成了，基本弥补了我在体育题材写作上的缺憾。但今天看来，40万字太长了，应该精简笔墨；太多的信息也容易被人断章取义。从那以后，我的单部作品再也没有那么长了，都尽量少用闲笔。

朱竞：《马家军调查》1998年5月被《中国作家》杂志专刊发表，在其办刊史上可谓绝无仅有；这部作品被誉为20世纪中国报告文学最具代表性、争议性和影响力的著作之一，引发了转载、讨论甚至盗版的风潮。你这次出版的《马家军调查》与之前的版本有什么不同？

赵瑜：《马家军调查》1995年底开始采访，到1996年夏天就写完了，当时给很多出版社都投过稿，但没有一家敢拍板。直到1998年，稿件交给《中国作家》杂志社也有两年了，一直得不到回复，有一天我就去这家杂志社准备拿回原稿，走出社编委领导的办公室碰上了萧立军，当时我并不认识他，但他知道我，因为《强国梦》《兵败汉城》。他问我干什么，我说了这部书稿的大致情况，他说能否留下来给我看看，我说可以啊，不过这次不能再拖那么长时间了。他说给我两个星期。就这样，很快萧立军就跟我联系，说他准备说服其他领导，发表这部作品。我很惊讶。又过了一阵子，他叫我去北京一趟，具体谈一下稿件。这次见面，他郑重跟我说，整部稿件很好，是优秀的作品，但里面关于兴奋剂的一章发表时需要删掉。我不同意。他说，你要知道，这是编委们争议最大的地方，前面拖那么长时间，这是核心问题所在。我说不能删除，因为这是事实。经过几个来回，老萧最终把我说服了，他的原话是："赵瑜你写《马家军调查》难道就是为了说明这个问题，马家军失败就因为兴奋剂？"我说不是啊，我是要写出来我们体育本质的问题，金牌、体制和具体的队员、具体的人性这些东西。他说，但是有这章，在社会关注度这么大的时候，你想过没有，可能没有人再思考你要揭示的问题，而会把焦点都放在这里，那你的目的会完全被曲解。这番话我到现在记得很清楚，我感到他说的有道理。就这样，这部书稿在删掉了这一章之后发表了。

发表之后，轰动随之而来，一时间全国多半的媒体都把这当成了焦点，连载的、讨论的、评述的，连渡轮的码头和长途汽车站都是关于这个话题的各种印刷品。一时，老马喊冤，沸沸扬扬，他请了名律师谷开来准备跟我打官司，但最后不了了之。这些事情后来在很多出版物里都有专门的介绍，包括谷开来自己也写了一本书记录这个过程。

后来国家体委和新闻出版部门组织人员都对这部作品的真实性进行了调研，确定没有杜撰符合事实。但即使如此，出版单行本还是拖到了2005年，人民文学出版社才第一次出版了图书单行本。后来还有长江文艺出版社、浙江文艺出版社都陆续再版过。但都没有被删掉的那一章。但这一章这次出版作为附录补上了，是一个全本了。

从巅峰跌入谷底，是一个人走向坚定的过程

朱竞：从山西省作协最年轻的会员，到全国著名报告文学作家，您似乎仅仅用短短五六年时间，就实现了别人半生的梦想。现在，再次回顾这段爆发期的情况，您是否会有一些新的想法？

赵瑜：是的，很多想法都变了，我自己也有了很多的变化。

1983年，我考入晋东南师专政治系。此前，我已经工作好多年了，先是在晋城市巴东化肥厂当工人，后又调入长治汽车修配厂和交通局机关，做过体育宣传干事，写过材料，当然主要精力还是放在打球上。高考的时候，我也考虑过学体育，还参加了一些测试。这时，已经恢复工作的父亲说话了：你怎么还没玩儿够啊？我最终放弃了体育。

上学期间，我依然热爱写作，成为一名作家的想法非常强烈（笑）。后来有一

篇纪实性散文发表在北京的大型文学刊物上，又获得了山西省“赵树理文学奖”，我因此成了省作家协会最年轻的会员。我还写了一个上下集的剧本，给了山西电视台，忽然有一天，电视台导演、制片等一干人马来到学校找我，他们准备投拍这部电视剧，我内心狂喜，表面却装得很淡定（大笑）。这部《山里人》成为山西第一部现实题材的电视剧，那时我才二十多岁。

那个时候，我还是有成名成家的坏思想，写作也跟着宣传风向走，总在琢磨：什么东西能让人家重视啊？现在看来，这种想法会有一定的动力作用，但是，当你到达一定程度后，会发现这种思想是很浅薄的，就算靠着它成功一两次，如果没有真正对文学的热爱，和对人世一整套成熟的看法，你也不会走多远。到了后来，我就觉得管他什么成名成家啊，想写什么就写什么，不去随波逐流；现在，就已经变成了不希望被他们重视了。

我在上学期间的另一部比较重要的作品是《中国的要害》，主要是在写法上有一定开拓性，被评论家称为中国问题报告文学中较早的作品，即全景式报告文学。作品主要揭示了中国的交通问题，其后出现了一批揭示中国邮电、粮食、独生子女、出国潮等各种问题的报告文学作品。它最初发表在地区文联的刊物《热流》上，后来被《新华文摘》全文转载，得到山西省著名评论家的很大肯定。另外那时还有一个小长篇《但悲不见九州同》，是关于“文革”问题的。

毕业后，我从交通局调到晋东南地区文联，担任秘书长。1988年，《强国梦》和《兵败汉城》先后发表，产生了较大影响，我被正式调往山西省作家协会，成为专业作家。从1986到1989这几年，我常常住在北京，和刘宾雁、苏晓康等作家交往比较多。那时，我和苏晓康住在军博附近的小平房里写稿子，他已加盟了《河殇》剧组，正在写本子，我在修改《强国梦》，我们可以说是最早的北漂一族，都顾不上回家（笑）。

全国各地文学活动盛行，那是变革的时期，国人在思考，有表达思想的诉求；很多年富力强的作家活跃在报告文学领域，推出了不少报告文学名篇，我的作品在全国也有一定的影响。但当时也出现了作品质量良莠不齐的情况，我在1988年写过一篇文章《清醒才有前途》，指出理性至上、思想大于形象，不符合报告文学的创作规律；其重心是要写人，表现人心和人性，要在纪实的同时努力保持文学性。

朱竞：在1989年春夏之交的事件中，你有很深的介入，其后为之付出了惨重的代价：在看守所里被收容审查半年之久。虽然如今已成为往事，但这段经历无疑对您的创作和人生发生了至关重要的影响，您能否谈谈这段经历？

赵瑜：1989年春夏我在北京，那个事件对我的影响的确至关重大。人生际遇的转折跌宕，必然会迫使人做深入的思考，对自己以前那种愤世情结、轻率的处事方式、不计后果的写作态度，以至对人生命运的看法，进行反思和修正。一个年轻人在短暂的几年时间里爆红，集中发表了多部作品，正拥有着顺利的人生和愉快的创作，陡然间进了大牢，从生活的高点跌入谷底，落差的确很大。

陕西这个地方跟我有很深的渊源，我逃离北京之后，决定先去西安避避风头，当时，西影厂电视剧部正在筹拍《强国梦》，曾多次邀我加盟。一到西安，剧组副导演悲痛地告诉我：剧组已经解散了，早上刚刚开会宣布。只见导演组正在收摊儿，原本墙上贴的各种分镜头表都被扔进了垃圾桶。（笑）正在彷徨无计的时候，我遇见了作家白描。白描找了一辆吉普车，夜色茫茫中，我们向兴平县的马嵬坡驶去。（大笑）

我先在朋友的养鸡场当了半天技术员，一看不行，只好又去果园当技术员了（笑）；本想着果园里一定是绿树蔽日，结果发现，全是矮化苹果，才一米来高（大笑）。我一个人窝在小破房里，八百里秦川时常回荡着秦腔的铿锵曲调，某天晚上，我趁着夜色去村里看戏，听着激越又悲伤的唱腔，竟然泪如雨下。很快，我的行踪就被派出所注意了，我决定离开，包里只揣了一本朋友的《哥德随想录》（笑）。辗转去了青岛、石家庄等地，我决定回到长治，太行山里有得是朋友和偏僻村庄，何必连累别人呢？

可能是在劫难逃吧，我最后还是不得不回到山西省作家协会。作协大院里全是警察，没两天我便被警车带走，关进了太原市上马街看守所，开始了囚徒生活。不过我发现，一个人小时候皮实点儿没什么坏处，落入那种处境，有的人就崩溃了，但当时我就想：咱小时候不是经常这样吗？只当一切从零开始，又不是不会写东西了！

看守所里，政治犯、刑事犯混杂，其中有位大学老师正被黑老大欺压。黑老大知道我是写《强国梦》的赵瑜之后，反而把我奉为上宾。（笑）在我的威慑下，他不敢再随便欺侮那位老师，此后，我和他一直暗中较劲儿，有天半夜躺在铺上打了一架，最终将其制服。（大笑）这个黑老大出狱后还很关心我，他开办了几家歌厅，很快发了财，最后由于发生黑道上的冲突，身中3枪而亡。监狱生活复杂极了，我在里面经常会帮人写诉状，也救过一两条性命，这段经历也许以后会写进书里。

人在看守所里，不能有笔和纸，无法书写，却反而会进行沉重的反思，反思自己的人生和文学活动，反思国家的一些事情。对一个作家来说，挫折和磨难都是财富，需要有这么一个过程。如果一个人始终那么顺遂，他也不会变得那么坚定。人的坚强和最终目标的确定，都是在反复动摇中逐渐形成的，因为身陷牢狱，我在反复的思想较量中反而明确了许多东西，比如应该走什么样的道路，写什么样的作品。在反复的动摇中，一个人最终才能走向坚定。

获释后不想写作，转而拍摄纪录片

朱竞：90年代初期，您拍过几部纪录片，请谈一谈当时拍片的情况。此外，您的影像创作为您的文字创作带来了哪些变化？它们有何共通之处？

赵瑜：1989之后的两三年，很多作家都沉寂了，新闻出版界的控制很严，人们的思想也很迷茫。我也无心写作，后来应山西省委宣传部的邀请，写了一部文献艺术片《赵树理》。一共写了6集，但因为某些原因，讲述赵树理惨死于“文革”中的最后两集竟然没有拍。那时我年轻气盛，也有一些怨气，在看片会上得知这个情况后，当场离席，起身就走了，后来也一直不愿提起这个作品。

这件事后，山西省委表示支持我搞创作，给山西电视台拨款500万元，拍摄大型纪录片《内陆九三》，由我担任策划人和总导演。我们组织了山西省十几位主力作家担任撰稿人，连续拍摄24部，从1992年到1994年，做了3年，投入了巨大的精力和心血。这部片子兼顾纪实性和文学性，描述了山西及周边省份人们的日常生活，受到广泛好评，获得了中国首届纪录片特等奖。但是有些内容因为敏感，无法在电视台播出，让我很苦恼。就在这时，出现了马家军“兵变”，于是我重新开始了更具自主性的报告文学写作。

纪录片是视觉性的东西，时间限制比较严格，一般也就30至50分钟一集，非虚构文学则不同，可以写得很长。两者也有相同之处，比如说都需要精心裁剪，哪些东西是值得看的，哪些东西不值得，两者的要求是一样的，要选择那些重要的、精彩的、能表达人物内心的东西，去掉一些芜杂的东西。此外，纪录片和报告文学的语言表达都一定不能啰嗦，要直奔重点。它们核心的东西也都是追求真实，体现生活本质的真实，以及心态的真实。如果两者都兼顾好，那所表现的人物就是有价值的。

做了这么多纪录片，如《内陆九三》《大三峡》等，对我后来的文字创作很有帮助，《马家军调查》就是在拍摄纪录片之后紧接着写成的。拍摄纪录片的经验告诉我，好的作品一定是能直抵人心的，所以我对马家军做了大量调查和详实的笔记，忠实记录了每个人的状态，还借鉴了纪录片中常用的剪辑方法，去掉一些无关紧要的东西，留下了最真实、最精彩、最核心的东西。

《寻找巴金的黛莉》，写出了近代历史中大家族的破灭

朱竞：《马家军调查》之后，您又推出《革命百里洲》《寻找巴金的黛莉》《王家岭的诉说》《火车头震荡》等多部作品，多次引起轰动。这些作品为您带来了众多奖项，包括三次徐迟报告文学奖、三次中国作家奖、三次鲁迅文学奖等等，您简直成了获奖专业户。在这些作品中，您自己最满意的是哪一部？

赵瑜：一个回答是：下一部（笑）；另一个回答是我比较欣赏的一位外国导演说过的一句话：我的作品就像一面打碎的镜子，它们在太阳底下每一片都闪闪发光。（大笑）

我自己最看重、分量也最重的，应该说是至今无法发表的《牺牲者》；而《寻找巴金的黛莉》，评论界认为它兼具了纪实性和文学性，说实话，我自己觉得分量一般，但胜在精简，技巧上比较讲究；《革命百里洲》在反映现实的深度上，得到了鲁奖评委们的一致肯定；《篮球的秘密》在写法上有一些探索，是分成40个问题来写的，读者可以有选择地阅读。

在《寻找巴金的黛莉》一书中，我并没有展开铺陈，只是集中地叙述，让人读起来很过瘾。这本书表达的东西很多，就看读者侧重于哪个方面。北大教授陈晓明写了一篇书评，比较中肯，指出这本书有两个亮点：其一是自发天成的新历史主义笔法，其二是写出那些大家族在中国近代以来的历史中的破灭。黛莉生长的赵家是一个大家族，但历经日本占领、解放战争，不断走向衰败，在共产革命胜利后，全家分散到了11个省，这也是那个时代特有的情况吧。不过这本书也引发了读者们对历史、婚姻、现实和爱情的思考，这就是智者见智的事情了。

《牺牲者》，一部浸血的晋东南"文革"武斗史

朱竞：《牺牲者》是您在《寻找巴金的黛莉》里反复提到的一部作品。古董商人老赵被害的那个晚上，他的血溅在了这本打开的书上，作为"文革"武斗的亲历者，他被这本书深深吸引。请您对这本书做一个简单的介绍。

赵瑜：《牺牲者》这部书，主要是写晋东南地区的"文革"武斗史实。2004年至2006年，我用3年时间完成了这个长篇，之前20年，我曾不断地跟踪、追寻有关史料。写作这本书的过程中，我采访了很多人，调查了很多事，也掌握了很多资

料；那些“文革”史实极其血腥残酷，使人非常悲苦，我就在这种心境下艰辛地完成了全书写作，分上中下三卷，共100万字。

写作《牺牲者》，可以说是让我刻骨铭心的、这辈子非做不可的事。我在上党地区长大，成为一个报告文学作家，这个地区发生了那么大一个历史事件，却不为外人所知，很快将被时间淹没，你这个作家没有责任去写它？不完成这部书，我觉得对不起这片土地，对不住自己搞文学这件事。这部作品也许不是我写得最好的，但可能是我最重视的。

《牺牲者》至今没有正式出版，对我是非常痛苦的事。我对获奖之类的事情没有多少想法，只希望这部作品能顺利发表，被更广泛地传播，期待更多的读者能够看到它。

要想惩罚一个女人，最好让她嫁给一个作家

朱竞：您认为，一个报告文学作家应该具备哪些基本素养？他的生存状态又是怎样的？

赵瑜：鉴于报告文学的现实性和批判性，报告文学作家在人格建造上也会有所不同。首先，他一定要能承受孤独，能够忍受苦闷、压抑，甚至灰暗绝望。其次，他还需要有独立精神，懂得独立思考，具有大胆质疑的精神，能够锲而不舍寻求事件的真相。诚然，面对复杂的社会局面，作家要有应对的灵活性和丰富性，但他绝不能弃守内心简约、独立、单纯的一面，要敢于讲真话，敢于揭示真相。

说到孤独，你去调查事件是孤独的，例如我写《马家军调查》，一个人在辽宁待了五十多天，我不是辽宁体委、宣传部或作协的人，我只是一个独立作家，一个人在那里和马俊仁、王军霞等队员接触，最后才掌握了一些内情。写作时你也是孤独的，把大量资料浓缩为一本书，需要一个过程，在其中你是没办法和别人分担的，只能闷头苦写，我的《革命百里洲》就是在一个山区小县、历经两个月时间完成的。作品完成后，却因为某些原因无法被人读到，你也只能孤独地等待，《牺牲者》就是如此，这个过程更加熬人了。

纪实文学有着无尽的创作源泉，但纪实文学作家也会遇到无尽的难点和痛苦，包括调查中遇到的种种困难，有时甚至白费心血。王朔说过一句话：要想惩罚一个女人，最好让她嫁给一个作家吧。（大笑）对于报告文学作家，情况很可能更是这样，因为你把大量时间、精力投入到了工作里，太奔波、太匆忙、太粗线条了，对

创作之外的东西可能非常茫然，可能就会顾不上经营婚姻和家庭，甚至不懂得珍惜情感。但是生活需要相互理解，报告文学作家有时也没那么可怕。（笑）

朱竞：对于初学纪实文学写作者，您有什么建议吗？

赵瑜：我平时写东西，往往是几个作品交叉进行，对于职业作家，这是无奈之举，却也是好事情，有时可以做到互为启发，有时是东方不亮西方亮。尝试纪实文学创作，一定要从自己熟悉的题材开始，这样才能尽快入门，写出比较客观的作品；一定要有自己的写作风格，这需要不断练习摸索；一定要兼顾真实性和文学性，既要尽可能在纸上还原事件的本来面目，又要把故事性讲好，读者才有兴趣读完它，否则，不管你要表达什么惊人思想，曾做过多么艰苦的调查，都白白浪费了。此外，一定要多读书，报告文学写作可能会涉及各个领域，没有足够的知识，你肯定无从下笔，也无法把事情看得通透。

当年马烽先生指点我要多写日记，直到现在我还保持着这个习惯，基本上每天都记，如果哪天太忙的话，随后也会补上，这对写作很有好处。另外，出去采访的时候，重要内容最好记在心里，如果实在记不住，可以事先征求访谈者的同意，用笔记下来。最好别用录音笔，采访对象看到这种东西，心里可能会有抵触，很多话就不愿意说了。

报告文学的创作是客观写作，一定要反对以文艺为宣传、文艺为谁服务的理念和做法，客观写作就是知识分子独立的挖掘和叙述，其中又一定有理性的筛选和梳理，深沉的反思，使读者在阅读之后产生思考，留下些什么，而空洞的说理，缺乏人物命运的写作，是无法打动人心的。

报告文学作家，不学司马迁又学谁呀?

朱竞：您认为，报告文学形式虽是舶来品，但在中国有着丰厚的写作土壤，其发展应该根植于传统文化中，请您具体讲一讲这个观点。

赵瑜：虽然报告文学体裁是外来的，但中国其实有着悠久的纪实文学传统。报告文学作家应该特别重视中国文化的传承。上世纪二、三十年代，报告文学的概念已经正式提出，甚至有了文集，出现了《包身工》等名作，但这个文学形式究竟应该吸收什么，重心应该偏向哪里，少有人认真琢磨。它在进入中国的时候，具有很强的革命性和功能性，这使很多人忘记了它与传统文化的结合，导致报告文学在中国的发展总是高低起伏，有时高潮，有时低谷。

我们今天必须思考，这个文学形式靠什么立足，能否持续发展？很多实例证明，只有当外来的东西与中国传统文化很好地结合，它才能发育、发展，并被中国人完全当做自己的东西加以接受；当它与传统文化相抵触，人们会自然地排斥它。反观报告文学作家，不学习司马迁又学习谁啊？来自西方的东西可能提供了一个外壳，但当你要发展它、发挥它、融汇它的时候，就要到中国的脉根上寻找支持。

纪实文学，正是有着中国正统文化的根基。中国历代都有纪实文学的典范之作，甚至唐诗宋词中，也有许多纪实性的内容，比如小序、比如叙事诗等，还有三言二拍、许多民间文学等等；而纯粹浪漫的、想象性的作品，在中国文学中反而是少数。中国文化的现实性，造就了中国文学历来偏重的纪实性。我们只要仔细琢磨报告文学的写作，就会发现在中国传统文化中有着丰厚的土壤，就会发现养育我们的最主要的根基。所以，我们一定要把报告文学这种外来形式，放在中国深厚的文化土壤中养育。

朱竞：您从很早就开始了报告文学创作，可以说见证了中国报告文学的发展，请您谈谈中国报告文学的过去与现在吧。

赵瑜：报告文学在中国真正兴盛起来，是在上世纪70至80年代。那时候，“文革”结束，中国开始实行改革开放，社会面临着重大的转型，政治思想也在逐步开放，社会政治环境宽松，知识分子思想非常活跃，他们也有很多的东西需要表达出来。徐迟的《哥德巴赫猜想》、刘宾雁的《人妖之间》等作品，都是那个时候出现的，引起了巨大的反响，吸引了很多有志于写作的年轻人投入报告文学创作，大量作品涌现了出来。

到了上世纪90年代，报告文学进入一个调整期，经济大潮澎湃而起，很多作家陷入沉寂，他们在思想上感到迷茫，如果一名作家的思想不成熟、不坚定，他是无法写出好作品的。但是，仍有一部分作家没有忘记自己的使命，用文字记录下了部分历史，如反映教育问题的《神圣忧思录》等，都是十分优秀的作品。

21世纪这十几年，报告文学又逐步复苏起来，很多作家开始积极探索新形式、新方法，如梁鸿的《中国在梁庄》等，都是纪实性和文学性结合得很好的作品。

中国的报告文学、纪实文学、非虚构类文学等等，才刚刚起步，人们才刚开始关注作品的可读性、故事性和语言技巧。许多社会问卷调查显示，越来越多的读者喜欢非虚构类文学作品，这与中国传统文化紧密相连。只要扎根于传统文化的土壤，报告文学有着广阔的发展空间和读者基础；只要作家们能扎扎实实地走下去，学习、吸收、创新，就一定能找到创作之路。

生命之“轻”与翻译之“重”

——访翻译家许钧

理解与翻译

朱竞：许教授，我一直认为翻译促导了文化的跨语际旅行，同时我也认为学界不应该简单地把翻译定位在一种语际转换的方法论上，从本体论上来讲，翻译应该是跨语际背后两种文化互译的深层理解。我在您的诸篇文章中，经常读到“‘理解’是‘翻译’的第一步”的表述，关于这一点，您愿意解释一下吗？

许钧：先简单地说一下翻译。

我认为，一部书、一个国家的文化，在我看来应该是有赖于翻译的，可“翻译”究竟是什么呢？简单地说，我们每个人总要发表自己的看法，要表述对世界的看法，表述对社会的看法，表述我对他人的看法。若一个人只有理解而没有表达，他便会非常的痛苦。人们需要交流，在这个交流的过程当中，实际上也就是把我们自己的认识、想法传达出来，而这个传达的过程就是“翻译”。小孩一出生与母亲的交流始终就是在翻译之中，孩子总是会问：“妈妈，这是什么意思呀？”当母亲的话语孩子听不懂时，总是会要求妈妈再说一遍，而在这个过程当中，母亲若是重复原话是无法达到翻译的目的，于是母亲就会用另一种话语来解释。因此，翻译绝对不是同义反复，不是一个字一个字的完全对应，而应该是以自己的理解为基础，对他人所说和自己所要表达的内容，用另一种方式恰当地表述出来，从而进行沟通理解。

朱竞：我认为您所谈及的“理解”，不是在翻译过程中滞留在语言表层的纯粹技术性的转换。这种“理解”作为一种翻译行为的展开，与译者生存的时代背景与伦理政治制度有着密切的限定性契约；也就是说，每一个时代的译者有着自己生存的限定性语境，不同的西文原典在不同的汉语时代因译者不同的文化语境，就会有不同的译介结果。能否谈谈您与韩少功在“翻译”与“理解”过程中的差异性在哪里吗？

许钧：时代会提供给翻译家们一些可能性。以《不能承受的生命之轻》为例，时代所提供给韩少功的翻译的可能性跟我现在翻译的可能性不同。他当时翻译的时候，确实是有很多忌讳的词需要避免使用，如有关反“共产主义制度”、“共产主义”等词语，因为那是在1987年。而我们现在的时代，这样的词完全可以如实地反映出来，因为那是出自于有自己看法和思想的小说家的笔下。正是因为这种时代的不同，翻译出来的作品也会有所不同。翻译与人们当下的语境也有很大的关系。

我认为不同的译者在翻译的过程中必然会有所不同，每一个翻译家对原著的理解是有可能存在差异的，表达也会有不同的风格。比如《不能承受的生命之轻》在原著中的“轻”、“重”这两个字，韩少功有时就翻译成“轻松”、“沉重”。但是，我认为这两组词语之间有时候意思是不一样的，试问“轻如鸿毛”能说成“轻松如鸿毛”吗？“重于泰山”能说成“沉重于泰山”吗？所以，在这个意义上，对于翻译中理解与表达的问题，我持如下的观点：当原作基于哲理的讨论时，我一定要赋予其哲理的语言，而不是一种文学性的语言。

朱竞：不错，正如一个时代有一个时代学问研究方法一样，一个时代也有一个时代的翻译标准。因此翻译必然会在时代的进程上呈现出差异性，并且也会在译者知识结构及个性方面呈现出差异性，这也是合理的差异性，即韩少功的翻译偏于诗意的地方，而您在自己的理解范围之内，可能更注重于哲理。在这个过程中，彼此的翻译显然就有不同了。您能举例说说吗？

许钧：比如，小说中特蕾莎是因为六个偶然，使她必然地来到了托玛斯的身边。所以，我认为是六个偶然构成了一个必然，法文用的是一个词，即hasard（“偶然”），最后一个才是“必然”，这是一个从“偶然”自然而然到“必然”的过程，就是一个非如此不可的过程，具有很强的哲理性。韩少功先生是一个文学家，他用的是“碰巧”、“机缘”这样的表达，非常具有文学性。同一个字有不同的变化，讲究不同的色彩，读起来就很过瘾。若从哲理与原著接近性的角度而言，我想可能就存在一个对原著忠实性的问题。不同的翻译家对于翻译工作来讲，就像钱锺书先生所说的那样：翻译是一个“脱胎换骨，转世还魂”的过程，在这个过程当中，在不同的翻译家的笔下会出现不同的结果。

朱竞：您能从韩少功与您自己的翻译读本走出来，在放大的译介语境中更清楚地说明这个问题吗？

许钧：举一个《红与黑》当中的例子，让你感受一下对于同一部作品，不同的翻译家的在理解与翻译中有多大的不同：两个都是著名的翻译家，一个是八十多岁的许渊冲老先生，他翻译了《红与黑》《约翰·克里斯托夫》等；另一个翻译家是罗新璋先生，他可是傅雷的捍卫者。在“文化大革命”的时候，他把傅雷译本抄在原文本上（约有150余万字），进行对照性的研究和学习，后来，成了一个著名翻译家。就是在如此高超的翻译家笔下，出现了对同一个人物的两种不同译法，而这个人物就是《红与黑》中德瑞那市长的夫人。小说中有一段描写德瑞那市长的夫人的话，请比较两位翻译家的译文：

> ——她长得亭亭玉立，秾纤得衷，用山里人的说法，也曾是当地的美人儿。她有那么一种纯朴的情致，步履还像少女般轻盈；那种天然风韵，蕴涵着无邪，蕴涵着活力，看在巴黎人眼中，甚至会陡兴绮思。（罗新璋）
>
> ——她个子高，长得好，山区的人都说：她是本地的美人。她显得很单纯，动作还像少女；在一个巴黎人看来，这种天真活泼的自然风韵，甚至会使男人想入非非，引起情欲冲动。（许渊冲）

朱竞：的确是不一样。同一个人物形象在不同的译者笔下，呈现出完全不同的风貌，其情致、情趣与外貌都有着译介者理解的差异性。

许钧：翻译是以忠实为原则的。翻译必定涉及两个方面：一个就是“真”，另一个就是“美”。我的翻译原则是：以信为本，求真求美。

翻译与文化传承

朱竞：许教授，我认为翻译不单纯是一种语言的技术换转问题，翻译在世界诸种民族文化的交流中起到了不可或缺的文化传承作用，关于这个问题您可以谈谈自己的观点吗？

许钧：对一个国家的文明的发展而言，文化的积累是需要翻译的。试想“四书五经”若没有不同版本的翻译，没有不断地阐释、注释，没有不断地一代又一代地阐释，它就不可能传承至今。正是由于不断地阐释与翻译，有当代人的不同理解，才使得“四书五经”的内容逐渐地丰满、丰富。

朱竞：随着历史向纵深的延伸，人们在理解方面也有着因时代变化而产生的调整。比如当代人对“四书五经”的理解已不能满足于知识上的渴求。在这个意义上，“翻译”就成为一个民族文化在世界文化交流时代得以不断地传承、开拓、继续下去的一个保证。

许钧：是的。作为各种不同的语言和文化之间的翻译也同样如此，如“歌德”要到达中国，我们的“鲁迅”、“曹雪芹”要到达法国，均要通过翻译。《红楼梦》的生命通过翻译家在法兰西、美利坚、德意志的土地上重新开花结果，歌德的《浮士德》在中国也有了新的生命。正是由于翻译家们对一部部著作的呕心沥血，才使得国外的文化在疆界上不断地得以拓展，在时间上不断地得以延伸。所以，翻译也是异域文明在时间和空间上不断地拓展与延续的一个过程。

在这个过程当中，翻译家做了纽带，拉近了读者心中时间与空间的距离，更拉近了东西方文化相互了解的距离。一部好的作品，必然要召唤翻译，而好的翻译就像是两个恋人的相遇，是一种历史的奇遇，昆德拉是应该感谢韩少功的。这就好似罗曼·罗兰的《约翰·克里斯托夫》要感谢傅雷一样，多亏傅雷开篇翻译的第一句：“江声浩荡，自屋后升起……”这前四个字犹如一声震雷，预示着一个英雄的横空出世。因此，罗曼·罗兰就特别感谢傅雷，感叹着自己遇到了一个好的翻译。所以我说：“翻译是历史的奇遇，是人类灵魂的共鸣！”

朱竞：您说得非常好。联合国前秘书长加利先生对语言与文化的多样性问题有着更深刻的思考。我看到他为您的《翻译论》一书写下的几句话：“翻译有助于发展文化多样性，而文化多样性则有助于加强世界和平文化的建设”，从某一个层面讲，全球化时代文化多元化有借于翻译才可能呈现出当下的互动形态。

许钧：确实，翻译是一项跨文化的交流活动。季羡林先生认为：“不同的国家或民族之间，如果有往来、有交流的需要，就会需要翻译。否则，思想就无法沟通，文化就难以交流，人类社会就难以前进。”基于对翻译的这一认识，我们可以说，翻译是因人类相互交流的需要而生，从这个意义上说，寻求思想沟通，促进文化交流，便是翻译的目的或任务之所在。如果说翻译以克服语言的障碍、变更语言的形式为手段，以传达意义、达到理解、促进交流为目的，那么把翻译理解为一种人类跨文化的交流活动，应该说是一个正确的定位。从这一定位出发，我们便不难理解翻译在人类文化发展进程中所起的作用了。

朱竞：最近，《光明日报》从构建中西方文明通道的高度对翻译问题进行讨论，在理论层面与实践层面提出了许多重要问题，值得我们认真思考。

许钧：如何对待外国文化，如何吸收与借鉴外国文化的先进成分，应该成为目前翻译研究界关注的重点。翻译研究者应该对选择怎样的文本进行翻译，在翻译过程中应采取怎样的文化立场等重要问题进行探索，对目前中国翻译界出现的“盲目引进文本”，“误译错译严重”等问题出现的深层原因进行探究、分析，为翻译事业的健康发展指出正确的方向。

在经济全球化、一体化进程不断加快的情况下，要充分注意到维护文化多样性的重要性，为此，要特别警惕在中外文化交流中出现的某种“文化霸权主义”的倾向。德里达认为，翻译就是“那在多种文化、多种民族之间，因此也是在边界处发生的东西”，当他对欧洲中心主义权威、国家—民族权威进行质疑与解构时，首先遭遇的就是“翻译的问题”。没有在多种文化的接触、碰撞中起沟通作用的翻译，就无法保证世界各民族文化的共存、交融与发展。而目前，某些国家以强大的经济势力为基础，以经济利益为诱饵，在推动经济一体化的过程中，谋求强势文化的地位，甚至表现出十足的“文化霸权主义”。

朱竞：在这一方面，“英语”的日益国际化看似为全球的文化经济交流提供了某种可能性，但实际上是以一个民族语言的国际性在削弱着处在弱势地位的一些民族文化。殊不知一个民族语言的丧失，便意味着其文化的消亡。

许钧：的确是这样。在全球化的进程中，我们不能以牺牲民族语言为代价，用“英语”去谋求与外部世界的交流。相反，在对外文化交流中，我们要坚持使用与发扬中国语言，同时，培养更多的翻译人才来满足日益频繁的国际交往。在这一方面，欧盟的做法有借鉴意义，经济可以一体化，货币也可以一体化，但为了维护文化的多样性，在各种交流中，欧盟鼓励各国使用自己的民族语言，其意义是深远的。多年来一直呼吁维护多元文化价值的欧盟诸国的翻译界，特别强调要充分发挥翻译在维护文化多样性方面所起的作用，是非常值得我们重视的。

朱竞：阿弗雷德·波拉德在论述《圣经》翻译的重要意义时说过一段不乏诗意而又极为深刻的话：“翻译如同打开窗户，让阳光照射进来；翻译如同砸碎硬壳，让我们享用果仁；翻译如同拉开帷幕，让我们能窥见最神圣的殿堂；翻译如同揭开井盖，让我们能汲取甘泉。”翻译给人类社会带来的，既有精神之光芒，又有物质之果实。借助翻译，人类社会不断交流其创造的文明成果，互通有无，彼此促进。

和昆德拉有关

朱竞：和《不能承受的生命之轻》有关的话题，相信您回答了很多。近二十年来，读者们对这部小说百读不厌，是因为小说的主题讨论的是“存在”与“生存”

的问题。这是困扰着世上所有人的一个问题，与生命有关。于是，就出现了——“轻”与“重”两个字。

许钧：这是对立两元的问题。这一“轻”一“重”实际上在我们的生活和传统当中是经常谈及的。但是，我们不像昆德拉那样去谈生命的轻与重。生命的轻与重我们讨论得并不多，但是我们对生存状态会持有一种态度，比如说“举重若轻”、“避重就轻”等。实际上，在我们的生活当中，“轻”与“重”时刻在关联着我们。然而，对于此种对立昆德拉又说：“巴门尼德早在公元前六世纪就给自己提出过这个问题。在他看来，宇宙是被分割成一个个对立的二元：明与暗，厚与薄，热与冷，在与非在。他把对立的一极视为正极（明、热、薄、在），另一极视为负极（暗、薄、冷、非在）。这种正负极的区分在我们看来可能显得幼稚简单。

除了在这个问题上：何为正，是重，还是轻？

朱竞：在阅读《不能承受的生命之轻》这部书的时候，常想这样一个问题：即我们的世界到底是两元对立的，还是一个多元的语言文化载体？因为在我看来，世界是人类文化的多元载体。

许钧：应该说我们的世界是一个多元的世界。然而，这其中又生发了一个重大的问题：在《不能承受的生命之轻》这部书中又出现了很多的对立，如生与死的对立；轻与重的对立；背叛与忠诚的对立；灵与肉的对立；崇高与卑下的对立；高雅与粗俗的对立；美丽与丑陋的对立；爱情与色情的对立。最有趣的对立无非是圣经与粪便的对立，另外还有政治与性的对立。如果我们仔细地阅读它，可以发现所有的情节都是围绕着两条主线展开的：一条就是特蕾莎与托马斯；另一条就是萨比娜与弗兰茨，这两条线又常常交织在一起。整部小说就是在这两条主线当中形成了一个个对立的两元。至今，我认为最重要的一条，就是昆德拉揭示了对立两元所产生的必然境遇。我们要走出对立的两元，去寻找、去开拓每个人生活中的可能性。由于对立两元的观念使然，我们往往把“生”与“死”对立起来。但是换另外一个角度看，正是由于存在着死亡以及“生”的有限，这才使得我们的生命出现了无限的价值。若人类的生命是无限的，人不会死，那么大家还会去珍惜生命吗？就是因为有“死”，所以我们才特别珍视“生”，才特别地重视在有限的生命里让我们的生命放射出无限的光辉。要是生死对立，那么，当我们知道人一出生必须面临另一个极端“死”的时候，当我们总是在这种对立之中去理解这个世界的时候，自然就会感叹：“又何必生呢？”

在这部书中，我们就可以读出这样一个道理：我们的生命不应该处在生死对立当中，而应该在对立的两极当中寻找每一个人的可能。爱情如此，生活如此，与他人之间的关系也是如此，所以今天大家都在提倡一个多元的世界，这是很有道理的。

朱竞：您重新翻译了昆德拉的作品《不能承受的生命之轻》和《无知》，这在翻译界、文学界、出版界都曾引起不小的轰动。我想，对您来说，也是一次挑战。从“理解”上就会是一次自我挑战的过程。

许钧：可以这样说。

在翻译《不能承受的生命之轻》的过程当中，我与不少作家有过交流，而在小说出版了之后，我也同样与许多朋友进行了交流。据我了解，阅读《不能承受的生命之轻》的人群中年龄最大的88岁，最小的13岁（都是我认识的人）。在南京有一位初一的学生，她爷爷是中国写作学会的会长。有一次我在她爷爷家做一个访谈（关于学英语与母语之间的关系），她拿出一本《不能承受的生命之轻》，并要求我题几个字。我就在她的书上写了一句话，我说：“翻译就是爱！”我还对她说：“当你去理解一件事情的时候，你必须要怀着一种热爱的态度，对你的生活你必须要带着热爱的态度；当你去翻译一位作家作品的时候，你也必须要带着一种热爱的态度。”她告诉我已经读过了这部书，身边的几个同学也都买了这部书。于是就问她：“你读了这本书有什么想法？”她回答：“世界怎么如此复杂啊！”阅读了这部书，居然让她对世界的复杂性有了理解，其实这也是对于世界的一种理解，因此我觉得很好。我感觉从他们对昆德拉的不同理解当中开拓了我对《不能承受的生命之轻》的理解。或许我所理解的东西，他们还不曾理解，但是他们所能理解的那一部分被我忽视了。

朱竞：理解需要一个漫长的过程。每个人的阅历、经历不同，理解问题的视点也不会相同。作家和翻译家，同时翻译一部作品，但在“理解”就会出现很大的差异。您重新翻译《不能承受的生命之轻》，对原文的文本是如何理解的？您又是如何在文本原初意义的追问上“走近”这部书，从而理解并翻译它的呢？

许钧：关于《不能承受的生命之轻》这部书的理解，大家可以发现一个发展的过程。在1987年小说刚问世的时候，普通的读者发出的“声音”并不多。有关昆德拉的理解，发出的都是专家学者的声音。而不同的专家从不同角度去阅读去理解。例如，哲学家阅读感觉它是哲理化的小说，而小说家去阅读又感觉它是小说化的哲理；文学家去阅读认为它是小说的革命，而政治家去阅读又认为它是革命的小说。普通读者往往在这些看法的影响下看这部小说，而与自己的经历联系甚少，最多的是联系我们民族的命运（“文化大革命”）。对那个时候的一个解读过程，我把它称之为“外部的阅读”，很少结合自己的生存。可是，现时的人们再来阅读昆德拉，就出现了新的方面，普通读者真正从各自的生存状态出发去理解作品。于是，就出现了不同的人对于昆德拉有着各不相同的理解的现象。

朱竞：*在中国人习惯的阅读期待上，是否存在着与昆德拉的看法不一致的地方？*

许钧：中国传统的阅读方式是：一定要了解作家，然后再了解作品。即先看创作作品的是一个什么样的人，接着再从此人的品性当中来理解这部作品的品位。如果这个作家是一个品位不高的人（指在我们的道德评判标准里），自然其小说品位也不会高。我们在小学学习阶段开始，读一篇文章，总要强调一部作品的“历史背景”。可是，昆德拉就比较反对这种读法。在他看来，作品是第一位的。你们不要去追究我是谁，你只要去读我的作品就可以了！我认为，这点确实是我们在阅读一部名著的过程之中值得思考的问题，即我们到底是要弄清作家其人，再来理解其作品，还是要通过对其作品全部的理解之后，再来定位此位作家呢？因此，在这里面就出现了一些矛盾。昆德拉认为：自己在作品当中是表达了真正写作思想的昆德拉。我感到这是一个非常有趣的问题，因为在我们阅读昆德拉作品的时候，可以发现几乎所有书中都没有对作者详细的介绍。他的书上只介绍出生年月，除此之外就是告诉读者他用捷克文写了哪些作品，又用法文写了哪些作品，而生平经历的介绍似乎对其而言都不重要，因为他说这与其作家身份无关。

朱竞：*听说您答应要翻译《不能承受的生命之轻》的时候，上海译文出版社提出了一个非常重要的条件：要求您不要加任何自己的文字，不要写序，也不要写译后记。为什么？*

许钧：我当时感觉无法接受，这实在是很不平等，我作为一个翻译，为何就没有权利发表一点自己的看法呢？出版社又强调：你可以独立发表你的意见与看法，但请不要与他的书“同行”，因为他是一个独立体，你也是一个独立体，不要把你自己的理解作为理解他的书的先导。法国的结构主义文学批评流派当中非常重要的一条就是：文本批评，即不问作家是谁，只分析作品本身。昆德拉显然是受到了结构主义、文本分析流派的影响。

朱竞：*你同意这种说法吗？*

许钧：在这一点上，我持有不同的看法。

朱竞：*说说您的想法。*

许钧：若我们不对昆德拉的出身、经历有所了解，也许对他的作品的理解就不可能真正有效地展开。

关于昆德拉，不少人这样对我说："昆德拉原来在捷克的时候没有名气，后来他流亡到了法国才开始有了名。"可我查询了一些资料，发现实际上并不是完全这样。1975年，在他离开捷克之前，昆德拉已经就是捷克作家协会主席团成员了。后来他在法国出名了（1977年），其自身的某些经历与我们社会的某些阶段所经历的有些相似。1977年，在中国，"四人帮"刚被打倒了一年多，那个时候改革开放还并没有开始。就在那一年，捷克有七十六名人民艺术家、三百六十名功勋艺术家、七千多名艺术工作者签名发表了捷克斯洛伐克文艺界《宣言书》，其中曾这样写道："……我们极端鄙视这么一帮子人，他们狂妄自大，虚荣心重，优越感强，自私自利，无耻之尤，甚至为了几个臭钱，不惜出卖自己祖国的利益，参加了叛徒集团，脱离了人民，离开了人民的生活，背弃了人民真正的利益而投入帝国主义怀抱，成了反人道主义的工具，堕落为那些颠覆和制造各国间不和的人的传声筒。"其实，这个宣言就是针对昆德拉等一些流亡作家所写的。在这样的声讨中，昆德拉的作品在捷克当然不可能流传，他的作品绝对不可能在捷克的土地上发出自己的声音。但是，历史总是在不断地发展，这种情况一定会有改变，历史会说话的。昆德拉离开捷克到了法国之后，很多人认为理解其作品要围绕两点：一个就是他的故乡；另一个就是他的寓国（指接纳他的那个国家）。在他的小说中，总有许多的梦，梦也可以分为两种：一种就是害怕没有离开自己出生的地方，比如在"无知"中，主人翁到了法国后天天做梦，等到梦醒时分就感觉自己怎么还没有离开布拉格，显得忧心忡忡。另一种梦就是在寓国，他担心自己遭到别人的不理解。对于这么一种矛盾的过程，我们如果从其特殊的流亡者的身份切入，对他那种灵魂漂泊的经历加以理解，我们就会对他的作品有一些新的认识。所以，在这个意义上，我认为了解一点昆德拉的历史以及其特殊的身份是有利于我们对他的理解的。

朱竞：*您认为，从哪几个方面理解昆德拉更准确呢？*

许钧：我认为有这么几点需要指出：第一，我们理解昆德拉，如果只注重外部因素，从政治的角度切入，有可能会产生"误读"，有时候我们会读出他的反动，我们对"共产主义"这样的字眼会特别敏感，在翻译中对有些过于敏感的词语就会采取软化或删节的处理办法。第二，昆德拉的作品的开头非常有意思，如《不能承受的生命之轻》的开篇。法国的作家对于小说的开头，不同的流派大相径庭，如巴尔扎克的小说《贝姨》《高老头》等，作品开头总是：在一八四几年的一天，在法国某城市××街出现了××人……小说家对于所发生的每一个事物、人物、时间、地点均交代得一清二楚，叙述者对于小说中所发生的一切似乎都了如指掌。可是，到了存在主义小说家的时候就发生了变化，如大家都不陌生的阿尔贝·加缪，他有一部小说叫《局外人》，开始便写道："今天，妈妈死了。也许是在昨天，我不知道。"这简直让人难以想象，一开始就把这个"不知道"带入到叙事当中，以至于后来主人翁默尔索杀了人，连自己是怎么杀的都不知道，由此而昭示了荒诞。昆德拉的这部小说非常有意思，小说的一开篇就是："永恒轮回是一种神秘的想法，尼采曾用它让不少哲学家陷入窘境……"这样的开篇似乎没有小说的影子，更像是一本哲学书。而小说的结尾又是另外一种方式："一只巨大的蝴蝶被光线一惊，飞离灯罩，在房间里盘旋。下面，传来钢琴和小提琴微弱的声音……"一个富有哲理的开始，却在一个凄凉的诗意中结束，这样的开篇与结尾就形成了此部小说特有的一种格调和张力。第三，我们在阅读《不能承受的生命之轻》的时候，总能够发现极其有趣的方面，尤其是处于一种二元对立当中所出现的境况。在小说的第二章，有这样的表述：

最沉重的负担压迫着我们，让我们屈服于它，把我们压到地上。但在历代的爱情诗中，女人总渴望承受一个男性身体的重量。于是，最沉重的负担同时也成了最强盛的生命力的影像。负担越重，我们的生命越贴近大地，它就越真切实在。

相反，当负担完全缺失，人就会变得比空气还轻，就会飘举，就会远离大地和地上的生命，人也就只是一个半真的存在，其运动也会变得自由而没有意义。

那么，到底选择什么？是重，还是轻？

朱竞：您对书名的译法作了重大的调整，原来的译名是《生命中不能承受之轻》，现在改为了《不能承受的生命之轻》。为此，我就听到了来自媒体、网络的不同声音，有的说："南京大学的许钧教授居然把书名都改了，就凭这一点我肯定不喜欢。"您如何看这个问题？

许钧：这就说明了一个非常重要的问题：一部外国作品传入了国内，一旦我们的读者接受了它，不管是误读，还是另一种阅读的可能性，这种习惯力量是很难打破的。我认为《生命中不能承受之轻》与《不能承受的生命之轻》是有很大区别的。举例说明："校园的美丽"与"校园中的美丽"，前者是仅指校园的建筑和自然，而后者包括美丽的校园、美丽的学生、美丽的思想等，其范围是非常之广的。再谈《不能承受的生命之轻》，它直指的就是"生命"这两个字，其主题就是要讨论"存在"，要直面"生命"。如果昆德拉说"生命之轻是不能承受的"，那他就是已经下了一个结论，做出了一个判断，成为一种真理，就像"人总是要死的"一样。但是，"不能承受的生命之轻"并不是一个判断，这只是一种可能性。所以，他这样来命题恰好暗合了他自己对于生存的可能性的一种追求。

四、警醒“翻译的危机”

朱竞：早在1994年，季羡林先生就对“翻译的危机”提出警告，现在，翻译质量的下降已成为出版界及广大读者广泛议论的话题。您认为目前中国翻译界存在的主要问题是什么？

许钧：第一，关于重复，现在的翻译家往往喜欢改掉原作的重复词语，有些字并不是说作家本身不会让其多彩，而是有着自己的用意，有时候重复是想赋予其力量。这就好比一个主旋律在不断地重复当中会得到增强、升华一样。一般的翻译家有一个通病，即喜欢把原作当中重复的字眼还于其多彩色，这是一定要避免的；第二，关于原作的简洁，很多翻译家就担心别人认为其文字不好，就想方设法要把简洁变得美丽、灿烂；第三，关于比喻。原作中有好多比喻，比喻是一个作者的生命，一个新的比喻，给人惊喜，两个人用了，感觉还行，可到第三个人再用同一比喻的时候，就已经不产生任何力量了。例如今天当我再说“你是我心中玫瑰”的时候，大家肯定觉得我的比喻很平庸。所以，我们在翻译过程当中，必须重视原作的个性，特别是用词的色彩和节奏，对于原作的引喻和比喻，不能随意“归化”，大而化之，失去原来独特的生命。因此，在我的翻译工作中，我始终把“真”摆在第一位。

朱竞：出现翻译危机的主要原因是什么？您如何看待这个问题？又如何解决呢？

许钧：翻译人才短缺。甚至有些出版社为了抢占市场，让不懂外文的人去抄译、剽窃名著。这里的问题出在图书出版的整个管理机制上。翻译报酬低。受到市场影响，文学翻译的报酬很低，整个社会对翻译人才的重视程度也不够。

要解决这个问题，就要有真正高水平的编辑队伍，编辑本身要精通外语，要有懂外文的领导，要有大众媒介刊登翻译文学批评文章，有一些翻译批评家，这样才能有健康的机制保证。在未来几年，出版社推出的外国文学作品能否成功，在很大程度上要取决于翻译本身的质量。出版社要解决这个问题，一是搞签约制，去帮助树立品牌；其次是通过各种奖项和比赛，发现一批有文学翻译天才和功底的年轻人，给他们一些机会，让老翻译家给他们指导；第三是定期召开一些文学翻译研讨会，大家切磋翻译经验；第四，加强文学翻译的比较、欣赏和批评工作；第五是出版社领导要重视翻译质量问题。

我认为，中国在文学翻译方面剽窃、抄译的时代也慢慢过去了，就像大浪淘沙一样，到最后它总会回到正轨上来的。当然这最后还是要依赖整个社会对于翻译的重视。

许钧，南京大学教授、博士生导师等。著名的法语译者，著有专著《文学翻译批评研究》《文字·文学·文化——〈红与黑〉汉译研究》《翻译论》等，译著长篇小说《追忆似水年华》《名士风流》《邦斯舅舅》《不能承受的生命之轻》等。1999年获法国政府颁发的“法兰西金质教育勋章”，2012年获得“中国翻译事业特别贡献奖”。

宁愿“生活在别处”

——访评论家孟繁华

朱竞：在20世纪的100年里，中国人最多谈论的就是“理想”，人们愿以想象未来如何美好的心情去生活，但结果却常常不令人满意。

孟繁华：是这样。理想这个词，已经被千百遍地谈论，在今天因其古旧而格外不合时宜，人们对假设的名义实施精神统治和暴力的时代记忆犹新，它因华丽和富于想象被无数次地复制和利用，它被填充过许多甚至完全不同的内容。因此，人们对它的不屑乃至惊恐是大可理解的。在实行了商品经济的今天，这个与实际利益相去甚远的词语，既不能将人带进宾馆酒吧，亦不能改善人的就业与生存焦虑，它的不实用性还多少有些奢侈的意味。不同的是，今天毕竟为人们的信仰情趣提供阔大的空间，我们拥有了前所未有的精神自由，有人可以不喜欢这个词乃至它的精神指向，但也可以有人喜欢它并坚定地坚持它。精神统治的时代结束了，已经没有什么可以再干预或压抑心灵的自由。在一个一切都可以交换并转化为消费的时代，有人愿意让心灵栖息于别处，以想象的方式走向生命的彼岸、寻找精神的故乡，也自是他个人的权利和自由。

朱竞：您常说，人到中年了，各种压力也不断地涌上来。那么，在您的各种各样的体验中，有没有最痛苦和耻辱的体验？能不能讲一件苦恼的事？

孟繁华：您的这一个话题倒是勾起了我很多的回忆，具体痛苦和耻辱我就不说了。我想说一些我读初中时候的一些事。那些对我的影响非常大，印象也特别深。我应该属于红卫兵一代，初中一年级还没有读完就发生了“文化大革命”。在边远的东北小城，无知而疯狂地写大字报、撒传单、上街游行、斗“走资派”、打派仗，参加毛泽东思想战宣队，我们幼稚地谈论中国革命和世界革命，然后大串联，到北京接受毛主席的检阅。时代最大的幸福在一个少年的心里得到了极大的满足，经过短暂的复课闹革命，毛主席就让我们下乡了。

在乡下，我们以同样的方式边参加劳动，边进行阶级斗争。那些丝毫没有反抗能力并接受了许多年改造的“地富反坏右”，又经受了一轮残酷的批斗打击。可以肯定的是，面对强大的“无产阶级专政”，他们不会再有“变天”的幻想，那种斗争，足以把神经最坚强的人彻底摧毁，何况已经卑微到毫无尊严可言的“黑五类”。

“文革”和下乡，是我们这些人最初的集体记忆。当我置身其间的时候，还不具有对它怀疑和反省的能力。而是对那种充满了“革命”气氛的生活深怀好感，内心洋溢着单纯圣洁的向往之情。北京是我心中的圣地，世界革命的幻觉虽然所指不明，但却构成了巨大的精神力量。记得有一次从一个朋友那里读到了一首手抄长诗，是幻想“第三次世界大战”的，诗中有强烈的格瓦拉革命输出主义的思想，参加大战的红卫兵终于又一次攻占了“冬宫”，而他们却饮弹身亡。这样的情形让我激动不已热泪盈眶，就如同后来最喜欢的文艺作品是歌剧《江姐》、样板戏《杜鹃山》《沙家浜》、电影《大浪淘沙》一样。这些想法虽然幼稚无比，但却培育我最初的理想主义情怀。我至今仍然相信，如果理想不付诸于政治实践，不以权责的强制性构成精神统治，它仅流淌于人的内心，成为人们情怀的一部分，并没有什么不好，无论是一个民族和一个时代，假如一点浪漫情怀都没有，一点诗性都没有，我们通过什么同它保持情感联系呢？

多年来，当代文学一直是个议论颇多的学科，搞当代文学的人大多被认为“没有学问”，学科也始终处于语焉不详的暧昧语境之中，人们宁愿相信有关李白的通俗读物是学问，也不愿相信严整的当代文学史著作是学问；宁愿相信研究“新儒家”或哪怕是陈布雷是学问，也不愿相信研究“样板戏”或贾平凹是学问。这种偏见一方面自是因其无知，一方面也反映了当代文学研究的问题。因此我觉得当代文学研究方法必须要转化和改造，而它的有效途径就是从思想史和学术史的研究中汲取合理的成分。思想史或学术史研究对史料的重视，对多种文化因素的重视，使得这一研究可靠而可信，它在注重政治因素的同时，也注意对多样的文化意识形态及个人原因的研究。这与当代文学那种要么是新方法、新概念，要么是感觉式的批评是非常不同的。

朱竞：您比较心仪哪一类型的知识分子？为什么？

孟繁华：我比较心仪像赫尔岑、托尔斯泰、别林斯基、契诃夫、帕斯捷尔纳克、瓦西里耶夫以及俄罗斯的音乐和歌曲。在那种文化中，我仿佛看到了鲁迅、瞿秋白、路翎、早期艾青以及穆旦想照耀的信念。也正因为如此，我喜欢现代中国的鲁迅、瞿秋白、路翎、早期艾青以及穆旦、昌耀和王洛宾，在苦难的中国，他们代表了一个民族的人格成就，他们贡献了韧性、智慧、想象和多情，在今日中国，想起了他们，心中就有许多美丽涌起。我也喜欢俄罗斯和好莱坞的电影，喜欢奥斯卡的颁奖仪式和诺贝尔文学奖的演说，我觉得这些仪式文明、简练而充满了欢快。但我不喜欢中国的明星，因为他们一边满含热泪歌唱祖国和人民，一边在台下数巨额演出费，这是今天最为经典的虚伪场景。我无论如何都不能容忍，尽管我无法改变它。面对许许多多的“现代病”，于1995年我提出了“新理想”这一概念，并在此后的批评实践中坚持着。后来它变成我的文化信念，因为在历史与现实中我都看到它的合理性。通过具体的表达，我想这一概念并不空泛，它已为一些青年朋友所接受。

我曾读过一本名叫《焦点》的杂志，它的封面上印着一个女孩的照片，她的背后是深圳老街充满了诱惑力的商业区和多彩的广告，身边是行色匆匆的拥挤人流，她背着一个简单的背包，神情忧郁，眼光单纯而坚定，她只身来到了这陌生的明星城市，去挑战未知的明天和命运。照片上女孩的神情让我经久不忘，它喻示着一种新的观念已经形成，她将用并不浪漫的努力去实现心中浪漫的梦想。我愿意用“新理想”维护和倡导的一切送她上路，并深深地祝福她。

朱竞：我们谈谈知识分子和文学的意识形态问题好吗？

孟繁华：这是一个大问题。社会经济的巨大发展必然要超越传统道德价值观念的基本框架概是无人置疑的，同样没有疑问的是，社会经济的巨大发展也并不意味着以牺牲人类社会基本的道德价值观念作为必要的代价。我们面临的问题是：当代传统的道德价值观念的缺失。所谓“人文精神”“价值重建”“理想精神”等问题的指出，也正是在社会价值观念出现缺失的背景下提出的。

传统的道德价值观念是否值得维护或坚持已是一个无须讨论的问题，值得我们认真对待的是，当现代社会以现代科学技术为动力促进社会经济高速发展的同时，它给道德伦理、价值观的讨论或思考留下了多少空间。美国学者吉尔伯特·罗兹曼在谈到什么是现代化时指出：“我把现代化视作各社会在科学技术革命的冲击下业已经历或正在进行的转变过程。业已实现现代化的社会，其经验表明，最好把现代化看做是涉及社会各个层面的一种过程。”因此，现代化不仅仅意味着物质的极大丰富、政治的高度民主，同时也意味着文化精神的高度文明。后者也许要更为复杂艰难得多。也正是在这样的意义上，弗罗姆才提出了“健全社会”的猜想、马里坦才提出了“永恒利益”的准则和“共同善”的新秩序。当然，无论是弗罗姆还是马里坦，都不能简单地看作是“反现代”的“现代性”言说，事实上他们正是经历了现代化带来极太的物质利益的同时，也目击了道德、价值、精神危机的恶果。一切都丧失了尺度和标准，各行其是和自以为是使每个个体都难以获得自我确证，孤独和绝望正是在普遍意义丧失之后出现的。

朱竞：您对“人文精神”等命题的提出如何理解？

孟繁华：在这样的意义上，我对“人文精神”“价值重建”等命题的提出持以理解和同情。因为它们毕竟体现了人文环境不容乐观的处境下知识分子传统的忧患意识。他们意识到了危机的存在。但我对其间显示的“一体化”倾向或大而无当的空泛所呈仍存有疑义。所谓“一体化”倾向是指试图以统一的观念从整体上全面解决问题的动机。这一出发点是能够理解的，但历史经验表明：“一体化”的霸权性和精神统治的后果是可怕的，它很可能扭曲为新的精神压抑力量，从而失去健康的、多元的价值观念取向。因此，从本质上说，这样的思想方式并没有超出原有传统价值观念“一体化”的思考框架，忽视了“一体化”的负面效应，忽视了它可能成为中心意识形态表意形式的危险；另外一点值得我们考虑的是，“人文精神”蕴含着什么样的具体内容？它可靠的生长点在哪里？我们从哪里去寻找“重建”或“再造”的理想资源？无法回答上述问题，“重建”就会流于空泛并失去可能性。

于是我想到，社会价值体系的重建也好，再造也好，转型也好，说到底，它只是人文学科知识分子的一种猜想，一种在社会转型期知识分子忧患的精神传统再现。之后可以说它是一种猜想，也就是说我们意识到了人文精神处境的危机，在现实批判的同时，猜想一个更合理、更完善、更具人性的思想、文化、道德的价值或意义世界，并以想象的方式去规约人们的行为方式和思考方式。但是，这一切毕竟仅仅限于情感愿望的范畴，或者说它是一种只可能想象而难以经验的话语实践，是知识分子的意识形态。在这一时代，它更像是一道庄重的布景或精神象征，它所能表达的更多的是知识分子良知和角色的自我确证以及对人类基本价值维护的承诺。至于它以何种方式向民间社会或其他阶层传递并施加影响，我们甚至还来不及去想。这样的看法显然不够伟岸般的过高期许，也就不至于有太多的失望。

朱竞：也正是基于上述原因，您提出了新理想主义这一说法。这一命名隐含着人文学科知识分子的人格理想、价值取向等传统理想主义的古旧内容，但它与传统的理想主义又是完全不同的两回事。但是，传统理想主义的没落并不意味着理想精神的衰亡。

孟繁华：我所说的新理想主义是指，在这一精神的烛照下，文学应当对人类的精神处境和生存处境予以关切，并为解脱人类的精神处境投入真诚和热情，文学应当表达它对人类基本价值维护的愿望和热情，文学应当表达它对人类基本价值维护的愿望和义务，在文学的娱乐功能之外，也以理想的精神给人类的心灵以慰藉和照耀。对现实的理性认识又使它充满了超越于个人利益之外的批判精神。在这样的理想背后，它不隐含任何神学语义，因此它不具有类宗教的功能，它不企望对人实行新的精神统治，而只是以自己特有的话语形式显示出对人性的向往和关怀。这样的文学创造了“第一现实”，它体现着文学家的智慧、操守或品格，它鼓舞激励作家持久地坚持于纯正的艺术之路而免于沉沦。

朱竞：“新理想主义”既然是一种理想，它同样无可避免地具有情感愿望的意味，它同样是我们虚妄的一个意义的支点，同属于知识分子意识形态的一部分，它具有乌托邦性。但精神的乌托邦显然是必要的，迷乱、颓败、随波逐流的90年代文学在很大程度上源于乌托邦的丧失。一种功利的、务实的、实用的观念统治了文坛，它刺伤了我们的自尊心。

孟繁华：因此，我们宁愿“生活在别处”，在“新理想主义”的空间寻找精神出路。

我们生活的时代

——访学者谢泳

朱竞：最近看到您的很多文章，都是关于知识分子话题的，读您文章的感觉都是很沉重，这些都与您的多年思考和读书分不开，您能谈自己的人文观吗？

谢泳：谈谈自己的人文观，这是一个很让人有兴趣的题目，但也颇让人发愁。我想来想去，还是先从我读书的时候谈起，因为后来我对生活和我们这个时代的许多看法，可能都与早年的读书有关。这些看法归纳起来，大体是我对于读书自由、民主科学、激进保守、学生运动的理解，也可以说就是我所理解的中国现代大学、现代新闻和现代出版制度，因为这些问题都是和知识分子相关的，也就算是我的人文观吧。

我是20世纪60年代初出生的人，这个年纪是什么概念呢？就是他的整个中学生活是在“文革”中度过的，而我们现在知道，“文革”中是没有书可读的，就是有书可读，那些书多数也不是什么有用的。一个人应该在他该念书的时候就念书，而且要念一点正经书，不能白念。而现在想起来，我最能念书的时候念的那些书，后来多数对我没有什么用，或者说，还有副作用。

朱竞：我能理解您说的读书背景。您少年时读书是家里强迫读还是自己喜欢读？还记得那时读些什么书吗？对您影响最大的书是什么？

谢泳：我少年失怙，母亲虽然没有多少文化，但她是一个知道文化是好东西的人，在我很小的时候，她让我背得最多的是《毛主席诗词》，我在上小学以前，已经背会了当时能找到的所有毛主席诗词。我后来对文学有一点兴趣，这可能是最初的萌芽。我现在想，要是那时我读的还有《唐诗三百首》就好了，那可以让我享用一生，可惜我没赶上那样的好时候。这算是我读书时代有印象的第一本书。第二本是《屠格涅夫回忆录》。我上小学的时候是20世纪70年代初，有一次从学校废弃的图书馆里找到一本《屠格涅夫回忆录》，薄薄一册，是蒋路先生翻译的。这本书主要写屠格涅夫自己的文学活动，我就是从那本书里知道了许多19世纪的俄国作家。

那时喜欢读这本书，主要还是喜欢蒋路先生的文字，他的译笔和当时流行的说话方式有很大的不同。再有就是鲁迅的作品了。那时能见到最多的书就是白色封面的鲁迅著作，一本一本的小册子。那时看鲁迅的书根本就不懂，但对书中提到的人物有些兴趣。那时我还看过一本普列汉诺夫《论个人在历史上的作用》，这是一本小册子。看这本书的时候，我已经在晋中师专读书了，那是思想解放的初期，从这本书中，我知道了一个人在历史上是如何发生作用的，这本书改变了我对于领袖人物的看法，从那时起我知道了领袖并不是神，那时我们有一个常见的句式是：没有谁，就没有什么。从此我就不信这一套了。20世纪90年代初期，东方出版社出版了一本《不幸的观念》，我从这本书中知道了哈耶克，以后又读了他的《通往奴役之路》《自由秩序原理》。

朱竞：您还算幸运，那么早就读到了哈耶克的书，西方的这些哲学思想对您以后的思考有什么影响吗？对中国的文学界有什么触动吗？

谢泳：这些书改变了我在30岁以前对许多问题的看法，特别是对国家、政党和形形色色的所谓主义的认识。一个正常的时代，应该是一个读书自由的时代，要相信人是有很强选择能力的，他想看什么书就让他看去，时间长了，他总会知道好坏的，一个在自由选择环境里长大的人才是身心健康的，如果一个社会连读书的自由都没有了，那是很可怕的。这几年我们已经很少再说创作自由了，特别在文学界，可以说，这已是一个过时的名词，这是20世纪80年代的声音。20世纪90年代人们对于这种声音已经没有了兴趣。我也经常听到一些作家说，我们现在已没有什么不可以写的东西，他们的逻辑好像是我们的创作已经自由了。20世纪90年代文学界差不多再没有发生过用政治来干预文学的事情，除了20世纪90年代初期的“稀粥事件”让人们稍感惊奇外，我们对于文学的认识是进步了。但在这样的条件下，我以为我们还是不要忘记创作自由这个说法。

现在文学界对于近50年来的中国文学评价是不高的，我以为这个判断不是没有原因。

这50年我们不但没有出现大师级的作家，而且把现成的大师级作家一个一个给耽误了，这是事实判断，不是价值判断，因为我们说不出这50年谁是大师。没有创作自由，肯定就不会有大师，在这一点上，我们不如过去。所谓创作自由，也只是一个常识，没有什么多说的，也就是作家想写什么就让他去写，他不想写什么就不要难为他们了。从体制方面说，创作自由是存在于民间社会中的一种生活方式，没有了民间社会，就很难有创作自由的空间。再往深里说，创作自由也是一个取巧的说法，从现代政治的理念上说，言论自由也好，创作自由也好，它的核心内容是一个出版自由的问题，这我们就不多说了。

朱竞：作为知识分子，您向往什么样的生活？

谢泳：因为最早接触的作家是鲁迅、郭沫若这些“五四”时代的作家，所以我对于“五四”时代的文人生活是非常向往的，越往后，我的这个印象越强烈。

朱竞：说到“五四”，您认为中国的知识分子有没有“五四”情结？为什么？

谢泳：中国知识分子是有“五四”情结的。因为我们的历史常常让人失望，所以很少知识分子能够在心理上摆脱对“五四”的牵挂，那一代知识分子的期望，对于我们来说还是一个梦想。“五四”是青年节，但更是中国知识分子的节日。“五四”是一个让人产生很多联想的节日，是一个让人欲说还休的节日。科学和民主是那时的口号，但又何尝不是我们今天的向往呢？年年都有一个“五四”，但每年的“五四”又有不同，因为这是20世纪最后一个“五四”了，我不想再往前看，只好说一件旧事，来作为对“五四”的怀念。

“五四”运动的时候，杜威和他的夫人正在北京访问，他在那年的六月份从北京写给女儿一封信。这封信，我是从周策纵先生的名著《“五四”运动史》中看到的，他在信中对中国学生有非常高的评价。他说：顺便说一下，我发现我上次把这里学生们的第一次示威活动比作大学生们的起哄闹事，这是有欠公允的；整个事情看来是计划得很周密的，并且比预计的还要提早结束，因为有一个政党不久也要举行游行示威，学生们怕他们的运动（在同一时间内进行）会被误认为被政党利用，他们希望作为学生团体独立行动。要使我们国家的14岁的孩子领导人们展开大清扫的政治改革运动，并使商人和各行各业的人感到羞愧而加入他们的队伍，那是难以想象的。这真是一个了不起的国家。

杜威是从民主国家来的学者，他对于中国学生的这个评价，不由得让我们对学生的行为肃然起敬。这几年学术界对此也是颇有微词的，以为那时的前辈做事不够冷静，有激进主义的倾向，以至于把后来许多激进的事都归在了“五四”的名下。

一个近代的学生运动，能像“五四”这样有理性，我以为已是很不容易了，在这些方面，我们对于学生和知识分子还是要多一些理解。“五四”，我们现在都把它作为一个新文化运动来看，那时有些过头的说法，我以为都是不能完全当真的，比如像吴稚晖、钱玄同说的那些话，我们还是要设身处地去想，多想他们对于国家的感情，多想他们想让国家好的那份急迫感。中国现代知识分子，多是从旧读书人来的，修齐治平是他们与生俱来的一种素质，他们对于国家的情感有时是后人难以想象的。杜威从那时学生的理性行为上看出了我们这个国家的希望，他的评价是“这真是一个了不起的国家”，可惜我们让杜威和许多人失望了，但这不是知识分子的责任。20世纪40年代以前凡是以知识分子为主做的那些事，都是上了轨道的，都是做得较好的，比如现代大学、现代新闻、现代出版等等，可见中国现代知识分子是不糊涂的，他们是最能了解世界大势，也最知道好坏的人。

朱竞：的确是这样。细想一下，“五四”时期的知识分子的确是代表着民族文化的精华，象征着人文理想和正义。

谢泳：我近年读书，常常想起读《吴宓日记》时的一个感想，我发现他对中国近代历史的评价很能给我们一些启发。1936年8月8日《吴宓日记》有这样的记载：“夕，独坐气象台观晚景，遇历史系三年级学生何炳棣。谈甚洽。宓为何君述对于中国近世历史政治之大体见解：（一）每期，每事，右（改革，或维新Reformation）派败而左（革命Revolution）派胜，然右派之学识较深宏而主张较正确。（二）日本之一贯政策，为破坏中国之统一政府与中央集权。中国人则为虎作伥，自坏其纲纪规律与忠诚之信念。昧于以上所言二事，而号呼救国，殊类南辕北辙。——何君以为然。其见解颇超俗，有望之青年也。宓力述寅恪学识之崇博，何君拟即从寅恪请业云。”这个何炳棣从西南联大毕业后到了美国，成了世界知名的历史学家，他的学术生涯中就有陈寅恪和吴宓的影响。

朱竞：具体表现在什么地方？

谢泳：吴宓当年是非常有名的“学衡派”的主将，思想是偏于保守一面的，但他的保守，不是不识世界大势，而是倾向于走渐进的道路，以避免给社会带来巨大的震荡。中国现代的自由主义知识分子多数取得的是这种态度，比如胡适、陈寅恪等人。从《吴宓日记》中可以看出抗战之前夕，陈寅恪也是主和的，他的这个认识与胡适可谓不谋而合。吴宓在日记中说：“晚饭后，与陈寅恪散步。寅恪谓中国之人，下愚而上诈。此次事变，结果必为屈服。华北与中央皆无志抵抗。且抵抗必亡国，屈服乃上策。保全华南，悉心备战；将来或可逐渐恢复，至少中国尚可偏安苟存。一战则全局覆没，而中国永亡矣云云。寅恪之意，盖以胜败系于科学与器械军力，而民气士气所补实微。况中国之人心士气亦虚骄怯懦而极不可恃耶。宓按寅恪乃就事实，凭理智，以观察论断。但恐结果，徒有退让屈辱，而仍无淬厉湔祓耳。”《吴宓日记》第6册第168页）

吴宓一生与胡适不和，在他看来胡适也是属于激进的。抗战前夕，吴宓有一次和冯友兰谈及清华外国语文系的情况，冯友兰说将来拟聘钱锺书做清华外国语文系主任，吴宓听后在日记中说："唯尊之来，则不啻为胡适派、即新月新文学派，在清华占取外国语文系。结果，宓必遭排斥。此则可痛可忧之甚者。"（《吴宓日记》第6册第157页）从这个记载着，好像钱锺书和胡适是一派的，其实钱锺书与胡适的关系并不亲近。在胡适、钱锺书和陈寅恪之间，虽然他们的关系亲疏不同，但在对中国历史的看法上却有相同的一面。对于激进和保守的重新评价，可能会使我们对于中国现代史做出新的理解。

朱竞：您对学术界在几年前提出的"重写文学史"有什么看法？

谢泳：记得十几年前，上海陈思和、王晓明先生就提出了要重写文学史，十年以后，可以说这个口号已经有了不少实绩。今天在大学里讲授现代文学史的人，不管同意与否，他们实际上都在用一种新的眼光来看现代文学史。与文学史比较起来，最应该重写的其实不是文学史，而是现代史。文学史只是现代史的一小部分，它的发展和评价都要受制于现代史的重写，没有重写的现代史，很难有真正重写的文学史，现在文学史研究的突破很难，不在文学本身，而在现代史还不能重写。要重写现代史，不是一件容易的事，套用那一句老话说，一部现代史，不知从何说起。也许有人会说，现在还不是重写现代史的时候。

朱竞：不能做的事最好就别说，因为做不到，说了也没用。而我的看法则略有不同，现在一时做不到的事，不等于永远做不到，况且就是一时做不到，也不能想不到。做到做不到是一回事，敢不敢想又是一回事，我觉得我们现在就应该想这样的事。

谢泳：是这样。要重写现代史，先要有一个平和的心态，先要把逝去的历史看成是所有中国人走过的一段路，不要先存了谁是要故意做坏事，而谁又是诚心解民于倒悬，救民于水火的心理。对历史一定要有了解之同情，不然我们所看见的历史，就不是历史，而是意识形态史了。重写现代史的第一步就是要先回到真实的历史处境中，先用常识去看那些曾经被我们否定了的东西。比如新闻。对于过去的新闻，我们是很不以为然的，总是认为后来的好，那时不是开天窗，就是小骂大帮忙，总在这样的话语里生活，有时候智商会变得很低。就说报纸开天窗，其实那本身也是一种信息。非要在开天窗和不开天窗之间选择一条路，我看多数办报的人，愿意可以开天窗，而不愿意说胡话，这是常识。小骂大帮忙，这是过去贬低《大公报》时常用的一句话，大家都这么说，也不想想这话能不能成立。《大公报》我是看过的，我以为那是中国新闻史上的骄傲，我们后来的报纸不好和《大公报》相比，这也是常识，无须多说。河南发大水，地方大员贪污赈灾款，王芸生在《大公报》上写一社评《看重庆，念中原》，不说别的，光这个标题，今天就没有人能做得出来。现代新闻制度本是西方的产物，但古老的中国在最初接受时，却表现出了很强的亲和力，因为那是一个好东西，拿来用就是了。我曾在《中华读书报》上读到夏晓虹先生一篇文章《晚清报纸的魅力》，夏先生是专治晚清史的专家，她对晚清报纸的评价很高，我以为那是真实的阅读感受。中国在20世纪初和西方接触时，我以为有三件事的转型是完成得非常成功的，一件是现代新闻制度，一件是现代出版制度，一件是现代大学制度。这三件事完成得好，重要的是那时办这些事的人首先接受了解现代新闻、现代出版和现代大学的理念。这个理念的核心就是它的民间性，也就是说，在这件事情上，国家是不能过多干预的，它有相当的独立性。这样讲，不是说过去的新闻、出版和大学没有毛病，而是说，它没有致命的弱点。中国现代大学的最初格局是国立大学、私立大学和教会大学，现在看来，这个格局具有很强的现代性，它是开放的，是和文明进步的主流相通的。章开沅先生就说过，当年西方国家在亚洲所办的教会大学，以在中国最为成功。

朱竞：商务印书馆、中华书局、良友出版公司、文化生活出版社等等，它们做出的贡献是有目共睹的，这些成功的先例，有大量统计数字和相对应的事实来证实。重写现代史，就是要先在这些问题上回到常识，把丢失了的好东西找回来。好多事想起真是让人痛心疾首。中国在20世纪这100年中发生的事情太多了，作为每一位有良知的知识分子有责任反思。

谢泳：是这样。回想这近百年的路，对每个中国知识分子来说，真有太多的感慨，太多的遗憾。遥想当年，古老的中国和西方发生碰撞的时候，那么多的路曾经出现在我们前辈面前，可现在一个世纪的路已经走完，我们还没有走上前辈知识分子所期望的路，用一部外国小说的名字比喻，我们还“在路上”。说“在路上”，也还多少有一些自作多情的意味，100年了，其实在很多方面我们还没有上轨道。储安平在20世纪40年代末，对于当时国民党政府的现状说了这样一句话：团家再成这个样子，我们连批评它的兴趣都没有了。现在想到储安平的话，依然不无感慨。

朱竞：这100年间，谁最爱这个国家？谁最关心这个国家？谁最能替老百姓说话？谁比较最能不计自己一时的利害得失而为国家的命运着想？

谢泳：我想了想，还是知识分子。抗战结束后，张申府曾向国民政府进言，他说：“这几年来，国人中表现的比较最规矩、最公正，比较最有知识最能感觉、最关怀国家，忍受的苦难也比较最多、最不失为固穷的君子的，就是若干大学教授。今后国家一切改革，总应该对他们多加些重视才是。”张申府对那时知识分子的评价，今天想来，也还让人感慨万千。如今，一说到知识分子，就有很多人不高兴，以为这些人多数都是些自命不凡的假精英，好像总是一副怀才不遇的样子，其实真让他们干起事来，也很扯淡。知识分子不是没有缺点，不是没有毛病，傅斯年曾说过他们这些人是“治世之能臣，乱世之饭桶”，徒有报国志，空洒泪千滴的事什么时候都有，知识分子想为国家出力，想让国家好，就是说一点话而已，这没有什么不好。我们不能一听到知识分子为国家着想，就以为他们有什么其他图谋。

朱竞：学术界对胡适也有很多的争议，您是如何看胡适的？

谢泳：胡适这个人的价值，我们今天已经看得比过去清楚了，进入下一个世纪，我们就更需要读懂胡适了。为什么呢？因为胡适是一个有世界眼光的人，他差不多在七八十年前就看出了世界的趋势，这是很不容易的。胡适是一个没有排斥性的人，他一生中有那么多朋友，不是偶然的。他有一个看法，就是做学问要在不疑处有疑，而做人却要在有疑处不疑，这是何等境界！他是一个胸怀非常坦荡的人，知人论事，常能出以公心，一生说话，多为持平之论。

胡适是中国新文化最重要的代表，文章简洁明快，是用平常话讲大道理的人。他的思想有开放性，他的方法有科学性。他的文章又最平易近人，是那种可以学，也能学的文章。过去语文教材里不选胡适的文章，最大的损失还不是在文章的做法和文风的变化上，而是我们失去了像胡适那样想问题、看问题、做学问的方法。

胡适是平和的，但绝不是没有原则；胡适是平常的，但却是远大的。胡适自己说过，他一生的思想受两个人的影响最大，一个是赫胥黎，一个是杜威。赫胥黎让他学会了怀疑，杜威让他不相信一切没有根据的东西。而这两样东西，恰恰就是我们历来最缺少的东西。他在《介绍我自己的思想》一文中曾说过：“现在有人对你们说：‘牺牲你们个人的自由，去求国家的自由！我对你们说：‘争你们个人的自由，便是为国家争自由！争你们自己的人格，便是为国家争人格！自由平等的国家不是一群奴才建造得起来的！’”他是一个一生倡导要有健全个人主义的人。他说过：“救出自己的唯一法子便是把你自己这块材料铸造成器。”胡适总是要让青年人特立独行，敢说老实话，敢向恶势力作战。他认为西方就是有了健全的个人主义，才有了无数爱自由过于面包，爱真理过于生命的特立独行之士，才有了今日文明的世界。

最近我读了胡适自传和一些有关介绍胡适的文章，我觉得胡适是一个讲道理的人。他最不喜欢唱高调，一生很少说不负责任的话，这些都是我们以后最需要的东西。过去语文教材里不选胡适的文章，无论是对做文章还是做人，都是大损失。现在胡适的书我们也印了不少，但那些书的读者多是研究者，其实现在最需要看胡适文章的，我以为还是青少年，因为他们正在形成自己的思想，最怕误入歧途。30年代初，胡适为《胡适文选》写序时。就有一个明确的目标："使我的少年朋友们容易明白我的思想的路径。"他是很看重自己文章对少年朋友的影响的。不了解胡适，也可以说，就是不了解现代中国，所以我们应当读一点胡适。

朱竞：*平心而论，这一百年间，最有远见、最能看出世界大势的，我们还得说是知识分子，而不是其他阶层的人。*

谢泳：1945年抗战胜利后不久，当时中国多数自由主义知识分子都对国家的前途有过考虑。那时胡适还没有从美国回来，但他们那一班人就已纷纷给胡适写信，向他报告国内的情形，主要是知识界的情况。他们最希望的是胡适能回北大做校长，这样就可以重振自由主义的力量，为国家政治走上宪政道路出一点力。那时的胡适，不仅是中国学术界的代表，还是中国道德的代表。胡适那时对政府的理解是，我们保持自己的独立地位，说自己想说的话。就是为国家，也是为政府树了力量。

朱竞：*您认为知识分子精神存在吗？中国的知识分子所承担的最大责任是什么？*

谢泳：知识分子精神是存在的。但是，我们今天虽然没有像胡适那样的知识分子了，但虽不能至，心向往之总还是可以的。知识分子大体说都是做文化工作的，尽管现在所处时代环境和从事的工作早已今非昔比，但我们总还可以做一个社会上的有心人，总还可以合拢来尽可能做那么一点有利于社会进步的事，这些可能都是点点滴滴的，但多数知识分子如都能像我们的前辈那样，时间长了，总还可以为国家积蓄一点力量。看着这100年来，凡是以知识分子为主办得那些事，虽然不是完美无缺，但总是成功者居多。中国近代以来，凡我们中国过去没有的事，而一从西方引来，很快就能在我们的土地上生根开花，并结出硕果的，我以为就是大学、出版和报纸这三件事。

朱竞：*可见那种"唯国情论"的说法，也未见得就有多少道理。*

谢泳：傅斯年曾说过，中国的许多事都是傻子办成的。我以为此话说得很好。储安平在重庆办《观察》周刊的时候，年纪不过36岁，一年以后他到上海办了《观察》周刊。他当时个人的生活条件非常之好，可以说要什么有什么。但他还是想办一本周刊。他的钱是集股而成，他的朋友雷柏龄入股的钱，是把父亲给他在四川的地卖了，拿来办杂志的。储安平当时的想法是"赔光了就关门"，他的理想就是给胡适信中说的："我们创办《观察》的目的，希望在国内能有一种真正无所偏倚的言论，能替国家培养一点自由思想的种子。"南京方面也请过他，他都没有考虑。那时和他同出于上海光华的同学李唯果、沈昌焕都是当时前途看好的少壮政界力量，但是储安平没有选择他们的路。他的想法是："今日之士太慕功名，太希望从政，但是我觉得一个有为之士，他应当看得远，拿得定，做他最好的，以尽忠于他的国家。"希望在新的世纪里能多一些像储安平这样的傻子，也许我们就还有些希望，长线放远筝。还有在台湾办《自由中国》的雷震。他离开大陆时在政界也是前途十分看好的官员，那时他已是旧政协的秘书长，蒋介石十分器重他。但他是一个有理想的人，他办《自由中国》的时候，许多朋友劝过他，蒋介石也通过人劝他，但他还是不回头。台湾后来走上宪政道路，与胡适、雷震等人的努力是分不开的。知识分子的努力都是慢功夫，但从长远看，他们的努力不会开了花不结果的。目前我们又进入了一个新的时代，在这个新时代里，知识分子所承担的责任，也就是说最能做也最应该做的事，也不过还是我上面说的那三件事。我以为我们应当向这方面努力。当年储安平就说过："在争取言论的自由上，本人一向认为言论界自身所负的责任，比其他任何人都大。同样，在争取司法的独立上，司法界的朋友所负的责任也比其他人士为重。"50年前，中国的自由主义知识分子从数量上说，留下来的为多，但我们也还要注意，自由主义知识分子中的核心人物却都走了。这个变化，也很让我们生出感慨。"没有安排好的道路"，这是50多年前费孝通先生一篇文章的题目，他是不经意间用的，但我们重温这句话却感到它有一种象征意味。没有安排好的"道路"，我们走下去吗？

不从的精神

——访批评家李建军

朱竞：20世纪已经过去了，每一个人都应该对过去的历史进行反思。在您看来，20世纪是怎样的一个世纪呢？这个话题谈起来很沉重，但是每一个真正的知识分子都应认真地思考和回答这个问题。

李建军：是的。20世纪也许是人类有史以来最悲惨、最不幸的一百年。经济普遍落后，剥削普遍存在的19世纪固然也给人们留下了痛苦的记忆，但是这些悲惨的情景，并没有摧毁人类的精神世界。信仰的太阳依然在天空朗照，思想的火焰依然在地面燃烧，19世纪的苦难和问题，带来了伟大的将对人类的未来产生久远影响的思想（如马克思、叔本华等人的思想），以及由信仰和激情支撑的健康的文学（如雨果、狄更斯、托尔斯泰、陀思妥耶夫斯基的小说）。而20世纪的灾难却是毁灭性的。两次世界大战和血腥的政治独裁，给人类的内心世界造成了严重的损毁，瓦解了长期以来对人类生活起支撑作用的信仰体系和道德秩序。

奥斯维辛、古拉格群岛、“文化大革命”、“红色高棉”、“南京大屠杀”、“大清洗”、“大批判”、“牛棚”、“韩战”、“越战”等等，成为我们描述20世纪灾难网景的关键词，这些苦难同然让我们看到了辛德勒的伟大，看到了罗伯特·贝尼尼的“美丽人生”，但更多的却是被战争和暴政毁灭掉的别无“选择”的苏菲，是脚上戴着镣铐的杰尼索维奇，是平静地举足涉清流的老舍先生，是神秘失踪的储安平先生……在我看来，20世纪的科技和器物层面的进步，并不足以抵偿这些灾难给人类带来的不幸。人们恐怕需要付出极大的、更持久的努力，才能让被毁伤的人类心灵恢复健康。

朱竞：您能从多方面多角度地评价和回顾20世纪所发生的事情，非常好。从很早的时候起，人们就在探讨“知识分子精神是否存在”和“什么是知识分子精神”等问题，那么，您认为知识分子精神存在吗？如果答案是肯定的，您怎样理解？

李建军：知识分子精神当然存在。无论中外，无论古今，都有一群通过设帐授学、著书立说、传教布道等方式介入社会生活的人，这些人就是知识分子。他们生产思想，关注意义和价值领域的事情，并试图用自己的思想质疑一切，重估一切。他们从不接受现成的思想。他们的视野从不局限于自己的生活范围。在他们看来，真理的价值高于生命，人可以放弃生命，但不能活在没有真理之光的黑暗中，在这方面，苏格拉底和布鲁诺是他们的原型。他们以天下为己任，有“为生民立命”的道德自励，有“苟利天下生死以，岂因祸福避趋之”的牺牲精神。在我看来，知识分子精神的灵魂，就是独立的、理性的批判精神。就是由罗素提出来、由弗洛姆大力提倡的“不从”精神。这是一种“肯定理性与意志的行为”。这种“不从”精神，并不是盲目地拒绝或反对一切。它是“革命的不从”，而不是“造反的不从”。知识分子“不服从传统的概念和思想的权威，不服从人们所信仰的传统的陈词滥调”，但是，他服从超越了盲从的“理性”，和超越了民族的“人类”。

朱竞：您说的这种“不从”精神，正是大多中国所谓知识分子所缺少的，而这种“不从”精神，则是西方知识分子的一种精神传统。知识分子首先应当明确自己的责任，在您看来，20世纪中国知识分子所承担的责任是什么？

李建军：这个问题问得好，很长时间了，似乎很少有人关心这个问题。原因很多，首先在中国，从20世纪初期开始占了上风的“农工神圣”的观念，和对属于非劳动阶级的知识分子的改造运动（它还有一些形象的比喻，如“洗脑”、“割尾巴”等），从精神和心理上瓦解了知识分子的自尊心和优越感，使他们产生了强烈的自卑感甚至负罪感，完全丧失了引领社会精神生活的信心和心理支撑；其次，权力的非知识化，或知识的非权力化，也使关于社会生活变构和建设的重大决策，成为与知识分子无涉的纯权力化行为和隐性运作过程，知识顶多只能察言观色地替权力运作的合法性与合理性，做一些敲边鼓式的说明和辩护。是的，到了该问一问知识的拥有者，究竟该承担些什么责任的时候了。

事实上，回答这个问题并不容易。如果它指的是对已然的事实状况的评价，那么，我的回答是，在20世纪的前半世纪，由于在“五四”新文化运动中，鲁迅、胡适、陈独秀等一大批优秀知识分子有思想和写作的良好环境，因此，风云际会，因缘凑泊，知识分子有条件做自己的事，尽自己的义务，承担自己的责任，点燃知识和思想的火把，照亮现实，启蒙大众，引导社会生活的潮流和方向。但是，在随后的相当长的时间里，由于战争、由于体制方面的原因，由于权力的绝对任性，知识分子已经丧失了按照自己的伦理原则承担责任、发挥作用的自由空间和正当权力。他们成了附皮之毛，成了无足轻重的点缀，彻底沦落到黄仲则所说的那种“十有九人堪白眼，百无一用是书生”的境地了，还谈什么“责任”！

如果您的问题指的是一种自然状态的未来建构，那么，在我看来，中国知识分子的责任应该是，努力恢复自己的角色意识，培养对知识的信心和尊严感，最终以富于批判性和真理性的知识话语影响大众，促进社会生活的进步和发展。当然，知识分子最终能否有效地承担自己的责任，做好自己的工作，仍然有赖于权力对知识的宽容程度，倘若权力依然扮演全能全知的角色，那么，知识分子还将陷入尴尬的境地，因为，他不知道自己该做什么，该说什么，不知自己怎么做才算行，怎么说才算对。

朱竞：我觉得您对知识分子所承担的责任理解得很深刻，作为有知识的文化人，都应该正视这个问题，在很长的时间里，一谈到“责任”，大家总是回避，其实，知识分子既是创造者，也是质疑者。中国知识分子在中国的社会发展的进程中到底起了什么样的作用呢？这是应该深刻反思的问题。我们说到了知识分子的精神和责任等问题，那么，您最心仪哪一种类型的知识分子？

李建军：我喜欢那些有骨头、有血性，敢于说真话的知识分子。他们有很强的人格上的贞操感，有很强的道德上的羞恶心。他们同情弱者，绝不向权贵低首下心。他们生活的唯一依据是知识，他们追求的唯一目标是真理，同所有人的幸福密切相关的真理。他们面对罪恶和苦难，绝不闭上眼睛，绝不瞒和骗。他们敢于拍案而起，敢于直面淋漓的鲜血。他们的代表是鲁迅和闻一多。

朱竞：我也同意您这一看法。但是，不论是过去还是将来，敢于拍案而起，敢于直面淋漓的鲜血的真正的知识分子还是少数的。您还能列举20世纪中国比较优秀的知识分子有哪些人吗？

李建军：鲁迅、胡适、闻一多、陈寅恪、蔡元培、钱锺书、殷海光、夏志清、龙应台……

朱竞：您从小一直生活在陕北，那里的学习和生活的条件都不是太好——那是没办法改变的。但是您通过努力改变了命运。这其中您最痛苦和耻辱的体验是什么？能讲一件苦恼的事吗？

李建军：最痛苦和耻辱的体验很多，有些甚至是日常性的。戴着人格面具，说自己不想说的话、做自己不想做的事，这该是一种痛苦吧？看到你不想看却不能视而不见的现象，听到你不想听却不能听若不闻的事情，这该是一种耻辱吧？具体的苦恼的事情，明明如月，不可拾掇。不说也罢。

朱竞：的确是这样。痛苦是自己内心所感受的东西，每一个人的痛苦都是不同的。能不能谈谈您对两性感情领域的自由与责任是怎样理解的？

李建军：无论自由，还是责任，都应该与爱关联起来考察。无爱的自由，便是兽行，甚至连畜牲都不如，而这种兽行，却是处处可见的，几乎到了人人见怪不怪的地步了。还有的人，甚至以这种无爱、无责任的自由为乐、为骄傲，这真是令人心寒齿冷的道德堕落。

朱竞：到目前为止，您读了很多书也接触过很多人，那么对您影响最大的书和人是什么？能说说您和它（他或她）的故事吗？

李建军：对我影响最大的书是《杜诗镜诠》、《论语》、《古文观止》、《唐诗——二百首》、《红楼梦》、《鲁迅全集》、《胡适文集》、《中国现代小说史》（夏志清）、《圣经》、托尔斯泰的著作，《九三年》、《歌德谈话录》、《别林斯基选集》、《通往奴役之路》、《人的奴役与自由》、《西方哲学史》（罗素）、《罗马十二君王传》等。

对我影响最大的人，是我的曾祖父。小时候妈妈的学校按照上级的指示，做了一个斩钉截铁的规定，所有女教师都不许带孩子，因为，那时晚上要开批判会，白天也要忙些没名堂的事。有的老师不得不把孩子寄养到农村，后来农民跟孩子有了感情，死活也不愿人家把孩子领走。我的境遇就好多了，一岁那年被送回老家，交给曾祖父带。在我的印象中，我的这位“老爷爷”永远不会生气，连训斥人的时候，似乎都是笑着的。没有人怕他，但绝没有人不尊敬他。我印象最深的是他的善良和富有同情心。他最爱说的话是“你看谁谁可怜的”。他经常帮助那些“可怜”的人。我小时淘气，他总是对我说：“学得乖乖的，再不要夹枪带棒地跟人打架，不要学你爸的样子。”爸爸当过兵，平时爱打猎，而且枪法极好，每次出猎必有收获。

有一次，他打死一只母鹿，抓回一只小鹿，但“老爷爷”说这是“造孽哩”，拒绝吃鹿肉。他坚决反对孩子当兵，称之为“不学好”。我的一位堂兄要参军，老人家气得逢人便骂，还说：“你要想当兵，等埋了我再走。”意思是说：你要是坚持当兵，我就死呀。但老人家示威的效力，还是没有党的号召力量大，堂兄还是穿上军装走了。我想，他老人家对军人的偏见，恐怕不仅是因为爸爸打猎的缘故。1968年，他看到那么多人参与武斗，疯了一样拿着枪互相射击，我在财政局工作的伯父，就是被没有要到钱的“119”武斗人员乱刀刺死的。“老爷爷”反对孩子当兵，恐怕更多地与这件事有些关系。“自古兵者乃凶器”，曾祖父在失去亲人以后，是坚信这一点的。我得承认，我对暴力和热衷于杀人致果的人的看法，与我的曾祖父的好生之德的影响不无关系。但他对我影响最大的，还是他的善良和富有同情心。

朱竞：您亲眼看见武斗中死了亲人，这件事对肯定您的成长及创作有影响，读您的《捍卫人的权力、价值和尊严》那篇文章就能感受到您对暴力问题的关注和思考。再来提一个问题：您是否有成功感和成就感？

李建军：大的成就感没有，小的成功感倒是有一点。能帮作者把一部作品改得更好些，我就有成功感；自己的一篇文章如果言之有物，说了真话，我也有成功感。我绝不把说出自己在某一件事上有成功感，当作缺乏自知之明的表现。事实上，我们要让每一个人都学会在日常生活中，在每一件细小的事情上，体验成功的快乐和幸福。并不是只有那些腰缠万贯的人，那些权倾朝野的人，才是成功的；并不是只有那些明星大腕、文坛"大师"才是成功的。每一个人都有体验成功感的权利，只要他把一件有意义的事情做得让自己满意。几千年来，我们只把成功的光荣给那些高高在上的人，对他三呼万岁，或给屈指可数的几个人，替他们热泪盈眶。这实在是一个可怕的观念和习惯。早就到了让所有人都平等地体验成功感的时候了。

朱竞：这样想是对的。您毕业于哪所大学？哪个专业？在您看来，目前大学教育的主要弊端是什么？

李建军：本科毕业于延安大学，硕士和博士毕业于中国人民大学。一直学中文，研究文学理论。大学教育的弊端实在太多。没有好的教材，没有高素质的师资力量，缺乏独立不移的"大学之道"，缺乏不受各种因素干扰的自由空间。教和学的功利目的和表演性都太强，缺乏那种不急不躁地"明明道"、求"至善"的精神，缺乏蔡元培先生的那种兼蓄并包的恢宏气度。

朱竞：的确是。如果大学里光是像流水线一样批量生产会说话的机器，一定要出大问题。您现在出版社做编辑工作，但也在大学教书多年，假如您是一个博士生导师，在您看来，要带好学生的最关键的问题是什么？最值得注意的问题是什么？

李建军：最关键的问题是，一定要精细、深入地读透几本至关重要的书。古人论学云"有兵器三车，还须凭寸铁杀人"，说的就是这个道理。最需注意的问题是，不要贪多求快，一定要慢、要细，要通过思考把所学的知识进行消化，从而化死知识为活知识，赋予知识以灵性，以生命。

朱竞：在您看来，当前的文学专业博士生存在的最大的问题是什么？

李建军：书读得太少，博士不博。许多必读书都没有读，许多该读许多遍的书只读一遍就了事，热衷于读外国当前流行的时髦理论，现学现卖，食洋不化，甚是可怕，而对中国固有的经典作品则重视不够，对中国的理论资源和经验模式重视不够，这使不少博士的论文给人一种空洞、单薄、不切实际的感觉。

朱竞：能不能举出几位您最推崇的中国当代作家和批评家？

李建军：我最推崇的当代作家极少。原来寄望甚高的，后来要么不写了（如阿城、刘索拉），要么怎么也写不好（如张炜、张承志）。还有几位我非常尊敬的作家，如路遥、汪曾祺等也都驾鹤西去，让人顿生怆然寂寞之感。总之，中国当代作家的整体水平不容乐观，无论余华、池莉，还是莫言、贾平凹，恐怕都领受了太多的虚妄不实的赞美和恭维。这些作家的思想、趣味和语言功力，都有待于进一步提高。所谓的“晚生代”及其他什么“代”的作家，也大都气虽盛而才不逮，羽翼远未丰满。

当代的文学批评更是一塌糊涂，提不起来。许多批评文章，要么题目大而无当，所论褒贬失当，要么照搬西方的概念术语，生吞活剥，驴唇不对马嘴，共同的毛病是只说好听话，不敢谈问题，实在算不得真批评。更恶劣的是，一些人互相吹捧，结伙抱团，党同伐异，颇有些黑社会的做派。

朱竞：您最推重的中国当代文学作品有哪几部？

李建军：柳青的《创业史》、王蒙《活动变人形》、路遥《人生》、阿城《棋王》、张承志《黑骏马》、张炜《古船》、宗璞《南渡记》、陈忠实《白鹿原》、汪曾祺的短篇小说、白先勇《谪仙记》、余光中的散文、郑愁予的诗、《龙应台评小说》等等。

朱竞：您认为对于一个文学批评家来说，最重要的素质是什么？

李建军：要有勇气，要有说真话的勇气，要有不看别人脸色的勇气，要有以为敌的方式为友的勇气；要有眼光，要看得见毛下的皮，要看得见皮下的肉，要看得见肉中的骨。

朱竞：这一点您做得非常好，2000年那场“陕西文坛大地震”，震醒了许多视“大师”为上帝的人，才知道“大师”的脸上也会落泥土。但愿这种讲真话的精神能坚持下去。您认为中国当代文学创作的主要问题是什么？

李建军：个人主义的价值观遮蔽了作家的双眼；败坏的趣味影响了作家的道德感；浅薄的思想使作家难以营构深广的意义空间；向金钱和权力的妥协及谄媚姿态，使当代的创作缺乏高贵的气质；贫乏的文学才能，则使包括所有“先锋”作家及某些“大师”在内的许多人的作品了无余味。问题太多太严重，不说也罢。

书缘

惹祸的《无冕皇帝》

萧立军的《无冕皇帝》由吉林人民出版社重新出版，又引发了一些人对当年那场文学事件的回忆。那是1988年5月，上海的《电视·电影·文学》第三期发表了萧立军长篇小说《无冕皇帝》后引发的一场轰动中国的文学事件。这部小说当年被称为“文坛之耻”“文坛十大丑闻”。《无冕皇帝》中所描写的人物一时间在中国文坛上轰轰烈烈地被放大，由此引发轩然大波。

《无冕皇帝》出版后，据说当时的中国文坛曾有七十多位作家和编辑对号入座，说小说中的人物是在影射和污辱他们，并联名上书中国文坛最高层领导，要求对作家萧立军同志进行“严肃认真”的教育并给予行政处分。就在1988年6月1日那天，中国作协党组成员开会，讨论了《无冕皇帝》这个事件，在场的“和平者”提出让萧立军写一份检查，“激烈者”则提出开除萧立军的公职，最终的结果是：停职并写检查！而萧立军说：检查，我不会写的，因为我没有什么可检查的。停职，那是你们党组职权的决定，我没有办法。于是，当时在《中国作家》杂志社工作的萧立军真的被“停职反省、停发工资”一年半之久。

说实话，80年代读《无冕皇帝》的时候，觉得作家萧立军小说中所叙述的确实是有些悚然听闻、夸大事实。那时候，在读者心目中，这些让人敬仰的作家和编辑们，为了一部文学作品，怎么会如此阴险和龌龊？为什么像《无冕皇帝》这样一部小说，竟然会引来那么多作家及领导的不满意？他们又为什么要联名上书告到法庭？这件事在社会上为什么一时间竟然引起轩然大波？一部文学作品为什么会有这种荒诞至极的影响？

我细读了2011年9月重新出版的《无冕皇帝》，萧立军在“后记”很详细地说了当年的一些事，从中了解到当年文坛的一些情况。他这样写道：“当时我写《无冕皇帝》的目的，的确不是针对哪一个人和哪一件事，我与任何人没有宿仇，用不着费这个劲儿。我写《无冕皇帝》这部书的最初动因有两条：一条是中国作家协会新党组和新书记处引导当前文学创作不利，由老党组倡导的文学创作要有使命感、责任感转向为‘背离现实，面向自我’的歧路；二是中国作家协会风气败坏，各级领导搞裙带关系，与职工、会员争利益，失去公平、公正和严肃性。因此形成了中国文坛的乌烟瘴气。当时我对中国作家协会新的党组和书记处的领导能力和作风很为气愤，我对中国文坛的现状极为灰心，对当前中国文学的创作极度失望，为了表达我的态度，我决定用文学创作的形式来表达。”

而对“无冕皇帝”我的理解为：西方新闻界自诩记者、编辑为“无冕皇帝”，意思是说记者、编辑享有凌驾于社会之上的特殊地位。“无冕皇帝”根据《现代汉语词典》中解释，“冕”是专指帝王的礼帽，“无冕皇帝”的意思是说，虽然没有被加封官衔，但也是一个高官。称记者、编辑为“无冕皇帝”，其含义是记者和编辑虽然没有具体职务，但是在新闻活动中却处处高人一等。

萧立军《无冕皇帝》写的是上个世纪80年代末期中国文坛、出版界的一些怪现象。小说中描述了当今文坛的一些知名的和不知名的作家、评论家们为了达到各自目的，不遗余力地与编辑、杂志社、出版社裹挟在一起，不择手段地上演了一幕幕肮脏的丑恶之剧。而杂志社、出版社的编辑们自称为“无冕皇帝”，声称可以让某位作家一夜成名，也可以让某部作品一炮走红，他们自认为掌握控制着作家作品的命运。

《无冕皇帝》只不过是作家萧立军在观察体验了中国文坛之怪现象之后，利用小说的形式，以作家及出版界为背景，巧妙地讲述了真实的故事，而这个故事又恰好与现实相吻合，才导致了一些人对号入座，并愤愤不平地将《无冕皇帝》的作者告上法庭。但从另一个方面讲，这种现象也许就是上个世纪80年代中国人对文学的热爱和重视吧。

现如今，二十多年的时间已过去，从表面上看中国文坛更加繁荣昌盛，新老作家们年年高产、著作等身，中国的出版业更是欣欣向荣，每天都有新书出版。然而，现在编辑们争抢名作家稿子的现象依然存在，包装名人作家作品的现象愈演愈烈，但方式和手段却大有不同，看上去技术高超而已。

现代交通和通讯十分发达便利，已经用不着亲自跑到作家的家里去低三下四求稿，通个电话、发邮件、发几条短信就能完成工作。再者，很多著名作家都有自己经纪人来接待，自称“无冕皇帝”的编辑想见大作家也不是容易的事。更重要的是各杂志社、出版社抢稿子，不再看你这个编辑是否能干，要看你出钱的价位多高？税前还是税后？整个过程像做生意一样，前期事宜谈好后，才来谈小说作品的好与坏。像《无冕皇帝》中廖达天那样的编辑，恐怕是不太合适当下的形势。当下文坛这锅粥可不如当年好煮喽！再者说，二十多年过去，当时“对号入座”的那些人，有的已驾鹤远去，有的已退休，他们对一些事也都淡忘。时间证明了很多。

如今的文坛，再也不会对文学有如朝圣般狂热的态度了。因为可关注关心的人和事实在是太多了，显然不会对一部文学作品的真实性再那样较真，更不会对作品中的人物是否高尚、是否有良知和道德感等问题去争执和计较！更相信不会再有七十多人去对号入座。或者说，这是一个对物质热情，而对精神冷漠的时代。《无冕皇帝》重新出版，是否会再次唤起文学爱好者的兴致？

赵瑜和《牺牲者》

2008年的春节前夕，作家赵瑜送给我一部很重的大书《牺牲者——太行“文革”之战》。之所以说它是“很重的大书”，它实在是太重了！重得让我要准备足够的力气来拿着它。我知道，在这部书中装载了中国20世纪40年的“文革”史，这里装载着无数位有名和无名的“文革”期间的牺牲者，装载着数不尽的血泪记忆，装载着一代人对历史的真实讲诉，装载着一幕幕荒诞的故事，装载着“文革”亲历者对历史的忏悔和反思，装载着后人及旁观者的品头论足，更装载着作家赵瑜一份重重的责任：他“告诉我们当下的人们，‘文革’中不同形态的牺牲者们，为了后人的警醒，为了民族的进步，而死去而悲伤。我们永远纪念他们”。

然而，为了纪念，我们必须了解真相，才能牢牢传记。

《牺牲者——太行“文革”之战》，是作家赵瑜用了几年的时间完成的一部长篇报告文学。赵瑜意识到：写作这样一部史志性的纪实文学作品，是他的一个夙愿。

“文革”爆发至今，竟已四十多年。和全国一样，赵瑜所出生的山西上党地区，“文革”故事只能愈加悲惨和壮烈。同时他更清楚地感到，要写好那段历史，困难却非常大。而当下面临着许多“文革”的亲历者，或年老多病，或已去世，如果不及时抢救采访，我们这个时代将会失去太多真实的东西！

于是，赵瑜立即放下手头的一切工作，遍寻当年太行风云人物，突击采访了一年之多。赵瑜的《牺牲者——太行“文革”之战》则以一个地区为基础，全局性地展现那场酷战的真相。同时让他困惑的是，他在写作中没有诸多的“文革”书籍可以借鉴。所以赵瑜说：“我的写作也是试验性的。”而在写作之初，赵瑜就清醒地意识到“要顺利出版这部书，其困难，要比写作这部书还要大”。

我手中拿到的是赵瑜自己装订出来的一百本样书，他是送给朋友作为征求意见的。而每送出一本书，他在书的封面上都要写上编号，我的这一本为“零叁叁号”。打开书的折口处，有这样一行字：“1966—1969，感谢为了‘文革’记忆而真诚地接受采访的人们!”书的扉页上写着:“这是一部未定稿,请多提意见。”赵瑜的这一举动很让我敬重。他作为一名公共的知识分子,自觉有责任和义务把那一段历史真实地呈现给后人。

这部大书,读得我很辛苦、很沉重、很忧伤、很悲愤、很无奈!

《牺牲者》共分出了19章,每一章里又分出五六小节。“最先罹难的人们”、“是谁杀了王尚志”、“魁首出山风雷动”、“势均力敌两阵营”、“七月会议如战场”、“从肉搏到冷兵器作战”、“太行山上第一枪”、“刘格平上太行”、“难民跑城”、“参谋战后勤战与政治战”、“伏击在元月十六”、“兵发太行”、“血肉横飞大爆炸”、“八县联军克上党”、“五县合围战高平”、“血火四新矿”、“虐杀生命”、“处决在战场之外”、“决斗在中央学习班”、“回眸风雨十七年”……

读的过程中,我感受最强烈的就是:惊心动魄!让人真的不敢相信,那些场面和故事都是真的吗?

“一场旷日持久的‘文革’大战发生在1966年到1969间,杀伤了许多生命,却全然不为后人所知。翻检当代史册,遍寻不见这场炽烈炮火的记忆,激战流淌出鲜血来,浸染了我们的少年时代,数十年未能褪色。尸体横陈残肢飞舞,是伴随我们一代人成长的映像,扭曲我们残破心灵永不康复。”

在赵瑜的采访中,有大量珍贵的原始材料呈现在其中。现在看来,这些真实的材料中所发出的声音是那么的真诚和荒诞,读着非常可笑。其中也让我体会到了什么是真正的“文革”语言!

在下面这样一个小节“追悼亡灵与徐公达惨案”中,描述了一个大型追悼会的场面,有三万多人汇集在英雄台的广场上,全副武装,沉痛哀悼“联总”组织在长治市区战死的战友。主祭人在一片气氛肃杀、哀歌阵阵中宣布大会开始。他说:“……炮火连天鏖战急,今天我们在这里声讨红字坏头头的法西斯暴行。胜利的号角声中,我们无法忘记牺牲的战友,他们在牺牲的最后瞬间,高呼着毛主席万岁,用满腔热血,谱写了一曲曲壮丽的诗篇,他们把最宝贵的生命,献给了红色政权,献给了毛主席的革命路线,献给了伟大的文化革命!万恶的坏人妄图用武力征服我们。他们的屠刀只能杀害人们的躯体,却永远毁灭不了我们的赤胆忠心。一个倒下去,千万个战友站起来!”主祭人的话后,更煽情的正式悼词,才是一篇极具“文革”代表性的派战祭文。这样的语言,在今天看来,实在是滑稽可笑。

这样一部反映“文革”的纪实作品,会给读者提供一份很翔实的资料,同时也会让更多的人去反思“文革”给中国带来的一些负面的影响。

近些年来，也有很多学者在反思和批判“文革”的一些错误思想。在我看来，简单的否定和批判“文革”是容易的。对“文革”采取某种坚决的拒绝和厌恶的态度，也许可以证明批判者的鲜明的道德立场，但这毕竟只是一种简单的和粗糙的道德批判。这一切并不能帮助我们抵消“文革”给整个民族的社会生活和文化心理所带来的巨大影响。如果我们不能够深入研究和了解“文革”的发生和运行的机制，就不能够真正有效地识别其种种迹象。在今天，我们彻底否定了曾经发生过的“文革”，难道我们就能够说“文革”从此永远成为过去了吗？

赵瑜《牺牲者——太行“文革”之战》又一次给我们提供了一个新思考课题。

2014年春节刚过，赵瑜重新修订后上中下三册的《牺牲者》印制出来了。修订后的《牺牲者》比第一次装订的要多出20万字，整整有100万字。

赵瑜说，自从2007年大家看到《牺牲者》后，陆续收到山西当时参与“文革”人的好多意见，有信、电话、面谈，越来越多，这些信息比较零碎。我开始细致考虑这些反馈的意见，我发现，我写的《牺牲者》主要结束于武斗，1969年时虽然武斗已平息，但两派斗争却没有平息，反而越来越激烈。这场斗争，对人们的心理造成极大的伤害，特别是在肉体上的伤害比较突出，有一些人在监狱中绵长地活着。1974年后，有些部队领导又被炮轰，造成斗争的恶化，使山西的斗争又出现了反复，使一些老干部的复职，从高峰跌到深渊。实际上“文革”对山西危害了十五年的。事实证明，“文革”中的两派都是牺牲者。

修订后的《牺牲者》主要补写出1969年至1981年的事件，这是是非常重要的，补写这段历史即是难点也是优点，可以展示“文革”的全部面貌，写“文革”历史像《牺牲者》这样的构架目前在全国可能是唯一的。

赵瑜说：如果算下来，2004年到2014年，《牺牲者》我写了十年，中途征求意见，完成百万字的太行“文革”之战。作为职业作家，我完成了对土地的回报。这比任何其他写作都有意义。在这连续十年间的思考中，我的反思也有所深化。从目前看，对“文革”历史研究是苍白的。我要说，这是记忆和遗忘记忆的斗争。作为一位纪实作家，我愿意作一定的努力，完成我的工作，把太行山一带“文革”历史呈现给读者。

“这个女人是情种”

——评《湘夫人的情诗》

湘夫人是谁？这不重要。

我与湘夫人是在虚幻的网络空间里相遇。似梦幻，似浮云。相遇未必要相识。我们相互遵守着虚幻空间的游戏规则——不问身份，不问来处，只在虚拟与幻象的真实中往来着。期间湘夫人陆续地发来一些酸诗，我不时嘲笑她几句。这样的交往，一晃就过了三年。

回想那一天，在我的博客留言栏里，出现了“湘夫人”的名字。对于博友的留言，我大多是看后就过去，不太在意是夸奖我还贬损我，只要来看我，我就认为是朋友。湘夫人说很少看博客，但却常来我这里，听她说这话，着实让我感动。于是我猜测，湘夫人是有文化的读过书的修养尚好的有情调的风韵女人。

又一天，我打开信箱，在收到的几十封邮件中，有一封标着《湘夫人的情诗》的邮件，还附有湘夫人简短的信。信中说这个邮件也给谢冕教授发去一份，希望谢冕教授为之写序。我好奇地想：这位湘夫人到底是哪路的来头？好大的胆子啊，竟敢请这么大牌的谢冕教授为之写序?！你以为谢冕教授谁的诗都会写序吗？我心里这么想着暗自笑了起来。关于诗歌，似乎不在我的阅读稿件范围之内，也就没有急于打开，想着闲时慢慢读，后来就竟然忘记了再读《湘夫人的情诗》。

没过几天，信箱里又收到这封《湘夫人的情诗》邮件，同时把谢冕教授为她写的序《与你相遇人生很美丽》也发了过来。谢冕教授为她写的序中有这样的话，“这是湘夫人写给她情人的诗”，“这个女人是个情种，她的生活的整个魂儿，就是爱情”，“我读湘夫人，内心羡慕那些她爱的人和爱她的人”。谢冕教授写过无数的序，这一次，他动真情了，莫非也被爱情的力量所感染？我从心底里崇拜谢冕教授，他一生都在读诗，新诗、旧体诗，好诗、酸诗，谢教授都读，还经常写诗评，真难为他了。我觉得谢冕教授有点像白求恩大夫，从20世纪50年代开始不辞辛苦来到诗界，为了“诗歌的崛起”奉献学人的精神。这种精神需要多大的耐心和毅力啊！向谢冕教授致敬！

又一天，湘夫人竟然把大画家范曾用毛笔为她写的序发过来，是横幅的，在发黄的宣纸上写的一排排的字，看上去挺有文化的味道。但我实在认不出大画家范曾龙飞凤舞的字体，幸好湘夫人作了翻译。范曾先生在《写于〈湘夫人的情诗〉前》说道，“情到深处，总有悲凉”，“《湘夫人的情诗》不只可歌，亦复可泣”。

中国诗歌界要出大事了。相信这位只写爱情诗的湘夫人的出现，会在诗歌界搅起大浪。

谢冕和范曾都说湘夫人的诗好，我也好奇地开始读《湘夫人的情诗》。

“一壶浓茶泡出沉淀的暧昧”，“……很多年来我都在等待一场盛大的爱情/在空旷的山谷里能听到应和的回声……”（《五月，相遇》）

读着，我的大脑竟然似被擂击，心也被狠狠地揪痛。为什么会这样？以至于我把诗放下，静静地默默地痴呆了一会。我已好多年不喜欢读爱情诗。当下听得最多的是现实问题，如食品有毒、买不起房子、教育价高、汽车摇号、空气雾霾、环境污染等等话题。在这样现实话题之下，有谁突然谈起纯粹的爱情和情爱，倒有些不好意思并立即被嘲讽。而恰恰这时，出现《湘夫人的情诗》108首，让我一时转不过弯来。

也好久听不到“爱情是美丽的”这句话了，却常听“爱情是浮云”。对于爱情，我一向是敬畏而恐惧，我怕爱的伤害，怕爱的痛苦折磨。因为我也曾热烈地爱过，也曾惨烈地受伤过。相信很多人都在等待着人一生中“盛大的爱情”来临。可是有谁能等得到呢？于是我们在一生中就这样苦苦地寻找着、等待着爱情，不敢声张，不敢大声地说“我爱你”，直到生命的结束，把真爱一直隐藏在心里。爱情是个人的感受，爱的幸福也只有个人能感受到体会到。在时间的流逝中，常常地，我们就这样萎缩地蜷曲着，不敢明示自己的爱，不敢承认心中的爱，更不敢表达内心的爱。还时常地嫉妒别人的爱，毁灭别人的爱。爱的路是多么的坎坷，同时爱的感受和过程是多么的美好。

湘夫人能勇敢地说出爱，大声地喊出爱，这需要勇气和力量的支撑。而在《湘夫人的情诗》中，能够读出人生的境遇之无奈。这108首情诗，真情自然流淌的生命之歌。

“多少年后红颜老去，沧海旧人情/一滴清泪化作珍珠隐藏呕心往事……”（《有所思》）

“当你老的时候回想起这一切还会心动吗……一杯红酒，支离破碎的故事没有归途”（《在时间的风口守候》）

也许湘夫人是有过情感经历的人，诗中丰富的情感内涵、意境及韵律不时地流动着变化着的情绪，诗句有时优美流畅，有时忧伤哀怨，有时金光大道，有时羊肠小路、有时阳光灿烂，有时暴风骤雨……这种情绪变化，只能说“爱情”让人反复无常。

读《湘夫人的情诗》，我注意到“五月”这个时间概念，是她爱情的节点。

“五月的芳香把我们聚在一起/站在校园里等你，像一个初恋的女人/你是谁，要到哪里去/没有了五月我的世界会怎样”（《五月，相遇》）

“从四月重逢的欣喜到五月离别的惆怅/整整一个月经历了爱情的潮涨潮落”（《细节》）

“在五月的第一个深夜/我是这样柔情蜜意地想念你……”

“北京的槐花在一夜之间落尽/五月再一次进入我生命的轨迹……”（《穿越》）

“痴心的女人还在苦苦等待/五月的紫藤花早落地成泥……”

五月是生命的季节，是大地变绿春暖花开的时节，也是人的欲望喷发的季节。

读《湘夫人的情诗》我似乎感受到，湘夫人越来越爱也越来越痛。此时我甚至忘记了自己是职业评论者，竟然像一个坠入爱河的人，紧跟湘夫人的情诗一道走进爱的世界。我读懂了，我体会到了湘夫人的爱和痛。

每一个夜晚我们都留守到最后/敲击键盘的手滑动得麻木不仁/心还在无限的空间里凝望着你/寒夜变得稀薄，爱温暖如云朵。（《痴迷》）

读这一首时，我是轻轻地呼吸、轻轻地一字一句读出声来，生怕我的粗声大气打扰了爱情。多么平静的爱啊，多么温暖的爱啊，多么实在的爱啊。在这么静的夜晚里，有时空和星空连接着爱的两头。

从《湘夫人的情诗》中我不断地感受着忧虑和忧伤。“让我八十岁带着爱情的指环轻抚你的白发、在夕阳下温习四十年前玫瑰开放的夜晚”。与你爱的人十指相扣、勾肩搭背、大摇大摆、明目张胆地走在阳光下，怎么这样难啊！

三年后的今天，我收到了湘夫人寄来的由人民文学出版社出版的《湘夫人的情诗》，两种版本：一种装帧豪华、设计考究、选纸精良、印制精美绝轮的精装本；另一种是简单、朴素、内敛、有情调的简装本。我告诉湘夫人，我喜欢简装的这一本，它像爱情一样，不用过分地包装就会显现出魅力。

花自飘零何处去

——读李迪近期作品

近年来，作家李迪坚持深入生活，笔耕不辍、创作颇丰。2009年11月，李迪参加了中国作家走进监管场所采风活动，作家们先后来到了北京西城看守所、辽宁丹东看守所、湖北武汉戒毒所、河南商丘拘留所。最后，李迪选择了回到丹东看守所。他说："丹东看守所的条件非常艰苦，这里二十多个号里关着五百多男女，故事写也写不完。"于是是他十下丹东看守所，创作出长篇纪实文学《丹东看守所的故事》。这部作品以关注现实、关注社会、观照人心灵为视角，深入看守所采访，与犯罪嫌疑人们同吃同住，刻画出人性的另一面。

继《丹东看守所的故事》之后，李迪像是打了鸡血，创作势头和精神状态一直在亢奋中。多部作品在国家重要刊物发表及出版社出版后，受到好评。如《花自飘零》《那时候，我们青春浪漫》《004号水井房》《国营书店》《警官王快乐》《樱桃沟里樱桃红》等，这些作品分别获得了各种奖项，同时也被影视界看好，纷纷找上门来改编成影视作品。前不久，《中国作家》为李迪的报告文学作品《004号水井房》改编的电影文学剧本《极致水滴》召开研讨会。这是作家李迪2012年三下新疆塔克拉玛干沙漠，采访坚守水井八年的农民工邓师傅夫妻创作的报告文学作品《004号水井房》，在《北京日报》《人民日报》先后发表，并荣获全国第23届中国新闻奖报告文学金奖。

热情快乐的"樱桃帮主"

作家李迪，圈内朋友都称他迪兄。他大红大紫成名于上个世纪80年代，以中篇小说《傍晚敲门的女人》开创了我国推理小说走向世界之先河。

2014年春天，作家李迪又得"樱桃帮主"新的称号，他自己对"帮主"的身份很是得意，而且尽心尽力地以"帮主"身份履行职责。话说"樱桃帮"的缘起，是因李迪深入生活到济南军区驻鲁南山区某部队后，写出一篇反映部队生活的报告文学《樱桃沟里樱桃红》，发表在《解放军报》并获第二届长征文艺奖获奖。曾有过八年军旅生涯的李迪对部队感情深厚，近些年常深入军营写作，陆续发表《想念你我的班长》《雷霆三十分》《樱桃沟里樱桃红》等反映火热军营生活的作品。

李迪的作品《樱桃沟里樱桃红》发表后，在社会上有极大反响，济南军区驻鲁南山区某部队的官兵很高兴，特邀作家李迪，待樱桃红的时节，请他再返部队。迪兄欣然答应，并决定带几位著名的作家、学者、评论家、编辑们再进部队。有了这一想法，迪兄就开始张罗，先是建立了手机微信群，起名“樱桃帮”，迪兄是当然的“帮主”，重任在身，李迪立即忙活起来，每天倒计时数着樱桃红了日子快点到来，还要时时发布一些部队那边的消息。临近出发，迪帮主又亲自到火车站为大家去买票，感动得大家只好乖乖听从李迪的指挥。

“樱桃帮”迪帮主的工作积极而认真，他发动大家挑出最好的400多册书送给战士们。终于等到部队那边说樱桃红了！作家们来到满眼绿色的营区，跟战士们交流座谈，观看战士训练比武，与战土一起下厨包饺子、摘樱桃，一起在联欢会上同台歌唱。作家们热情歌颂火热的军营，歌颂官兵为祖国安宁驻守深山。

这就是作家李迪。他就是这样一位热情善良的北京老头儿。作家李迪如今也已过了耳顺之年，但他依然热情饱满地写作，依旧穿着大红的衣服，深入生活在民间，创作一大批优秀的文学作品来。这些作品的出炉，如他喜爱的大红衣服一样，越来越走红。

“迪兄惯写闺中愁”

2014年5月的一天，作家李迪送来新书《花自飘零》，放在我的办公桌上，那天刚好我不在，没能与迪兄细聊。看着李迪兄新出版的作品《花自飘零》，封面上若隐若现、若开即合的花朵，让我想到李清照的诗：花自飘零水自流，一种相思两处闲愁。我断定迪兄又开始讲述一部忧伤的故事。飘零的落花和东逝的流水，让我联想青春渐老，芳华易逝的感慨。

长篇小说《花自飘零》是2013年中国作协重点扶持作品。小说讲述了一个叫菊儿的女人的曲折命运和缠绵悱恻的爱情故事，情真意切，催人泪下，是一个地地道道的北京女孩儿的成长史、受难史。主人公菊儿五味杂陈的人生，以及她独自打拼奋斗，独自悲伤欢乐的经历，构成了一个具有感染力的世界，在充满悬念的故事中，品味人生之苦和人性之美，品味久违的感动和不向命运低头的正能量。

中国作家协会副主席高洪波题其新作《花自飘零》时这样写道：“花自飘零水自流，迪兄惯写闺中愁。情深掷笔无觅处，窗外闲云正悠悠。”

李迪说，这部小说创作的缘起，是在一次理发店的闲聊中，他意识到，这位理发师菊儿的出身及家庭背景是有故事的。理发店的老板菊儿，60岁左右，通过交谈，李迪得知菊儿出身高干家庭，当过知青，又当过工人，经历了下岗、自己创业等过程，在感情上，经历了三个男人，至今单身。于是他在长达一年多的对人物原型的跟踪采访中，倾听诉说，收集故事，走进被采访对象的内心世界，最终完成了这部作品。作家李迪以生活中的真实人物为创作素材，用艺术化的创作手法，讲述《花自飘零》主人公菊儿的一生。

在李迪的作品中，对女性的描写，大多是成功的。李迪说，女性的爱恨情仇是文学永恒的主题，无论是《傍晚敲门的女人》还是《丹东看守所的故事》中的女在押人员、女警察，或是《花自飘零》主人公菊儿，她们人性之美、人生之苦，都冲击着他的心。

有人把李迪归为“京味儿”小说流派类。作家赵大年曾说，“京味儿”小说从未形成流派，也从未有过自觉的创作群体，只是有些作家在写了带有这种特征的可观的作品之后，被评论家和读者归为“京味儿作家”而已。“京味儿”小说是不断发展的，北京人的成分也大为改变，现在谁再通篇用老舍的语言写北京，显然是不行了。“京味儿”文学、京派文学和北京地区文学不是一个概念，“京味儿”文学是北京文学的一个分支和一种传统，它在挖掘、展示皇城根儿子民的生活和心态上有独特价值和发展余地，但是对于表现“新人类”、大学生和中关村人等普泛化和现代化的人物与生活，却有着不可逾越的局限性。

梁鸿鹰在评论中这样说：恰如人生的每一步都无法躲过、无法忽略、无法糊弄一样，我同样意识到这是一部没法“红烧头尾”的作品。读者没有办法在中间哪个地方停下来、跳过去，因为故事连续性强，而且太吸引人。这是一个北京大妞儿的生活史、悲欢史，充满了奇遇、惊险和意外，任何一个试图看个头尾对其下判断的人，最后会发现自己想得太简单、太自信。这是一个地地道道的北京女人的成长史、受难史。我特别喜欢读她在十三陵下乡那一段经历，这是主人公最可爱的时期。作家不时停下笔来，特意描写在大自然中健康成长的女孩儿们的可爱。其中有这么一段：“一只灰喜鹊飞过来。它没有叫，无声地钻入树丛。一片儿被撞落的黄叶儿，鹅毛一样，轻轻地，轻轻地，飘下来，落在秀秀的头上。”淳朴可爱的秀秀一知半解地边走边讲着皇陵的传说，这般的清新、清爽、清澈、清纯，深深地打动人心。在后来的文本中，这类描写越来越少，因为女主人公越长越大，社会越变越复杂，她经历的事情也越来越复杂、越来越混乱，充满了嘈杂、喧嚣，让作者无法再回归这种单纯。

而作家李迪却说：我就一个北京老头儿，讲几位北京人的故事而已。

李迪是土生土长的老北京，写北京是写到骨子里了。

别了，国营书店

《国营书店》是李迪的最新创作的中篇小说，我在是他的微信上分十几次读完了。我对国营书店是有感情的。在我小的时候，也经常泡在国营书店里，那里有知识，有快乐。而如今的孩子们，有几个人去过书店？

正如李迪试问：还记得你家附近那个门脸不算大的新华书店吗？还记得你在那里看书买书的快乐吗？噢，朋友，忙碌的你已经有多少日子没逛书店了？或许，你早已发现那个，不，不只是那个，仍旧悬挂着伟人手书的新华书店，早已不卖书了，成了食品店、复印店、照相馆甚至卖起了背心裤衩老头儿帽。这是怎么了？书店去哪儿了？曾经遍布全国风光无限的国营书店，到底经历了怎样的变迁？随着图书发行体制的改革，计划经济向市场经济的全面转型，国营书店已经无法再维持一统天下的局面。

李迪的《国营书店》非常详尽地讲述了国营书店在近三十年来从兴盛到衰败的全过程。这也是对中国改革开放社会进步的印正。

小说《国营书店》第一章这样写写道：

方亮在部队服役三年，复员时刚过二十一岁，从里到外精神得像刚栽的树。那是八十年代初期，百废待兴，他这样高鼻梁大眼睛的帅哥儿，可以去的地方很多。公安局、法院、政府机关，孙猴子进了蟠桃园——随便挑。他在连队当兵的时候，因为出黑板报露过一小手儿，被借到团里干宣传，整天空话套话还要看领导嘴脸。方亮发毒誓，解甲归田后再也不干宣传了。那干什么？也没谱儿，就是想干点儿实事，哪怕学一门儿手艺。老妈叹口气说，要不是你爹病故了，跟他学学吹灯泡也好啊。方亮说现在哪儿还用人吹啊，早改机器了。这时，老顾亲自带着人事处长找上来，一见面就高门大嗓，到咱这儿来吧！咱是国营书店，中央单位，正局级。全国图书市场都归咱！待遇高，福利好！眼下店里的人都老了，招你们小青年进来，不出三四年就是你们的天下！……

三十年后的今天……

多熟悉的地方，多可亲的楼群。……可是，现在，一切都没了。风卷残云，城头变化，大院成了大街，书店成了闹市。招牌林立，广告繁杂：天艳旅社，麻辣香锅，灯具卧具，成人用品，棋牌麻将，起名测字，足疗按摩，甚至还有精神病观察室、传染病住院部……

我是带着忧伤、带着怀旧的情感，读完了《国营书店》这部小说。

接着又读李迪新中篇《警官王快乐》，一看这题目，就快乐无比。

然后又读了李迪写的十几篇《猫猫的故事》，读到了壮壮的离世，让李迪无比痛心……

千年蜀道古今荣

——邹瑾《蜀道重光》的文化价值

千年蜀道，见证了中国古今历史发展和变化；千年蜀道，传承蜀道文化，这里历来为兵家必争、商贾必经、游人必到之地，留下了丰富的文物古迹；千年蜀道，承载了无数中华儿女辛酸苦辣的故事；千年蜀道，一条天问般神秘深邃的沧桑古道；千年蜀道，有着非常重要的文化价值。

蜀道精神

相信很多人最早知晓蜀道，都是源于读李白诗句《蜀道难》而留下的刻骨铭心记忆。但却很少有人知道“黄鹤之飞尚不得过，猿猱欲度愁攀援”就是描写四川广元朝天清风明月峡，更不知“一夫当关，万夫莫开”写的即是四川广元通往成都必经的剑阁县剑门关。

细细品读完邹瑾的《蜀道重光》这部报告文学，如同我们沿着古蜀道走了一趟，这时你会明白“蜀道难，难于上青天”，不仅是诗仙李白的狂唱绝句，更是对入蜀道艰难的如实喟叹。同时让我们对蜀道的历史意义和文化价值有了进一步的了解和深思。

读《蜀道重光》得知，广义的古蜀道有很多条，北越秦岭，有褒斜道、陈仓道、傥骆道、子午道；南翻大巴山有金牛道、阴平道、米仓道。而狭义上的蜀道更多指的是南起成都，过广汉、德阳、梓潼，越大小剑山，经广元而出川，在陕西褒城附近向左拐，之后沿褒河过石门，穿越秦岭，出斜谷，直通八百里秦川，全长约1000余公里。称秦蜀古道。其中，对于川陕相通最为重要的是，南起成都，北止于广元七盘关，至汉中的金牛道，全长约450公里。古蜀道之中保存最完整的金牛道中广元市境内的剑门蜀道，这条长达270多公里的古蜀道沿路雄奇险峻的剑门关、龛窟重叠的千佛崖、古柏苍翠的翠云廊、气势磅礴的明月峡犹如一颗颗散落的“珍珠”，至今已有三千多年历史。到了21世纪初叶，中外考古与文物保护专家们却在中国西南部忽然有了一个惊天的发现：中国蜀道，比古罗马大道历史更悠久，比汉代张骞出使西域而开通的古丝绸之路还要早百年！

《蜀道重光》是一部宏大的选题。写蜀道的文化和历史，是需要勇气的，是需要对蜀道的历史、文化、人文、地理了解深入的情况下才能去写。

邹瑾是从大巴山一个普通农民家庭里走出来的，他对巴蜀这片土地有着深厚的情感，他深知“蜀道”的意义和文化价值所在，加之他多年从政，对蜀道的文化及历史非常熟知并有所研究。作为官员的邹瑾，他亲历了那场大地震给生活在蜀道边上的百姓生活伤害，亲历了蜀道文物惨遇破坏的情景，他见证了广元灾后重建得以新生的洗礼。他深知自己肩上的责任，首先是激情满怀地做好宣传广元宣传蜀道文化的使者工作，努力营造出关注蜀道、宣传蜀道、保护蜀道的文化环境与氛围；而作为作家的邹瑾，他一定要理智而清醒地去评说广元及蜀道的文化和历史，使自己的文字真实而感人。于是，他几经推敲，把这部报告文学作品题目定为《蜀道重光》，喻义千年蜀道将重放光芒。

“一条日渐消逝的苍茫古道/一条串聚着文化生命的珍珠链条/谁来再现从前那悠悠古村落的繁华/谁来拯救这祖先留予的千年瑰宝。”

《蜀道重光》这部报告文学是从一位文化学者铁夫先生的学术研究、文化追寻、思想拷问的角度作为开篇，通过铁夫对古蜀道的多年考察，到看蜀道的历史变化，乃至文物的损坏，文物重新修复的过程，一直延伸到新世纪以来新的领导班子制定新政策，对蜀道文化、历史文物的保护及非遗的申报工作的开展，取得了辉煌成就等，铁夫先生都看在眼里。

特别是在2008年地震灾害后，文物保护与灾后重建文化重建工程取得前所未有大成效，这得力于以广元市领导为代表的蜀道沿线各级政府对文历史文物的尊重和对文化发展的高度重视，才使千年蜀道再展辉煌。而邹瑾在对这个过程的叙述中，也一直在思考和寻找着这种文化现象的根蒂：这就是伟大的蜀道精神，蜀道人坚定顽强的韧性及勇于创造求索的闯劲，以及以人为本的核心理念，还有世代传承的红军精神和抗震救灾精神，由这些元素组成的一脉相承的，才是蜀道精神。

千年蜀道古今荣！回望苍茫千年故道，历史长河中的点点滴滴都在这条文化长廊上熠熠闪光。

天地责任

“天地责任”是《蜀道重光》这部报告文学的核心价值，也是对蜀道精神的进一步映证。对历史负责，对人民负责，对蜀道负责，对生态负责，对古文物负责。这是广元人喊出的最强音。

蜀道是一种古文化遗存，是蜀道精神传承和载体。但是由于诸多因素，千佛崖多病缠身，交通干道横穿多个景区，不少文物在风雨中毁损。尤其是2008年“5·12”大地震，让广元、让四川、让中国西南部的大地经受了一场史无前例的考验，几秒钟内，山河破碎，草木悲吟。仅广元市，就有4850人罹难，28342人受伤，直接经济损失1290亿元。

汶川特大地震，让广元蜀道的文物遭受到了前所未有的重伤：整个西山山体滑坡，寺庙墙面部分开裂，摩崖造像局部脱落……明月峡整个山体松动成为危岩，峭壁上先秦古栈道东段垮塌，老川陕公路明月峡段的经典景致老虎嘴半边崩垮，塌方达两万方。昭化古城，当年在中国西南与巴、蜀两国并立的蜀国都邑，地震前广元市元坝区节衣缩食保护与复建起来的二十多处古牌坊、古城墙和仿古房屋建筑，却在大地震的那瞬间里倒塌与毁伤，直接经济损失近亿元。剑门关楼地基下陷，屋脊挫裂，楼身倾斜，墙体部分裂缝。

在古蜀道上，利州来雁塔拦腰横断，二十多座古桥梁险象环生；国保单位剑阁觉苑寺大面积倾塌，价值连城的佛教壁画损伤不堪；古蜀道遗存数段沉陷、滑坡与垮塌，翠云廊道上的拦马墙近一半受到损伤……根据市县文物管理部门统计，广元市国内省市县四级文物被破坏368处，全市文化设施受损达到12.8亿元。

地震，震坏了家园，震坏了文物，更震碎了广元人民的心。当罗强书记听见文物局长说“快救救我们的文物，快救救我们的佛爷吧！”他两行热泪已是潸然而下。他坚定地说：“文物是祖先留下来的财富，我们必须完好地传给我们的子孙。这是国家利益，更是我们自己的责任。”

蜀道上的广元市，作为一个经济欠发达的贫困灾区，并没有单打独斗地只抓经济发展，而是灾后物质家园与精神家园一起建，其决策者超前的战略思维和敢想敢为的胆识，其“砸锅卖铁也要凑齐文化重建款”的亮剑精神，令人感动，更令人敬佩。于是，才会很快形成了一个彻底抢救与开发千佛崖的宏大方案：将横穿山体的108国道改线打隧道；将摩崖石崖山体整体保护；拆迁周边居住农户和企业，恢复还原从前那个消失已久的繁华古村落……

千佛崖速度是在刻不容缓的责任驱使下抢出来的。

明月峡速度是在燃烧智慧和倾洒汗水中拼出来的。

剑门关速度是广元人在文化自信与文化自觉中干出来的。

《蜀道重光》充分描述了广元人民尊重和维护文化遗产的真实性、完整性及重要性，把实现人与自然、经济和社会和谐发展作为蜀道保护和申遗工作的重要理念。蜀道，作为一个有代表性的文化线路遗产，绵亘千余公里，历经三千多年风风雨雨，直到今天仍然在西南地区与国内外的政治经济文化交流中发挥着举足轻重的作用和影响。

这是一种文化至上和对历史负责的境界，更是一种文化高度的自觉和自信。

剑门雄关

翠云廊—剑门关—昭化古城—皇泽寺—千佛崖—天曌山—明月峡。

一条新生的剑门蜀道，珍珠链条般地串起了广元蜀道上灾后重建的7大国家4A级文化旅游景区。灾后重建，广元境内的剑门蜀道完好的保存了古驿道、古栈道、古驿桥等人类最早的交通遗存和剑门关、翠云廊、昭化古城、摩天岭等核心文化遗产，是古蜀道遗迹保存较完整、文化要素较充分的一段，是巴蜀文化重要传承的载体和历史见证，是广元市最为宝贵的旅游文化资源。

而《蜀道重光》所展示的，不仅仅是一座古道险隘上的千年雄关，作者更是刻意探寻着一座文化与精神领域内的巍巍关楼精神。正如作品中描述的铁夫登临重建后的剑门关楼时那种心情与思绪：向北是“眼底长安”，南望是整个汶川地震灾区浴火重生后的秀美山河尽收眼底，并清晰地看见，除了连接川陕的古蜀道和现代化交通外，还有一条广元人民正奋力挖掘与发展的社会主义文化大道，而巍巍剑门雄关，正好是广元人抢占的一个文化制高点。广元市的领导者们，更加注重这种忧患意识与感恩文化的培养，淳朴而忠实的广元人时刻在用心灵去感恩国家，感恩曾经在大灾难中帮助过他们的人们。“以德为先，知恩感恩，理性友善，诚信包容”，这是广元市委在大地震后确定的市民道德文化取向，这更是广元人在大声势建设“青春广元、健康城市”文化强市中的一种城市精神。

蜀道文化与蜀道精神是伟大的，而亮剑拼搏的蜀道人更是令人敬佩的。《蜀道重光》这部作品中写了一群人，上至省委书记、省长，下到文管员和打石匠，他们都像剑门雄关一样挺拔和坚强，他们会永远挺立在灾区人民的心中。罗强书记接受记者采访时说："我最高兴的是，下到基层时看到群众那张幸福而真实的笑脸。还有，能天天看到新项目建设开工，如果好久没有新项目上马，自己就像是久了没吃肉，心里馋得慌。""我最讨厌的是弄虚作假欺上瞒下，工作是一点雨一点湿干出来的，任何虚假浮华都瞒不过群众那雪亮的眼睛；我最憎恨的是食品和医药行业制假贩假，为了个人蝇头小利而丧失天良。"这种精神境界，正是雄关文化的又一闪光点的体现。

广元人民重视文化的发展，正迎合了党的六中全会的精神，文化要大繁荣大发展要要求。

2011年4月，《中国作家》杂志社与广元市政府合作启动"中国作家剑门关文学奖"活动。2011年9月26日在人民大会堂新闻发布厅举行首届"中国作家剑门关文学奖"颁奖仪式。如今，"中国作家剑门关文学奖"获奖者名字已刻在剑门雄关那青山石壁上，随着中国作家剑门关文学之旅活动的启动，广元人借剑门关文学奖做强文化、促进旅游的梦想，将会与这千年蜀道上的巍巍雄关一道世代传承。

盛世光芒

《蜀道重光》这部作品中，作者通过蜀道文化价值的思考、判断与寻找，尤其是通过对饱经沧桑的古蜀道灾后新生过程的描述，一直想传递一种鲜明的文化情绪，正如这篇报告文学篇首"铁夫手迹"所表达的："在一方贫瘠的土地上点燃文化奇迹/在大山深处挺起一道巍峨的脊梁/那是灾区人民文华涅槃的一个缩影/那是时代传来的盛世中兴的足音……"

当下很多人都在说，我们没有信仰，我们是缺乏道德感和责任感。当今社会，物欲横流，拜权拜金现象严重，有谁会拿出时间和精力来关注我们身边的这些古代文物的安危？又有谁会舍出金钱来修建这些祖先留给我们丰厚的文化遗产？即使在十分辉煌的唐宋盛世，如蜀道路千佛崖、皇泽寺一样的众多摩崖造像，也几乎是民间官宦与显贵们捐资凿刻与供奉的。

到了21世纪的今天，饱经沧桑的千年古道能涅槃新生，那是由于国家决策的奏效，更是这个时代重视文化，文化自觉与文化自信的必然结果。

《中国作家》以大篇幅发表邹瑾的这篇报告文学《蜀道重光》时，正是落实党的六中全会号召的“文化要大发展大繁荣”精神之际。《蜀道重光》正好印证了中华民族迎来了一个盛世中华的年代。作者在报告文学中并没有刻意歌颂和夸张，而是通过无数史实资料和采访细节的描写，从“北京决策”到国家层面启动蜀道申请，从文物保护技术的创新到众多专家结盟在广元这座青春之城，从全国各省对口援建到各级政府的文化救灾行动，都表达和透射着一种时代应有的态度。正如《蜀道重光》中通过铁夫先后两次“月光下的人佛对话”，不仅仅是那穿越时空的境界耐人寻味，更重要的是通过阅尽千年世代更迭与人世兴衰的摩崖石像的心灵对比，点出了一个时代的特点：

“铁夫已听见了，听见东方美神在诉说着，在诉说着灾后文华涅槃的千佛崖和悠悠中国蜀道正在沐浴着泱泱中华的盛世光芒……”

文学力量

文学是有力量的。

作为一部好的报告文学作品，作家要有反思与批判精神。这些反思性成分正是报告文学作家至关重要的激情和思想的投射。一个有理想的作家，应该努力赋予自己的作品以温暖人心和激励人心的“力量”，没有理想之光的照亮，就不会有文学的力量。

《蜀道重光》是有力量的文学作品。正如著名作家、四川省作家协会主席阿来看了《蜀道重光》的送审稿后这样评价说：“蜀道选材与写作难度很大，但邹瑾这部作品从历史到现实大开大阖，始终贯穿着一种文化思考与文化精神，很有气势，十分酣畅。”

有学者这样说，世界上要是没有了力量的文学，一切理想便只好以枯燥概念的形式保存在人们当中。然而，一旦在文学中为人的创造力所点化，它们就重新获得了青春朝气，萌发出勃勃的生机。最普通的文字，只要内容能够触动人的恐惧和希望，人对是非的本能直觉，便给予它们以支持和鼓舞，促使他们活跃，将这些性情从迟钝状态中解放出来。

邹瑾的这部《蜀道重光》作品描述了大量的历史事实和细节，无疑花了大量搜集整理材料的时间，然后又用充满激情、充满诗意的方式写出自己的思考，展示了自己熟悉的一面。《蜀道重光》特点就是反思性的写作，或者批判性写作。《蜀道重光》面对的是巨大的历史课题，同时又遇到严重地震灾难，这些情节为报告文学的写作提供了宝贵的资料。作品中尽管有很多感人的场景，但作者不可能过于把反思性的东西写得淋漓尽致，但他还是给了反思一定的空间，比如作品对民国时修建的川陕国道公路很多人的批判性的观点，作者就巧妙地借持莲蓬观音石像的嘴讲出了自己的观点，虽然只是寥寥几句，但却给人想象与思考的空间很大。又比如关于灾区保护和重建等问题体制改革的思考，尽管写得很短很少。但是，怎么通过巨大的社会灾难或社会事件来实现平衡和转化道德的生活理念，有待反思。

从《蜀道重光》作品可以看出，作者是经过细致追寻、资料研究和个性考察的。报告文学要用事实说话，要用对事实的解析来表达作家的思想立场。

《蜀道重光》中记录的那些有名字和无名字的蜀道保护者和建设者们，是他们使古蜀道有了丰富的内涵、独特的文化价值，是他们推动了人类文明和多元文化繁荣发展的进程，促进了中华民族大融合。

永远的千古蜀道。蜀道是属于世界和人类共有的文化资源。

一条千古蜀道，半部中华历史。

一个头脑清新的知识分子

——读谢泳的《杂书过眼录》

在这里四季如春，
在这里有爱没有恨。
我们要活泼精神，
守秩序，相敬相亲。

我们读书要认真，
知识要多，头脑要清新。
能独立判断，能俭能勤，
发奋努力，好好地做个人。

这八行文字，是张清常先生1943年给西南联大师范学院附小写的校歌，是我从谢泳的一篇文章中读到的。我在想，如果一个孩子，从小唱着这样的歌长大，大概能做一个好人。作为年轻学者的谢泳，他整天钻到故纸堆中，在那些发黄的报刊、旧书中苦苦寻觅，从中显示着他成熟的清醒和智慧。还有哪些有影响的知识分子谢泳没有注意到呢？大概是从“五四”到现在，差不多是20世纪这一百年知识分子的命运和心路历程，都在谢泳的研究课题之内。过去的文人和教授、过去的报刊和书籍谢泳都能如数家珍。他的文章充分显示了中国现代知识分子曾经有过的光彩。他使读者看到，中国知识分子并非生来就没有骨头，也并非天生的人格委琐和卑下。

谢泳的学术研究是认真的。

时髦的宏论似乎对谢泳没有什么吸引力，他专注地翻阅着旧报刊和旧书籍，读昔日学人的日记和书信、年谱、回忆录，从中细细地寻找，一步一步深入发现，精心地整理出一些细节。

粗略地阅读《杂书过眼录》，你也许会觉得到很零碎，也很杂乱。但是，细读下来，你会被故纸堆中的故事所吸引。读完了他的几十万字的文字，你会大吃一惊：谢泳真是个有心人！

谢泳属于自由主义的一派。他不喜欢抽象地谈理论问题，他对自由主义理念的表达也是质朴而实在的，在学术研究上，他也自成一派。他的文章大都很短，千字文构成大学问，也很简略，有一说一，有二说二，不枝不蔓，不故作高深，更不穿靴戴帽或追求所谓完整性，所做的是实实在在的真学问。

谢泳的研究工作做得非常辛苦。他常常跑到旧书市场，寻找那些不被人注意的旧书。他也与人讨价还价，花掉一百元，买到一本别人看不上眼的旧书，他却像得了“宝贝”一样欣喜，放在身边，随时翻读。他说：“我平时在旧书摊上闲逛，看到各种各样的旧书和旧杂志，一般都很留意。有些东西，与自己的研究并没有什么直接关系，但我要给相关的朋友收集起来。”

谢泳的“杂书过眼”，使一幅近百年的中国人文历史的长卷，重现在读者的眼前。他从“一个人、一份刊物、一所大学”入手，细致地修复着被损毁的中国现代思想文化史。

在《杂书过眼录》中，谢泳一点一滴地求索，一点一滴地发现，探幽烛微，以自由精神者的智性与文化人的良知，寻觅着或近或远的文明律动与生机，触摸着历史遮蔽过深的真情和真知，洞视着数千年中国无日不在演进的封建专制的形态与特质，并且格外注意发掘表层价值下具有文化与历史深层的无数细节，精心梳理，诚实而深湛地一一还原。

谢泳的学术研究是严谨的。

谢泳的文章是平稳舒缓的，但在平稳舒缓的背后却隐藏着尖锐的思想和个人的风格。巨大的感性魅力和理性力量催人深思。他不参与任何的论争，只是默默地在故纸堆中淘出那么多学人的倜傥风采和悲惨命运。胡适、冯有兰、金岳霖、傅斯年、梁思成、王瑶、舒芜、储安平、张东荪、钱锺书等上百位自由知识分子都被他画成了素描，他们的伟大和卑微都跃然纸上。在西南联大的校园里，为我们找来了鲜为人知的故事；在对《观察》周刊的研究中，他让我们注意到了储安平，取储安平作为研究对象，不仅是谢泳的深刻，更是谢泳的勇气。

从 《张东荪编的一本书》《储安平编的一本书》《美国手册》《六十年前的上海》《一个古生物学家的回忆录》《陈岱孙挣多少钱？》《读三十年代太原各中学国文试题》《胡适没有说过这样的话》 等文章中，我们可以看到谢泳学术研究的严谨。他在《回忆录是靠不住的》说：“回忆录是不大靠得住的，因为人的记忆是靠不住的，更何况还有先入为主的判断在其中。所以研究历史，回忆录至多只可作为一般的材料来使用，在没有其他旁证的情况下，是不能当真的。在这一点上，我还是坚持过去的一个看法，传记不如年谱，年谱不如日记，日记又不如第一手的档案。”是的，谢泳更关注的，正是细节。因为只有细节，才显示着历史的真实，而那些表面的高调文字，通常是靠不住的。从《一份老北大的展览说明书》我们能详尽看到一个时代知识分子的生存境况，要从他们的日常生活中看去，是他们的日常生活，构成了北大的自由学风。

通过谢泳的叙述，我们看到了当年知识分子曾经有过的种种风采。但也有人说谢泳的文字是在怀旧，是想回到逝去的辉煌中寻找安慰。谢泳却严肃地说过：“我近年的研究工作，就是想从过去被忽视的历史中清理出一条线索，让今天的知识分子不再重新开始，而先去接上前辈知识分子曾经创造过的历史”；“我曾和当年的西南联大学生一起交谈，听他们回忆和遐想，几乎每日都沉浸在过去的岁月里……当时我感到最难忘的是这些联大的学生那么容易怀旧，容易被往事牵走……后来我整理资料，看许多联大学生的回忆，好像能理解一点他们的情绪，因为那些岁月中毕竟有美好的东西。他们都已是70岁以上的老人，但他们怀念的也仅是自己的青年时代，或者更确切地说，是怀念自己的学生时代”。

毫无疑问，谢泳的工作最引人注目的是一种寻找。他在寻找中国知识分子曾经有过的辉煌，在寻找中国知识分子曾经有过的伟大梦想，在寻找中国文化曾经获得而又丢失的现代性。在当代学人中，能像谢泳这样自觉地发现和守护中国现代自由知识分子传统的人，并不是太多。他是以20世纪中国知识分子史料考证而赢得思想界位置的，他是一个头脑清新、精神活泼的知识分子，这样的人同样并不是太多。

站在“五四”旗帜下的批评家

——读王彬彬的《吐不尽的狼奶》

与王彬彬的交往有十几年之久，他的差不多所有的文章我都读过。

90年代中期，王彬彬的文章就已形成自己的风格，率真、锐利，爱憎分明，没有藏着掖着的世故圆滑，代表性的作品当属《过于聪明的中国作家》。这是一篇直言不讳的批评文章。它毫不留情地揭示了当代知识分子精神上最严重的问题，当然也是人们通常回避的一个问题。捅马蜂窝的人，难免要被马蜂叮咬。王彬彬的尖锐的文字，受到了同样尖锐的文字的回应。其中的一些名篇，现在看来，仍然能感觉到当时刀戈相拨、短兵相接的紧张感：友人向我介绍一个文学青年的遭遇：他苦读寒窗多少载，好不容易获得了最高级学位，辛辛苦苦做学问，做文章，只是难投编辑大人们之心意，一篇也发表不出来。这样就积蓄了太多的“力比都”，愤世而又嫉俗，寂寞实在难熬。最近该青年乃改弦更张，改写“骂派”文字，专骂名家大家，骂他们的作品并非篇篇都是纪念碑与史诗，骂散文的兴旺，骂女作家琐屑而且乱开玩笑，骂晚报的文体，骂文章题目里动不动是“我的……”，骂中国作家太聪明，没有在政治运动中壮烈牺牲，骂评论家没有像他一样地骂……三骂两骂，“该同志”立即看好起来，“有噱头”哉!——在大街上如果有个人骂架，也会围拢一圈又一圈的人观看的，这也是国情之一种。于是约稿的也来了，姓名的出镜率也高了，稿费收入也大幅度增加了；时来运转，行市看涨，过去羡煞妒熬的频频有新作发表的作家名流，过去是够也够不着拉又拉不下来只能恨得牙痒的文坛骄子娇女，却原来根本不在话下！只消高高在上地拉，开架式一骂，轻而易举地就与之同领风骚了乃至彩声四起了。真妙啊！多么快捷的途径，多么犯贱的文坛！骂而优则文，骂而狠则名，驾吐沫而升九天，乘恶言而游四野，各种效益丰收，俨然又一小黑马——应该算是黑驹——应运而生矣!

这是十年前的旧事了。对一个刚刚踏上批评之路的年轻人，这样的锋芒凌厉的“讽刺”所带来的伤害是可以想见的。不过经历一场这样的洗礼，也许并不是坏事，因为，对于真正的勇者，任何讽刺、挖苦、打击甚至迫害只不过是砥砺精神的淬火而已。

几乎像所有真正意义上的批评家一样，被别人误解，王彬彬也是常见的事情。例如，“新左派”就是别人经常送给他的一个封号。这实在是莫名其妙的奖赏。它留给人的印象是，只要你的姿态是批判性的，甚至只要你关注社会问题，你就得戴上一顶“新左派”的帽子，戴上这顶并不舒适也并不合适的桂冠。事实上，如果非得贴一个标签的话，“新五四派”也许更适合王彬彬。

在我看来，“新五四派”与“新左派”有着根本的不同。表面上看，中国的所谓“新左派”具有一副可爱的面孔，对社会不公，对贫富差别，表现出极其强烈的批判态度，显示出一种替底层大众代言的道德姿态。然而，这是一种仅仅局限于话语表达的“人民伦理”。说穿了，“新左派”所依据的精神资源，不仅是陈旧的，而且在本质上还是反人性的，从而也是反“人民”的。那些躲在大学的单元房里或自我幽禁在研究所的书斋里的“新左派”，嘴上挂着“人民”的旗帜，骨子里却是“权力拜物教”的信徒。他们是“文革”遗产的继承者，陶醉在伪浪漫主义的“宏大”氛围里，以一种的话语谋略向并不值得崇拜的人物顶礼膜拜。

而在王彬彬的文字里，你看不到那种昏愚的表情和可耻的奴相。相反，他常常以一种少见的执著和冷静，批评那些践踏人的尊严和权利的现象。与高蹈的“新左派”不同，他总是直面历史和现实生活中的残缺和问题。你在他的文章中，找不到一行卖弄学问的无聊文字，也很少看到言不由衷的虚言妄语。人的尊严和权利，人的自由和解放，是他最为关注的问题。如果非得给他一顶帽子，那这顶帽子，也许应该被叫做“新五四派”。这一类型的知识分子精神上最突出的特点是关注人本身，或者说，是关注现实本身。他们的姿态是批判的。在他们看来，怀疑和批判乃是知识分子的职责和使命；知识分子天生就是现实的批判者，就是批判的现实主义者。

王彬彬是一个自尊而知耻的批评家。

他有自己的稳定的精神立场和道德原则。能做到这一点并不容易。了解文坛现状的人，都不难发现这样一些并不鲜见的怪现象，那就是，许多所谓批评家，头上顶着“教授”、“博导”、“天才”和“新青年”的名头，干的却是见人说人话，见鬼说鬼话的勾当：昨天还在抨击“著名”作家的堕落，今天就与“著名”作家坐在一起互相吹捧；刚在南方历数完“自由”的罪恶，又到北方大唱“自由”的赞歌；早晨还是上帝之国的信徒，晚上就变成名利场上的英雄。这样的风派人物在中国文坛上，跳来跳去，上下其手，构成一道怪异而丑陋的风景线。

但王彬彬不是这样的人。他不仅与这样的人保持着警惕的距离，而且还针针见血地批评这种缺失情操的人格堕落行为。王彬彬有一篇文章，题为《正在失去的表情》，讲的是与“害羞”有关的事情：“羞怯，是人类表情中的一种。这是一种最人性最美丽的表情”，本来，“文化人脸皮是最薄的，最懂得羞怯的一群，但现在，羞怯也正在从文化界失去”。在王彬彬看，“知耻”乃是一个与知识分子的操守和人格密切相关的重要问题。因此，任何时候，在任何情况下，对任何人“拍马”都是一件可耻、下贱的行为。他对“拍马”现象的分析，极其深刻：“那些官场上令一般人咋舌的拍马者，无非是想拍得高官厚禄。而有了高官厚禄，就不愁不被拍。官场上的拍马者，是以拍换拍：以拍一人或数人的代价换取被无数人所拍。拍马，在他们是一本万利的事业。对上厚颜无耻地拍人者，一般也要求下面厚颜无耻地拍己，所谓‘事上谄者临下必骄’，也就是这道理。”

事实上，拍马，在不正常的生存环境里，实在是一种普遍的人格现象，在文学批评界更是屡见不鲜。只有克服爱听恭维话的弱点，只有改变我们身上的随便说好话甚至拍马的可耻习惯，我们才会活得有尊严，我们的文学也才会拥有一个良好的生存环境。正是因为这个原因，我们要欢迎王彬彬等少数几个负责任的优秀批评家，正是他们的存在，让我们看到了批评正直而高贵的形象。

真正的批评家常常受到的另一种指责是，他们尖锐、偏颇有余，而宽容、全面不够。王彬彬自然也没有逃脱这样的挑剔。事实上，他所遭受的误解，比这还要严重。他对一些社会现象和文学现象的直率、尖锐的批评，给自己惹来的甚至是羞辱：他的文章被说成是“红卫兵文风”、“大批判文风”。这其实一点也不奇怪。中国人习惯于温文尔雅的废话，习惯于不着边际的空话，习惯于居心叵测的好听话，就是不习惯逆耳的忠言，坦率的真话。有些人面对真正的批评，不仅不给它以真诚的感谢和公正的赞美，反而要用侮蔑之盾来抵挡，用仇恨之戈来反击。就连鲁迅这个最懂得爱的人，都被当作“仇恨政治学”的建构者，他的批评精神也被认为是“应该缓行”的“泼赖”，那么，直言者身上被别人吐上一些口水，还有什么奇怪的呢？好在，面对恶意的侮蔑和并无恶意的误解，王彬彬并不惧怕。他知道那些要求别人“宽容”和“冷静”的说辞的虚妄。宽容不是糊里糊涂的包容，更不是没有原则的纵容。

宽容并不是严格的敌人，更不是真理的对头。至于“全面”，只有全能的上帝才做得到。事实上，“全面”常常是那些理亏心虚的人给自己找借口的理由，正像王彬彬在《可怕的全面》中所说的那样：“‘全面’之可怕，往往表现为在‘全面’的名义下，是非泯灭了，黑白颠倒了，价值观念上的相对主义盛行起来了。”是的，“全面”并不是判断好坏、是非、善恶的标准，有多少谎言和罪恶是在“全面”、“完整”、“彻底”的旗帜下大行其道的。

这些年来，有幸参与编发过王彬彬的几篇文章，如《过于聪明的中国作家》《从瞿秋白到韦君宜——两代“革命知识分子”的反思》等，感觉到王彬彬不在乎更不屑于追求那种让谁看了都觉得通洽圆融的“完整”。他在乎并追求“真”，致力于发现并揭示真相的工作。他对一位大人物的稿费的研究，细心而认真，纠正了人们的虚妄的记忆和错误的想象。他对王朔作品的批评，显示的也是一种认真、负责的态度，是一个清醒的知识分子宝贵的文化责任感。他在《流氓的变迁》《三代人眼中的王朔》等文章和《文坛三户》（大象出版社，2002年版）一书中对王朔的批评，尤其令人感佩。他通过细心的研究发现，王朔虽然受到“六十岁左右的一代文化人”的欣赏，但是却并不为“老、青两代文化人”所欢迎。例如，杨宪益先生就“很不喜欢王朔”，曾作诗一首：“痞儿走运称王朔，浪子回头笑范曾。我自闭门家中坐，老来赢得好名声。”他不仅准确地分析了“六十岁一代”喜欢王朔的原因，而且还深刻地剖析了王朔的“价值”，指出王朔的小说并没有多少正面价值，因此，是一种应该警惕的文学现象和文化现象。这些足以说明王彬彬正是“五四”精神的继承者，他是站在“五四”旗帜下的批评家，因此，也是我们这个时代最为需要的批评家。

王彬彬被一些人误解甚至被说得一无是处，但却受到许多普通读者的欢迎和喜爱。一位读者在读了他的由人民文学出版社出版的《风高放火与振翅撒水》一书后，写了一篇读后感贴到网上，其中几段文字是：

“《风高放火与振翅洒水》是一本很好读的学术著作，指其好读，是因为通篇没有学界常见的酸腐，拂去中国现代文学的众多灰尘，让我们看到了接近原本的真相。王彬彬是严谨的学者，思维敏锐、活跃，读得出先生治学的缜密，让你看到灰尘是如何产生的，我们应当如何辨别真相。

“20世纪的现代文学颇具研究意义，且不说‘五四’之后的活跃期怎样令今日的我们汗颜，单指那段历史大背景的纷繁，就已经有很多谜团一直萦绕。王彬彬在书中涉猎的周作人汉奸身份的辨识、陈独秀与北大的一波三折、许广平在‘文革’期间对鲁迅的扭曲，都让我看到了不同时期中国一代知识分子命运的写照，他们其实是在世纪风雨中独行的扁舟，一点政治的风浪便可以将其彻底埋葬在时代的汪洋中。他们终生追求特立独行、自由思想，可最后却不得不在时代的变奏面前乱了章扭曲了人性。……

“王彬彬比照了瞿秋白和韦君宜，这是令人拍案的比照，两代文人在革命的风雨中用一生完成了自身对革命的定义，为此，他们的个体生命有了彻底的翻转。悲凉感在每层时间的断代中都深深埋藏。我们是在读史的过程中，才可以这般清醒，倘若当年我们身处其中，怕也是投身其中的尽情地舞者吧。向王彬彬先生致敬!”

是的，我们应当感谢王彬彬们，是他们撕下了历史的封条，同时也唤起了人们的警觉。今天再重新回首的时候，人们才发现，我们既往对“文革”以及极“左”悲剧根源的认识远没到位，类似历史悲剧重演的社会基础仍然存在。他的道德感和责任感使得他必须要对历史和社会负责任，更要对后人负责，他坚持正义，不允许颠倒黑白涂改历史事实，更不允许对历史的误读与道德上的偏执，他穿梭在历史与现实的缝隙间，努力揭示被蓄意遮蔽的历史现象。看着那些虚假的文字，他恼怒，他疾呼。在历史现象的真与伪面前，除了是一位站在“五四”旗帜下的批评家外，他还担当着一个精神保姆的角色，捍卫和守护着灵魂深处的神圣。

王彬彬是一个极其随和而善解人意的人。

与他交往，用不着警惕，更用不着猜测，他会把真诚实实在在地给他喜欢的朋友们。我还能很清晰地记得1991年那一个下着雪的上午，一个清瘦，面色白皙而无多少表情的小伙子来到了的编辑部。他自我介绍说：“我是南京的王彬彬。”这时，编辑部里的几个同事很热情地与他打招呼，请他坐下，他没有坐，依然挺拔地伫立着。于是大家也都挺拔地伫立着说话。他说来长春是到东北师范大学学习日语，学习已经结束就要回去了。记得当时他穿了一件淡米色的羽绒服，牛仔裤，因为很瘦，显得衣服很宽大。他说话的声音很大，而且越来越大，加上手势，看着很有激情。十几年过去了，王彬彬依然是那么真诚，只是很少大嗓门讲话了。他学会了更多的包容。前一阵子，他被邀去华山与“金大侠”论剑，后来主办单位怕出现尴尬局面，最终没让王彬彬论战，好吃好喝好玩地招待他一阵把他送回，王彬彬说：“他们很虚弱，我倒风光了一趟。”

王彬彬没有更多的爱好，不会唱歌不会跳舞不会打麻将也不爱看足球，但他坚持要求给本科生上课，他愿意做一个永远的启蒙者，愿为刚入学的大学生们引路。除了上课、读书写文章之外，他不会什么了。

这样的敌人越多越好

——读李建军的《时代及其文学的敌人》

“李建军是一位锋芒展露、个性鲜明的青年批评家。他既注重文学的传统根基又不排拒创新与发展，既致力于人文精神的探究，又不失艺术的审视与感受。尤其对在公众阅读中得到广泛认同和好评的作品和作家，敢于犯颜直陈，提出自己独立的识见，无论观点有无偏颇，其出发点和基本立场都是学理性的。作为图书编辑，李建军对当下文学生活怀有充沛的介入热情，他的批评敏锐、执著，体现了一种真诚的态度和理性的批评精神……”

这是李建军获得“第三届冯牧文学奖·青年批评家奖”的获奖评语。随着时间的推移，李建军的批评风格被越来越多的读者、作家们所喜欢和接受。

文学因何而伟大？真正的文学批评应该是什么样的？这是李建军时常谈论的问题。认识李建军的人，都为他对文学的虔诚和热爱而感动。他常常因为一个作家的粗制滥造而跟人争得面红耳赤，常常因为一些评论家不负责任地吹捧一部作品而怒不可遏，而得罪人。他容不得任何人对文学的亵渎。

李建军坚持自己的信念，写了大量的文学批评文章。他从语法和修辞等具体而微的细部入手，对作品进行细致而准确的实证分析。收入《时代及其文学的敌人》中的大部分文章，如《像蝴蝶一样飞舞的绣花碎片——评〈尘埃落定〉》《一锅热气腾腾的烂粥——评〈看麦娘〉》《私有形态的反文化写作——评〈废都〉》《是大象？还是甲虫？——评〈檀香刑〉》等，都是针对当下消极写作的“典型文本”进行批判的文章。

李建军对莫言《檀香刑》的“文体、语法及修辞上的问题”分析，池莉的《看麦娘》、贾平凹的《废都》及阿来《尘埃落定》语言病象的分析，都很精彩，这样的言必有据的“实证”批评，确实击中了作者的“虚空”处，从中可以见出李建军宁定守一、竭思殆虑之精研精神。

李建军是一位敢讲真话的人。

2000年的秋天，李建军的一篇《关于文学批评和陕西作家创作的答问》引起了中国文坛的震动和反思。人们好久没有听到这样坦诚、这样率直的声音了。讲真话，需要学识，更需要勇气。有文章这样评价说："李建军对名作家作品的否定性批评，是与作家真诚的对话，是表达自己意见的勇敢的举动。"

大胆的怀疑和批判精神是李建军文学批评的特点。不论哪一家哪一派，也不管其影响有多么巨大，李建军都不盲从，而是站在自己的角度，采取审慎的态度，先对其进行认真梳理，然后指出其价值和问题所在。他说："在我的理解中，文学是一种让人类意识到爱、高尚、尊严这类东西的圣洁之物。正因为这样，作为文学守护神的文学批评，就应该以纯粹的姿态面对文学。具体地说，就是要站在人道的立场，说真话。"正是有了对文学的真诚，他的批评才显现出内在的活力和力量。

多年的文学阅读的经验积累，使李建军视野极为开阔，他对世界的、中国的文学名家名著非常熟悉，从而并形成了他自己独特的文学观和审美观，对优秀的作品和垃圾作品，他有严格的绝不含混的判断尺度。姚楠教授在《南方文坛》著文说李建军是"完美批评"的领军人物，认为他一方面注重"中国文学对世界文学的学习和借鉴"，另一方面，"在以至高标准对批评对象作热烈充满激情，而又冷静异常严格的评判之时，批评家采取了求其全美的方法"。确实是这样。他对贾平凹、莫言、余华、池莉等著名作家的作品，像为小学生批作文一样，找出他们的病句、错句，并告诫这些"大家"，不要再犯小学生们都不犯的错误。

在李建军看来，小说是一种美好的事物。它是生命的必需，是上帝给人类的馈赠。它意味着事世洞明、人情练达的人生智慧，因而可以添培你的人生经验，它永远是你忠实的朋友，可以满足你与他人进行交往的需求。因此，李建军才尖锐地批评贾平凹的被某些评论家捧上天的作品，认为它"没有新的精神视境，没有新的话语风格，没的智慧的叙述形式，没有塑造出活的人物。永远是那副样子：不今不古、不死不活、不阴不阳、不明不暗、不人不鬼、不冷不热、不文不白。食之既已无味、弃之亦不可惜"。他容不得作家肆无忌惮地用粗劣的作品来欺哄蒙骗读者。

李建军为"消极写作"下了这样一个定义：缺乏现实感、真实性和批判的勇气；缺乏积极的精神建构力量；缺乏美好的道德感和丰富的诗意感；把写作变成消极的习惯，是一种在艺术上粗制滥造的伪写作。事实上，消极的写作通常还是缺乏他者意识和纪律感的写作，是反文化的私有形态的写作。它追求一种消极的快感体验：咂摸着颓废的滋味，陶醉于残忍的想象，满足于无聊的调侃。它靠大胆的粗俗来吸引读者，这样，它带给读者的就不是美感，不是心灵的净化和升华，而是让人习焉不察的道德破坏和精神伤害。判断和审视文学作品是要用良心去考证的。

“消极写作”还在进行。它已经成为一种在我们这个时代颇为流行的、具有主宰性的写作模式。因此，我们比任何时候都需要像李建军这样的负责任的文学批评家。他把“反对的自由”当作神圣的权利，把说出真话当作最高的伦理原则，把一切讨好“著名作家”的行为，当作对文学的羞辱和背叛。

李建军的批评赢得了人们的肯定和好评。陈忠实在一次答记者问的时候说：李建军的批评所引发的“生动活泼的讨论”，“让我再一次感到文学活着，文学依然神圣”。（《突发的思想交锋——博士直谏陕西文坛及其他》，第209页，太白文艺出版社，2001年）何西来则说：“李建军的出现，我感到高兴，作为秦人，我感到自豪，从关注全国文学的角度讲，我感到后继有人。”（同前，第48页）欣悦之情，溢于言表。在文学批评家们日渐失去个性的当下，李建军的个性锋芒更是异质性、批判性和对抗性的。他认为真正的文学批评应该永不放弃高贵的尊严。他主编的《十博士直击中国文坛》（中国工人出版社，2004年版）集合起了中国当代文学批评界不甘良知泯灭的十位博士，内中的诚实的忧思、睿智的反思和尖锐的批判，将成为中国当代文学批评史上不容忽略的一页。他坚守自己的精神立场，守护自己的文学信念。他进行文学批评的力量和自信，就来自于他的这种难能可贵的执著。

李建军不仅是一位坦率、尖锐的批评家，而且，还是一位对文学认真研究而讲求学理的学者。

对于一个批评家来说，仅仅说真话显然是远远不够的。一个合格的批评家应该具备学者的素养。李建军是受过严格的学术训练的。他对小说的研究深入而认真。他的博士论文《小说修辞研究》（中国人民大学出版社，2003年版），就是他潜心研究的可喜收获。很多学者都对这部著作给予很高的评价。

著名作家阎真教授在《一部好书，可做教材——评李建军〈小说修辞研究〉》中说：“这部理论著作在体系上的完整性也给我留下了深刻的印象，内在结构逻辑严谨，又在很大程度上弥补了叙事学在价值层面的空缺状态，理论的表述也相当清晰、准确、精当。我注意到这部著作是作者在大量的阅读和研究的基础之上完成的，它所涉及的理论著作和小说文本有数百种之多。因此，它是在一个坚实的理论平台上完成的，这个平台保证了此书既有开阔的理论视野，又有丰富的作品阅读量。……这是一部好书，可以做教材。”（《文艺争鸣》2004年第4期。）

丁帆教授在《扎实的学养与可靠的修正——李建军〈小说修辞研究〉读札》说：“一篇优秀的博士论文，首先需要具备的条件是充分的学术积累和认知识见。

一般说来，学术积累在每一个学者的治学过程中并非难事，然而，想要有所建树与创造，没有认知的识见却是万万不能的。而如今在众多的博士论文中，能够获得真知灼见的创新内容者委实很少，像李建军《小说修辞研究》这样既有深厚学术积累，见出学养，又有独到见地，勇于批评，从而又能建构自身学术体系的鸿篇巨制，可以说是学术界后起之秀之中的翘楚。”（《文艺争鸣》2004年第四期）孟繁华教授在《修辞理论和伟大的传统》中这样说道：“《小说修辞研究》将理论研究和对象密切地结合在一起，这使这部著作充满了时代感和当下性。因此这也是一部值得讨论、值得关注的著作。它的出版，对检讨和反省文艺学研究和教学中的问题，一定会起到积极的推动作用。……李建军论文的扎实、翔实和独树一帜的见解，以及他敢于坚持某些观念、敢于批评某些现象和作家作品的批评家品格，一以贯之地得到了贯彻。”（《南方文坛》2004年第3期）

陈晓明教授在《人文主义修辞学》中说：“《小说修辞研究》做得中规中矩，严谨细致，且多有创新突破，是一部分量厚重的小说理论著作。看一看这部书的章节细目，就不得不佩服作者在修辞学领域所下的厚实功夫，也不得不惊叹作者在理论方面表现出的卓越才华和过人的想象力。他坚定的立场与明晰的判断，都给人以深刻的印象。显然，这部书吸取了迄今为止最为丰富的修辞学成果，几乎涉猎到该领域汉语的全部权威资料。对这些材料，李建军已然全盘吃透，能驾轻就熟，举重若轻。就从其中涉及的理论著作与西方古典现代名著来看，李建军的基本功是相当到家的。这本书无疑代表了当代中国小说修辞研究所达到的崭新阶段，无疑也是文艺理论研究方面的可喜成果。……这本书最显著的特点，我想就是它的人本（或人文）主义色彩，就是它把主体性问题融入文本研究。作者的意向性与文本的建制（constitution）达成统一。这是把自‘新批评’以来，特别是被后结构主义截断的历史重新弥合的艰难尝试。”（《小说评论》2004年第4期）

王兆胜博士在《正本清源与圆融通明——评李建军〈小说修辞研究〉》的文章中说道：“李建军的《小说修辞研究》决非只谈小说‘技巧’的普通理论著作，而是一本努力解决重大问题的‘正本清源’之作……与许多为研究而研究的‘盲视’学者不同，李建军有着强烈的人文精神，这主要表现在强调世界观的重要性，有着整体感和心灵的光芒，将小说修辞研究与人类的命运紧紧相连等方面。这是本书最有价值的部分，也是令作者能够在碎片一样的世界、文学和小说中，整合出自己的结论的内在依据。‘人文精神’如‘领’似‘纲’，它起到了‘提领而顿，百毛皆顺’和‘纲举目张’的效果。”（《南方文坛》2004年第3期）

李建军是一位因其尖锐而易被误解的批评家。

有的人认为李建军的文学批评言辞偏激，态度苛刻。事实上，他是一个忠厚而善良的人。李建军批评起著名作家的“失败之作”毫不留情，但对刚刚学习写作的文学青年和艰难探索的年轻作家，他常常给予充分的肯定和鼓励。他说：“我不知道我的观点是否被更多的人理解和认同。我的尖锐和偏执，也许会让有的作家和读者不快？如果真是这样，请他们原谅和理解。但我必须说出自己真实的感受和思想，因为，只有在真话之中，我们才找到真理。这就是我不怕冒犯‘著名作家’，不怕遭受误解甚至记恨的原因。”他自称是自己时代文学的“敌人”，但却“并无致人死地的恶意”；他与人为敌的目的，不过是为了显示自己勇于说真话的决绝态度，只不过是希望我们的文学能在一种对抗情境和对话氛围中，变得越来越成熟，越来越强大。

知我者，谓我心忧。不知我者，谓我何求？

李建军的所忧所求，会得到多少共鸣和理解呢？的确，李建军被理解着也被误解着，被一些人当作可与庄语的朋友，但也被另外一些人切齿之声可闻地当作敌人。然而，我们需要这样的真诚、理性的敌人，我们需要这样的热情而善良的敌人，因为，这样的敌人越多，说假话的伪批评家就会越少，就越有助于我们的文学的健康成长和健全发展。

温暖的光芒

——读《开眼》有感

刚刚读赵瑜在四川地震前线采写的长篇报告文学《晋人援蜀记》，又在第一时间读完了赵瑜、柴然合写，由中国电力出版社出版的长篇报告文学作品《开眼》。几天来，我的整个思绪一直是在赵瑜的语言状态下行走和思考。赵瑜擅长写重大题材的作品，其框架宏大、语言和结构让人震撼外，赵瑜还把创作视角投向低层，努力向平民生存的状况进行现实的叩问，尊重历史文化的源流，更尊重草根文化和民间的声音，以抒写人性的需要为核心和出发点。如《马家军调查》《中国的要害》等等一系列作品，都是直抵社会现实问题、拷问知识分子良知和责任、体现知识分子终关怀的题材。

《开眼》也不例外。

单从《开眼》这书名看，想到这又将是赵瑜和柴然在创作上一次突破性的写作。以我的理解，《开眼》，非眼开。开眼，非放眼。应该是诱人观物，让你开眼，带有炫耀之意。世间万事万物，唯有开眼方能洞悉来龙去脉。人生百态百味，只有开眼才可悟透是非曲直。《开眼》则是从国家的“户户通电”工程开始进入，让读者开眼，了解百姓们真实的心声。这对中国的报告文学研究者来说，也将是一次“开眼”。

二十余万字的《开眼》，历时两年多的时间，赵瑜和柴然遍布全国几十个穷乡僻壤、老少边穷、深山、丛林和人迹罕至的老区、苏区、边区、少数民族地区进行采访，他们听到看到的是一些普通人无法想象、更无法进入的人类生存的另一个侧面，感受到多少年来，几代人们为了祈求一点光明而付出的辛勤努力和心酸故事。作家们在采访中无数次地听到百姓的追问：“户户通电，何时才能到我家?!”

“电”这个对城里人来说再普通不过的生活必需品，在中国的部分农村牧区，却依然是一个遥远的梦想，目前还有很多长年生活在无电可用的环境中，煤油灯和蜡烛是他们照明的唯一工具，看电视、用洗衣机更是一个遥不可及的梦想。然而随着国家“户户通电”工程在全国的实施，那些还没有用上电的农牧民百姓们，终于陆续告别了黑暗，开始用上明亮的电灯！国家电网主动服务国家大局，履行社会责任，确立“新农村、新电力、新服务”的家电战略，预计到2010年，通过国家电网最大的限度延伸能够解决供电问题的地区，基本实现“户户通电”。“遗憾的是，时至1994年，中国人均用电量在世界排名仍在一百名之后，中国老少边穷地区的农家为数不少，仍是在电的光明照不到的角落，他们仍用古老的如豆灯烛，日复一日熏黄那原始的梦境。”

尽管《开眼》这部作品的文体是纪实的，但它本身包含着突破文体界线的诸多因素和能量。更重要的是，《开眼》从心灵的真实出发，去抵达个人的精神品格，去抵达几代人的命运，去抵达血与火交织的历史中的正义，去抵达和完成百年来人们的宿愿。读了《开眼》这本书，会让人感到，责任、使命、精神等要素已给文学注入巨大的能量和力度；同样，《开眼》这部书，肯定不是一些宏大词汇所能限定得了的。要深入评价这部书并非易事，它牵涉到那么多为了“户户通电”工程而贡献生命的重要人物和史实，它描绘了众多百姓们企盼光亮的心情。

但仅从文学的角度和意义上来说，《开眼》这部书确实让我激动。首先这是一部好看好读的、叙事角度独特、语言精致的书。其次是采访的主人公大多是普通百姓，故事真实而感人。按一般的阅读习惯来讲，认为像这种歌功颂德表扬稿似的作品，大多属“行业文学”类，作者和出版者面对的是行业上级的单位和领导。而读《开眼》，却一下子会把你带到身临其境地视角中，似乎你也是其中的一分子。

书中那些百姓故事如同亲人一样鲜活，牵动着你的心。他们为了能让政府帮助通上电，集体签名上书中央及省委；他们甚至集体下跪请求政府早日通电，他们最大的愿望是能看上春节联欢晚会，能让孩子们在电灯下看书学习。再看那些为争取“户户通电”的村、县、市、省及中央领导，多年工作中由于种种原因，一次次碰壁，一次次被误解甚至于遭谩骂，但他们一天也没有停止过为百姓办事。这些父母官为了家乡早日通电，尽了最大的努力。有时他们也觉得委曲，甚至说着孩子一样的气话：“谁让你生在这个穷地方！谁让你不生在北京……”

《开眼》中更多的描写不只是为了通电而达到眼前的目的，更让人看到希望的是，那里的年青一代远大而宏伟的设想和理想。他们想到的是，通电后的一些建设问题，修路问题、教育问题、招商引资等问题。这正符合了国家“户户通电”工程的人本意义，更充分地体现在它从根本上关注“经济发展中人的发展”的哲学命题。明确发展的终极目的是人，是人的发展和进步。同时也明确通电的目的。通电或者说用电，对于我们这个社会的一部分人来说，是舒适生活的一部分。但是对于处于穷乡僻壤的农民来说，“楼上楼下，电灯电话”就是现代文明的标志。实现了“户户通电”，就是为他们打开了开阔视野的一扇窗口，就是给他们提供了一个走向富裕和繁荣的新起点，也就是给了他们一个关于新生活的新希望。

《开眼》虽然是直接面对现实，但并没停留在就事论事的表层，而是从百姓与政府的和谐关系及历史发展的角度，结合自然、地理与文化、风俗等，对国家提出的“户户通电”工程问题进行了全方位的立体反思，因而显得更深沉、凝重。

赵瑜、柴然二位作家都是山西籍，他们对太行山一带非常熟悉并有着浓厚的感情，那里有着丰厚悠久的文化历史的底蕴，因此，写到山西一带时，故事极其精彩。《开眼》虽然是报告文学的文体，读着却有着散文的韵律。看看几个章节的题目：“历史的突破自山东始”、“大海扬波红日升”、“大凉山上放光芒”、“黄河之水天上来”、“边区的太阳红又红”、“西边望，谢天狼”、“农电人血脉贯中华”、“人民的谢忱”等等，相信读者也会感受到《开眼》的写作形式给当今中国文学注入了另一种活力。

《开眼》是“走进国家电网”丛书中的一部，总策划、责任编辑刘克兴是中国电力出版社主力编辑，在策划《开眼》的采访和作家的写作过程中，他可是受尽了“苦”。编辑与作家打交道，如同建筑队的大工与小工，刘克兴甘当小工，尽善尽美地为作家服务。他说：“我们能做的，只能是为那些没有通电地区的百姓们做出一点点呼吁，和为那些常年工作在前方的支杠架线的电业系统的工人们表示敬意。”

《开眼》，渴望远方每一盏温暖的灯火永远亮起，那将是最温暖的光芒。

寻找心中的精神图腾

——读徐剑报告文学《浴火重生》

我带着作家徐剑最新创作的报告文学作品《浴火重生》，踏上新疆采风之旅，打算一路上细读这部穿越六十年历史时空、再现“共和国长子”创造的工业神话的奇迹与辉煌的大作；深刻感受徐剑笔下的东北老工业基地振兴的涅槃景象。这是共和国工业发展史与文明心灵史再现的鸿篇巨作。

翻开徐剑的《浴火重生》，首先映入眼帘的是这样一段话：“传说中有一种鸟，当它翱翔的翅膀不能承载生命之重、渐入式微时，便会选择往生。经历烈火后，重新开始更绚丽的历程。东北老工业基地就是这样涅槃后浴火重生。”这是一部刻画东北老工业基地那些热血激昂、豪迈壮烈的工人群像的一部作品，叙述了老工业基地从辉煌到衰败的辛酸历程，再现老工业基地东山再起、再创辉煌的足迹。

一部文学作品的构架，是作家创作思想的精华体现。在徐剑着手创作《浴火重生》之初，他经过一年多的采访，掌握了大量的关于东北老工业基地的历史资料。这些资料从不同方面了解东北老工业基地发展情况，为创作提供了线索。徐剑每次采访回来，都会与几位文友聊起关于描写东北老工业基地的兴衰成败的历史，用哪种形式表达更为贴切、几代工人家庭的辛酸又如何表现等问题。

作家徐剑对每一部作品的创作，无论是什么样的题材，他都会带着神圣而敬仰的心情对待，这些年来，他一直在不断寻找那份心中的精神图腾。《浴火重生》又是一部厚重之作，作家徐剑捧着一颗赤子之心，怀着对东北大地和黎民百姓的敬畏之情，走遍城郭、海港、煤都、钢城和大型国有企业，以数十个普通工人世家与一个时代、一座城市、一座工厂的沉浮为命运这样一条纵线，他走进了大东北。最终，他采用以北京城里四个坛为主体构架，以当年大清皇帝祭天祭地祭日祭月的“天地日月”四坛和社稷、人间等六章来构思这部作品。作家徐剑解释说：“老百姓是天、老百姓是地、老百姓是天下，是江山社稷。”他知道，文学作品只有从寻常百姓生活入手，作品才会有生命力。徐剑的写作是诗意的写作，无论多么残酷的境遇，他在采访中，都会挖掘出人性的光辉。

《浴火重生》从“东北‘双红’淡出国人视线”切入，一下子把我带入了想念家乡的情结中，同时我被徐剑的文字勾了进去。作为东北人，我对徐剑提及的“双红”不但熟悉，而且也是非常有感情的。徐剑说的“双红”是红双喜压力锅和红梅味精，这两个东北大牌产品，一直陪伴百姓生活多年。若不看这部作品，还真不知道这产品退市的原因。让人心痛。

再读“祭坛”篇中的“鲁尔，曾经是德国的一个制造基地”。沈阳铁西，曾经是一部让许多中国人热血激荡的英雄神话和史诗。然而，“铁西是中国的鲁尔”这句让沈阳人引以为自豪的话语也已成为过去。“一门父子兵与一座铁西城”中的80多岁的尹忠福谈及父子兵与一座工厂、一家人、一个制造基地的故事时，他们对那个时代的感慨更是让人觉得这是一个时代宿命的投影。东方鲁尔——铁西，一座城与几代人的命运，令人扼腕长叹。“时空跨越了六十多载。历史画卷展现的是一个激情年代，与今日之中国、当下之铁西，是完全不同的一道风景……”

从《浴火重生》看到东北老工业基地的历史，一幕幕辉煌景象呈现在眼前。而在沈阳的铁西区，光荣与梦想同在、理想与英雄共生的年代，一代代工人们曾经创造了新中国的350个“第一”，这对全世界来说，也是一个奇迹。新中国第一枚国徽，由沈阳第一机床厂铸造完成；新中国的第一台5吨蒸汽两用锻锤在沈阳重型机械厂试制成功；中国第一辆18马力的蒸汽拖拉机、中国第一台3000千瓦水轮发电机、中国第一台69千伏的高压多油断路器、中国第一台100吨可以给火车称重量的轨道秤、中国最早的战斗机轮胎……新中国的诸多“第一”都是在东北大地上诞生的。作为新中国装备总部的东北携着享誉全国的众多劳动模范、难以计数的产业工人，一同登上了荣耀的顶峰……

但是，随着时代发展，计划经济向市场经济转型，曾为中国解放和建设事业作出巨大贡献的共和国长子，迎来的却是命运中不可承受的衰败和伤痛。

读着徐剑的文字，跟随着他采访的人物，一步步地看到了沈阳这座东北老工业基地的兴衰历程。“88岁的老人李立水犹如一座石尊，坐在我的面前。他像摆龙门阵或像东北人唠嗑儿一样，给我翻开了一段伪满时代的老皇历。”李立水对铁西区的前世今生，如数家珍地讲了伪满时代的铁西历史：东北老工业基地最早起源于绿林出身的张作霖的麾下。铁西的第一座工厂，始于上个世纪20年代。第一次直奉战争落幕，张作霖兵败如山倒，撤回沈阳，路经山海关，他回眸一看，仰天一声长啸，回到沈阳，要开矿山，建炼钢厂，造枪造炮。而作家徐剑硬是从伪满时代的一段老皇历中寻找到了一个个贯穿全书的三四代工人家庭的感人故事。钢铁工人赵德胜祖孙三代的故事、与郝建秀同一个辈分的女劳模杨玉兰的故事等，还有回顾毛刘周朱陈邓六大常委巡视沈阳大工厂的难忘情景……读这些令人感动的人和事，仿佛把我们带回到那激昂的年代!

能把一部作品写得贴近大地，贴近人们的心灵，这需要作家深入田野的调查。《浴火重生》虽然讲的是“振兴东北老工业基地”的故事，但读起来，却如神话般吸引人。徐剑时刻记住了他采访过的大连港奇人、怪人刘连岗的话：“你写的振兴东北老工业基地题材，千万别往大说，也应该定位为普通的老百姓过小日子的一种题材。”因为徐剑懂得，创作要有厚土意识，一个强大的国度，必然有一种优秀的文化厚土做支撑。要创作出精品力作，别无他途，唯有深耕。与每一位被采访者交谈，他都乐此不疲，觉得面前展开的是一卷卷大书，从每个人的讲述中都受益匪浅。

《浴火重生》书写东北老工业基地日新月异的变化，反映人民群众的心声，赞美普通工人的精神面貌和美好心灵。徐剑以饱满的热情，深入到广阔丰富的现实生活当中，用自己的生花妙笔，为时代和生活做充满诗情画意的记录。《浴火重生》反映了作家的现实责任感和历史使命感，我们的时代需要这样的作家，让百姓多姿多彩的生活流淌字里行间。振兴东北老工业基地是党中央在全面建设小康社会、加快社会主义现代化的新阶段做出的重要战略举措，变革中的东北为广大作家提供了无比丰富的创作资源。党和国家领导人及辽宁省委非常重视东北老工业基地的振兴这一任务，曾指出：“振兴辽宁老工业基地，重要的是增强发展的内在动力，走出一条主要依靠体制机制创新、在改革开放中实现振兴的新路子。”接下这一任务，这对作家徐剑也是一次考验。徐剑自己完全不知道，在他之前，曾经安排另一位作家来与徐剑PK。可见有关部门对这个题材重视的程度。

《浴火重生》“月坛”篇中“省委书记深入棚户区心酸流泪”中有这样一段话，非常感人：“……冬天的阳光斜落下来，照在这片寒山疏林的山沟里，没有一点暖意。寒雪，衰草，残阳，在这里构成了死一样的寂静。低矮窝棚前，站着一排排晒太阳的老年人、中年人和青年人，一脸绝望之色。见惯了太多的领导人进莫地沟考察，老百姓心里早已经麻木。哭过，骂过，闹过，莫地沟五十载依然如旧。然而，那天省委书记在连着看了两三个家庭后，一阵阵的心酸涌上心头，他特意看了看摆放在一旁的垃圾桶，连一片烂菜叶都没有，他的眼睛一次次地湿润了……”书记视察那天是抚顺最冷的一天，气温降至零下29摄氏度。许多家庭就靠一个小炉子取暖，没有暖气，也没有煤气。好一点的家庭烧煤，条件差就烧入冬前山上撸下来的树叶子，点燃起来乌烟瘴气，室内与室外的温度相差无几。晚上睡觉时要穿着棉衣，戴着棉帽睡。最痛苦的是室内无厕所，一个棚户区，700人上一个旱厕，早晨就得排大队……

对棚户区的改造，“要当做省委一项重大的惠民工程来做啊”！书记的声音和决策，落在了辽河两岸的积雪大地上，响在百姓的心中。在新世纪的第一个十年间，老工业基地终于涅槃了。在这片土地上生活的几代人，在沉寂和黯然岁月里经历的生命劫难，终于找回东山再起的自信和骄傲，找回了当年工人老大哥的荣耀。有评论家说徐剑的《浴火重生》“以气韵沉雄、悲怆婉壮、灵魂柔美”的叙述直抵普通百姓的心灵和情感。

“地下的，天上的，似乎都预见到了21世纪的第一个十年，沉寂了十年的东北重工业，一如冥冥之中的符咒一样，要经历一场浴火涅槃。而它更远古的涅槃呢，却是我们不能预知和看到的。”

读完《浴火重生》，感受到徐剑从一个独特视角宏观而全面地书写了东北老工业基地的复兴史。他的文字融入文章血脉，对历史事件、社会问题、现实隐忧毫不避讳，秉笔直书。

心中的旷野

——读鲁枢元《心中的旷野——关于生态与精神的散记》

秋阳温情地从窗外透射进来，洒满了小屋。泡上一杯梅州高山上的绿茶，坐在沙发上，很慵懒、很惬意读着刚刚收到的《心中的旷野——关于生态与精神的散记》。这是鲁枢元教授在学林出版社新出版的散文集。鲁枢元教授搞生态文学的理论研究可称得上是中国的领军人物，出版了几本著作，研究的成果也得到了学界的赞赏。但没想到他还写了这么多有关生态话题的随笔和散文。

从《心中的旷野》中可以了解到，鲁枢元教授从80年代初开始，就已经对中国的生态环境保护问题进行了关注。就在那个时刻他似乎就清醒地认识到"荒野，原来是人类文明之根，是人类生命之源，是一切生命繁衍栖息的家园"，于是他以知识分子固有的责任感，喊出"人们背离荒野已经太久太久"，拯救的唯一希望在于——当人们意识到荒野的消失时，荒野便会走进了人们的心灵，重新开始在人们的精神生活中占据一定的位置。

《心中的旷野——关于生态与精神的散记》一书图文并茂，由"荒野启示""晨星寥落""恍然若书""达摩洞下""说鱼上树"五个篇章组成，共收集了87篇文章。

"荒野启示"这一篇章记录着鲁枢元对生命的回忆和体验。他说当一个人开始靠回忆度日时，说明自己已经变老。我说他过早地思考和反思了有关生态的问题，说明他还有一种责任在心中。我这绝对不是对鲁教授的抬举和夸赞，而是我读这本书的感慨之言。

我们——

曾亲眼看到了"地球上那宝镜一般美丽、梦幻一样神奇的湖泊一个接一个地干涸，梁山泊、圃田泽早已干涸，罗布泊也在1981年干掉，白洋淀、微山湖、博斯腾湖、卡纳斯湖都面临着干涸的最后结局。随着湖泊的干涸，使树木的干枯、鸟类的逃亡、草原上大片大片土地退化为沙漠的速度加快……"看着那干枯的胡杨，想着楼兰古国曾经的繁荣和壮美，欲哭无泪！而这些现象，正以飞的速度向人类袭来。“自高自大的现代人类啊，你不能再漠视荒野的伦理。”

《阿城与羊》写得很有趣儿，讲的是一年的初冬，小说家阿城在杭州西子湖之滨的将军楼里，讲了北京人爱吃羊肉的故事。在讲述中由于同情羊，便迁怒于北京人，说北京人真不仗义之类的话。阿城的讲述充满了“羊道主义精神”的情感，一下子感动了在座的许多人，上海的周介人、湖南的韩少功、浙江的李庆西、福建的南帆，他们一个个面露哀矜之色，心中为不幸的羊们暗暗伤悼。北京的陈建功、郑万隆、季红真、黄子平们却让阿城骂傻了眼，唯有李陀耐不住了，站起喝道：“甭听阿城胡说八道，这小子吃起羊肉来不要命的，北京的羊肉馆都知道，吃羊肉还要自己另带佐料的满北京就只有两个人，一个是唱京剧的马连良，再一个就是他钟阿城。”在场的人哄堂大笑。

我想，鲁枢元写这篇文章的目的，是想说：吃羊肉的和同情羊的对人类来说，恐怕属于两个不同领域里的事，一个发生在物理的或者物质的空间，一个发生在心理的或者精神的、情感的空间。两个空间不是一个空间，其中存在着差异和矛盾。物质与精神，肉与灵，在这里又成了人生的一大纠葛。阿城要活着，就不能不吃羊肉或者别的什么肉；阿城作为作家文学家活着，则又不能没有对羊们、牛们、树们、草们的同情。精神注定要在现实中苦苦挣扎。文学常常告诉人们，这就是人面临的困境。

“崎岖万里天涯路，野草荒烟正断魂”。看着一片一片的绿草不断地被水泥覆盖、被楼房占据的景象，他为“野草”们鸣不平，写下了《草魅》《为野草说情》等美文。

“晨星寥落”这一篇章里大多记录着人间温情，讲述了童年趣事、家乡习俗、亲情友情、文人雅趣等故事。

《恍然若书》一章中，鲁教授谦虚地说：“我与书结缘，几乎是从零开始的。”他最早读的书是“一本深蓝色、土布封面、手工制作的‘大’书，长约一尺、宽约七寸，封面上还缝着两根蓝布带子，不用的时候可以系起来。那其实不是书，而是老祖母当年出嫁时陪送的‘针钱包’。这个别致的针钱包便是用当时的旧账本翻拆后一页一页地粘起来的，看上去很像是书。白麻纸上用毛笔记录着的一笔笔流水账，透过纸背仍旧隐稳地显现出来，像道士驱鬼时的符录，又恍若汲古钩沉的书法珍品，字迹一律漫漶模模糊糊……”文章中附着这“书”的照片，看上去有着非常文化的味道。鲁教授说，这本晚清时代的“大书”他一直好好地保存着，它是祖母告别青春少女时代的一个物证，也是他在鸿蒙之初最早亲近的一本“书”，一本似是而非、似非而是的书。

后来，读的书多了，藏书也多了起来。也就有了与书相关的很多故事。小的时候，那位姓鹿的老人在树下摆的书摊，也许是鲁枢元上的第一所学校。他说鹿老头有些神秘。听说他是旗人，前清时当过武官，见过皇太后和皇上。“鹿老头神情严肃，但对我还比较客气。”也就在那时，鲁枢元与《红楼梦》《水浒传》《聊斋志异》 结了缘。《王六郎》的故事在心中扎下了根，“善良、仁义、真诚、友爱”的品德也就在那时形成。

再后来，鲁枢元读了更多的大书。《达尔文主义》、《中国思想通史》、《中国小说略史》、鲁迅的 《三闲集》、《阐释学》、《接受美学》等，开始了与生命一样重要的读书悬崖。

对书画艺术的品评在鲁枢元的视野和文字中常常出现。在《汪增祺的画》中这样说道：“汪老的画，讲技法，不如白石、半丁、苦禅、悲鸿，汪老也并不和这些画家较劲，一味地处理笔墨，恣意性情，无论妍媸，乐在其中。这是何等的境界。”而他从丰子恺的漫画中，总结了“丰子恺的落伍与卡通画的兴隆也就是时代的大趋势所然”，同时他突发奇想到“在当下卡通画特别卖座的情况下，我们也不应该遗忘丰子恺”。于是就有了《丰子恺与卡通》这篇文章。

“达摩洞下”“说鱼上树”二个篇章，收集的是近些年来的文章。《潮起潮落》《相逢在佛化萨》《“谷融”为水》《陕北纪行》《诗人的返乡梦》《“风”与汉文化》等文章都非常具有学理性，从理论的角度阐述观点，评说现实及现象问题。《“谷融”为水》写的是钱谷融教授引他走上文坛的一个重要台阶，又如何把他引荐给王元化、徐中玉、蒋孔阳等老先生，然后又如何不声不响地把他的文章介绍给李子云、周介人得以在《上海文学》上发表的一些事。

“江海所以能为百谷王者，以其善下之。”钱谷融的《人·艺术·真诚》是数年来的文墨精华，他主张尊重人，热爱艺术、崇尚真诚。我们谁又能断言，在今后的年代里，文人的真诚、善良、高尚还能有多少呢?

鲁枢元的《心中的旷野——关于生态与精神的散记》一书，有几十幅非常珍贵的照片，照片中有很多我认识的朋友。他们当初是那么年轻，风华正茂。然而，岁月虽然无情地掠夺了他们的青春，但却为后学们留下了非常真实的经历和著作。他们丰富的阅历和经验告诉我们：每个人的内心深处，都潜伏着自己心灵的旷野，岁月曾在旷野中流过。

那片旷野里，曾留下岁月散落的碎片，斑驳的陈迹，淡淡的忧伤，丝丝的苍凉。那是我们心中的旷野。那也应该是我们的精神栖息地。

神圣的回忆

——读蔡翔《神圣回忆》

《神圣回忆》是蔡翔的散文集（东方出版中心，2004年出版）。文集里收编《神圣回忆》《底层》《难忘老歌》《“文革”记事》《向北方》《工厂追记》《城市边缘》等25篇90年代写的散文。这些散文，我大多都在刊物上读过，但那只是零散的印象和记忆。

随着年龄和阅历的增长，重新阅读蔡翔的这部文集，真的有一种神圣回忆之感。正如蔡翔在自序所说：“有一些词语，会突然闪现，在那一瞬间，心会为之怦然作响，久已死去的激情，也会在这个时刻重新燃起。”

读蔡翔的散文集，我也有“神圣回忆”与“怦然作响”之感，但显然是与蔡翔的感受不会一样。因为我不敢与蔡翔兄共同使用“神圣”一词，更不敢用我浅薄的思想与蔡翔兄谈论神圣的话题。

但是，我自认为读懂了他的神圣。

《神圣回忆》是蔡翔1995年写的一篇散文。记得我当时的阅读并没的留下太多的思考，只是觉得文章真实、感人、叙述平淡而有力量。其他没有什么特别的感觉。时间过了十多年，重新再读感受却大不一样了。在阅读中，也会勾起我的一些回忆，虽然不敢说神圣。

《神圣回忆》这篇散文是由“我”在图书馆发黄的纸堆里发现了这样的一段文字开始的：

当广州掀起红卫兵运动时，纺织厂内也迅即涌起“破旧立新”的“热潮”，厂里的男女职工相互检查有没有属于“四旧”的东西。有一名女职工因为亲友自香港带回一些衣物给她，其中有一条红色的女三角裤，厂内的红卫兵和“革命群众”便将她的红色三角裤翻出来，给她扣上了三项罪名：（一）将最神圣的革命色彩——红色用来穿在最脏的和不适当的部位。红色是代表最进步的颜色，如中国（中共）被命名为“红色的中国”，革命的军队最初被命名为“红军”，以至于现在的红卫兵也冠上了“红”字头。因此把红色穿在不当的部位未免大大的亵渎。（二）崇尚西方国家的货品，具崇洋思想。（三）追求资产阶级的生活享受，不穿布裤喜穿丝裤。

这名女工结果被拉出去批评，全部洋货拿出来“展览”后一概予以烧光。

蔡翔在文章中说“我”完全不想追究这段文字的来源，但“我”相信它是真实的。

我也相信这是完全的真实。因为在那个年代，像这样的事是微不足道的。而蔡翔的目的是引出“神圣的回忆”。

“我现在看见我遥遥地向我走来，在黑夜中，一个13岁的少年向我走来……”；“我现在慢慢地走向1966年的年尾……一个小伙伴匆匆地跑来，向我们宣布了一个惊人的消息，住在我们隔壁的‘小皮匠’刚刚被揭发出来是一个在逃地主……”；“那一天的黄昏，‘小皮匠’一家正在吃饭，我们涌进屋里的时候，那家人的脸色突然变得苍白。……我看见无数的拳头如雨点般落在‘小皮匠’的身上。轮到我了，我看见我的拳头高高举起……在那一瞬间，我看见一双美丽的大眼睛，一双恐惧的、惊慌的、羞怯的、无助的眼睛……我只记得，我的拳头最终还是打了出去，然而已经那样的软弱无力……”；“我那种失魂落魄的神情引起了母亲的注意……她严厉地训诉我，罚我长跪不起，完全不顾一个红卫兵的高傲和尊严……母亲后来瞒着我上门赔礼……”

我猜想，这个少年就是蔡翔。

现在想来，一个13岁的少年，在那个混乱的年代，根本分不清是是非非。本来是一个模样和善、衣服上打着补丁、见谁都笑容可掬的好人，转眼间就可能被认定为是一个“还乡团”、“逃亡地主”、“反革命”、“台湾特务”等等。

我的父亲在1966年的时候就被莫名其妙地打成了“现行反革命”。造反派们在毛泽东选集的一条注释中找到了一个在台湾的叫朱家骅的人，说他是特务。而我父亲的名字正巧叫朱家安，就这样不容分说地将那个朱家骅指认为是我父亲的哥哥。于是我们就成了台湾特务的家属，把我父亲以“台湾特务家属”名誉关起来批斗数日，并挂着大牌子上街头游行。又在街道的画廊上张贴了很多漫画，在画中极力丑化我的母亲，说她是台湾特务家属的老婆，说她投机倒把，在街上倒卖从台湾倒来的小商品。

当时我只有五岁，但那个场面我永远记忆犹新。

那时，父亲在里面关着，我们完全不知道他的情况。妈妈每天只在天黑时才敢拉着我去看那些污蔑爸爸的大字报和漫画。妈妈看着画面时，她的手及全身抖得非常厉害。我不明白上面画着什么，只记得那些画把妈妈画得很难看，涂着红脸蛋，嘴里还给镶上了大金牙，手里拿着一些衣服和饰品在叫喊，在爸爸的名字上边打着红色的大叉。每每这时，我都会睁大眼睛看着妈妈。相信，那也一定是一双美丽的大眼睛，一双恐惧的、惊慌的、羞怯的、无助的眼睛。当妈妈看到有人来时，总会快速地拉着我就走开，这时就会听到背后有人指点着妈妈骂到“台湾特务家属的老婆”！直到现在，提起那时的事，妈妈依然会非常地紧张，还会不时地发抖。

我非常认同蔡翔的《神圣记忆》中他对母亲的几句描述：“我现在想起母亲，满怀感激地想着母亲，母亲识字不多，但我所有的启蒙都来自母亲默默的关怀。我固执地认为，平民是我们这个社会最善良的阶层，他们量入敷出，规规矩矩地做人，那些已经被上流社会糟蹋得不成模样的道德信条，却被平民默默地守护着，他们忍受着别人的欺辱，但是他们决不欺辱别人。”

当《神圣记忆》中的17岁的“我”因父亲的问题不能被批准上山下乡，“我”拉着父亲去求人说情时，父子二人却被一同拉进会议室，作为靶子站在众人面前被批斗，“我”只听见许多人在愤怒地叫喊“翻案”、“复辟”、“反功倒算”、“坚决不答应”……于是“我”明白了语言是一种暴力。“我”又想起了小皮匠家里那双美丽的大眼睛，恐惧、惊慌、羞怯、无助的眼睛。

我想：这时17岁的“我”在那一时刻就已读懂了那双美丽眼睛的所有含义。“在我忍受别人对我污辱的时候，我才终于懂得对别人的污辱是一件多么残酷的事情。”“我”从此明白了人是不可被污辱的，人的所有尊严都建立在自由的神圣的不可侵犯和剥夺之上。

读着读着，我想这个“我”应该忏悔了吧！可是“我”却说：“我不喜欢‘忏悔’这个词……我更愿意使用‘责任’这个词，我觉得这个更重要。”

然而，回到1966年的年尾，再站到这个13岁少年的背后，看到的却是我们“文化”的全部，而谁更应该为此负责呢？应该有人负责，可是到现在也没有人来负责！但是“我”并没有掩饰过去，因为“我”无法回避那双美丽的眼睛的凝视和那个女工红色的三角裤，“我”必须为我的13岁承担责任，否则“我”心难安。

在文中，蔡翔无数次地提及那双“美丽的眼睛”，无数次地用到了“神圣”这个词。蔡翔说，神圣不是什么，神圣就是这个词的本身。我对神圣的崇敬，完全是我对这个词的崇敬……面对往事，我想再一次说，神圣是彼岸永远的荣耀。

读蔡翔的书，他使用最多的词是“美丽”二字，我想，这也许是他的愿望：他希望星空中永远闪烁着那双美丽的眼睛；他希望日常生活中永远流淌着诗意和美丽；他希望许多美丽的梦想不再破灭；他希望那些美丽的底层兄弟幸福快乐！

乡村与城市的对话

——评刘迅甫纪实组诗《农民工之歌》

“纪实诗歌”是近年来热门的一种文体，它是迅速及时反映客观现实生活的一种文学形式。刘迅甫先生的纪实组诗《农民工之歌》，展现了乡村与城市发展的差异现状，再现了农民工群体与现代城市文明之博弈，深刻解读现代背景下中华民族的心路历程，以宏大的叙事气度，纪实的写作手法，生动再现了当代中国农民工真实生活及生存困境。

“农民工”是谁？有人称他们是“乡下人”。“农民”本来是在乡下务农的，但他们来到城市开始务工。他们为什么离开土地离开故乡来到城市？究其原因正如刘迅甫先生在开篇诗中写到：“滚滚红尘八万里/何处好风光/怀揣憧憬离故土/身背行囊觅天堂/茫茫风雨狂。”再一原因，农村的土地越来越少，是城市剥夺了他们的生存空间。

“该怎样找出一个准确的概念／翻遍书山没有这样的词源”。刘迅甫先生深度思考着对“农民工”应该如何下定义的问题。在《农民工的概念》这首诗中他反复追问，“他们是进城务工的农民/难道称呼就这么简单”？是的，“农民工”的概念是复杂的。新时期以来，大量的农民工涌进城市，对这种现象刘迅甫写到：“有些人抱怨/说没有农民工的出现/就没有城镇的混乱/有些人赞叹/说没有农民工的付出/哪能有城市的巨变……”特别是新世纪以来，在很多以“农民工”为主题的文学作品及影视作品中，对“农民工”的身份认同及身份焦虑问题开始深思。

有资料统计，目前我国有超过一亿的农民从乡村走向了城市。而这些从乡村走入城市的农民一下子改变了身份，成为城市中的“农民工”，同时也成为现代城市建设的主力军。关于大量农民涌入城市这种现象，也成为文学艺术作品描述的对象，各大媒介出现了很多表现农民工题材的艺术作品。刘迅甫写到：“无论是褒是贬/农民工还是以自己的方式立地顶天/有谁能够否认，每座新城的崛起/都有农民工的血汗浇灌/有谁能够否认，现代化大厦的建设/都有农民工的足迹铺垫……”

刘迅甫的纪实组诗《农民工之歌》，是对当下中国农民工生活的迅疾反映。但文学艺术的普适性，又使其意义不局限于此。《农民工之歌》纪实组诗中对“乡关何处”的焦虑，会引起广泛的关注与共鸣。而农民工身份认同问题正凸显于城乡变革时期的日常生活中，城乡差异与冲突现象使诗歌作品描述中的人物——城市里的“农民工”或“乡下人”百态人生尽显其中，农民工们戏剧性的命运也倒映着现实处境。在《农民工的昨天》这首诗中写到：“怀揣着梦想走出封闭的乡间/脚跟还没有站稳/一声暴喝响在耳边/‘站住，把暂住证拿出来！’/喜悦的心情顿时降到冰点/他们小心翼翼地审视这陌生的城市/发现华丽的包装下/是一双双冰冷的白眼……”

读着这些揪心的诗句，想象着那些动人的细节和场景，没有这种生活体验的人是很难写出的。诗人、艺术家刘迅甫先生，长期关注农民工的生存、生活状态，亲身体验他们的劳动，并支助贫困的农民工生活，他自己常说“我就是农民工”。没有亲身的体验，是写不出这么生动的细节的描述。而这些细节描写越是具体生动，所构成意象的想象空间就越大，连同对人性发掘的力度就越强，最终形成一种更富于活力的艺术表现趋势。《农民工的今天》《农民工的未来》，则突出表现农民工进入城市后的变化及不适应，这是从内到外、从思想到心灵的变化。在今天，社会转型造成的城乡差别日益显著，尽管他们乡土依然辽阔，土地在量上还占主体，但从功能和影响来看，它是生活在城市的阴影里的。这更凸显了乡村和城市间差别及冲突。

文学对苦难的叙事能产生强大的审美力度和精神力量，因而农民工进城的苦难叙事又有着特殊的审美价值。刘迅甫先生充分认识到了这样书写的价值和意义。在《夫妻洗墙工》这首诗中他写到：“两只蝴蝶/在空中飞来荡去那是城里人/不敢仰视的高度/他们在城市的空中打工/挣着自己的血汗钱/系在身上的保险带/那沉重的一头/系在家乡的老小身上……我们是一根绳上的/两只蚂蚱/一个死去另一个陪伴/不死就活出个样来/给自己看/于是，空中飘荡着一串音符/夫妻对视/露出灿烂的笑颜……”

但是，往往艺术作品过多地情绪化外露的书写也会导致对苦难深层原因追究和批判探讨的缺乏，叙述会趋于平面化，而且城乡二元对立的思维方式也会严重影响诗歌主题的纵深开掘。

以往表现农民工的文学及影视作品，有很多只关注农民工的肉体所经受的磨难，但对他们所经历的精神的苦难和心灵痛苦的深度表述不够。如何进入到农民工的心灵？如何把农民工进城漂泊的历程变成一个精神漂泊和空间迁移互动的过程？首先要写出农民工的人性来，写出人性在人的精神过程中的作用。其次要写出对现实的审视与批判，对社会不公进行思考。刘迅甫先生在《早谢的花蕾》诗中，就农民工的待遇及健康问题进行了现实批判："大妞来自乡下/是从山区里走出的娃/大妞长得很美/粉红色的脸颊/像一朵含苞待放的花/……/懂事的孩子走出了家/来到城里一家石棉厂/……/健康却每况愈下/胸闷、气短、咳嗽/心口像塞了一团乱麻/……/东南西北各大医院跑遍/最终也没能挽留住她/……/却不知是粉尘把身体残杀/当听说河南一民工'开胸验肺'/爸爸才想到了死去的娃/……/一朵含苞欲放的花蕾/过早地凋谢了青春年华/如果早两年引起社会重视/如果你晚两年走出家……"

现代化进程飞速发展，给农民进城务工提供了一个空间穿越的可能性，但要求他们在文化层面和知识层面进行快速穿越却非常艰难。刘迅甫先生的纪实组诗《农民工之歌》却始终流露着农民工对文化的追求，对知识的渴望，对现代科技的向往，他努力用诗来证实当代的农民工是新世纪的主人，是随着现代化、知识化、科技化的潮流同步前行的中国新一代的农民工。从《打工诗人》这首诗中，我们可以读到农民工对文化理想的追求："一个独特的群体/在诗歌的王国里崛起/他们写着诗，打着工/他们打着工，写着诗……粗糙的手握着沉重的笔/树起一面与命运抗争的大旗/他们抒写着理想/用漂泊的青春/他们挑战着命运/……/他们用精神的裂变与阵痛/发出转型社会负重的叹息/……/打工者的诗歌/奏着时代的强音/抒写着祖国的史诗/播撒到，九百六十万平方公里的/神州大地。"

我们如何用文学形式来书写农民工？应该以一种更为全面的视角和心态来看待这个庞大的群体，而不应生硬地把他们从个体的日常生活和日常经验中剥离出来。虽然大多处于社会底层的农民工的工作都离不开脏乱差累，但在脏乱差累之外，他们每一个人也都会有自己的奋斗史和创业史，他们的心中都有理想，有着纯洁的心灵。刘迅甫先生在《城中村》这首诗中写到："每一个城市的犄角旮旯儿/都有城中村/这里是大多数/外乡人的租住区/……蚊、蝇、鼠是这里的常客/脏、乱、差在这里聚集/居住的地方虽不干净/但他们有一颗纯洁的心灵/……/城市应该给他们/一席之地/让他们与城里人一样/融为和谐文明的一体……"

曾有人说"巨大的城市太小太小"，小得装不下农民工的孩子。多少农民工都把孩子放在老家，多少孩子在没有父母的呵护陪伴下独自生活，多少爷爷奶奶用微弱的力量拉扯着这些"留守儿童"，多少农民工的思念流向了夜空。刘迅甫先生在“留守篇”中这样写道：“我们是一群/远离父母的儿童/有一个共同的名字/叫留守/……/白天装着快乐/在爷爷奶奶面前表演/晚上禁不住/泪水偷偷地在被窝里流/跑到山上大声地呼喊——爸爸妈妈，我想你们呀/……/什么时候，我不再寂寞孤独/什么时候，我不再留守……”《留守儿童的自白》这首诗，虽然沿袭了传统诗歌的形式，却道出了在现代文明背景下的城市农民及留守子女的晕眩、孤独、迷茫及无助。

刘迅甫先生的《农民工之歌》，没有华丽的诗句，没有哲理的言辞，更没有标准的诗韵和诗律，他始终用朴素、真诚、亲切的语句，像讲大白话一样跟你唠着家常。他努力真实地还原着农民工的形象和心态。这样的讲述方式同时也对刘迅甫的生活积累和生活经验提出了更高的要求。作为诗人、艺术家的刘迅甫，能以健康正常的心态创作《农民工之歌》，正面歌颂农民工群体对城市的包容性，描写农民工那种积极向上的生活和工作状态，从农民工生活的细部和情感的深处反映农民工自下而上境遇中的各类问题，才是更有价值的。刘迅甫虽然不是职业诗人，他却把目光放在农民工命运交叉的城乡。在刘迅甫的诗歌里，乡村和都市的生活不仅形成了鲜明的对比，更构成了相依的关系。

为农民工唱首赞歌吧！“请别再叫我们打工仔/因为我们都是华夏儿女/因为我们都是炎黄后生……”

梦回中国

——评《梦回东方——华侨华人百年心灵史》

回望一百年前，太平洋上风高浪险，岁月的河流，滔滔向东。船只在风浪中摇摆行驶，无数华工在阴暗的船舱里黯然神伤地相互对视，他们不知道自己将踏上的是一片陌生的土地，更不知道随之伴着他们的是无尽的苦难和生存的艰辛。这就是为纪念孙中山辛亥革命百年，纪念为那场革命付出生命及财产代价的华人华侨而作的《梦回东方——华侨华人百年心灵史》，它生动地再现了一百年前那场惊心动魄的海外移民潮的景象，那些华人华侨一直在寻找着自己的梦——祖国梦，富强梦，复兴梦。身处异国他乡，常常梦回故里，思念祖国。他们深深地把屈辱的历史铭记在册，他们心系着国家的发展和进步。

翻开《梦回东方》，如同走进了近代史的展览馆。一个个历史画面、一个个鲜活的人物不断地从眼前走过；一个个触目惊心的故事栩栩向我们展开。我们沿着"黄花挽歌""血泪交融的金山梦""被蓝色波涛唤醒的东方人""'伦敦蒙难'震惊侨界""一场狂飙式的思想论战""趟过历史河流的'英雄'""大路朝天有洪门义士""南洋吹响革命号角""古老帝国走向共和""羸弱母体上的共和蓝图""延绵的强国梦"一路走来，看到那斑斑血泪、伤痕累累的路上，遍布着革命先驱的足迹。无论是在加拿大维多利亚华人坟场，还是在英国利物浦安德尔公墓；无论是美国加州沙斯达县区被驱赶被鞭打的华工，还是太平洋铁路上的血泪身影、天使岛上华人如血的泣诉，都在诉说着华人华侨百年来的流亡史、血泪史、奋斗史、移民史及革命史。

沿着伟人孙中山在海外发动革命足迹，探寻华侨华人的今世前生，追寻华侨华人饱经沧桑的百年心路历程。可以看到，华人华侨在那片陌生的土地、陌生的文化、陌生的语境下，创造了革命的奇迹。

据史料统计，在海外，我们有华人华侨4000多万，那是我们同根的兄弟姐妹。而这个庞大群体是长期被误读的，甚至是长期被遗忘的群体。对于华侨史来讲，真正打破轮回的就是辛亥革命。辛亥革命在当时视为新潮流的改良思想，以孙中山为代表的新的民主主义革命的人士用革命代替了改良，打破了封建主义，从思想领域用革命代替了改良，这是两个很重要的变化。这本书，把视点放在海外华侨对中国民主革命的贡献很重要。

真实讲述历史，对于后人来说是有难度的。《梦回东方》不回避历史及历史的错误，包括伟人的错误，因为伟人也是凡人。这需要对历史的同情，要用理性的宽容来理解当时的历史事件。呈现真实的历史，要在历史对当代的贡献与局限中间加以权衡，做出实事求是的历史评价。这需要一个认识的过程，而认识的过程又是漫长的，等待这个过程往往要付出沉重的代价，甚至是要付出鲜血和生命的代价。因此，我们要同情地审视历史，努力分析理解历史留给我们的素材而获得比较接近了解历史的路，用较客观的观点来评价历史。

作为具有史料价值、文献价值、思考价值、反思历史的价值的《梦回东方》，给我们提供了很多历史的原始素材，为我们了解和重新审视中国近代史起到非常大的作用。它还有一定的现实感、历史感，也有未来感。未来感就是有一种忧患意识反思历史的意识在其中。作者不是简单地回顾历史，不是简单地把眼光定格在某一个时段上，而是着眼于当前现实，这样对历史的回顾才有意义，对历史的研究才有目标感。

一百年后的今天，当我们隆重地举行各种纪念辛亥革命百年活动时，很多人都对一百年前那场选择进行反思，很多学者又重新提出了“告别革命”达到“自由、民主、文明”的话题，这是可贵的。回望辛亥革命革命百年，若没有深刻的反思，仅仅靠一种歌颂和纪念，那么这一百年也只能是一种简单苍白的符号。

回首这条百年共和的坎坷路，风雨兼程的中华民族承载着几千年文化的传统的历史，多少人期盼着梦回东方，梦回中国。

爱，永不止息

——读周国忠《弟弟最后的日子》

周国忠这部长篇纪实文学作品《弟弟最后的日子》，放在我手边有半月之久，每次拿起又放下，不忍打开。我知道读书中的文字会有撕心裂肺的痛，我也知道失去亲人的痛是无法用文字来表达的。

近日以来，读了几部让我感伤的作品，著名学者阎钢在女儿去世十年后的写给女儿阎荷的书《美丽的夭亡》，当时他女儿38岁；周大新写儿子的《安魂》，为英年早逝的儿子安魂，为自己伤痛不安的灵魂安魂；以及周国平写的《妞妞》，记录作为父亲为女儿记录下的点滴，这些作品都充满着人生至情。以往我们大多读到掉亡的文学作品，多是子女怀念父母、或者是父母怀念子女的文章和书籍，而摆我面前的这部《在弟弟最后的日子》却是哥哥写给弟弟的。这将是周国忠为这个时代提供了一个有价值的新型悼亡文本。

《弟弟最后的日子》前半部主要用了纪实手法来回忆周家及弟弟家忠儿时的成长过程，以及在20世纪60年代初期时，一个家庭若谁能顶替父母去上班，那是天大的好事。随着变化，家忠光荣地顶替上班，好事却变为了坏事，当哥哥姐姐的家庭生活日趋好起来的时候，弟弟家忠的国企单位却走向衰退。由此，当初的“光荣顶替”却成了这部书的“愧疚感”及有“原罪”之根源。后半部分主要写弟弟在病中的详尽情况，中间穿插进来的是弟弟读《圣经》的情况及写演讲稿，这一部分非常有价值，这种形式也非常独特。然而，这一切，都是真实的。

作家周国忠的写作笔法极其细腻，情感表达非常到位。当我读到“弟弟，我们兄弟俩要不要说几句话?”及弟弟的一句“大哥，我的重担卸下了！大哥，好了。”这样的句子，让我不忍想象当时的场景。

这部作品从文体上可视为纪实文学，但纪实的成分多于文学，整部作品把周家的历史发展沿革表述得非常清晰。从中可以看出周家这个家庭，是个非常朴素而善良的普通人家。

在弟弟家忠不幸得了不治之症后，他坚定了自己的信仰，一头扎进对《圣经》的研读中，从“创世纪”到“启蒙录”他都重点研读、思考。这个过程中使他忘记病痛的折磨，他思考着“生命的意义和价值”“尊重主权”“在苦难中经历神”“人算什么”“什么是信心”等等哲学家们思考的人生重大问题。因为弟弟坚持着信仰，他忘记了病痛，而他的灵魂却在不可遏制地成长和饱满，他以令人难以置信的毅力和信念，一面与疾病作不屈的抗争，一面坚持在信仰的深度上作不懈的追求和提升，展现了一个平凡人不凡的风貌和精神，令人敬佩。

信仰对每一个人都是重要的，人常说在当下，我们的时代是缺少信仰的时代，是不知人情冷暖的时代，我在《弟弟最后的日子》这部书中却看到，周家的善良之心和大爱之情，周妈妈、哥哥、嫂子、姐姐、A教授、J教授、Y院长还有一些亲戚等等，他们在家忠生病日子里，把全部的爱无私地给了弟弟，弟弟也趁着大家都能来家里相聚的时机，在家里无形中建立家庭聚会的地点。在家里，弟弟担当起了主讲的角色，从此他获得了新生。正如周国平他说：“信仰可以有，事实上也的确有不同形式的，不只是基督教一种，然而，形式可以不同，但人必须有信仰，而一切的共同点是把灵魂看得比肉体更重要，唯有如此，人在活着的时候才有方向，在临死的时候才会安详。”

弟弟带着大家对他的爱，走了。正如周国忠所说：“世界是座桥，每个人早晚都要匆匆走过。对于个人来说，世界是暂时的，而天界是永恒的。对于基督徒来说，肉体的消失不是生命的结束，而是另一种生命的开始。”

作家周大新在写给儿子的《安魂》中，他的儿子在病中曾这样跟父亲说：“人生就是一个向死的过程，我的人生过程不过是缩短些罢了。缩短些也不一定就是坏事……少尝一点人生之苦又有何不好?”

作家史铁生也曾说：“死是一个必然会降临的节日。”

阎钢在《美丽的夭亡》中提到女儿在生命的最后时刻，女儿阎荷说：“大家都对我那么好，我无力回报。我奉献给大家一句话：珍惜生命!”

《弟弟最后的日子》通篇表达的都是爱意。爱，是无止息的。爱是善的核心内涵，也是善良的外化展延。可以没有其他，而能够维系这个世界的家，却始终不可或缺！就像无所不在的纯净空气之于呼吸一样。

往事

静静地等你来

一份可留存的会议通知书

2006年12月8日。

我坐上飞往海口的飞机，来到美丽的海南大学学术交流中心。

海南大学我是第二次来，第一次是2005年参加比较文学的会议。这一次是参加苏州大学主办的“生态时代与文学艺术田野考察暨学术交流”的会。会上见到了很多久未见面的朋友。韩少功、蒋子丹、王尧、鲁枢元、曾繁仁、朱立元、王立英、徐敬亚、王小妮、朱志荣、王鸿生、郜元宝、王晓华、刘蓓、艾云、王焰、曹元勇、高秀芹等等三十几位学者教授，还认识了诗人多多，见到了漂亮的张平，还有一位可敬的“绿色志愿者”七十多岁的歌唱演员，我们都叫她美女大姐。这位大姐非常感人，她是听说了这个会是与生态环保有关，就自愿报名参加考察。相信大家都为一个目的：人类、绿色、环境、生态、文明、活力——和谐。

2006年的秋天，我收到了鲁枢元教授发来的“生态时代与文学艺术田野考察暨学术交流”会议通知，从那一天起，我就盼着12月的到来。记得鲁教授的会议通知很特别，我一直存留着。那份会议通知，还附带着一份地图，在地图上，用笔画上了我们将要去考察的标记，我为那地图上所标记的小点点兴奋不已。盼望着能早一天看到海南省儋州的美丽景色；盼望着与尖峰岭国家森林公园的亲密接触；盼望能亲眼看看云月湖传说中嫦娥梳妆之宝镜，黎母凤冠之明珠，龙女相思之泪潭，神仙沐浴之瑶池……；盼望着到昌化感受苏东坡曾经居住并在此讲学的场所载酒堂，回想当年苏东坡在这里倜傥风流诗情画意尽显其中的场面；更盼望和期待的是会议通知上写着将要徒步行走，亲近荒野亲近自然，考察尖峰岭热带雨林的生态。

在期待和盼望中，我阅读了《中国国家地理》杂志，上边是这样介绍尖峰岭热带雨林的：“在这片神秘的大森林里生长繁衍着海南75%的植物和85%的野生动物种类。尖峰岭地区目前尚保存了中国整片面积最大的热带原始森林，其植被的完整性和生物物种的多样性位居全国前列，不亚于亚马孙河，刚果河及东南亚热带雨林。”

盼望着，盼望着……

景色不多不少，刚好可屏蔽世间的繁杂

2006年12月7日。

我要讲一段高秀芹来海南的故事。北京大学出版社的编审高秀芹，本来工作就忙不想来海南参加这次会议，她是在我的“强逼”之下才决定与我同行，而且买到的是全价飞机票。在来海南的头一天晚上，高秀芹在办公室给我打来电话，商量着来海南要穿什么衣服合适及带什么生活用品，因为此时的北方已进入冬季。我告诉她带上夏天最漂亮的衣服，多带几件免得下雨晒不干。于是她急忙回家收拾东西，因为她夏天的衣服放在了另一处房子。她回去之后翻箱倒柜把夏天最好的衣服找出来装了一箱子。出了门，打上车准备回现住的房子。由于她的红色旅行箱较大，出租车司机让她放在后备箱内，结果到了家后付了钱她就下车了。待转身想起时，车已不知去向。

她上楼后给我打电话来说：“海南不能去了。一箱子的东西都丢了!”沮丧之情难以言表。我也不知道对她说什么好，只感觉我的嘴上立即大泡缭绕。当我还在自责不应该强逼秀芹来海南时，我的电话又想了，那边传来秀芹大笑的声音：“旧的不去，新的不来！明天的太阳会照常升起。”第二天，在临上飞机的前两个小时，她跑到商店顺手牵羊似拎回了几件衣服。我比她早到海南两个小时，我一直坐在宾馆的大厅里等着她的到来。她到时已经是深夜了。

这就是高秀芹。

2006年12月9日。

上午九点钟会议准时召开，会场设置分为两层，台阶的下边是圆形桌，台阶上边是教室一样的横排座。我看了一下，台上和台下的人差不多，就是说：领导和群众各占一半。首先是海南大学的领导和苏州大学的领导祝词讲话，然后是由上海文艺出版社的社长为鲁枢元教授主编的新书《自然与人文》举行发布和赠书活动。接着是韩少功等人发言。大家以为按常规该还会有很多的客套话要说，可鲁教授却说：“我们生态美学会，一切从简!”然后，宣布会议结束。简单说了用午餐及一些

有关下午的行程安排。简短、准确、独特、精致的开幕式，是这些年学术会议少见的。

1点40分，准时出发去往海南的昌化镇，叩访东坡书院，考察国家级的森林公园热带雨林；之后到儋州云月湖度假村湖畔露餐，夜宿云月湖。

路上大家说笑着，很快就到了东坡书院。东坡书院载酒亭的名气很大。资料上介绍：载酒亭为重檐歇山顶结构，上下两层，上层四角，下层八角，各角相错，角角翘起呈欲飞之势。亭的东西两侧是莲花池，亭、池相依，倒影成趣，这里有绘制的东坡居儋三年的生活情景图录。书院内大殿和两侧耳房，展出苏东坡许多书稿墨迹、文物史料和著名的《坡仙笠屐图》。还有郭沫若、邓拓、田汉题咏的诗刻及书画名家的艺术作品。书院大殿在载酒堂后面，两者相隔一庭院，左右两侧是廊舍，与载酒堂相连，形成一个四合院，庭院中有一棵上百年的芒果树，叶茂荫浓，使整个庭院显行幽静肃穆。东坡讲学的彩雕陈列大殿正中，苏东坡、苏过、黎子云等人物形象栩栩如生。院前，东坡笠屐铜像矗立在姹紫嫣红的鲜花丛中。

从东坡书院落出来，就来到了热带雨林的森林公园，这里真是太美了！

有资料上记载：森林公园内共有热带雨林树种三百多个，其中以坡垒、子京、花梨、油丹等70种最为珍贵。坡垒、青梅树干挺拔笔直，材质坚韧，材色鲜艳，百年不朽。子京树坚硬如铁，钉子打不进，有“绿色钢铁”之誉。粗榧树含有21种单体生物碱，其中4种具有抗癌作用，可用来制药。尖峰岭还有沉香木、肖桧、高山蒲葵、陆均松、母生等热带珍贵林木，这里还有一种形态奇特的树——高山榕，树龄可达百年以上，一棵树能生有几十条大小不一的树干，互相交叉重叠，左曲右折，构成一组野鹿的群雕图案或腾跃，或散步，或蹲伏，或低头饮水，形态逼真，因此这种高山榕也被称为“海南鹿树”。

我对南方的植物是孤陋寡闻、一窍不通，只能借助导游的讲解和资料了解一些。

晚上的露餐，有十几个菜摆在了餐桌上，差不多每道菜都是大肉，这让我有些失望。本来会议通知上就写明了会议期间吃“素食”。后来鲁教授解释了一番，我也没记住是因为什么改变了素食计划。只有诗人多多坚持要吃素，酒店只好单独给他做了几个菜。

看样子“自然与人文”总是要有冲突的。

把这里比作仙境一点都不为过。吃过晚饭，我们散步在夜色的云月湖边，享受着晚风拂面的感觉，心中荡漾着无限的爱。想到如此之美的地方，曾聚多少文人墨客吟诗作画，集多少艺术大师高歌旋舞，引多少情侣伉俪柔情蜜意。在这天人合

一、云月相依的湖上相聚，多么惬意而难忘！

此时，我的家乡东北长春，已是白雪皑皑。我的父亲母亲早已进入了梦乡。

好安静啊，景色不多不少，刚好可屏蔽世间的繁杂。

生态时代与文学艺术

2006年12月10日。

上午在云月湖度假村酒店的会议室里，继续学术研讨。大家的发言很激烈，甚至出现了学术层面争执的场面。朱立元、曾繁仁、徐敬亚、王晓华、郜元宝、王诺等教授的发言，极富理论的挑战性，如家园意识针对现代社会茫然之感；对生态文学批评的理论资源、学术背景和知识谱系进行清理等问题；重点阐释了生态美学学科范围及建构问题，提出重在厘清支撑“环境”和“生态”这两个不同术语背后的两种不同思想观念的差异。

新世纪以来，随着西方生态理论的传播和全球生态危机的加剧，生态日渐成为中国学者们研究的课题。质疑人类破坏生态的行为、揭示人类欲望的膨胀所导致的生态失衡，探寻生态危机根源是生态小说创作与理论研究的一个重要主题。近些年已出现了一些重要的研究成成果，王诺的《欧美生态文学》、鲁枢元的《生态文艺学》《生态批评空间》、李培超的《自然的伦理尊严》是最早和最正式进入生态文学理论研究的著作。同时出也现了一批关于生态话题的小说、诗歌、报告文学等文学作品如：《怀念狼》《狼图腾》《狼祸》《藏獒》《喜鹊的悲剧》《鱼的故事》。总体上说，生态文学的创作和理论研究的基本特点是，抛弃征服自然的观念，把生态系统的整体利益看为社会人生的最高标准；考察自然界各种关系的原初样态，寻找原本的和谐与统一；汲取各民族原创文化中“天人合一”的精神资源，思考地球大团体的生态伦理及生态公义；对人类“唯发展主义”及“增长癖”提出警示；揭示生态灾害的社会根源，展示生态文学的存在价值；吁请人类警醒，激发人类本来与自然生态生死与共的正常认知感觉，使疯狂掠夺和毁坏的人类重新过上和谐与正常的生活。这些关注的重心之一是化工污染，是科技产品的负面效应。作家们通过鲜明的生态形象表达了对人类中心主义的强烈谴责和置自然于不顾的愚蠢行为的愤慨，直接向自诩为万物之灵长的人类发出了沉重的人性拷问。这些小说正是从人性深处的弱点发现了生态危机加剧的原因。

现代人失去了与自然的和谐关系，在都市丛林中感觉无所适从，异己的力量将自己挤压得疲惫不堪。于是，人们在疏远自然后借助生态理论来重新观照自然，希望通过对自然意象的描绘为自己干涸的心灵做出情感上的补偿。作家们依靠日益自觉的生态意识和生态理论，在人与自然关系的审视中对意象进行重建，突出其生态意蕴的丰富性、前瞻性。而且这些生态意象并不是绝对静止的，而是不断变化、发展的；在变化、发展中，又暗含着人与自然关系的变迁。与此同时，从世界范围来看，新世纪生态小说的先后涌现以及生态意象的持续改写既是中国作家对西方生态文学思潮的一种回应，也是对“天人合一”“道法自然”以及“三才之道”（天地人）等传统思想的继承和发扬，更是一种民族精神的自我提升、自我完善和道德建构。

工业化的现实导致了环境污染，日常生活中衣食住行的一切，无不笼罩在它的阴影下，就连呼吸的空气也布满粉尘和化学气体。人类的生存环境已经发生了根本性的改变，刚来到这个世界的孩子面对的是一个工业化的时代，他们不得不在这样的环境中一天天长大。作为母亲，作为一位有强烈女性意识的作家翟永明，更是会为刚出世的婴儿担心：不知道该给婴儿吃什么？她的诗作《拿什么来关爱婴儿》（1999年）显然已把笔触伸向了工业化社会的环保问题，因为这个问题不容回避，它是我们不得不面对的现实：

> “我不知道自己该吃什么／也不知道该给婴儿吃什么／有时候我们吃一些毒素／吃一些铁锈／也吃一些敌敌畏／我们嘴边流动着／一些工业的符咒//我们拿什么来关爱婴儿？当他站起身来／当他长到一米零五高/他已吃掉一千种细菌／一百斤粗制纤维／十公斤重的灰沙入鼻／一吨的工业烟雾／如果是女孩她还得／吃掉一磅口红。”

诗人诘问：“我们拿什么来关爱婴儿?”对此，我们无言以对。人在面对自己不能了解、把握、无法解释的事物的时候，往往显得很沮丧、自卑、疑惑甚至恐惧。

上午的学术讨论，在主持人“强制掌控”下结束了。

下午，开车前往尖峰岭实地考察，晚上将要举行篝火晚会。夜缩尖峰岭。

到了尖峰岭时已经是晚上了，大家分别住进了别墅。这是真正的别墅，每个房间是单独的小木房，房子的前边是小桥和流水，非常有情调。我和秀芹住在一个单独的别墅里。晚会开始了，我们也是简单洗漱一下就去参加。张平是海南大学艺术系的声乐教授，她可是地道的专业水平。晚会上张平唱了几首歌，还唱了原汁原味的豫剧，在大家一片叫好声中，上海文艺出版社的曹元勇教授走上台来，自报家门说：

“我是鲁枢元教授的谪亲弟子，我要把腾格尔的这首《父亲和我》献给我的导师。”

在曹元勇演唱的时候，场下静得出奇。在这么自然的优美环境中，师生间这份纯洁如玉的爱，感动了所有的人。最后，鲁教授走上前去抱住了他的学生曹元勇。我看见鲁教授已泪花闪闪。

深圳大学的教授王晓华在一边忙着生火为大家烤鱼片，还煮了土豆和牛肉。山东师大的刘蓓一直是跃跃欲试地准备上去高歌一曲，可是一直没有抢到话筒。郜元宝教授被推选为“帅哥”上台唱了一首情歌。秀芹则走到离晚会稍远的地方，一个人静静地畅想着夜色和美景。

一路同行的人，都是美丽的

2006年12月11日。

早上醒来时，阳光已照射进了小木屋。房子外已有更早地起来散步的人在赏景。

今天上午，要徒步行走，攀登尖峰岭。

资料记载：尖峰岭国家森林公园位于海南省乐东县，建于1976年，面积约1600公顷，保护对象主要是热带原始雨林和栖息于此的黑冠长臂猿、孔雀雉等珍稀动物。尖峰岭是我国第一个国家热带雨林公园，拥有我国现存面积最大、保存最好的热带原始森林。尖峰岭的热带植被类型齐全且成系列，野生物种丰富，既有亿多年前与恐龙同时代的活化石植物——树蕨（桫椤），又有多达二十余种罕见的国家级保护动物，自然生态景观原生、纯朴、雄伟、神奇。

在这里，我感受到了真正的森林公园的气息。我们攀上了最高峰，在瀑布下，徐敬亚拿出了他摄影的真本领，为大家拍了很好的照片。一路下来，大家并没感觉劳累。大家都感动尖峰岭的自然奇景除森林外，还有云雾、大海奇观。进入尖峰岭，就如同置身于雾海，云雾蒸腾，一片迷茫。深山里、高峰上、森林稠密处，雾气越加浓重。山风吹时，身边的云雾随风翻滚，会出现瀑布云，仿佛大海的波涛，气势磅礴。据带我们上山的工作人员说：“在尖峰岭的黑岭东边，有一个群山环抱的盆地，由于终日被云雾笼罩，云雾在其中翻卷飘荡，因此得一‘天池’的美称。登上黑岭，可以看到南边浩瀚的北部湾。由于距离太远，大海变成一条隐约的飘带，仿佛天边的浮云，在阳光映照下变幻着色彩。”

和艾云一路走下来，我们摘了一把山上的野花，戴在了头上。艾云是广东《作品》杂志的主编，她美得自然、美得生动、美得喜庆。她有一双会放电的眼睛。当我们路过一个鱼池时，曹元勇风趣地说："艾云的眼睛，把鱼电晕了。"从这次相遇后，艾云、王焰、秀芹和我成为了好朋友，我们自称为"生于60年代的出版人"。我们在聊天中还策划着想搞一套丛书。

下午，是步行考察尖峰岭的热带雨林，与荒野做一次亲密的接触。这个热带雨林原始公园非常大，自然形成的小路曲径通幽。迷人的景色让人们留步拍照，走着走着，自然地分成了几个团队。我和艾云、王鸿生、曹元勇、鲁枢元几人不知不觉中落在了最后。这其中是因为走错了路。当我们按照规定的时间回来时，全体人员都在等我们。这时我们才知道，北师大的一位刘教授被蚂蝗叮咬得鲜血直流。想起来我也后怕，满身都有痒的感觉。

从尖峰岭的热带雨林公园出来后，"生态时代与文学艺术田野考察暨学术交流"活动结束了。汽车开往返回海口的公路。在车上，大家仍然兴奋不已。两个小后，到了海南大学学术交流中。

2007年6月4日。

会议结束后，鲁教授又发来通知，要求大家写一篇与会议有关有文章，之后结集出版。我当时很高兴地答应要写一篇。可是到了交稿的日期，我还是没有交上。鲁枢元教授不停地打来电话催稿，这让我很过意不去。我是编辑，我知道编者的心情。当我拉拉杂杂地写这篇东西的时候，我在想，不要写成论文式的，我决定以日记的形式，回忆那几天的心情和友情。

四月的三大战役

一、“你是一个怨妇”

（2007年4月6—11日）

北京的四月份乍暖还寒。我从长春来到北京组稿。

与朋友约好一起来柏拉图咖啡馆谈选题。柏拉图咖啡馆位于北京大学和清华大学间的蓝旗营，离万圣书园只有百米左右。我每次来北京必在这里逗留，有时甚至在那里“过夜”。这是一家以文化读书为主的咖啡沙龙，24小时营业，可免费无线上网。那里有咖啡、有书、有音乐、有讲座，那是可以让你心情放松的好地方。

在柏拉图咖啡馆与洪子诚老师通了电话，敲定了一个选题：《新诗发展概况》写作前后。1958年底到1959年初，当时就读于北京大学中文系的谢冕、孙绍振、孙玉石、殷晋培、刘登翰、洪子诚，在《诗刊》社和徐迟先生的建议、组织下，利用寒假半个多月的时间，编写了《新诗发展概况》。事情已过去近50年。当初这些二十岁左右的年轻编写者，如今都垂垂老矣（殷晋培在1992年因病不幸辞世）。他们明白，这些特定时代催生的文字，现在看来并没有什么学术价值；事实上，他们的诗歌观念和对新诗史的看法，80年代以来也发生了很大改变。不过他们又认为，在其生活经历中，这仍是不应轻易忘却、需要反思的事情。“反思”自然不是做简单的自我指责，而是在思考的基础上，尽可能地呈现推动这一事情产生的历史条件。这既涉及整体性的政治、文化气候，也与个体的生活经验、思想情绪相关。

我在柏拉图咖啡馆见到北师大的周星教授，他风尘仆仆地从电影节的会场上赶来。我们谈到了中外电影的一些问题和经典片段，还谈到了刚刚结束的钟惦棐学术研讨会的一些事。周星说：“钟惦棐终究是中国电影的良心批评的集中代表，他对于电影创作批评的许多文章，理论含量足，并且分析细致入微，言语个性率直而观念现代，显示了精深的修养。”后来王岳川教授也来了，他刚从国外讲学回来，我们谈到文学与艺术的关系，谈到书法艺术等，岳川教授是琴棋书画样样精通。那天周星教授花高价开了一瓶洋酒，我们聊着、喝着、笑着，不知不觉中已到了深夜。

第二天见到了李建军博士，他正好完成一篇《我们的文学需要什么样的精神图腾》给我，他对文学的虔诚态度真是让人敬重。

在柏拉图咖啡馆，与韩毓海教授谈到很多关于经典重读的话题，他提及到了贺敬之及《回延安》，毓海说这前前后后还有很多鲜为人知的故事，他会陆续地写出来。这时李杨教授也来了，他说已很久没有写关于中国当代文学的文章了，要“细读”《文艺争鸣》才能“跟”上形势。

与谢冕老师是几次之约都未成行，他家住得很远，来北大也不是经常。这次见到谢冕教授真的又让我眼前一亮，他保持着一贯的风采，深灰色的风衣里穿着浅灰色的西服套装，白色衬衫上打着红色的领带，精神矍铄。众所周知，谢老师对他的学生们一向是开明和宽容。当我与他谈论起他所有的学生时，他的言谈中总是肯定他所有学生的长处包容每一位学生的不同观点。与谢老师见面的同时还见到了中国人民大学的教授孙民乐，他也是谢老师的学生。孙民乐是读万卷书却不写一篇文章，他表述问题的准确与深刻让我敬佩，与他聊天可谓是享受，孙民乐可通读英文书籍却不为出版社做翻译工作。都说他是聪明的“怪人”。

贺桂梅教授也来柏拉图咖啡馆，她是给出版社的编辑送戴锦华教授的书稿，路过来看我。认识她好久了，她从不多说话，总是笑眯眯地安静地坐着，她每次临走时总会说：“到我们家的饭店吃火锅啊!”听说她老公在北京开了一家很有名的火锅店叫“小木鱼”，下次一定去吃。

我每次来北京，高秀芹是每场必陪。她是孙民乐和李杨的师妹，她在师兄的面前简直是没样子：撒娇、刁蛮，话语像刀一样伤人。明明是她在欺负师兄，反过来又到谢老师那里告状说师兄们欺负她。她的师兄们没人与她一般见识，都说“谁让秀芹是我们最小的师妹呢”！还有文化艺术出版社的大编辑金燕，也是一陪我到底的人，她的故事与高秀芹一样多，以后我会慢慢讲金燕的故事。

还见到了我的老乡作家刘齐。这位写幽默散文的刘齐，他可是“太有才了”，他的东北俏皮话说得可要比赵本山有水平，他扬言“一百人对付不了我一人”。刘兄你太狂了吧？你要做好准备，下次我要组织一伙人好好整整你。说正经的，刘齐的幽默散文，让你读着会掉泪，他会把底层人的辛酸用幽默的笔法写出来。

柏拉图咖啡馆真是名人聚集的地方。我在北京待了四天来这里四次，见到很多人，谈了很多与文学有关或无关的事，还喝了酒唱了歌。据说这个咖啡馆才开业一年，就已名气斐然。

记得第一次来柏拉图咖啡馆，是2006年的4月，我正好也在北京，北大的一位朋友打电话给我说："戴锦华教授要在这里讲电影。"我是戴锦华老师的朋友也是她的粉丝，当然不会错过听她讲电影的机会，于是我提前到来，与戴老师她们一起吃了午饭，然后来到柏拉图咖啡馆。这里有近三百平方米的地方，这时已来了百余人在等候戴教授。戴锦华教授演讲之前，北大的这位朋友竟然不容分说地让我为她的演讲做主持。我当然很高兴地接受，并在听众面前详细地介绍了我所熟悉的戴教授的情况。最后引出戴锦华教授的演讲题目——《不及物的大片》。

从那以后，我来这里的次数就记不清了。在柏拉图咖啡馆里我听过韩毓海讲《天下》，听过曹文轩讲当代文学；听北大80年代最耀眼的才子蔡恒平（网名王怜花）讲《江湖外史》；听北大才女邵燕君讲《当代文学最新作品点评》；听清华大学教授徐葆耕教授讲《电影：身体大于思想——有感于当代电影批评》；听新西兰坎特伯雷大学教授伍晓明讲《道何以法自然——重读老子的"道法自然"》；听黑大春《谈诗歌》；听戏剧家张广天讲 《新理想国》，记得张广天那天自编自弹自唱的音乐把演讲推向了高潮；听Google中国地区总裁李开复博士讲IT的前景及发展……

柏拉图咖啡馆的书架也是独出心裁的，那里有很多名人签名的书籍和手迹，还有来自全国的各种杂志……我非常喜欢这个地方。

这一次来北京，唯一不在柏拉图咖啡馆见面的就是法学界里赫赫有名的邓正来教授，他也算是我的吉林老乡，因为他现在任教于吉林大学。在与邓正来教授相约之前，我们就强烈地要求邓正来教授再带上他的几位大师级的朋友来聚会。可是他却偏偏要单枪匹马一人上阵并在他指定的饭店里聚会。拧不过他，于是我邀上了我的几位女友，就跑到了亚运村附近的一个酒家。因邓正来比我们先到，他立即掌握并控制了整场批评的话语权。那天我们喝了很多的黄酒，兴奋之余就请邓正来为我们每个人做评价。邓正来一语中的，每人送了一句。送我的话是："你是一个怨妇。"并警告我说："每天早晨醒来时，要说'世界如此美丽，我却怨天怨地！不应该啊！'"我们几个面面相觑，细品一阵后纷纷点头。

我记住了邓正来教授的话。

（我写上述文字时，2007年的4月，以后的日子中，我们还有多次的交往。而就在2013年1月24日，邓正来教授因患晚期胃癌病逝，享年56岁。他被称为"中国第一个学术个体户"，是首位将哈耶克著作引进中国的学者。"邓教授不是任何一所大学的教授，却一年四季有众多来自北京大学、清华大学等著名学府的青年学人跟着他读书，他以孔夫子因材施教的思想为每个人制订了学习方案；他在自己的家里举办学术沙龙，用苏格拉底式的辩论方法教书育人，使一批又一批才思敏捷的研究生在学术上根深叶茂。”）

我的第一场战役在快乐与劳累中结束。我的几位朋友也被我折腾得疲惫不堪，个个儿都眼圈发黑，精神不在状态。我在此真诚地说一声：谢谢兄弟姐妹们！

在北京的这几天中，组稿工作有了很大的收获。但还有一些收获是意外的，这让我措手不及。收获中也有迷茫，总有一种还在寻找的感觉，至于在寻找什么，不是很清楚。

但，我还是带着收获、迷茫和寻找的感觉离开了北京。

我将开始下一场——华东战役。

二、因为害怕失恋，所以不恋爱

（2007年4月12—18日）

苏　州

12日的晚上7点28分，我和X坐上北京开往苏州的Z85次列车。

来苏州不是我的出行目的。我是准备13号到扬州参加《“乡下人进城”现代化背景下的城乡迁移》学术研讨会的，这次会议由扬州大学与《文艺争鸣》杂志社等几家联合主办的。因为几天的劳累，在火车上甜美地睡了一夜，13号的早上6点48分到了苏州。

来苏州只有一上午的时间，下午必须要赶往扬州。为什么绕道来苏州？

其实没有任务，只是接到了苏州大学季进教授的一个短信，季进热情地邀请说：“你们可以来苏州，然后我们一同开车去扬州。”其实，人有时也需要随时改变一下计划的。

我已多次来苏州，这里的精致让人有些无法承受。我喜欢听苏州的评弹，吃苏州的饭菜，喝苏州的碧螺春茶，更喜欢苏州的丝绸和旗袍。我的同事郭铁成先生就是因一次出差，看中了苏州的环境，于是在这里买了房子，退休后一家人就在这里生活着。这一次没能去看望铁成兄，心里总觉着有事没办，想着铁成兄会怪罪我。只好下次待铁成兄回长春时我请饭赔罪吧。

来苏州还要看望的是王尧教授。认识苏州大学的王尧教授和季进教授有二十几年了。王尧教授的文学史研究一直吸引着我，相信王尧的研究会给后人留下一份真实的史料，他已连续两期在《文艺争鸣》上发表有关文学史的文章。季进教授的一篇与夏之清对话的文章也曾感动过我，从季进的提问中感受到了学术之外的人情味道。季进是一位非常细心的人，在我们快要到苏州的时候，又接到了他的短信："我上午有课不能陪你们。你们下车后，先到东吴饭店放下行李，然后到宾馆门口的普罗旺西餐厅吃早餐。之后步行20分钟可到网师园，逛完后打车再到沧浪亭。如果时间充足可逛逛十全街。到中午11:30时王尧会给你们打电话请吃饭。"这样一条细致的短信，让我们的心里踏实了很多。虽然后来我们没有完全按他的旨意去做，那是因为遇上了一位拉三轮车的河南人改变了我们路线。

我们从网师园出来后本想打车去沧浪亭，一位骑三轮车的人走过来向我们介绍景点，还说他拉着我们走会节省时间，就这样我们坐上他的三轮车。谈话中他听说我们谈论丝绸，竟然直接把我们拉到了丝绸厂，我们虽然很生气他这一做法，但是心里还真想看看苏州的丝绸和旗袍。逛商店可是我们的本事，一逛商店眼睛就亮，全然不顾时间在飞转。等控制住自己的欲望准备回去的时候，时间已指向了11:30，显然不能去沧浪亭了。我们收获不少，买了几件旗袍，那位拉三轮车的河南人也拿到了回扣。这时王尧的电话打过来，说要开车来接我们去吃饭，还说季进已经去饭店点菜。

这一顿饭是在姑苏饭店吃的，让我记住了从未吃过的南方菜"马兰头"。X一直叫："这马头兰，真好吃!"吃完午饭，季进又把车开到一家茶庄，买了一些碧螺春茶，我们就上路了。

扬　州

两个半小时后，到了扬州大学瘦西湖校区。

《"乡下人进城"现代化背景下的城乡迁移》研讨会开得非常隆重，六十余位来自各高校的专家学者各怀心中的理论梦想，为拯救中国文学而努力着。范伯群教授的《漫话清末民初通俗小说中的"移民"题材》重点谈到清末民初小说中"乡下人进城"及文字漫游热线等问题。在清末民初时通俗小说中就出现了许多"移民"题材的优秀小说作品，如《人间地狱》是杭州人进上海，《人海潮》和《海上繁华梦》 中是写苏州人进上海等。北师大的刘勇教授《"乡下人进城"与京城文化空间的重构》中谈到，"乡下人进城"正努力提高自身的文化素质和参与技能，能改善目前的精神文化生活现状，与"城里的文化人"的交流，融入北京的文化生活。认为“城里的文化人”尤其是作家、艺术家，日益关注“乡下人进城”这一现象和“进城的乡下人”这一群体，是时也开始关注在北京文化区间这一层面上，“进城的乡下人”和“城里的文化人”之间的最大问题，是存在着诸多障碍性的因素，不能有效地沟通和交流。徐德明教授的《“乡下人进城”叙事与城乡意识形态》重点谈到了乡下人进/介入现代之城、如何叙述“城/乡”的问题。孟繁华教授则以生动的语言和手势论述了《乡土中国和想象和“现代”——“到城里去”和“底层写作”》的话题，最后孟繁华说：“乡下人梦想的‘现代’，真正遇到了之后才有可能理解，‘现代’就是与魔共舞，是‘田园牧歌’的祛魅过程。”扬州大学的年轻教师陈军以《后现代视角下的“乡下人进城”电影——论贾樟柯的〈小武〉与〈世界〉》谈到了对人的关注、行动选择与生命价值、写实与非写实的头头是道交织来阐释这两部带有后现代色彩的电影，在此基础上总结贾樟柯作品中可供我们学习和借鉴的经验。此次会议的一些话题还是比较有研究意义的，但是，会议的几天是解释和解答不清楚。

会议期间我逃会两小时，去逛了瘦西湖。回想第一次来扬州是1999年的春节前，我来到南京第二档案馆查找民国时期的一些档案，腊月二十六我还没回去。那次办完事后还有一天的时间，就一个人去逛扬州的瘦西湖。那里人稀少、景自然的景象再也不会有了，而今天的瘦西湖是人满为患，我自己也物是人非了。

高　邮

高邮是我一直向往的地方。那里有秦观的故事和他留下的“两情若是久长时，又岂在朝朝暮暮”的著名诗句；有汪曾祺的故事和他的博物馆；有大运河昨天、今天和明天的再现，有人们对昔日大运河辉煌的想象，在大运河边，仿佛听到了它在诉说着沧桑的历史和久远记忆的故事……

高邮的油菜花开得正盛，遍地金黄中涌起我一丝丝的孤独、忧伤和思念……

想起一位朋友对我说：“能做心灵交流的朋友是最难的也是最好的，这样的朋友能通过各种方式平静地说话，之后就会很满足，然后随着时间一起慢慢变老。”当时我没有回答，或许他说得对，对男人来说，有些女人适合聊天，有些女人适合做别的什么。我后来有点喜欢聊天，我不知道这样好不好。心情不好的时候可以遇到聊天的朋友也是挺难得的。这位朋友竟然还说出了一句在我看来十分经典的话：“心情不好的时候常常一个人去国外旅游，旅游就像外遇一样诱惑人，如同不忠于自己的国土。”这话听上去荒诞却也有一点道理。有许多感受是语言无法表述的，所以庄子说“大音希声”，许多事许多情感一说出来就俗了。

离开了高邮返扬州。油菜花的美丽并没有驱逐我的忧伤。扬州会议结束了。

上　海

我和X来到了上海。

复旦大学正为张炜的新著《刺猬歌》举办研讨会。后来听说陈思和教授在会议开始时就宣布“还有两位编辑在路上，正赶往我们的会场”。由于路上误了一些时间，我们赶到时，张炜的研讨会已接近尾声，也就不好再去“搅乱”会场，所以直奔酒店。没过多久，陈思和教授等复旦学者十几人也从张炜的《刺猬歌》会上来到了酒店。人民文学出版社的潘凯雄社长作为张炜《刺猬歌》的出版人，来主办这次研讨会。我与凯雄兄有几年没见面了，这次在上海相遇也很亲切。

第二天，郜元宝教授约来了五六位朋友在五角场附近的星辰酒店请饭。大多都是多年认识的朋友，有上海交通大学的张生教授在场的聚会，就会一直笑声不断。张生的幽默机智会让所有的人都很舒服。王宏图教授的书生气让你不忍心伤害他。杨乃乔教授刚刚从首都师大调到复旦大学，一切还都是在过渡中。葛红兵教授依然倜傥风流，帅气十足。王鸿生教授则以老大哥的姿态对每一位朋友都热情相助。郜元宝教授一如既往地保持着忧郁的气质。X对郜元宝教授评价是：“他让我想起拜伦。忧郁，高傲，孤独，极端，善言，敏感。”不知郜元宝教授是否会接受这样的评价。我对郜元宝教授的认识只是在他的文字上。十多年来，我作为杂志的编辑，曾经参与编发过他的多篇文章，同时也阅读过他的大量文章。郜元宝是位有追求有思想的学者。为什么需要文学批评？到底什么是批评？这是郜元宝教授长期追问的。元宝认为：文学批评从个人经验来看是非常必要的。不是说它有指导作家创作的能力，而是作家需要不同思维方式的交流印证。在创作界以外的读者需要把各自的经验呈现出来，相互印证。如果有创作，没有批评的声音，这样的文学界只有一半，是不完全的。

还有一位学者是我早有所闻但未见其面的谈铮教授，他笔名叫谈瀛洲。谈教授很有绅士风度，气度不凡。郜元宝曾经的一首诗叫《这首曲子对我有意义》，说的就是在谈教授家里听音乐。郜元宝还多次向我介绍过谈教授：“谈教授确实是有内容的人，如果你看过他的历史剧，加上他的谈英美文学的文章，也会跟我一样从心底钦佩他的。我常讲，像谈教授这样学识渊博、文字清新高贵的人，目前还不多。面对他，我常常觉得只能用一个词来形容我的感受：自惭形秽。”后来读了谈瀛洲教授的一些文章，他的文字确实优美而干净。只是谈瀛洲教授在人多的时候不多讲话。我猜测，当他沉默着的时候，他觉得充实；他将开口，顿感空虚。面对谈瀛洲教授我也作诗一首："远处的芳草没有香味，心底的呐喊寂寞无声，我看见一座城池顷刻沦陷，我看见一个时代瞬间复活，我看见死海古卷写在你青春的脸上，我看见荒凉的土地开满海棠。我看见，其实你也看见了。"我刚读过谈瀛洲教授的《那充满魅惑力的舞蹈》和虚构的历史剧《梁武帝》。

那天从星辰酒店出来后，又一起来到了恒山路的一家咖啡馆，在这里认识了一位导演叫微定先生，他是一位地道的上海人，但他说起话来却粗声大嗓不像印象中的上海人，这位看上去非常讲义气的微定导演是他们几人共同的朋友。等我们回到酒店时已十一点钟了。由于喝了很多黄酒，X先睡了。午夜过后，我还是睡不着，于是我一个人又来到了恒山路，找到一家咖啡馆坐了下来。

此时的心情像咖啡一样的浑浊，而往事却不能如烟，反而像水一样的清澈。看着这里坐着的恋人们，非常羡慕：年轻真好，可以好好地谈恋爱！

此时我想起王安忆有段文字："我是一个悲观主义者，因为害怕失恋，所以我不恋爱。"爱情是多么矛盾啊！

X很早起来，收拾好了行李，她要回北京了。

我一个人还要朝着一下个目标前行，打好第三个战役——西南战役。

三、西线无战事

（2007年4月19—25日）

上海的记忆

4月19号的下午三点钟，我将飞往成都，去参加西南交通大学主办的《跨文明对话——视界融合与文化互动》国际学术研讨会。陈思和教授早上打来电话，说他正在上海作家协会开会，中午时一起吃饭然后送我去机场。我拒绝了他的好意，我知道陈思和教授非常忙。后来栾梅健教授和郜元宝教授过来陪我吃了午饭并送我去了机场。浦东机场很远，路上走了一个小时。

候机厅里堆了很多人，我乘坐的飞机晚点。飞机晚点已成为正常，正点倒觉得不正常。于是，开始发短信给X说我很无聊，不想往下走了，想回家。X回信开玩笑："京城飞絮三月天，春色不减俏江南。风流处处故人在，何需异地寻他音。"

真想家了。说实话，我已经没有再往前行走的欲望，身心都很疲惫。在上海两天多的时间，心情和精神都差到了极点。冥冥中的欲望和渴望只是想得到求证。X曾告诫我：“你在犯着童话般美丽的错误。”以至于到后来才发现这是一个低级的错误。X还说这个错误是上帝委派的。我不信上帝，我连自己都不相信。

去成都的飞机晚点了三十分钟后开始登机。人很多，全部坐满。在找好位置坐好的一瞬间，眼泪止不住流了出来。真的想不出更多原因为什么而流泪，只是觉得整个人一直飘浮在空中没有着落。突然想起一位朋友跟我说过：“走在夜色中，迷惘而从容。生命中充满了奇遇，我不知道沿着这条路一直走下去会遇到什么人，过去的和将来的都不知所终，我现在在哪里呢?”空中小姐走过来提醒我把安全带系好并让我关上手机。

任意流淌的泪水，已打湿了衣襟。

成 都

两个多小时后我到了天府之国——成都。乘坐出租车穿越了半个成都市，但我并没有感到这个城市与其他城市有多大的不同。唯一的不同就是潮湿闷热，温度达32度，而在北国的长春，这一天的温度只有十几度。

到了镜湖宾馆，曹顺庆教授已在这里等我。一晃有两年没见曹教授了，上次是在海南的全国比较文学会上，大家一起在三亚玩得很开心。这时西南交通大学艺术与传播学院的徐行言院长和四川外语学院傅勇林院长也来了，我们都是老朋友，见面感到很亲切。他们是要去开理事会，于是就匆忙地离开。后来徐行言、傅勇林又在一家比较精致的四川菜馆请张法、叶舒宪、高小康、我还有北大出版社的小闵吃了饭。我感叹到：还有这么精致的川菜啊！那天，由于叶舒宪要赶飞机就先走了。

西南交通大学有着一百多年悠久的历史，它以理工科为主。近年来人文学科的飞速发展为这所名校带来了新的人文气息。西南交通大学艺术与传播学院主办的《跨文明对话——视界融合与文化互动》国际学术研讨会，阵容强大，讨论的话题是在全球化语境中进行。国际比较文学学会的名誉主席佛克马先生到会并致辞。荷兰的佛克马先生和蚁布思先生的发言，全部都是英语，没有翻译，我听不懂。曹顺庆教授做了重点发言，就《中国学派：比较文学第三阶段学科理论的建构》谈出自己的观点，赵毅衡教授的《批判性的诞生》引起与会学者的共鸣和争议，清华大学王宁教授针对《后现代消费文化的审美特征》发表了个人的看法。北京语言文化大学高旭东教授的《跨文化比较的几个问题》、四川大学吴兴明教授《从意识中心论向意义的转型：于连对中西比较的推进》等问题的研究很具学术性，发言也引起了争论。中山大学教授高小康教授的发言就《非物质文化遗产：文化冲突、认同与沟通》进行交流，这个话题是小康这几年来研究的项目，已颇见成效。听了小康的发言后，我与高小康就“非物质文化遗产与当代文学研究”的问题进行了探讨。于是，高小康回去之后很快寄来一篇文章《非物质文化遗产新的“寻根”文学》，他在文章最后说到：“中国当代文学再度回归乡土新的‘寻根’，即不是陶渊明式的隐逸意象，也是马尔克斯式的怪诞梦境，而是乡土文化传统中神性的重新启封。这种寻根不是孤独朝圣之旅，而是对当代人精神需要的一种发现和开发。对于当代人来说，乡土文化作为非物质文化遗产的再度复苏，是现代性的自我认同发生危机后产生的与大地、诸神和民间文化传统重新和解的标志。”

三天的会议我逃会了一天，去了青城山和都江堰。这要感谢四川师范大学外语学院的院长嵇敏教授和胡志红教授。我与嵇敏老师是初次相识，会议期间，拍照的时候我与她紧挨着，她的美丽和热情让我一见面就喜欢上她。她用流利的英语与佛克马先生的对话交谈让我羡慕。嵇敏老师得知我没来过成都，更没有去过青城山和都江堰，晚上的时候就给我打来电话，说已经给我安排好了一辆车，还让她的学生王彦来全程陪我。胡志红老师以前就认识。嵇敏老师这样做让我真的是没有想到，感激涕零。第二天一大早，学生王彦就带着车来接我，同时我又叫上了北京语言大学的高旭东和山东大学的张志庆教授，一行四人开始了一天的旅游。

青城山的美我不多说。此时我已坐在李冰父子当年截流用的网石上。

让我记忆深刻的是，中午下山后，我们来到了都江堰，准备去到大坝看当年李冰父子了功绩。都江堰是全世界迄今为止，年代最久、唯一留存、以无坝引水为特征的宏大水利工程。

都江堰坐落于成都附近。司机小伙子常来这里陪客人，他对当地的民俗和风情比较熟悉，于是他把我们带到了岷江大坝，那里有很长一趟子的小吃排档，在这里可以吃到从岷江里刚刚打捞上来的江鲜。

哇！麻辣小龙虾、麻辣螺丝和贝类摆了一桌子。正宗的川味江鲜总算在这里吃到了，也体会了真正的麻辣。张志庆不能吃辣，但是在我们的威逼下他还是逞能地吃了一些，汗水立即从他的头上流了下来。身边川流不息地流淌着岷江水，让我想着李冰父子当年邀集了许多有治水经验的农民，对地形和水情作实地勘察，决心凿穿玉垒山引水的情景。感叹到官员们如果为老百姓做一点好事，老百姓都会世代地传颂，同时体会到了为民造福之光荣！麻辣的感觉已传遍整个身体，我感受到了一个地方的饮食不仅仅反映着该地的饮食特征，还能从中窥见更多的文化底蕴。

西域行

喝啤酒加可乐

2008年8月21日，北京从早上就开始下雨。

坐中午的飞机，要去新疆开会。一个上午的时间搞得我非常紧张。因为在走之前把《文艺争鸣》的一些活干完，一看表已到了中午11：30。我的一切东西都没有收拾。

新疆的一切，对我来说都神秘的。在去机场的路上，与清华大学的教授肖鹰短信联系，约好了到乌鲁木齐后让他在机场等我。

去机场一路下雨，路还算顺，几乎是踩着时间办完了手续。

我的座位旁边坐着一位新疆维吾尔族小伙子，高高的鼻梁显得很生动，穿着灰色的T恤，很清瘦。他是第一次坐飞机，对飞机上的一切都感兴趣。他不停地朝飞机的窗外看，但我们坐的位置正好是飞机翅膀的地方，他张望几次，也看不到。后来，我告诉他，后边有一些空位置，你可以到没人的位置上随便坐。他站起来看了看，还是没有去。

飞机上看云，无比绚丽多彩。从北京到乌鲁木齐要飞4个小时的时间。午餐很难吃，我要了一杯啤酒和可乐，吃了一点盒饭中的菜。飞机上喝啤酒加可乐，味道很美，很醇香的味道。这种喝法还是一次与谢冕、洪子诚、戴锦华、高秀芹等去深圳的飞机上学会的。谢老师说，坐飞机喝啤酒加可乐，有益消化，还容易睡觉。我不知道谢老师说的是不是真的，反正很好喝。

身边那位维吾尔族的小伙子用很奇怪的眼神看着我。于是我先与他说话聊起天来。他告诉我他的名字，长长的一大串，我只听清后边的几个字叫买买提。他刚刚考取了中国农科院生物博士，来北京与导师见面。我问他，在新疆，有他这么高的学历的人不是很多吧？他说是的。他的汉语说的不是很流利，他说：“高考得了三百多分考到新疆农业大学，在高中时没有学过英语，到了大二时才自学英语，然后考取了研究生。”他的女朋友目前也在新疆大学读研究生，学的是植物学，很想到北京陪读，可是学校不批准。他这次回来就是与新疆大学有关老师来商量。我听着，很想帮他。于是我递一张名片给他，有事需要我帮忙时就发短信给我。他竟然兴奋地说说要请我吃饭。

飞机很准时地抵达了乌鲁木齐的机场。新疆师大会务组接站的人已经在此等候多时。

这时已是晚上7多点钟，但是太阳还挂在当空，如北京的下午三四点钟。后来才知道，乌鲁木齐要比北京的时间晚两三个小时。从机场过来，一路上没有看出与其他城市有什么不同，也看不到有多少维吾尔族的人在行走。

我们住在新疆师大的宾馆。八点到餐厅去吃饭。

晚上，在同济大学教授张闳的房间与崔卫平聊天。我与交往多年的崔卫平没有见过面。这次在新疆终于见面了。

崔卫平比我想象的要柔弱文静得多，她是江苏盐城人，说话声音非常好听。听着她的谈话，我的精力常常不能集中，总是溜号，因为平时读崔卫平的文章很多，她睿智而深刻的思想让我非常敬重，她对一些现象犀利而准确的批判精神更让我喜欢。我印象中的崔卫平，一直是非常学者化的甚至男性化的。而面对她的时候，她又是这么的温柔，这么的女性化。她的女儿与她一起来参加会议，她们比我早到，下午崔卫平就带着女儿去逛了著名的国际大巴查市场。

崔卫平说，她和女儿逛了一个下午，女儿一直拿着相机不停地拍照片。维吾尔族的女孩子们太美丽了，她们长得非常生动，衣服的色彩也十分艳丽，好似把床单的花布都围在的头上和身上。张闳分析说，维吾尔族的人们，他们完全生活在自己的世界里，是外界来到这里，打乱了他们原来安静的生活。

当飞机在青海、甘肃的上空飞过时，我感到这片土地，与内地是不同的。

回到房间，和我一起住的是上海《学术月刊》的编辑张曦。

飞机上那位维吾尔族小伙子给我发来了短信，他热情地要请饭，并要给我当导游。他叫玉山江·买买提。

22日—23日《文学与文学研究的公共性》学术研究会。有来自全国的40多位学者参加并发言。

教授弃石记

中国新闻网中新社乌鲁木齐8月30日电：据新疆地震局测定，新疆维吾尔自治区巴音郭楞蒙古自治州和静县今天晚间发生里氏五点三级地震。据新疆地震局介绍，地震发生于北京时间8月30日20时46分，震中位于北纬42.7度，东经83.9度。震源深度为十公里，目前尚无人员伤亡报告。和静县位于新疆维吾尔自治区中部，距首府乌鲁木齐市四百五十余千米。

想来后怕。

8月25日和8月29日，我曾两次路过新疆和静这个地方。我对这地方记忆深刻，因为我当时用本子记下了在此发生的故事。

“文学与文学的公共性”学术考察活动，在25号这一天，由吐鲁番出发，前往苏贝希沟，也叫唐代山道。途经和静、和硕、博湖、轮台、库尔勒市，在库尔勒吃了午饭，又乘车前往库车，晚上九点多钟到了库车。

会议的考察活动，很快达成了“公共性”，那就是拣奇石。这场拣奇石的运动是由《中国社会科学》杂志的编审、学者王兆胜和汕头大学教授王富仁首先发起的。他们对拣奇石有一大套“歪理邪说”，如王兆胜所说：家中无石不安。

当王富仁教授看着他的石头时，那表情和笑容，如同看自己的孩子一样幸福。在他们的带动下，全体人员只要一下车，眼睛都盯在地上。甚至忘记看远处美丽的景色。甚至到了宾馆，踩着地上的大理石还禁不住说：“这是好石！”

是的，西域的任何一块石头，都有着上千年上亿年的历史。

记得就是在和静县与和硕县之间，我们在停车方便时，首都师范大学的教授陶东风和王兆胜第一批跑到了路基下边去拣奇石，他们低着头只顾朝前走。这时上海大学的林少雄教授大喊一声：“东风，回头看身后那块石头！”陶东风回身拣回了这块石。

一路上，我们称林少雄教授为鉴别玉石及一些古物的专家，他对石头有过多年有研究。陶东风回身拣起这块石头，有一公斤多的重量，他用水清洗了一下，拿在手中反复观赏后说：“确实是块好石头，只是太重了，我忍痛送给肖鹰吧！”

肖鹰是清华大学哲学系的教授，据说他对石头也略懂一二。肖鹰接过后，又是反复观赏，赞美不绝，并说，拿到北京，能卖上高价。最后肖鹰说，好石头还是送给王兆胜吧。

我与王兆胜坐在一排座位上，他接过肖鹰递过来的石头奇叹：“好石！好石！看看这石上的花纹，多有味道。它像一簇残败的枯荷，历经多少风雨和沧桑。”坐在旁边的复旦大学的教授陆扬抢过去，反复观赏。他翻看着石头的另一面说：“这一面花纹更好看，像乳房。”林少雄在他的后排，以大师的语气和坚定的姿态点头，并赞许：“吸石乳!”

当这块石头又回到王兆胜手中时，他又开始犹豫，是不是带着它回去？他已经拣了很多了，实在是太重，怕上飞机超重。我坐在王兆胜的身边，当即接过来：“我要了!”

一块石头，在这么十几分钟内，就遭遇到了如此的命运！那么，这几亿年来，它都经历了什么？见证了什么？

这时南京大学教授赵宪章，也把刚才拣到的石头拿出来，问谁要？他那块石头被命名为“牛粪”。真的很像牛粪，够奇的，但大家认为没有太多人文味道，也没有美的意境，没有人接受。他悄悄地放在座位的下边，最后不知道是谁给抛到了大自然中去了。

王富仁教授一路把玩着自己拣到了的一块红色的石头，大家起哄说：“少于50万元不能出手啊!”王富仁教授一直笑眯眯地摸着石头，爱不释手。

教授们一路地拣石头，一路地弃石头。在最后的一天，从天山牧场回乌鲁木齐的路上，陶东风在整理他捡到的石头时，又弃了很多，其中一块大的红色的石头，我又收留了它。

王兆胜对我说，你没有太多东西，带着吧，你既然收留了，就不能再弃。如果你再弃这石头，就等于弃天地。

我听着王兆胜这一说法，心中一阵酸酸的，看着这些弃石，如同被弃的孩子。我决定要把这些被弃的石头都带回家，我共带回了大小六块石头。

我已准备好了足够的耐心，等待听它们诉说它的经历，听它们讲过去的文化、历史和爱情……

特别的奖，给特别的你

这是我参加学术活动最精彩的闭幕式。

“文学与文学的公共性”西域学术考察活动进行到了尾声。从天山牧场生态园的“自在餐厅”出来时，天色已晚，外面刮起风，感觉有些凉意。天空还不时地下起了细雨。大家纷纷上车，静静地坐了下来。一时间，缺少了往日的嬉笑，显得有些庄严。司机师傅看人都到齐了，关上车门，打亮了车内的灯光。他告诉大家，从天山牧场返回乌鲁木齐市的路程只有50公里。

还是朱玉麒教授打破一时的沉寂。他宣布会议的闭幕式就在车上举行。

作为会议主办方的领导，新疆师范大学中文系主任朱玉麒教授，可称得上是地道的西域研究专家。几天来，朱玉麒教授的身份是导游加工作人员，他实实在在地为大家服务着。朱玉麒教授知识渊博，而且睿智、幽默，他的解说生动而形象，让人不但耳目一新而且记忆深刻。对西域的一草一木，一村一落，他都如数家珍一样熟悉。朱玉麒教授现任西域研究中心主任，《西域文史》主编。毕业于南京师范大学中文系，获文学士学位；北京师范大学中文系中国古典文学专业，获文学硕士学位；北京师范大学中文系中国古典文献学专业，获文学博士学位；曾在北京大学历史系博士后科研流动站工作。从事中国古代边疆史地研究。在剑桥大学东方系从事访问研究。发表学术论文60多篇，代表作有《汉唐西域纪功碑考述》《隋唐文学人物与长安坊里空间》，主要研究领域：唐代文学、文献学、西北历史地理学。听说当时北京某单位要留下他，他却毅然地返回他挚爱的西域。

马上就要分别了，朱玉麒教授拿着话筒站在车厢的前面，真诚地说着几天来的感受。他最后的导游辞说得让人感到一丝丝忧伤。于是他最后把话筒交给了新疆师大原党委副书记薛老师手中。

这些天，大家一直叫薛老师为“政委”，薛老师和朱玉麒的“导游”风格恰好相反。朱玉麒属于自由派，薛老师却故意以退休老党员的派头出现，使整个路程显得滑稽而幽默。薛老师是冷幽默派。

从考察的第一天起，就成立了三老委员会，成员有：汕头大学的王富仁、南京大学的莫砺峰、新疆师大的薛老师。他们的任务是评判一些事件、事物、石头的真假、购物多少、谁拍照片最多、谁被拍最多、谁吃得最多、好人好事等。

政委薛老师首先表扬了几天来的一些好人人好事，然后提议要评出各种奖项。

最佳导游奖：新疆师范大学的朱玉麒教授。（全票通过，没有争议。）

最佳演唱奖：台湾的杨小滨教授、清华的肖鹰教授。

（说明：这个奖项竞争较激烈，台湾的杨小滨一路上唱的全都是帕瓦罗蒂的《我的太阳》之类的美声歌曲，而肖鹰只会唱新疆民歌《新阿瓦尔古丽》，但都十分有特色。司机师傅说：“台湾杨教授虽然唱得好，但一句也听不懂！我同意肖教授。”在两人的选票不分上下的情况下，当场PK，杨小滨又唱了《我的太阳》，绝不比帕瓦罗蒂逊色，而肖鹰不再唱歌，他采用向各位拉选票、说好听话忽悠大家。最后由王富仁教授以空的矿泉水瓶作为奖杯颁给小滨，给肖鹰的却是装着水的瓶子。大家齐声喊：肖鹰因拉选票，得的奖是有水分的！哈……）

拍照片最多奖：同济大学朱大可教授。

（说明：朱大可共拍摄2400张照片，他的的相机无比高级，镜头长达半米。我曾嘲笑大可兄：若有好技术，大可不必用那好的相机。本来竞争者还有人民大学的张法教授和南京大学的赵宪章教授，他们都像模像样地挎着专业摄影的全套设备。然而，相机上显示，张法却比朱大可少拍了几张，而赵宪章的相机有一个下午没电，当然更不会超过朱大可了。）

被拍摄最多奖：《文艺争鸣》杂志编审朱竞。

最佳舞手奖：北京电影学院内崔卫平教授。

（说明：在我的这篇博客贴出后，由于我的记忆有误，把崔卫平教授的最佳舞手奖给落下了。在此我向崔卫平教授道歉了。崔卫平跳的舞蹈是民族舞，小时候受过专业训练的，有一定的功夫。再说，大家一起高兴，说、唱、舞都是随意的。王富仁教授把最佳舞手奖颁发给了崔卫平。崔卫平高兴地拥抱了王富仁教授。掌声再次响起。）

花冤枉钱奖：首都师范大学魏家川教授。

（说明：魏家川花了300元买了两块假石头。据说他收藏奇石多年。哎！行家也有走眼的时候。）

喝啤酒最多奖：《文艺研究》杂志副主编审陈剑澜。

（陈剑澜是拿啤酒当水的人，餐桌上那么一点酒根本不够他喝。每天吃完饭，他都会聚集几位“酒鬼”，跑到外边的小饭店喝个痛快。加上新疆美味的羊肉串，让陈剑澜幸福得一塌糊涂。关键是他喝了很多酒像没喝一样，这也是本事！）

吸烟最多奖：北京师范大学赵勇教授。

（说明：每到停车，无论是看景，还是上厕所，赵勇都会挎着他的包，他说这里有很重要的东西：烟！对他的烟瘾，已找不到再合适的词来形容。不说了。）

饭桶奖：汕头大学的王富仁教授。

（说明：王富仁教授每天都是吃饭最多的人，早餐要吃6个包子，一个鸡蛋，再加上两碗粥，中午再吃两大碗羊肉拉条子，晚上吃得还要多。太让人羡慕！本来设的是“吃饭最多奖”，可赵宪章却说叫“饭桶奖”更好，王富仁教授也说好。大家鼓掌通过。）

最能忽悠奖：南京大学赵宪章教授。

（说明：在去葡萄沟的那天，赵宪章强烈要求要买葡萄干，于是会务组的工作人员联系到了当地的人，到人家去买。到那以后，赵宪章还组织大家很有秩序地排起长队。结果，大家都买了一些葡萄干。到后来只有赵宪章一个人没买。上车后，大家纷纷遣责。他得这个奖是名副其实！）

拣石头最多奖：《中国社会科学》杂志的编审王兆胜。

（说明：老兆说：家中无石心不安。）

拣到最好石头奖：首都师范大学魏家川教授。

（说明：魏家川虽然花了冤枉钱买了两块假石头，但在最后一刻，他却拣到了一块非常好的石头。谁也没想到，他在获奖这一时刻，他竟然把这块好石头送给了爱石如命的王兆胜。王兆胜走到前面不胜感激，发表了感言。让人又感到意外地是，王兆胜把这块好石头转送给了德高望众的王富仁教授。全车一片掌声，经久不息。）

最佳骑手奖：首都师范大学的陶东风教授。

（说明：在天山牧场的马场，陶东风第一个骑上马，飞奔在远处的森林中。一般人都只骑20分钟就下马，可是陶东风一个小时过去还没有回来。大家在餐厅等着他，渐渐地，大家有些着急，打他的手机，不接。发短信，不回。马的主人也开始怀疑陶教授不会把马偷走吧？又过了半个小时，陶东风瑟瑟发抖地回来了，因为森林里很冷。他只是说：太过瘾了！只是腰和屁股有些痛。）

最佳睡态奖：复旦大学的陆扬教授。

（说明：陆扬教授在车上很容易睡觉，而且他从来都是坐着睡，身子向后成“弓”形。陆扬容易吗！而与他同坐的陶东风教授，在车上又从来都是向后仰着睡。）

最爱干净奖：上海《学术月刊》的编审张曦。

（说明：沙漠中难得有了一点水，但张曦也不放过，她竟然洗了脚！）

最佳散文奖：《江苏社会科学》杂志的编审李静。

（说明：李静用手机以散文抒情的笔法记录下了一路的经过，夹叙夹议的千字文，由陶东风的女儿中学生陶源朗读出来，别有味道，很感人。）

最佳古体诗创作奖：湖州师范学院的颜翔林教授。

（说明：一路的感受，让颜翔林诗性大发，他走到前面，用他那极其不标准的普通话朗诵着。）

最佳新诗创作奖：新疆师范大学的年轻老师刘振伟。

（说明：刘振伟看到颜翔林朗颂一首古体诗后，从车的最后一排几乎是疾步冲到前边来，也要朗诵一首：远方，有一种声音，呼唤着我，呼唤着你；远方，有一种热情，激励着我，激励着你；远方，有大漠、戈壁、健康、阳光、天空，和胸怀永远宽阔的新疆！）

最佳朗诵奖：黑龙江大学马汉广教授。

（说明：马汉广听着以上二位的普通话说得实在太差，急得只好抢着话筒自己来朗诵。作为哈尔滨人，他的朗诵一定是最好的。）

所有的奖，都由王富仁教授来颁，累得王教授前后不停地跑着来回去取空瓶子当奖杯，有时竟然忘记与获奖者握手，于是又返回再来握手，把王富仁教授折腾得满头大汗，但他脸上一直微笑着。这微笑，已成为了王富仁的标志和专利。

这时，崔卫平举手要发言陈述一个事实，她说："在没来新疆之前，听到一些很不和谐的声音，那声音把新疆描述得很可怕，说新疆情况多么令人恐惧等等。当我到这里后，打车去了老城，路上通过与司机的沟通，慢慢地少了点恐惧。他很热情地向我介绍这里的一切。我们回去之后，要把这里的真实情况讲诉给周边的人。建议给我们每个人都颁发一个'和平奖'！"

大家鼓掌！

50公里的路程，在欢笑中瞬间就过去了。

"文学与文学的公共性"学术会议的闭幕式以独特形式结束了。

明天，大家将回到各自的家乡。

相信在很长的一段时间内，我们的耳边会回荡《我们新疆好地方》这首歌。

从共青城到庐山

2008年6月1日江西南昌。

5月31日，在江西师大文学院研究生答辩现场，有几个学生的讲述让我心酸。

记忆深刻中的一名女学生，非常文静，说话的声音很轻。她导师介绍说，她读书期间的费用，全部是由她的姐姐来供她，她全家的负担也都是靠姐姐来挑着。就在这个女生准备论文参加答辩期间，她的姐姐却因为生孩子难产而不幸离开了人世。在她宣读论文提要之前，她的导师介绍了她的读书和家境的情况时，她再也没能忍住，泪流满面地哭泣起来。我安慰和鼓励了她。没想到，在这样的情况下，这个女学生却非常认真地完成了论文《蒋韵的小说世界》，并在答辩中获得了优秀。我劝说她可以先找份工作，之后可以再读博士，你很有潜质。但是，我知道她很难，直到现在，她还没有找到工作。还有一些人的情况也类似。

现在大部分学生读研不是为了学习和做学问，他们只是为了得到一纸文凭，能改善以后的生活，或者说为了以后的生活过得更好一些。目前，往往是做论文的时间，也正是他们忙着找工作的时候，因此，看到的论文没有太好的。这也是全国大学教育的普遍现象。

论文答辩结束后，我回到宾馆，彻夜难眠。

6月1日的早上，江西师大文学院的颜敏教授来接我，他联系了庐山文联的主席来接待我到庐山去参观和考察。

在去庐山的路上，要路过共青城，我知道这个名字是胡耀邦命名的，他的墓就在这里。胡耀邦葬在共青城，是尊重他的遗愿。他生前曾说过："我死之后，埋到青山绿水之间，就是共青城。"我想去看看胡耀邦的墓，于是司机把车开到了胡耀邦墓地处。

共青城这里是一个公园，是对游人开放的。听说这座山以前是寸草不生的秃山，自从胡耀邦的墓安置于此，整个山都被改变了：郁郁葱葱的山林，茂盛的植物，满山遍野的花草。胡耀邦的陵墓背靠富华山，面对鄱阳湖。气势雄伟，视野开阔，风景优美。远处望去，一片开阔，可看到一座白色的房子，那是依照耀邦在老家时住房子建的。

说来也巧，去时的路上，天空还是阳光灿烂，可是到了胡耀邦的墓前，却下起了小雨。迷信也好，事实也好，眼前的一切却是真的。

苍松翠柏环绕的墓地上，矗立着一座三角形巨碑，碑上浮雕刻着胡耀邦同志的头像。看上去是满脸愁容和沧桑。在墓的旁边，有他家人栽种的树木，还有他家人留下的石碑。

这期间，没有游人来，显得非常清静。我问工作人员："平时来看望胡耀邦的人多吗?"工作人员说："不是很多。"我问："每年的六月初来的人多吗？""不多。但时常也有少量的人来献花。"工作人员可能不懂我的问意。

是啊，还能有多少人愿意记住胡耀邦及其那一段历史?

我在胡耀邦的墓前，深深地鞠躬。心中为他祈祷：

在这片宁静的土地上安息吧!

2008年6月2日——庐山。

从共青城出来，走了没多久，到了庐山脚下的山门。进山的门票是每位180元一张，我觉得有些贵。

大概绕山道跑了半个小时的路就到了山上。山上的景色美极了。参观了含鄱口、牯岭、花径、锦绣谷、仙人洞、黄龙潭、博物馆、植物园、庐山会址、美庐别墅、赛珍珠故居、教堂、白鹿洞书院等。还路过了庐山电影院。听说《庐山恋》这部电影是世界上放映场次最多的电影。

一切都是匆匆而过，就算来过庐山到此一游了。

给我留下印象最深的景点要属仙人洞了。到了那里时，我很失望，感觉与想象中的相差甚远。

也许是受"天生一个仙人洞，无限风光在险峰"这句诗的影响吧，到实地看时，却感诗意荡然无存。那里，一帮道士打扮的人正在举行一个仪式，名义是在为灾区的人们捐款。但是在我看来，却没有一点庄严感，他们的"仪式"像是在演戏，而另一边却还有道士穿着道袍在打乒乓球。

庐山上的别墅群早已名甲天下，听说自1895年英国传教士李德立花200两白银租借牯岭长冲河一带的800亩土地为避暑之后，俄、美、英、法、德、意、日、瑞典、瑞士、丹麦、挪威、葡萄牙等20多个国家的商贸名流和国内各界人士，都争相来此兴建度假别墅，总数达640多栋，有英国式、美国式、俄国式、瑞典式、瑞士式、日本式等等，真可称为是“世界别墅建筑艺术博物馆”，庐山遂亦成为驰名世界的旅游避暑胜地。

我来到了赛珍珠曾住过的老房子，看到她留下很多的遗物，想象着她在中国时的一些情景。这栋老房子叫“赛兆祥别墅”。赛兆祥是赛珍珠父亲的中文名字，他是1883年来华的美国传教士。1897年，赛兆祥买下称为86A的一块山坡，建起了一层楼的铁皮顶房子。在“赛珍珠别墅”那扇厚重的门内，悬挂着赛珍珠与家人的照片。紧挨着老式壁炉，摆放有赛珍珠出版的各种版本的著作。书房宽大的写字桌前，仿照赛珍珠本人做的蜡像在写作。据说赛珍珠决心从事写作始于1914年，也就是她在美国读完大学，返回中国把患病母亲送上庐山的时候，那一年她22岁。据说她与徐志摩还有一段恋情。

据赵武平发表在《中华读书》上的文章说：

> ……赛珍珠年轻时对婚姻生活郁郁不乐，乃众所周知。第一个丈夫乃是一个没有多大学识，不懂风趣的人物。她偶然自南京到上海小游，接触文艺界人物，才初尝一些生活的乐趣。就在这类场合中，她与才华横溢的徐志摩相遇，一见钟情。徐志摩比她小四岁，从剑桥留学回来后，文名甚高。那时恰是印度诗人泰戈尔访华之时，由徐志摩陪同，到处讲学。很可能，赛珍珠在听了泰戈尔演讲后，与徐志摩邂逅。其时赛珍珠尚在初试写作，对名家徐志摩很表钦羡。
>
> 徐志摩与赛珍珠的罗曼史，于1928年徐志摩再度赴英国后告一段落。对这件艳事有兴趣者，可以读赛珍珠于1975年出版的小说《北京来书》（Letters From Peking）。此书近于是自传体，影射她与徐志摩的关系经过。赛珍珠于1975年时向她的一个好友透露她年轻时的桃色秘密，承认《北京来书》的情节并不是完全虚构……

我想，这些故事都是后人们美丽的想象吧。

在庐山参观的时候，我收到了谢冕教授发来的短信，他告诉我：晚上10:50的时候，央视《我们》栏目将有人朗读他写的一诗。我觉得有些奇怪，谢老师很少写诗，为什么今天他会说这样的话？后来我才知道，是《我们》栏目为灾区儿童录制的特别节目。主持人王丽芬是谢冕的学生，她送给谢冕一张灾区孩子——想跳芭蕾的李月的照片。从不写诗的谢冕，看着这张照片，深思许久，他答应了要为李月写一首诗。我耐心地等待着《我们》电视播出，我看到一位专业演员，朗读了谢冕的《做梦都想跳芭蕾的李月》这首诗。

编者有意

2007年3月26星期一

每每把刊物下到印厂，才算松一口气。

春节过后，就开始编辑第四期的《文艺争鸣》，近两个月的时间每天都在读大量的文章。每期出版的三十多万字的刊物，要从百万字的来稿中反复阅读才能定稿。第四期的编辑工作比较杂乱，由于赶上春节和寒假，一些学者的文章迟迟不能到，还有一些学者在国外，不能及时地联系，导致这一期的工作复杂而忙乱。直到今天，看到打印出来最后的清样上，再没有勾抹删改的痕迹时，工作将告一段落。

看着编排设计都很得体的目录页，心里有着一丝丝的欣慰。

南京大学教授王彬彬的一篇《作家的工匠化》作为“视点”，谈到了作家的可持续性问题和作家总体性地走向工匠化问题。认为这种工匠化的表现，是知识界在面对一些公共性的问题和事件发言、表态时，已看不到作家的身影。这无论与海外作家进行横向比较，还是与中国历史上的作家进行纵向比较，都不能不说是一种特异的现象。文章最后说：“今天的中国作家，越来越像一群手艺人。”

复旦大学教授郜元宝的一篇《“重画”世界华语文学版图?——评王德威〈当代小说二十家〉》，本文对中国当代文学批评进行了质疑：……王君从“两岸四地选出二十位华语作家，这诚然不是一个小数目，但与该地区实际的文学构图相比，挂漏无疑太多。王安忆、苏童、余华、李锐、叶兆言、莫言、阿城，自然是80年代以来大陆地区七位重要作家，但他们的特色和成就无论如何放大，也不足以覆盖大陆地区当代文学的版图。至于其余十三位，恐怕也很难代表台湾、香港、星马以及北美华语文学的主流。……入选的“当代小说二十家”以及王君经常提及或准备日后作专论的残雪、林白、阎连科等，都属于尖新谲怪之类，都喜欢大写“情色”、“暴力”、“耽美”、“变态”、“怪异”、“奇谭”、“扭曲”、“恋师”、“恋尸”、“食尸”、“腐朽”、“酗酒”、“排泄”、“茅房”、“口腔期症候群”、“自渎”、“饕餮”、“拾骨”、“丑闻”、“窥秘”、“淫猥”、“同志”、“乱伦”、“阉割”、“射精”、“膻色腥”……

北大教授孔庆东的一篇《博客，当代文学的新文体》写得非常精彩，以他自己作为名人开博的体验，论述了博客文体的“草根性”“灵活性”“互动性”“通俗性”“轰动性”“批判性”六大问题。孔教授还警示地说：并非所有的博客都是文学性的，不能把所有博客一律视为“当代文学”。能够成为当代文学新文体的是那些具有文学创作性的博客。孔庆东教授在我的催促下，可算是“痛苦并快乐”地完成了任务。因为他马上要出国讲学，忙得很。他在寄来的稿件信中说：“拼死完成了任务。写了三回。我自个儿都感动啦。在这寒冷的春夜啊。”因为在约孔教授写这篇文章时，我要求他“严肃认真”地写，而且在发表之前不许上网。他做到了。在此，感谢孔老弟支持啊！

扬州大学教授徐德明教授的一篇《论“乡下人进城”小说》，是新世纪以来文学作品的主要潮流，这其中涉及乡下人的记忆与城市文明冲突等问题的探讨。

南京大学教授丁帆的一篇《〈碧奴〉读札》，认为在苏童创作中，这是一次瑰丽闪光的叙述转换，其中在美学上的转换就在于苏童把一个苦难的悲剧变成了一个有乐趣的悲剧。据说这篇文章，是丁教授早答应别刊的，可以说是在路上遭我抢劫而得。

作家刘醒龙的《圣天门口》讨论会也在这一期发表了三篇文章。刘醒龙谈到了“我们如何面对高贵”等问题。山东大学教授施占军的一篇评《圣天门口》的文章，让他苦不堪言，他公务繁忙，参加会议频繁，什么评“小说排行榜”啊，什么博士答辩……他写文章又不想对付，在字里行间细磨多日，也收不了尾交不成稿。在我下最后通牒令时，他发短信说：“写不完了，都累哭了！”这时已是第二天的凌晨一点钟，我只好说，再等你一天，快睡吧。

还有三篇有关生态文学研究的文章，从小说、诗歌和现象进行宏观论述。这是当下急需关注的话题。人类生活的空间和生存境遇不断地遭受严重的破坏，生态危机已严重地威胁到了人类自身，大自然已向人类敲响了警钟……

在“作家百论”栏目中，发表了聊城大学教授石兴泽的《汪曾祺论》和宝鸡文理学院教授冯肖华教授的《路遥论》。这两篇作家论，不知让两位教授改了多少遍，实在不好意思。既然作为“论”，就要像个“论”样。可是，“论”到底是什么样啊？我也说不好，我们只是想做到尽量地完美。还请读者来说吧。

在“作品百论”中同时发表了北大教授陈晓明和广西师大教授黄伟林的《论〈棋王〉》，两位教授从不同角度，深刻地重新论述了阿城的《棋王》。这部小说最早发表在1984《上海文学》第七期上，二十多年后，重读这部作品，会有新的感受。

“当代纪事”栏目继续刊登了苏州大学教授王尧的文章《禁锢·开放·“技术处理”——一份书目单中的历史过渡》，介绍了在“文革”时期被禁的一批中外书目和重新开放的过程，他说“这些资料从未公开过”。这份有限的资料留下了历史从“新时期”到“新世纪”转换的痕迹。虽然这些被禁的书早已开放多年，但是当人们获得了阅读的自由之后，这些书中的一大部分基本没有读者，许多作者的名字也已经从人们的口头和书面中消失。只有当我们把其中的一些文本作为文学史论述的一部分时，才会有所提及。这就是文学经典筛选和传播的一个过程。被读者遗忘，被书写者忽略，自然和被禁不一样，但无论如何，当我们今天面对与这些文本相关的历史或者与历史相关的这些文本时，我们不能不说自己十分尴尬。

“当代纪事”栏目中还刊发了《萌芽》杂志主编赵长天的《从〈萌芽〉杂志50年历史谈起》，讲述了《萌芽》杂志50年的风雨历程。

作为编辑，每编完一期杂志，心中都很喜悦，就像看着孩子出生一样，总有“又一期好杂志诞生”的感觉。可是，用不了多长的时间，回头再看时，又觉得当时的努力是徒劳的，能留下的文字有价值的太少。大家也认为有价值、有思想有含量的东西实在是太少了。

我想，这也许是人们思维活跃了，思考的程度有了进步；也许是面对一切只能很无奈的感慨；也许人们的欲望、期待更高了。编一期算一期，走着瞧吧……一晃20年，已经编出了135期。

外面已经黑得很彻底了。编辑部的对面是东北师大附中，我看到对面教室的灯都还在亮着，那里是高三的孩子们准备着高考，还在上“二晚课”，孩子们每天都要上到九点半才能回家。这时，我看见楼下马路旁，也已经有很多家长在等候了……

2008年5月12日的故事

几天来，我什么都也干不下去，心情沉重。每天守在电视机旁看着四川那边的新闻，一直跟着流泪。朋友们也和我一样，相互发着短信，相互祝福着。

2008年5月12日这一天，我经历了：地震、被骗、醉酒、“人道”、丢手机。

5月12日上午9:30，我在人民大会堂吉林厅参加了军队作家徐剑的长篇报告文学《冰冷血热》的发布会，会议差不多在11:30的时候结束。一同参加会的赵瑜、李炳银、胡应红、萧立军、何西来等这几位老朋友说一起吃中午饭，正在来商量的时候，徐剑说：“晚上我要设大宴请大家，六点钟，在宣武门附近那个云南菜馆。”

就这样，我们几位中午就不想再吃饭，于是各自回家。

我本来是买好了12号晚上回长春的火车票，打算开完会晚上就走，但在大家的挽留和劝说下，我准备去退票。于是，从人民大会堂出来，《中国作家》杂志的副主编萧立军打车顺路把我和评论家李炳银捎到了建国门，我去北京站，李炳银回家了。

到了北京站，我先到了售票口问有没有人买我这张票，问了几声，没有人理我。我转身向退票口走去，这时一位矮个子穿着赭色西装的男人向我走来。他说：“你的票是软席，有点儿贵啊。”我没理他，想他也不能买。他又跟随上我：“我着急，贵也买吧。”我一阵欣喜，想着这样我还能少赔一些退票费。票价是365元，他付给我370元，我又找给他5元。然后我还说：“谢谢啊！”之后把钱放在包里坐地铁就回去了。

回到房间的时候不到一点钟。很累，很困。但想着给《羊城晚报》副刊“文学后台”专栏的文章还没有写好，就马上泡上一杯浓茶，翻看着刚给责编胡文辉发走的一篇《大师走了，也带走一个时代》的文章，这一篇写的是王元化的故事，当时我还没有从王元化去世的悲痛中走出来。然后打开电脑又开始写《陈忠实的故事》。

突然，我的身体慢慢地开始晃动，活动的椅子也溜动了几下。我没有在意，以为自己犯困的原因。间隔不到一分钟，又开始晃动，书架的玻璃也开始响动。我还是没有在意，以为三楼装修的电锯导致的。这时我感觉非常恶心、头晕，但我使劲振作一下，想把这个稿子写完之后睡上一会儿。接着，又开始晃动，我有些坚持不住，像晕车一样想吐，想上厕所，电脑也没关，我就去躺了一会儿。很快，不适的感觉就过去了。

这时，北京大学出版社的编审高秀芹给我发来短信，说：“四川那边地震了，北京有震感，东城区一带震感强烈，社科院一带为重。”我正好住在这一带。看来刚才我的那些反映是地震导致的。天哪！

我马上下楼走到街上，看到街上的人很正常，没有人感觉到有地震。我又开始对自己的反应产生怀疑：是我的身体最近不好吧？工作太累，透支太大。近来常常有这种疲劳的感觉。但我也不敢太声张，怕被扣上“传播假新闻”的嫌疑。

我走进一家卖休闲服装的小店，选中了一件白色的运动上衣，50元一件。我从包里顺手拿出退票回来的那370元中的一张50元钱，收款员看了一眼说：是假币！于是我把那300元也拿出来让她看，她说这300元都是假币，只有这张20元的是真币。

说实话，我还从来没有看到过假币，也从来没有拿到钱后验证真假的习惯。

我打电话给高秀芹，她说：破财免灾！

徐剑的宴请是晚上六点。我走到饭店的大厅时，遇到中国青年出版社文学艺术中心主任黄宾堂。我们一起来到了“999”包房，这时大家已到齐。徐剑说还是由胡应红姐姐起杯，大家响应，一同举杯畅饮。

文艺报的胡应红，我们都叫她胡姐姐。她是非常有能力非常有魅力的女人，我们也可说是“一见钟情”。几年前我们第一次见面，那一天是与陈忠实一起吃饭，期间胡姐姐接了一个电话后出去拿回来一包东西，当即打开，是朋友从国外带给她的两瓶高级香水。她顺手就递给我一瓶说：见面分一半！而今天，胡姐姐又命令我说：“朱竞你如果以后想常在这圈子混，那就得跟在座的每人喝三杯啤酒（那种小的高脚杯）。这叫入道。”

我如服从军令一样听从胡姐姐的话。常常是，如果有胡姐姐在场，她的话就是军令。这是我们自愿服从的。她太有指挥能力和号召能力了，不得不服她。我也是舍命陪君子的那种人，一圈下来，头晕脚轻，但意识非常清醒。胡姐姐说：正式同意你“入道”。当然，这都是开心和玩笑的事。

时间到了22点。大家在谈笑中，时刻关注着四川的新闻，听到的消息，让大家的心情越来越沉重。大家开始谈论严肃而深刻的话题：谈到了98年抗洪水、谈到76年唐山大地震，谈到美国大片《后天》、谈到日本的自救教育……

在座的几位都是非常有良知的作家、批评家、出版家、编辑。作家赵瑜以敏锐的思想和对现实审视批判的态度曾写出《强国梦》《马家军调查》《中国的要害》等优秀作品。评论家、作家、《中国作家》杂志的副主编萧立军几年前出版的长篇小说《无冕皇帝》，讽刺文坛上一系列肮脏、龌蹉的现实，出版后，好似一次强烈的大地震，让中国文坛“不得安宁”了一阵，导致很多人对号入座。赵瑜的《马家军调查》也是经萧立军之手，几经周折才得以在《中国作家》发表。军旅作家徐剑的优秀作品《东方哈达》《大国长剑》曾让多少人感动。年初，徐剑又冲到抗冰雪战斗的第一线，采访到了真实感人一幕幕动人的故事，写出《冰冷血热》这样的纪实性文学作品。中国青年出版社文学部主任黄宾堂曾任《青年文学》杂志主编多年，编发了很多好的作品。还有电力出版社的大编辑、高级工程师刘克兴，他的成就和故事就更多了……

这时我手机短信声响起，是谢冕老师发来的，他给很多人发了短信，问候大家。看完短信我把手机就放在了餐桌上，继续聊天。后来就走了。

5月12日的一天，就是这样过来的。

当我醒来时，已是5月13日的中午。

打开电视央视新闻频道，四川汶川，惨不忍睹的场面出现了：一片废墟、一片哭海……

赵瑜打来电话，说餐馆的人打电话说："你们昨天有人把手机落在这里。"赵瑜取回手机也不知道是谁的，问了几个后才问到我这里，我才发现丢失了手机。

徐剑也打来电话说："我接到命令，明天一早，赶往灾区采访！"我只说了一声："保重！带一些巧克力吧。方便时发短信报个平安。"

萧立军说他们刊物要在近期举行的大型文学颁奖活动已取消。

谢有顺来信说："有两位朋友被四川地震时被压在下面了，其中一位至今没消息，弄得一直心绪不宁，总是无法完成你刊布置的文章，耽误了，抱歉。"

郜元宝发来短信说："这两天什么也不想做，就是看电视汶川的消息。那地方以前去九寨沟时好像经过。活在这个时代，见过的灾难多了，有时心凉，但事过后还是热的……死是悲惨的，生也应该是尊严的……"

短信、邮件、电话都是问候……

徐剑到了灾区后，给朋友们发来报平安的短信："我很好！到成都下车后就遇5.9级的余震。今天下午去了都江堰，尸臭熏天，惨不忍睹。在柴坪坝铺水库大堤采访失去父母的汶川中学的中学生，一千多人啊！听一个高三女孩子代燕妮讲自己已经没有了父母时，我扭头跑开，朝着都江堰方向号淘大哭……"

5月13号，我乘坐的Z61次北京—长春的火车22:40开走了。

鄂尔多斯的哈达

2008金秋九月，随中国作家协会代表团参加了鄂尔多斯艺术节。会议结束后，我随朋友开的车，一路从内蒙古、陕西、山西、河北，回到北京。这条路对我来说，是不能再陌生了，这里的任何一个地方我都没来过，不看不知道，这里的每一块土地都有着非凡的历史。几天来，我胡乱地记了很多地名和历史故事，但还是没能消化。容我慢慢来吧。

鄂尔多斯——众多宫殿的意思。有资料介绍：传说700多年前，一代天骄成吉思汗大军西征时，路过水草肥美的一片高原，勒马沉思良久，用诗一般的语言说出为自己死后选择墓地的这一段话。这位叱咤风云的伟人死后就被安葬在这里。从此，这片高原有了名字，叫“鄂尔多斯”，汉语是“宫帐”的意思，因为成吉思汗的灵柩最初安放在8座白色的宫帐里。高原上具体安葬成吉思汗的地方也有了名字，叫“伊金霍洛”，意思是“主人的陵园”。成陵的气势浩大是罕见的。

到了鄂尔多斯的成吉思汗陵，想象当年沧海桑田，年年风花雪月，揭开历史的尘帷；驻足苍茫的内蒙古高原，我仿佛感觉到生生不息的各民族于历史长河中游弋繁衍，仿佛听到金戈铁马、烈火狼烟之中传来的鼙鼓声声，仿佛看到了四子王旗大地上演出的一幕幕历史活剧……

在内蒙古，每吃饭，必喝酒唱歌，如不喝，好客的蒙古人就是唱歌不停，朋友说我，若不喝，就是没诚意，看不起人家，入乡随俗吧。喝了这杯酒，我还怕谁啊!

酒后的第二天，离开内蒙，前往府谷。

府谷县地处陕西省最北端的黄土高原，扼秦、晋、蒙接壤区咽喉，滔滔黄河环绕而过，万里长城横亘东西。滔滔黄河，绵绵长城，印证着府谷悠久的历史。早在新石器时代，我们的祖先就在这里繁衍生息。西汉时期，设富昌县，公元910年，建置府谷县。浓厚的历史文化积淀，使府州旧城先后被省政府命名为历史文化名城。黄河入陕处，地杰人灵。一路上看到很多烽火台，就连派出所的院子里也在烽火台里边。

从府谷一直向东到了陕西的古城镇（古城乡位于府谷县最北端，与内蒙古准格尔旗经济技术开发区接壤）、麻镇（麻镇位于府谷县东北部，麻镇人杰地灵，传统文化蓄积深厚，黄甫川纵贯南北，明长城横亘东西。境内有保存比较完好的明代长城、烽火台、杨家峁智通寺和庙宇群——始建于明代的麻镇大庙）。这里有很多百年历史的民居，我来到路边一家，走了进来。

狗闻声大叫，但它被主人关在那砖瓦房子里是出不来的。这时一位老汉从院子边的玉米地里出来，我看他拄着拐，腰有些弯曲。他看我们进来并不感到陌生，但也不热情。

我和老汉聊天，他这房子有二百多年了，他的孩子们都搬到外边去住，不愿意住这土气的房子。我倒觉得这房子很好，于是坐在台阶上，摆出作秀的样照相。

一路上，很多民居及商店和墙壁上还能清晰地看到"无产阶级文化大革命就是好！""高举毛泽东思想伟大红旗！""为人民服务"的大标语。

很快，就进入了山西的偏关，资料上说：偏关关城，即今山西省偏关县县城，其东衔管涔山，西逼黄河，北连内蒙古，南通雁门、宁武，自古便为兵家争战、屯兵驻防之重地。偏关与宁武关、雁门关合称"外三关"，是外三关中最西边的一座。因关城东仰西伏，状如人首之偏，故称为偏头关，后来人们习惯简称其为偏关。

偏关所辖长城的东部，白羊岭上为内长城和外长城的西汇合点。长城由这里向南后转东奔宁武、雁门而去，是为内长城；向北是由大同而来的外长城；向西则内、外长城合为一股，直抵黄河岸边。

在偏关城，吃了让我终生难忘的酱肉。可能是因为当时肚子实在太饿，吃得特香。

下一站：向山西右玉的杀虎口进军。

右玉的杀虎口，外长城知名关口——山西右玉县"杀虎口"。城墙外就是内蒙古。

"杀虎口"位于山西右玉县，这里的长城属明清外长城，东起山西左云，西至山西平鲁，全长84公里。右玉长城关、城、堡、口较多，是明代抵御外来侵略的防御重地，又是清代晋陕商人西出通商的主要口岸和通道。这次修缮包括"杀虎口"左右五百多米长城，修复了关口、箭楼、古堡、古道、古桥等，同时修建了2200平方米的专题博物馆，展出了晋商古道等内容。昔日走西口的"西口"一般就是指"杀虎口"，在右玉县境内紧邻内蒙古，因其位于长城的另一个通道口——张家口的西面，故称西口。内地人把从“杀虎口”等长城沿线进入内蒙古草原地区叫走西口或走口外。当年走西口的人多是晋、冀、陕等内地的贫苦老百姓，他们到内蒙古是为生活所迫，主要从事垦荒、挖煤、拉骆驼、做小生意等。

如今，古长城的砖已流失98%，眼下，政府正花钱从百姓手中往回买，重修十长城。

从右玉出发，几个小时就到了大同。

匆匆地去看了云冈石窟，这是的意外和偏得。大家为了照顾我，才来这里，只有我没看过云冈石窟。到那里后，我只感觉古人的智慧让人敬佩和感叹！

一路走来，忘记了疲劳，让我一直在兴奋中。再有几天就放十一长假，我和几个朋友当即决定，还要来一趟山西，走另一条路线——去大寨、西沟、左权方向，到红色根据地看看！

走山西

2008年十一长假，决定随国家电网英大传媒集团的几位朋友，加上作家赵瑜、黄宾堂、徐剑、萧立军、古清生、金小凤等一起，走一趟山西。

这次我被分配坐在赵瑜车上。赵瑜是遵守时间的人，他跑长途非常有经验，一定要赶早出城。我起了大早，坐地铁到了赵瑜家，六点没到，已经有两位朋友先到了。只看赵瑜已经在楼下做好出发前的准备。

从北京出发，第一天的目的地是大寨。这一天，京珠公路上，堵车情况严重，大多都是自驾出游的人。

出了北京城不久，就到河北境地。我们一行七八个人，四五辆车，前后相隔有些距离，在一个岔路口处，前车带错了路，意外地来到了天下第九关——娘子关。车上有人埋怨，对关于是否下车看这个景点的问题，团队中出现了纷争。只听宗大哥说：娘子关还是值得一看。

娘子关，位于固安县城东北45公里，雄踞晋、冀两省交界处是出入山西的要道，为历代兵家所重视，素有“三晋门户”“万里长城第九关”之称。娘子关原名苇泽关，大业中年约公元612年左右废。相传唐太宗之妹平阳公主统领娘子军驻此设防，故名“娘子关”。现存关城为明嘉靖二十一年所筑。

看完这天下第九关——娘子关，大家都认为值得，都说没想到，离北京这么近的地方，还有这么完整的古迹。

电力出版社的刘克兴主任，是这一路行程的总带队兼秘书长，他说就在娘子关吃午餐。其实这时已经是下午三点多钟，刚才大家的情绪纷争，可能由于肚子饿，导致情绪激愤才争吵的。

酒足饭饱后，继续行走。下一站，山西大寨。赵瑜说，到大寨还要走两个多小时的路。吃饱饭后再开车，有些犯困，赵瑜就一路唱着歌，说着笑话。

夕阳西下的时候，我们到了大寨，直奔虎头山。

传说虎头山原本是野狼出没、沟壑纵横的险境，是大寨人经过战天斗地，赋予了虎头山之灵气，使虎头山变成了群芳竞艳、飞鸟争鸣的森林公园。站在山腰间，下望大寨村，群山环抱层层楼舍，享受自然的美。

在虎头山上，陈永贵陵墓气派的程度，有人说不比孙中山墓差。陈永贵塑像后是上山的阶梯，设计很讲究，那阶梯的数字说是象征着陈的人生历程。

晚上我们就住在大寨。

一进大寨村，就看到村中心的大柳树，这是大寨历史的见证。村里人讲，旧社会，穷人们常聚集于此，称它是“苦人树”；农业学大寨时期人们常在树下开会、学习、娱乐，又称它“乐人树”；改革开放后才恢复了它“大柳树”的名字。

大寨，一个太行山腹地的小山村，曾名扬世界长达20年之久。我十几岁的时候，经常听到“农业学大寨”的口号，这个标语曾遍布大江南北，“大寨红花遍地开”的歌声曾响彻长城内外。大寨，一时成为中国农村的希望与象征。

那么，这个原本默默无闻的山村是如何成为名噪天下的样板的？“农业学大寨”运动又是如何兴起的？这片大山里的黄土梁子究竟给新中国的农业发展留下了怎样的记忆？我在资料中了解一些。没想到，如今来了实地，却是另外一番景象。

看了当年忆苦思甜的大柳树，又去看了陈永贵的故居。

晚餐地点是在大寨当年人民公社的食堂。吃饭时，我们的团队又发生了激烈的争执。问题出在了明天的路线上。徐剑、刘克兴、古清生等人要去平遥，赵瑜、萧立军等人要去左权方向黄崖洞。我是去哪边都行，因为我哪里都没去过，所以我被大家划定为是“投机分子”“墙头草”。双方都在争夺我，后来我果断地决定：还是去不容易去的黄崖洞，平遥随时都可去。就这样大家达成了共识。

黄涯洞

第二天，我前往黄崖洞。一上路，大家的心情立刻好起来，景色太美了。

黄崖洞国家森林公园，雄踞山西省黎城县北境，方圆10多平方公里，海拔多在1500米～2000米之间，因一翼南向的黄崖峭壁中有一天然石洞而得名。它有峭壁千丈的悬崖，雄伟奇特的山峰，飞流直的瀑布，变幻神奇的云雾；它有高深的岩洞，茂密的森林山泉……

板山风光

从黄崖洞下来，下午按计划到板山顶峰吃自带餐。这时大家统一了思想和行动，一切按计划进行。站在板山顶，视野辽阔，心情澎湃，特别想与板山一同起舞。

“群峰壁立太行头”的板山，又名“拴马岭”或“左会垭口”，是山西从武乡通往黄崖洞的咽喉要冲，海拔2000多米。这里荟萃了太行山的壮美景色。“太行雄姿”“太行日出”“太行云海”和“太行秋色”从不同的角度和季节展示了板山风光的绚丽多姿。

井底小镇

山西的小镇也很美。玶底这个镇就在山脚下，真像是在井底一样。抬头看去，只能看到一小点的天空。我们顺着山路上了山，看到崖壁上的一座房子，要攀几十个石板台阶才能上去。院子里一妇女正在晒核桃，还晒了很多玉米、山楂等。她家的水管流出来的就是山泉水。有一条狗很温顺地过来和我“搭讪”，看样子我还很有狗缘。

几天下来大家很累，但都非常高兴。十一长假结束了，我们返程的时间也到了。

在返城的途中，大家又出现了分歧：两辆车拉开的距离有四五十公里，电话联系说，到了北京找个地方吃散伙饭。有人说去花花酒店，有人说去乔家大院，还有人说云南菜馆……到最后，还是没有完全统一。两台车只有各自安排。赵瑜的车里共计坐了五个人，赵瑜、萧立军、黄宾堂、金小凤和我，我们最后到云南菜馆，美美地吃了一顿。

吃饭时，我们很认真严肃地总结了这几天的行程，并深刻分析了行程中出现的问题。定性了几个人的罪名：动乱分子、投机分子、更年期提前分子（男人）、墙头草、酒鬼等……

现在是2014年，这走山西的旅行，算起来已过去快六年。前阵遇到宗大哥，还说起这事。如今，萧立军已退休两年多，宗大哥也退休，黄宾堂、刘克兴升官了，古清生到湖北神农架山上种茶去了，徐剑整天忙着写报告文学，我也当上了研究员……宗大哥是重情义的人，他感慨地说：找机会，叫上原班人马，再走上一趟。

悉尼·伊丽莎白大街539号

堪培拉，最寂静的首都

我和G住在悉尼伊丽莎白大街539号已经四天了。伊丽莎白大街539号是中国领事馆，是一位朋友给我们联系住在这里。一个房间80澳元，合人民币560元。我和G住在一个房间。白天参观及会议，到了晚上我们就去逛街，回来后我们一边点查所措的物品，一边聊天。

几天来，我们对悉尼的大街已有所了解，这个城市的主要街道、公园、大学及商业区我们都步行走遍。我们曾步行前往悉尼歌剧院几次，观赏了白天和夜晚的悉尼歌剧院的景色。

明天要去堪培拉参观。李先生跟大家说，早上7:30在楼下大厅集合。

G说明天要起早，用手机定好的闹铃：7点叫醒。

天亮了。G的手机闹铃在早上7点时竟然没有响。只听她在睡梦中说："老朱，快起来，来不及了。"

在澳洲的那些天，整个的日程安排都由G来决定，我一切听她指挥。那些天我非常依赖她。G的英语虽然不标准，但是对付日常用语还是没问题，她连用手比画再用笔写，问路吃饭买东西完全没问题。这么多年，我从来没有像现在这样依赖她，我不停地讨好她，说些如何崇拜她的话。我怕她把我扔下，我找不回来家。

我认定G是不误事的人。听着她说"来不及了"，我也迅速地整理。到了7:20的时候我们冲到楼下时，李先生已在楼下等我们，他说不着急，先到餐厅去吃饭。

餐厅是领事馆开的，都是中国餐，粥、咸菜，还有馒头鸡蛋，像在家里吃饭一样。

早上8点钟准时出发，前往堪培拉。

开车的师傅姓杨，兼职导游。杨师傅来澳洲22年，他对悉尼的政治、文化、地理等情况相当熟悉。一路上，他不停地介绍，并发表自己的见解。

我和G各自坐了一个长座位。望着窗外，天非常蓝且清澈，路两边的树木很多，时常看到有羊群。杨师傅告诉我们，从悉尼到堪培拉路上要三个小时。约11点时，我们到了堪培拉的唐人街。杨师傅说有40分钟时间自由安排，包括吃饭的时间，然后回到车上。

车上的十几个人一帮一对的去吃饭。我和G在唐人街转了一会儿，发现有一尊孔子像在街头伫立，备感亲切，我们与孔子合照。

转了一个弯，看到一家“面对面”餐馆，进来一看，其他几个人也在此吃面。我和G点了两碗面：蔬菜面12.9澳元，海鲜面18.3澳元，两碗面花掉人民币218.5元。

吃了饭，大家来了精神，上车后都很兴奋，有说有笑有唱。一会儿工夫就到堪培拉的国会大厦。杨师傅对这里很熟悉，他说，这里经常能看到澳大利亚的政府要员在此开会商议国事，这里是开放的，可随便旁听。

从大厦的外形看去，国会大厦非常壮美，高楼的顶部有一个38米高的钢雕塑，杨师傅介绍说，这个钢雕塑是全城的中轴线，放眼可以看到堪培拉的全貌。

杨师傅带着大家进了国会大厦，他说，从停车场就可看出，今天没有会议。

我们进入了议会大厅，在听众席上坐下，我环视周围，没有想象的那么肃穆。杨师傅给大家讲解了开会时座位的分布情况，还说有时会议争论时也会打起架来，就像在电视上看到的那样。

从议会大厦出来，我们来到国家博物馆。一进来就看到一群小学生坐在地中央，他们在这里上课，老师在讲解历史，孩子们很自由地听课。

博物馆的墙周围挂了很多照片，杨师傅说，照片上的人物都是历届的领导人，他还介绍了很多堪培拉的政治文化背景。还有一些历史建筑、建都图片、选址图片，跟其他的博物馆没什么差异。

大家从博物馆出来，眼前呈现了一大片绿色草地，还有一个很大的湖，树吓落地如地毯一样柔软。

G实在控制不跑步的欲望，她顺着湖边的小道跑了一圈。她的红色裤子在绿地碧水间，映得那么美丽。

大家坐在草地上不愿意离开，这时夕阳已出现余晖，我们不得不再启程。

这时我们看到了一家人在绿地上支起一个房子，他们是动物保护者。我们走上前与他们交流着。

前往堪培拉的使馆区。参观使馆区是驱车前行的，每到一个馆前，杨师傅就介绍一番，每个国家的使馆建设都很有特点，风格各异。中国使馆尽显了中国元素。美国使馆是最大的，门前有警卫守着。波兰使馆的外部全部是玻璃风格，很好看。

我们围绕着堪培拉的市区转了一大圈，路上的行人和车辆都非常少。下午4点钟的时候，我们准备返回悉尼。许子东教授说：这是最寂静的首都。

从堪培拉到悉尼的路上，没有村庄，只有茂密的树木。大家都在车上睡着了，又是G大呼到，快看窗外，天上有好大的月亮啊！大家都被她吵醒了，一齐朝外看。这一天是阴历十五，正是月圆时。有人说，澳洲的月亮比中国的大啊。我也觉得澳洲月亮真的是大，可能是因为天空清澈原因吧。

感谢悉尼的月亮

8:10的时候，我们回到伊丽莎白大街539号。我和G放下东西，准备再去悉尼的唐人街，吃饭、逛街。

我们找了热闹的一条街，这里全部是咖啡馆、酒吧、餐馆。

G说今天她请我吃饭，我知道她的用意。那几天是我最难过的日子，是我人生中情绪最低落的日子。因为单位的鸡毛蒜皮的事，近阵一直烦扰着我。在从澳洲回去之前，我必须做出一个决定：是继续跟他们斗争？还是静静地离开？

G开始只要了两杯红酒，两份烤肉，我们俩靠墙边的地方坐下来，地方很小，周围的座位几乎是人挨着人，但相互都不会影响，我喜欢这种氛围。

我和G说了很多话，她宽慰着我。

那是个有月亮的夜晚，在悉尼。

我哭了。G也哭了。我们哭得很放肆，哭得很畅快。

我说，再开一瓶红酒吧！我请你喝，我们别一杯一杯地喝。于是，就又开一瓶红酒。

女人间的宽慰，是真诚的。那种力量如此之大，无法想象。

非常感谢悉尼那个夜晚的月亮，更感谢G的宽慰。

也就是在那天起，我和G认定一句话：形势一片大好，前途无限光明！

以后的日子里，我们用这句话相互鼓励着。

那些天，我们还爱上了UGG。

UGG是一个带有传奇色彩的羊皮雪地靴品牌。一战时期，澳大利亚飞行员用两块羊皮包裹成鞋子穿在脚上御寒，后来逐渐在澳洲流行开来。看似笨笨卡通的外形却风靡了欧亚大地，如今又在全世界都刮起一阵流行风。

贝尼朗岬角海港大桥的夜晚

本来，从堪培拉回到悉尼的那个晚上以后，此行的会议及活动就此结束。

还是G的主意，要去墨尔本看看。这个决定让我欢呼雀跃。

我们在唐人街上找了一家中国人开的旅行社，当即订票，明早上就去墨尔本。当时旅行社的人劝说让我们参加他们的团如何如何好，G断然拒绝，决定两个女人游历墨尔本。G曾在北京花98元钱买了一本游澳洲的书，以为可以独立行走了，细看书时才发现什么也帮不了。

记得那天晚上，我们在回539号的路上，一路走着一路想，明天到了墨尔本怎么办呢？谁都不认识住哪里？这时G突然想起了邵彬鸿，记起邵彬鸿在墨尔本有一个好朋友。于是越洋长途就打给了邵彬鸿。没说几句，聪明的邵彬鸿就听明白，说你们等着，我马上打给丽娟打电话。不一会儿工夫，邵彬鸿打回来电话，说因为与丽娟多年不联系，电话都变了，一下子联系不上。邵彬鸿还说，你们别急，今晚上我一定找到她，你就等着接丽娟的电话吧。

有了邵彬鸿的这句话，我是彻底放心了。其实G一直很自信，我相信她的自信。

我和G在等待中，又来到了通往悉尼歌剧院的乔治大道。我们伴着美丽的景色步行着，小声唱着跑调的歌。G喜爱邓丽君，她学唱邓丽君的歌时，我听着实在难受。但此时，我必须说她唱得好，唱得比邓丽君好八倍。

我们在海港大桥旁很高的一座大楼前停下，这里有一个小广场，亮光很亮，对面能清楚地看到悉尼歌剧院的夜晚全景，太美了！真是世界奇观！

我跟G说："我请你在歌剧院对面那个最高的豪华大厅喝杯咖啡。"我们乘电梯上了楼的最高层，大厅里静静的，没有几个人。我们站在窗前，朝歌剧院的方向看了几分钟，很礼貌地与服务员说了声"I'm sorry"，很快就下楼出了大门。我俩对视着，小声地笑起来。

我们沿着悉尼港湾继续往前，朝着著名的贝尼朗餐厅走去。

这时，G的电话响了，上面没有显示号码。电话是从墨尔本打来的，是丽娟！G放下电话冲着我说：明天丽娟去墨尔本机场接我们。

此时，我们俩高兴得没法形容。若是在中国，我们会大喊大叫起来，在国外，怎么着也得注意点形象。当我们来到贝尼朗餐厅时，已没有了位置。我们愤然离开。

朝着伊丽莎白大街539号方向走去。此时才发现我们走的不是乔治大街，再往前走不知道是哪里。G说："不管了，往前方走吧。"顺着一条路向左转了一个弯，突然发现了两个巨型的石雕塑在灯光下呈现，造型既抽象又具象，看上去像两个鸡蛋，石雕塑在灯光的映照下很有艺术感。我们拍照后总结说：记忆中又多了一个影像。

时间已到了夜晚的了11点多钟，我们不知道此地离我们住的539号还有多远，G说："凭感觉往前走，到前边的路再向右转。"向右一转的时候，就来到了悉尼的海德公园，那里有大片洁净的草坪，百年以上的参天大树，虽然是夜间，还是能感受这里的美丽。真是意外的收获。我真服了G的感觉。穿过海德公园，又过了一个小火车站，马上就到了539号。

我跟G说："悉尼豪华餐厅的大餐和咖啡没敢享用，贝尼朗餐厅没位子，只能请你吃点便利店的小饼奖励了。"G兴奋地去点餐。

尽管这样，我们还是美美地、愉悦地享受着。

G把手机的闹铃定在了早晨6:10起床，去墨尔本。我们睡觉时已是凌晨1点钟了。

墨尔本

G的手机闹铃在早晨6:10响起。因为要离开伊丽莎白大街539号的中国领事馆三天，要先把房间退掉，所以我们把行李寄放在了一楼的服务台，三天后我们还要回到这里。

一切都收拾好我们就打的奔向机场。这里离机场很近，20分钟的路程就到了。

而我们飞往墨尔本飞机是8:45，我们早到了一个半小时，G说，没必要要机场等候一个小时，她立即去改签了机票，改成7:30起飞。

G又为改签成功大显喜色，我只能不停地说："你真是伟大英明正确!"

为了讨好G，我去买了咖啡和三明治，我们一边走一边吃着喝着，直接奔向36号登机口。这时路过一个商店，G买了一个绿色的大花包，20澳元（上边写着Made in China，合人民币140元，后来回北京看小店里只买50元人民币）。

早点吃了，花包也买了，这时我们也来到了36号登机口。

G给墨尔本的丽娟姐发了一个短信，告诉她我们会提前一个小时到墨尔本机场。

我和G的座位不在一排，21E、22E，正好一前一后。我的左边是一位先生，右边是一位女士，他们都在看书。我也从包里拿出《小姨多鹤》。

这几天我发现，在澳大利亚的公交车、地铁、广场上，随处都可看到读书的人。去年我去德国，这种现象也到处都是。据说这两个国家是阅读人数最多的国家。特别是女人，喜欢读书的人更多。因为男人还有足球、啤酒陪伴。

这时送水和食品的车过来了。

G问我：喝什么？

我说：一杯果汁吧。

服务员说：4美元。

我说：不喝了。

服务员说：白水不收钱。

我说：那就喝一杯白水。

我和G对视着，偷偷地笑着，心里说：在我们中国的飞机上，喝10杯果汁，一分钱也不收。我注意看，整个飞机上，只有少数几位刷卡买了咖啡或者果汁，大多数人也都是喝白水。服务员的小推车很快过去了，飞机又开始安静。

从悉尼到墨尔本的时间是一个小时多一点。我闭上眼睛，不知道此时身在何处，只感觉是匆匆地在路上。这也是我希望的：只要在路上！墨尔本是什么样子？对我来说是无所谓的。

但我此时还是细细地想，丽娟姐是什么样子？

飞机在墨尔本机场降落，慢慢地滑行着。

在加拿大东部的三天

去加拿大的人，大多都会去参加“加东三日游”，这是一条精品的旅游线路。一路上领略渥太华、蒙特利尔、魁北克那里的美丽风光。

多伦多—渥太华—蒙特利尔

2012年5月9日星期三

手机的闹钟在早晨6：18响起。快速起床，快速洗漱，快速收拾东西。

李坤6：30已在一楼等候。他送我们到集合地。只见一辆红黄相间的大客车停在那里，上面写着“安泰旅游”的字样，车号90027。

很快，车上的人满了。司机发动了车，导游上来做了自我介绍。他姓张，叫瑞克。司机是位加拿大中年男人，叫加宝（音）。导游首先问大家都能听懂什么语言，于是决定，这一路他要用粤语和国语来为大家解说。他简单地介绍了在加拿大东部这三天的行程及要求，同时收取这三天的除了报名时每人交的260加元外的费用共计149加元。他还说，到最后一天时，还要收取小费每人每天9加元。第一天要住在蒙特利尔，路上约要10个小时。听上去很可怕。他说这路程虽然很长，其中还要看几个景点。

我的座位是9号。我拿出了小本，想写点什么，或者把这一路上看到的记下来，因为每次出游后，回来都想不起来到过哪里，大多是“上车睡觉，下车撒尿，停车看庙，回家全忘掉”的情形。我靠在座椅上，听见身后的她们不停地说着话，隐约听见是在回忆过去曾一起去过的地方，很惬意的感觉。她是爱动感情的人，她像一个初中生一样恋着一个非常成熟的男人。她是伤不起的女人，她会刻骨铭心地爱，也会彻骨地痛。我曾不止一次地说她，清醒点，理智点，可是她做不到。我怕她受伤，不愿意看到她难过。

天开始阴了下来，马上要下雨。90027沿着安大略湖边一直向东行驶着。

安大略湖是北美洲大湖区最东和最小的湖泊。北为加拿大安大略省，南为美国纽约州。湖盆面积70,400平方公里。曾在很多文学作品中了解到安大略湖，想象着它的美丽和神秘。近在咫尺地看着它时，我却感到了些许的忧伤。湖面静静的，因为阴天，它呈现的是灰灰的颜色。

我似乎睡着了。迷迷中，似乎还听着导游在讲解。导游的声音很磁性，听着让人感到舒服。他介绍说：这一路我们会看到加拿大东部的风土人情，会看到安大略省及魁北克省的古迹，参观最早的印第安人的安居地。导游说这个地方有着远古的历史，二战以后安大略经济继续迅猛发展。多伦多地区吸引了大量的移民。自1980年后，很多移民来自欧洲以外的地区，安大略也成为一个多民族的省份。上世纪70年代以后，由于魁北克独立运动的影响，很多商业也从蒙特利尔转移到多伦多，使得多伦多超过蒙特利尔，成为加拿大最大的城市。当时英国打败法国后，成为英国的殖民地。而安大略省的魁北克市是最早的城市。

90027行驶了一个小城，导游介绍说这里是皇帝城。因为当年战争打仗时，这里的居民是最忠于皇帝的，因此而得名皇帝城。这个城内大多为军队驻足，还有联邦监狱。城内的建筑物大多为灰色，也称石灰岩城。城里有一所大学叫皇后大学。整个城市的组成由军人、学生、老人、囚犯组成。

约到中午的时候，到了渥太华，大家在一个自助餐馆用餐。之后来到了渥太华的国会大厦广场。坐落在渥太华河畔国会大厦是渥太华著名的建筑群。资料介绍，大厦中央有陈设着加拿大各省标志的大厅和一个高88.7米的和平塔，塔顶有个带着53个铃铛的钟琴，塔内有战争纪念碑。塔的左、右分别是众议院和参议院，后面是规模宏大的国会图书馆。

城内有渥太华河由西向东湍流而过，将整个城市南北分开。南部居民是英国移民后代，讲英语；北部居民是法国移民后代，讲法语。里多河自南向北穿城而过，注入城北的渥太华河。渥太华为加拿大第四大城市，其独特的文化个性、优美的渥太华河风光、闲适的生活情调，让游人非常钟情。

由于我们的时间紧，没有进入到里边去参观，只在广场的四周转了半个小时拍照。

之后驱车来到加拿大皇家造币厂参观。加拿大皇家造币厂隶属于加拿大联邦政府，包括设在渥太华和温尼伯的两家造币厂。温尼伯造币厂负责流通硬币和代币的生产，渥太华造币厂则专门从事贵金属币的生产。加拿大皇家造币厂以其技术创新而著称，它是世界上第一家生产出99.99%普制金币和99.999%精制金币的造币厂。其贵金属纪念币的立项可自行决定。

为游人讲解的是一位加拿大小伙子，他只讲英语，非常生动。我一句也听不懂，只能看着他的手势，知道了币的制造流程，很开眼界。

当我们再次回到车上时，导游告诉我们，两个小时后将到达蒙特利尔。这一路上还能看到世界各国驻渥太华的大使馆，也就是进入使馆区。90027沿着渥太华河行驶，各国的使馆都在路的两旁。景色秀丽，树木茂密。

慢慢地，车上静了下来。她在我的身后发出了甜睡的鼾声。我回过头看了看，羡慕地笑了。

两个小时很快过去，蒙特利尔已出现在了眼前。入住是喜来登酒店，门号为1201，标志为“S”在蒙特利尔的市中心。这时已是晚上7点钟，天还大亮。游团不管晚饭，让自己解决。找到了自己的房间后，我们一起下楼商量着，先在街上逛一下，然后再去吃饭。

出了酒店大门不远，就看见了两个教堂，导游曾介绍说，这个城市有大小二百多个教堂。

这个城市非常古老而美丽，到处灯火辉煌。商店的橱窗内，鲜艳夺目的商品映入眼帘。为了留下对蒙特利尔的记忆，我还是给马头琴买了一件海蓝色的T恤，花了19美元。

我事先就说好了，要请她们去酒吧喝酒。我们选中了一家热闹的酒吧，他拿过菜单，点了三扎1.5升的黑啤酒。我看着他与服务员交流，她在一旁笑。我听不懂英语，不知道他们在讲什么笑什么。他说，服务员正在阻止他点三扎啤酒，说量很大，喝不完的，先来一扎，喝完再点。

多好的建议。若在中国，恨不得你点十扎他们才高兴。

又点了一个比萨、一盘猪肘，量都很大。三人碰杯。

这个酒吧的气氛非常好，电视上正播放着足球比赛。他说他更喜欢看篮球赛，她也应和着。酒吧的灯光昏暗，加上酒的魅力，她的脸面如桃花，她依偎在他的肩膀上，俩人拉着手。我坐在他们的对面，看着他们的幸福，拿出手机拍下了此情此景，记忆留给了蒙特利尔的夜晚。

约23点时，我刷卡付了81美元加上9元的小费。我们离开了酒吧，回到了喜来登酒店。我给马头琴发了短信，想问一下曹操的情况。马头琴向来机德不好，他不会及时回复短信，我也没指望，只是在睡觉前想念一下马头琴。

明天将要参观蒙特利尔教堂。

蒙特利尔—魁北克

2012年5月10日星期四

早日上5：30醒来，看到马头琴发来的短信，告诉我，他从杭州已回到北京，曹操也从张建家接了回来，正在上康城玩耍。因马头琴去杭州开会时，把曹操放在张健家里三天。

既然醒来，我决定到街上走走，看看蒙特利尔的早晨。也想着去给他们买些早餐回来。我在出酒店的大门时，努力记下了这里的路线。我不会说英语，如果找不到回来的路，会很麻烦。街上的人稀少，远处只有人在晨练，我发现，早晨的街景与昨天晚上看到完全不一样，我顺着昨天晚上走过路又走了一遍。商店橱窗的灯光依然亮着。从昨天晚上来到蒙特利尔利这个城市后，我的感觉是：这是个温暖的城市。

走到一个便利店，我用手指着一种蛋糕，然后伸出三根指头。服务员明白了我的意思，给我装上了三份蛋糕，我把卡递给他，之后从机器上出了一张纸，我签名后，就算完成。此时我很得意我自己的举动。

明明是顺着来的路往酒店走，可是怎么看都不对劲，不是原来的路，我心里有些怕。身后有一个黑人一直跟着我，我装作淡定朝前走，那黑人与我并齐时，他说："Hello!"我不敢看他，一直朝前走。我的步伐加快了，那黑人也不再跟随。我的心松了下来，再看前边的路，已到了尽头，只好返回，这时我记起来昨天导游说从"1166"号这个路口进来就是酒店，我开始找1166。其实这条路就在我左手的方向，我一直没有离开这一方圆。走进1166路口，我看到了那个S的标志，酒店找到了。

我泡了两杯红茶，发了短信给她，让他们过来吃点早餐。

7:15时，来到了酒店一楼大厅集合，准备出发。

90027已停在了外面，大家纷纷上车。导游问，大家知道的著名人物有没有加拿大人？有人说那位唱歌的席琳·迪翁，有人说了一些不太知名的，不知道是谁说出了白求恩的名字。只有这个名字，才是中国人都熟悉的。他不远万里来到中国，而现在是中国人不远万里来了加拿大。

蒙特利尔有着浓郁的教堂文化，直到今天仍然在修建中的圣母院大教堂是最漂亮的大教堂，门票5美元，这个钱不在团费中，需要另外交。而皇家山麓的这个圣约瑟夫教堂的门票为3美元，据说这个教堂是世界上游客到访最多的宗教圣地之一。教堂高97米的巨型圆顶仅次于罗马的圣彼得教堂。

参观时，天空一直下着小雨。

90027的团队来得比较早，是教堂的第一批客人。一进到这个教堂的院子内，就看到教堂的左下方有一组由56口钟所构成的乐钟，总重超过1万公斤，是北美最大的一组乐钟。资料上说，这56口大钟原本是要用来放在巴黎埃菲尔铁塔上，因技术上的问题而放弃，后来就将它送给圣约瑟夫教堂。

来到这里后，导游给大家讲了许多故事，我听得最清楚的是一位叫安德烈的修士的故事。那么，安德烈是什么人呢？这个出生于1845年8月9日的男孩子，把他的一生都献给了教会。当1870年他来蒙特利尔圣十字架修道会初修院的时候，他的身体状况令人担忧，怕他担当不起圣召的使命，于是他的上司就他给他指了指门房，从此安德烈在这里一站就是四十年，从没离开过……他是一位热情的修士，他在看门期间开始接待精神受到创伤的人们，鼓励他们。他是一个奋斗不息的，一个心地宽厚、心胸博大的人，一个献身给上帝的人。“他一生都在向上帝说他人的事，对他人讲上帝。”安德烈活到92岁，他一生都在宣讲——爱。

从圣约瑟夫教堂出来，还在去圣母院大教堂。我说不进去了吧？于是我们朝着前方的台阶走去。下了台阶向西走，是卖各种乐器的一条街。再往前走出二百米左右，往左前方一看竟然到了“唐人街”。离集合的时间还有20分钟，我们就朝唐人街的方向走去。因为是上午九点多，商铺还没有开门，只见这条街道非常脏乱。全世界的唐人街都是如此脏乱。同样的环境，同样的气候，为什么有中国人经商的地方就会出现这种脏乱的现象？

90027的下一站是参观蒙特利尔著名的斜塔。我看了有关资料介绍说，作为蒙特利尔奥林匹克馆的一部分，蒙特利尔塔是世界上最高的斜塔，地面高度为175米，倾斜度为45度，而比萨斜塔才只有5度。这座塔虽然是在1976年蒙特利尔奥运会开过以后才建造完工的，但是现今却是蒙城的一项重要旅游景点。自1987年开放至今，有近700万人前来登上瞭望台观看蒙特利尔大区全景。为举办第21届奥运会，蒙特利尔市耗资巨大。除了对原有的体育场馆进行翻修改建外，又在距市中心3公里处的梅宗涅夫公园内，修建了奥林匹克中心体育场，高达19层的奥运村及其他10个场馆。还有能容纳7万多观众的主体育场和占地1253平方米的赛车场。当时，加拿大正面临经济萧条，工人长期罢工，工程却一再延期，结果出现了严重赤字。为此，蒙市为奥运会大伤元气。可惜的是，在那一届奥运会加拿大国的选手没有拿到一块金牌。一场奥运会不但没有使蒙特利尔昌盛起来，反而负债累累，不得不用建造赌场的方式来赚取外快。

大家排着队，等候着缆车的到来。导游告诉大家，别急，一车都能上去。我心想，这么高的斜塔肯定是像坐电梯一样吊着上去。缆车共有两层，我们上了靠近司机的上层，看着缆车徐徐向上升去，竟然没有升的感觉，像是坐地铁。本来还在担心像疯狂“过山车”，怕心脏受不了，结果却发现，缆车始终是出于水平状态的，感觉很平稳很舒适。操纵缆车的司机穿着白色制服，很帅气。

不到十分钟，缆车就到了顶！一出电梯，一堵漂亮的玻璃墙呈现眼前。塔顶四周全是赏景的好地方，放眼望去，蒙特利尔城全景尽收眼底。蒙特利尔是一座岛城，东部是渥太华河，西部是圣劳伦斯河，鸟瞰全城非常漂亮。在塔的顶端可看到当年奥运会各个场馆。据说这里的风水不好，主场比赛加拿大没有赢过。

时间到了中午12点钟。90027前往吃中饭的地点。还是一个小时的吃饭时间，然后驱车前往魁北克，路上需要两个小时。车开后，导游又开始讲解魁北克的历史，此时大家都有些困意，有些人已睡着了。

我清醒着，一直看着窗外的细细小雨，路边的树木葱绿。

魁北克南部边界和美国相接，西部达到渥太华河和安大略省，北以詹姆斯、哈得逊和昂加瓦三大海湾为界，东面是拉布拉多和圣劳伦斯湾。魁北克土地约一半被森林覆盖，80%的人口生活在南部圣劳伦斯河沿岸地区。

90027开到了魁北克最著名的古堡酒店前停下，给了两个小时的自由活动时间，然后再集合吃晚饭。先是把古堡酒店参观了一下，说这里是最贵的酒店。然后又顺着街道向老城区走去。

走过有着400年历史的魁北克古老街道，琳琅满目的全是印第安这个民族的文化艺术品。虽然印第安民族在逐渐地萎缩，可他们的文化，在北美地区，显然还是一种真正土著的文化，所以每个城市都或多或少有一些有关印第安文化的宣传。但很少如魁北克这样，用了一条古老而狭长的街道来集中展示。这个城市如今虽以旅游业为主，但生意似乎静悄悄的，听不见叫卖声，也没有讨价还价。这里的人都说法语，会少许英语。

我一直想在这里到找最原始的手工制作的工艺品，可是走了几条街道也没有找到，看样子原始手工的作坊也被全球一体化的商品经济给搞没了。这时一家有着印第安风格的小店吸引了我，她却看重了一条皱巴巴像抹布一样的裙子，照着试衣镜自我欣赏。这时他走过来，连连赞赏说：不错！再看她正犹豫的眼神立即变得喜悦，当即买下。在付款时，与女店主交流，得知女店主的儿子在中国重庆读书，也曾来过中国。于是，她合影留念。我则在另一家店买到了一件男士穿的T恤。

晚餐是在魁北克的一家西式餐厅。是事先预定好的份餐，若吃一份龙虾需再加7美元。我们都加了一份龙虾。

我孤陋寡闻，魁北克这个小城，以前我都没听说过。这里是法国的殖民地，当地人只讲法语，人的长相更接近法国人，非常讲礼仪且举止优雅。每一个商店的店主打扮都十分讲究。沿着一条窄窄的小路，上百年以上的房屋随处可见，每一家的建筑风格都不同。靠街边的一楼，基本上是服装店、工艺品店、咖啡馆和酒吧。

魁北克因为历史的原因，在加拿大国家体制内享有很多特殊的权利，在社会福利等方面极为占优势，在法律体系上也独树一帜，所有公民都享受免费的医疗。

到了晚上，全城的灯光都亮起，远远望去，如星一样斑斓。超市物品很多，跟中国的超市一样。我拿了一袋面包、一袋香肠还有三盒酸奶。收银员是一位亚洲样子的小伙子，他试着说了一句“你好”，当我问是不是中国人时，他说他是韩国人，会讲几句中文。

本来还想朝着灯光密布方向再走走，往前望去，似乎很远，怕迷路，还是回了。我想明天早晨起来，沿着圣劳伦斯河边走走。

千岛湖—多伦多

2012年5月11日星期五

早上四点多就醒了。打开窗帘，看到安静的魁北克小城干净的街道，一座座古建筑映入眼帘，小雨仍然慢慢地下。

时间还早，想再睡一会儿。

刚想再入睡，收到主编发来短信：“据悉，池莉在写一个新中篇《女医官》，务请联系池莉，在《中国作家》发表。”

我立即联系了池莉：“亲爱的池莉，我在加拿大魁北克城问候您。我刚接到主编来信。如下：……”我把主编的信转给了池莉。

池莉很快回了信：“呵呵！好可怕的主编啊，他怎么知道我的未来计划？记住了主编与你的约稿！待写好再说。祝旅行愉快！”这时是北京时间的傍晚。

今天的行程是要返回多伦多。下午将要畅游观光千岛湖的美丽风景。

上午沿线参观夏城区，这是法国人最早在此生活的地方。中午又到了蒙特利尔辖区的一个服务站吃饭。导游说，在这里可以买彩票，有中大奖的机会，5美元买3组，最高奖金5000万美元。

离开蒙特利尔驱车近两个小时就到了千岛湖风景区。如到了天堂一样，太美了！真是无与伦比的美。大家坐船在湖中游览，蓝天白云碧波，形状各异的房屋、小桥点缀在湖中岛上。加拿大的千岛湖是世界闻名的旅游景点，也是加拿大的三大自然奇观之一。千岛是指在安大略省的迦纳诺魁和京士顿之间，沿着圣劳伦斯河散布着一千八百多个大小不一的岛屿。湖中心的分界线将千岛湖一分为二，南岸是美国的纽约州，北岸则是加拿大的安大略省。在一千多个岛屿中，2／3在加拿大境内，而美国拥有的岛屿则面积比较大，并有深水水道通往五大湖。

我们看到一座连接着美国和加拿大的大桥横跨千岛湖面，犹如一条天然的彩虹。在著名的扎维孔岛上，有世界上最短的国际桥，它像“扁担”一样，一头挑着加拿大，另一头挑着美国。据说是美国通用公司的总裁买下了这两个小岛，岛的全长4米，有人称它为“情人桥”，这个岛上挂着三个国家旗帜：加拿大、美国、法国。

千岛湖上还有一座古堡的名字为博尔特。1900年时，百万富翁乔治·博尔特投资2500万美元，兴建罗宾兰德古堡，以献给他的妻子露易斯。然而，不幸的是，1904年他的妻子去世。他伤心欲绝，再也没有踏上这个岛，将这个岛捐给了美国政府。听其导游说，以前轮船上的人可以上岛一游，只要有身份证或驾驶执照就可放行了。而现在没有美国签证你就别想上岸。

每一座岛上的城堡里，都有一段鲜为人知的故事，有爱、有恨，有幸福、有忧伤……

而来这里寻访的游人，也会带着不同的心情，也许你的故事正好与古城堡里的故事吻合。

离开千岛湖，90027没有再停车，直接回到了多伦多。大家在车上睡得东倒西歪。

约晚上7点半的时候，我们回到了出发时的地点，李坤已在此等候。

结缘香饵胡同

每个人的记忆都是有依赖性的。儿时的记忆，会在人的一生中留存许久，也许会伴随一生。有些在海外漂泊多年的人，回到他儿时生活过的城市或者乡村，他都会去寻找他曾经的记忆，或房屋，或建筑，或一棵树，或一口井……这些记忆，无论多少年，都会重新呈现。

作为一个外地人，对北京的印象和记忆总是复杂的，这种复杂，有敬仰、有希望、有梦想、有怀念、有批评、有建议、有个人的感情，也有个人的不满。对北京这个城市的概念和定义，也怀有多种理解和想象，有时希望北京的各个层面都发展得再快一些，有时又希望她发展得再慢一些。北京作为世界文明的古都之一，有着丰厚的文化底蕴，那些人文的、地理的、历史的古迹，代表着中中华民族的发展历史，希望北京城永远散发着迷人的魅力，希望北京永远保持古城的样子，保护好那些古老的特色建筑，希望几百年留下来的文化让后人再完好保留下来。

北京太大了。北京的历史文化太丰厚了。但我却与“香饵胡同”结了缘。

我在长春工作，经常来北京出差。要说北京的变化，近十年来是飞速的，真可谓是一天一个变化。北京的变化，不能仅从外在形式上的变化着眼，更重的是内的在、人们心理上的变化。

我第一次来北京，是1985的夏天。那是我大学毕业后参加工作第一次花公家的钱出差，记得当时从长春到北京的火车票是20元钱左右，我的工资是50多元。当时我是作为教师进修学院的研究员带着中小学十几名老师来北京看美术展览的。我们十几个人从长春坐了近20个小时硬座火车来到北京。那时候外地人来北京，住宿是非常难的一件大事，我们是经朋友介绍，才在北京东城区香饵胡同附近一个宾馆的地下室住下，因这里离中国美术馆还算近。记得那个地下室当时住了几十个人，床铺也是那种像行军床一样，临时安排的。那时我们出差进京开会的住宿是有标准的，厅级领导才能坐卧铺住标准间，我们普通老师只能坐硬座住地下室，就算地下室，也非常难住。我们住的附近，就是簋街和北新桥。从那时起我就记下了这些好听的名字。而且成为了我的一个情结，以后每次来北京，我喜欢与一二好友骑着自行车，在北京的大街小巷闲逛，看着街道胡同的标牌：香饵胡同、花梗胡同、朵儿胡同、土儿胡同、簋街、北新桥、雍和宫、交道口、剪子胡同、细管胡同、耳朵眼胡同……

我喜欢北京这些街道和胡同的名字。每次读着这些词，就如同听着一位历经了沧桑经历了风雨的婆婆在给你讲诉她的故事。而每一位听故事的人，都会把自己当作故事的主人公，扮演着适合各自的角色。北京城的故事就这样一代一代传讲着，故事的主人公也随着时间一年一年地流动更换着。

我喜欢北京的胡同，喜欢北京的四合院，喜欢北京的小巷子，喜欢北京的味道，喜欢听那纯正的老北京人说的京音，如同体味着老舍的《茶馆》和《四世同堂》。在胡同里，看着那些在路边闲聊的人们，一个四合院内住着几户人家，邻里间和谐而融洽地生活在一起，不由地让人羡慕。

慢慢地，胡同变得越来越窄，四合院越来越少了。胡同的四周盖起了高楼，当你走在北京的这些古老胡同和街道上时，读着路牌上那些好听的名字，看着房屋的门脸不断地被修整、不断地被包装打扮，犹如一个如花似玉的姑娘被画了妆，等着待嫁。

记得2001年春天的一个上午，北京的天空灰蒙蒙的，刮着的风不时卷起地上的一些脏物。路上的行人们个个灰头土脸，漂亮的姑娘们为防风沙戴着口罩，或头上蒙着纱巾。那是时候，北京的天空总是灰色的，很少能看到蓝蓝的天空和明媚的阳光。

朋友带我来到来到香饵胡同的一个书店。书店很小很黑，但里边常常有好书，有绝版的书，有低折扣的书，我来过多次，每次来这里淘书，都会有很大的收获。书店的周围，是一片很旧的居民区，一大片低矮的平房破烂得无法描述和想象。旁边的东四北大街，也显得破烂而拥挤。我看到上下班时间，116路、106路公交车在这里行驶，自行车的人群更是浩浩荡荡。我体会到了北京市民的日常生活。

也就在2001年春天的一个上午，听说香饵胡同附近的这一大片老房子将要被政府有关部门规划，要建设成一片新的小区。

也许我与香饵胡同命中有缘。

经朋友介绍，就真的在这一片还在规范中的图纸上买了房子。当时看到的只是图纸和一大片破烂的平房，无法想象三年后交房子时是什么样子。更没想到，三年后的2003年，北京地铁5号钱也这里开工了。

香饵胡同的旁边，有一条美食街，叫“簋街”。我也就是在2001年时，才能准确地读出“簋”字，附近还有北新桥的名字，但我无论如何也没有找到北新桥的“桥”。

至于“簋街”名字的由来，据说是来自老北京的“鬼市”。早年北京那些以贩卖杂货菜果为主的集市，后半夜开市，黎明即散，摊主以煤油灯取亮，远处看上去灯影憧憧，故名“鬼市”。还有一种通常的说法是东直门内大街餐厅生意红火，由于来此宵夜的出租汽车司机众多，大部分门脸儿都一直开到凌晨三四点钟乃至通宵，因此这里又被人称做“鬼街”。后来商委把这里命名为“东内餐饮一条街”，还修了酒杯的铜雕塑，就用上了有点文言的“簋”字。至于北新桥，传说桥下边有个海眼，桥旁有一座庙，庙里呢有一口井，井里面锁着一条兴元龙，北新桥就是为了镇住海眼的。为什么叫“新桥”？传说这条龙是苦海幽洲的老龙，占了北京不知多少年了，燕王修了北京城后它就待不住了，一生气就想出了个坏主意：让北京发大水，赶走了燕王他们就可以继续占着北京了。于是在北新桥这个海眼发起水。大水淹了金銮殿，燕王就找来刘伯温，刘伯温自然能算出是这条龙，就派姚少师出马，这个姚少师原本是降龙罗汉下世……

虽说这些都是民间故事，是传说，但确认，香饵胡同、簋街和北新桥的历史已久远了。

从北京的胡同，看北京的变化。我住到香饵胡同这片新区是在2003年，眼看这周围在一天天地变化着。北京5号线地铁为在2008年奥运会在北京召开之前如期开通，我曾带着父母坐着5号铁去看了鸟巢和水立方。东直门通往机场的快轨也同时开通，我也有幸在第一天坐上了这次快铁，真正感受到了快铁的快。

申奥成功后，小区内胡同里多了很一些大妈“志愿者”们，常能看到她们那种认真负责的态度，真有一种“我爱我家”的精神，很让人感动。近些年来，在我的视野左右，马路在变得整洁，花草树木绿地在城市空间中变大，广场的文化活动也丰富多彩。人们的精神气质也在变化，变得更加自信和自豪。

2008奥运会期间，簋街美食一条街彻夜灯火通明，那连成一片的红灯笼，让夜景变得更加美丽。来自全世界的友人们，慕名来此品尝中国的传统美食。也就在北京5号地铁建成开通之际，北新桥的“桥”也在地铁附近口建成了。

北京地铁5号线开通时，在北新桥设立一个站。

于是，香饵胡同这一带成为了宝地。

三月雪

三月初，东北下了一场很大的雪，据说有六十多年没见到过这么大的雪了。对于东北人来说，看到雪，并没有太多的稀奇，只是在三月里下雪，还是少见的。

而三月雪，对我来说，却有着不堪回首的往事与故事……

记得1990年的三月初，也下了一场很大的雪。那场雪落在地上，很快就融化了，留在地上的是一片黑黑的雪水和脏乱的痕迹。那一场雪是后半夜开始下的，到天亮时已经停了。

那个夜晚，我几乎是醒着的，我打开窗帘的一角，看见白色的漂亮的雪花轻轻地洒落在地上，然后就化成了黑黑的雪水流走了。

此时我的泪水也不自觉地流成了一条河……

我听见他在另一个房间里收拾东西，在捆书。因为第二天的清晨，小宗和几位朋友要送他去他的城市。这时好像是凌晨三点左右，我听到他在轻轻地敲我房间的门，并轻声问："停电了，家里有蜡烛吗？"我没有回答他，我怕把儿子吵醒。于是我也轻轻地起来，到厅里鞋架的抽屉中找出蜡烛给他。他点亮了蜡烛，借着光我看到他已捆好了几十箱子的书，地上还扔了很多，书架里还有一些没有捆完。当时家里有近两万册我们共同喜欢的书，那是结婚近十年积下的最大一笔家产。

但在离婚协议上，我们商议决定：所有的书——归他，儿子——归我，房子——归单位。

我小声说："一会儿你到外边去吃东西吧，我要让儿子起来洗漱，然后上幼儿园。我不想让他看到你在这儿乱七八糟地收拾东西，等我带他出门后，你再收拾和搬运好吗？"他同意了。

等我要送儿子去幼儿园的时候，小宗他们来了，还有小郝等几位朋友。我与他们打了招呼后就带着儿子走了。我不想看到他们搬运东西走来走去，那场面大家都很尴尬，小宗和小郝他们也是我的好朋友。送完孩子我尽量在外面待的时间长一些。

两个小时后，估计他们应该走了时候，我回到了家。打开门时，那场面让我现在也不能忘记。

每到下雪的时候，我都会立即想到那个场面。因为夜里下了雪，又化成了黑黑的脏水，他和他的朋友们，在搬运东西的时候，没有任何人来照顾一下地上淡绿色的纯毛地毯，那些大泥巴脚，就是那么没有情意地在地毯上面重重地乱踩一通！加上扔在地上破纸和乱书，可以想象，这房间成什么样子。

他就就这样扔下一片狼藉走了。

后来我还问过小宗："他为什么那么没有教养？他不能收拾干净再走吗？"

当然，小宗永远不会伤害他也不会伤害我。

记得当时，我坐在那脏乱的房间里很久很久，不知道从哪里开始收拾。只感觉身上一点力气也没有了，连拿起一本书的力气也没有。

后来，觉得有阳光照在头上，已经到中午了。我下了楼，在马路上找到了一位收废品的，我告诉他我家里有东西要买，让他跟我上楼来。我指着家里靠墙的一排书架，共五组，还有地上的乱书破纸，还有纯毛地毯，问他能给多少钱？他说："大姐你要多少钱啊？"我说："你看着给吧！"于是他给了我10元钱，就把这些都拿走了。现在想来，我最心疼的是那一大块地毯，那是纯毛的，当时是非常贵的。因为我儿子刚刚会爬，我怕他着凉才买来的。

房子里一下子就空了。然而我没有一点感伤，也没有怨声载道，只想着在儿子回来之前，我要简单地布置一下。于是，我买来了一块很好看的地板革铺在地上，又给儿子买了一辆黄色的玩具卡车，那卡车比较大，孩子可以坐在车斗里。儿子小时候喜欢车，大大小小的各种车有几十辆。我把这些车找出来，排成一大排，放在地中间。

一切收拾好之后，去幼儿园接儿子回来。在路上，我告诉儿子："回家后有一个惊喜要送给你。我把家里的书和书架都送人了，把那间房子送给你，给你当一个练车场，要你来当指挥官！但你要答应妈妈，从今后，要听妈妈的话，自己玩，不要老是缠着妈妈。妈妈要画画，要写东西，要挣钱养活你啊！"我知道儿子根本听不懂我的话，那时他只有两岁多。在他出生后的两个月，我们离婚了。显然儿子对他没有印象和概念。

记得那天儿子回到家，看到他的练车场，确实是惊喜万分。他搂着我的脖子不停地亲我，还不停地说："妈妈真好，我以后听话！"这是我记忆最深刻的日子。以后的日子里，好像儿子再也没有那样亲过我，因为他慢慢地长大了，他好像过早地承担了这个家里男人的责任，在他很小的时候，他就装成大男人的样子来保护我。

那天晚上九点多钟的时候，小郝来看我。小郝、小宗是我和他的同事，小郝住在我的楼下。他告诉我说，刚刚从他的城市回来。在去的一路上，所有的人都不说话。后来，小宗也打来电话，安慰我一番。小宗和小郝他们都以道歉的口气和我说话，好像他们欠我很多似的。他们都说："以后家里有什么事就来找我。"我已不记得当时我说什么了。以后的时间里，小郝一家对我帮助很大，小郝的爱人是非常善解人意的好女人，她经常帮助我带孩子等等。

不幸的是，就在2006年的夏天，小郝因患癌症去世了，他只有47岁。

2006年，我的儿子考上一所名牌大学，他为他郝大爷的去世大哭一场，也难过了好一阵。小郝的爱人在小郝去世后，也下岗了，她曾在一家百货商店当营业员，由于在医院照顾生病的丈夫，不能去上班，结果，她的位置被别人所取代。等她的丈夫走了之后，她又回到曾经工作几十年的柜台前时，人家告诉她已经换了年轻的服务员了。

经常能见到小宗，彼此间也没有太多的话说也没有太多的往来，但总觉得他是最近的朋友。

天气预报说，近日还将有雨加雪。

这时我收到扬州的朋友发来的几幅照片。三月的扬州，春暖花开。过几天我要去扬州开会，看看烟花三月的扬州美景……

颠沛流离的记忆

——我的小学生活

我的小学生活是从1967年开始的，那时我六岁。

那一年我进入了通榆县的红旗小学。红旗小学是“文革”刚开始时改的，原来学校的名字叫通榆县一完小。这所小学在当地是非常好的学校，有着久远的历史，学校的老师有北京来的，也有上海来的“右派们”。而我在红旗小学只读了两年。

想来，我在红旗小学读书的两年时间，在文化知识的学习上没有太多的记忆。让我始终不能忘记的却是那些“文革”运动的场面。那是“文革”运动最高潮的阶段，我们小学生每天上学都要唱“东方红，太阳升，中国出了个毛泽东”的歌曲，还要背诵毛主席语录，再向黑板前面的墙壁上贴着的红太阳三鞠躬。

那时候每天到了上间操的时间，同学们都要站到操场上，学校取消了广播体操，改为批斗会。每天都会揪出教学业务比较好的一位老师，让她（他）站到那个用砖垒起的领操员站的方形台子上，由一名高年级的红小兵战士上台宣读这位老师的“罪状”，控诉并揭发老师的滔天罪行。东北的冬天很冷，我记得，一位年龄很大的女老师站在那个台子上冻得瑟瑟发抖，听说她是“右派”，从北京来这里的，而她也是被揪出来次数最多的老师。台下的同学们不停地往她身上扔土块和干的牛粪，她的眼镜常常滑落下来，齐耳短发也变得乱七八糟。每天看到这些场面，我都非常害怕，几次吓哭，几次都被同学和老师用恐吓的语气制止。回到家来，和爸爸妈妈讲述这些事，爸爸妈妈也用同样的语气告诉我，不要乱讲话，更不能在学校表示同情老师，不敢看时就闭上眼睛。

回想一下，在40年前那样的环境和文化背景下，一个六七岁的小女孩儿，能有怎么样的判断力呢！当时我们基本上不学什么知识，每天只学毛主席语录，再就是学习最新发表的“最高批示”。有时在深夜，广播里开始宣读最高批示，我们这些小学生也要召集事先分好的小组成员，聚集到一个地点学习。那段时间学校里经常上的是美术课和音乐课。美术课画得最多是“打倒刘少奇”之类的图画，我记得，当时把刘少奇的鼻子画得很大，鼻子上边还画着一些红色的小点点，还画上很多只穿着大皮鞋的脚。旁边还狠狠地写上“踏上一万只脚，叫你永世不得翻身”的字样。音乐课基本唱的都是语录歌。

“文革”期间，我的爸爸也没有逃过挨整的劫难，经过一阵关押、游斗后，1969年被下放到吉林省与内蒙古自治区接壤的一个偏远的蒙古族小乡村去劳动改造。这个小村子叫沙力海庙，大多数是蒙古族。只有少数是汉族。这个村子没有学校，孩子们要上学，十里八村的，都得走三五公里路，到生产大队的中心小学去学习。没办法，我也只好随着村里的其他二位大一点的孩子到中心小学去上学去读书。

所谓大队的中心小学，只一名老师，她叫王玉珍，王老师是县师范学校毕业的，听说她在读书期间与男朋友有了孩子，害怕学校知道被开除，于是自己堕胎，后又被男友抛弃，才来到这个偏远小村庄教书的，后来一生未嫁。

中心小学所有的同学都在一个教室里上课，分成五个年级，每个年级有三五个学生。我非常感谢王玉珍老师，我的汉语拼音就是她教会的，还认识了很多汉字学会了用成语和造句。因为这里不搞“文革”运动。

在去中心小学上学的路上，每天都要经过一片一公里长的玉米地，走这条路是很危险的，但那时候因为年龄小的原因，每天走那段很长的路去上学，也没有觉得很苦，也没觉得条件不好，一切的现实问题，很快就接受了。我们一同上学的一个女孩子叫于秀春，另一个男孩子叫张连武，他们两个人大我两三岁，在我读到第二年级的时候，也就是1970年的春天，他们都退学回家去务农。我在王玉珍老师那个五部制的教室里读完了小学三年级的课程。

爸爸妈妈不放心我一个人走那段上学的路，就与住在省城长春我的大姨妈商量，能否让我在长春读完小学。当时的条件是，我在大姨妈家得做全部的家务活，包括起早做饭。那时我还不到十岁，大姨妈家里是部队的干高，姨夫是长征干部，姨妈也在长春市委大院工作，姨妈的儿女都在部队里当兵（那年代当兵最时髦，当女兵更是时髦），家里只有姨夫和姨妈，我也愿意为他们做家务，只要能让我上学读书。

小学四年级我是在长春浙江路小学读完的。这个学校的学生基本都来自部队的孩子，这些孩子从小家境都非常优越，他们吃得好，穿得好，用得好，就是不学习。就跟那部电影《阳光灿烂的日子》讲述的一样。而对像我这样从农村来的，完全是以嘲笑和歧视的态度对待。记得那时学校经常要接待一些外来的人参观，每次班上都要挑一些长得好、穿得好的同学去欢迎，而这些事是轮不到我的，我虽然不算难看，但我没有好看的衣服和鞋子，又是从乡下来的。那时我穿着一双军用的棉鞋，又肥又大，我自己都不愿意看。但我也细想过，一步来到了天堂一样的学习环境，不要和别人家的孩子比吃穿，我一定要在学习上超过他们。我真的是暗下决心要好好学习，不让爸爸妈操心。尽管那时我已经强烈地感受到，我的自尊心受到了极大的伤害。那时我经常一个人偷偷地哭，一是想念在农村下放劳动的爸爸妈妈，二是觉得自己在姨妈家里寄人篱下。

也就是在1970年的夏天，我在长春读到小学四年级的时候，我的学习成绩在班上名列前茅，老师开始有些喜欢我了，但姨妈对我的学习是否进步似乎不太关心，只是家里的活我干得更多了。有一天，学校的老师找到我，让我回家换一件漂亮一点的衣服，说西哈努克亲王和夫人要来学校参观，让我也手捧塑料花去夹道欢迎，当时别提多高兴了！可是我知道，我回去也没有漂亮的衣服换啊。晚上的时候，我怯怯地和姨妈说了学校的事，姨妈想了想，到她的箱子里找出来一件白衬衫和一条黄绿色的旧军裤，这是姐姐的衣服。我小的时候，个子就很高，把这件白衬衫扎到军裤里边，再系上腰带，还真有点女兵那种飒爽英姿的神气样儿！记不得那天是否看到过西哈努克亲王和夫人，只记得那一天是小学期间最能满足我虚荣心的一天。

马上就放寒假了，我要回农村看爸爸妈妈，因为爸爸妈妈此时仍然在乡下劳动改造。这次从长春回去，不知道转年后姨妈是否还同意我继续在这里读下去。临走前，姨妈给我找了几件姐姐当兵前的旧衣服，还装了一些大米和粮票，让我带回家去过年。

回家的路曲折而漫长，坐火车从长春到四平，再换去白城方向的车到通榆县下车，然后再从县城找到方便的马车，再走一百多公里的路才能回到爸爸妈妈改造的那个蒙古族小村庄。那时我十岁，那时坏人少，好人多，一路上有很多好心人帮我。可是就在我坐马车回乡下的路上，由于路上颠簸，我从长春带回来的包不知什么时候掉了下去，等回到家时才发现。最我让痛心的是我的书包，那里边有我这一年来的学习成绩，还满怀喜悦地想向爸爸妈妈汇报呢。我大哭，求着闹着让爸爸顺原路去找，可想而知，那是徒劳的。妈妈倒是说："孩子能安全到家，比什么都重要。"

1971年的春节，全家人过的非常寡淡，除了没有更多的物资生活外，精神生活更是匮乏。爸爸拿出积压多年的连环画册给我看，这也是一年当中最大的恩赐。平时这些珍贵的画作爸爸是不让看的。这个小村子没有电，吃过饭后，很早就睡了。

这期间，爸爸听说了一些下放来的干部纷纷回城了，可是爸爸还没接到通知。于是在春节过后，他来到县城找到原来工作的文化局领导说明自己的情况，正好这时县剧团要参加全国的会演，需用美工人员画大量的布景，爸爸就由此名义借调回来。

考虑到我该读五年级了，不能耽误我的学习，爸爸又把我转到了通榆县第一实验小学。当时县城的小学是五年制，也就是说，这是我上小学的最后一年了，我将在这里小学毕业。

这时学校的课程安排就已走向了正轨，“文革”的一些活动也少了。我的班主任是位四十多岁的男老师，他叫梁效仁，语文教得特别好，是县级的优秀教师。在我们临近小学毕业的时候，县里拿我们班做了一次全县公开的观摩课，我清楚地记得，那一次梁老师讲的是《龙梅和玉荣的故事》这篇课文，他备课的时候，要求我们声情并茂把课文背诵下来，还有一些造句、组词、解词等都要认真准备。那几天晚上，我每天都复习到很晚，为了能在课堂上发言和背诵课文，为了让老师表扬我这个从乡下返城的孩子，我是下了功夫的。

观摩课那一天，我爸爸也去听了，因为我爸爸给老师画了一些彩色图片做教学工具，老师邀请我爸爸去听课。那一次，我是大大地出了风头，老师不但让我背诵了课文，还几次到前边去回答问题。在场听课的有一百多人，都为我鼓掌。

回忆我的小学生活，可以用颠沛流离来形容。相信我的讲述，很多人会与我有同样的遭遇和感受，这就是那个年代带给我们这一代人的命运。无论是身体，还是思想，一直都在颠沛流离中度过。

反思我们的教育，不难发现，小学阶段，对一个人的成长是多么的重要。而中国50年代和60年代出生的一代人，大多都与我们的父母一辈共同经历了大大小小不同的政治运动。有人说我们这一代是垮掉的一代，是没有尊严、没有信仰的一代，这种现象又是谁造成的呢?

回想我的小学阶段，是不完整的，也就是说我的童年也是不完整的，更谈不上美丽和温暖。

邻家故事

王　娘

王娘是妈妈的老邻居，与我妈妈相处已有五十多年。远亲不如近邻这句话，在王娘的身上体现得非常明显。

我不知道王娘的名字，从我生下来会说话开始，就叫她王娘。她是我生命记忆中不可或缺的一个人物。王娘有着传奇的经历。

王娘长得非常美，今年85岁，1925年出生在河北唐山。17岁时随姐姐一起来到沈阳，当时叫“跑大鼻子”“跑老毛子”。这些词，都是清末时产生的词汇，用以称呼当时的洋人。沙俄侵占东北后，大批俄国人来到东北定居，于是“大鼻子”“老毛子”这个词逐渐变成专指俄国人的词。除此之外，还诞生了“二毛子”这个词，用来指中俄混血儿或是贬称那些倚仗外国人的中国人。

王娘落户到通榆县，就是在那兵荒马乱的年代。她跟随着姐姐这家住几天那家住几天的，出门时要用锅灰把脸抹黑，把自己打扮成男人的样子，生怕被“大鼻子”们看见给抓去当女人。她还经常聚集起一些姐妹们一起跑向另外的地方躲藏。

王娘说，她也记不清当时是怎么样的情况，只记得她的鞋几次都跑掉了，后来才来到开通镇，就是现在通榆县。记得那天，天色已晚，姐姐的一位熟人把王娘介绍给王大爷做老婆。王大爷是开通镇是的大户人家，祖辈传下来开粮站的，就是现在的国家在各地的粮库。王家的院子很大，差不多半个开通镇都是老王家的。

王大爷一生取了三个老婆，王娘是老三。听王娘讲，王大爷的大老婆为王家生了六个孩子，后来是被弃的，二老婆过门没多久就生病死了。

王大爷比王娘大21岁。当时王娘只有18岁。

据说当时给王娘保媒的还有警察，王娘说死也不同意。她倒愿意嫁给这位大她21岁的王大爷，愿意一进门就当六个孩子的后妈。王娘说：“我当时也不知道你王大爷是老板，也不知道他岁数有多大。反正就想着他家有粮食，不会饿死。”

从我记事起，就看着王大爷总是戴着那副黑框的圆圈形的眼镜，镜腿上永远系着一条黑色的长绳，时常把眼镜摘下时，顺势就会挂在脖子上。手边总会放着一把蒲草做的扇子和一个算盘，算盘的珠子很大，被王大爷久经磨损已非常的光亮。王大爷的个子非常高，有1米85。当时因为我小，只觉得看王大爷时，永远得使劲抬头。王大爷冬天喜欢穿那件藏青色的中式棉袄，里边是那种粗布的衬衫，这都是王娘手工给他缝制的，而夏天就喜欢穿那种无领的“老头衫”。王大爷特别有派头，一看就像做大生意的老板。

自从王娘进了王家的门，首先要照顾王大爷的六个孩子，六个孩子待她如亲娘一样。就是到后来的几十年中，那六个孩子慢慢长大、工作、结婚，纷纷离开了这个家，但一直对王娘有所照顾。再说王娘，进门的几年，又为王大爷生育了两儿一女，还算过上了几年幸福的日子。

建国后，王大爷的粮站被国家收购，一下子他们也变为普通百姓，50年代中期时，他家的财产又被分被抢，他们日子已到了拮据的地步。

到“文革”开始时，王娘的好日子再也没有了。王大爷首当其冲地作为批判的靶子，场场不会拉下，“文革”时所有罪名和高帽都扣在了他的头上，游街、挨整那是常事。

王娘是位坚强的女人，她把家里的一切都承担着。王娘有着出奇的记忆力和表述能力，她说着唐山口音的话，她讲故事出神入化。我们小的时候就愿意围着王娘，坐在院子里听她讲故事，饿了就在她家吃，困了就住在她家里。想来真是没少吃王娘做的饭。

日子慢慢地过去。日子也慢慢地平静下来。

王娘和王大爷生的三个孩子也长大，各自有了自己的事业和生活。

这时王大爷年岁已高，不能在外边做事了。王娘和王大爷相依为命，直到几年前王大爷活到93岁去世。

我离开通榆县也有快三十年了，每年回去时，都想着去看看王娘。前几天回老家给我的父亲祭奠百天时，我又去看望了王娘。

王娘依然住在我出生的那个老市场的老院子里，只是她住的那间平房曾经翻新重盖过。王娘的房子里依然是烧着的土炕。她坐在炕头，摆着纸牌。她说：“摆纸牌能强迫自己不睡觉，不然，整天想睡觉，我怕一睡觉就醒不来了。”我看到王娘的脸有些浮肿，她说这几天总是头晕，正在吃药。这时王娘的儿媳妇进来，她经常照顾着王娘，我叫她大嫂，她也60多岁了。

如今王娘已85岁。王娘老了，但她依然很美。王娘的记忆力也不是那么清晰了。也许，有很多伤心的事，王娘是不愿意在记忆中留存了。

我问及以前的一些事，王娘说："我也不愿意记那么多事了，也不愿意管那么多闲事，孩子们各家的事，我也管不了。"

聊天间，我知道王娘这些天正为一件事发愁，因为通榆县的殡仪馆着大火，把王大爷的骨灰盒也给毁坏，家里决定买一块墓地。可是让王娘犯愁的是：应该与王大爷殡骨的有三个女人，这三个女人都曾是王大爷明媒正娶的老婆。王娘作为老三，应该怎么做？而且前任老婆留下的孩子一直在照顾着这个家。老大和老二虽然没有了骨灰，但也曾是王家的媳妇啊！

大家七言八语地为这事没少议论。

为这事，王娘也不知道应怎么办。

我听着，心里觉得很难受。善良、美丽的王娘，一生想的都是别人，她从来没有为自己活过。

我取出相机，要给王娘拍张照片，王娘先是不愿意，说："我太老了，照相不好看。"后来还是同意并配合了我。

这一次看望王娘，是带着我的儿子蒂尼和二丫的儿子博尼一起去的。

蒂尼和博尼非常愿意听王姥姥讲故事。他们说下次还要去听。希望王姥姥健康并快乐。

徒弟"王老歪"

我最后一次见到"王老歪"，是在爸爸去世的那天上午。他听谷学忠叔叔说朱家安去世了，他们结伴来到我家，还给了我妈妈100元钱，我妈妈拉着他的手哭泣着。他也阵阵眼圈发红。

在这次见到"王老歪"之前，我至少有十年没有见过他，或许更长的时间。而这次见面，却是在我万分悲痛之时。我没有太多地顾及他的感受，只看见他的嘴，比以前更加不正，人也显得消瘦。我也没问及太多他家的情况。

两个月过后，妈妈打来电话告诉我："你耀明哥去世了。"

"耀明哥"？顿时，我的脑袋一阵轰鸣，谁是耀明哥？

几十秒钟后，我在电话中说："王老歪死了？"

“王老歪”的大名叫王耀明。也许是他的父辈想让他荣耀而光明的活在世上。

但他的大名“王耀明”没几个人叫起，几十年了，大家都叫他王老歪。

自打我记事儿起，也就叫他王老歪，当然是背地里这样叫他。

那是70年代初期的事。

在我七、八岁，妹妹二丫五、六岁的时候，我们就认识了耀明哥。不知道他是怎么找到爸爸来到我家的。只记得我小的时候，每次看到他来我家时，都有些很害怕，王耀明长得瘦小，那时他已有十五六岁吧，个子也只有一米四五吧。他的样子有些怪，像电影中看到的外星人一样。眼睛很大，非常亮。左嘴角使劲往左眼的方向吊，他走路时脚还有点跛，但走得飞快，由于嘴歪，说话时嘴里漏风，吐字不清，不熟悉他的人听不准他在说什么。

他曾和我爸爸说起过，小的时候在外边墙根睡觉时受过“邪风”，那时候家里没人管他，也没去治疗，导致他嘴歪眼邪，长相难看至极，跟作家雨果笔下《巴黎圣母院》中所描写的那位心地善良、面相丑陋的卡西莫多差不多。他那时也就是十五六岁，但看上去就像是一个没有发育的小老头儿。

慢慢地，他常来我家跟爸爸学画，看习惯了，也不觉得他很丑。从那时起，我们也熟悉了耀明哥，但暗地里仍叫他“王老歪”。

这位其貌不扬“王老歪”，喜欢画画。他当时在县城的冷库做临时工，搬运冷冻的猪肉。可以想象，他那么瘦小，每天要扛几十个猪肉半子（就是一头猪的一半，也有七八十斤），一天的工资是1.36元。他上班时，穿着黑色胶皮衣服、裤子与靴子连在一起工作装，戴着黑胶皮手套，整个人就像是黑胶皮人一样，冻肉的冰水和血水溅得他满脸满身。他干的活，大多是从早晨四五点开始，加一个上午，到中午就完活。

余下的时间，他喜欢画画。画速写，画静物。后来，“王老歪”就是用这挣来的钱买了一些纸笔，学习画画。

那时候县文化馆还经常搞一些业余美术教育的活动，文化馆的工作人员组织学员们学习一些基础的色彩、素描和速写知识，“王老歪”听说了也去听课。可是几次都被人家哄出来，还骂他。他感到很受委曲，县城里几位画家更是没人理他。

我爸爸是位画家，当时就在文化馆工作。有一天正赶上我爸爸来文化馆给学员上课，“王老歪”又来听课了，并且拿着小本子一边记录，一边画着。爸爸不但没有撵他走，还去给他辅导。王耀明当时差不多是含着泪看着我爸爸。“王老歪”后来跟我爸爸说，当时他内心的感动是无法表达。他说，我不会说好听话，但我记下了朱老师这位恩人。

从此，爸爸就让他每周可以到家里跟着他学习绘画。

也就是从那时起，王耀明就称我爸爸为师傅，跟我妈妈叫朱婶。我们就叫他王哥。

无论刮风下雨，“王老歪”都会骑着那很破旧的永久牌“二八”自行车，这自行车破旧到除了铃不响，哪里都响的程度。加上他那瘦小的身躯，很滑稽，实在不相称。我和二丫看他那样子，暗地里总是嘲笑他。每每这时，爸爸和妈妈就会狠狠地批评我俩。

爸爸看到“王老歪”还算有绘画的天分，对他的辅导更是尽心尽力，绘画的用纸和笔都是送给他用。经过爸爸一段时间对他的指导后，他在造型和色彩感觉上都能很准确地表达。

王老歪的家住在离县城20多公里的农村，他是一个人在县城里打工（当时叫干临时工），隔一段时间就要骑自行车回家一趟，回来时，总会带点黏豆包、土豆这些家里的东西。那时，谁家也拿不出什么像样的东西，这是这点东西，相信也是家里舍不得吃攒下来的。看到耀明拿着东西来看师傅，爸爸和妈妈总要批评他，说他家也挺困难，以后千万不要再带东西来。

时间过去了三年。父亲对耀明哥说：“你也不小了，画画，搞创作，对你来说，很难维持生活。我教你一些生存的技能吧。”

于是，父亲开始教“王老歪”画一些农村家家都用的“箱柜画”（农村家庭放在炕上的箱子上边都喜欢画些画）、“门斗画”（室内门框上方空白处挂的画）等。这些画的题材基本都是表现人们向往富裕生活的喜庆的内容，有花鸟、山水、梅兰竹菊等。爸爸告诉他，学会了这些，你可到农村去给乡亲们画，挣点钱，再换点粮食。有点积蓄后，取个媳妇，好好过日子。

爸爸开始手把手在教他，还教会了他照相、洗照片技术。说实话，王老歪是非常聪明的人。他勤奋、努力，不耻下问，他坚持了下来。我们姐妹俩慢慢地对王老歪有了一种敬重，也暗地里与他竞争，学手艺。爸爸教王老歪那些生存的手艺，当时我和二丫也都学会了。我们俩也曾跟着爸爸到乡村，给乡亲们画画、照相，挣来一些粮食和为数不多的几十元钱。

王老歪学会了手艺，从此也不再去冷库做临时工。他真的背起画具，还买了一个二手照相机，到农村去。

记得那是1976年的春节前夕，王老歪领着一个漂亮的大姑娘来我家看师傅。我们惊奇地围上前去，想看看这是真的吗？

王老歪告诉我爸爸说，这姑娘现在已是他的老婆了。这是他下乡画画照相时，姑娘的妈看上了他，让他把姑娘领回县城，照顾好就行，不要一分钱的彩礼。姑娘的妈说姑娘有些弱智，生气时还会抽风会口吐白沫。但是，乡下的医生说了，姑娘嫁了人，就会好起来。可是十里八村的小伙子没人敢娶啊。她娘看着王老歪还算是手艺人，人又勤快善良，就把姑娘交给他了。

爸爸和妈妈看到耀明带着媳妇来了，别提有多高兴，马上做饭炒菜，还一边说着，这耀明还真有本事，几年的工夫，还领回来一个漂亮老婆。

再说这姑娘，个子高出王老歪一个头还多，长得白白胖胖的，一笑脸上还有两个酒窝，从外表上看，一点儿也看不出弱智，更看不出有毛病，长得挺排场。看着妈妈做饭，还过去帮忙。

爸爸和耀明哥在一旁说着话，计划着以后的日子。

时间过得可真快啊。

1977年，我已高中毕业，下乡当了知青。那年的冬天，为了准备参加高考，冬天我就在家里复习。

我突然想起，王老歪过得怎么样了？他那弱智的老婆会给他生孩子吗？生下的孩子会不会也是弱智？我问起妈妈。

妈妈说：王耀明真是个好人啊，他把老婆照顾得可好了，这一年来，她一次也没犯病，还怀了孕，马上就要生孩子了。妈妈告诉我弱智不会遗传。我想妈妈当时这样说，也没有什么科学的根据，只是希望耀明哥的孩子健康吧。

不久，听说王老歪生下了第一个女儿，非常漂亮，智力正常，嘴也不歪。

后来我上了大学，离开了家。对王老歪的事也就没再打听。

过了多少年后，我又问妈妈王老歪的情况。

妈妈说："耀明自从结婚后，有了孩子，来咱家的次数也少了。听说，他老婆生下第一个女儿后的一年，发病很严重，经常是披头散发地在街上走，这状况持续好长时间。家里就由耀明一个照顾。后来，不知是吃了民间的什么偏方，她又安静了，慢慢好起来。你耀明哥现在有4个女儿了。孩子都挺好。"

天呐！他可真能生。

新世纪来临的一天，家里人对我说，王老歪的大女儿来到省城打工，如果我能帮上忙，就帮帮她。后来我打听到，她是在一家美容院工作。那姑娘没主动找我，我也就没帮上什么忙。

又过去了十年，在我爸爸去世时，我再见到王老歪。

当时我不知道他的生命也已到了尽头，他得了食道癌，已到了晚期，好长时间吃东西已十分不畅。难怪我看到他那么瘦弱。

他能在自己生命最后的时刻，亲自来送别他的恩人、他的师傅去天堂，这对耀明哥来说，也算是一种安慰。可是，我们却忽略了他。

如果不是在那样的场合，我会与他好好聊聊。

其实，我从认识王耀明时起，就感受到这个人的坚强、承受、忍耐的限度是无限的，此后，每次想起耀明哥，我都会从这样一位普通人的身上感受到一种巨大的力量和能量。

而就在父亲去世后的两个多月后，王耀明哥哥也走了。他才56岁。

他老婆说，王耀明是去天堂找他的师傅朱家安了。

听起来这话有些宿命。

虽说“宿命论”是一种唯心主义理论，但确实就是这么巧地发生了。

愿他们师徒二人，在天堂为伴，不再寂寞。

吴玉珍与“王迷糊”的爱情

2009年春节回老家时，听妈妈说：吴玉珍的男人死了，是喝酒后死在路上。

在我和二丫很小的时候，也就是60年代中期，家里经常来一位叫吴玉珍的乡下女人，妈妈让我们叫她二姨。有时她也会带着一位长相很好、貌似文化人一样的王姓男人。妈妈说他们在搞对象。那男人只要吃饭，就得喝酒，喝上酒后就会迷迷湖湖、口若悬河、东拉西扯不着边际瞎讲话，是那种乡下里典型的“二流子”。村里的人都叫他“王迷糊”，以后我们也随着叫他“王迷糊”。

妈妈当时是不同意吴玉珍与这男人谈对象。但是二姨吴玉珍还是嫁给了她。

二姨吴玉珍是妈妈的一个远房妹妹，住在离通榆县城只十几里地的红星公社的一个小村子里。吴玉珍人很聪明，非常能干活。她长得不漂亮，但很爱打扮，爱出风头，爱得瑟。平时喜欢在田间地头哼几句小调，还会唱几出二人转的传统段子，她最拿手的是扭东北大秧歌，那腰身扭起来，那个浪啊，迷死人呢！这样的女人在60年代的农村就算是时尚而前卫的女人了。吴玉珍更爱慕虚荣，经常跑到县城来，把妈妈的衣服拿回去穿着显摆。村上的女人们还都很羡慕她，但也有背地里嘲笑她说她不正经。

二姨吴玉珍和“王迷糊”就是扭秧歌时好上的。“王迷糊”当时是秧歌队的打头的，一看到吴玉珍，他扭得那才叫欢呢！

一来二去，吴玉珍和“王迷糊”就真的好上了。那时谈恋爱不能在光天化日下，搞对象的时候怕别人看见，白天俩人相遇只能眉来眼去、暗送秋波，不敢张扬。只有晚上偷偷地躲在村子里哪家的柴火堆旁边，说点悄悄话，亲热亲热。即使这样，每次二姨吴玉珍在与“王迷糊”约会前，也要打扮一番，其实黑灯瞎火的能看到个啥呢，再说也没什么好衣服穿，只是往头发上抹点香油梳理得整齐一些，让头发亮亮的香香的，觉得这样就是最美的了。

想象着40多年前那样一对青年男女的爱情，也是美好和幸福的。

吴玉珍和“王迷糊”结婚了。

他们的新房是三间小土坯房，从此，在那里他们生儿育女过了几十年。

“王迷糊”虽然成了一家之主，但他不改往日游手好闲的习惯，家里的田地打理得也不好，基本全靠二姨一个人干活。日子过得不富裕，但房后的几棵大树倒是长得茂盛。

我和二丫小时候去过他们家，印象很深的是，在后院树上的那个鸟窝，多少年来一存在。小鸟叽叽喳喳地飞来飞去，我和二丫当时总想上树去看看，二姨就是不让，她说那是小鸟的家！印象更深的是她家里挂着的大红窗帘，红底印有黄色和粉色花，配着小绿叶，典型的乡土味道，挂在那间土坯房里，映衬出几分生活的温馨。

在吴玉珍二姨家里，唯一值钱的家当，就属那一匹老马和木头做的平板车，他们就用这马车到地里去干活。他们的日子就这样过着。

“王迷糊”依旧喜欢唱二人转、扭秧歌，依旧喜欢喝酒。“王迷糊”在村子里可是大名人，算得上是十里八村的文艺骨干，他永远穿着那件破旧的“中山装”，领扣系得严实，永远都留着“中分头”，看上很像叛徒王连举。他不太会干家活，但特别会说话，村里的大事小情都少不了他去说和，谁家的婚丧嫁娶也少了他，这样他就能到处蹭点酒喝，村里的人都挺喜欢他。

吴玉珍二姨和“王迷糊”的日子虽然不富裕，但每天还很有情调。冬闲时，俩人还不时地唱上一段二人转，那传统的《小拜年》让她唱得有滋有味的。

毕竟是农村啊，还得靠种地为生。

东北的农民冬天要待上两三个月，等开春时才下地干活。东北主要是种大豆、玉米、向日葵等为主要农作物。吴玉珍二姨家里的活，无论是屋里还是屋外，基本是她一个人干。她经常去借村里乡亲的牛来耕种，一条垄很长，看不到头，二姨每天累得不像样子，她要像别人家的男人一样，把自家的地种好。农村的活只靠一个女人是不行的，渐渐地俩人开始吵架。

姨夫“王迷糊”不理不睬，变本加厉地喝酒，还开始骂人。

这时二姨已有了三个儿子，孩子给他们带来了快乐，也带来了负担，无形中家里的活更多了。二姨每天从早忙到晚家里家外地忙活，也顾不上打扮自己了，头发经常是乱七八糟的，更没有心思往头发上抹香油了。

“王迷糊”喝酒成瘾，喝得有些发傻。到处胡说瞎说，这时二姨已无法忍受这个男人了。

三个儿子慢慢长大，能帮妈妈干些农活，这让二姨也多少有了些安慰，也看到了生活的希望。

我和二丫离开老家也有二十多年，这期间就再也没有见到过吴玉珍二姨，偶尔听妈妈说起他们的生活也过好，那三个儿子都结婚了。时间过得真快，“王迷糊”已变得精神有些不正常，已经完全没有了当年扭秧歌、唱二人转时的风采了。

在他们家里，依然挂着父亲给他们拍的全家福合影。这是一张很珍贵的照片。

吴玉珍二姨也快七十岁，她已衰老得不成样子。而与她相依一生的男人“王迷糊”，就在去年春节前死了。他是去县城里看二人转，酒喝多了，在回家的路上摔倒在路边的大沟里，等发现时，他已冻死了。

吴玉珍与“王迷糊”这辈子有过欢乐、有过悲伤、有过吵闹、有过幸福，当“王迷糊”离吴玉珍而去的时候，吴玉珍想得最多的是什么呢?

想想我们他们你们，谁家不是这样吵吵闹闹一辈子呢!

也许这就是真正的爱情吧。

家　安

家安是我父亲的名字。

追溯起来，我的父亲朱家安还是“木版年画闯关东”的传人。前一阵国家保护“非物质文化遗产”的精神落实到了我的故乡通榆县，因为通榆县有“年画之乡”之称，这在全国也是闻名遐迩。冯骥才听说后，还要专程来采访我的父亲。

木版年画闯关东

在古老而辽阔的科尔沁沙地——通榆，生活着各民族人民，其中以蒙古族和汉族为多。通榆，这个被当下称为“八百里瀚海”寸草不生的地方，曾经在旧石器时代的晚期，人类就在这里栖居，人类在这里早已创造出了非常丰厚的东北文化。但是，东北文化在此形成气势和规模的特征，那要从历史上被记载的浩浩荡荡的“闯关东”说起。而提起这段历史不能不说到木版年画唯一的传人——朱家安。

通榆是东北平原腹地科尔沁草地中枢。在这片蒙汉同居的土地上，天地广阔，民风淳朴，特别是这里的各民族都喜爱热烈而奔放的艺术形式——木版年画，这也才使木版年画这门艺术在通榆这个“年画之乡”得以传承和发展。以木版年画传人朱家安为代表的传承作品和艺术风格被完整地保留下来，并继续传承下去而且有所创新和发展，原因是中华民族都有着共同的风俗。中国人传统的过大年，正是年画的畅销时节。每到这时，和中原一样，东北的木版年画备受老百姓的喜欢，因为它的色彩艳丽，内容喜庆祥和，家家户户都要贴上几张。

木版年画，作为中国独特的艺术形式，在中国的民间已流传了几千年，近年来木版年画作为中国的非物质文化遗产，一直被国家有关部门所重视。吉林省通榆县的木版年画历史，追溯起来，要从朱家安的爷爷朱方说起。

听父亲讲，爷爷个子很高，非常有威严。

朱家，原籍山东昌乐县泊子乡。这儿从前是齐鲁古国交会之地，著名的“曹刿论战”就发生在此，这里又被称为中国“战鼓”文化发源地。古代两军会战之时，都会击鼓助战。而那些战鼓，都经过当地的“画匠”在上面画上不同图案和色彩，以标示不同国与军。所以“画匠”在当时是十分受尊重也十分出名。而朱家安的爷爷朱方，就是当地十里八村小有名气的“朱家画坊”的开创人。朱方可是当时的名人，他从小就四方学习版画技艺，并亲自去过河南的朱仙镇、山东的潍坊和天津的杨柳青，跟随着老师傅学做刻版、绘制木版年画的手艺，学成回来后自已开了“朱家画坊”，并使画坊越来越出名。清道光二十五年（1825年）时，山东昌乐闹水灾，白浪河泛滥成灾，朱家老爷子就带领一家老小北上烟台，渡海闯关东，来到了辽宁的开原落了脚。灾荒之年，朱家并没有放弃木版年画的手艺，并把这门手艺带到了关东。从前出门，都是靠手艺为生。为了生存，朱家老爷子又在开原这地方开起了一家画坊，取名“开原朱家画坊”，依旧靠绘制一些木版年画为生养活全家老小。

制作木版年画，是旧时代穷艺人们为求生所迫而寻找的一条出路。在关内朱家靠刻制木版年画手艺吃饭，来到北荒异地，朱家依然如此。朱方不但会绘制木版年画，还是乡屯里出名的“画匠”。他除在年节时给老百姓画门神、灶王爷、八仙、鲤鱼童子等外，还画一些炕琴、箱柜画，甚至还给人家画棺材头什么的，这些民间手艺，给当时民间的老百姓带来了欢乐，也为失去亲人的家庭送去了寄托和祝福。慢慢地，画坊的内容也增多了，名气也更加大了。一时间在当地出了名，就连爷爷朱征南也跟随老人学艺，也成为当地的“土画匠”。后来，朱方去世了，朱征南继续维持掌管着“朱家画坊”的生计。

1935年时，灾荒迫使朱征南的家人们在这里实在过不下去了，于是，朱征南和妻子朱杨氏挑着挑担，来到吉林省白城地区“八百里瀚海”的通榆县（当时叫开通），为了生存，又继续开起画坊。1936年的春天，父亲朱家安在开通这个小地方出生了。此时朱征南的家庭画坊继续做着生意，但由于当时灾难频繁，土匪也经常出没，有个“苗六子”的土匪团经常乱抢乱杀，朱征南没有敢在外面挂牌子开画坊，只是在家里偷偷地制作木版年画、剪纸、挂钱等。当年的朱家有成垛的版画模子、上百把刻刀，都是蒙古黄榆的版，有阴版、阳版，还有四栅的连版，真是精彩极了，而且十分珍贵。慢慢地，十里八村的乡亲们都知道老朱家是画画的，不用挂牌子，也很出名。

1945年的时候，朱家安长到了九岁，朱征南就已经把这门手艺传给了大儿子朱家安。把家里多年传下来的一些木版模子，也交给了他。没过多久，朱征南和妻子先后染上了“霍利拉”去世。由于朱家安从小就耳濡目染，很快就继承并掌握了朱家几代传下来的木版年画刻版、制作等工艺。年幼的朱家安带着弟弟朱家库一起，又跟随着木社的老画匠学习了一些新手艺，如画风筝、画牌匾什么的，小哥儿俩的生活一直就这样维持下来。在解放初期，每到年节时，朱家安就画上一大批木版年画，剪出许多挂钱、窗花、门神等作品，等着人来挑来选，朱家院子里热闹非凡。由于通榆环境寒冷荒凉，人们都在屋里“猫冬”，为了让大家高兴，这时期朱家安在年画中又添加了许多喜庆丰收的内容。这时期，通榆木版年画又向欢快喜庆的风格迈进。由环境的变异和风土人情所至，是通榆年画诞生的先决条件。用年画的形式，希望让大家以美好的愿望来改变人的生存环境，使人们企望新年丰收的理想得以实现。这时，传统的故事少了，但企盼美好和幸福的画多了，什么“祝寿”“求福”“抱鱼”呀，等等。在画面中，人的脸形都变胖了，这是故意变胖。因为那时人挨饿，都很瘦，大家都希望能吃饱穿暖，所以那时版画上的人“胖”是一种理想主义的风格，是通榆木版年画的独特风格，也是中国木版年画北方基地或曰“闯关东”木版年画风格之一。特别是现实生活中的人生活困难，反而要在艺术上表现得更饱满更丰富和新鲜，这充分体现出了人类通过艺术的传承来发展人类文明的过程是一步一步走过来的真实历史。

50年代中期，朱家安和弟弟朱家库经人介绍，一起来到长春艺校（就是如今的吉林艺术学院，他的老师徐德胤现在还健在）学习，从此，朱家安对关东木版年画更是热爱，他立志把这个传统的民间艺术传承下去。

慢慢地，朱家安对自己的创作有些不满意了，后来他在关东木版年画的基础上加进了自己的一些想法，创作的木版式年画的工艺和内容都有一些改变，由传统的“鬼神故事”向人们需求的“喜庆和丰收”方向发展。但从画法上看，仍然保持着木版年画原产地山东画派的风格和艺术特色。朱家安从小勤奋好学，创作了很多年画、剪纸作品，特别是他著名的代表作如“二十四孝”“年年有鱼”等作品，在通榆当地甚至于关东一代都十分受欢迎。其中表现大跃进和人民公社时期的一些作品，都是结合当时的形势而作，喜闻乐见。木版画《在大跃进的旗帜下》得到过文化大家郭沫若先生的高度称赞，专门为朱家安的这幅版画配诗一首《喜讯，又一个喜讯！》。郭沫若的诗和朱家安画同时发表在1959年8月26日的《人民日报》上，这使木版画闯关东走向巅峰，为关东版画艺术史奠定了坚实的基础，也是关东版画艺术家们难忘的历史见证。据通榆县志记载，朱家安是建县以来第一位在国家级报刊上公开发表作品的人。

随着时代的发展，传统的木版年画一度被冷落，甚至有消亡的可能。特别是在十年“文革”期间，通榆的木版年画被封为“四旧”和“迷信”，也受到了批判和打击。朱家安也曾被打击和迫害，他怕那些木版年画的模板被抢走，忍痛把朱家几代传下来的木版年画模子毁烧，还焚烧了一些祖辈传下来的木版年画，上百把刻刀也都被抢走。

往事如烟。如今，朱家安老人已经75岁，他听说国家要恢复和保护木版年画的基地，于是便努力地寻找自己记忆中最传统的艺术积累，力争在有生之年将这门古老的民间艺术传承下去，为使吉林省达到中国木版年画传承之地的要求而努力创作。可喜可贺的是，他的二女儿朱萍（二丫）（东北师大美术系毕业）、三女儿朱琳（吉林艺术学院工艺设计系毕业）又继承了朱家安的事业，继续为“关东木版年画”的发展进行努力和探索。中国木版年画真是后继有人了。

孩子般的笑

父亲最终没有熬过最后一劫，于2009年2月21日凌晨12时去世了。享年76岁。

今天是头七。

我没有办法不写下这些文字和记忆，我的思绪也没有办法很快逃避那些天的回忆。

其实，在父亲最后的几天中，全家人一直都在准备着这最后时刻的应对方式，设想着多种可能性。但一切都在我们的设想之外。现在让我冷静地想一下，人要死之前真的是有预感的。无论是迷信也好，现实也好，这一次我体会到了许多冥冥之中的事。

父亲是我们家唯一的男人。全家人对父亲的宠爱已经成为了习惯。在父亲病重的十几天中，他的身边24小时内至少都有三四个人在身边陪护。父亲身材高大而体重，他的心脏严重衰竭，几乎不能平躺着喘气，几分钟就要起来坐一会儿大口地呼吸。所谓的大口呼吸其实已经到了很微弱的程度。他的每一次坐起再躺下，都需要我们姐妹几个人一起使足力气来扶他。这其间，父亲的神智是一半清醒一半糊涂，有时他会自言自语地说一些话，为了强化父亲的记忆，我们问他最多的话是：我是谁？对亲人的话语父亲始终清醒对答，对我们的面容他也始终记得。

算命先生说，我父亲的生命是在我们家人不停的呼唤声中又多活了一个多月。

我知道，妈妈一定有很多话想跟爸爸说，可她又实在控制不住感情。妹妹们也有话最后想和爸爸说，可她们又有些胆怯。此时我想，作为长女，我必须冷静地替妈妈、妹妹们跟爸爸说一些话，不管爸爸是否能听见，是否能听懂，我都要找机会说。可是这个机会找了数日，终于在20号这天晚上，我说出来了。

那一天晚上，妹妹们陪着妈妈在厅里坐着，我坐在里屋爸爸床前的椅子上。我握着他有些冰冷的手，感觉他似乎已经睡着，我不错眼地看着他，不住地流泪。我小声地自言自语地与他说话，说了很多很多。当时我断定他睡了，我的声音很小他肯定不会听见。我心中很清楚，看他的状态，爸爸很可能就在这一天离开我们。

我说："爸，一切都为您准备好了，您放心吧。您的衣服都是妈妈亲手做的。您喜欢穿站在讲台上给学生们上课时的西装，妈妈也给您做新的。还有你喜欢的长风衣，也是新的。您喜欢旅游，妈妈还给您带着旅游鞋。妈妈为您准备好了一切。您的画笔、画纸、手表都给你带着。还有您写的回忆录《往事如烟》也给带着。"

这时爸爸小声回答说："行！"

我惊了一下，马上静下来："您要带几本回忆录啊？"

爸爸说："带10本吧！"

我说："太多了吧？你就带两本吧，一本给朱征南，一本你自己留着。爸，您还记得朱征南是谁吗？"

爸爸说："朱征南是我父亲！回忆录里我没写太多我父亲啊，我还得好好写写他。再给我带上我常用的那些毛笔，用竹帘卷着的那些笔。"

我长这么大，很少听爸爸说起爷爷朱征南这个名字。而此时，爸爸却清楚地说了几次"朱征南"这几个字。我断定，爸爸真的要"回家"去找他的父亲了。

我感觉到，这时爸爸的思维是清醒的。那瞬间，我和爸爸又说了好多话，也嘱咐他好多话，他竟然像孩子一样地听着并答应，有时还会像孩子一样天真地笑笑。那笑容，绝对不是被病魔折磨了几年的人的笑，绝对是非常纯粹的孩子般的笑。后来，我感觉他累了，他的眼睛微闭着，我劝他好好地睡一会儿，并告诉他我就陪在他的身边。

这时爸爸又说："我已到寿了！"

我吓了一跳，马上怒斥他："别瞎说胡话！"

这时爸爸不再看我。我也根本不相信他的话。

他急了说："那就明早见分晓！"说完，爸爸似乎又睡着了，无论我再说什么，他都不再理我。这时已是晚上10：40。

妈妈和二丫走进来，我和爸爸的对话她们都听见了。她们劝我去睡一会儿，妈妈说到凌晨2点前这段时间，由妈妈、二丫还有四妹小杰三个人值班看护，凌晨2点到早晨7点由我和三妹小芳再换班看护。我听从了妈妈的安排，到另一个房间去睡了。

刚刚躺下，就听见妈妈去厕所的声音，我也没有入睡。到了11:30的时候，又听见妈妈去上厕所，我起来问妈妈是不是吃东西坏了肚子？妈妈说没有，就是想大便，却又没有。想来，其实妈妈是个特别能睡觉的人，只要躺下，几分钟就会进入熟睡的状态，这一阵她虽然说晚上陪护，可是一躺下就会睡着。妈妈也是快80岁的人了，我们姐妹几个从来也没让妈妈起来过。可是今天，妈妈就是折腾着闹肚子，不能睡下。妈妈让我别管她，好好睡。我就又躺下了。

刚有点朦胧的睡意，只听二丫急促的变了声调的喊声："姐，快起来，爸好像不行了！"我飞快地来到爸爸的身边，看到妈妈拉着他的手，抚摸着他的胸口大声呼喊："家安，醒醒！家安，醒醒！家安，醒醒！"

妈妈的喊声再大，爸爸也没有应答，只看见爸爸的头轻轻向着妈妈怀中倒去……

我也大声呼喊："爸，醒醒！我是小晶啊！爸，醒醒！我是小晶啊！"

我的几个妹妹也都在大声喊着！几个妹夫和我们的孩子们也都身边呼喊着……

这时，妈妈无比冷静地说："都别哭！别乱！去拿衣服，快给你爸穿衣服！"我听见妈妈坚定地说："你们不要再贴着你爸爸的脸去喊了，他已经走了！让他安静地走吧！"

我回头看了一下墙壁上挂钟：凌晨12点整。这一天是2009年农历的正月二十七。

是二丫第一个跑到中间那个房间，在靠顶棚的柜子里拿出了事先为爸爸准备好的衣服。

是六妹小艳、三妹小芳、四妹小杰一起把爸爸身上的衣服用剪子剪开脱掉。

四妹小杰大声说："去打温热水，我给爸擦洗身体。"

五妹小慧端来热水，和四妹一起为爸爸擦洗。

我让二丫把妈妈扶到另外的房间去，并让妹夫给一些人打电话。

剩下我们姐妹一起给爸爸穿好了衣服，衣服穿得非常顺利而舒适。此时，爸爸躺在那里非常安详而庄严，像平时下班回来穿着整齐的衣服午睡一会儿的样子。

整个过程用了不到六七分钟。

这时，亲戚朋友也来了很多。事先约好的为爸爸操办葬礼的张先生来了。张先生带来很多葬礼必备东西，按照一些习俗做着一些事。几分钟后，张先生叫我进屋来，我看见爸爸身上已盖上了一条金黄色的上面印着非常漂亮的龙图案的布，那布的上面写着一些话，其中有一些空格的地方需要填字。张先生说："你是老大，你父亲盖棺布上的字得由你来写。"我按着布上面的意思，把空格的地方写上了爸爸的名字和年龄。后来张先生说："小晶这丫头真够冷静，字写得大气而且不沾泪水。"

也就是12:30的时候，爸爸的遗体被殡仪馆的车拉走了。按习俗要停三天，而这三天要有人守灵而且分秒不能断烟火。

为爸爸守灵的故事下次再讲……

待到霜花雪化时

每一个人，不管多大岁数，回到家里，能叫上一声“妈”，那是最幸福的。随着我离开妈妈的距离越来越远，想念妈妈的心情越来越强烈。

我的妈妈是一位普通的女人。她的喜怒哀乐都跟随着时代变化而变化，她的幸福指数完全来自于她的女儿们是否幸福。她经历了太多的风风雨雨，她以一位普通女人的目光，见证了我们国家从20世纪向21世纪过渡时的各种运动和变化。

1. 家境

玉清是妈妈的名字。她生于1934年12月25日，蒙古族。玉清，她像冰那样清澈透明，像玉那样洁白无瑕。

在19世纪末期时，东北辽宁北票，富裕的玉清家在当地算是大户。玉清的外公在辽宁北票是做生意的。到了20世纪初，玉清的爸爸（我姥爷）经常耀武扬威地骑着高头大马，身边还有一些随从，跟着他的爸爸（我太姥爷）外出做生意。再到20世纪30年代中期时，由于家里富裕，玉清的爸爸染上大烟瘾。当时他已结婚，并育有四个孩子，玉清是家中最小的，有一个姐姐和俩哥哥。到了20世纪40年代初期，玉清的家开始破败。为了能让玉清的爸爸戒掉大烟瘾，全家决定离开辽宁，搬到吉林省开通县乌兰花公社投奔亲戚，当时玉清只有八岁。就在这一年，玉清的妈妈（我姥姥）生病去世。

玉清的爸爸来到吉林后戒掉了大烟瘾，而且把家里的钱，全部用来供四个孩子上学。四个孩子非常聪明，都读到国高毕业（相当于现在的初中）。玉清的姐姐和大哥毕业后，参军到了部队，大哥参加了解放四平的战役，立了功，得了勋章。二哥却被留在家里务农，陪伴爸爸。

1950年玉清国高毕业，到县里的化工厂当检验员。她聪明、善良、贤达，喜欢读书。玉清的个子不高，长得也不算漂亮，由于她有文化，在当时算是才女。1955年的时候，经别人介绍，与我的爸爸朱家安结婚。家安当时是个穷小子，家徒四壁，但是家安能写会画。玉清认为有他手艺，就能挣钱养家糊口。玉清比家安大三岁，当地有“女大三，抱金砖”的说法。

玉清和家安结婚后，她就开始承担照顾家安及这个家的全部责任。

爸爸家安在当地是一位小有名气的画家，他的命运坎坷。1944年，在家安七八岁的时候，东北那场瘟疫同时夺走了他父母的性命。从此家安和他五岁的弟弟家库相依为命。家安从小跟他父亲学习绘画，有一定的基础，之后又跟着一位民间艺人学画画，十几岁时就能挣钱养家。

玉清来到家里后，她既像姐姐又像妈妈，把持、照顾着这个一无所有的家。从此家里有了温暖。一年后，玉清生下一个男孩子，也就是我的哥哥。可是，哥哥在一岁多时，得了急性肺炎，高烧不退而夭折。玉清和家安悲痛欲绝，刚刚开始的小日子，就受到如此残酷的打击，可以想象当时的悲痛。这时候妈妈决定离开化工厂，专心照顾家。

2. “文革”

我出生于20世纪60年代初。那正是全中国的困难时期，家家闹粮荒。尽管我家也没有太多的粮食，但是妈妈却没有让家人挨过饿，因此我对饥饿的记忆没有太深的印象。

玉清是个非常坚强的女人。回想她的生命历程，真是让人佩服。作为女人，玉清的内心无比强大，她能承受住各种磨难和精神上的打击。如今她年逾八十，爱看书，爱读报，爱上网看新闻，关心国家大事，爱打游戏。直到今天她还用繁体字写日记。虽然日记的内容大多是家长里短的流水账，但是可以让她的思维活跃起来。

玉清有着开朗的性格。她朴实、善良、热情、开明、豁达，在我的记忆里，家里的大事小情都是妈妈来做主。爸爸则性格内向，家里遇到难事时，也是妈妈去扛着。妈妈常说的一句话：“困难算什么！车到山前必有路。没有过不去的独木桥！”她就是这样乐观地养大了我们姐妹六个。

20世纪60年代初，我的爸爸在县文化馆工作，每月挣47元工资。我的二妹、三妹出生后，妈妈把爸爸挣的钱全部用在生活上，这么少的钱却让家里的生活过得井井有条。

记得1966年秋天，“文革”开始了，且愈演愈烈。县里的红卫兵、造反派们打砸抢的行为也到了极端凶残的地步，就连爸爸工作的文化馆也被围攻。

当时，爸爸被关在单位已几天不让回家，更不让家里的人去看望。他们给爸爸定的罪名是“台湾特务”“台湾家属”，所定这些罪名，是因为在“毛选”中曾提到有一位叫“朱家骅”的人，跑到了台湾。因为我爸爸叫“朱家安”，他们就把朱家骅说成是朱家安的哥哥。于是爸爸成了“台湾特务”的弟弟，妈妈就成了“台湾家属”。他们反复质问、批斗、拷打，拉着爸爸到街上游街。这还不算，还组织一些人画了很多丑化妈妈的漫画，画妈妈在街上卖小商品，说她投机倒把，把从台湾那边进来的货拿到街头买。那些天，妈妈每天都在担心爸爸被打死，担心爸爸的火爆脾气跟他们吵，担心爸爸被剃“阴阳头”，更担心爸爸永远回不来……

有一天，妈妈听到街上的大喇叭不停地喊口号：“打倒朱家安，让他永世不得翻身！揪出台湾特务！揪出台湾特务老太婆！”于是妈妈让我去街上看看出了什么事。

我跑到街上，看到那牌子上写着“打倒朱家安”的大黑字，还打了一个红叉。我吓坏了，为什么别人都是在脖子上挂着牌子在游斗，而爸爸却没来，只抬着写了他名字的牌子，爸爸是不是被他们打死了？

我飞快地往家跑，把街上的情况告诉了妈妈。

我清楚地记得，当时妈妈非常镇定：“你爸爸不会有事。他很快就会回来了！”我怀疑地看着妈妈，她怎么能判断爸爸没有事？结果第二天，爸爸真的回家了。因为造反派们实在拿不到任何证据和理由再关他，他们也只是为了完成上边给的抓人任务。

这件事在我的童年记忆中，留下了很深的印象。街上游行、打人、放枪、戴高帽、挂花鞋的情景常常在我眼前出现。特别是妈妈告诉我，女孩子不能上街，会被造反派剪辫子。

我的爸爸性格软弱、内向，遇到“文革”这样的运动，他有些怕。而妈妈在那几年当中，却非常坚定。她认为，善良的人一定会有好报。也就是妈妈这样的性格，才把那些混乱的日子过得阳光灿烂。

3.“下放”

1970年春节刚过，爸爸又被认为是“有问题的人”，要响应毛主席的号召，走

“五七”道路，即强制下放到农村安家落户、接受贫下中农的再教育，称“劳动改造”，而且要“四带”：带家属、带户口、带工作关系、带工资。爸爸当时实在想不通自己到底有什么问题，在下到农村之前，又去找到单位领导，想问清楚问题所在。得到的答复是：“你是台湾特务，你老婆是台属！”

妈妈当时气得要去爸爸单位理论，但一想到当下的形势，硬去找领导吵闹，对个人是不利的。她明白胳膊拧不过大腿，只好劝爸爸别生气，斗不过就先躲一阵。妈妈出主意说，既然下放到农村，就回我娘家，万一回不了城，在那里还有二哥一家人能照应。就这样，爸爸妈妈不明不白地带着四个女儿，来到了通榆县乌兰花公社沙力庙小队。

刚来到农村，我们被安排住在一家姓甘的蒙古族老乡家的东屋，甘家人只会说简单的一些汉话，交流起来非常难。但甘家善良地接受了我们。那些天，爸爸妈妈常常在夜里说着话就哭了，觉得到了天尽头一样绝望。社员们也偷偷议论，玉清嫁的这个人，犯了错误才被流放到这里。很多人不愿意搭理妈妈。

爸爸从来没有干过农活，妈妈从小家里富裕，之后又读书，也不会干农活。那段日子过得非常难。妈妈是开朗的女人，没几天，就和队上人熟悉起来，加上她二哥在当地的威望，很快打消了当地人的偏见。

大家都知道爸爸是画家，妈妈也有文化，还会弹奏几种乐器，于是队长委派他们为生产队搞些文艺活动，这样一下子就拉近了他们与社员的关系。这样的日子过了不到三个月，爸爸就被县文化馆抽调回县城来搞展览。从此后，只有妈妈带着几个女儿在农村，一待就是两年多。

当时，我和二妹都到了上学的年龄，这个屯子没有学校，妈妈要送我们到五六公里外的大队去上学，然后还要自己到山上砍柴，到田地里拣茬子（埋在土里的玉米秆下边的根）。虽然国家给下放干部供应一些粮食，但远远不够我们吃，还要自己开垦田地种一些粮食，所有这些活，都是妈妈去干。

妈妈回忆说，在乡下那几年，太难了。本来那个蒙古族屯就落后，没有电，带去的收音机也成为摆设，好在国家给“五七战士”们每人订一份《参考消息》，但每次收到报时，都是过期的。妈妈极其聪明，她通过这份报纸还能知道一些消息，并能分析出一些形势变化。就在1971年10月时，妈妈在报上看到一条字数不多的消息，吓了一跳，大概意思是说：中国一架飞机在蒙古国的温都尔汗坠毁，中方领导人林彪叛逃。不久，爸爸从县城也写信来证实此事，并告诉妈妈，国家可能很快要落实“五七战士”返城的事。

这期间，爸爸又被抽调到电影院画宣传海报、搞文化展览等。说是“五七战士”下放，其实就是把妈妈和我们几个姐妹下放到乡下。直到1972年的11月寒露前后，爸爸从县城回到了沙力庙小队。

玉清断定，这次爸爸回来，是来搬家的。

搬家那天，差不多全小队的乡亲们都来送别，这在当时的农村，也是“大事”。有些人还送小米等土特产。妈妈乐观地说：“这次我住娘家，一住就是两年多，还真不错啊。”

4. 戏服

爸爸返回县城后，算是落实政策，他可以选择换新单位。爸爸选择了县文工团，在团里做舞台美术师。

爸爸是画家，心灵手巧，除了舞台美术的设计外，服装设计也是他负责。因为县文工团的经济条件不好，加上演出任务时间紧，排演历史剧的服装在县城是买不到的，服装店里更没人会做，到省城去又来不及，这可急坏了爸爸。他想，能否自己画图，让玉清来做？

于是，爸爸跟妈妈商量：“像《铡美案》中秦香莲、包公的戏服，能否做出来？”

妈妈看着图片，反复琢磨了两天后说：“一定能做出来！”

玉清这种自信，来自于她的聪明和良好的艺术感觉。她与爸爸生活的这些年中，也学会了剪纸和简单的绘画技艺，家里孩子们的衣服，都是她自己设计制作的。当时的经济条件不好，妈妈就买来那种最便宜的白色包皮布，再把白布染成五颜六色的花布，裁剪制作成新潮时髦的衣服给我们穿。在那个满大街都是灰蓝一片的时代，我们姐妹的衣服总是花样翻新、五彩纷呈，也时常有人把我们姐妹的衣服叫“奇装异服”。

玉清既然答应爸爸给县剧团做戏服，她就决定一定要做好。她几天几夜不睡，硬是做出了无比复杂的秦香莲、陈世美、包公等戏服，效果非常好，到省城汇演时，那些服装受到专家的好评。记得当时文工团每一件戏服给妈妈制作费十元钱，那一次，一下就挣了五六十元。后来妈妈又做了很多历史剧目和现代剧目的服装。

1974年的国庆前夕，爸爸正忙着为剧团排演的《红嫂》做布景和服装设计，妈妈也跟着做服装，这是为国庆献礼的剧目。

可就在那天晚上12点多钟，玉清正一边熬夜做戏服，一边等待爸爸加班回家。

只听一阵急促的敲门声，把我妈妈吓坏了。我也从睡梦中醒来。妈妈开门后，看到刘师傅背着爸爸进来。只见爸爸的脸上、手上都是血，眼睛肿得睁不开。玉清急忙问："家安，你这是怎么啦?"我和妹妹也跟在妈妈的后边直哭。只听爸爸用微弱的声音说："没事了，掉大沟里了。"当时妈妈只顾着急害怕，还没来得急问刘师傅是怎么把家安救出来的，家安又是怎么掉进深坑的。等妈妈想问的时候，刘师傅他们已走了。

爸爸是连续加班过于疲劳，没看清单位门前正在施工的地基深沟，不小心连人带自行车一同掉进了两米多深的沟里，幸好被打更的刘师傅发现救起。从此，爸爸不能上班，在家休养半年之久。妈妈也就不离身边地精心照顾。

这时，我最小的妹妹也只有两岁，为了贴补家里的经济，妈妈又到县里的粮米加工厂去做临时工。为了白天能在家里照顾爸爸和为我们姐妹们做饭，妈妈争得了上夜班的机会，从下午5点钟上班，干到凌晨12点，8个小时。她在加工厂里搬袋装的米和面，干的都是男人干的重体力活。每天的工资是1.27元，一个月能挣40元左右。这样的重体力工作，妈妈坚持干了半年多，终于因身体支撑不住而停止。

接着妈妈又到县里的制鞋厂做计件工。这个活儿可以拿回家里做，她每一次都从厂里分别取回棉鞋帮和塑料鞋底那种半成品二十双，回到家里，再用手工缝制组装为成品，每完成一双成品棉鞋挣0.14元。妈妈起早贪黑地干，一天能完成10双。我记得妈妈的手，常常被那厚而硬的塑料鞋底刮破，被那厚厚的鞋帮扎得血流不止。妈妈总是笑着说："这活虽然苦，可是能在家里照顾你爸爸。"妈妈为我们家付出了极大的辛苦，她的愿望就是孩子们能上个好学校读书，全家"吃穿住行"能好一点。

5. 画社

在1977年全国恢复了高考之后，我以"知识青年"的名义报考了大学，那一年我落榜了。于是我关在家里复习一年，1978年我和二妹一起考入了大学。

在妈妈的精心照顾下，一年后，爸爸的身体完全恢复。正好这时县里成立一所中等师范学校，非常需要美术教师，于是决定调爸爸到师范学校当教师。

这时已进入了80年代初期，全国改革开放的春风也吹到了我们的家里。妈妈以敏锐的头脑判断出个体经济的发展，是今后经济发展的趋势。她与爸爸商量，以我们家熟悉的手艺，在县城主要街道租了一间门市房，开了一个"画社"，主要经营绘画用的笔墨纸砚、文化用品、办公用品等，还经营绘画业务。这是县里第一家画社，妈妈和爸爸商量，取名“中华工艺美术服务部”。三年过后，业务越来越大，包括装潢、美术设计等项目的活儿挺多，规模也扩大了，妈妈决定租用一个大一点的房子。这时工商局的领导说，你们胆子太大了，敢用“中华”两个字，必须拿掉，否则吊销执照。妈妈心里暗笑，却没有争执，于是就改成了“荣华画社”。妈妈常说一句话：“有些事，要妥协，不然是办不成事的。”这句话一直影响着我。

妈妈经营这个画社一直到1996年，规模做得已经很大。这时爸爸突发心脏病，住进了医院。虽然那一次爸爸从死亡线上被抢救了回来，但身体越来越差，隔一段时间就要住医院，而每次爸爸住院，都是妈妈全天陪护。我们姐妹六人，虽然也每天去陪护，但没有一个人能做到妈妈那样精心细致。也就是靠着妈妈的精心照顾，爸爸才得以延长生命十多年。

在爸爸生病后，妈妈已没有精力和体力再去经营画社，她把画社交给了我的小妹妹来做。直到2005年，由于市场经济发展和科技手段的进步，很多关于绘画的艺术，电脑已经全部可以替代完成，画社从此也开始走下坡路，妈妈决定关闭画社。一个时代又结束了。

6. 分离

回想我的妈妈玉清，这一辈子从来没有为自己活过，她的生活里都是为别人着想。在最困难的日子里，她带着阳光的心态节俭地持家。在家庭经济好起来之后，她依旧想着节俭不敢乱花钱。但是，为了我们姐妹上学，她可说是尽了全力。我们姐妹六个全部上了大学，而且事业有成。为了给爸爸治病，她更舍得花钱。

2009年2月21日凌晨12时，我的爸爸家安终于没有熬过去，幸福地死在了玉清的怀里。

现在我才相信，人死之前是有预兆的。在爸爸去世那天晚上，我拉着爸爸那像牛皮纸一样的手，只感觉皱皱巴巴，一点儿弹性都没有，指甲也没有血色。我跟他说了很多话。他看着我的时候，像孩子般依赖着我，生怕我松开他的手。我嘱咐爸爸好多话，让他放心。他竟然像孩子一样地听着并答应，有时还会像孩子一样天真地笑笑。那笑容，绝对不是被病魔折磨十几年人的笑，绝对是非常纯粹的孩子般的笑。

我和爸爸的对话妈妈都听见了。妈妈走过来，劝我去睡一会儿。我刚刚躺下就听见妈妈去厕所的声音。几分钟后，又听见妈妈去上厕所。我起来问妈妈是不是吃东西坏了肚子？妈妈说没有，就是想上厕所。

妈妈平时是个特别能睡觉的人，只要躺下，几分钟就会进入熟睡状态。这一阵她虽然说晚上陪护，可是一躺下就会睡实。妈妈也是快八十岁的人了，我们姐妹几个从来也没让妈妈起来过。可是今天，妈妈就是折腾着闹肚子，不能睡下。我想着，是不是有什么征兆？

没过几分钟，只听二妹急促而且变了声调的喊声："姐，快来，爸好像不行了！"我飞快地来到爸爸身边，看到妈妈拉着他的手，抚摸着他的胸大声呼喊："家安，醒醒！家安，醒醒……"

妈妈再大的喊声，爸爸也没有应答，只看见爸爸的头轻轻向着妈妈怀中倒去……

玉清和家安，相濡以沫58年，从此天上人间两相隔。

妈妈常常拿出爸爸出版的书籍、画册，一遍遍地翻看。她看不够啊！那其中有她与爸爸一起走过的酸甜苦辣的日子。

7. 等待

我离开家已三十年，但是每年的春节，无论我在天涯、海角，都要回家跟妈妈一起过年。

记得2012年我从北京开车回到通榆那天，气温是零下30度，很久没有感受这么冷的天气了，刮鼻子刮脸的，汽车的雨刷都冻住了。在快进县城时，给妈妈打电话，说马上就到了。

于是，妈妈就在窗户前看着、等着。她就那样一直站在窗前，透过玻璃霜花看着。她那个盼啊、等啊，年年都是一样的。自从我离家那天起，每到过年的时候，妈妈都会以这样的心情等待着我们回家。

想起1982年，我离开妈妈到白城市的一所中学去教书，那是我第一次真正离开家，到如今我离开妈妈一晃离家已三十年。那时从通榆到白城市80公里的路程，火车将近两个多小时，慢车，特别慢的那种站站停的火车，火车票1.7元。尽管那么近，我也不常回家，因为刚刚有了自己的家。可是，每次回家，妈妈都会像看小孩子一样看着我。我告诉妈妈，我很忙，没有时间常回家，可是妈妈从来不怨我，她总会说："不用总回来，家里都挺好的。"

后来，我又换了一个城市工作、生活，离妈妈更远了一些。这时我有了儿子，妈妈更盼望着我能常回家。可那时的交通实在不方便，240公里的路程，汽车要走八个多小时，都是土路，坑坑洼洼、凸凹不平，客车只能慢慢走。

从30年前开始直到如今，每次回到家，远远地就能看到妈妈站在窗户前望着。玻璃上冻了很多霜花，看不清，妈妈就用哈气的热度融化一小块，就能朝外看清楚。不一会儿，那一小块地方又冻上了霜花，妈妈就再用哈气融化。

等啊等，天黑了。妈妈看着我抱着孩子，冻得不会说话，她边流泪边说："在家多待几天吧!"妈妈的意思是，只有妈妈的家，才是最暖和的。

一年一年地过去，妈妈和爸爸换上大房子，取暖也更好一些，但是妈妈依然会站到窗前，等待着我们回家。

公路修好了，回家的路程和时间也缩短了，回家更方便了。我和孩子都长大了，回家看爸妈的次数每年也在增多。我和孩子都明白，看老人的机会是越来越少，看一次少一次。

可是，妈妈的头发白了，耳朵聋了，眼睛也有些花，脚步也不再轻盈。

2009年春节过后，我们全家老小一起，看完了爸爸最后一眼。爸爸离开我们去了天堂。我们多想再好好地、细细地看爸爸一眼啊！2012年的春节，爸爸离开我们三周年。妈妈终于挺过了艰难的三年，是她的坚强、大度、宽容战胜了一切。这一年，我们分别从四面八方开车回到了妈妈的家，全家十八口人围着妈妈一起过大年。

我们约定，只要妈妈活着，每年都回家。

2013年的春节就要到来。妈妈您好好地站在窗前等待吧！我们都回家!

家在通榆

我去过国内外无数的城市、乡村，看过数不清的名胜古迹，访问过无数的名人，品尝过无数的各地特色风味小吃，欣赏过无数民间的民俗风情……

但是，无论我走到哪里，我都会说：我的家在通榆。

我离开通榆这个小县城快有三十年了，但每年都要回来一二次。二十多年前从省城回通榆，路上要七八个小时，路边也是光秃秃的，没有风景只有风沙。

那时的通榆县城没有什么特点，在外人的视野中也许被认为是全国数得上的贫穷而落后的小县城。

一年。又一年。

通榆的路宽了，树多了，风沙不见了。回通榆的路程短了。县城变大了……

我眼看着通榆县城的变化，亲历着她的繁荣。看着一代代有志者从这个小县城走出去，又带着知识带着丰硕成果回到这里，来建设养育我们的家园。

我为是通榆的儿女而骄傲。

我的祖辈们在通榆县居住了百多年。爷爷在19世纪末的时候，从山东带着他木版年画的技艺来到通榆，用现在的话语来说，“木版年画闯关东”就是从我爷爷那时开始的。通榆县文化的传承和发展也可追溯到那个时候。我的父亲朱家安是一位画家，他在通榆这个小城生活了76年，直到生命的最后一刻。他一生用画笔描绘着通榆的发展和变化，他画了千余幅通榆县城的写生。那些逝去的年代、逝去的历史、逝去的故事，在父亲的画中还可再现。小巷子的温暖、老邻居们纯朴笑容都在父亲的画中。1958年，父亲的作品《在大跃进的旗帜下》在《光明日报》发表，大文豪郭沫若先生还为此画配了诗。朱家安成为通榆县第一位公开发表作品的人。为此，收入《通榆县志》。

我的祖辈们在通榆县生活着，他们亲眼见证了通榆的变化，他们都一直以不同的方式参与改变通榆贫穷落后建设中。

记得前些年，无论我走到哪里，都会有人问我：通榆，在哪里？

在中国的版图上，通榆，只是一个小小的“点”，而在世界的版图上，连这个点也查不到。就是在这片默默的土地上，生存着勤劳质朴的通榆百姓，就是这片丰厚的土地，养育着一批优秀的通榆儿女。

著名学者、北京大学教授谢冕先生，经常听我讲起通榆如何美丽，他回到家里，还真的在图上把“通榆”用红色的笔圈了起来。他说：“有机会，一定去看看朱竞的家乡。”

我去德国，与柏林作家协会主席乌力先生交谈，说起我的家乡通榆县是全国重点葵花产地，素有“葵花之乡”的美称，全县葵花种植面积百多万亩。我会在一望无际大片的葵花园中拍照，我像是在画中。我告诉乌力先生，通榆县是全国重点芦苇产地，素有“瀚海苇乡”之美称，利用芦苇编织的工艺品远销日本、韩国等国家。我还告诉他，通榆县草木茂盛，百鸟争鸣，自然景色十分怡人，素有“东有长白，西有向海”之美誉。通榆出了很多文化名人，作家、画家、摄影家、学者……

德国柏林作家协会主席乌力先生很感兴趣，他在世界地图上找到中国东北的位置，又在偏北一点画上红圈。乌力先生前年来大连，他打电话给我，要让我带着他来通榆看看，看看我的父亲，因为他知道我父亲是“木版年画闯关东”的传人，但当时由于父亲病重，没有成行。后来还是我去了大连看他，带去了父亲送他的描绘通榆景象的一幅国画。

我在参加香港、台湾、上海、深圳四城市文化论坛时，我的发言，重点介绍了我的家乡通榆。虽然比起那些现代化的大都市，通榆县没有太大的优势，但是我向大家介绍通榆的湿地草原、沙丘榆林、蒲草苇荡、湖泊水域。通榆境内的向海天然保护区是世界A级湿地、国家AAAA级旅游景区，杏树林是省级天然保护区，蒙古黄榆林是亚洲最大的一片黄榆林。香海寺、乌兰塔拉遗址、清代公主陵、敖包山新石器遗址充分展示了这里的悠久文明。会上的人对蒙古黄榆非常感兴趣，认为这是稀世之宝。

我也多次带着外地人来通榆参观旅游，我努力想让通榆走向全国走向世界，让更多的人了解通榆，让更多的有意向投资的人来通榆开发建设。

去年夏天，中国作家协会的几位领导和《中国作家》杂志的几位编辑、作家，从北京开车到黑龙江采风，回来时，特意路过通榆，要看看朱竞的家乡，并在通榆吃了中午饭。

通榆变了。公路宽阔平整，路边的树木成林，地上不再是白茫茫的盐碱地，大片种植的向日葵，走在这里，仿佛来到了凡·高的画境。

经济发达后，建设名城，在从文化入手。当下，全国都在搞城市文化的建设。

新世纪以来，人们在享受现代化带来的物质便利的同时，也注重起精神文明的建设，开始思考和重新认识包括民俗文化在内的传统文化的价值。此时，通榆县的文化发展应该是一个大的机遇，利用特产资源，如芦苇画、年画、剪纸画等传统民间艺术，开发旅游资源，将民间艺术作为一张地方文化名片在政策上加以扶持。让更多的百姓参与文化的建设，这样会使百姓们的精神生活和物质生活双丰收。

快三十年了，每一次回家乡，我仍会激动不已。我会因明天要回家而彻夜难眠，我会因明天要回家却不知道带什么东西而焦虑，我会因明天会见到年迈的母亲而流泪。

每每这时，母亲会在电话那边说："通榆什么都有!"

评说

关于《世纪印象》的采访手记

朱 竞

说起来，这是20世纪90年代初的事情了。当时我采访了一些与世纪同龄的作家、批评家、学者，谈他们对自己几乎一生都在其中度过的这个世纪的印象和看法。冰心、萧乾、季羡林、许觉民、孙大雨、陈伯吹、黄秋耘等一些前辈学者都写了文章。文章刊发后，在学界引起较大的反响。事过多年，还有读者记得这些文章。

十几年过去了，当时我去组稿时见到的一些作家和学者，有的已经驾鹤远去，有的已经高龄并身体欠佳。作为20世纪的见证人，他们还想告诉后人些什么呢？

现在，20世纪已经实实在在地成为了历史，成为了过去。那么，20世纪究竟是怎样的一个世纪呢？这是一个很难用几句话就说清楚的问题。但是，有一个事实是清楚的，那就是，中国的知识分子在这100年里体验到的折磨和伤害是惨重的，是史无前例的，是灾难性的。知识分子的人格严重地被扭曲，尊严被践踏，心灵受到最残酷的伤害，信念受到毁灭性的打击。

古代知识分子的替生民立命，替万世开太平的角色意识和责任意识，都被瓦解得所剩无几，然而，“士不可以不弘毅”，“天行健，君子以自强不息”。应该反思我们所经历的一切，反思我们的灾难和不幸。而这个工作，只有知识分子才能完成，因为替社会守护意义世界的是知识分子，能对历史及社会进行深刻反思的也只能是知识分子。“百年顿尽追怀里，一夜难为怨别人”。与古代诗人美丽的缠绵和忧伤比起来，我们的“追怀”肯定要承受更多的心灵煎熬和内心冲突。但是，无论面对这个世纪的惨不忍睹的精神废墟，需要克服多大的困难，需要付出多大的牺牲，我们都要有勇气面对，因为这是我们的知识分子不能推脱的责任和使命。弗洛姆在《让人压倒一切》一文中说：“只有完全意识到人类的处境及其危险性，意识到一种能实现人类的自由、尊严、创造性、理性、正义和以团结为目标的新的远见，才能把人类的从几乎注定腐烂、失去自由和自我毁灭的边缘中拯救出来。”是的，一切“拯救”都需要对“某种”处境和危险性的警惕意识，都需要“新的远见”，更需要存留他们对历史的一份真实的记忆，只有这样，我们曾经付出的代价和牺牲才算得到补偿；只有这样，我们在已经到来的这个新世纪里，才有可能过上更理性更人道的生活，体验到更多的欢乐和幸福。

正是基于以上的想法和愿望，我邀请了百余位的学者、作家、批评家，谈他们个人在20世纪的遭遇和体验，以及对中国这100年的印象；陈述他们对知识分子问题、人生体验问题、教育问题及文学现状的认识和看法。从代际构成来看，从1900年—1973年的几代知识分子都被当作采访对象，以便全面地反映20世纪在中国知识分子心灵上留下的印象。对所有接受采访的人，我都心存感激，他们的真诚和认真给我留下了深刻的印象，他们的遭遇之不幸、经历之坎坷更是让人感慨不已，而他们真诚的思想和真实的表达也将成为特殊的心灵档案和精神财富。

我将这百余篇访谈称为《世纪体验——一位编辑与百位学者的对话》，我的问题大多是一样的，我想，百余人来回答同样的一个问题，会有百余种说法，这样，我们就可以感受到每一位学者对中国百年历史的不同看法、认识和理解。本书的编排是以年龄为序，而不是以从事的专业分类，这样会形成一种历史感。为了更全面更真实地表现中国当代学者的思想和心路历程，我还编入了一些学者自述的文章，这其中，有的是我曾编发过的，有的是朋友推荐的，有的是学者自荐的文章，但整个体例、内容还是一致的。从这些文章中能够看出学术的命运、知识分子的命运都不是孤立的，而是和一定时期的政治、社会、文化大环境联系在一起的。个人的聪明才智的发挥，很难不受这种大环境的制约。几代知识分子的命运，留给我们太多的思考，太多的感喟。

我在每篇访谈文字的后面，附上了我的一个印象记，我想以一个编辑的眼光，为这些作家、学者、批评家画幅素描，力争用最平实的语言来真实地描述学者们最朴实、最生活化的一面，让更多的人来了解他们在学问之外的东西，力图希望有更多的人了解当代优秀知识分子们的经历和思想及心路历程，认真地想想刚刚过去的20世纪，了解我们应该如何度过已经到来的21世纪。

两年来，我几乎每天都在与这百余位学者交流着，在对话的同时，我阅读了他们大量的著作和文章。慢慢地，我读懂了他们的思想，觉得与他们的心灵接触似乎更近了一步。就在给出版社交稿临近的这些日子里，我的脑子里常常出现幻觉：

一个不是很大的会议厅内，坐着百余人，有的穿长衫，有的穿西装，有的穿中山装，还有的穿着很现代的流行装，唇枪舌剑一片嘈杂。我走了进来，于是有百余人的会议厅里突然停止了争论，大家开始注视着我。很久。

他们要向我诉说什么？

我又能为他们做些什么？

他们向我点着头微笑着，许久。然后慢慢地离开了会场。

这个幻觉的场面不断地在我脑海里出现，心情一下子变得沉重而感伤，一种复杂的孤独感很强烈地向我袭来。于是我一次次地打开电脑，一遍又一遍地整理这些文字，就像为要出远门的亲人收拾行李一样，生怕哪里照顾不周留有遗憾。

在我编写《世纪体验》这部书的两年多时间里，学界很多的前辈给我提出了宝贵的意见，包括体例的编排、学者的人选等等，都是很有代表性的，还有很多朋友在艰难的时刻鼓励我帮助我，有人甚至用激将法来激励我完成这部大书。在编写的整个过程中，我学到了很多东西，同时也澄清并理顺了过去一些混乱的思路，我越来越认识到它的价值所在。

毕竟我的能力和阅历是有限的，要想把几代学人对一个世纪的体验，都能详尽地告诉给后人，还应该有更多的人来做。作为一个编辑，我的职责、良知驱使我做了这件事，目的是想展示一幅鲜活的历史画面，解密若干尘封已久的历史档案。

对所有帮助过我的人，真诚地道声：谢谢！

《世纪印象——百名学者论中国文化》由北京华龄出版社出版

朱竞与《世纪印象》

赛妮娅

吼叫是狼的安慰，鸟鸣是森林的安慰，爱情是女人的安慰，箴言是哲学家的安慰。

——雨果

一

我与朱竞相识的时候，朱竞还没有现在这么深刻，而且看上去比现在更加年轻漂亮。短短的三年，物是人非，有多少落寞和悲伤，又有多少消沉和挣扎。经过了无数个不眠的夜晚，当她为《世纪印象》的全稿点上最后一个句号时，一种前所未有的欢乐、失落和痛苦感一齐向她袭来，她终于结束了漫长的“精神之旅”——整整访谈了136位中国知名的学者——而梓之际，她禁不住失声痛哭，一来因为篇幅所限，容纳不了那么多的学者访谈录，令她惋惜；二来她舍不得将她心爱的书稿交出去。她说，给赛妮亚先生送去软盘的那一瞬，我感觉仿佛自己的儿子走丢了一般。而当十月怀胎，一朝分娩，新生儿终于要呱呱坠地时，她又禁不住欣喜若狂。感谢上苍，感谢出版社辛勤的编辑，更重要的是，感谢与我们同道的所有中国优秀的知识分子。

二

有人曾说过，中国的文人是最卑鄙下流的。我要说的是，许久以来，中国的文化环境太恶劣了，令每一个有良知的中国知识分子感到生存的艰辛。即使他们有一万个过错，我也要原谅他们。近几年，我接触过中国大大小小的文人大约有几百名，感受到他们中的绝大多数还是认同批判的精神，自觉充当民族精神的灯火，用生命寻找人类命运的出路，追求自由、民主、平等、博爱、法制、科学、人权、市场经济等现代理念。当然，其中也不乏休闲文人、腐朽文人和反动文人，最可怕的症结是，一些文人思维和人格倒错，一方面侃侃而谈人文精神。另一方面却干着下流、卑鄙、龌龊的勾当。还有一些文人是典型的“文化晃晃”，一方面大肆鞭挞着希特勒们的专制独裁，另一方面则竭力吹捧秦始皇们的文治武功；一方面批判着文学界庸俗消极的审美趣味，另一方面又为王朔、池莉们的“洋洋大作”喝彩叫好；一方面对一些学界前辈的软肋一针见血，另一方面又会为刘晓庆、赵薇等人“水汪汪”的大眼睛而陶醉；一方面对胡适、鲁迅先生的局限性而挑刺，另一方面却因哥们儿意气，对一些无聊文人大唱赞歌……凡此种种，不一而足。他们没有一套恒定的价值取向，为他们的信仰而奋斗，他们的观念完全取决于他们和这些事物的利害关系，人不如其文或人格分裂，残酷地折磨着这些可怜的知识分子。因此，在相当长的一段历史时期内，中国知识界的主要任务还是自我启蒙和对民众的启蒙。新世纪，老任务，“革命尚未成功，同志还须努力”啊。

三

时序终于转到了秋天，本篇后记再一次幸运地由本人执笔。李慎之先生等老一辈知识分子早已长眠在西山的牧场，在他们的坟上头一次长出的青草，正在变得枯黄，开始凋零；随着萧瑟的秋风，《世纪印象》和缤纷的树叶一同落下，作为对思想和思想者最好的祭奠。

先知们，安息吧，中国思想的香火决不会熄灭。

她在打捞历史

——评朱竞的《世纪印象》

夏中义

朱竞是一位杂志的编辑，一个很难将她的名字与“百年风云”相连的弱女子，却硬是突发奇想，说干就干，不远万里，萍迹国中，或登门拜谒，或青鸿传书，含辛茹苦数载，终于滴水穿石，完成了与一百位学者、教授、批评家的“精神对话”，篇幅达55万字之巨，分上、下两卷。话题是围绕各自的生命历程，来纵谈他血肉亲证的“世纪印象”。

《世纪印象》目录按对话者的年龄来编序，编得不无意味，虽未必出于自觉。上卷卷首对话者是徐中玉（1915年生），为笔者读本科时的华东师大系主任，也可说是我老师的老师；然下卷卷末对话者之一，则是至今仍在跟我读博士学位的弟子赵思运（1967年生）——渺渺相隔50年，却“四世同堂”，寄怀遥深。凡有心者皆不难从中读出感慨。

诚然，此书远非是含“思想史”构建意念的著述，即使是以价值取向的角度视之，也未免成色不足——因为在同仁眼中，某些人选若不在对话者之列，此书的纯净度或许更可观。另，编著者的采访提纲也有待修缮，以免有简单、划一之嫌。尽管憾意不少，然此书的初版发行却意外顺畅，仅月余，8000套已近告罄。此当表明当下语境委实在滋生对“历史记忆”的需求。

诗人说，每个人的人生只拥有三天：昨天、今天与明天。哲人说，每个人都无法摆脱“昨天”，因为“昨天”烙在你生命深处的体验将刻骨铭心，伴随你一辈子，尤其是当那份个人生命体验是构成民族国家“历史记忆”的有机因子时。偏偏20世纪中国历史的变动太急遽，太猛烈，太出乎国人之想象了。陈寅恪百年前曾惊呼祖国遭逢三千年未遇之大变局，其实，这一用数代知识分子忧思悲情来书写的历史变局，至今仍在神州大地续演，这里边有多少血泪凝成的遗训，在期待时贤后学用心汲取且传承啊。

学界早有人倡言“把苦难转化为精神资源”，其前提是要拒绝遗忘，此当属“历史记忆”之首义。《世纪印象》所锲而不舍的，也无非两条：A、与长老对话，旨在打捞“历史记忆”资料；B、与青年对话，旨在孵化“历史记忆”意识。

朱竞说她书稿付梓后曾有幻觉：礼堂里熙熙攘攘地聚集百位对话者，身着各式服饰，有马褂长衫，有西装，中山装，也有休闲的T恤……见她入场，瞬间静场，凝视良久，后又一个个无声地含笑退隐……人去楼空，满目凄清……这是一个极具象征性的场景：它在隐喻好书应是灵魂出窍后的居所之同时，似又暗示人若无“历史记忆”作生命存根，即近乎“空心”人。

“历史记忆”将使人生变得有根，与脚下的那片故土及其沧桑演化息息相通，紧紧相连，于是你将汲得底气，深厚得像大地那样的浩然之气，你的肉身也就赢得份量，转为凝重，而不是轻盈得像涂脂抹粉的羽毛，随风飘，挡不住红尘的诱惑。

一代知识分子的精神档案

——读朱竞《世纪印象》

马平川

心灵镜像：对视的风景

世纪残阳，千年熹微。20世纪是中国历史上风云际会、激烈动荡的岁月。也是一个个性飞扬、文艺复兴、思想启蒙的时代。追寻反思20世纪中国知识分子走过的历史，特别是他们充满梦想与幻灭、高尚与卑微、喧哗与骚动，痛苦与迷茫、挣扎与奋斗中映照出艰难而曲折的心路历程，以及人性、良知、热诚所表现出来的最鲜明的精神特质与审美基调，构成了当前关注的焦点。俄国知识分子拉吉舍夫那一句至理名言“我的心由于人类的痛苦而受伤”，无疑是知识分子使命和精神的宣言；无论什么时候，作为社会精英与脊梁的知识分子，把“为天地立心，为生民立命，为往圣继绝学，为万世开太平”当作自己的独立人格和社会道义；范仲淹的“居庙堂之高则忧其民，处江湖之远则忧其君，进亦忧，退亦忧，然何时而乐耶？其必曰：先天下之忧而忧，，后天下之乐而乐，”视国家、民族的振兴为己任，与人民同呼吸，共命运的政治理想；鲁迅在旧中国的“强盗”和“奴才”的喧嚣围困之中，凛然地发出“今索诸中国，为精神之战士者安在”的正义呐喊。在今天，中国的知识分子的灵魂正遭受着前所未有的社会拷问。与19世纪启蒙主义思想家对理性主义时代人类文明发展合理化、秩序化、高尚化前景的浪漫主义展望截然对照的是，自20世纪90年代以来，中国随着市场经济迅猛发展，以娱乐性、消遣性为目的的流行文化很快占据了普通大众审美的精神空间，取代了知识分子精英文化和主流文化的主导地位。不仅仅是他们的良心一再受到拷问，作为社会精英的读书人，他们参与、见证、经历了一个什么样的20世纪变化呢？20世纪最触动知识分子灵魂的是什么？它在知识分子的生命里扮演一个什么样的角色？

这是一个对话和交往的时代。从《论语》到柏拉图的《理想国》。“对话”已经演绎成为一种文体，从上世纪80年代初期到20世纪末，作家访谈录或对话录一直引人注目。朱竞用三年的时间，采访了一百多位著名学者、作家、评论家，编著的《世纪印象——百名学者论中国文化》是一本围绕“20世纪”情境及问题意识的，带有浓厚口述史特征的对话录，荟萃了朱竞与百余名学者的对话，在《世纪印象》里，学者、作家作为对话的主体，具有问答和访谈的色彩。也因为如此，使我们能够更完整地了解这些学者、评论家、作家究竟在想些什么。在滔滔的话语瀑布中，他们都是用自己的人生体会和生命感受来讲的，这个是最重要的。朱竞与学者、作家们的应对显得胸有成竹，十分自如，有一种举重若轻之感。对话的形式既自然又精练，重要的是其内容，我感觉看似所选的多是一些常见的命题，在今天仍有讨论价值，经过对话者特别的经历和固有的文化背景，以及其深刻的洞察与析理，则发掘出了新的亮光。《世纪印象》对话人选，都是我国人文学术和文学创作领域中声誉卓著的作家和学者，按照代际与年龄，从老、中、青三代学者、作家、评论家：徐中玉、钱谷融、王元化、许觉民、孙中田、李国文、郭铁成、吕家乡、钱中文、童庆炳、陈骏涛、陈忠实、杜书瀛、黄修己、牛汉、白桦、林希、阎纲、沙叶新、雷达、鲁枢元、孙绍振、张笑天、朱学勤、徐友渔、陈思和、吴俊、王彬彬、李建军、王兆胜……积累和思考使得老一代的学者，既有中国传统士大夫的仁爱和厚道，强烈的忧患意识和责任感，坚韧不屈的意志和忍辱自强的精神，又有西方人文知识分子自由独立的思想和精神，尊重个性和人格平的观念。这些优秀传统都凝聚融化在这一代知识分子身上。中、青学者基本都是都是伴随改革开放来的，新时期的精神神话开始被解构，社会文化出现多元整合的态势。作为跨世纪的文化接力中的中坚力量。思想活跃、频发宏论、力陈时弊、引领思想风潮，一时百舸争游，千帆竞发，蔚为壮观。朱竞都会迫不及待的问及他们以下简单实在的问题：“在您的人生经历中有过很多值得回忆的事情，那么您对中国20世纪的印象如何？在您看来，中国知识分子在20世纪承担的最大责任是什么？您认为知识分子的精神存在吗？您最心仪的是哪一类型的知识分子？在您的人生历程中，您感到最痛苦和最耻辱的体验是什么？您认为中国20世纪最优秀的知识分子是哪些人？您为什么要从事文学研究？文学研究是您终生从事的事业吗？您认为中国当代文学创作的主要问题是什么？”这一访谈框架所能承载的问题通过对这一个个个案的对话，昭示了怎样才算一个真正意义上的知识分子，昭示了什么叫知识分子的良知、道义和担当。正由于访谈者个人化的味道很浓，每个对话者个人秉赋、文化素质、学识修养、个性品格所形成的精神力量不同，都从各自从事的工作出发，以个人的亲身经历反思、回忆反省自己和个人所处的那个时代和环境，也剖析现在，展望未来。以此来解读百年来中国知识分子灵魂的搏斗、挣扎和变异，展现了重塑中国知识分子独立人格的文化思考。

历史投影：精神的重生之路

每个瞎子摸象得出的印象尽管是片面的，但是如果瞎子们通过对话、交流自己摸得的印象，就有可能得出整个大象的完整印象。玻姆认为，思想的本性是不完善的，任何思想、观念、理论都只是一种从特殊立场看待对象的方法。而实在是整体性的、不能分割的。思想的本性是抽象、分割、凝固，实在的本性却是具体、完整、流动。当我们通过思想去把握实在时，就必然造成片断化（张桂权《论玻姆的对话精神》）。为了减少片面，尽可能完整地认识对象，唯一的办法也许就是对话、交流、相互沟通。《世纪印象》通过话题的预设、文本的拓展促进双方互动对话，精神敞开而相互依存、相互对话与接纳，达成对话交流、碰撞、交融。真实、理性、情感缺一不可。《世纪印象》从切身体验出发，以多元互动的视角，集中探讨了20世纪中国与知识分子的文化境遇，朱竞在客观、冷静的提问中充分表现了她的睿智与敏捷。她紧紧把握住采访的主动权，有机地把一个个问题引向深入。在与百位中国知名的学者的对话中，对知识分子自己的境遇和思考的问题，进行了透彻的剖白和梳理。对思想文化问题的种种解释，具有特殊意义年代的场景和氛围，因而散发着各自生命的体温。所谓的文如其人或人如其文都会在对话中找到它的例证，这些访谈最后呈现的总体内涵仍然有一个指向——对人文主义的思考。反思20世纪中国知识分子的精神路径，文化专制对自由知识分子造成的精神扭曲和心灵创伤；反思体制性的痼疾，呼唤直面自我真诚忏悔，袒露内心世界的文字。作为一个被采访对象，学者、评论家、作家的人生阅历、学识，表明了各自的善谈、智慧，这在与朱竞的对话中显示出来。朱竞的准备工作的充分也显示了她具有一个记者广博的知识素养和敏感性。朱竞提问的几个主要问题，但实际准备的并不止这些问题。在提问过程中也有一些即兴提问，这是需要具有记者的深厚功力的。对于20世纪知识分子的代表性事件，如在动荡残酷、泯灭人性的“文革”时代中，历尽坎坷，从梦想到迷茫、苦闷到醒悟、挣扎到奋争中，回顾接受血的洗礼的“牛棚”岁月。受访者的内心充满复杂的矛盾与痛苦，也体会到了悲凉和无奈，由于对话者真实、坦诚、深刻，特别震撼人心。

《世纪印象》给了我们一个反思和重新回想的机会。本书试图在回顾中国20世纪具有特殊意义年代的场景和氛围中知识分子精神际遇的同时，对“文革”的反思，对人性的分析、以及当下文坛的现状等一系列的问题进行了深入剖析、批评和反省，不失为一本进入新世纪以来反思那个时代的精彩之作，具有一定的价值和意义。本书既有纯传媒性的访谈的特点，又具有比较严格意义上的文学访谈的特点。朱竞为我们提供的是一份知识分子自己思想、文学地图，而经由这份地图，我们在有标识的具体的范围我们可以窥见20世纪知识分子的精神生态与现实际遇的形态与分布状况。《世纪印象》也是知识分子的精神自叙。其间透露出对话者的人性的、道德的、智慧的、艺术的光芒，好像一条宽阔明亮的河流，泛着银波静静地流淌，平静水面下激流暗涌，负载着他们的情感、思想和智慧，向我们平缓而坚定地涌来。读《世纪印象》我不能不感慨20世纪中国知识分子所走过的精神沧桑史，反思和审视他们极其凝重、艰难的心路历程。觉得自己的心智在增长，在开悟，使我进一步认识社会，看清历史和人生。

我想特别指出的是，在《世纪印象》“编后絮语”中，作为责任编辑赛妮亚这样谈到朱竞：“经过了无数个不眠的夜晚，当她终于结束了漫长的‘精神之旅’——整整访谈了136位中国知名的学者——而当本书付梓之际，她禁不住失声痛哭，一来因为篇幅所限，容纳不了那么多的学者访谈录，令她惋惜；二来她舍不得将她心爱的书稿交出去。她说，给赛妮亚先生送去软盘的那一瞬，我感觉仿佛自己的儿子丢失了一般。”读完这段话，我被朱竞深深感动了。我也在反省自己写过的一些文字，这段话这正是写作对心灵的呼唤的一种体认。这说明朱竞的写作，是坚守心灵的写作，她把自己的生活和感情的生命一起融入到文字的冲动之中。朱竞在繁忙的编辑工作之余。先后主编出版了《汉语的危机》《鲁迅活着》《拒绝北大》《阳光与玫瑰花的敌人》《枭鸣丛书》等，朱竞把自己交给文字的书写和放逐，她的生命状态和写作状态包容了历史的痛苦和思考的艰辛。当前一些写作者不约而同的从精神高地上撤离，在迎合、追风和造作中，笔不再倾听心灵的呼唤，放弃了对心灵阵地的坚守。正在这样的环境里，朱竞的写作表现了难能可贵的勇气和胆识。我想这大概就是她的作品能够引起反响，拥有大量读者的原因吧。

珍爱母语就是珍爱家园

——读朱竞编《汉语的危机》

谢冕

刚刚读完朱竞编的《汉语的危机》一书，让我心灵一震。朱竞很有问题意识，她把汉语面临的危机问题，集中地反映了读者出来，这不能不让我们深思。

汉语是我们的母语，是我们赖以栖身的家园。可是，当前汉语的境况实在令人担忧。

简化汉字给我们带来了方便，但随之而来的混乱，已是无庸讳言的事实。它已"培养"出至少不止一代人不认识繁体字、不会使用毛笔，更不会阅读古代典籍的中国人。这些人是"新文盲"，而且这个队伍还在不断地扩大。社会是一步一步地向前发展着，而一代又一代的中国人正一步一步地走出中国古典文明的灿烂。更多的中国人正在远离那种由辉煌的古典文学作品培养的优美的文笔、高雅的谈吐，以及端庄的举止。我常想，不会读古书和使用文房四宝的中国人是可悲的。

还有，长时间的"批判""斗争"也造成了语言的污染。思想的禁锢首先是语言的禁锢。对人格的侮辱，对人性的诋毁，对真理的蔑视，是通过语言来实现的。粗暴、污秽，千篇一律的"排比"，声嘶力竭的叫喊，是那个时期、那个时代一致的、无一例外的语言"风格"。它同样造就了一代人，他们语言贫乏，词汇单调，文风呆板，甚至以满嘴秽语为荣。我们好不容易赶走了老八股，如今却层出不穷地产生"新八股"。

更有甚者，就是当今的传媒和广告。屏幕和版面上错别字满天飞，那些影视人物说的话也是不伦不类。特别是那些广告词，有意地搅浑水，中、小学的老师好不容易在课堂上加以辨明的，他们却肆意地篡改成语，践踏语言规范，造成一片混乱。至于现实中的人，包括受过高等教育的，读错音，写错字，语法不通，几乎随处可见。包括那些诗人和作家，甚至是硕士和博士，也有语句不通的，也有语法错乱的。

有一报道中这样写道：有一男生追求一女生，举着牌子上面写着大字："XX我爱你至死不渝"，其实后四个字应是"至死不渝"。读后忍俊不禁，但又不免悲从中来。但愿这不是事实，只是一种调侃。但更多的是事实，我亲见的就有把"皇后"写成"皇后"的。书写者以为，"後"简化为"后"，"后"的繁体字当然是"後"了。这责任究竟在谁？

网格我不熟悉，据说情况更是严重。

朱竞女士有鉴于此，遍寻国内报章，集录诸家言说，分列为"语境""危机""失语""暴力""忧思""未来"六组，计三十三章。定书名曰：《汉语的危机》。盛世危言，发人深省，一片忧心，感天动地。深愿我国人，凡爱我国母语者，能在朱竞女士提供的这些"苦药"前静默沉思，为挽救我瞬将式微的家园献出一片赤心。

鲁迅：经久不衰的话题

——读朱竞编《鲁迅活着》

李新宇

关于鲁迅，真是一个经久不衰的话题，不但每年都有不少专著出版，而且新的热点一个接一个。近几年来，先是对鲁迅的挑战和关于“走近鲁迅”的论争，接着是关于“毛罗对话”的公案，然后又是“是胡适还是鲁迅”的不同选择……因为问题不断被提出，相关著作也不断出版。现在，我们又看到了朱竞女士编的《鲁迅活着》。

在此之前，我已经看到陈明远先生编的一本《假如鲁迅活着》。从书名可以看到，朱竞关注的不只是“假如鲁迅活着”这个假设及其相关的问题，她的书主要是一种陈述：鲁迅活着。鲁迅去世已近70年，但从某种意义上说，鲁迅的确还活着。有那么多人关心他、议论他、为他而激烈争论，不恰恰证明他仍然活在我们的时代吗?

鲁迅活着的时候，曾经希望自己的著作“速朽”，但后来的事实却恰恰相反，它不但没有速朽，而且被反复论及，一再成为文化热点。在这个世纪之交，他又引起了人们的一系列争论。比如，在20世纪的历史上，鲁迅的选择到底是对还是错?在当下中国，鲁迅到底是知识分子的灯塔还是前进路上的绊脚石？是应该走近鲁迅还是应该告别鲁迅？在“五四”新文化阵营中，更值得继承和发扬的是胡适还是鲁迅？……这些问题并不是无事生非，而是与我们的现实及出路息息相关。这些争论告诉我们，鲁迅还没有被超越，人们在面对当下问题的时候，在选择未来道路的时候，仍然要想到鲁迅。也就是说，无论人们喜欢他还是讨厌他，都无法否认这一事实：在今日中国，鲁迅仍然与我们同行。人们面对当下的问题而想到鲁迅，这也说明，鲁迅的问题也仍然是我们无法回避的问题。

从这个意义上说，朱竞的工作很有意义。近几年来，朱竞编了几本不错的书，比如，《世纪印象》《拒绝北大》《汉语的危机》等，都有广泛的影响。朱竞自己说：因为平时喜欢看书，读到一些关于鲁迅的评论，有的让她感动，有的让她生气，于是就想编一本集子，让大家一起来感动和生气。话说得很实在，也很见性格，是读书人的真状态。现在，这本集子已呈现在我们面前。它将关于鲁迅的论争分专题汇集成册，即使不很完整，对于像我这样不喜欢翻阅更多报纸杂志的人，可谓善莫大焉。

我常常想，在急剧分化的当下学界，面对种种问题都有一些论争，如果有人能及时收集起来，编成集子，让人们能够一册在手即见全貌，真是一件大好事。但这需要具有广博学识的有心人。朱竞的路仅仅是开始，但愿她在这条路上能够走好。

文学后台有故事

害人的文学

我是被爱情拉入文学圈的。

我的爱情和婚姻早已走向了坟墓，而文学却依然伴随着我的生活。因此我说：我是被文学害过的女人。

上个世纪80年初期，是我死心塌地像着了魔法一样崇拜文学的时期。

自从1985年9月我在《作家》杂志发表了短篇小说《五楼阳台》后，我的心态变了，飘然地把自己当成了作家。这篇小说是我的处女作，我的责任编辑是当时的《作家》主编王成刚老师。

想起那时，正是中国一批青年狂热地爱好文学的时期。那时经常会有文学青年的读书会在我家七八平米的小厅里召开，小客厅的地上铺着一块绿色的地毯，大家都随意地坐在地上。一群男女光着脚透着脚臭的味道，加上有人抽的劣质香烟，味道难闻至极。就是在这种环境里，大家神侃文学的“新浪潮”的到来、文学之“崛起”之“复兴”的话题，那种神圣感，好像我们是文学的教父和救世主。说实话，对于文学，我并不喜欢，只是从小有着得天独厚的条件，父亲在文化馆工作，这里有很多藏书，我可以不花钱就能借阅到小说看。父亲是画家，我更喜欢画画。对于上个世纪80年代中期年讨论的文学“新浪潮”、“崛起”之类的话语，我完全听不懂。后来看到各种刊物上发表了我周围很多人的作品，有几位还得了全国奖，着实有些嫉妒。看着他们都成为了“作家”，人前人后也开始耀武扬威，说话的语调也大起来，头上的光环也多起来的时候，我也心痒。

《五楼阳台》是我偷着写的第一篇小说，不敢告诉别人，写得挺投入，因为心里没底。记得在格子稿纸上抄写好多遍。先是给一位编辑看，他说：“很好，写得挺先锋、挺像卡夫卡的。”我暗自高兴，因为那时候卡夫卡、马尔克斯等刚刚影响中国文学不久，而在我身边的一群文学爱好者也正疯迷着他们。很快，我的第一篇小说《五楼阳台》竟然很顺利在《作家》杂志上发表。接着又发表了小说《沥青》，这给了我无穷的勇气和力量。然后一发不可收，在全国众多的文学期刊发表了十几篇小说，也有机会参加一些活动和聚会。

这时候我认识了当时还在壮年的作家冯骥才、从维熙、蒋子龙、陆文夫、韩少功、赵大年、李杭育、陈村、朱苏进、陈忠实……，认识了还是青年的莫言、史铁生、马原、赵玫、舒婷、邓刚、王安忆、池莉、方方、迟子建、海南、刘震云、苏童、格非、刘庆邦、陈染、林白……

于是，我自己清楚地认识到，无论我多么地努力，也成不也像他们那样的作家。

当一流的作家，我是没有天赋和才气了。我就想起一位著名编辑家的话，用在我身上也比较合适：当一名三流作家，不如当一流的编辑。当时正赶上1986年学术期刊《文艺争鸣》准备创刊，王成刚老师找到杨荫隆把我调入编辑部，开始了我的编辑生崖。从此我也励志，要在中国的学术期刊中，当名一流的编辑。

我这三十年

我的老主编杨荫隆，是1964年毕业于中国人民大学文艺理论研究班，在学术界有着很高的地位。我非常感激杨主编领我走进中国学术界，他告诉我，与学术界的学者打交道，要学会倾听，时间久了就会增长自己的审美能力和判断能力。慢慢地，我开始进入了角色。

1987年5月，蒂尼来了。他是我永远的爱，他给我带来永久的欢乐。

那一年9月的一个中午，阳光洒落在蒂尼的脸上。这是蒂尼百天。

老话说，孩子百天要出去走走，我抱着百天大的蒂尼出趟远门，去王成刚老师家走走。所谓的远门，也就是几百米的路。可这是蒂尼生命中第一次出远门。

蒂尼眼睛很小，第一次见到外面的阳光，睁不开眼，本能地眯成一条缝。突然他开始手舞足蹈，两只小脚用力蹬，把包着的被子都蹬掉了，他感受到了外面的世界真好。王成刚老师看到我抱着蒂尼进屋来，高兴得不知如何是好。

感谢蒂尼，他成就了我，我与他一起成长着。蒂尼从小懂事，自理、自控能力强。当他能听懂话时，我就告诉他：把你养活、养大，是我的事。你若要想以后活得好，那是你的事。等到他上初中时我又告诉他，不能吸毒、不要让女孩子怀孕。就这样，我与蒂尼在这样的原则规范下，我们像朋友一样阳光健康地生活着。

在近三十年的工作中，我经常要出差，开会、组稿、策划，有时把蒂尼一个人扔在家里几天，他以牛奶面包为伴。我也时常带着他去见作家和学者，他从小就见过很多文学界的大牌人物。书中很多篇章中都记录了蒂尼与我一起成长的故事。

感谢我在学界“混过”的这三十年。作为职业编辑，让我从青春年少的肤浅，走进蕴藏深刻思想的学术界，我有幸采访过一百多位学界名家，出版了《世纪印象——百名学者论中国文化》，从中了解到影响中国当代学术思潮的一代大家如王元化、李慎之、牛汉、冰心、徐中玉、钱谷融、谢冕、陈忠实、何西来、沙叶新等人的思想，受益良多。

当编辑虽然需要有很强的判断力，但更需要自身的亲和力。刊物要想在全国占一席之位，首先要“抢”到一流学者手中的一流文章，而“一流学者”和“一流文章”又少而又少，这就要策划选题和栏目，吸引一流的学者贡献一流的文章给我们。二十多年下来，一份省级的刊物，在我参与的二十多年中，已济身于中国学术期刊的前列，作为职业编辑，我为之兴奋。感谢我自己，团结了很多中国一流的学者，抢到了很多一流的文章。

2010年初，在主编的大力支持下，我接受创办《文艺争鸣·艺术版》任务，目的是使刊物向外延伸，在多学科共融的前提下，让学术空间扩大。在这个过程中，学术话语得到极大的发挥，我自己的视野也开阔起来。正值《文艺争鸣·艺术版》起稳向上的趋势中，由于某种原因，2011年6月停刊。一个阳光健康的新生儿，就这样夭折。遗憾中也有欣慰，我结识了一批优秀的艺术家。

回到最原点

三十年后，回到最原点。

我离开《文艺争鸣》时，已年过半百。这时的蒂尼也当上编辑。相信宿命。

回头再看青春流逝的地方，快乐超过了悲伤。

在学术期刊当编辑，尽量少让自己与作家往来，怕的是有了感情后，不再好意思去批判作家作品。其实，这三十年来，从工作的角度来说，我是想让学术界的评论热闹起来，让批评家们对作家的作品说点真话，找出作品存在的问题。但是从个人感情的角度来说，我与这些作家都是好朋友。

眼下，我抛开作家的作品，离开文学现场，跑向文学的后台，回到生活本身。慢慢地回想我与这些名家的交往，给这些朋友画素描，描摩他们鲜活生动的人生，是非常有趣的事。

文学后台有故事。

不得不说的是谢冕老师和高秀芹。

在书的前边，我放了两篇序言，一篇是谢冕老师的《文学后台有新景——为朱竞序》，另一篇是高秀芹的《我的朋友朱竞》。

我自称是谢冕老师关门后从后窗跳进谢门的弟子。为此，谢门弟子们强烈反对，说一切要按套路来，不许违背家规。反对的声音似乎没能阻止我，我看准谢门家规本不严格，因此也就厚着脸皮在谢门赖着混着这么多年。

前不久，看到谢冕老师为《湘夫人的情诗》写序，让我好生嫉妒，我暗自打算，让导师为我这位编外的学生也写篇序，于是甜言蜜语怯怯地跟谢老师把话说了。

5月25是我的生日。就在这一天，我的邮箱收到了谢冕老师为我写的这篇序。我把感动的心情第一个告诉了高秀芹，她说：我导师真好！

我也要说：感谢导师谢冕一视同仁，无论门里，还是门外！

感谢我的朋友高秀芹为我写序。高秀芹这篇序写了有两年了，因为找她写序的人得排队，我先排上就先写了。高秀芹这个人豪情万丈、侠肝义胆、情绪饱满的人生态度几年来一直影响、感染我；她吃着馒头就着大葱蘸酱、喝着红酒伴着咖啡、一切烦恼和忧愁抛到九霄云外的生活方式让我羡慕；她工作疯狂到了让我“讨厌”的地步；她温情似水小鸟依人女人味十足又让我嫉妒。

非常感谢作家出版社给我出版这本小书。能在作家出版社出书，是每个想当作家人的梦想。更感谢作家出版社资深编辑那耘，当我小心翼翼拿着《文学后台》书稿来到他的办公室时正是盛夏时节，室外热浪滚滚，室内却墨香扑鼻。而那耘正一边很讲究地喝着茶，一边在黄色的毛边纸上写着书法。再看墙壁上，挂着他刚刚画好的小品画，非常有味道，这是那耘的雅趣。那耘说，他愿意在他一生工作的终点前，编辑好这本书。

听这话，我感动得想哭。

2014年10月5日写于四合院

图书在版编目（CIP）数据

文学后台/朱竞著. －北京：作家出版社，2015.3
ISBN 978－7－5063－7759－1

Ⅰ.①文… Ⅱ.①朱… Ⅲ.①散文集－中国－当代
Ⅳ.①I267

中国版本图书馆 CIP 数据核字（2015）第 006420 号

文学后台

作　　者：朱　竞
责任编辑：那　耘
装帧设计：翟跃飞
出版发行：作家出版社
社　　址：北京农展馆南里 10 号　**邮编**：100125
电话传真：86－10－65930756（出版发行部）
86－10－65004079（总编室）
86－10－65015116（邮购部）
E－mail：**zuojia@zuojia.net.cn**
http://www.haozuojia.com（作家在线）
印　　刷：三河市紫恒印装有限公司
成品尺寸：170×240
字　　数：470 千
印　　张：26
版　　次：2015 年 3 月第 1 版
印　　次：2015 年 3 月第 1 次印刷
ISBN　978－7－5063－7759－1
定　　价：39.80 元